LA VÉRITÉ SUR KATE GALLAGHER

www.editions-jclattes.fr

Brenda Joyce

LA VÉRITÉ SUR KATE GALLAGHER

Roman

Traduit de l'américain par Florence Bellot

JC Lattès

Titre de l'édition originale
THE THIRD HEIRESS
publiée par St. Martin's Press, New York

*Ce roman est dédié à ma sœur,
avec un indéfectible amour.
Qu'elle soit bénie.*

Prologue

Jill Gallagher avait toujours été seule. Mais Harold Sheldon était entré dans sa vie huit mois auparavant, et l'avait changée pour toujours. Il était devenu son meilleur ami, son confident, son amant. Elle commençait à oublier la peur et le désarroi qui la hantaient depuis son enfance malheureuse, ses parents ayant été tués dans un accident de voiture, alors qu'elle n'était âgée que de cinq ans. Ses nuits d'insomnie, passées à contempler les ombres dansantes sur le plafond, appartenaient enfin au passé.

Leur voiture de location filait sur l'autoroute qui montait vers le nord depuis New York. Jill regarda Hal, assis à côté d'elle. Elle était d'humeur plus que légère, elle rayonnait. Cependant ses mains se crispèrent sur le volant. Que se passait-il ? Hal était plongé dans la carte routière, ce qui était certes nécessaire — mais il avait à peine prononcé un mot depuis leur départ de Manhattan. Cela ne lui ressemblait pas. Bien que ce début d'avril fût encore hivernal, ils avaient décidé d'aller au bord de la mer. Jill était danseuse professionnelle, et c'était là leur dernière occasion de partir ensemble avant le nouveau spectacle, où elle faisait partie du corps de ballet. Ils avaient réservé une chambre dans un *bed and breakfast* pittoresque tout près de Peconic Bay. Jill savourait à l'avance ce week-end tranquille et intime avant l'épuisant marathon qui l'attendait, à raison de sept représentations par semaine. Elle prévoyait aussi avec impatience de longues discussions sur leur avenir.

Bien sûr que tout allait bien. Hal l'avait demandée en

mariage la semaine précédente. Jill avait accepté sans hésitation. Et cette nuit-là il lui avait fait l'amour avec plus de fougue que jamais.

Elle sourit en se remémorant sa demande romantique dans un restaurant sombre et minuscule de l'East Village. Comme il était étrange qu'une seule rencontre due au hasard puisse changer votre vie pour toujours... Avant de rencontrer Hal, un an auparavant, elle s'était résignée à sa vie de célibataire.

Elle entendit la carte se froisser. Ce bruit lui sembla agressif et incongru.

Jill le regarda. Son sourire s'effaça devant l'air mystérieux du jeune homme. Le Hal qu'elle aimait était la personne la plus avenante et la plus insouciante qu'elle connaissait. Il souriait tout le temps. Cette nature heureuse était l'une des choses qu'elle préférait chez lui — avec sa passion pour la photo, qui s'accordait avec la sienne pour la danse.

— Hal ? Quelque chose ne va pas ? demanda-t-elle, sentant naître une légère appréhension.

Il lui adressa aussitôt un sourire éclatant. Il était anglais, avait les cheveux blond foncé et la peau toujours un peu hâlée. Il venait d'une famille riche, de la très ancienne noblesse, si elle avait bien compris. Jill avait récemment appris que son père était comte. Oui, bien comte. Son frère aîné était vicomte et hériterait un jour du titre. Jill savait que les gens riches entretenaient en permanence leur teint hâlé. Il en allait ainsi.

Elle allait donc épouser un aristocrate. Sa vie s'était transformée en conte de fées, et elle en Cendrillon. Elle sourit intérieurement.

— Jill, regarde la route, lui intima Hal sèchement.

Elle obtempéra. Son sentiment de bien-être s'évanouit sur-le-champ. Concentrée sur la circulation, elle entendait les battements de son cœur.

— Il faut que nous parlions, lança Hal.

Jill, surprise, se tourna vers lui. Il lui fallut un moment avant de pouvoir parler.

— Qu'y a-t-il ?

— Je ne veux pas te faire souffrir, dit-il en évitant son regard.

Jill fit une embardée et faillit heurter le véhicule qui roulait dans la file d'à côté. On était au milieu de l'après-midi. Il y avait beaucoup de circulation sur l'autoroute, mais le trafic était fluide.

Elle se contracta et lui jeta un coup d'œil. Mais il fixait l'horizon, droit devant lui, avec un air sérieux, sinistre...

Non, se rassura-t-elle en se cramponnant au volant. Il m'aime et nous allons nous marier à l'automne prochain. Ce qu'il veut me dire ne nous concerne pas.

C'était impossible. Elle avait déjà payé. Quand ses parents étaient morts, Jill avait été envoyée chez une tante à Colombus — une veuve âgée dont les enfants étaient adultes et eux-mêmes déjà parents. Tante Madeline avait été distante, réservée, presque négligente et, du point de vue d'un enfant, dénuée de gentillesse. Elle n'avait pas eu de vrais amis ; la danse avait été son seul refuge, sa vie. Elle était partie à New York à dix-sept ans pour devenir ballerine et depuis n'avait jamais regardé en arrière.

L'arrivée de Hal dans sa vie lui avait fait réaliser combien elle avait été seule.

Hal s'éclaircit soudain la gorge. Comme s'il avait quelque chose de très important à lui dire. Jill sentit l'anxiété monter.

— Que se passe-t-il ? Quelqu'un de ta famille est malade ? réussit-elle à articuler avec un sourire forcé. Mon Dieu, oh non, ne me dis pas que Harrelson a refusé ton travail !

Hal était en train de présenter son dossier dans les galeries, dans l'espoir d'être exposé. Et ce marchand de Soho avait été très enthousiaste lors de leur première rencontre.

— Personne n'est malade. Harrelson ne m'a pas encore donné de réponse. Jill, j'ai réfléchi, à propos de notre conversation de la semaine dernière.

Cette fois, l'espace d'un instant, il se tourna vers elle. Ses yeux couleurs d'ambre étaient angoissés. Et il n'arrivait pas à soutenir son regard.

Jill serra le volant, et se concentra sur sa conduite au

prix d'un grand effort. Elle essaya de se rappeler le sujet de cette discussion, mais c'était impossible. Des mèches lui tombaient devant les yeux et elle transpirait. Elle n'aimait pas le ton qu'il avait employé. Elle ne se souvenait que d'une seule chose. Bien évidemment, il ne faisait pas allusion à sa demande en mariage. Ce ne pouvait pas être ça.

— Je ne sais plus trop de quoi nous avons parlé, si ce n'est que tu m'as demandé de t'épouser et que j'ai accepté.

Elle lui lança un sourire qui s'effaça aussitôt.

— Je me pose des questions, lâcha-t-il en se renfonçant dans son siège, morose.

Jill essayait de rester calme mais son cœur battait la chamade. Elle ralentit avec prudence, en regardant dans son rétroviseur. Elle quitta la file de gauche, une voiture rouge la talonnait. Ce n'était pas en train de se passer.

— Tu te poses des questions ?

Elle croyait ne pas avoir bien compris.

— Tu ne veux pas dire que tu t'en poses à propos de notre mariage ? demanda-t-elle d'un air triste.

— Ce n'est pas à cause de toi, dit Hal d'un ton pitoyable. Mes sentiments à ton égard n'ont pas changé.

— Je ne comprends pas. Tu m'aimes. Je t'aime. C'est aussi simple que ça.

— Ce n'est pas ça. Mais je n'arrête pas de penser...

— À quoi ?

Le ton de Jill était dur et cassant. Ce n'était pas en train de se passer ! Mais, ne s'y attendait-elle pas au plus profond de son inconscient ? Leur amour n'avait-il pas été trop beau pour être vrai ?

— Je ne veux pas vivre à New York le reste de ma vie. Ma famille me manque, Londres me manque, la maison de vacances dans le Yorkshire me manque.

Jill n'en croyait pas ses oreilles. Ses mains transpiraient à force de serrer le volant. Son tee-shirt blanc lui collait à la peau.

— Avons-nous dit que nous allions vivre à New York pour le reste de notre vie ? demanda-t-elle avec véhémence en essayant de se concentrer sur sa conduite. Mais elle ne voyait pas grand-chose et les battements de son cœur l'assourdissaient.

— Si ton spectacle a du succès, il pourrait passer à Broadway pendant des années. Ne me fais pas croire que tu t'en iras si ça marche à fond. Tu n'as encore jamais vécu ça.

Jill priait pour que *Le Masque* fasse salle comble, et elle avait le pressentiment que ce serait le cas. Jusqu'à ce jour, sa carrière avait été ce qui comptait le plus dans sa vie. Mais, oui, se dit-elle, je quitterais la troupe pour ne pas te perdre. Elle restait silencieuse, Hal aussi.

— Est-ce que tu es en train de me dire que tu as changé d'avis ? finit-elle par lui demander.

— Non, je ne sais plus très bien quoi faire. Je crois que nous avons besoin de calmer le jeu. Je pense que je devrais rentrer chez moi un moment et réfléchir.

Jill inspira à fond, elle avait l'impression qu'il venait de lui asséner un coup fatal. Elle réalisa à quel point ses jambes tremblaient, et elle avait la nausée. Elle se tourna pour contempler son profil parfait et ressentit comme un coup au cœur. Ses yeux s'emplirent de larmes.

« Bonne nuit, ma petite grenouille. » C'était une voix grave, une voix d'homme. Son père. Ses lèvres lui effleuraient les cheveux. Sa main passait dans ses boucles. « Dors bien. Nous allons revenir très vite. Nous serons là demain matin quand tu te réveilleras. »

Son sourire était au-dessus d'elle dans la pénombre, plein d'amour.

« Bonne nuit, ma chérie. » Une voix de femme douce, affectueuse, la gracieuse silhouette de sa mère sur le seuil de sa chambre rose et blanche.

La porte qui se refermait.

Le noir.

Le silence.

La terreur. Toute seule, pour toujours.

Parce qu'ils n'étaient jamais revenus.

— Jill ! cria Hal.

Jill regarda la route. Horrifiée, elle vit un grand pin dans lequel leur voiture allait s'encastrer. Elle donna un coup de volant, mais c'était déjà trop tard...

Rien dans sa vie ne l'avait préparée à un tel impact. Son cœur s'arrêta. Son corps fut comprimé entre la ceinture de sécurité et l'airbag. Le véhicule, devenu une masse d'acier et de verre, crissa et explosa dans la collision frontale. Des éclats de verre jaillirent partout et éclaboussèrent les cheveux de Jill, ses bras nus et ses cuisses.

Puis ce fut le silence absolu.

Seul le bruit de son cœur résonnait en elle.

Elle reprit lentement ses esprits, terrifiée. Ses pulsations cardiaques malmenaient sa poitrine. Elle avait l'impression que son corps avait été coupé en deux. Elle ne pouvait ni bouger ni respirer. Elle avait la tête vide.

Un accident...

Puis, quand elle inspira et que ses paupières se soulevèrent doucement, elle sentit le filet de liquide qui lui coulait sur le visage. Elle n'avait pas besoin de le voir ni de le goûter pour savoir que c'était du sang, son sang.

Elle respirait, elle était vivante, ils avaient heurté un arbre — mon Dieu.

Elle ouvrit les yeux. Le pare-brise était en miettes. De son côté, la voiture était littéralement enroulée autour de l'arbre. Et du côté de Hal, elle s'était repliée sur elle-même en accordéon.

Jill hoqueta, bataillant avec sa ceinture de sécurité coincée par l'airbag. Elle repoussa celui-ci pour voir le jeune homme. Le sang, la sueur et ses mèches trop longues lui brouillaient la vue.

— Hal ?

Elle se figea. Lui aussi était bloqué par un airbag. Mais sa tête était penchée sur le côté et ses yeux fermés.

— Hal ! hurla Jill.

Elle martela sa portière, finit par trouver la poignée et réussit à l'ouvrir. Le sang lui battait maintenant dans la tête, elle avait du mal à respirer. Elle se dégagea tant bien que mal du véhicule, le contourna par l'arrière, trébuchant sur le terrain accidenté et boueux, parmi les pierres et les branches. Elle s'immobilisa de nouveau quand elle atteignit la portière de Hal. Du sang coulait sur son cou, un éclat de verre du pare-brise l'avait profondément entaillé à la gorge.

— Non !

Jill força la portière, qui finit par céder. Elle chercha sa ceinture de sécurité avec frénésie pour la défaire, puis prit Hal dans ses bras et le sortit de la voiture. Le sang continuait à couler de son cou. Sa chemise devenait écarlate. Quand il fut sur le sol, elle appuya ses deux mains sur la blessure, essayant désespérément de contenir l'hémorragie. C'était chaud, humide et collant, et le sang continuait à couler sous ses doigts.

— Au secours ! cria-t-elle de toutes ses forces, au secours, aidez-nous, s'il vous plaît !

Elle se mit à sangloter, les yeux fixés sur le visage cireux de Hal. Puis elle vit ses cils bouger : il était vivant !

— Ne meurs pas ! supplia-t-elle, comprimant sa blessure en vain. Hal, on va nous aider, ne meurs pas, tiens bon !

Il ouvrit les yeux. Quand il parla, sa bouche se remplit de sang.

— Je t'aime, dit-il.

— Non ! cria Jill.

— Kate, murmura-t-il, tandis que ses yeux se fermaient.

I.

LES AMANTS

1.

Londres

Qui était Kate ?

Jill soupira. Elle pleurait silencieusement. Hal était mort et elle attendait ses bagages à l'aéroport d'Heathrow. Elle avait du mal à croire qu'elle se trouvait là ; et encore plus de mal à comprendre pourquoi. Elle était anesthésiée par trop d'émotions ; et à cet épuisement s'ajoutait le décalage horaire. Elle ramenait le corps de Hal à sa famille.

Hal était mort. Parti, pour toujours. Elle ne le reverrait jamais. Et elle l'avait tué.

C'était ce qu'elle aurait pu imaginer de pire, un cauchemar devenu réalité. Elle n'était pas certaine de pouvoir supporter plus longtemps cette souffrance, ce désarroi, et sa propre personne.

« Je t'aime... Kate. »

Les dernières paroles de Hal hantaient ses pensées. Comme une litanie lancinante. Qui était Kate ?

Jill sursauta. Les bagages arrivèrent en cahotant sur le tapis roulant puis commencèrent leur ronde. L'image de Hal en train d'agoniser, entouré d'une équipe de secours sur le bord de l'autoroute, resterait toujours gravée dans sa mémoire. Comme ses derniers mots obsédants, qui résonnaient sans cesse tel un écho cruel. Des mots dont elle ne voulait pas se rappeler. « Je t'aime... Kate. »

Frigorifée, Jill serra ses bras contre sa poitrine. Les bagages défilant devant elle devinrent flous. Elle savait, elle était absolument certaine que Hal lui avait dit qu'il l'aimait, elle, Jill, au moment de sa mort. Il l'avait aimée comme elle l'avait aimé. Et elle devait s'en tenir à cette idée et s'y accrocher. Si seulement il ne lui avait pas dit qu'il se posait des questions sur leur avenir... Il doutait d'eux, il doutait d'elle. Jill sanglota.

Elle ferma les yeux. Hal lui avait été enlevé. Comme ses parents. Son amour, sa vie avaient été détruits — une seconde fois.

Elle distinguait à peine les silhouettes floues des voyageurs autour d'elle. Il fallait qu'elle sorte, qu'elle respire. Elle devait se concentrer sur les détails pour survivre et rencontrer la famille de Hal. Lauren, sa sœur, venait la chercher à l'aéroport.

Elle fut soudain submergée par l'angoisse. Partout, des yeux la regardaient. Ils se tournaient tous vers elle, écarquillés, accusateurs, des myriades de regards hostiles.

Jill fut sur le point de s'enfuir, mais où ?

Elle se reprit soudain, les ombres redevinrent des gens, des murs, des portes. Et c'était pire. On la regardait parce qu'elle pleurait, toute seule. Elle était à Heathrow, l'enterrement aurait lieu le lendemain. Tous ces gens savaient-ils qu'elle avait tué l'homme de sa vie ? Jill aurait aimé ne pas recouvrer ses esprits. Cette perte de mémoire soudaine avait été un soulagement.

Il en était ainsi depuis la mort de Hal. Elle passait par des périodes d'oubli total, puis revenait à la réalité, confrontée à l'horreur de la situation. C'était l'état de choc, avait dit un médecin. Cela durerait plusieurs jours, voire des semaines. Il l'avait incitée à se reposer et à continuer de prendre les médicaments qu'il lui avait prescrits.

Mais Jill avait jeté les calmants dans les toilettes après la première nuit. Elle avait tant aimé Hal qu'elle ne braderait pas ses sentiments en essayant de les atténuer ou de les ignorer. Elle le pleurerait comme elle l'avait aimé, de tout son être.

Jill retira ses lunettes noires et s'essuya les yeux avant de les remettre. Ses bagages. Il fallait qu'elle récupère son unique sac de voyage et sorte de là tant qu'elle s'en sentait capable. La seule chose à faire, c'était d'essayer de ne pas penser, décida-t-elle.

Jill baissa les yeux et vit devant elle son sac à main, son fourre-tout en synthétique impression léopard sur lequel était posée sa veste noire trop grande. Elle regarda de nouveau le tapis roulant. Elle se rendit compte, non sans surprise, que presque tous les bagages avaient été récupérés. Elle avait l'impression qu'il y avait à peine quelques secondes, elle était entourée par les centaines de passagers attendant leurs valises. Jill inspira profondément, affolée. Avait-elle perdu pied ?

Elle se demandait comment elle allait survivre. Pas seulement durant les jours qui suivraient, mais aussi durant les semaines, les mois et les années à venir.

Elle repéra soudain son sac de voyage en nylon noir. Il l'avait déjà dépassée. Elle courut après, paniquée, l'extirpa au vol du tapis roulant. L'effort lui en coûta, elle mit un moment à reprendre son souffle. Jamais auparavant elle n'avait éprouvé une fatigue aussi intense.

Quand enfin sa respiration redevint normale, elle parcourut du regard la foule mouvante. Où devait-elle aller, maintenant ? Comment trouverait-elle Lauren, qu'elle n'avait vue qu'en photo ?

Malgré ses résolutions, le jour où Hal lui avait montré avec enthousiasme et fierté des photos de sa famille lui revint en mémoire. Il avait souvent parlé d'eux, pas seulement de sa sœur mais aussi de Thomas, son frère aîné, de ses parents et de son cousin américain. Selon ses dires, sa famille était très liée. Et son amour pour elle était évident. Il rayonnait quand il lui racontait des épisodes de son enfance, surtout les étés dans le Nord, dans la vieille demeure familiale de Stainesmore, à pêcher, chasser et explorer le manoir hanté proche de la maison. Et il y avait les vacances d'hiver à Saint-Moritz, les congés de Pâques à Saint-Tropez, les années à Eton, avec le hockey, les virées dans le West End de Londres pour draguer les « minettes », et les soirées dans les night-clubs. Puis les années à Cambridge, avec le football. Et toujours, depuis sa plus tendre enfance, son premier et véritable amour, la photographie.

Jill s'était remise à pleurer. Tant de nuits il l'avait serrée dans ses bras et lui avait assuré combien sa famille l'adorerait, l'accueillerait à bras ouverts, comme si elle était l'une d'entre eux. Il était impatient de l'emmener chez lui, impatient qu'elle les rencontre. Jusqu'à leur incompréhensible ultime conversation dans la voiture.

Jill eut peur de perdre pied une fois de plus. Elle ramassa ses sacs et suivit avec lenteur le flot des voyageurs. Il fallait qu'elle oublie cette dernière discussion. C'était la goutte d'eau qui faisait déborder le vase, et la plongeait en plein désarroi. Ils auraient fini par éclaircir la situation. Hal ne l'aurait pas quittée. Il fallait s'y tenir.

Elle suivit la foule le long d'une barrière où les douaniers observaient les passagers qui sortaient, soulagée que ses larmes aient cessé. Elle allait rencontrer Lauren et le reste de la famille ; jamais, au grand jamais elle n'aurait imaginé que ce serait dans de si funestes circonstances. Elle voulait maîtriser ses réactions et ne pas s'écrouler devant eux.

Elle fit halte quand elle atteignit l'endroit où l'on attendait les passagers qui arrivaient. Quelques chauffeurs arboraient des pancartes portant le nom des personnes qu'ils devaient réceptionner. Le regard de Jill s'arrêta sur une femme à la chevelure fauve, à peu près de son âge. Jill la reconnut immédiatement. Sa ressemblance avec Hal était frappante. Ses cheveux, qui lui arrivaient aux épaules, étaient de la même couleur, éclairés de quelques mèches dorées, et ses traits étaient aussi classiques que les siens. Comme lui, elle était grande et mince. Lauren possédait cette même élégance naturelle et cette aisance insouciante qui ne devaient rien au tailleur-pantalon de marque qu'elle portait : elle les avait reçues en héritage. C'était l'aura que seuls les gens riches possèdent depuis des générations.

Jill trébucha, incapable d'avancer. Elle était soudain terrorisée de rencontrer cette femme.

Lauren l'avait également repérée. Elle aussi était immobile et la regardait fixement. Elle portait des lunettes noires comme Jill, mais les siennes étaient à monture d'écaille, assorties à son tailleur Armani et son foulard Hermès. Elle ne souriait pas. Son visage était crispé, figé dans une expression de... de quoi ? Contrôle de soi ? Souffrance ? Aversion ? Jill ne pouvait le dire.

Elle était atterrée. Agrippant ses sacs, gênée de porter un simple jean délavé et un tee-shirt blanc, Jill s'avança lentement vers la sœur de Hal.

— Lauren Sheldon ? s'enquit-elle.

Lauren fit un simple hochement de tête, puis se détourna.

Jill avala sa salive pour essayer de neutraliser la boule qu'elle sentait dans sa gorge.

— Je suis Jill Gallagher.

Lauren avait croisé les bras. Son sac à main marron foncé avait l'air d'être en crocodile. Une Piaget en or rehaussée de diamants scintillait sous la manche de sa veste.

— Le chauffeur nous attend. Nous avons déjà récupéré le cercueil. Nous n'avons pu vous réserver une chambre d'hôtel correcte parce que c'est le week-end de Pâques, vous dormirez chez nous.

Elle tourna les talons et se dirigea vivement vers la sortie de l'aéroport.

Incrédule et tremblante, Jill, resta un moment à la contempler. Cette femme ne lui avait ni dit bonjour, ni demandé comment son voyage s'était passé. Hal avait dit que Lauren était gentille, compatissante, et plus qu'amicale. La personne qu'elle venait de rencontrer était glaciale et distante, et ne faisait pas montre de la politesse la plus élémentaire.

Mais à quoi s'attendait-elle donc ? C'était elle qui conduisait, et Hal était mort. Lauren devait la haïr — ainsi que toute la famille Sheldon. Elle-même se haïssait d'ailleurs.

Jill suivit Lauren, la tête vide.

Jill se retourna pour regarder le ruban de l'autoroute qui défilait derrière elle. Elle était à l'arrière d'une Rolls-Royce avec chauffeur, en compagnie de Lauren. Les deux femmes s'étaient installées le plus loin possible l'une de l'autre, tout contre les portières. Le fourgon funéraire les suivait. Jill le vit tourner à gauche. Elle ne quitta pas des yeux le long véhicule noir jusqu'à ce qu'il disparaisse de son champ de vision. Il emmenait le corps de Hal aux pompes funèbres, tandis que Lauren et elle se rendaient à la demeure des Sheldon, à Londres.

Jill ne voulait pas être séparée du corbillard. Elle faillit cogner à la vitre pour demander à ce qu'on la laisse descendre. Son cœur battait la chamade, et son sentiment de perte s'accentuait étrangement. Continuant à regarder la route qu'avait empruntée le corbillard, elle se mordit les lèvres, résolue à ne rien dire. Elle tremblait sans pouvoir se maîtriser, et avait peur de s'évanouir, pour échapper au chagrin.

Jill s'obligea à s'adosser à son siège. Elle respira profondément, les yeux fermés. Quand elle se fut un peu reprise, elle jeta un coup d'œil vers Lauren. Elles avaient quitté l'aéroport depuis trente minutes et celle-ci n'avait pipé mot. Elle tournait le dos à Jill, les épaules raides, et regardait par la fenêtre. Elle n'avait pas retiré ses lunettes noires, Jill non plus d'ailleurs. Elles étaient comme deux automates hostiles.

Autant oublier la gentillesse. Elles auraient pu se soutenir mutuellement. Après tout, elles avaient aimé Hal toutes les deux. Mais Jill ne se sentait pas à même de faire le premier geste, pas encore, consciente du rôle qu'elle avait joué dans sa mort. Les larmes lui brûlaient les yeux. L'enterrement aurait lieu le lendemain, et elle était censée rentrer chez elle le soir suivant. Elle détestait l'idée de laisser Hal derrière elle, avec l'océan entre eux, mais d'un autre côté, si les Sheldon étaient tous aussi compatissants que Lauren, cela valait mieux.

Elle ouvrit son sac à main, un faux Louis Vuitton acheté à un vendeur à la sauvette, pour y prendre un Kleenex. Elle se tamponna les yeux. Lauren la haïssait, c'était certain. Le ressentiment de cette femme était presque tangible.

Cependant, elle ne pouvait lui en vouloir.

Quand elle rangea son mouchoir dans son sac, elle leva les yeux et vit que Lauren la fixait, pour la première fois.

— Je suis désolée, dit-elle spontanément, très bas.

— Nous sommes tous désolés, rétorqua Lauren.

— C'était un accident, plaida Jill en se mordant la lèvre.

Lauren la regardait toujours en face. Jill ne distinguait pas ses yeux à travers ses verres opaques.

— Pourquoi êtes-vous venue ?

— Il fallait que je le ramène chez lui. Il parlait si souvent de vous, de vous tous... bredouilla-t-elle, interloquée.

Lauren se détourna. Un nouveau silence s'installa.

— Et puis je l'aimais, s'entendit dire Jill.

— Il devrait être vivant, martela Lauren en se tournant vers elle. Il était vivant il y a quelques jours. Je n'arrive pas à croire qu'il ait disparu.

Ses paroles étaient pleines d'agressivité et elle pointait son doigt vers Jill.

— Moi non plus, murmura Jill désespérée.

Ce qui était vrai. En pleine nuit, quand elle se réveillait, elle s'attendait à trouver la chaleur du corps de Hal à côté d'elle. La froideur de son lit fut un choc — comparable à celui qu'elle éprouva lorsqu'elle réalisa qu'il était mort.

— Si seulement, murmura Jill plus pour elle-même que pour Lauren, nous n'étions pas partis ce week-end là.

Mais ils étaient partis, elle ne pouvait que le regretter. Elle aurait des regrets pour le reste de sa vie — et de la culpabilité. Avait-il vraiment pensé la quitter ?

— Hal aurait dû rentrer il y a des mois, affirma sèchement Lauren. Il devait revenir en février, pour mon anniversaire.

— Il aimait New York, réussit à articuler Jill en évitant son regard.

Lauren retira ses lunettes, révélant des yeux rougis

ayant exactement la même nuance ambrée que ceux de Hal.

— Il avait le mal du pays. Il me l'avait dit lors de nos dernières conversations.

Jill ne broncha pas. Qu'avait-il bien pu dire d'autre à sa jeune sœur dont il était si proche ?

Elle se dit qu'elle mourrait si Lauren connaissait le brusque revirement de Hal à propos de leur avenir.

Puis elle se rappela qu'il l'avait assurée que ses sentiments n'avaient pas changé. Rien n'avait été irrévocablement fixé. Tout se serait arrangé, le plus rapidement possible.

Lauren, restée elle aussi immobile, finit par dire :

— Il a parlé de vous.

Jill sursauta. Il avait « parlé » d'elle ?

— Que voulez-vous dire par là ?

— Seulement ça, continua Lauren en remettant ses lunettes.

Elle regarda par la fenêtre. La Rolls gris-argent filait sur la route.

— Il a dit qu'il sortait avec vous.

Jill la regarda, stupéfaite. Ils ne se contentaient pas de sortir ensemble, ils avaient parlé de mariage et étaient sur le point de se fiancer. Elle resta coite.

— Depuis combien de temps vous fréquentiez-vous ? demanda sèchement Lauren.

Jill la regarda, la silhouette de Lauren devenait floue.

— Depuis huit mois. Nous nous sommes rencontrés il y a huit mois.

Elle se cramponnait désespérément à son siège de cuir.

— Ça ne fait pas très longtemps, asséna Lauren après un silence.

— Assez longtemps pour tomber fou amoureux et pour penser à...

Jill s'arrêta net.

— Pour penser à quoi ? demanda Lauren en retirant à nouveau ses lunettes.

Jill s'humecta les lèvres. Elle hésita. Tout se bousculait dans sa tête : l'ambiguïté de Hal, sa propre culpabilité, cette femme prénommée Kate...

— À l'avenir, murmura Jill.

Lauren la considéra, comme si elle était une hydre à plusieurs têtes.

— Il aurait dû rentrer il y a longtemps, conclut Lauren. New York n'était pas un endroit pour lui.

Jill ne sut que répondre. Hal n'avait apparemment pas parlé à sa sœur de la profondeur de leur relation. Pourquoi ? Cela lui faisait mal. Mon Dieu, que cela lui faisait mal ; comme de penser à leur dernière conversation. Jill s'adossa à son siège, épuisée.

Elle avait besoin d'enfouir sa tête sous un oreiller, et de dormir. Mais ensuite elle se réveillerait, et se souviendrait de tout...

La Rolls s'arrêta.

La tension de Jill s'accrut aussitôt. La demeure des Sheldon était désormais le dernier endroit où elle aurait voulu se trouver. Si l'accueil de Lauren présageait de la façon dont la famille de Hal la recevrait, elle n'était pas prête à les rencontrer, ni maintenant ni jamais.

Ils habitaient au cœur de Londres, dans une rue passante à double sens. Le chauffeur attendait que la voie soit libre pour tourner à droite. Les imposantes grilles protégeant l'entrée de la rue où ils se rendaient étaient ouvertes, mais un gardien en uniforme, posté devant une barrière fermée, contrôlait les allées et venues. Jill aperçut de vastes demeures en pierre de taille dans une rue bordée d'arbres.

La barrière fut levée sans même que la Rolls ait besoin de ralentir, le gardien dans sa guérite leur faisant signe de passer. Tandis que la voiture remontait la rue, Jill admira l'une après l'autre les somptueuses résidences. Il semblait y avoir un parc derrière les maisons.

Ils s'engagèrent dans une allée circulaire menant à l'une des plus grandes résidences de la rue et s'arrêtèrent devant.

— Nous sommes arrivées, dit Lauren en sortant de la voiture sans attendre le chauffeur.

Jill ne fut pas aussi preste. Le chauffeur lui ouvrit la

portière et elle descendit. Une légère bruine commençait à tomber.

Insensible aux fines gouttelettes, Jill demeura sur place, à contempler la maison où Hal avait grandi. Cependant, Lauren se hâtait de gravir les marches de l'imposante entrée, où deux lions en pierre gardaient l'escalier.

Hal lui avait parlé avec fierté de sa maison de famille à Londres. Il avait mentionné, mais sans insister, qu'elle datait de la fin du XIXe siècle, comptait environ vingt-cinq chambres et l'une des roseraies les plus spectaculaires de la ville. Ce n'était pas la demeure d'origine de la famille, Uxbridge Hall, laquelle avait été construite au XVIIIe siècle et était classée monument historique.

Jill s'attendait à quelque chose d'opulent, mais fut interloquée maintenant qu'elle pouvait en mesurer l'étendue. La maison à trois étages était en pierre de taille couleur sable, et les deux premiers étages avaient à l'évidence une double hauteur sous plafond. De robustes colonnes soutenaient le fronton à l'antique de la gigantesque porte d'entrée. Les nombreuses fenêtres en arcade décorées de sculptures supportaient elles aussi des frontons de plus petites dimensions. Le deuxième étage était orné de balcons en fer forgé, et du toit pointu s'échappait un enchevêtrement de cheminées. Le traitement de la pierre lui-même était surprenant. Chaque corniche, chaque moulure avait été sculptée avec un soin minutieux. La maison était entourée de pelouses impeccables et de roseraies foisonnantes ; une clôture en fer forgé entourait la propriété, sans doute pour la protéger des curieux.

— Mon Dieu ! ne put s'empêcher de murmurer Jill.

Malgré toutes ses conversations avec Hal, elle avait du mal à croire qu'il avait été élevé dans cette maison. Et ce n'était qu'une de leurs résidences, même pas le berceau de la famille, que Jill soupçonnait d'être encore plus somptueux. Elle réalisa soudain combien son studio du Village était petit et minable.

— Je vous apporte vos sacs, madame, dit le chauffeur derrière elle.

Jill emboîta lentement le pas à Lauren. Elle pénétra dans un vaste hall, dont le sol était de marbre poli, beige et blanc. Il y avait des œuvres d'art aux murs, d'une facture remarquable, la console à dessus de marbre et le miroir étaient dorés à l'or fin. Jill était lugubre. Elle ne sentait que trop qu'elle n'était pas à sa place.

Elle regarda son vieux Levi's délavé, et la veste noire qu'elle avait passée dans la voiture à cause de l'air conditionné. C'était une veste d'homme, pour laquelle elle avait eu le coup de foudre dans un dépôt-vente. Elle portait des mocassins de bonne qualité, mais ils étaient avachis et éraflés. Elle ne pouvait acheter que des chaussures de ce genre, ayant les pieds très sensibles, comme toutes les danseuses.

Elle hésitait, appréhendant maintenant de suivre Lauren. Elle se sentait terriblement déplacée et aurait donné n'importe quoi pour être vêtue comme la jeune femme. Elle ne se souvenait même pas de ses préparatifs pour son voyage, ni de ce qu'il y avait dans son sac. Avec un peu de chance, KC, sa voisine et meilleure amie, l'avait aidée à faire ses bagages, mais Jill ne se remémorait même pas lui avoir adressé la parole ces derniers jours. Elle se fit soudain du souci pour son chat Ezekial. Il faudrait qu'elle appelle KC le plus tôt possible pour s'assurer qu'elle s'en occuperait.

Jill s'arrêta devant un tableau qui occupait tout un mur. Il représentait une scène mythologique qu'elle ne connaissait pas. Elle déglutit, s'intimant de respirer calmement. Elle allait rencontrer la famille de Hal, serait polie. Ils le seraient certainement à leur tour, à la différence de Lauren. Dans quelques instants on la conduirait à sa chambre. Le plus tôt serait le mieux.

Si seulement elle était descendue à l'hôtel... Elle était si angoissée qu'elle était prête à se ruer dehors. Elle regarda derrière elle. La porte était close. La panique commença à monter lentement, inexorablement.

La vision de Hal mourant dans ses bras l'envahit, son visage blême, le sang qui jaillissait de sa bouche.

On entendit des bruits de pas. Jill s'efforça de maîtriser le tremblement de ses mains et essaya de sourire lorsque Lauren réapparut. Elle avait retiré sa veste et arborait un T-shirt de soie beige qui avait sans doute coûté davantage à lui seul que la totalité des vêtements que Jill portait.

— Venez, dit-elle.

Lauren la conduisit dans un grand salon plus somptueux encore que l'entrée. C'est à peine si Jill prêta attention au décorum : les fabuleux tapis d'Orient aux teintes passées, les meubles anciens, le Matisse sur un des murs. Trois hommes se tenaient au centre de la pièce ; l'un d'eux avait les cheveux blancs, les deux autres étaient plus jeunes, la trentaine environ. L'un était blond et bronzé, l'autre avait les cheveux bruns et le teint mat. Chacun tenait un verre à la main.

Lauren s'arrêta, et Jill fit de même. Les trois hommes se retournèrent. Ils fixèrent tous cette dernière en même temps.

Trois paires d'yeux la scrutaient, trois regards accusateurs.

La famille de Hal.

Jill comprit qu'elle était en présence de William, le père de Hal, de son frère aîné Thomas et de son cousin Alex. Elle ne sut pas différencier les deux plus jeunes, bien qu'elle soupçonnât que le blond était Thomas. À cet instant précis, la situation devint insupportable. Leurs regards ne se radoucissaient pas. Leur hostilité était indubitable. Bien sûr, puisque c'était elle qui était au volant...

« ... besoin de temps pour réfléchir... Je t'aime... Kate. »

Jill essaya d'éclaircir ses idées. Impossible. Lauren parlait, mais son ton était aussi froid et hostile que les regards braqués sur elle. Ces regards accusateurs... Jill les observa avant de défaillir. Le visage de Hal, pâle comme un fantôme, le sang... C'était elle qui conduisait... La pièce devint floue, puis éclaboussée de lumière, avant de redevenir floue à nouveau. Finalement vinrent les ténèbres.

Comme une bénédiction.

D'abord, Jill entendit les voix. Des voix inconnues, masculines, prononçant des mots incompréhensibles.

Elle se laissa aller, apaisée, avec une curieuse sensation de légèreté. Puis, reprenant ses esprits, elle réalisa qu'elle s'était évanouie. Elle perçut au même moment que quelque chose n'allait pas, et sa quiétude vola en éclats.

— Qu'est-ce que Hal avait donc dans la tête ? demanda une voix grave et rocailleuse. Le ton était distingué, anglais, mais également très agressif.

Jill se raidit. Elle était sur le point d'ouvrir les yeux, se rappelant où elle se trouvait. Mais elle garda les paupières closes.

— Hal faisait ce qu'il avait à faire, il suivait ses impulsions.

— Hal était comme ça.

Cette autre voix était moins hostile, bien que cassante. Son accent américain semblait trahir Alex, le cousin.

— Avant tout, il n'aurait jamais dû nouer de relation avec elle, lança la première voix sur le même ton agressif. Il est allé au devant des ennuis. Bon sang de bon sang.

Jill ne comprenait pas. De qui parlaient-ils ? Était-ce d'elle ?

— Et regardez ce qui est arrivé, dit Lauren très distinctement, accablée de douleur. Il est mort, maintenant ! À cause d'elle !

Jill se contracta. Ils la tenaient tous pour responsable de l'accident. Elle en avait l'estomac retourné.

— Assez sur ce sujet, vous tous, intima une quatrième voix plus âgée.

Elle était faible et appartenait de toute évidence à William, le père de Hal.

— Nous vivons un moment difficile et...

Il s'arrêta brutalement, la voix brisée. Jill en fut bouleversée.

— Oncle William, asseyez-vous. Laissez-moi vous resservir.

— Merci, murmura William d'une voix étranglée.

Jill aurait voulu se trouver n'importe où sauf ici, avec les Sheldon, dans leur salon. C'était trop intime.

— Elle a du cran, coupa la première voix rocailleuse. (Ce n'était pas un compliment.) Je me demande simplement ce qu'elle sait au juste, et pourquoi elle est ici.

Ce devait être Thomas.

— Ton père a raison. N'empirons pas les choses. Les

accusations sont sans fondement pour le moment, sans preuves irréfutables.

C'était à nouveau Alex, l'Américain.

— Les accusations ! répéta Thomas avec dureté. Ne me dis pas de ne pas l'accuser, Alex, j'ai de sérieux motifs pour ça. Bon Dieu.

— Je ne te dis pas ce que tu dois faire. Mais Oncle William a raison. C'est un moment difficile, être péremptoire n'est pas de mise pour l'instant.

Quelqu'un se pencha sur Jill. Elle se tendit, ayant peur qu'on ne découvre qu'elle feignait d'être encore évanouie.

— Miss Gallagher ? appela Alex.

Jill était perdue. Elle ouvrit ses yeux pleins de larmes brûlantes, les méprisant tous désormais. Son intuition l'avertissait d'être très prudente. Son regard plongea immédiatement dans le sien.

Ses yeux étaient bleus, sa peau mate, ses cheveux noirs courts et bouclés. Ils se regardèrent. Puis il se releva — il était grand, au moins un mètre quatre-vingts.

— Elle est consciente.

Alex continuait à la regarder fixement de ses yeux perçants. Soudain Jill eut peur qu'il n'ait compris qu'elle était consciente depuis un moment déjà, et qu'elle avait surpris leur conversation.

Elle essaya de s'asseoir, mais fut tout de suite prise d'un vertige.

— Vous vous êtes évanouie, constata Lauren. Peut-être devriez-vous rester encore quelques instants allongée.

— Ça ne m'est jamais arrivé, assura Jill d'une voix rauque, gênée, et n'ayant d'autre but que de recouvrer ses forces pour s'enfuir loin d'eux. « Je n'ai rien mangé. » Elle trouva cette petite phrase inepte. Elle fit une nouvelle tentative, réussie, pour s'asseoir. Elle observa les trois hommes qui la fixaient. Elle les identifiait maintenant. William était grand mais bedonnant, l'air épuisé. Il devait avoir soixante-dix ans passés, mais avec ses cheveux blancs très fournis il était encore séduisant pour son âge. Il correspondait tout à fait à l'image qu'elle s'était faite du riche aristocrate au sang bleu, avec son blazer croisé bleu marine, son pantalon beige foncé et sa chevalière.

Thomas, l'aîné, était son héritier. Hal avait mentionné plus d'une fois que son frère, qu'il adorait, était un incorrigible play-boy, auquel peu de femmes résistaient. Jusqu'à maintenant Jill avait évité de regarder dans sa direction, mais il aurait fallu être aveugle pour ne pas remarquer qu'il était en tout point aussi séduisant que l'assurait Hal. Ses cheveux, blond foncé, étaient parsemés de mèches dorées par le soleil, il était hâlé et doté d'un corps tout en muscles, sans être pour autant trapu, qui trahissait un entraînement sportif régulier. Ses traits étaient classiques, affirmés et virils : pommettes hautes, mâchoire bien dessinée, lèvres pleines et sensuelles. Il portait une chemisette noire et un pantalon beige, une Rolex en or et des mocassins Gucci. On aurait dit un membre de la jet-set, play-boy à plein temps. Jill aurait parié qu'il menait une vie dissolue. Elle savait aussi qu'il était divorcé et que ses deux petits garçons vivaient la plupart du temps avec leur mère.

Jill réalisa qu'elle le dévisageait, et pire encore, qu'il le savait, car ses yeux avaient plongé dans les siens. Elle rougit. Le regard qu'il lui lançait était glacial. Le message ne pouvait être plus clair : à coup sûr il la trouvait complètement insignifiante. Il n'appréciait pas son jean délavé et sa veste d'homme, si ce n'était elle-même. À l'instar de Lauren, il devait la tenir pour responsable de la mort de Hal.

Elle aurait dû se douter qu'on l'accueillerait ainsi. Elle était stupide d'être venue. Mais aurait-elle pu ne pas assister à l'enterrement de Hal ?

— Nous ne nous sommes pas présentés, dit alors Alex.

— Je suis désolée, dit-elle à son intention.

En fait, elle s'adressait à toute l'assemblée. Il fit un bref signe de tête ; son regard glissa ailleurs. Il lui témoignait, à l'évidence, aussi peu de sympathie que les autres.

— Le stress, l'état de choc, ce sont des choses qui arrivent, se contenta-t-il d'affirmer, prosaïquement.

Jill l'étudia. Hal avait dit que son cousin était originaire de Brooklyn, mais qu'avait-il ajouté ? Qu'il avait vécu à Londres et travaillait dans les affaires familiales ? Qu'il était brillant, elle s'en souvenait — il avait étudié à

Princeton grâce à une bourse sportive, si sa mémoire ne lui faisait pas défaut.

Elle se rendit compte qu'elle le dévisageait à son tour. Son regard s'était assombri comme s'il s'en était aperçu. Jill baissa les yeux. Elle serra très fort ses bras contre sa poitrine. Était-ce cela que l'on ressentait quand on était jeté dans la fosse aux lions ? Elle se résolut à se retirer dans sa chambre dès qu'elle en aurait terminé avec les présentations.

— Mon oncle, le comte de Collinsworth, mes cousins, Thomas Sheldon et Lauren Sheldon-Wellsely, dit-il d'un ton neutre. Et je suis Alex Preston.

Jill se raidit, percevant qu'il la rabaissait délibérément à son rang de roturière américaine, en insistant sur leur appartenance à l'aristocratie britannique.

Hal avait dit que sa famille l'accueillerait à bras ouverts. Qu'ils l'aimeraient comme une de leurs filles. Mais Hal croyait-il vraiment ce qu'il disait ?

— Vous êtes la danseuse, dit Thomas platement, rompant le silence, ses yeux d'ambre dans les siens.

— Oui. Je suis danseuse professionnelle, répondit-elle en tressaillant.

Elle éprouvait le besoin de se justifier, le ton de Thomas pouvant indiquer qu'ils l'imaginaient strip-teaseuse ou quelque chose du même genre.

— Je danse dans un spectacle à Broadway. La première est dans dix jours.

— C'est charmant, lança Thomas. Je ne manquerai pas d'y assister lors de mon prochain passage à New York.

Jill sentit ses joues s'empourprer.

— Je suis sûre que vous aimerez. Je veillerai à ce que vous ayez des places au premier rang.

— Comme c'est gentil de votre part. Je suis certain que ce sera un spectacle formidable.

Jill cilla. Elle savait qu'il y avait un sous-entendu, mais elle était trop éprouvée pour en percer le sens.

— Comment s'est passé votre voyage ? intervint Alex.

Ceci ne soulagea pas Jill. Le ton disait explicitement qu'il s'en souciait comme d'une guigne. Mais elle ne pouvait pas lui servir une banalité.

— C'était difficile. Très difficile.

À sa grande consternation, sa voix se brisa. Elle se détourna aussitôt.

Tout le monde sembla surpris, mais Jill ne put discerner si c'était par sa démonstration d'émotion ou parce qu'elle avait répondu avec franchise. Enfin, tout le monde, sauf Alex. Il ne cessait de la regarder, avec une expression indéchiffrable. Quand il la vit fouiller dans son sac, il lui tendit un mouchoir, comme on tend une pièce à un nécessiteux, sans la moindre sympathie.

— Miss Gallagher, intervint William. Je suis sensible au fait que vous ayez ramené mon fils à la maison.

Jill se crispa, se demandant si sa culpabilité était visible — et priant pour ne pas perdre conscience à nouveau. Le visage de William commença à flotter devant ses yeux.

— Je suis si désolée, commença-t-elle, je n'aurais jamais pensé...

— Oui, bien sûr, nous le sommes tous. Maintenant, si vous voulez bien m'excuser, je désire me retirer.

Son sourire fut bref et forcé ; il était clair qu'il ne souhaitait pas qu'elle termine sa phrase.

Il quitta la pièce d'une démarche de vieillard, les épaules voûtées. Chaque pas semblait lui coûter un effort. Jill s'imagina alors que c'était elle qui en était la cause.

— Mon père a soixante-dix-neuf ans, dit soudain Thomas.

Jill fut transpercée par son regard.

— Cet événement l'a brisé.

— C'était un accident, chuchota-t-elle, ne sachant que dire.

— Un accident, répéta Thomas avec dureté. Un accident.

— Tom, intervint Alex, s'interposant entre eux en saisissant Thomas par l'épaule. Nous sommes tous sous le choc, poursuivit-il d'un ton sous lequel perçait un avertissement, laissons tout cela. Le voyage a dû vous fatiguer, ajouta-t-il à l'intention de Jill, Lauren va vous conduire à votre chambre.

Pressée de prendre congé, elle fit un pas peu assuré

vers la porte, mais la voix coupante de Thomas la stoppa net.

— Que s'est-il passé ?

Jill se figea et resta coite.

— Je vous ai demandé ce qui s'est passé, insista Thomas. Mon frère est mort. J'ai le droit de savoir.

Jill n'eut pas d'autre choix que de lui faire face.

— Nous partions en week-end. Il y avait cet arbre.

Elle ne continua pas.

— Je ne comprends pas, finit-il par avouer en la regardant droit dans les yeux, comme tous les autres. J'ai longuement parlé avec la police de New York. Vous n'aviez pas bu. Vous n'aviez pas pris de drogue. La circulation était fluide. Les routes étaient seulement un peu humides. Je ne comprends pas ! répéta-t-il.

— Je suis désolée, murmura Jill prise de violents tremblements, je ne sais pas ce qui s'est passé...

Mais si, elle le savait. Hal l'avait bouleversée et elle ne s'était plus concentrée sur sa conduite. Elle l'avait tué. Et Thomas avait entièrement le droit de la tenir pour responsable, de la haïr, comme ils en avaient tous le droit.

— Tom. Pas maintenant. Pas aujourd'hui. Pas comme ça, dit Alex d'une voix ferme.

— Alors quand ? Demain ? Avant ou après l'enterrement ? lança sarcastiquement Thomas à son cousin.

— J'aurais préféré vous rencontrer dans des circonstances bien différentes, murmura soudain Jill.

Les larmes lui brouillaient la vue. Tous se retournèrent pour la regarder. Lauren, glaciale, Thomas, visiblement excédé ; Alex, le visage toujours indéchiffrable.

— Hal parlait si souvent de vous, avec un tel enthousiasme... il vous aimait tous et m'a fait vous aimer, il m'a dit combien il souhaitait que nous nous rencontrions... ça n'aurait pas dû se passer comme ça !

Thomas émit un ricanement.

— Trêve de conventions, miss Gallagher. Et de politesse forcée. Mon frère est mort, et s'il ne s'était pas trouvé à New York, il serait vivant aujourd'hui. J'ai une petite idée sur ce que vous voulez, et je vais vous prévenir. Vous n'y arriverez pas.

— Je ne vois pas ce que vous voulez dire, dit Jill, stupéfaite.

Mais Thomas n'avait pas terminé. Le visage congestionné, il ajouta :

— Hal n'avait pas la moindre intention de vous amener ici.

Jill se trouvait dans l'incapacité de répondre. Elle se remémorait leur ultime conversation. Et si Hal avait confié à toute sa famille qu'il avait des doutes sur nous ? pensait-elle.

Alex se détourna, signifiant son intention de clore l'entretien.

— Lauren, voudrais-tu demander que l'on monte des sandwiches à miss Gallagher ? Elle a l'air épuisé. Je suis certain qu'elle souhaite se retirer. Comme nous tous.

Lauren fixa Alex, ahurie. Jill, tremblante, les regardant tour à tour, vit Lauren finir par obtempérer de mauvaise grâce et quitter la pièce.

— Merci, dit Jill à Alex en priant pour qu'il y ait une personne bien intentionnée dans la famille.

Il se contenta de la regarder, et cette fois-ci elle lut dans ses yeux de l'aversion, à peine dissimulée.

— Depuis combien de temps connaissiez-vous mon frère ? demanda Thomas.

— Huit mois, répondit Jill, crispée.

— Comment vous êtes-vous rencontrés ? poursuivit Thomas, implacable.

Jill se surprit à regarder instinctivement Alex, bien qu'elle n'espérât aucun soutien de sa part. Alex l'observa, puis s'adressa à son cousin :

— Nous reprendrons ça demain, Tom.

— Ce n'est pas une question indiscrète, insista Thomas. Aucune ne l'est. Elle arrive ici avec son cercueil. Je veux savoir comment ils se sont rencontrés.

Jill aurait voulu s'appuyer sur quelque chose. Lauren, revenue, lança :

— J'imagine qu'il a dû la rencontrer dans un club de sport.

— Non. Je danse dans un petit studio à Soho, mais

nous nous sommes rencontrés dans le métro, expliqua Jill à l'intention de la jeune femme.

— Ce n'est pas ce que Hal m'avait dit, renchérit celle-ci.

— C'est pourtant vrai, continua Jill, légèrement perplexe.

— Le métro ! (Thomas était incrédule.) Mais qu'est-ce que mon frère pouvait bien fabriquer dans cette saleté de métro ?

— C'est très pratique, affirma Jill sur la défensive.

— Mon frère avait un chauffeur à sa disposition, rétorqua Thomas.

— En effet, mais il ne souhaitait pas vivre de cette façon. Il a rarement utilisé ses services ces huit derniers mois.

Le regard de Thomas signifiait qu'il était persuadé que l'influence de Jill avait conduit son frère à une telle absurdité. Ou bien il pensait qu'elle mentait.

— C'est la vérité, s'écria Jill, Hal était quelqu'un de simple.

— Ne me dites pas comment était mon frère, aboya Thomas.

Ils s'affrontèrent du regard. Et soudain Jill se demanda comment Hal avait pu escompter qu'elle s'intègre dans sa famille. Ils venaient de mondes radicalement différents : de son côté à lui, le milieu des vieilles fortunes, alors qu'elle n'avait même pas de famille, et arrivait tout juste à joindre les deux bouts. Elle contempla le vaste salon. Il faisait quatre fois la superficie de son studio. Ces gens étaient fortunés depuis des générations, faisaient partie des classes supérieures et étaient snobs. Qu'est-ce qu'elle faisait donc là ?

— Vous savez, il m'arrive aussi de prendre le métro quand je suis à New York, dit Alex avec calme. Sa chambre est-elle prête ? demanda-t-il à Lauren qui se tenait à côté de lui.

Celle-ci hocha la tête en signe d'assentiment.

Jill regarda Alex, surprise et reconnaissante. Il avait pris sa défense, cependant, elle ne se faisait pas d'illusions car il n'avait pas franchement pris fait et cause pour elle.

— Et quand l'as-tu pris la dernière fois ? Ça remonte à l'université ? demanda Thomas, sarcastique.

— Quand je suis pressé, répondit Alex en esquissant un sourire, j'abandonne mon chauffeur dans les embouteillages et je prends le métro.

— Hal n'avait rien à faire dans le métro, tout comme il n'avait rien à faire à New York.

Thomas fixa Jill. Son message était clair. Tout était de sa faute, entièrement de sa faute.

Épuisée, malade, elle ne s'était jamais sentie aussi diminuée. Mais la coupe était pleine.

— Pardonnez-moi. Il avait toutes les raisons d'être à New York. J'aimais votre frère. Il m'aimait ! Nous étions heureux !

Pendant qu'elle parlait, leur maudite dernière conversation rôdait dans ses pensées, éveillant des doutes qu'elle n'aurait pas dû avoir. Comment aurait-il pu lui faire ça ?

— Je n'ai jamais aimé personne plus que lui. Je n'aimerai jamais personne de cette manière.

Elle s'arrêta, au bord des larmes.

Cette fois personne ne lui tendit de mouchoir. L'immense salon était impressionnant de silence. Jill prit son propre Kleenex. Elle se sécha les yeux, se refusant à regarder Thomas, Alex ou Lauren. Mais elle avait perçu le sens de leurs expressions. Personne n'avait cru un traître mot de ce qu'elle avait dit.

Jill respira profondément, essayant de retenir ses larmes.

— C'est la stricte vérité, leur assura-t-elle.

— Eh bien, finit par dire Thomas, nous pourrions discuter de votre version de la vérité toute la journée, qu'en dites-vous ?

— Non, réitéra Jill. Vous n'en avez pas le droit.

Thomas avait la mâchoire serrée. Ils se toisèrent. Cette fois Jill refusa de céder, même s'il la dominait largement.

Thomas sourit, l'air lugubre. Il se retourna et quitta la pièce d'un pas déterminé et agressif.

Jill se rendit compte qu'elle tremblait. On ne lui avait jamais parlé ainsi.

— Combien de temps allez-vous rester en notre compagnie, miss Gallagher ?

Jill rencontra les yeux bleus pénétrants d'Alex. Elle s'humecta les lèvres.

— Je suis censée rentrer après-demain.

— Si vous me communiquez l'heure de votre vol, je ferai en sorte qu'un chauffeur vous dépose à Heathrow, offrit Alex.

Jill savait qu'il était impatient qu'elle s'en aille, et que la date de son départ n'était pas assez proche pour lui convenir à lui et aux autres. Mais elle ne pouvait pas changer de vol, n'ayant pas les moyens de le faire. Et, de plus, elle était en droit d'assister à l'enterrement.

— Venez avec moi, je vous prie, dit Lauren.

En fait, c'était un ordre. Jill regarda ce visage de marbre. Elle était impatiente de quitter le salon.

— Je vous suis.

— Une minute, miss Gallagher.

— Oui ? fit Jill en se crispant devant Alex.

— Je veux vous avertir, dit-il, campé sur ses jambes légèrement écartées, presque menaçant. Cette famille est sous le choc. Vous êtes une étrangère parmi nous. Je ne veux pas de trouble, aussi infime soit-il. Je vous demande de faire profil bas, très bas, jusqu'à votre départ.

— Je n'ai pas l'impression que vous me demandiez quoi que ce soit, siffla-t-elle entre ses lèvres serrées, vous me donnez des ordres.

— C'est un conseil que je vous donne, précisa-t-il d'un ton neutre.

— Je sais que je ne suis pas la bienvenue ici. J'imagine que j'aurais dû renvoyer Hal chez lui tout seul. Mais cela m'était impossible.

Quelque chose cilla dans les yeux bleus d'Alex.

— Personne ne vous a demandé une telle chose, miss Gallagher.

— Je suis désolée si mon arrivée a fait des vagues. (Elle devint soudain amère.) Il est mort dans mes bras. Comment aurais-je pu ne pas le raccompagner ? Je suis en droit d'assister à l'enterrement.

Elle sentait les larmes lui couler le long des joues. Elle lança un regard furieux à Lauren.

— Ce n'était pas une aventure d'un soir. Nous étions presque fiancés, il m'avait fait sa demande une semaine avant sa mort. Oui, il m'avait demandé de l'épouser ! s'écria-t-elle, agressive.

Les mots étaient sortis tout seuls, et malgré cela sa confiance s'écroulait. Submergée par l'émotion, elle ne put continuer. Il n'y avait plus grand-chose à dire de toute façon.

Puis elle vit que Lauren et Alex la considéraient avec incrédulité.

— Je ne vous crois pas, lança Lauren, il ne vous aurait jamais demandé de l'épouser. Thomas a raison à votre sujet !

Jill sursauta. Elle ne comprenait pas ce que Lauren voulait dire.

— Hal et moi étions très proches ! s'écria Lauren. Nous n'avons, nous n'avions, que deux ans de différence. Il m'a dit que vous sortiez ensemble. C'est tout. Il m'en a parlé une fois ou deux. Je connais mon frère ! S'il avait été amoureux et avait pensé se marier, il me l'aurait dit !

— Non, affirma-t-elle en secouant la tête, craignant de s'évanouir.

Elle regarda alternativement Lauren et Alex. Celui-ci la sondait de son regard bleu perçant. Il ne me croit pas non plus, se dit-elle. Et elle eut terriblement peur de lire également de la pitié dans ses yeux.

— Il m'a demandé de l'épouser, absolument, s'entêta-t-elle d'une voix rauque.

— Passons, commenta Alex, les mains sur les hanches. Cette affirmation est discutable. Lauren ?

Jill fut prise d'une soudaine résolution. Elle ne laisserait jamais deviner à cette famille qu'elle-même avait des doutes, que Hal était indécis sur la fin, qu'ils avaient peut-être tous raison, et que c'était elle qui se leurrait.

Lauren s'avança, les yeux rouges.

— Venez. Je vais vous montrer votre chambre.

Elle quitta le salon sans même vérifier si Jill la suivait. Celle-ci hésita. Alex la regardait sans ciller et elle eut la désagréable impression qu'il avait deviné son doute et compris toute l'histoire. Mais ce ne pouvait être le cas. Elle devait être paranoïaque.

— Nous parlerons demain, dit-il soudain.

Il y avait quelque chose d'inflexible dans son ton, qui pressa Jill de s'éloigner. Elle n'avait aucune envie de parler avec lui le lendemain, ni à aucun autre moment. Ah, pût-elle n'être jamais arrivée dans la maison des Sheldon !

Jill emboîta le pas à Lauren jusqu'au troisième étage. Tandis qu'elles suivaient un long couloir de moquette bleue et dorée, où étaient accrochées de nombreuses œuvres d'art, Jill eut soudain envie de voir la chambre de Hal, la chambre de son enfance. Celle où il dormait quand il venait en ville. Elle y trouverait peut-être un peu de réconfort.

Elles firent halte devant une porte richement ornée.

— Bonne nuit, lança Lauren avant de tourner les talons.

Jill la regarda s'éloigner. Elle ne se méprenait pas sur sa grossièreté. Elle pénétra dans sa chambre et referma la porte derrière elle.

Ses bagages avaient été montés. Ils étaient soigneusement alignés au pied d'un immense lit à baldaquin. Le dessus de lit en velours vert foncé était assorti à la housse protégeant la tête de lit, aux oreillers et au revers du drap selon des harmonies de vert, bleu et or. Jill contempla le décor, les yeux écarquillés. La chambre faisait au bas mot la superficie de son studio du Village.

Le plafond rose était décoré d'une volumineuse rosace en stuc beige sculptée en son centre. Les murs d'un ravissant vert jade très pâle étaient recouverts de petits tableaux anciens. Il y avait aussi une cheminée de marbre vert foncé, en état de marche. Le mobilier était d'époque, et les tissus — brocarts, soieries et damassés — luxueux, bien que décolorés par le temps.

Jill erra dans la pièce, touchant les jolies lampes de porcelaine, le petit paravent chinois noir vert et doré déployé dans un coin. Hal avait-il déliré ? Jamais, au grand jamais elle n'aurait eu la moindre place dans cette famille.

Jill s'immobilisa soudain, saisie d'une horrible intuition.

Hal était tombé amoureux d'elle. Mais quand leur relation était devenue plus sérieuse, il avait compris que sa famille se battrait bec et ongles contre ce mariage. Les Sheldon n'auraient jamais accepté chez eux une danseuse de rien du tout. C'était pour cela qu'il s'était mis à douter.

Jill se laissa sombrer dans son lit.

Dès le début de leur histoire, Hal avait souvent parlé de sa famille avec amour et fierté. Il était clair pour Jill que celle-ci était au centre de son existence. Et le fait qu'elle-même en fût dépourvue avait été une des toutes premières raisons qui l'avait fait tomber amoureuse de lui.

Elle ferma les yeux. Hal ne ressemblait pas du tout à son frère, son cousin ou sa sœur. Il n'était pas arrogant, ne faisait pas étalage de sa fortune. Jill n'avait pas menti : il utilisait rarement les services de son chauffeur, et il préférait les jeans et les tee-shirts aux costumes avec pardessus. Cela n'avait jamais gêné Jill qu'il ne réussisse pas à vivre de ses photos. C'était un artiste, comme elle, et elle avait cru sincèrement en lui. Elle avait toujours été persuadée qu'un jour il aurait sa chance.

Soudain les pièces du puzzle commencèrent à se mettre en place. Hal était si différent d'eux. Le fait qu'il les adorait n'était pas à remettre en question. Cependant, n'était-il pas venu à New York pour leur échapper, pour échapper à la pression d'être un Sheldon — d'être le Sheldon différent, presque la brebis galeuse ?

Si cela était exact, Hal avait dû être tiraillé. Mais il avait bien dissimulé son conflit intérieur — jusqu'à leur ultime conversation.

Jill serra son oreiller, essayant de stopper ainsi ses pensées. À la fin, Hal comprenait qu'il ne pouvait la ramener chez lui sans avoir à choisir entre elle et sa famille. Jill sanglota.

Lorsqu'elle réussit à se calmer, elle resta à contempler le plafond, consciente qu'elle ne saurait jamais comment il aurait résolu ce dilemne. Elle souhaita n'être jamais venue à Londres.

Elle s'accrocha avec désespoir au désir de voir Hal

vivant, d'être à New York au milieu de leur conte de fées. Car, désormais, tout cela avait l'apparence d'un stupide conte de fées... qu'elle n'oublierait jamais.

Jill ne put trouver le sommeil. Hal lui manquait terriblement.

Mais le pire était peut-être de contempler le plafond dans l'obscurité, en se sentant incommensurablement seule, une fois encore.

Jill alluma la lampe de chevet. Elle pouvait prier Dieu tant qu'elle voulait, Hal était mort et rien ne changerait cela. D'une façon ou d'une autre elle survivrait, comme elle avait survécu à la mort de ses parents vingt-trois ans auparavant. Mais cette fois, la perte était différente. Cette fois elle s'accrocherait à ses souvenirs. Elle voulait ne jamais oublier, dût-elle souffrir le reste de sa vie.

Brusquement, Jill se leva. Rester dans un lit à ressasser ses pires craintes et ses rêves désormais inaccessibles allait la rendre folle. Elle avait besoin de faire quelque chose pour se changer les idées.

Jill s'approcha d'une télévision posée sur une table de nuit et l'alluma. Elle se massa le front. L'humour britannique ne la captiva pas. Ce dont elle avait vraiment besoin, c'était d'un somnifère ou deux, mais elle n'en avait pas. À défaut, un bon verre bien tassé pourrait faire l'affaire. Un Martini, par exemple, pensa-t-elle, presque avec rage.

N'avait-elle pas aperçu un chariot à alcools dans le salon où elle s'était évanouie ?

Jill regarda la pendulette sur sa table de nuit. Il était 23 h 45. Elle était arrivée à 19 h 30. Toute la famille devait être endormie. Elle traversa la pièce, enfila son jean. Elle refusa d'envisager ce qui se passerait si on la surprenait à rôder dans la maison. Hal lui avait dit que Lauren et Alex ne vivaient pas ici. Si elle devait tomber sur quelqu'un, ce serait sur ce salaud de Thomas. Tant pis pour lui. S'il osait la traiter comme il l'avait fait plus tôt, elle l'affronterait. Elle ne devait rien aux Sheldon. Elle était seule, et si elle ne se prenait pas en charge, personne ne le ferait pour elle.

Jill atteignit le salon sans croiser âme qui vive. Elle se servit un scotch. Elle n'en buvait pas d'habitude et n'aimait d'ailleurs pas ça. Elle remonta l'escalier, mais s'arrêta au palier du deuxième étage pour siroter son verre. L'alcool la réchauffa et annihila son chagrin presque tout de suite. Elle savait que la chambre de Hal se trouvait à cet étage. Il lui avait souvent dit combien il en aimait la lumière.

Elle aurait tant voulu y aller et errer parmi ses affaires. Sans permission, le pouvait-elle ?

Mais cela ne gênerait pas Hal. Jill le sentait presque qui l'encourageait.

Elle emprunta donc le couloir, son verre de scotch à la main, aussi silencieusement que possible. Elle s'arrêta devant une porte et y colla l'oreille. N'ayant rien entendu, elle frappa très doucement. Toujours pas de réponse.

Le cœur battant la chamade, Jill ouvrit la porte. Des ombres l'accueillirent. Elle alluma la lumière. La pièce était visiblement abandonnée depuis des années, et ne ressemblait en rien à une chambre de jeune homme.

Elle poursuivit son inspection dans le couloir tout en finissant son scotch. Elle trouva trois autres pièces inoccupées. Elle se demanda alors si ce qu'elle faisait était judicieux, mais l'alcool lui insuffla le courage de poursuivre. Deux pièces plus loin, elle sut qu'elle était tombée juste.

En face d'elle se trouvait une bibliothèque, dont une des étagères était entièrement remplie de photographies. Les murs aussi étaient couverts de photos. Elle aurait reconnu le travail de Hal entre mille. Elle se faufila dans la pièce, referma derrière elle et alluma la lumière. Jill eut envie d'un autre verre. L'œuvre, omniprésente, l'enveloppait.

— Oh, Hal, murmura-t-elle, mais ces mots lui semblèrent dénués de sens.

Les rideaux bleu roi étaient entrouverts. La pièce était baignée d'ombres dansantes venant des réverbères de la rue. Le cœur battant, Jill s'approcha de la bibliothèque. Hal lui avait raconté qu'il photographiait avec frénésie tout ce qu'il voyait. Elle vit des photos de bêtes sauvages — certainement prises lors d'un safari — de fleurs, d'arbres, de paysages, de Stonehenge. Et des photos de famille.

Elle plissa les yeux pour mieux voir et saisit une photo

de Thomas, prise il y avait peut-être dix ans. À cette époque déjà il avait l'apparence d'un mannequin ou d'un acteur. Jill regarda attentivement, la scène avait été de toute évidence prise sur le vif. Hal avait surpris Thomas penché sur un enfant, avec sur le visage la plus belle expression d'amour qu'on puisse imaginer. Jill pensa que ce devait être son enfant.

Elle reposa la photo. Sur une autre étagère se trouvaient plusieurs photos de Hal adolescent et jeune homme. Ce n'étaient pas des autoportraits. Jill n'y reconnaissait pas la patte de Hal.

Elle toucha les cadres. Sur une photo il jouait au football, sur une autre il montait lors d'une chasse à courre — là, il avait vraiment l'air d'un aristocrate — et sur la dernière il brandissait un diplôme. Elle sourit à travers le flot ininterrompu de ses larmes.

Elle fit une pause. Il y avait une quatrième photo de lui aux sports d'hiver, en compagnie d'une jeune femme. Une terrible douleur lui traversa le cœur alors qu'elle examinait l'image. Ce n'était pas Lauren. Cette jeune femme était rousse et d'une beauté à couper le souffle. Bien sûr, ce cliché devait remonter à plusieurs années et sa jalousie était absurde. En l'étudiant de près, Jill remarqua que Hal avait l'air très mince, malgré ses vêtements de ski. Était-il malade à l'époque ?

Elle reposa le cadre et jeta un œil sur les quelques livres qui garnissaient le reste de l'étagère. Ensuite elle alla jusqu'à l'imposant lit à baldaquin en bois très sombre. Elle posa sa tête sur le dessus de lit. Hal n'avait probablement pas dormi là depuis des années.

Assise sur le lit, elle parcourut du regard les photographies sur les murs. La plupart étaient en noir et blanc. Il y avait de nombreux portraits de gens qu'elle ne connaissait pas, et beaucoup de sa famille. Elle en examina un en particulier : le beau visage d'une femme mûre au port de tête altier, qui devait être sa mère, la comtesse, qu'elle n'avait pas encore rencontrée. La ressemblance ne laissait aucun doute.

Jill ne bougea pas, imprégnée de la présence de Hal. Elle eut même un instant la sensation fugace de le sentir à côté d'elle. Épuisée, elle s'allongea. Le lit de Hal était plus que confortable : il était rassurant. Elle crut sentir l'odeur de son eau de toilette, mais ce n'était qu'une illusion.

Elle tourna la tête et découvrit une autre photographie posée sur une table de nuit, très vieille celle-ci, dans un cadre d'argent ancien. Jill prit le cadre dans ses mains et le contempla avec surprise. C'était une photo en noir et blanc de deux jeunes femmes en robes de style. Malgré son peu de connaissances en la matière, Jill se dit qu'elles devaient être du début du siècle. Elles étaient blanches, longues, près du corps ; les deux femmes portaient des canotiers. Elles se tenaient l'une à côté de l'autre devant une grille en fer forgé, et fixaient l'appareil sans sourire.

Cette photo appartenait-elle à Hal ?

Jill fut troublée, jusqu'à ce que lui reviennent en mémoire leurs quelques visites dans les musées de New York. Hal avait toujours pris plaisir à lui expliquer des détails du mode de vie de la fin du XIXe et du début du XXe siècles — il semblait assez calé sur le sujet. Bien sûr qu'elle lui appartenait. Il avait certainement dû admirer cette photo.

Jill l'observa de plus près, essayant de trouver ce qui avait pu l'attirer, mais, pour elle, ce n'était qu'une vieille photo de deux jeunes et jolies femmes. Elle haussa les épaules et posa le cadre sur le lit. Elle soupçonnait cependant qu'il y avait là quelque chose d'étrange. Hal ne collectionnait pas les photos anciennes. Il était trop absorbé par sa propre œuvre. Elle en eut la chair de poule.

Jill reprit le cadre après une hésitation. Sans trop savoir ce qui la poussait à agir ainsi, elle le retourna. Elle sursauta. Il y avait une inscription à la main au dos du cadre.

« Kate Gallagher et Anne Bensonhurst, été 1906 », lut-elle à haute voix.

C'était l'écriture de Hal. On ne pouvait s'y tromper.

Jill resta pétrifiée. Elle ne savait que penser. Car son nom de famille était Gallagher, et le dernier mot que Hal avait prononcé était « Kate ».

Il s'agissait sûrement d'une coïncidence étrange, rien de plus. Jill se persuada que cette photo n'avait aucun rapport avec cette femme prénommée Kate, qui était probablement son avocate ou quelqu'un de ce genre. Jill retourna le cadre. Qui étaient ces femmes ? Et pourquoi Hal avait-il trouvé cette photo assez importante pour la conserver et inscrire cette légende ?

Elle se renfrogna. En dépit de ses efforts pour se rassurer, elle était soucieuse et mal à l'aise.

Cependant, elle continuait à regarder l'image. Les deux femmes avaient les cheveux foncés et le teint pâle. Bien sûr, à cette époque les femmes ne s'exposaient pas au soleil. L'une d'elles n'était ni laide ni vraiment jolie, malgré des traits classiques. Elle était éclipsée par sa compagne, qui, elle, avait des traits saisissants. C'est cette jeune femme qui accapara l'attention de Jill, et la fascina.

Elle ne pouvait en détacher les yeux. Il y avait en elle quelque chose d'irrésistible, quelque chose de si inhabituel. Elle était belle, mais pas au sens classique du terme. Elle avait le nez droit, la mâchoire trop grande, les pommettes très hautes et un grain de beauté sur la joue droite. Jill ne croyait pas que seuls ses traits l'impressionnaient. Peut-être étaient-ce ses yeux. Ils étaient sombres, pétillants d'intelligence, de vitalité, de joie. Elle eut la nette impression que cette femme possédait des secrets qu'elle souhaitait que l'on découvre.

La femme au grain de beauté la regardait, avec un sourire imperceptible que Jill remarqua enfin, et ses yeux la défiaient de faire... de faire quoi ?

— Mais qu'est-ce que vous vous imaginez pouvoir faire ici ? demanda une voix brusque venant de derrière elle.

Jill poussa un cri, lâchant la photographie.

— Je vous ai demandé ce que vous faisiez ici, lança Alex du seuil de la pièce.

Et il alluma toutes les lumières.

2.

Jill porta sa main à son cœur, dont le rythme s'affolait.

— Vous m'avez fait peur, dit-elle.

— Excusez-moi. Je ne pensais pas trouver quelqu'un ici.

Alex entra. Son expression était maintenant difficile à déchiffrer, alors qu'elle était sans ambiguïté quelques instants auparavant.

— Que faites-vous ici ?

Son regard direct la mettait extrêmement mal à l'aise.

— Je ne pouvais pas dormir, avoua Jill d'un ton hésitant.

— C'est la chambre de Hal. Comment l'avez-vous trouvée ? continua-t-il sans ciller.

— Par hasard, répondit Jill en rougissant. Je suis désolée si mon exploration vous a offensé.

— Vous êtes ici une invitée, pas une prisonnière. Mais c'est une maison de famille.

Ce qu'il venait de dire était clair, elle aurait pu déranger la famille.

— Je savais que la chambre de Hal se trouvait au deuxième étage, continua la jeune femme, gênée. Comme je n'arrivais pas à m'endormir, je suis descendue me servir un verre. Je me suis retrouvée ici. Je ne voulais déranger personne — et je ne crois pas l'avoir fait — jusqu'à maintenant.

Il la scrutait attentivement, et ne répondit pas. Jill n'arrivait pas à lire dans ses pensées. Mais cela lui donna l'occasion de l'étudier elle aussi. Il s'était changé et portait un vieux Levi's délavé qui moulait sa fine silhouette. Il avait revêtu un pull en cachemire jaune usagé, certainement très cher. Peu d'hommes pouvaient se permettre de porter du jaune canari sans avoir l'air ridicule.

Jill détourna les yeux. Les photos de Hal étaient partout.

— Il me manque, ajouta-t-elle faiblement, il me manque vraiment. Je crois que c'est la raison pour laquelle je suis venue ici.

— Il nous manque à tous.

Alex inspecta la pièce, puis aperçut la photo sur le lit.

— Vous cherchiez quelque chose ? demanda-t-il abruptement, les yeux fixés sur le cadre. Qu'est-ce que c'est que ça ?

— Non, je ne cherchais rien, répondit Jill, interloquée. Mais je n'ai pas pu m'empêcher de regarder ses affaires. Il y a quelques instants j'ai presque eu l'impression qu'il était là, avec moi.

Est-ce qu'il la soupçonnait ? Elle esquissa un léger sourire, qu'il ne lui rendit pas. Elle prit la photo des deux femmes. Ses doigts caressèrent le cadre, comme mus par leur propre volonté.

— J'ai trouvé ça sur la table de nuit, expliqua Jill avec lenteur.

La femme au grain de beauté attira à nouveau son attention. On eût dit qu'elle regardait Jill, qui lui rendit son regard. L'une de ces deux femmes s'appelait Kate Gallagher. Quelque chose en elle la déstabilisa d'une manière déplaisante.

Elle contempla la photographie, certaine que des deux femmes Kate Gallagher était celle aux yeux provocants, à l'expression taquine et enjouée. Son nom était une coïncidence, bien sûr. Si seulement Hal n'avait pas prononcé le nom de « Kate » dans son dernier souffle, pensa-t-elle, l'air sinistre.

— Qu'y a-t-il ? questionna Alex.

Elle était tellement perdue dans ses pensées que cette

simple question d'Alex la fit sursauter. Elle avait oublié l'espace d'un instant où et avec qui elle se trouvait.

— C'est l'écriture de Hal au dos de cette photo, dit Jill. C'est le portrait de deux femmes, Kate Gallagher et Anne Bensonhurst. Elle est datée de 1906. Je trouve cela étrange, parce que Hal ne collectionnait pas les œuvres des autres, précisa-t-elle en levant les yeux vers Alex. Et n'est-ce pas curieux que je porte le même nom que l'une des femmes de la photo ?

— Gallagher est un nom très courant, affirma-t-il sans hésitation.

— Mais pourquoi gardait-il celle-là ? En avez-vous une idée ?

Elle n'avouerait jamais à Alex ou à quiconque que Hal avait prononcé le nom d'une autre femme en mourant.

Alex haussa les épaules. Il se rapprocha cependant pour étudier l'image.

— Anne Bensonhurst était la grand-mère de Hal, et ma grand-tante. C'est de toute évidence la raison pour laquelle Hal avait conservé cette photo.

Jill fut brièvement soulagée, ce simple fait expliquait tout.

— Anne Bensonhurst était sa grand-mère, répéta-t-elle.

Puis son soulagement disparut. Cela expliquait-il tout ?

Elle regarda Alex, se détournant difficilement du portrait.

— Vous savez certainement que Hal s'intéressait à la fin de l'époque victorienne et aux débuts de l'époque edwardienne. Nous allions souvent au musée à New York. Il était toujours attiré par les expositions concernant le tournant du siècle.

— C'était un mordu d'histoire, dit Alex.

Jill se remémora soudain un après-midi passé au Metropolitan Museum. Après leur visite ils étaient allés à la terrasse du Stanhope où ils avaient pris un cappuccino en regardant passer les gens, le bras de Hal posé sur son épaule. Tout à coup ce fut là, en elle : une grosse boule de chagrin, un sentiment insupportable de perte, de solitude, de culpabilité.

— Qu'y a-t-il ?

Jill avala sa salive. Elle ne devait pas penser à Hal. Mais à Kate Gallagher. C'était plus sûr, plus facile.

— Anne, c'est celle sur la gauche, avec les cheveux plus foncés ?

— Oui.

— Elle vous ressemble, en un peu plus ronde.

— Juliette, sa sœur aînée, était mon arrière-grand-mère.

— Comment se fait-il que cette branche de la famille se soit retrouvée en Amérique ?

Jill était sincèrement curieuse. Elle s'essuya les yeux du bout des doigts.

— Ma grand-mère a épousé un américain, c'est aussi simple que ça, expliqua Alex qui parut se détendre. En fait, elle a eu beaucoup de chance. Il ne restait plus rien pour elle en Grande-Bretagne.

Quelque chose dans son intonation poussa Jill à le regarder plus attentivement.

— Que voulez-vous dire ?

— Mon arrière-grand-mère est morte très jeune. Un accident de voiture à cheval. La fortune des Bensonhurst est revenue à Anne, car les biens peuvent être transmis aux femmes. Seuls les titres ne peuvent être transmis qu'aux hommes. Ma grand-mère, née Feldston, fut envoyée en pension quand son père se remaria. La majeure partie de la relative fortune de celui-ci revint à son fils ; ma grand-mère fut le « parent pauvre », et ce fut une aubaine qu'un gentleman américain tombe amoureux d'elle et l'enlève pour l'emmener à l'étranger.

Jill se demanda s'il s'identifiait à sa grand-mère. Mais il n'y avait rien en lui qui évoquât la gêne. Même en jean, il dégageait une forte image de réussite, de confiance en soi et de puissance. Il n'avait pas non plus l'air amer, mais il était à l'évidence habile à dissimuler ses sentiments.

— Vous êtes donc revenu à vos racines, remarqua Jill.

Elle fut clouée par un regard glacial.

— Mes racines, c'est Chez Luigi, où ma mère a été serveuse toute sa vie. Mes racines, c'est Coney Island, pas Mayfair.

— Alors que faites-vous ici ?

— Ma mère est morte quand j'avais treize ans, révéla-t-il en détournant les yeux. Je n'étais pas un inconnu pour la famille, nous passions tous les étés chez eux. Ils m'ont recueilli. (Il sourit fugitivement.) Tout apprenti voyou que j'étais. (Le sourire s'effaça.) C'est la meilleure chose qui me soit jamais arrivée.

Jill essaya de se représenter cet homme en gamin des rues de Brooklyn, propulsé dans cette caste privilégiée.

— Cela a dû être très difficile.

Il haussa les épaules, ne souhaitant manifestement pas s'étendre sur le sujet. Jill s'en accommoda fort bien. Elle revint une fois de plus à Anne et Kate.

— Ne serait-ce pas une coïncidence des plus étranges si Kate Gallagher s'avérait être une de mes parentes ?

Les mots étaient sortis tout seuls.

— Il y a une chance sur un million.

Jill acquiesça. D'un autre côté, elle avait le vague soupçon qu'elle ne savait pas tout ce qu'il y avait à savoir...

— Savez-vous quelque chose sur elle ? demanda Jill, toujours en scrutant le portrait.

Elle subodorait que Kate esquissait un petit sourire au photographe. Elle étudia de plus près la photo et conclut que Kate s'intéressait au photographe ou qu'elle était cabotine.

— Non. Pourquoi saurais-je quoi que ce soit sur une personne figurant sur un vieux cliché ?

— Savez-vous où il a été pris ? demanda-t-elle en lui tendant soudain le portrait.

Alex étudia l'image.

— Franchement, je ne vois aucun indice. Cela pourrait être n'importe où.

L'ignorant, il remit la photo à plat sur la table de nuit.

— Hal était l'historien de notre famille, affirma-t-il, moi je m'intéresse au présent et au futur, pas au passé.

— Quant à moi, hésita Jill, je crois que je suis également intéressée par l'histoire.

Il ne répondit pas. Elle réalisa alors qu'il était très

tard, et qu'elle était pieds nus dans la chambre avec lui. Puis elle s'aperçut que lui aussi était pieds nus. Elle croisa les bras.

— Je crois que je devrais retourner dormir, dit-elle.

Elle jeta un dernier coup d'œil à la table de nuit. Pour une raison qui lui échappait, elle avait envie d'emporter la photo et de continuer à l'examiner. Mais c'était un bien de famille. Alex ne la laisserait pas l'emporter dans sa chambre.

Et si Kate Gallagher était son ancêtre ? Il n'y avait aucune raison qu'elle soit son arrière-grand-mère, même si elles portaient toutes deux le même nom. Jill était intriguée, à un point tel qu'elle en frissonna... jusqu'à ce qu'elle se rappelle les dernières paroles de Hal. Si seulement il était vivant, il pourrait lui donner les réponses qu'elle cherchait désespérément.

Le silence persistant d'Alex la mettait mal à l'aise. Jill évita son regard.

— Bien, conclut-elle en enfonçant les mains dans les poches de son jean, si ça ne vous ennuie pas, je vais me servir un autre verre avant de retourner dans ma chambre.

Elle se dirigea vers la porte.

Mais il ne bougea pas d'un pouce, et il lui barrait le passage.

— Que s'est-il passé, Jill ? Comment cela s'est-il passé, je veux dire ? Comment avez-vous heurté l'arbre ?

Son ton était calme, à l'inverse de celui de Thomas lors de ses précédentes tentatives pour la questionner.

Jill voulut se soustraire à cette inquisition.

— Vous avez vous-même dit que cela pouvait attendre. Je ne pense pas être capable d'en parler maintenant.

Elle regardait la porte avec l'énergie du désespoir, souhaitant s'éclipser.

— Vous feriez mieux de me parler à moi plutôt qu'à eux, affirma-t-il les mains sur les hanches. Demain, Thomas exigera les mêmes réponses. Mais il est extrêmement bouleversé, et très agressif. Pourquoi ne me le dites-vous pas plutôt à moi ? Cela vous épargnera des moments très difficiles.

Après Thomas, c'était Alex qui la poussait dans ses retranchements. Jill se mit à transpirer.

— C'est un interrogatoire ? demanda-t-elle avec lenteur, la chaleur lui montant aux joues.

— Non. À moins que vous ne le considériez ainsi.

Comme elle restait muette, il poursuivit :

— Pourquoi êtes-vous si nerveuse ? Que cachez-vous ?

— Je ne suis pas nerveuse, mentit-elle, je suis épuisée, je souffre du décalage horaire et je me sens très mal. Je viens de perdre quelqu'un...

Il l'interrompit, comme s'il ne la croyait pas.

— Hal était très proche de la famille. Même s'il avait peu téléphoné ces derniers temps... trop préoccupé... ou parce qu'il cachait quelque chose.

— Je sais combien il était proche de sa famille, il parlait de vous tout le temps. Il n'avait rien à cacher, répliqua Jill, crispée.

Mais il l'avait fait, non ? Il avait dissimulé leur relation.

— Ce quelque chose, c'était vous.

Il était intelligent. Jill lui en voulut pour sa franchise. Elle chercha une échappatoire pour gagner du temps, à tout prix.

— Que voulez-vous dire ?

— Allez, dit froidement Alex. Pourquoi tourner autour du pot ? (Son regard restait direct et intense.) Vous vivez dans un studio miteux dans le Village. Vous êtes danseuse. Vous êtes américaine, fauchée. Vous n'êtes pas exactement le genre de fille qu'il aurait ramenée à la maison, et encore moins épousée.

— C'était sur le point de se faire, murmura-t-elle, sidérée. J'imagine que vous n'êtes jamais tombé amoureux ?

Ses mots la blessaient, peut-être parce qu'ils étaient proches de la vérité.

Il ignora sa question.

— Écoutez, je suis américain, comme vous. J'ai grandi dans les rues de Brooklyn. Je sais ce que c'est que d'être fauché, et je connais mes cousins. Je connais mon oncle. Il avait des projets pour Hal, surtout après la déception causée par le divorce de Thomas. Et par la situation de Lauren.

Jill ne posa pas de question.

— Si vous pensiez sincèrement que Hal allait vous ramener à la maison et vous épouser, je vous plains, conclut Alex d'un ton neutre.

— Il allait le faire, il allait le faire, psalmodia Jill en se mordant la lèvre.

Le regard d'Alex était direct, plein de pitié.

— Je sais ce que Hal dissimulait, dit Alex, mais je n'arrive pas à trouver ce que vous, vous cachez. Que s'est-il passé au moment de l'accident ?

— Je ne sais pas, mentit-elle. Cela s'est passé si vite. Nous parlions, puis j'ai levé les yeux et j'ai vu l'arbre. Je n'ai même pas heurté le rail de sécurité avant !

— Je sais. J'ai fait ma petite enquête, dit-il en soutenant son regard, mais pas assez approfondie, on dirait. Vous conduisiez. Les routes étaient dégagées. C'était le milieu de l'après-midi. Vous n'aviez pas bu et il n'y avait pas de traces de drogue dans votre sang. Comment peut-on quitter la route et rentrer dans un arbre dans ces conditions ? insista-t-il.

Ils s'affrontèrent du regard. Il la mit mal à l'aise, et elle détourna les yeux aussitôt.

— Arrêtez, dit-elle tout bas. Pas maintenant, pas comme ça, pas ce soir.

— Hal était mon cousin. Nous avons grandi ensemble. Je veux savoir ce qui s'est passé. Vous n'étiez pas concentrée sur votre conduite. Voilà ma conclusion. Ce qui veut dire que vous étiez distraite par quelque chose.

— Je vais vivre avec ça le reste de ma vie : je conduisais, je suis rentrée dans cet arbre et j'ai tué Hal, explosa Jill. Je ne sais pas ce qui s'est passé.

Elle croisa les bras. Elle avait du mal à respirer et haïssait Alex de la pousser ainsi dans ses retranchements.

— Je ne dissimule rien, chuchota-t-elle.

— De quoi parliez-vous tous les deux ? demanda-t-il, impitoyable.

— Je ne m'en souviens pas !

— Comme c'est pratique, répondit-il, vous vous disputiez ?

Jill se sentit blêmir.

— Vous vous disputiez, affirma Alex avec calme, ses yeux dans les siens. Et je devine à propos de quoi.

— Votre famille est terrible, cria-t-elle, les larmes aux yeux. Vous êtes terrible. J'aimais Hal ! Vous ne le voyez donc pas ? Vous êtes la personne la plus glaciale que j'aie jamais rencontrée ! J'ai perdu l'homme que j'aimais, hurla-t-elle. L'homme dont j'avais rêvé toute ma vie !

— Et moi j'ai perdu mon cousin. Thomas et Lauren ont perdu leur frère, ma tante et mon oncle ont perdu leur fils, bon Dieu, asséna-t-il avec dureté.

— Je suis si désolée, murmura-t-elle finalement.

Il lui tournait le dos.

— Je sais que vous me haïssez tous, mais je me hais déjà moi-même. Je vous en prie, ne me faites plus ça.

Jill s'effondra sur le lit. Elle se couvrit brièvement le visage de ses mains, sans parvenir à se calmer.

— Demain je trouverai un hôtel quelque part.

Alex lui fit face avec une expression implacable.

— N'y pensez plus. Il n'y a pas une seule chambre correcte en ville. Mon agent de voyages a essayé en vain toute la journée.

Il était clair qu'il ne l'avait pas fait par gentillesse. Y avait-il quelqu'un dans cette famille qui fût doté de compassion ? Jill murmura alors, très peu sûre d'elle :

— Pourquoi ne pas nous aider mutuellement maintenant, en partageant notre chagrin, au lieu de nous affronter comme ça ?

— Parce que Hal est mort, coupa-t-il.

Jill éclata presque en sanglots. Comme il avait raison !

— Bon, laissez-moi vous reconduire à votre chambre, dit Alex, il est tard et je suis fatigué.

Jill ne le regarda pas, ne lui répondit pas non plus.

— Vous êtes prête ? demanda-t-il en désignant la porte d'un signe de tête. Même si vous ne pouvez pas dormir, je vous conseille de vous reposer. Demain la journée sera éprouvante.

Jill vacilla. La réalité fondit sur elle, lui faisant oublier la photographie et les affreuses questions d'Alex. Demain ils allaient enterrer Hal.

— Après vous, dit-il en lui pressant le bras avec impatience.

Jill le repoussa. Elle ne voulait pas qu'il la touche, même d'un geste anodin. En passant devant lui, elle se demanda si elle surmonterait le jour à venir.

Jill ne savait plus si elle avait demandé à sa voisine de s'occuper de son chat. Inquiète, elle appela New York, ne sachant si elle pourrait joindre cette actrice au chômage qui enchaînait les petits boulots, sans horaires fixes. Heureusement, elle répondit à la deuxième sonnerie.

— KC, c'est Jill, je t'appelle de Londres.

— Jill ! Je me fais tellement de souci pour toi. Comment vas-tu ?

Jill se représenta son amie au bout du fil, toute attentionnée. Elle avait un cœur en or.

— Ça va, commença-t-elle, puis : Mon Dieu, ça ne va pas, ça ne va pas du tout.

— Je sais, dit KC d'un ton plein de compassion. Tout va s'arranger Jill, je le sais, il faut du temps.

La jeune femme ne répondit pas. La douleur lancinante était revenue. Mais elle savait que KC pensait sincèrement ce qu'elle disait. Avec une ardeur égale à celle qu'elle mettait à devenir actrice, elle se passionnait pour la vie spirituelle. Elle touchait à tout, depuis la chiromancie jusqu'à l'hindouisme. Elles s'étaient rencontrées trois ans plus tôt dans un vernissage à Soho où KC tirait les cartes. Très sceptique et un peu éméchée, Jill s'était laissé convaincre d'essayer.

À sa grande surprise, KC avait dit très vite, après un coup d'œil sur les cartes étalées devant elle :

— Vous êtes terriblement seule.

Dès lors, elle avait gagné l'attention complète de Jill, soudain dégrisée.

— Vous avez perdu votre famille quand vous étiez très jeune, continua-t-elle.

Jill s'était demandé qui avait bien pu le lui dire.

— Et vous ne l'avez jamais vraiment surmonté. Mais vous y arriverez.

KC lui avait adressé un sourire serein. Puis son visage s'était assombri.

— Mais ce n'est pas pour tout de suite.

Jill ne se souvenait pas du reste, sinon que tout était exact. KC lui avait dit qu'il y avait un studio à louer à côté du sien quand elle avait su que Jill cherchait un appartement. Celle-ci avait vite déménagé et elles étaient devenues amies.

— Pourquoi ne vas-tu pas voir un médecin demain, à Londres ? demanda KC, réellement soucieuse. Tu sais que je déteste les médicaments, mais en l'occurrence, Jill, tu n'aurais pas dû les jeter.

Jill supposa qu'elle avait dit à KC avoir jeté ses calmants, elle ne s'en souvenait plus très bien.

— Je ne sais pas. Peut-être. Je suis si fatiguée. Je ne me rappelle pas m'être occupée de faire garder Ezekial.

— Mais si. Tu me l'as confié. Il ne me quitte pas d'une semelle. Tu lui manques. Que s'est-il passé à Londres ?

Jill soupira. KC était aussi très perspicace. Ses intuitions pouvaient même être parfois troublantes. Jill se persuadait que tout cela n'était que coïncidence, mais au plus profond d'elle-même elle savait que son amie possédait un don extraordinaire.

— Je ne sais pas à quoi je m'attendais, mais la famille de Hal n'est pas très amicale. Bien sûr, ils sont tous sous le choc.

Elle ne lui confia pas qu'ils la tenaient tous pour responsable de la mort de Hal, c'était un sujet qu'elle était incapable d'aborder.

— Personne ne croit que c'était sérieux entre Hal et moi. Je pense qu'ils me considèrent comme une de ses passades. Parce que je suis une pauvre danseuse sortie du ruisseau.

— C'est nul, protesta KC avec véhémence. Alors comme ça, dans la famille de Hal, ils ne sont pas aussi gentils que lui en avait l'air ?

Jill pensa à sa conversation avec Alex. Mais les mots choisis par KC la troublaient.

— Pourquoi as-tu dit ça ?

— Quoi ?

— Tu as dit, « aussi gentils que lui en avait l'air ».

KC resta silencieuse.

— Ma langue a fourché. Je n'ai rencontré Hal que trois fois. Je ne le connaissais pas vraiment.

— KC, me caches-tu quelque chose ? demanda Jill sur le qui-vive.

— Bien sûr que non, l'assura KC, mais Jill savait qu'elle mentait.

— Parle-moi de la famille de Hal, dit KC rapidement, je dois m'en aller dans une minute.

Jill essaya de s'éclaircir les idées. Il n'y avait aucune raison pour que KC ne lui dise pas la vérité.

— Ils ne sont pas bienveillants, finit-elle par lui avouer. Ils sont incroyablement riches. Cette maison est un vrai palais, KC, et elle se trouve en face de Kensington Palace.

Elle s'arrêta alors qu'elle allait révéler que Hal aurait été insensé de la présenter à sa famille. Mais elle avait peur de ce que KC pourrait dire, ou pire, de ce qu'elle pourrait voir.

— Oh là là, répliqua KC, alors Hal était vraiment bourré de fric !

— Oui. (Jill hésita.) KC, il s'est passé quelque chose d'étrange.

Elle lui raconta tout à propos de la photo de Anne et Kate.

— Mon Dieu ! cria KC, tout excitée. Cela ne peut pas être une coïncidence, Jill. Tu te rends compte, si cette femme sur la photo était ta grand-mère ou une parente ? Ce serait génial ! Je veux dire, dans la mesure où tout ce qui touche à la famille est tellement important dans ta vie ! Peut-être Hal devait-il te mener à Kate.

— Il faut que je raccroche, conclut-elle, mal à l'aise, merci de t'occuper d'Ezekial, je t'en suis très reconnaissante.

— J'ai dit quelque chose de mal ? Attends, Jill. Je sais que tu n'y croiras pas, mais l'Univers a ton destin en main, et ton destin ce n'était pas Hal.

KC avait l'air si fervente que Jill s'en serait amusée dans d'autres circonstances. Mais pas en ce moment.

— Pas ce soir. Je t'en prie, j'ai passé une journée difficile. L'Univers, ou Dieu, ou quoi que ce soit d'autre, ce n'est pas juste. Hal était bon, il devrait être vivant, nous devrions être ensemble et, franchement, je ne vois pas comment Dieu aurait pu laisser tout ça se produire ! s'exclama Jill en saisissant son deuxième verre de scotch, qu'elle avait déjà bu.

— Il a ses raisons, Jill, affirma KC d'un ton sérieux. Nous sommes tous sur une voie et...

— Je sais, je sais, l'Univers a un projet pour tout un chacun, dit Jill.

Elle se tourna pour extraire un mouchoir en papier de la boîte placée à côté d'elle.

— Il y a une ligne directrice, insista KC. J'ai tiré les cartes pour toi, Jillian. Je n'ai pas pu m'en empêcher.

Jill se tendit. C'était tout ce qu'elle voulait éviter.

— Je suis vraiment fatiguée, commença-t-elle.

— Jillian, deux cartes n'arrêtent pas de sortir. Tu dois être prudente.

Jill se raidit. À la différence de sa voisine, elle n'était pas une romantique évaporée. Elle ne croyait pas aux diseuses de bonne aventure. Mais elle ne put se retenir de demander :

— Quelles cartes ?

— Le Fou et la Tour, répondit-elle posément.

— Ça t'ennuierait d'expliquer ? demanda Jill sèchement, irritée par le soudain changement de ton de KC.

— Le Fou est un jeune homme. Il chemine gaiement avec son petit chien et sa besace sur le dos. Mais il ne regarde pas où il va. Il est sur le point de tomber d'une falaise, Jill.

KC s'interrompit.

— Qu'est-ce que ça veut dire ?

— C'est très clair. Tu dois regarder avant de sauter.

Jill s'humecta les lèvres.

— Je crois que j'ai déjà choisi la chute libre, murmura-t-elle en pensant à son arrivée dans la maison des Sheldon.

— La Tour est médiévale, peut-être a-t-elle fait autrefois partie d'un château. Elle est en pierre, et a été frappée par la foudre. Elle est en flammes. Les gens, terrorisés, sautent par les fenêtres.

Les cheveux de Jill se dressèrent sur sa nuque.

— Je ne comprends pas.

En fait elle comprenait.

— La Tour représente un bouleversement, une destruction. D'habitude le bouleversement arrive à la vitesse de la lumière.

— La Tour a peut-être un rapport avec la mort de Hal, dit enfin Jill.

— Je ne crois pas.

KC s'interrompit un instant avant de reprendre :

— Je suis certaine que cela a un rapport avec l'avenir.

Jill n'était pas du même avis, mais s'abstint de le dire. Sa vie avait été détruite par la mort de Hal, et ne serait plus jamais la même, si cela n'était pas un bouleversement, qu'est-ce que c'était donc ? KC se trompait. La Tour avait un rapport avec le présent, pas avec l'avenir.

— Fais-moi confiance, Jillian, et fais confiance aux étoiles, ce sont tes alliées, continua KC.

— Je ne pense pas, dit Jill.

— Il y a une raison à tout, émit KC avec douceur.

— Non. Il n'y en a pas pour tout.

— Laisse-moi tirer une carte. Pour clarifier les choses, insista KC.

— À quoi bon ? demanda Jill.

Mais elle l'entendait battre les cartes. Ça ne servait à rien, parce que la situation était claire. Hal était mort. Et elle l'avait tué parce qu'elle conduisait mal, bon Dieu.

Mais ensuite elle repensa aux dernières paroles de Hal, et à Kate Gallagher. Le bruit des cartes que l'on mélangeait s'arrêta. Ce fut le silence à l'autre bout du fil.

— Que se passe-t-il ? chuchota Jill.

— Il y a une femme. Cela pourrait être toi, mais je ne le pense pas, parce que c'est l'Impératrice. Elle a beaucoup de pouvoir, elle est entourée de richesses et est très créative, peut-être dans le domaine des arts.

— Je suis dans ce domaine.

— Elle pourrait être enceinte, annonça KC avec lenteur.

Jill s'abîma dans la contemplation du téléphone.

— L'Impératrice est enceinte généralement. Tu n'es pas enceinte, toi ?

— Non, dit Jill en reprenant son souffle.

— Elle avait eu sa dose de fatalité pour la soirée. Pas une chose pareille.

— Il faut que je raccroche. Je serai de retour dans deux jours. Merci pour tout.

— Jill ! Fais attention. Je te verrai dès que tu seras rentrée.

Jill resta sans voix. Elle raccrocha. Hal était mort. Il était impossible qu'elle soit enceinte.

Elle essaya de se souvenir de la date de ses dernières règles, mais en vain. Au diable la Tour ! pensa-t-elle tristement. Et au diable aussi l'Impératrice !

Jill posa la tête sur ses bras croisés et fixa le plafond. Elle était enivrée par le scotch, épuisée, effrayée au plus haut point et finalement, Dieu merci, engourdie. Quand elle s'endormit enfin, ce fut en se demandant s'il pouvait y avoir un lien entre elle, Hal et une femme prénommée Kate.

Et elle rêva d'une tour en ruine, humide et sombre, de laquelle on ne pouvait pas s'échapper.

Jill pénétra à la suite des Sheldon dans l'église anglicane où se tenait le service funèbre. Ses pas résonnaient sur le sol de pierres grises séculaires. Comme la plupart des églises d'Angleterre, celle-ci datait probablement du XIVe ou du XVe siècle. Les murs étaient en pierre brute, les fenêtres décorées de vitraux anciens, les bancs éraflés et patinés. Ils étaient déjà presque tous occupés par les amis et relations de la famille.

Jill se sentit envahie par un sentiment de claustrophobie.

Elle continua d'avancer derrière Lauren, qui se cachait le visage dans un mouchoir. Elle pleurait, mais en silence. Son mari, grand et mince, avec de beaux cheveux sombres assez longs, la serrait contre lui. Elle l'avait brièvement croisé dans la maison. Jill avait compris que c'était un artiste, et que leur couple vivait des moments difficiles.

Thomas marchait devant eux, soutenant Margaret, sa mère, à qui Jill n'avait pas encore été présentée. Les quelques coups d'œil qu'elle avait pu jeter sur elle devant l'église lui avaient indiqué que Margaret était sous calmants, et terriblement éprouvée. Elle n'avait pas semblé remarquer la présence de Jill, ce qui, d'ailleurs, valait mieux.

Jill s'efforça de ne pas faire attention à Thomas malgré sa large carrure, ce qui n'était pas facile étant donné qu'il était juste devant elle. Le signe de tête qu'il lui avait adressé plus tôt dans la matinée avait été très sec. Il n'avait pas changé d'attitude envers elle depuis la soirée.

Plus loin Alex et William avançaient côte à côte, en tête de la famille. Alex maintenant avec fermeté le bras de William, comme s'il redoutait que son oncle n'ait un malaise. Le vieil homme semblait à bout.

Les deux hommes prirent place sur le premier banc. Thomas soutint littéralement Margaret pour l'aider à s'asseoir à côté de son mari, puis il prit place lui-même. Il ne leva pas les yeux vers Jill, qui se glissa sur le second banc, derrière la famille, à côté d'étrangers qui se retournèrent pour la regarder.

Jill se serra les mains à s'en faire mal. Puis elle surprit Alex qui la scrutait. Il ne sourit pas ; elle pas davantage. Puis il se mit à regarder droit devant lui.

Jill ferma les yeux. Comme elle aurait voulu que le service fût terminé ! C'était le moment le plus horrible depuis la mort de Hal. Un moment interminable, que le souvenir lancinant de sa conversation de la veille avec KC empirait encore. Elle entendit alors quelqu'un qui pleurait derrière elle, des sanglots étouffés mais éplorés.

Jill chercha autour d'elle. De l'autre côté du chœur une femme menue sanglotait dans un mouchoir, ses longs cheveux auburn lui dissimulant le visage. Un vieil homme avait passé son bras autour de ses épaules. Il était assez vieux pour être son père.

Jill la fixa, gênée. La femme était jeune, et son tailleur

noir moulait avantageusement sa silhouette voluptueuse. Jill eut l'impression de la reconnaître. Ce qu'elle trouva absurde, étant sûre de ne jamais l'avoir rencontrée.

Soudain, Jill s'aperçut que beaucoup de gens dans la foule l'observaient. Elle jeta des coups d'œil autour d'elle, mais à chaque fois hommes et femmes à l'unisson se détournaient aussitôt, évitant de croiser son regard. Nul doute que sa présence provoquait une violente réaction dans l'assemblée endeuillée.

Oh, mon Dieu ! Jill réalisa trop tard que tout le monde devait savoir que c'était elle qui conduisait, qu'elle était responsable de l'accident, qu'elle avait tué Hal. Il n'y avait pas d'autre raison logique à leurs coups d'œil incessants.

La culpabilité envahit Jill, lui coupant littéralement le souffle.

Il lui traversa l'esprit qu'elle pouvait quitter son siège et s'échapper de l'église en courant, pour se libérer de tous ces yeux accusateurs. Se sauver et ne jamais revenir.

Mais elle aimait Hal. Elle devait lui dire adieu.

Quand le prêtre monta en chaire, Jill entendit des murmures derrière elle. Quelqu'un demanda : « C'est elle ? »

Quelqu'un d'autre répondit : « Oui, c'est elle. La petite amie américaine, la danseuse. »

Jill sentit ses épaules se raidir. Elle se tint coite et pria pour que le service commence. La première voix continua, trop fort : « Mais Marisa ? »

Marisa ? Qui était Marisa ? Jill se retourna et vit une femme âgée en tailleur Chanel noir, agrémenté d'un élégant chapeau noir et d'une débauche de bijoux en diamants véritables.

La femme sourit mécaniquement et tourna la tête vers l'autre côté du chœur. Jill ne lui rendit pas son sourire. Elle regarda dans la même direction qu'elle, l'estomac noué.

S'offrit alors à sa vue la femme menue en tailleur moulant. Elle avait cessé de pleurer. Elle regardait droit devant elle. C'était l'une des femmes les plus jolies et les plus raffinées que Jill eût jamais vues, dotée d'un teint de porcelaine et de cheveux roux foncé. C'est alors que Jill la reconnut.

Grâce à la photographie dans la chambre de Hal. C'était elle qui était avec lui sur une piste de ski.

Le prêtre prit la parole. Son ton de circonstance vint couper court à l'état de choc dans lequel se trouvait Jill.

— Mes bien chers amis, commença-t-il d'une voix grave, nous sommes rassemblés ici aujourd'hui à cause d'un événement tragique, et nous allons prier pour le repos de l'âme de Harold William Sheldon récemment disparu.

Qui était Marisa ? Qu'avait représenté cette femme ? Jill manquait d'air, elle allait suffoquer. C'était ce dont elle avait eu secrètement peur : perdre Hal devant tous ces étrangers, sa famille, Thomas, Alex et tous ceux qui la méprisaient.

Ne pense pas à l'autre femme, se dit Jill. Hal t'aimait. Ce n'est pas ce que tu crois. Cette femme en Chanel avait voulu dire autre chose — mais Jill avait trop de peine pour comprendre ce que cela aurait pu être.

Jill se cramponna à son banc. Devant elle, Margaret Sheldon sanglotait doucement. Thomas la serrait contre lui. Juste en face de Jill, Lauren commença à pleurer dans ses mains, puis sur l'épaule de son mari.

La cérémonie était devenue un cauchemar auquel elle devait échapper.

Jill ferma les yeux, s'intimant l'ordre de respirer calmement, mais elle se sentait faible et prise de vertiges. Elle savait qu'elle ne pourrait plus tenir bien longtemps. Elle ouvrit les yeux, et croisa le regard de Thomas, qui soutenait toujours sa mère. Il se détourna immédiatement : on ne pouvait se méprendre sur l'accusation qu'on y lisait.

« L'un des êtres les plus gentils, les plus humains et les plus braves que j'aie jamais rencontrés », poursuivait le prêtre.

Brave. Hal avait-il été brave ? Il avait pensé la quitter après sa demande en mariage. Parce qu'il avait peur de la ramener dans son monde d'arrogance et de condescendance. À ce moment précis, Jill ne put lui en vouloir d'avoir manqué de courage. Sa famille était froide et hostile. Ils la haïssaient, et même si Hal avait été vivant, ils l'auraient haïe, Hal le savait.

Jill, sur le point de quitter l'église en courant, serra si

fort les poings que ses ongles, pourtant courts, s'enfoncèrent dans ses paumes. Hal n'était pas brave ! Elle se sentait comme la pire des traîtresses d'avoir pu nourrir une telle pensée. Et elle sentit de nouveau peser sur elle les regards. Elle ne pouvait pas partir. Tout le monde parlait déjà d'elle, si elle s'en allait, qu'en serait-il des commérages ?

Marisa était le genre de femme que Hal aurait pu ramener chez lui. Jill l'avait tout de suite compris. Elle était élégante, bien élevée, issue d'une famille riche. C'était aussi flagrant que le fait que Jill était de condition plus modeste. Elle se différenciait par ses vêtements en synthétique, achetés en dépôt-vente et même par sa coupe de cheveux.

Par-dessus tout, elle était danseuse. C'était sa passion depuis l'âge de six ans. Qu'est-ce que Hal avait donc dans la tête ?

Thomas avait pris la parole. Jill, qui ne l'avait pas vu se lever et monter en chaire, sursauta au son de sa voix rocailleuse. Se concentrer sur autre chose était un soulagement, peut-être même son salut.

Thomas s'était cramponné au pupitre de ses mains puissantes. Une chevalière avec une pierre rouge sang scintillait à sa main droite. Jill ne put s'empêcher de remarquer que même en costume sombre et les yeux rougis, il était doté d'un magnétisme irrésistible.

— Mon frère Hal ne méritait pas de mourir, commença-t-il. Il s'arrêta sur-le-champ, et détourna la tête pour se reprendre.

Jill l'observait, un peu radoucie à son égard. La nuit dernière elle avait dit à Alex qu'ils auraient dû se soutenir mutuellement. Elle le pensait toujours.

Mais Thomas, furieux comme il l'était, ne la laisserait pas le réconforter, ou même partager son chagrin.

— Hal ne méritait pas de mourir, répéta Thomas avant de s'arrêter, la mâchoire crispée. Son regard parcourait la foule et la scrutait. Il ne regarda pas Jill.

— Personne ne mérite de mourir, poursuivit-il avec dureté. Mais mon frère était si jeune, il n'avait que trente-six ans, et c'était un être rare, de ceux dont le monde ne comptera jamais assez. (Il reprit sa respiration.) Il ne méritait pas de mourir. Je ne comprends toujours pas pourquoi cela est arrivé.

Thomas s'arrêta. Et soudain il regarda Jill.

Jill lui rendit son regard, les poings serrés. Sa récente compassion pour Thomas disparut. Il n'aurait pu rendre ses sentiments plus clairs, l'eût-il ouvertement condamnée pour meurtre. Et c'est bien cela qu'il avait fait, personne ne pouvait s'y méprendre ni ignorer l'accusation dans ses yeux. Comment pouvait-il être aussi cruel ?

— Hal était l'une des personnes les plus gentilles que je connaisse, reprit Thomas, fixant toujours Jill. Il avait un cœur en or. C'était un vrai saint-bernard. Je me moquais de lui à ce propos. Quand nous étions enfants, c'était lui qui essayait de faire adopter les chats de gouttière à la maison. Nous n'avions jamais moins de trois ou quatre chats et chiens chez nous. Notre mère le suppliait sans cesse de ne pas en ramener d'autres, mais en vain.

Marisa s'était remise à pleurer.

Malgré sa douleur, Thomas était bon orateur et sa voix portait. Mais Jill ne l'entendait plus. Elle contemplait Marisa qui était en plein désespoir. Il était évident qu'elle avait été folle amoureuse de Hal.

— J'ai décidé de rassembler toutes les œuvres de Hal et d'organiser une exposition, disait Thomas.

Le regard de Jill fut à nouveau attiré vers la chaire ; Marisa continuait à sangloter très fort, irrépressiblement.

— Son travail est désormais ce qu'il nous a légué, ce qu'il a légué au monde, poursuivait Thomas. Je pense l'exposer en permanence à Uxbridge Hall. Hal aimait beaucoup ce lieu. Quand il vivait à Londres, il y passait le plus clair de son temps.

Les larmes se mirent soudain à couler sur les joues de Thomas. Alex se leva alors et se dirigea vers la chaire. Il passa son bras autour des épaules de son cousin. Thomas secoua la tête. « Je veux terminer », semblait-il dire.

Il y eut une discussion entre les deux cousins.

Essuyant ses yeux, Jill les observa, l'un svelte et sombre, l'autre si blond. Alex céda finalement à la volonté de son cousin et quitta la chaire. Juste avant qu'il ne s'asseye, ses yeux croisèrent ceux de Jill.

Elle ne détourna pas le regard.

— Je suis désolé, continua Thomas abruptement, je dois tant à mon frère. Plus que je ne peux l'expliquer ici, sauf peut-être pour vous confier que, lors d'une période extrêmement difficile de ma vie, Hal n'a jamais manqué de m'appeler deux ou trois fois par jour. Pour dire bonjour, pour s'assurer que ça allait, pour me faire savoir qu'il était là. Mon frère était une personne rare et merveilleuse.

Thomas s'abîma dans le silence. Un long moment s'écoula. Jill pensa que son éloge était terminé. Elle ne le quittait pas des yeux, c'était plus fort qu'elle.

Soudain il reprit, souriant et pleurant à la fois.

— Quand nous étions enfants, c'était Hal qui faisait les bêtises. Je n'ai jamais oublié le jour où il a mis un crapaud dans le verre d'eau de notre nounou. Elle avait hurlé à en réveiller les morts.

Son sourire s'effaça. Les larmes restèrent.

— Je n'arrive pas à croire qu'il s'en est allé. Il me manque tellement.

Jill manqua de sortir sur-le-champ. Le regard de Thomas s'était replongé dans le sien. Elle ne broncha pas.

— Je vais créer une fondation au nom de Hal pour les jeunes artistes méritants, afin de leur permettre de réaliser leurs rêves. C'est ce qu'il aurait voulu, conclut Thomas.

Jill le regarda. Le geste était à la fois noble et grand. Hal en aurait été heureux. Alex vint aider son cousin à quitter la chaire. Elle vit William serrer son fils dans ses bras, les deux hommes pleurant ensemble. Alex s'approcha d'eux.

Les trois hommes reprirent leurs places tandis que le prêtre invitait les fidèles à une dernière prière. Quand ce fut terminé, il annonça le lieu de l'inhumation. Jill ne bougea pas tandis que les gens commençaient à se lever. Son cœur battait vite, elle était épuisée mais aussi terriblement soulagée que cette épreuve soit terminée. Elle baissa la tête pour éviter de croiser des regards, surtout ceux des Sheldon.

Plusieurs femmes crièrent soudain. Jill se leva d'un

bond en direction des cris. Elle vit Marisa évanouie sur le sol. À peine une seconde plus tard, Alex et Thomas étaient agenouillés à ses côtés, essayant de la ranimer. Thomas lui tapotait les joues. Alex demanda des sels. Le prêtre, visiblement préparé à une telle éventualité, lui tendit une petite fiole.

Un moment plus tard, Jill vit Thomas aider Marisa à sortir de l'église, le bras passé autour de sa taille, la jeune femme lourdement appuyée sur lui. Alex suivait.

Jill quitta l'église la dernière. Seule.

Jill était dans une rue animée de Londres. Elle ne savait pas très bien où elle se trouvait. Elle cherchait la British Library, après avoir erré sans but après l'enterrement, ne voulant pas retourner chez les Sheldon à Kensington Palace Gardens. L'idée lui avait traversé l'esprit qu'elle pourrait tuer le temps à la bibliothèque, et peut-être aussi y trouver quelque chose sur Kate Gallagher.

Jill avait acheté un plan à un vendeur à la sauvette. Elle tentait de se concentrer dessus mais c'était difficile. Non seulement Alex et Thomas s'étaient précipités sur Marisa, mais encore Thomas l'avait conduite au cimetière dans la limousine familiale, en compagnie de tous les Sheldon. Jill, quant à elle, s'y était rendue de la même manière qu'elle était arrivée à l'église : seule, dans une Mercedes avec chauffeur.

Il était clair que Marisa faisait partie de la famille. Et évident qu'elle avait aimé Hal. De plus, le message que Thomas lui avait envoyé à dessein était net. Jill était l'outsider, et elle le serait toujours. Une seule incertitude demeurait : Thomas avait-il voulu la blesser volontairement ou non ?

Cela avait été l'une des pires journées de sa vie. Jill fixait le plan, avec une douleur lancinante dans ses tempes. Elle se trouvait en fait à quelques pâtés de maisons de la British Library. Elle soupira, fourra le plan dans son sac et se dirigea vers Upper Woburn Place. Elle savait que c'était peine perdue, mais ça lui était égal. Elle avait des difficultés à formuler ses pensées, ses sentiments étaient en pleine confusion, et elle était fermement décidée à ne rentrer chez les Sheldon que lorsque tous dormiraient. Dieu merci, demain elle rentrerait chez elle.

Jill arriva enfin en vue de la bibliothèque, un vaste bâtiment moderne. Elle ralentit le pas — l'image de Kate était gravée avec précision dans son esprit. Jill ne fréquentait presque jamais les bibliothèques. Quand elle était étudiante, elle n'y trouvait jamais rien, le cours de recherche documentaire avait manqué à son cursus. Elle s'absorba dans la contemplation de la façade futuriste imposante qu'elle trouvait hideuse, puis se décida. Les bibliothécaires n'étaient-ils pas là pour aider les néophytes comme elle ?

Elle dégagea les mèches trop longues qui lui tombaient devant les yeux et pénétra dans l'entrée spacieuse dallée de pierres. C'était étonnamment calme. Jill se dirigea vers un guichet de renseignements, où on l'informa qu'elle ne pouvait utiliser la bibliothèque.

— Il vous faut une carte de lecteur, expliqua la femme avenante aux cheveux blancs bleutés.

— Une carte de lecteur ? demanda Jill en s'appuyant au comptoir. Je voudrais seulement aller à la salle de consultation — je cherche de vieux articles de journaux, les chroniques mondaines, des choses de ce genre, insista-t-elle, commençant à désespérer.

— Il vous faut quand même une carte de lecteur pour y avoir accès, insista la femme avec un sourire amical.

Son badge indiquait qu'elle se nommait Janet Broadwick. Elle devait avoir une soixantaine d'années.

— Mais nous avons de très belles expositions ouvertes au public, continua-t-elle.

— Comment puis-je obtenir une carte de lecteur ? demanda Jill, consternée.

L'employée lui expliqua qu'elle devait envoyer une demande écrite, et que cela prenait ensuite quatre à six semaines.

Jill la regarda, l'air hébété.

— C'est impossible, murmura-t-elle.

Ses jambes se mirent à trembler et elle sentit que ses forces l'abandonnaient.

— Miss ?

Jill secoua la tête. Elle se mit à trembler. Il lui fallait absolument trouver un endroit où s'allonger avant de s'effondrer. Elle avait dépassé ses limites.

— Oh, mon Dieu ! s'écria l'employée, alarmée, sortant de derrière son pupitre, êtes-vous malade ? demanda-t-elle en saisissant Jill par le bras.

Jill la voyait à travers une sorte de brouillard, tantôt nette, tantôt floue.

— Mon fiancé est mort, dit-elle avec hésitation. Je viens d'assister à l'enterrement et je ne veux pas retourner dans sa famille. Ils me tiennent pour responsable de sa mort, c'était moi qui conduisais la voiture.

— Ma pauvre, compatit Janet Broadwick, venez vous asseoir.

Jill se laissa conduire sans résistance dans les bureaux situés derrière les guichets d'accueil. La femme la fit asseoir. Elle ferma les yeux, posa les coudes sur les cuisses. Son pouls revint peu à peu à la normale.

— J'ai trouvé une photographie dans sa chambre, s'entendit-elle dire.

Et, à sa grande surprise, elle se retrouva, en train de tout raconter à cette femme aux cheveux blancs bleutés qui avait l'air si gentille.

Quelques minutes plus tard Jill buvait une tasse de thé bien chaud et grignotait un gâteau sec. Janet Broadwick, son sauveur, la présentait à Katherine Curtis, la bibliothécaire en chef, une jeune femme en pantalon beige et cardigan gris.

Jill se rendit compte qu'elle était affamée comme elle ne l'avait pas été depuis longtemps. Tandis qu'elle dévorait son gâteau, Katherine l'interrogeait sur Kate et Anne.

— Voyons si je peux vous aider, dit-elle d'un air impassible adouci par des yeux bleus que laissaient transparaître ses lunettes à montures carrées.

Katherine les quitta d'un pas décidé. Janet Broadwick tapota le bras de Jill.

— Vous avez meilleure mine, ma petite. Vous étiez verte il y a quelques instants, si vous me passez l'expression.

— J'ai faim, dit Jill, étonnée. Je ne me rappelle pas quand j'ai mangé pour la dernière fois.

— Je vais vous apporter un sandwich. En attendant, restez ici et reposez-vous. S'il y a une personne qui peut trouver ce que vous cherchez, c'est Katherine. C'est quelqu'un de très brillant, dit Janet en lui souriant.

— Merci, dit Jill, très touchée par leur gentillesse.

Ce genre de choses n'arriverait jamais à New York. Elle regarda Janet s'éloigner, songeant que la vie était pleine d'instants aussi surprenants que celui-ci. Puis elle s'enfonça dans sa chaise, anéantie de fatigue, mourant d'envie de manger un autre gâteau, convaincue qu'elle ne bougerait pas de cette chaise même si la bibliothèque était en feu. Elle s'endormit sur-le-champ.

— Miss Gallagher, vous dormez ? Je pense que j'ai trouvé ce que vous cherchez.

Jill sursauta. Pendant un instant elle fut gênée qu'une jeune femme inconnue, séduisante et portant des lunettes à grosses montures, la regardât avec intensité. Elle s'efforça de se reprendre, se souvenant peu à peu de l'endroit où elle était et pour quelle raison, épuisée à un tel point qu'elle ne désirait qu'une chose : retrouver l'oubli dans lequel la plongeait son sommeil.

Soudain Jill cligna des yeux, comprenant enfin ce que Katherine venait de lui dire.

— Vous avez dormi profondément, continua celle-ci. Vous en aviez besoin, apparemment. J'ai feuilleté les chroniques mondaines de l'année 1906. Il faut que vous jetiez un œil à ce que j'ai trouvé.

Katherine ne souriait toujours pas, mais son regard était maintenant engageant et lumineux.

Jill prit la photocopie.

— Cela provient du *Herald*, expliqua Katherine. Regardez ici, dit-elle en pointant du doigt un petit paragraphe au milieu de la page.

C'était un entrefilet parmi d'autres. « L'héritière américaine Kate Gallagher, de New York City, qui vient d'arriver à Londres avec sa mère Mrs Peter Gallagher, est l'invitée de lord et lady Jonathan Bensonhurst. Miss Gallagher sera présentée au bal des Fairchild où elle sera accompagnée de lady Anne Bensonhurst, jeudi 1er octobre. »

Jill frémit, tout à fait réveillée maintenant, et relut les quelques lignes. Elle chercha la date en haut de la page. C'était le 6 septembre 1906. Son cerveau se mit à travailler.

Kate était de New York, tout comme sa famille. Une coïncidence ? Elle venait d'arriver à Londres avec sa mère. Le père de Kate s'appelait Peter. Exactement le même nom que le grand-père de Jill. Étrange ! Mais cela ne faisait-il pas trop de coïncidences ? Et quel lien y avait-il avec Hal ?

Ses pensées s'emballaient. Les mots et les lettres devinrent flous tant elle fixait la page. Le texte perdit son sens. À la place, Jill vit les deux jeunes filles si distinctement qu'elle eut l'impression d'être avec elles.

Leurs têtes étaient proches, l'une sombre comme la nuit, l'autre d'un roux flamboyant. Anne et Kate étaient les deux meilleures amies du monde, elles riaient, commé-raient, choisissant les étoffes et les accessoires des robes qu'elles porteraient pour leur entrée dans le monde, pleines d'espoirs d'avenir radieux, comme si leurs vies dépendaient de cette seule soirée.

Jill se retrouva soudain devant la feuille en noir et blanc. La vision avait été brève, mais si nette que c'était comme si Jill eût remonté le temps vers une époque magique, incandescente.

Il lui arrivait quelque chose de troublant. Elle sentait que ce moment était le plus important de sa vie. C'était au-delà du désir d'avoir une famille — celui là, elle l'avait toujours eu en elle. C'était comme si toute sa vie l'avait conduite vers cet unique instant : découvrir qui était Kate Gallagher.

À son retour l'un des nombreux domestiques la fit entrer. Il était presque 20 heures et la maison était silencieuse. Si les Sheldon avaient reçu après l'enterrement, tout le monde était parti, et Jill supposa que chaque membre de la famille s'était retiré dans sa chambre. Elle fut soulagée.

— Miss Gallagher, on m'a chargé de vous dire qu'il n'y

aura pas de dîner ce soir, mais je peux vous monter un repas dans votre chambre.

Le maître d'hôtel, si c'en était bien un, s'exprimait sur un ton monocorde.

— Ce serait merveilleux, répondit Jill avec sincérité.

Elle avait encore faim. Elle voulait manger, puis aller immédiatement au lit.

— Comment vous appelez-vous ? lui demanda-t-elle en lui souriant.

— Jamieson. Avez-vous besoin de quoi que ce soit ? s'enquit-il avec professionnalisme.

— Un petit en-cas serait parfait. Je monte tout de suite. Merci.

Jill le regarda disparaître dans un couloir qui conduisait sans doute aux cuisines. Elle s'apprêtait à monter, ce qui était le meilleur moyen d'éviter les membres de la famille, quand elle regretta de ne pas avoir demandé un verre de vin à Jamieson. S'étant déjà servi un verre la veille, elle n'hésita pas.

Le salon où elle avait fait la connaissance des Sheldon jouxtait l'entrée. La double porte était ouverte, la lumière allumée, mais il était vide. Elle avait du mal à croire que c'était seulement la veille qu'elle avait rencontré l'aristocratique famille de Hal.

Et c'était encore plus difficile de croire qu'il avait été enterré aujourd'hui.

Jill pénétra dans le salon et se dirigea droit sur le chariot à alcools. Elle ne pouvait pas penser à l'enterrement maintenant. Cela faisait trop mal. Elle se versa promptement un scotch, avec de la glace cette fois, et en but quelques gorgées. Tandis que l'alcool atténuait son chagrin, elle regardait le décor autour d'elle, auquel elle n'avait pas prêté attention auparavant. Dans la pièce étaient disposés six coins salons différents. Une douzaine de tapisseries d'Aubusson splendides servaient d'écrin aux meubles qui étaient tous des pièces d'antiquaires. Certaines des tables avaient des dessus de marbre et le bois de la plupart des chaises était doré à l'or fin. Elle s'arrêta pour contempler à nouveau le Matisse sur un des murs, puis se rendit compte qu'il y avait une gravure de Chagall juste à côté.

Un vaste paysage s'offrait sur le mur adjacent. Jill ne le reconnut pas tout de suite, mais ne doutait pas que ce fût un tableau de maître. Elle s'approcha. C'était un Corot.

Elle avait déjà constaté l'abîme qui séparait son monde de celui de Hal. Elle se demanda à nouveau, avec tristesse, ce que le jeune homme s'imaginait. Et si sa famille avait raison ? Si elle n'avait été qu'une passade ?

Jill refusa de laisser ses pensées dériver plus avant. Peut-être le fait de venir en Angleterre avait-il été une énorme erreur. Elle apprenait et voyait des choses qu'elle aurait préféré ne jamais découvrir.

Elle pensa à Marisa. Bon sang, que représentait-elle pour Hal ?

Jill éprouva une colère subite. Envers lui. Parce qu'il était mort, et qu'il ne pouvait répondre à ses questions. Et être en colère contre un mort — une personne qu'elle avait tant aimée —, c'était terriblement mal.

— Où étiez-vous ?

Jill se retourna, tendue. Alex avait pénétré dans la pièce. Il portait son vieux jean et un nouveau pull en cachemire, rouge celui-ci, avec un col en V. Jill ne l'avait pas entendu approcher. Elle ne put s'empêcher de remarquer qu'il était encore pieds nus. Elle essaya de sourire. Ce fut une piètre tentative.

— Ce tableau est superbe.

— En effet. J'ai convaincu William de surenchérir sur cette pièce l'année dernière, chez Sotheby's. Vous n'êtes pas revenue après l'enterrement.

Jill haussa les épaules, essayant de soulager la tension qui s'y était accumulée.

— Je suis sûre que vous ne m'en voulez pas.

— Non, c'est vrai, répondit-il après un moment.

— Marisa est-elle encore ici ? demanda Jill d'un ton un peu insidieux.

— Elle est partie depuis un bon moment. Elle est bouleversée.

S'il avait perçu son ton sarcastique, il avait fait mine de l'ignorer.

Alex la croisa pour rejoindre le chariot chargé de carafes en cristal et d'ustensiles en argent. Sa manche frôla la sienne quand il la dépassa. Jill l'observa tandis qu'il se servait une vodka avec de la glace. Il ne s'était pas servi dans une des carafes, mais avait choisi une bouteille de Keitel rangée dans la partie inférieure du chariot.

Jill lui tourna le dos et continua d'étudier le Corot. Elle n'arrivait pas se faire une idée de son prix. Perdue dans la contemplation du paysage aux teintes chatoyantes, elle n'en était pas moins consciente de la présence d'Alex derrière elle. Elle avait eu envie d'un verre, mais pas de compagnie, et à coup sûr pas de la sienne.

— Où êtes-vous allée après l'enterrement ? demanda Alex.

Jill se tourna vers lui avec lenteur. Elle ne s'était pas assise, ayant eu l'intention d'emporter son verre dans sa chambre.

— À la British Library.

Son pouls s'accéléra quand elle pensa à Kate et Anne, et elle revit les deux jeunes filles, postées cette fois à l'entrée d'une grandiose salle de bal, en robes de soirée. Leurs yeux brillaient d'excitation. Jill fit un léger sourire.

— La British Library ? reprit-il en haussant les sourcils. Si vous vous intéressez aux musées, j'aurais pu vous en conseiller de bien meilleurs que celui-ci.

— En fait, j'avais une bonne raison d'y aller. Kate Gallagher.

Il resta impassible. Comme la plupart du temps d'ailleurs, son visage livrait très peu de ses sentiments.

— Kate Gallagher ? La jeune fille de la photo ?

Elle hocha la tête, soudain désireuse de partager sa découverte avec quelqu'un, même si c'était lui.

— Vous ne croirez pas ce que j'ai trouvé.

Elle lui récita le court entrefilet qu'elle avait facilement mémorisé.

— C'est étonnant, non ?

Alex s'assit dans un fauteuil tapissé de brocart rouge et or, en étendant ses longues jambes.

— Ce qui m'étonne, c'est que vous soyez allée à la British Library. Et je ne comprends pas ce qui est si étonnant dans ce que vous avez trouvé.

— Kate était originaire de New York. Ma famille aussi. La photo était importante pour Hal. Kate et moi portons le même nom de famille. Je ne sais pas ce que Hal avait en tête, mais j'ai l'intuition que cette femme était mon aïeule.

Il hocha la tête, visiblement dubitatif.

— Vous êtes surmenée, et vous avez l'imagination fertile. Voilà ce que je pense. À votre santé, fit-il en levant son verre.

Jill avait presque envie de lui révéler les dernières paroles de Hal.

— Vous êtes trop sceptique, dit Jill encore exaltée par sa découverte. Elle était l'invitée d'Anne en septembre 1906. Elles étaient censées être présentées ensemble. Il y a beaucoup de coïncidences dans tout cela, Alex.

Le regard du jeune homme était imperturbable. Jill se rendit compte qu'elle ne l'avait jamais appelé par son prénom auparavant. Étrangement, elle sentit le rouge lui monter aux joues.

— Je ne pense pas qu'il y ait là la moindre coïncidence, conclut-il en avalant une grande gorgée de vodka.

— Vous vous trompez, insista Jill, décontenancée.

— Vous êtes très romantique, c'est de cela dont il s'agit.

— Je ne suis pas romantique. C'est ma voisine qui l'est, new age et tout ça. C'est elle qui pense que la vie a des desseins pour chacun de nous.

Jill devint silencieuse, pensant aux desseins en question. C'était nul.

— C'est une idée sympathique, dit-il en souriant. Alors, qu'est-ce que l'univers vous réserve ? demanda-t-il en se calant confortablement dans son fauteuil.

Elle se tourna vers lui, très surprise. KC avait dit que Hal n'était pas son destin, mais elle n'allait pas l'en informer. Surtout parce que KC se trompait.

— Alors ?

— Ma voisine dit que Hal m'a conduite vers Kate.

— C'est un peu exagéré, dit-il sans ciller.

— Elle a peut-être raison, affirma Jill en vidant son verre d'un trait. Je suis très fatiguée, continua-t-elle.

Elle n'avait plus envie d'argumenter.

Alex se leva, mais très lentement.

— Je vais vous resservir, dit-il en lui prenant son verre.

Jill allait refuser, mais changea d'avis. Pourquoi était-il courtois ? Voulait-il la retenir ? Quand Alex eut rempli leurs deux verres, elle accepta le sien.

— Merci, dit-elle, un autre comme celui-ci et je suis certaine de tomber dans les pommes.

Il sourit presque et ils burent de concert. Pour la première fois depuis son arrivée à Londres, Jill commença à se détendre légèrement.

— Qui est Marisa ?

— Marisa est — était — l'amour de jeunesse de Hal — la femme que nous nous attendions tous à le voir épouser, lança Thomas depuis le seuil de la pièce.

En entendant cette voix froide et hautaine, Jill en lâcha presque son verre. S'éloignant d'Alex, elle se crispa et se retourna avec appréhension pour faire face à Thomas. Il entra dans la pièce.

— J'espère que je ne suis pas de trop, dit-il en la regardant et non pas Alex.

Jill le fixait, muette. Ils s'attendaient tous à ce que Hal épouse Marisa ? Hal et elle étaient amoureux depuis l'enfance ? La jalousie l'envahit. Mais n'avait-elle pas soupçonné quelque chose de ce genre ?

— Étaient-ils fiancés ?

Thomas était en train de se préparer un verre. Il se retourna.

— Et comment cela aurait-il été possible ? Ne nous avez-vous pas appris que Hal vous avait demandée en mariage ?

Jill ne pouvait détourner son regard. Elle n'avait jamais dit cela à Thomas, seulement à Alex et Lauren. Apparemment il n'y avait pas de secrets dans la famille.

— Jill était à la British Library cet après-midi, dit Alex à son cousin.

Thomas but son scotch en les regardant tous les deux.

Il avait retiré sa veste, mais gardé sa chemise sur mesure, une cravate Valentino et un pantalon noir. Il avait les épaules très larges, des hanches étroites.

— Je sais. J'ai entendu.

Jill ne répondit rien, elle l'observait. S'il avait entendu cela, il avait dû rester sur le seuil un bon moment à les espionner. Elle enrageait. Elle se sentait violée, coincée, piégée, à côté d'Alex qui la regardait. Elle n'aimait pas l'expression des yeux de Thomas, c'était celle d'un animal qui souffre, rendu méchant par la douleur, prêt à attaquer.

C'était elle qu'il voulait attaquer, à qui il voulait faire mal, qu'il voulait punir pour la mort de Hal. Jill en était certaine.

Son regard doré resta imperturbablement posé sur Jill.

— Ainsi vous avez passé un après-midi... intéressant ? s'enquit-il sur un ton poli, sans plus.

Elle leva le menton, s'attendant à une agression.

— C'était très intéressant.

— Vous êtes donc une mordue d'histoire — comme Hal, poursuivit-il, le regard toujours fixe.

— Non.

Il haussa ses sourcils sombres.

— Alors pourquoi la bibliothèque ?

— N'avez-vous pas écouté ma conversation avec votre cousin ? demanda-t-elle en s'humectant les lèvres.

Difficile de dire s'il souriait, et si c'était ou non de bon augure.

— En fait, il me semble que vous avez dit que vous pensiez que cette Kate Gallagher est une de vos aïeules.

— En effet.

— Qui est Kate Gallagher ? demanda-t-il après avoir pris une gorgée de scotch.

— Votre grand-mère était son amie et l'avait reçue chez elle en 1906, dit-elle avec défi.

— Et alors ?

— Hal avait une photo des deux femmes dans sa chambre. Nous avons le même nom de famille, et Hal m'a demandé de l'épouser. Je trouve tout cela trop curieux pour n'être que des coïncidences.

Elle savait qu'elle allait trop loin. Mais c'était plus fort qu'elle.

— C'est vous qui le dites. Hal ne nous a jamais dit qu'il pensait vous épouser. Je ne vois pas de bague à votre doigt.

— Nous n'avions pas le temps d'aller en acheter une, affirma Jill avec fermeté.

— Ah, oui. La danse doit être une... profession très... prenante.

Son ton lui indiqua qu'il ne tenait pas du tout cela pour une profession.

— C'est exact, dit-elle sans se troubler. Je me suis entraînée six à sept jours par semaine toute ma vie. J'ai commencé la danse classique à quatre ans — à six ans je travaillais trois à quatre heures par jour. J'ai été acceptée à l'école Juilliard à dix-sept ans et j'en avais dix-huit quand j'ai intégré le New York City Ballet. Être membre du corps de ballet est encore plus contraignant. C'est indescriptible. Il y a quelques années j'ai abandonné la danse classique pour la scène.

— Vous essayez de m'impressionner ? demanda-t-il.

— Je sais ce que vous pensez de moi, continua Jill, empourprée de colère. Et ça m'est égal. Je crois aussi que très peu de choses vous impressionnent.

Elle s'arrêta. Elle avait été sur le point de lui rétorquer que ce qui l'impressionnait très certainement, à part sa lignée aristocratique et sa richesse, c'était lui-même. Mais elle n'allait pas tomber aussi bas que lui.

— Allez-y, fit-il en souriant, parlez franchement, miss Gallagher. Dites-moi le fond de votre pensée.

— Je ne pense pas, lança Jill. Je vais me coucher, dit-elle en reposant son verre à demi vide.

— Hal ne vous a jamais parlé de Marisa, reprit Thomas d'un ton faussement mielleux.

Jill flancha. Elle sut instinctivement qu'il allait lui décocher un coup violent.

— J'ai raison, continua Thomas en s'approchant d'elle. Il ne vous a rien dit, n'est-ce pas ?

Elle hocha la tête, bouche close. Elle ne voulait pas entendre ça. Mais elle n'y pouvait rien.

— Hal connaissait Marisa depuis toujours. Nos familles sont très liées. Ils ont grandi ensemble, c'était son premier amour. Ils ont commencé à sortir ensemble pour de bon quand Hal était en dernière année à Cambridge, et il n'a attendu jusque-là qu'à cause de son âge à elle — elle n'avait que seize ans. Ils ont fait les quatre cent coups ensemble : du ski dans les Alpes, un safari au Kenya, un voyage en Chine, un trekking en Inde. Ils se sont séparés plusieurs fois, mais se sont toujours retrouvés. Toujours.

Jill ne bougea pas. Son cœur battait sourdement. Cependant Marisa avait épousé quelqu'un d'autre, réussit-elle à se rappeler.

— Thomas, s'interposa Alex, laisse tomber. Elle s'en va demain.

— Non, aboya Thomas.

Jill pensa qu'Alex n'était pas un parfait salaud, finalement.

Celui-ci la prit par le bras pour la conduire fermement vers la porte. Jill se laissa faire.

— Allez, dit-il, la coupe est pleine. Arrêtons là cette sale journée.

— C'est Marisa qui a sauvé la vie de Hal, cria Thomas derrière eux.

Jill vacilla. Elle se dégagea de l'emprise d'Alex pour faire face à Thomas.

— Oui, répéta-t-il, Marisa a sauvé la vie de Hal.

— Que voulez-vous dire ? demanda Jill en tremblant.

— Vous ne savez pas, n'est-ce pas ? Pour la drogue et l'alcool ?

Jill ne comprit qu'au bout d'un moment.

— Hal ne buvait pas. Il ne se droguait pas non plus.

Thomas se mit à rire amèrement.

— Toute la famille se voilait la face, refusant de voir ce qui arrivait à Hal. Il rentrait à l'aube, dormait toute la journée. Il sentait l'alcool, il sniffait, mais nous le croyions tous quand il disait qu'il avait un rhume, qu'il était fatigué, qu'il travaillait trop. Nous avons cru excuse sur excuse, pendant des années. Mais un jour Marisa l'a trouvé en pleine overdose. Cocaïne, amphétamines et alcool. Elle a fait venir les secours, l'a accompagné à l'hôpital et l'a soutenu pendant les trois mois de sa cure de désintoxication. Et elle a continué l'année suivante, quand il a suivi sa post-cure en patient externe, et ce, l'année même où elle divorçait. C'était le combat de Hal, mais elle était avec lui malgré ses combats à elle, elle se battait pour lui, pas à pas.

Il criait toujours. Il était aussi au bord des larmes.

Jill tremblait. Elle venait de prendre le choc de plein fouet.

— Et vous ne le saviez pas ! hurla Thomas.

Jill fut submergée par la fureur qu'il exprimait. Son esprit embrumé réalisa que Hal lui avait caché la chose la plus importante de sa vie, et que Marisa avait sauvé la vie de Hal.

Tandis que Jill y avait mis un terme.

— Pourquoi Hal ne l'a-t-il pas épousée ? réussit-elle à articuler. Quand tout cela s'est-il passé ?

— Il s'est désintoxiqué il y a deux ans. Marisa était en train de vivre alors un divorce épouvantable. Elle a un enfant, un garçon, et ce coureur de dot italien qu'elle avait épousé essayait d'en obtenir la garde pour avoir un moyen de pression sur elle. Hal et elle se voyaient pendant ce temps, jusqu'à ce que ce drame les déchire. Quand Hal est parti pour New York il y a un an, la procédure de divorce de Marisa semblait être partie pour s'éterniser à cause de la bataille au sujet de l'enfant. Mais le divorce a été prononcé il y a deux mois, dit-il avec un sourire sinistre.

Jill tituba. Oh, mon Dieu, Hal avait été sur le point de la quitter pour retourner vers Marisa...

— Non ! cria-t-elle. Il m'aimait. Il l'avait quittée. Il était avec moi, à New York, ces huit derniers mois...

Thomas l'interrompit.

— Mais bien sûr, il était à New York avec vous. Et je crois que la raison en est très claire.

Son regard glissa sur elle de haut en bas, et ne pouvait être plus explicite.

— J'en ai assez ! cria Jill en se retournant si vite qu'elle se cogna la tête contre la poitrine d'Alex.

— Tu as toujours su être cruel, dit Alex à son cousin en serrant ses mains autour des épaules de Jill.

Elle se dégagea, courut vers la porte.

— Je n'ai pas fini, continua Thomas, qui se rapprochait derrière elle à rapides enjambées.

Il l'attrapa par le bras et lui fit faire volte-face. Jill émit un petit bruit, tel un animal minuscule aux prises avec un prédateur bien plus gros, un son de pure terreur.

— Vous êtes ici pour la même raison que celle qui vous a fait jeter votre dévolu sur Hal, affirma Thomas, les yeux emplis de fureur. Ne le niez pas !

— Je ne vois pas ce que vous voulez dire, hoqueta Jill.

— Ne fais pas ça, déclara durement Alex en saisissant le poignet de Thomas avec vigueur, le forçant à lâcher Jill.

Jill recula vers la porte.

— Pourquoi la protèges-tu ? Elle t'a aussi mis le grappin dessus ? hurla Thomas vers Alex.

— Je préfère faire comme si je n'avais rien entendu, tu es ivre de chagrin, dit Alex avec dureté. Thomas, tu n'es pas toi-même !

Celui-ci regarda Jill — qui restait figée contre la porte —, ignorant son cousin, qu'il n'avait peut-être pas même entendu. Il était livide.

— Vous avez couru après Hal, parce que vous courez après la dot. Et vous êtes maintenant ici pour la même raison.

Jill fut interloquée au point de ne pouvoir réagir.

— Vous êtes ici pour récupérer une partie de l'argent de Hal. Et bientôt vous allez nous annoncer que vous êtes enceinte de lui.

— Vous vous trompez, balbutia-t-elle, vous vous trompez.

Elle bouscula Alex et échappa aux deux hommes.

3.

Jill se sentait comme morte.

Elle enfila un pantalon gris très serré et un pull noir moulant. Elle était vidée après une nuit à se tourmenter jusqu'à l'aube. Elle était hantée par les accusations de Thomas. Par le fait que Hal avait gardé pour lui un secret aussi énorme que son combat contre la drogue et l'alcool. Et par son intention bien réelle d'épouser Marisa.

Thomas devait se tromper.

Mais les faits étaient irréfutables.

Jill finit de s'habiller. Jamais elle n'avait été aussi déprimée. Elle comprenait maintenant pourquoi la famille de Hal la haïssait. Ce n'était pas simplement parce qu'elle conduisait la voiture, ou qu'elle était danseuse. Tous pensaient qu'elle était une coureuse de dot.

Jill n'avait jamais rencontré de coureuse de dot de sa vie. Comment pouvaient-ils penser qu'elle était de cette engeance ? C'était la pire des accusations. Même sa colère n'arrivait pas à en atténuer la blessure.

Hal avait-il aimé Marisa ? Ou l'avait-il aimée, elle ?

Jill s'effondra sur le lit, la tête dans les mains. Elle avait de nouveau envie de pleurer. KC avait raison. Elle avait besoin des calmants. Pour quelques jours, ou quelques semaines, jusqu'à ce qu'elle puisse assumer d'être à nouveau seule et de ne jamais obtenir de réponses aux questions qu'elle se poserait désormais.

On frappa à sa porte. Ce devait être une femme de

chambre. Elle regarda la pendulette à côté du lit. Il était presque midi, mais cela lui était égal. Bien qu'elle fût à Londres depuis deux jours, il lui fallait encore s'adapter au décalage horaire. Ce qu'elle ne souhaitait pas vraiment non plus. Elle avait occulté la matinée, et cela lui convenait très bien.

Ce soir elle rentrait chez elle. Elle était impatiente — même si cela voulait dire laisser Hal derrière elle, un vaste océan les séparant, et probablement des années avant qu'elle puisse se rendre sur sa tombe.

Elle était sens dessus-dessous. Une partie d'elle-même qui croyait toujours en Hal répugnait à le quitter ainsi. Mais elle ne supportait plus d'être parmi les Sheldon. Elle ne pouvait plus affronter d'autres révélations brutales sur la vie de Hal et elle avait peur de découvrir d'autres secrets qu'il lui aurait dissimulés.

Après s'être simplement maquillée d'une touche de rouge à lèvres beige, Jill attrapa son sac et sa veste en cuir. Elle alla ouvrir la porte. Elle fut surprise d'y trouver Lauren, d'une élégance impeccable avec son jean repassé, un blazer bleu marine, une chemise blanche et des mocassins Tod's.

— Bonjour, dit Lauren, les mains dans les poches de sa veste.

Elle ne souriait pas franchement, mais n'était pas renfrognée comme deux jours plus tôt.

— Comme vous ne descendiez pas, je me suis dit que j'allais passer prendre de vos nouvelles.

— En espérant que je serais morte dans mon sommeil ? lança Jill, tendue, sans réfléchir.

— C'est injuste, répliqua Lauren en la regardant droit dans les yeux.

— Vous avez raison. Mais assez de faux-semblants. Vous n'êtes pas montée pour vous enquérir de mon état.

Jill était consciente d'être très grossière, mais elle était honnête. Elle était trop fatiguée pour jouer encore ces comédies.

— Jill, dit Lauren qui la suivit vers le hall, nous avons beaucoup parlé de vous hier soir.

Jill vacilla et se retourna sur le palier pour faire face à la sœur de Hal.

— Thomas regrette son terrible éclat. Je suis venue pour vous présenter nos excuses à tous.

Jill n'en croyait pas ses oreilles. Pas plus qu'elle ne croyait au changement d'état d'esprit de Thomas. Il la prenait pour une sale petite coureuse de dot et la tenait pour responsable de la mort de Hal. Que se passait-il donc ?

— OK, fit Jill avec prudence.

Lauren avait toujours les mains dans les poches.

— Moi aussi, je suis désolée. Tout cela est très difficile. Enfin, pas de s'excuser, je veux dire toute cette situation. Mais vous sortiez avec Hal, et vous l'avez ramené chez lui.

Soudain les yeux de Lauren s'emplirent de larmes, son nez devint rouge. Elle ne réussit pas à poursuivre, dit simplement « Oh, mon Dieu ! » et se détourna, en sanglots.

Jill eut aussi les larmes aux yeux. Enfin un point commun. Elle fouilla dans son sac à la recherche d'un mouchoir, et fit une tentative en posant la main sur l'épaule de Lauren. Celle-ci secoua la tête et continua de pleurer. Jill attendit qu'elle eut enfin réprimé ses sanglots et lui tendit le mouchoir. Lauren s'essuya les yeux avec précaution pour ne pas enlever son mascara.

Quand elle leva les yeux, ce fut pour rencontrer ceux de Jill, toujours humides.

— Merci.

Il fallut un moment à Jill pour retrouver ses mots.

— Peut-être ne m'aimait-il pas vraiment, mais moi je l'aimais de tout mon cœur et de toute mon âme. Thomas se trompe à mon sujet, ajouta-t-elle impulsivement, regrettant ces paroles sur-le-champ.

— Thomas est en état de choc, comme nous tous. Il s'en veut de la mort de Hal.

— Comment ça ? Alors qu'il me tient pour responsable.

— Je sais que vous le prenez pour un monstre, dit Lauren en secouant la tête, mais détrompez-vous. Essayez de comprendre. Je vous en prie. Nous sommes une famille très unie. Nos origines remontent à plusieurs siècles. Thomas est l'héritier de père. Mais père a soixante-dix-neuf ans. Thomas est le chef de famille, presque le patriarche, il prend toutes les décisions, il est président de la société, et exécuteur des fidéicommis de Hal ainsi que des miens.

Lauren se rendit soudain compte de ce qu'elle venait de dire et son visage se chiffonna.

Jill comprenait. C'était si facile d'oublier que Hal était mort. Jill lui tendit un autre Kleenex.

— Je ne sais pas pourquoi, mais je croyais que c'était Alex qui dirigeait la société, dit Jill.

Lauren la regarda d'un air étrange.

— Ils sont tous les deux très impliqués, répondit-elle finalement. De fait, Alex préside un certain nombre de conseils d'administration, mais c'est Thomas qui est président-directeur général, précisa-t-elle avec un léger sourire. Thomas a le dernier mot pour tout, et c'est ainsi que cela doit être.

Hal avait dit que Thomas était un play-boy. Il avait probablement une résidence secondaire à Mykonos. Elle ne pouvait pas s'empêcher d'être insidieuse. Tout ce que pouvait lui dire Lauren ne changerait rien à ce qu'elle pensait de son frère aîné.

Lauren continua, souhaitant visiblement intéresser Jill à sa situation.

— Thomas est un garçon très protecteur. Il a toujours pensé que nous étions sous sa responsabilité, et par là j'entends Alex, Hal et moi-même. Vous savez, quand nous étions enfants, c'était notre héros. Nous allions le trouver quand nous avions des problèmes, et il les résolvait toujours. Si un garçon m'embêtait à l'école, Thomas surgissait et remettait les choses en ordre. Je me souviens de l'époque où Alex est venu vivre avec nous à la mort de sa mère. Mère et père l'ont mis dans la même école que Hal. Il était clair qu'il avait des problèmes. C'était vraiment un voyou américain, et il était très malheureux, tous les garçons l'évitaient. Jusqu'à ce que Thomas se montre à l'école. Je ne sais toujours pas aujourd'hui ce qu'il a dit à certains d'entre eux, mais après cela Alex fut accepté, même si ce fut à contrecœur.

— OK, coupa Jill, bien que l'histoire d'Alex Preston

fût intéressante. Je vois le tableau. Thomas est un preux chevalier.

Lauren ne releva pas.

— Nous nous en remettons encore à lui aujourd'hui. Et il s'occupe aussi de mère et de père. Mère n'est pas très bien, précisa Lauren, d'une voix stressée. Je sais que Thomas se tient pour responsable de la mort de Hal, reprit-elle après une pause. La nuit dernière il a dit qu'il aurait dû aller lui-même à New York pour le ramener. Avant tout, il pense qu'il n'aurait jamais dû permettre à Hal d'aller à New York.

Jill ne comprenait pas.

— Hal était adulte. Ce n'était pas à Thomas de diriger sa vie.

— Hal est un artiste. Je vous l'ai déjà dit, Thomas est l'exécuteur de son fidéicommis.

Jill la regarda fixement. C'était donc Thomas qui tenait les cordons de la bourse. Ainsi Thomas aurait pu manipuler Hal s'il en avait eu le désir. Qu'il ne l'ait pas fait était à mettre à son crédit.

— Hal et moi étions très proches, dit Lauren. Je crois qu'il me disait tout.

Le cœur de Jill bondit à ces mots.

— Nous n'avons que deux ans de différence. Mais je suppose que cela touche Thomas plus violemment que moi, dit-elle en tremblant. Je vous prie de pardonner sa grossièreté. Et de nous pardonner. Nous sommes désolés.

Jill fut touchée par le plaidoyer de Lauren. Comment aurait-elle pu ne pas l'être ? Elle n'était pas d'une nature vindicative, et elle voulait ressentir de la compassion pour Thomas. Hal l'avait adoré. Elle avait envie d'aimer Lauren pour la même raison. D'un autre côté, ce discours véhément était artificiel et venait à un moment incongru. Pourquoi Thomas ne s'était-il pas excusé lui-même ? Nul doute que c'était parce qu'il ne regrettait aucune de ses paroles.

— Je pense que nous pouvons enterrer la hache de guerre, dit Jill.

Une fraction de seconde son regard plongea dans

celui de Lauren. Jill ne sut qui des deux détourna les yeux la première.

— Bien, conclut Lauren.

Elle sourit, le nez et les yeux encore rouges.

Jill sentit que le sourire qu'elle offrit en retour était contraint. Elle voulait bien faire la paix, mais était consciente que Lauren n'était pas complètement franche avec elle.

— Vous partez toujours ce soir ? demanda Lauren. Aimeriez-vous avoir de la compagnie aujourd'hui ? Je peux vous faire visiter Londres si vous voulez, et nous pourrions déjeuner ensemble.

Jill s'étouffa presque. Elle reprit vite contenance.

— Je vais plutôt aller me balader toute seule.

— Mais je croyais que vous aviez accepté mes excuses au nom de tous ? insista Lauren, l'air contrarié.

— En effet, concéda Jill, mais je ne me sens pas très bien.

— Que diriez-vous d'un déjeuner et d'une visite guidée de Londres ? continua Lauren en souriant à nouveau. J'aimerais vous montrer Mayfair, le Parlement, Buckingham Palace, enfin bref, tout ce qui plaît aux touristes.

— En fait, hésita Jill, j'ai des projets pour aujourd'hui.

— Quel genre de projets ?

— Hal m'avait dit qu'Uxbridge Hall est le berceau de votre famille, et qu'il se visite. Je veux y aller, et je me demandais si votre grand-mère Anne avait aussi une demeure que je pourrais visiter.

— Il y a quelques pièces du rez-de-chaussée d'Uxbridge Hall qui sont ouvertes au public. Ce n'est pas loin de Londres, c'est à une demi-heure de voiture. Je serais enchantée de vous y conduire.

— Ce serait formidable, dit Jill.

Pourquoi donc Lauren était-elle si gentille avec elle ?

— Mais je crains que vous ne fassiez chou blanc s'il s'agit de visiter la demeure de ma grand-mère. Anne a grandi à Bensonhurst Hall. Elle était la dernière des Bensonhurst. C'était une riche héritière quand elle épousa mon grand-père Edward, qui devint le neuvième comte de Collinsworth. Bensonhurst et toutes les propriétés afférentes revinrent à notre famille à la mort de ses parents, il me semble que c'était juste après la Première Guerre mondiale. Mais la demeure fut démolie sur ordre du Parlement bien avant la guerre pour laisser la place à une gare ferroviaire.

— Vous plaisantez ! s'exclama Jill.

— Non, ces choses-là arrivent. C'était une vieille maison, impossible à entretenir, et elle était en plein passage, dit Lauren en souriant. Allons à Uxbridge. Je ne me souviens pas des heures d'ouverture, mais comme nous gardons une aile pour notre usage privé, nous pourrons entrer même si Uxbridge Hall est fermé au public.

— C'est formidable, concéda Jill, soudain excitée.

— Pourquoi voulez-vous aller là-bas ? demanda Lauren avec curiosité tandis qu'elles descendaient l'escalier.

Jill hésita avant de répondre sincèrement.

— Je n'arrête pas de penser à Kate Gallagher. Il y a quelque chose d'irrésistible en elle. (Jill s'arrêta un instant.) Je sens viscéralement qu'elle est de ma famille, je ne peux pas me défaire de cette idée.

Néanmoins elle ne confia pas à Lauren que « Kate » était le dernier mot que Hal avait prononcé. Elle ne trouverait pas la paix tant qu'elle n'aurait pas compris ce que cela signifiait.

— Mais quel rapport avec Uxbridge Hall ?

— Kate était l'amie d'Anne, dit Jill alors qu'elles arrivaient à la porte. Elle a séjourné chez Anne à Bensonhurst en 1906. Anne a épousé Edward. Je pense qu'Uxbridge Hall est ce qui me rapprochera le plus de la demeure familiale d'Anne. Je ne sais pas vraiment pourquoi je veux y aller, ou ce que j'espère y trouver. Il faut que j'y aille, c'est tout.

Disant cela, Jill avait senti des frissons remonter le long de son dos.

— C'est une jolie demeure, conclut Lauren. Et il y a là-bas pas mal de souvenirs de la branche Bensonhurst de notre famille. Mais je suis persuadée que vous ne trouverez rien qui vous intéresse directement si vous êtes à la recherche de Kate — hormis peut-être son fantôme.

— Qu'est-ce qui vous fait dire ça ? demanda Jill.

— Vous ne croyez pas aux fantômes ? répliqua Lauren en souriant. Nous sommes en Grande-Bretagne, Jill. Notre histoire est très riche, très sanglante, en fait. Et peuplée de fantômes.

Les visiteurs étaient priés de laisser leur voiture au parking et de marcher jusqu'au bâtiment. Cela ne s'appliquait pas à la famille, expliqua Lauren tandis que leur Rolls avec chauffeur s'arrêtait devant les hautes grilles closes. De l'autre côté de l'entrée flanquée d'un imposant mur s'étendait une vaste pelouse plantée de quelques arbres ; au-delà on devinait une immense maison en briques rouges. Les portes s'ouvrirent grâce à un système électronique, et la Rolls pénétra dans la propriété. Jamais elle n'aurait imaginé trouver un tel havre de paix au cœur de la banlieue londonienne.

— Cette maison appartient à votre famille ? demanda Jill estomaquée par la splendeur de la maison qui se révéla à sa vue.

— En fait, elle appartient aujourd'hui aux monuments historiques, mais notre famille en a l'usufruit. Il arrive même que nous y donnions des réceptions, expliqua Lauren.

— Il y a un lac, dit Jill, remarquant une étendue d'eau bordée d'arbres devant une des ailes du bâtiment rectangulaire.

Des tours surmontées de flèches ornaient les quatre angles de l'édifice. Tandis qu'elles remontaient l'allée courbe, Jill aperçut un porche extravagant aussi haut que la maison, et un fronton d'entrée à six piliers de mêmes proportions.

— Ces vieilles maisons sont agrémentées pour la plupart de lacs ou de douves, presque tous artificiels.

La voiture s'arrêta devant les marches imposantes qu'abritait le porche.

— La maison a trois étages ? demanda Jill.

— Oui. Mais comme vous voyez, le rez-de-chaussée est très haut de plafond.

Jill, stupéfaite, regarda tout autour d'elle. À sa gauche

se déployait un autre vaste ensemble de bâtiments en brique.

— Laissez-moi deviner. Les écuries ?

— Bien sûr. Maintenant c'est une boutique et un café pour les touristes.

— La famille séjourne ici de temps en temps ?

— Pas très souvent, expliqua Lauren. Hal y passait plusieurs semaines de suite du temps où il vivait à Londres. C'était lui le plus attaché de tous à Uxbridge Hall. À l'époque où il était marié, Thomas y passait la plupart des week-ends avec sa famille. Il considérait un peu l'endroit comme une maison de campagne, conclut-elle avec un sourire.

— Nous sommes à quelle distance de Londres ?

— À même pas une vingtaine de kilomètres, l'informa Lauren avec chaleur. C'était très pratique autrefois, quand il s'agissait de notre résidence familiale.

— Et à quelle époque était-ce ? demanda Jill en gravissant les premières marches.

Arrivées sous le porche, elles se retrouvèrent dans une petite cour ouverte dallée de pierre. Les portes de la maison étaient encore à une quinzaine de mètres.

— C'était avant ma naissance.

— Est-ce qu'ils vivaient ici à l'époque de Kate ?

— C'est-à-dire ? demanda Lauren.

— Vers 1906.

— Il me semble que ma famille résidait encore ici la majeure partie du temps. La maison de Kensington Palace Gardens a aussi été construite vers cette date.

Elles traversèrent la cour. Apparut sur le seuil une grande femme, assez corpulente, aux cheveux gris coupés court, portant des lunettes à larges montures d'écaille, vêtue d'un pantalon et d'un pull à col roulé noirs. Elle eut l'air surprise de les voir.

— Chère madame Sheldon-Wellsely, comment allez-vous ?

— Lucinda, je ne vous ai pas prévenue, j'espère que cela ne vous gêne pas.

— Bien sûr que non, assura la femme toujours souriante, vous êtes chez vous. Je suis si navrée pour votre frère, ajouta-t-elle, son sourire s'effaçant. Je n'arrive pas à admettre ce qui s'est passé. C'était un jeune homme des plus charmants.

Jill fut à nouveau rattrapée par la réalité. Elle ne voulait pas penser à Hal maintenant, mais à Kate. Pour autant, elle ne pouvait ignorer la douleur aiguë que lui occasionnait la simple mention de son nom.

— Merci, murmura Lauren. (Elle changea vite de sujet et procéda aux présentations.) Lucinda Becke est la conservatrice, je la connais depuis toujours. Voici Jill Gallagher, qui nous vient d'Amérique.

— Je me considère presque comme un membre de la famille Collinsworth, dit Lucinda à Jill, enjouée, en lui tendant la main.

Si elle savait quoi que ce soit sur la relation de Jill et Hal ou sur l'accident, elle n'en laissa rien paraître.

— Je suis directrice de ce lieu depuis 1981. J'étais justement en train de classer des documents intéressants, des lettres de votre grand-père à son valet de chambre.

— Cette maison est incroyable, déclara Jill quand elles firent halte dans une énorme pièce vide.

Des piliers soutenaient le haut plafond à caissons bleu gris et blanc. Il était orné en son centre d'une rosace sculptée, et reprenait le dessin en mosaïque du sol de marbre bleu et blanc. Sur les murs courait une gigantesque frise représentant des épisodes guerriers de l'antiquité romaine. Il y avait deux alcôves à chaque extrémité de la pièce, pourvues de cheminées. Des statues avaient été placées à côté des piliers, rythmant des boiseries à motifs d'arabesques. Des bancs en bois doré et des piédestaux en pierre portant des sculptures étaient disposés contre les murs.

— Voici le hall, expliqua Lucinda. Autrefois, il servait de pièce de réception. On y donnait les bals, tous plus somptueux les uns que les autres. La famille avait aussi pour tradition d'y tenir la cérémonie de mariage de l'héritier. Malheureusement cela s'est arrêté au huitième comte, dit-elle en s'adressant à Lauren. Votre arrière-grand-père a été le dernier héritier des Collinsworth à se marier dans cette pièce.

Jill observait la verve passionnée de Lucinda quand Lauren demanda :

— Pourriez-vous nous faire faire une visite rapide ? Jill s'intéresse à l'histoire de la maison.

— J'en serais ravie, proposa Lucinda, les yeux brillants, rien ne me ferait plus plaisir.

Tandis qu'elles traversaient le hall, Lucinda leur commenta des détails sur les différents panneaux devant lesquels elles passaient. Jill pouvait à peine assimiler ce qu'elle disait, trop excitée.

Anne Bensonhurst, devenue ensuite comtesse de Collinsworth, était certainement venue ici après ses débuts dans le monde, car elle s'était fiancée avec Edward Sheldon, héritier des Collinsworth. Elle avait dû être invitée très souvent dans cette maison. Avait-elle été accompagnée de son amie Kate Gallagher ? Jill se représentait les deux jeunes filles dans cette pièce spectaculaire, en robes de soirée, leurs éventails déployés — si les femmes utilisaient cet accessoire à l'époque — et entourées d'invités. Peut-être, se dit-elle, l'esprit en alerte, Kate était-elle venue ici après qu'Anne eut épousé Edward. Peut-être y avait-elle même séjourné.

Lorsqu'elles entrèrent dans une autre pièce, que Lucinda qualifia de « salle à manger », elle demanda :

— Les invités passaient-ils aussi parfois la nuit ici ? Il y a quatre-vingt-dix ans ?

— C'était très à la mode de s'inviter pour tout le week-end, mais les séjours plus longs avaient en général lieu dans les maisons de campagne, durant la saison, expliqua Lucinda.

— La *saison* ?

— Pendant l'été.

Elles s'étaient arrêtées dans la salle à manger, très vaste elle aussi. Le tapis était orné d'un motif en forme de diamant, doré et vert sur fond rose, les murs rappelant cette teinte, en plus clair. Le plafond était vert pâle, alourdi de frises. Il y avait de nombreux tableaux, des portraits pour la plupart.

Jill se sentit abasourdie. Son pouls battait beaucoup trop vite, et trop fort. Lucinda discourait avec volubilité sur les petits déjeuners que la famille et ses invités prenaient dans cette pièce.

— Ce sont des portraits de famille ? articula Jill avec peine.

— Oh non ! Ces deux-là sont ceux du duc de Northumberland, datant du milieu du XVIIIe et du début du XIXe siècle. Ce portrait-ci est celui de William et Mary. Et là, c'est George IV, précisa Lucinda avec un sourire enthousiaste. Un peu plus loin il s'agit d'un des premiers comtes de Collinsworth, du milieu du XVIIe siècle. À côté, c'est William, le huitième comte. Il était très courant dans ce genre de maisons d'accrocher des portraits de membres de la famille royale — afin que l'on croie la famille d'une majesté et d'une noblesse comparables.

Jill fut déçue. Anne ne figurait dans aucun des portraits.

— Cherchez-vous quelque chose de précis ? lui demanda Lucinda.

— J'espérais voir un portrait d'Anne, peut-être avec Edward. Ou avec son amie Kate Gallagher, l'héritière américaine, dit Jill en s'humectant les lèvres.

— Suivez-moi dans la galerie, lança Lucinda avant de repartir d'un pas décidé.

Elles dépassèrent deux pièces somptueuses, puis se retrouvèrent devant une salle immense toute en longueur. Une porte-fenêtre donnait sur une terrasse et des jardins magnifiques. Des lustres de cristal pendaient du plafond ; des chaises tapissées de velours bleu s'alignaient sur tout le pourtour de la pièce. Des tableaux étaient accrochés aux murs, par dizaines. Lucinda traversa toute la pièce sans s'arrêter, passant devant plusieurs cheminées à dessus de marbre. Elle fit finalement halte devant une toile de grande dimension.

Jill agrippa la manche de Lauren. Elle contemplait un couple pique-niquant dans un champ, près d'un arbre. La femme était assise aux pieds de l'homme. Elle avait les cheveux sombres, elle était jeune, ni belle ni laide. Et elle avait les yeux brillants.

— C'est Anne, n'est-ce pas, corrigez-moi si je me trompe, dit Jill, émue.

— Oui, affirma Lucinda en s'approchant. Elle était très jeune, à peine dix-huit ans. Cette peinture date de leur première année de mariage.

Jill étudia le tableau. Anne, assise sur une couverture, portait une ravissante robe blanche à fleurs bleues. Elle était installée sous un grand cerisier en fleurs. Sur la couverture de laine à motifs cachemire rouge était posé tout le nécessaire à pique-nique — un panier en osier, une bouteille de vin, deux gobelets et plusieurs assiettes. Des fruits — une pomme, deux poires, une grappe de raisin — étaient tombés du panier. Il y avait un livre ouvert à côté d'elle, et un épagneul cocker était couché à ses pieds. Elle portait des chaussures bleues.

À côté d'Anne se tenait un homme élancé et sombre, à l'expression hautaine et aristocratique. Il était vêtu d'un jodhpur avec des bottes noires, d'une chemise blanche et d'une longue veste en tweed. Il avait une cravache à la main et une cravate bordeaux autour du cou. Son regard était noir, fixe et implacable. Il était séduisant et charismatique. Aristocrate jusqu'au bout des ongles. Il avait l'air d'être né pour commander des centaines de serviteurs — et il avait aussi l'air de ne pas savoir sourire. Assise à ses pieds, Anne semblait trop jeune et très fragile.

— Alors c'est Edward ?

— Oui.

— Ils forment un couple surprenant, murmura Jill d'un ton rêveur, Anne est si jeune.

— À l'époque, beaucoup de jeunes filles se mariaient à cet âge, expliqua Lucinda. C'était un beau mariage. Edward Sheldon était le plus convoité de sa génération. Et Anne, bien sûr, était elle-même une grande héritière. Tout Londres fut en émoi à cause de cette union — et à juste titre.

Lauren aussi contemplait le tableau.

— Je l'ai souvent vu, mais j'ai l'impression de le regarder pour la première fois aujourd'hui.

Elle ne souriait pas. Jill la trouva tendue.

— Je n'ai jamais connu Edward. Il est mort pendant ou juste après la Seconde Guerre mondiale, je crois.

— Et elle, quand est-elle morte ? demanda Jill.

— Quand j'avais neuf ans, dit Lauren.

— Elle a vécu jusqu'à l'âge avancé de quatre-vingt-cinq ans, dit Lucinda. Elle est tombée malade subitement et est morte dans son sommeil en 1975. Je me souviens très bien de l'enterrement.

— Vous devez avoir beaucoup de souvenirs d'elle, dit Jill.

— Pas vraiment, répondit Lauren avec véhémence. Elle était très brusque — et très occupée. Nous ne restions pas dans ses jambes. Nous avions tous peur d'elle.

Cela surprit Jill, qui, à nouveau, regarda la jeune fille assise aux pieds d'Edward, les yeux brillants d'amour.

— Elle me paraît fragile.

Lauren ne répondit pas.

— Vous a-t-elle jamais parlé de Kate ? s'enquit Jill, consciente de poser la question pour rien.

— Ce dont je me souviens, dit Lauren en souriant soudain, mais les yeux de nouveau rouges, c'est que Hal et Thomas jouaient comme des fous dans cette maison quand nous étions enfants. Nous avons passé des vacances ici, même quelques week-ends, quand j'avais cinq ou six ans. Ils ne voulaient pas jouer avec moi, termina Lauren dans un hoquet de sanglots.

— Là, là, dit Lucinda en lui tapotant le dos.

— Ça va, affirma Lauren en hochant la tête. C'était il y si longtemps. J'avais oublié tout ça. Ils avaient leur langage secret et ça me rendait folle. Ils prononçaient les mots à l'envers. Juste pour m'embêter.

Jill resta silencieuse, absorbée par le tableau, avec l'impression de sentir Hal à ses côtés, penché sur son épaule pour regarder aussi la peinture. Elle croisa les bras.

— Avez-vous une idée de l'endroit où se passe cette scène ? demanda Jill à Lucinda.

— Il a été peint à Stainesmore, répondit Lucinda, la maison de campagne de la famille.

— Dans le nord du Yorkshire, ajouta Lauren. Autrefois c'était un domaine très important. Il est plutôt en déclin aujourd'hui. Nous y allons encore de temps en temps l'été.

— Hal m'avait dit qu'il passait l'été dans le Yorkshire quand il était petit, dit Jill.

Elle continuait à scruter Edward. Elle avait frissonné sans raison. Il semblait fier, arrogant, froid et difficile. Cela avait dû être une curieuse union. Anne n'avait pas l'air d'être le genre de femme à pouvoir retenir longtemps l'attention d'un tel homme, malgré ce qu'en avait dit Lauren.

— À mon avis, votre grand-mère était amoureuse, remarqua Jill.

Lauren ne répondit pas.

— On ne se mariait pas par amour à cette époque, miss Gallagher, dit Lucinda en souriant. Pas quand des titres et des biens étaient en jeu. Mais tout le monde savait qu'Anne était éprise de son mari.

Jill doutait que la réciproque fût vraie. Edward n'avait pas l'air d'être homme à éprouver une grande passion ou de profonds sentiments.

— Les Sheldon avaient-ils besoin de la fortune d'Anne ? demanda Jill.

Les yeux de Lauren s'agrandirent. De toute évidence, elle était stupéfaite.

— Bien sûr que non, répondit-elle du tac au tac.

— Pardon, dit Jill qui n'avait pas voulu se montrer impertinente.

Lucinda offrit vite une diversion, car les joues de Lauren restaient empourprées.

— Hal aimait tout particulièrement ce tableau, vous savez. Il passait des heures ici, dans cette galerie. Cela ne veut pas dire qu'il n'appréciait pas les autres œuvres d'art de la maison.

Soudain Jill se représenta Hal errant tout seul dans cette grande demeure. Cela ne lui ressemblait pas vraiment, il y avait là quelque chose de triste et solitaire. Mais aussi autre chose, qu'elle essayait de percevoir sans réussir à l'identifier. Il avait conservé la photo d'Anne et Kate — et avait passé beaucoup trop de temps à Uxbridge Hall. Elle repensa à toutes les soirées qu'ils avaient partagées. Jill eut soudain l'impression qu'il n'y en avait pas eu une au cours de laquelle il n'ait parlé de sa famille, ou n'ait évoqué au moins une anecdote amusante la concernant.

— Combien de temps a-t-il passé ici, exactement ? demanda-t-elle à Lucinda.

— Il occupait les appartements privés à chaque fois qu'il était en ville, dit-elle en jetant un coup d'œil à Lauren. Je voudrais vous montrer quelque chose.

Un signal d'alerte résonna dans la tête de Jill, mais elle n'en comprit pas bien le sens. Elle suivit Lucinda et Lauren dans la galerie jusqu'à une jolie table au plateau de marbre, sur laquelle étaient posées plusieurs photographies — de William et Margaret, plusieurs de Thomas, et une de deux garçons en uniforme d'école, qui lui ressemblaient tant qu'ils ne pouvaient qu'être ses fils.

— Le comte, la comtesse, leur héritier et leurs petits-enfants, précisa Lucinda.

Elle désigna ensuite une petite vitrine toute proche. Elle contenait des bibelots — un œuf en porcelaine peinte, une boîte à priser en émail, des pendants d'oreilles de jais en goutte d'eau, un encrier et une plume, de vieux livres reliés en cuir, un médaillon.

— Regardez ce médaillon, dit Lucinda d'une voix douce où perçait une intonation de triomphe.

Jill s'exclama. Le médaillon était ouvert. Chaque moitié contenait un petit portrait, parfaitement exécuté. Un portrait d'Anne. Et un autre de Kate.

— Anne et Kate, souffla Jill.

— Apparemment, c'étaient de bonnes amies, conclut Lucinda. Selon les registres de Bensonhurst dont nous disposons, Kate et sa mère y séjournèrent longtemps.

Jill avait du mal à respirer.

— Elles sont arrivées en septembre 1906, murmura-t-elle.

— Ah bon ? Vous avez une excellente mémoire, ma chère. Anne a donné elle-même ce médaillon au musée, peu avant sa mort.

Jill n'arrivait pas à détacher ses yeux du bijou. Elle était de nouveau prise de frissons, cependant cette sensation n'était pas entièrement désagréable.

Alors, aussi nettement qu'en plein jour, elle se représenta Anne et Kate assises à une table dans une salle à manger, leurs têtes l'une contre l'autre, gloussant et chuchotant en se racontant leurs flirts et leurs succès au bal des Fairchild. À l'extérieur, le soleil au Zénith baignait les jeunes filles d'un halo chaud et impalpable. Les deux amies étaient trop excitées pour manger. Elles n'avaient jamais été aussi heureuses, elles étaient les meilleures amies du monde.

Jill croisa ses bras très fort. Ses cheveux lui picotaient la nuque et son cœur battait la chamade. La sensation devint nette. C'était celle d'une obscurité menaçante, et c'était très déplaisant.

— La rumeur courait qu'elle avait un amant.

Jill et Lauren se retournèrent vivement et regardèrent Lucinda avec les mêmes yeux étonnés.

— Pardon ? dit sèchement Lauren.

— Pas lady Anne, dit Lucinda en leur souriant. Kate.

— Kate avait un amant ? s'étonna Jill.

— On racontait que pendant son séjour à Bensonhurst elle sortait par la fenêtre de la chambre d'Anne, à l'aide de draps noués ensemble, pour descendre au jardin.

Jill eut à nouveau cette sensation d'alerte dans l'oreille.

— Vous colportez un ragot qui remonte à presque cent ans, Lucinda ? répliqua Lauren avec froideur.

— En fait, le ragot que je colporte vient d'Anne elle-même, précisa Lucinda avec un sourire imperturbable.

— Elle vous a dit ça ? demanda Jill, qui n'en croyait pas ses oreilles.

— Elle l'a confié à mon prédécesseur. Uxbridge Hall a été rouvert au public en 1968 après une restauration de fond en comble. Anne est venue peu de temps avant pour inspecter la maison et donner son autorisation pour l'ouverture. Elle était comtesse douairière à l'époque. Il semble que cette visite ait réveillé en elle beaucoup de souvenirs. C'est du moins ce qu'il ressort du récit de Janet Whitcombe, poursuivit Lucinda.

— Est-elle encore vivante ? demanda Jill avec précipitation.

— On ne peut plus.

— J'aimerais beaucoup la rencontrer, pour savoir si ce qu'a dit Anne était vrai.

Mais prononçant ces mots dans le feu de l'excitation, elle réalisa que cela serait certainement peine perdue. Qui pourrait bien se rappeler d'une conversation qui avait eu lieu en 1968, il y avait donc plus de trente ans ?

— Elle est un peu sénile aujourd'hui. Cependant elle passe par d'importantes périodes de lucidité. Avec un peu de chance, vous la verrez dans de bonnes dispositions. Je vais vous donner son adresse.

— Pouvez-vous croire à tout ça ? demanda Jill en se tournant vers Lauren.

— Non, répondit celle-ci en fronçant les sourcils. Et quelle différence cela ferait-il ? Même si Kate avait un amant et descendait dans le jardin avec une corde de fortune, ce ne sont que des commérages. Allons-y. J'ai eu ma dose d'ancêtres pour aujourd'hui.

Jill ne voulait pas partir. Il y avait une maison entière à explorer, et si elle ne le faisait pas aujourd'hui, elle ne le ferait jamais. Mais Lauren était décidée. À contrecœur elle suivit Lucinda et Lauren hors de la galerie, puis traversa une pièce au décor chinois.

De retour dans le hall sombre, le trio s'arrêta. Jill voulut poser une dernière question :

— Savez-vous si Kate est venue ici rendre visite à Anne après son mariage avec Edward ?

— Non. Et cela aurait été impossible, de toute façon, conclut Lucinda en la scrutant. Vous lui ressemblez, vous savez.

— Comment ? s'étonna Jill.

— Je l'ai remarqué dès que je vous ai vue. Avant même que nous n'ayons été présentées.

Jill trouvait qu'il n'y avait aucune ressemblance entre elles. Kate avait été si séduisante — Jill savait bien qu'elle était jolie, mais plus banale. Cependant Lucinda semblait sincère. Cela signifiait-il qu'elles étaient parentes ? Kate Gallagher était-elle une lointaine ancêtre, voire son arrière-grand-mère ?

— Pourquoi êtes-vous sûre que Kate n'est jamais venue voir Anne ici ? demanda-t-elle.

Lucinda ne souriait plus, elle était sombre.

— Elle n'a jamais rendu visite ici à Anne, ma chère, pour la bonne raison qu'elle a disparu à l'âge de dix-huit ans, et qu'on n'a plus jamais entendu parler d'elle.

4.

Jill descendit lentement l'escalier. Elle avait remis son jean pour voyager, et ses bagages avaient déjà été chargés dans la voiture. Alex Preston se tenait dans l'entrée dallée de marbre, lui tournant le dos.

Jill tergiversa un instant, prête à remonter pour l'éviter. Mais elle ne voulait pas rater son avion. Elle l'observa. Quand Lauren avait débité son long discours, celle-ci n'avait pas mentionné Alex dans la liste de ceux qui lui présentaient leurs excuses.

Il devait l'avoir entendue, ou du moins avoir senti sa présence : il se retourna et la toisa de la tête aux pieds.

Jill s'arrêta à sa hauteur, crispée à cause de son regard perçant.

— Je vais à l'aéroport, lança-t-elle, bien que ce fût une évidence.

Elle avait hâte de partir, et cela lui était bien égal qu'il s'en rende compte.

— Je sais, dit-il avec une ébauche de sourire. Je suis venu vous souhaiter un bon voyage.

Jill pensa qu'il n'avait qu'une envie : ne plus jamais la voir. Comme le reste de la famille, d'ailleurs.

— Vous êtes le messager de la famille ?

— Pourquoi, je devrais l'être ?

Elle fut stupéfaite. N'était-il pas au courant des excuses de Lauren au nom des Sheldon ?

— Non, je ne crois pas. Merci de votre hospitalité.

Elle se forçait à être polie afin de pouvoir s'éclipser. Elle ne trouva rien d'autre en guise d'adieu, mais ces quelques mots résonnèrent comme un sarcasme à ses oreilles.

Il haussa ses sourcils noirs, ce qui accentua leur dessin oblique.

— Nous n'avons pas été très aimables. Dire que les anglais sont réputés pour leur courtoisie !

— Je ne vais pas me plaindre.

Elle regarda la voiture qui l'attendait.

— C'est gentil de votre part. Néanmoins vous n'avez pas l'air d'être le genre de femme à tendre l'autre joue.

— Je suis très fatiguée, Alex, rétorqua sèchement Jill, n'étant pas d'humeur à débattre. Ces deux jours ont été épouvantables.

Kate Gallagher avait disparu à l'âge de dix-huit ans. Rien n'aurait pu préparer Jill à une telle éventualité.

Maintenant elle avait maintes questions au bord des lèvres, questions qu'elle avait été trop bouleversée pour poser à Lucinda. Et puis Lauren avait insisté pour qu'elles aillent déjeuner. Elles avaient pris congé rapidement, mais la conservatrice avait invité Jill à revenir quand elle le désirerait. Elle lui avait donné son numéro de téléphone, ainsi que celui de Janet Witcombe.

Jill avait presque envie de rester encore un peu à Londres.

— Oui, bien sûr, convint Alex. J'ai entendu dire que vous aviez passé une journée riche en enseignements à Uxbridge Hall.

— Qu'est-ce que ça veut dire ? Tout se sait dans cette famille ?

— Nous sommes très proches les uns des autres, rétorqua-t-il avec un sourire forcé.

— C'était très intéressant.

Jill hésita, tenaillée par l'envie de lui révéler ce qu'elle avait appris. Mais elle s'abstint.

— Depuis combien de temps vivez-vous ici, Alex ?

— Pourquoi ? s'enquit-il en la regardant avec attention.

— Je me demandais si vous connaissiez l'histoire de la famille.

— L'histoire de la famille, ou la prétendue disparition de Kate Gallagher ?

Ses yeux bleus avaient plongé dans ceux de Jill.

Elle avait rougi, c'était sûr. Ainsi Lauren et lui avaient échangé leurs renseignements. Elle n'avait plus à se demander si la jeune femme avait aussi rapporté leur journée à Thomas. C'était évident.

— Vous me reprochez d'être curieuse ?

— À mon avis, vous avez besoin de vous changer les idées, et votre intérêt pour cette Kate Gallagher remplit très bien ce rôle. Mais pour répondre à votre question, je suis entré dans cette famille à la mort de ma mère. J'avais quatorze ans. J'ai quitté Londres quelques années plus tard pour Princeton, et j'ai fini mes études à Wharton. Je suis revenu il y a tout juste dix ans. Et je ne sais à peu près rien d'elle.

— Vous devez bien savoir quelque chose sur Anne, insista Jill.

— Pas vraiment.

Il resta silencieux après cette réponse laconique.

Jill avait du mal à le croire. Hal lui avait aussi confié que cet homme était accaparé par son travail. Jill s'en souvenait très bien maintenant. Peut-être vivait-il dans une bulle. Mais son intuition lui disait le contraire. Elle savait plutôt bien jauger les caractères, et Alex semblait vif, intelligent.

— Je sais ce que c'est que d'avoir très peu de famille, reprit-il avec lenteur, la fixant toujours.

— Mes parents ont été tués quand j'avais cinq ans et demi, confia-t-elle. Un accident de voiture. Vous vous rendez compte ?

Elle sentit alors une douleur familière la tarauder à nouveau. Pendant un court moment elle avait eu une famille, Hal était devenu sa famille, et elle avait même imaginé qu'ils auraient des enfants. Des rêves envolés, pour toujours.

— Le pire, c'est que je n'arrive pas à me rappeler d'eux. Je n'ai aucun souvenir de mes parents.

Mais elle avait ceux de Hal. Il fallait qu'elle s'y accroche, et ne laisse personne les écorner. La tâche lui semblait insurmontable.

Un silence s'était installé, qu'Alex finit par rompre :

— Où voulez-vous en venir ?

— À la mort de votre mère, les Sheldon sont devenus votre famille. Je crois qu'ils comptent beaucoup pour vous. Quand Anne est morte, elle avait dans les quatre-vingts ans, n'est-ce pas ?

— Oui.

— Et vous avez, voyons ? Trente-trois ans ? Trente-quatre, ou trente-cinq ?

— Vous êtes tenace, concéda Alex, sans agressivité. J'avais neuf ans quand elle est morte. Je la connaissais à peine. C'était le genre de personne âgée qu'un enfant évitait le plus possible.

C'était intéressant. Lauren avait dit la même chose.

— Pourquoi ?

— Elle était stricte et autoritaire. C'était elle qui dirigeait tout. Nous avions tous peur d'elle. Tout le monde la craignait, même les domestiques.

Ce n'était pas l'impression qu'elle avait eue en étudiant la photographie d'Anne et Kate, ou son portrait avec Edward. Elle semblait jeune, douce, peu séduisante et passive. Mais les gens changent en vieillissant. La vie pouvait avoir cet effet-là.

Jill considéra comme sa vie à elle avait changé, et l'avait également changée irrévocablement, à cause d'un accident de voiture qui avait duré une fraction de seconde. Deux fois. C'était d'une injustice flagrante, mais elle s'efforça de ne pas se lamenter sur son sort.

— Qu'y a-t-il ? demanda Alex avec un peu trop de brusquerie.

— Rien, coupa-t-elle pour se libérer de ses pensées. J'ai un avion à prendre. Merci encore. Transmettez également mes remerciements à vos oncle et tante, et à vos cousins.

Elle se refusait à penser à Thomas maintenant. Heureusement, elle ne le reverrait jamais. Elle n'était pas étonnée que personne d'autre ne soit venu lui dire au revoir.

Mais elle fut surprise quand Alex lui emboîta le pas.

— Je vous accompagne à Heathrow, déclara-t-il en plongeant les yeux dans les siens, avant d'ajouter : Une petite touche de politesse américaine.

Quand Jill ouvrit la porte de son studio, une boule de fourrure grise se pressa contre ses jambes. KC avait compris que le pire pour Jill serait de retrouver un appartement vide, aussi avait-elle ramené le chat.

— Ezekial ! s'exclama-t-elle en essayant de l'attraper.

Mais l'animal, boudeur, avait disparu par représailles.

Jill soupira. Elle aurait eu besoin de réconfort. Le retour était difficile. Elle posa ses sacs et resta sur le seuil, frappée par l'exiguïté de son studio. Le contraste avec Kensington Palace Gardens ainsi qu'Uxbridge Hall lui sautait aux yeux.

Jill referma doucement la porte. Selon toute probabilité elle ne retournerait jamais dans ces lieux, et cela valait mieux. Elle avait l'impression de sortir d'un conte de fées qui avait viré au cauchemar. Elle venait de vivre les pires journées de son existence.

Cependant l'idée qu'elle n'aurait pas dû quitter Londres lui trottait toujours dans la tête.

Jill releva les mèches qui lui tombaient dans les yeux. Selon Lucinda Becke, Hal avait adoré Uxbridge Hall. Elle pensa aux portraits de la salle à manger — à celui de l'un de ses ancêtres du XVIIIe siècle. C'était étrange de pouvoir remonter aussi loin dans ses origines, de savoir qui l'on était, sans ambiguïté. Jill envia Hal et les gens de son milieu, qui considéraient cette connaissance comme allant de soi.

Elle examina son studio, prenant conscience de son absolue solitude. Puis elle pensa à la belle et troublante Kate Gallagher, disparue si jeune, à dix-huit ans. Que lui était-il arrivé ? Quelque chose de terrible ? Ou s'était-elle enfuie avec son amant pour vivre heureuse jusqu'à la fin des temps ?

Kate était-elle son ancêtre ? Son arrière-grand-mère ?

Si un tel tour du destin était possible, cela signifiait

que Kate ne s'était jamais mariée, étant donné qu'elles partageaient toutes deux le même nom de famille.

— Merde, marmonna Jill en faisant les cent pas dans sa pièce.

Les murs étaient couleur pêche, sauf un, qui avait été décoré d'une fresque par un de ses amis. Elle représentait des scènes variées de la vie de rue à New York, dans des couleurs éclatantes. Plusieurs kilims bariolés couvraient le sol, chinés avec patience dans les brocantes et les marchés aux puces. Son lit était un simple matelas posé sur une estrade, mais il était recouvert d'un magnifique couvre-lit bleu et d'une demi-douzaine de gros coussins pêche, bleus et dorés. Un canapé orange faisait face à la fresque et une malle en osier servait de table basse.

On mangeait devant la petite cuisine ouverte sur la pièce, sur une table en pin pour deux couverts. Des chaises de metteur en scène en tissu rouge décoraient ce coin du studio.

Jill entra dans sa cuisine et ôta sa veste en cuir. Elle n'avait pas pu dormir dans l'avion. Son cerveau ne voulait pas ralentir, voltigeant sans cesse entre les Sheldon, Alex Preston et Kate Gallagher. Et elle se sentait coupable de laisser Hal si loin d'elle, tout en sachant qu'il avait peut-être aimé cette autre femme, Marisa Sutcliffe.

Elle ouvrit son réfrigérateur pour se servir un verre d'eau glacée et resta pétrifiée. Sur le rayon du haut, qui était presque vide, il y avait une demi-pizza, et dans la porte une bouteille de vin blanc entamée. Les restes du dîner que Hal et elle avaient partagé la semaine précédente.

Elle claqua la porte avec violence. Elle s'était presque attendue à le voir sortir nonchalamment de la salle de bains, un sourire sur son visage séduisant.

Hal avait-il aimé Marisa ? Était-il sur le point de rompre avec Jill pour rentrer épouser cette femme ? Aurait-elle pu être trompée à ce point ? Avait-elle été aussi stupide ?

Ce genre de choses arrive tout le temps, pensa Jill avec tristesse.

Pourquoi avait-il conservé cette photographie de Kate et Anne, et choisi de la placer à côté de son lit ?

— Ce n'est pas juste, Hal ! cria-t-elle avec colère, cramponnée au comptoir.

Elle avait envie de tirer les somptueux cheveux de Marisa jusqu'à les lui arracher. Mais ce n'était pas juste non plus. Qu'avait fait Marisa à part aimer Hal toute sa vie ? Si Hal avait dupé Jill, s'il s'était servi d'elle, c'était lui le salaud, pas elle.

Mais comment pouvait-elle en vouloir à quelqu'un qui venait de mourir ?

Jill se dit qu'il valait mieux, pour sa santé mentale, laisser reposer toutes ces questions sans réponses aux côtés de Hal et cesser de se torturer.

Elle l'avait déjà fait auparavant. À la mort de ses parents. Elle s'était donnée à la danse corps et âme, jusqu'à ce qu'elle remplisse toute sa vie.

Mais aujourd'hui Jill était épuisée, et n'avait pas le courage de danser. Elle savait qu'il lui faudrait se forcer à retourner travailler — immédiatement. Mais ce qu'elle souhaitait vraiment, avec l'énergie du désespoir, c'était que Kate soit de sa famille, qu'elle soit son arrière-grand-mère, et qu'elle en ait la preuve indiscutable.

Jill eut envie d'être de nouveau à Uxbridge Hall pour explorer le reste de la demeure, à la recherche d'indices sur cette femme qui avait tragiquement disparu si jeune.

Elle se servit un verre d'eau au robinet, qu'elle but avec avidité, les yeux fermés. Elle n'avait pas envie d'être là. Son studio était horriblement vide. Elle se sentait plus seule que jamais, plus encore que lorsqu'elle avait été en bute à l'impolitesse des Sheldon.

Ezekial se pressa contre ses jambes en ronronnant.

Jill ouvrit ses yeux mouillés de larmes, sourit et se pencha pour prendre le chat. Dieu merci il y a Zeke, se dit-elle. Mais l'animal, versatile, cracha et sauta de ses bras. Il avait horreur qu'on le serre, mais il adorait les caresses, selon son bon plaisir.

Soudain, Jill décrocha son téléphone. Elle extirpa de la poche de son jean le morceau de papier portant les numéros de téléphone donnés par Lucinda. Regardant sa montre, elle calcula qu'il était 7 heures du matin à Londres. Elle composa le numéro de Lucinda.

— Jill ! Quelle surprise ! entendit-elle presque instantanément.

— J'espère que je ne vous ai pas réveillée, dit Jill rapidement.

— Je me lève à 6 heures, ma chère, la rassura Lucinda avec chaleur.

— Je n'arrête pas de penser à Kate Gallagher, lui confia Jill. J'aurais aimé que Lauren ne me presse pas autant de quitter Uxbridge Hall.

— Oui, c'est dommage, répondit Lucinda après un silence.

— Que s'est-il passé après sa disparition, Lucinda ? Et à quelle date exactement a-t-elle disparu ? lui demanda Jill.

— C'était à l'automne 1908, juste avant la saison mondaine, l'informa la conservatrice. Il y eut une enquête, mais on ne la retrouva jamais. À mon avis, on a soupçonné qu'elle s'était enfuie avec son amant. J'ai de vieilles coupures de presse classées je ne sais où, Jill. Je vais les chercher.

— Ce serait adorable de votre part, s'enthousiasma Jill. A-t-on su l'identité de son amant ?

— Non, je ne crois pas. Je me rappellerais certainement de son nom si j'avais lu quelque chose le concernant. Ce fut un scandale à cette époque, ma chère. Un très gros scandale.

Jill se tut, essayant de se représenter l'événement dans le contexte de 1908. Elle n'arrivait pas à imaginer les réactions de l'entourage de Kate face à cette disparition mystérieuse.

— Pensez-vous qu'elle s'est réellement enfuie avec son amant ? finit-elle par demander.

— Je me suis toujours posé la question. Mais franchement, je n'en ai pas la moindre idée. Même si Anne avait affirmé à mon prédécesseur qu'il existait un amant, qui dit qu'elle ne se trompait pas ? Peut-être n'y avait-il personne.

— Alors il est arrivé quelque chose de terrible à Kate, affirma Jill en frissonnant.

— Sa famille était très riche. C'est peut-être un kidnapping qui a mal tourné. Je crois que c'était l'une des théories en vogue à l'époque.

— Merci, Lucinda.

— Avez-vous le projet de retourner bientôt à Londres ?

— J'y pense, vous savez. Mais je ferais mieux d'oublier Kate et de me remettre au travail, conclut-elle avec découragement.

Les deux femmes bavardèrent encore un moment avant de raccrocher. Quelque chose attirait irrésistiblement Jill à Londres, persuadée qu'elle retrouverait la paix seulement si elle en apprenait plus au sujet de Kate.

Elle pouvait retourner à Londres, ou retourner travailler. Et il n'y avait aucune ambiguïté sur ce qu'elle préférait.

Je dois être folle de courir après une femme qui n'est peut-être même pas une parente, et qui a disparu il y a quatre-vingt-onze ans, se persuadait-elle.

Mais comment faire autrement ? Kate la hantait littéralement. Jill se rendit compte que son souhait le plus cher était de découvrir que Kate avait eu une vie heureuse, même si elle n'était pas de sa famille.

— Ezekial, appela-t-elle doucement.

Il apparut soudain sur le comptoir de la cuisine et la regarda sans ciller de ses yeux verts mordorés. Elle s'approcha pour le caresser. Il commença à ronronner.

Jill ébaucha un sourire, les larmes aux yeux. Elle devait retourner là-bas, c'était la bonne décision. Elle s'occuperait des détails matériels le lendemain. Elle eut envie de prendre une douche, mais la présence dans la salle de bains des affaires de toilette de Hal la fit ressortir précipitamment. Il faudrait qu'elle vide l'appartement de ce qui lui avait appartenu.

Jill savait qu'elle en était incapable pour le moment.

Elle se sentait malade, mais ce n'était dû ni à l'épuisement, ni au décalage horaire. Ils avaient partagé trop de bons moments dans ce studio. Elle ne pouvait pas y rester, en tout cas, pas encore.

Elle alla sur le canapé, le chat sur les talons. Elle jeta

machinalement un œil sur son répondeur. Il y avait deux messages. Sans réfléchir, elle les écouta. C'était la voix de Hal.

— Salut, Jill. C'est moi. Euh... écoute, il faut qu'on parle. Il y a quelque chose... Si on déjeunait quelque part avant de partir ? Appelle-moi, je suis chez moi. (Puis il y eut un long silence.) Tu me manques, Jill.

Ensuite elle entendit « vendredi, 11 h 10. »

Jill resta figée. C'était sa voix, vivante. Il n'y avait rien de plus cruel que de l'entendre maintenant. Cela ressemblait à un message de l'au-delà. Hal l'avait appelée ce matin funeste, au moment où elle devait prendre sa douche. Ils n'avaient pas déjeuné avant de partir. Et à l'heure du dîner, il était mort.

Jill ne pouvait plus réfléchir, ni respirer. Elle réécouta le message.

Tendue vers l'appareil, elle se concentra pour discerner les moindres nuances de son intonation. Elle cherchait désespérément l'inflexion qui lui aurait prouvé qu'il l'aimait de tout son cœur, et que sa réticence soudaine devant le mariage n'avait été que passagère. Tout se serait résolu avec le temps. Et elle aurait ignoré l'existence de Marisa Sutcliffe.

Elle revit le visage de la jeune femme. Les paroles cruelles de Thomas résonnaient dans sa tête. « Je sais qu'il l'aurait épousée. »

Jill réécouta le message une dizaine de fois.

Le lendemain matin, elle se réveilla en pensant à Hal. Elle avait encore rêvé de Kate. Elle ne se souvenait pas très bien du contenu du rêve, mais il était troublant. Elle était presque sûre que Hal y figurait, sous la forme d'un sombre étranger au visage indistinct.

Puis elle se souvint de sa décision de retourner à Londres et se sentit presque aussitôt requinquée. Sa quête de vérité à propos de Kate Gallagher l'occuperait sainement et l'empêcherait de sombrer dans la dépression. Elle allait prendre un charter, et son seul problème serait de trouver un endroit bon marché où s'installer pendant son séjour. Elle pourrait sous-louer son studio pendant ce temps-là.

Jill prit une douche, appela Goldman, le chorégraphe de *The Mask*. Elle apprit qu'elle avait été remplacée, comme le sont tous les danseurs de Broadway dès qu'ils s'absentent. Elle se sentit étrangement soulagée et se prépara une collation accompagnée d'un café. Puis elle décrocha son téléphone. C'était le début de la soirée à Londres, elle voulait parler à Janet Witcombe. Mais à sa grande déception, la réceptionniste de la maison de retraite l'informa que Janet dormait déjà.

Il vaudrait mieux qu'elle l'interroge de vive voix. Même si les préparatifs de son voyage devaient lui prendre quelques semaines. En sirotant son café, elle songea à ce que pourrait lui révéler la vieille dame.

Jill se resservit une autre tasse. Elle frissonna. Il y avait une question qu'elle avait évité de poser à Lucinda, mais aussi à elle-même. Hal s'était-il intéressé à Uxbridge Hall uniquement à cause de ses ancêtres ? Ou bien était-ce pour Kate Gallagher ?

Jill redoutait la réponse.

Elle se dit qu'elle était folle. Elle n'avait aucune raison d'avoir peur. Elle fut à nouveau saisie de frissons. Il semblait faire plus froid dans le studio. Elle ferma les fenêtres et enfila un grand sweat-shirt. Avait-il, comme Lucinda, remarqué leur ressemblance ?

Jill était perplexe. Si elle ressemblait vraiment à Kate, n'était-ce pas l'ébauche d'une preuve qu'il existait un lien génétique entre elles ?

Elle reposa brutalement sa tasse et alla dans la salle de bains pour se contempler dans le miroir. Elle n'avait jamais eu aussi mauvaise mine, mais c'était l'effet du chagrin et de la fatigue. Un peu de maquillage effacerait tout cela. Elle étudia son reflet. Ses yeux étaient couleur noisette — elle était sûre que ceux de Kate étaient marron très foncé. Ses cheveux étaient châtains, ceux de Kate roux. Mais il y avait peut-être une ressemblance malgré tout. Jill avait le nez droit et fin, celui de Kate était un peu romain. Cependant le dessin de leur mâchoire, assez forte, était similaire, tout comme leur front large et leurs pommettes hautes. Et puis il y avait le grain de beauté.

La tache de naissance de Jill avait la couleur d'une tache de rousseur. Elle n'était pas foncée comme celle de Kate, plantée au coin de sa bouche. Jill chercha un crayon foncé pour les yeux et l'appliqua sur sa tache.

Elle regarda le résultat, stupéfaite. Comme hypnotisée, elle retourna soudain dans la pièce et alla fouiller dans le tiroir du bureau à côté de son lit. Elle avait acheté, il y avait longtemps, un pendentif dans une brocante. Un grenat gravé serti d'or, attaché à un ruban de velours. Jusqu'à aujourd'hui, Jill ignorait ce qui avait guidé ce choix, ce n'était pas le genre de bijou qui l'attirait. Elle préférait le style contemporain et l'argent.

Elle retourna à la salle de bains et se le passa autour du cou. Au creux de sa gorge, la pierre couleur lie-de-vin semblait scintiller pour attirer son attention. C'était un bijou qu'une femme aurait pu porter au XIXe siècle ou au début du XXe siècle, à l'époque edwardienne.

Jill avait les mains tremblantes. Elle rassembla lentement la masse de ses cheveux mi-longs et dégagea son visage. Kate avait les cheveux longs et bouclés, et se coiffait tantôt en les laissant détachés, tantôt avec un chignon haut.

Jill se contempla. Les battements de son cœur s'accélérèrent. Pendant un instant, elle eut l'impression que Kate la regardait dans le miroir. Une femme rousse de l'époque edwardienne, pleine d'élan et de vitalité... puis l'image s'effaça.

Jill baissa les bras, comme si ses cheveux l'avaient brûlée.

Sa chevelure châtain retomba en désordre, les mèches courtes revinrent dans ses yeux.

Jill respira en se contemplant de ses yeux agrandis, emplis d'un éclat inquiétant. Ce n'était pas Kate qu'elle avait vue dans le miroir, c'était le résultat de son imagination rendue fertile par la fatigue. Mais elle lui ressemblait, il n'y avait pas à s'y méprendre.

Suffisamment pour être sa sœur — ou son arrière-petite-fille.

Jill s'attendait à en être enthousiasmée. Ce ne fut pas le cas.

Soudain, la question se posa avec évidence. Hal aurait-il pu ne pas remarquer la ressemblance ? La réponse était ici, dans le miroir.

Et quelque chose lui disait qu'il n'y avait pas de coïncidence. Aucune. Une petite voix chuchotait « Hal et Kate », « Kate et Jill », « Jill et Hal ». Jill eut envie de se boucher les oreilles.

Elle avait peur.

5.

Tante Madeline était toujours en vie. Jill ne l'avait pas vue depuis quatre ou cinq ans. Mais elle ne lui en gardait pas rancune, puisqu'il n'y avait jamais eu de réelle affection entre elles, il était donc naturel que l'éloignement s'accentue au cours des années.

Sa tante était la sœur de sa mère. Jack Gallagher, son père, était fils unique. Ou du moins, c'était ce que Jill avait cru toute sa vie. Elle décrocha le téléphone d'une main tremblante. Pour savoir si Kate lui était apparentée, tante Madeline était la personne tout indiquée.

Jill reconnut sur-le-champ son accent nasillard du Middle West et son intonation revêche.

— Tante Madeline ? Bonjour, c'est Jill.

Il y eut un silence à l'autre bout du fil.

— Bonjour, Jill. Comment vas-tu ? demanda-t-elle poliment, sur un ton réservé.

— Très bien, mentit Jill. (Madeline ne connaissait rien de sa vie ; il n'y avait donc pas lieu de lui raconter quoi que ce soit maintenant.) Je me demandais si tu pourrais m'aider. J'essaye de trouver des renseignements sur mon père et mon grand-père paternel.

— C'est étrange, fut la réponse laconique de Madeline.

Jill se la représentait installée dans un fauteuil au milieu du salon vert passé, vêtue d'une robe d'intérieur propre mais démodée, ses cheveux sombres parsemés de gris, son visage rond austère, ses lunettes pendant sur son giron.

— Jack avait-il des frères et sœurs ? s'enquit-elle, pour s'assurer une fois pour toutes de l'exactitude de cette version des faits.

— Non. S'il en avait eu, tu serais allée vivre chez eux plutôt que chez moi.

— Probablement, dit Jill en sentant ses traits se contracter en une grimace involontaire. (Elle ne voulut pas ajouter que cela aurait mieux valu pour toutes deux.) As-tu déjà rencontré des membres de la famille de Jack ? Son père Peter, ou sa mère ?

— Non. Ce sont des questions bizarres, Jill.

— Excuse-moi, se confondit Jill. J'essaye de retrouver mes ancêtres. Mes racines, tu vois.

— Pourquoi ?

— J'étais à Londres récemment, commença Jill avec hésitation, et je crois que j'y ai découvert une de mes aïeules.

Il n'y eut pas de réponse.

— Sais-tu quelque chose sur la vie de Jack ? demanda Jill en soupirant. Il était bien né à New York, non ? C'est là qu'il a épousé ma mère ?

— Oui, je crois.

Jill s'en serait arraché les cheveux. Sa mère n'avait pas travaillé, et à sa connaissance Jack était avocat débutant dans un grand cabinet.

— Tante Madeline, est-ce que mon grand-père Peter était aussi né à New York ?

— Je n'en ai pas la moindre idée.

Jill se rendit compte que tout cela n'allait pas la mener bien loin.

— Y a-t-il quelque chose dont tu te souviennes et que tu voudrais me dire à propos de la famille de mon père ?

— Non. Mon plombier sonne à la porte. Ne quitte pas.

Jill entendit des craquements et comprit que sa tante était dans son rocking-chair. Elle se cramponna au téléphone. Cet appel n'avait servi à rien.

Cinq interminables minutes s'écoulèrent, pendant lesquelles Jill faillit raccrocher. Elle patienta tout de même. Soudain Madeline reprit le combiné :

— Il y a une boîte au grenier.

— Comment ?

— Leurs affaires. Celles de tes parents. Je me suis débarrassée de presque tout, mais j'ai gardé des papiers et quelques bijoux de ta mère. Je ne sais pas pourquoi.

— Tante Madeline, tu es merveilleuse ! s'exclama Jill.

Celle-ci lui opposa un silence absolu.

— Pourrais-tu m'expédier la boîte en express ? Ce n'est pas très cher, et je te rembourserai les frais d'envoi, proposa Jill, fébrile.

— Je ne sais pas...

— Je t'en prie, c'est très important, insista Jill.

Madeline émit un son que Jill interpréta comme un acquiescement. Elle lui donna son adresse sur West Broadway, puis réussit à lui faire promettre de l'expédier le lendemain à la première heure. Elle raccrocha, satisfaite.

Avec un peu de chance, il y aurait dans cette boîte quelque chose qui l'aiderait à découvrir la vérité sur Kate, ou du moins sur ses aïeux. Et quand bien même, elle était soudain désireuse de récupérer ces quelques possessions de ses parents. Pourquoi Madeline ne lui avait-elle pas parlé plus tôt de cette boîte ?

Il lui fallait retourner à Londres le plus tôt possible, c'était clair.

Elle alla étudier ses relevés de compte. Elle avait moins de trois mille dollars sur son compte épargne, comme elle s'en doutait. Et sur son compte en banque, tout juste quelques centaines de dollars.

— Zut, siffla-t-elle.

Il lui faudrait passer quelques coups de fil. La femme d'un ingénieur du son de *The Mask* travaillait dans l'immobilier. Jill ne pouvait pas se permettre de payer une commission, mais peut-être l'aideraient-ils quand même, étant donné les circonstances. Cela valait le coup d'essayer.

KC aussi connaissait des milliers de gens. Elle aurait bien sous la main quelqu'un qui cherchait une sous-location.

Jill prit son agenda, et trouva le numéro. Elle allait décrocher quand la sonnerie retentit. À sa grande surprise, c'était sa tante.

— Tante Madeline ? s'assura Jill, incrédule.

— Je viens de me rappeler quelque chose, lança celle-ci sans même lui dire bonjour, je crois que ton grand-père est né là-bas. En Angleterre.

Jill se figea. Madeline resta silencieuse.

— Tu en es sûre ? demanda Jill.

Des images de Kate Gallagher dansaient devant ses yeux.

— Non. Mais il me semble me souvenir de quelque chose de ce genre. Je crois qu'il est arrivé aux États-Unis quand il était jeune homme.

Il était environ 16 heures à Londres. Jill appela vite le musée.

À son grand soulagement, Lucinda était encore là, et répondit tout de suite.

— Jill ! Je suis ravie de vous entendre ! dit-elle avec entrain. J'ai souvent pensé à vous. Comment allez-vous ?

— Bien, répondit-elle, mourant d'envie de lui rapporter les propos de sa tante. Lucinda, avez-vous une minute ?

— Bien sûr. (Un sourire transparaissait dans sa voix.) Êtes-vous toujours hantée par Kate ?

— Oui, avoua Jill, tendue. C'est étrange que vous ayez choisi ce mot.

— Vraiment ? Vous savez Jill, ici, en Angleterre, nous sommes très fiers de nos fantômes.

Lauren avait dit pratiquement la même chose.

— Je viens d'apprendre qu'il est possible que mon grand-père soit né en Angleterre, Lucinda, moi qui avais toujours pensé que ma famille était américaine.

— Voilà qui est intéressant, approuva Lucinda. Pourquoi n'essayez-vous pas de vous procurer son acte de naissance ? S'il n'est pas à New York, nous pourrons peut-être le trouver ici.

— Mon Dieu, je ne sais pas par où commencer, Lucinda. Je voudrais sous-louer mon studio. Je veux venir à Londres faire des recherches sur Kate, mais je n'ai pas beaucoup d'argent. Combien me coûterait un appartement ? Ou une chambre ?

— Les loyers sont chers à Londres, enfin dans les quartiers corrects. Hum, laissez-moi réfléchir... Vous savez, Lauren est revenue l'autre jour. Elle aussi a l'air d'être fascinée par sa famille, on dirait.

— Que lui avez-vous dit ? fit Jill, un instant perturbée par cette nouvelle.

— Rien. Elle s'est débrouillée toute seule. Mais elle a passé un certain temps dans nos archives.

— Puis-je aussi les consulter ? demanda Jill.

— Il faudrait que je pose la question à mon employeur, hésita Lucinda. Étant donné que vous n'êtes pas de la famille.

— Qui est votre employeur ?

— Une personne du groupe Collinsworth, expliqua-t-elle. Vous savez, j'ai un voisin, Allen, qui a un bel appartement, juste à côté de chez moi, à Kensington. Il doit s'absenter quelques mois. Il cherche quelqu'un pour garder ses deux chats. Je vais voir ce que je peux faire pour vous.

Le pouls de Jill s'accéléra, elle croisa les doigts.

— Lucinda, si l'appartement est libre, à un prix raisonnable, je le prends. Et j'adore les chats, j'en ai un moi-même. (Jill s'assit avant de continuer.) Encore une chose, s'il vous plaît : Hal vous a-t-il jamais parlé de Kate Gallagher ? Ou montré un quelconque intérêt à son sujet ?

Lucinda restant muette, Jill insista, contractée :

— Lucinda ?

— Il était intrigué par Anne et Kate, avoua la conservatrice. Il avait dit qu'un jour il écrirait leur histoire. Il prenait souvent ce médaillon que je vous ai montré et le contemplait tout en prenant des notes. Il y a quelque chose que vous devriez savoir, Jill.

— Quoi ? demanda-t-elle dans un souffle, les mains devenues moites.

— Il y a environ un an, Hal m'a dit qu'il avait trouvé des lettres de Kate destinées à Anne.

— Oh mon Dieu ! Vous les avez lues ? demanda Jill qui en lâcha presque le combiné.

— Non, je ne les ai même pas vues. En fait, je ne suis même pas sûre qu'elles aient existé, affirma-t-elle avec prudence.

— Que voulez-vous dire ? Je ne comprends pas, fit Jill, qui avait bondi.

— Je ne sais vraiment pas comment vous dire ça, continua Lucinda avec la même réticence. Je ne devrais peut-être même pas vous en parler, conclut-elle.

— Quoi que vous ayez à l'esprit, je vous en prie, Lucinda, insista Jill avec appréhension, je serais touchée que vous le partagiez avec moi. Je dois savoir ce que mijotait Hal.

Elle se rendit compte rétrospectivement de la bizarrerie du mot qu'elle avait employé.

— Très bien. Il avait promis plusieurs fois de m'envoyer des copies de ces lettres, mais il ne l'a jamais fait.

— Hal n'était pas un mythomane, dit Jill, troublée, il n'aurait pas inventé une histoire pareille.

— Quand il m'a appelée pour me dire qu'il avait trouvé les lettres, il était presque minuit. Il avait l'air tout à fait... incohérent.

Jill se cramponnait au téléphone, le cœur chaviré.

— J'ai horreur de dire du mal des morts, reprit Lucinda. Il avait l'air complètement parti, ma chère, avec pas mal de vent dans les voiles...

Jill mit un moment à comprendre.

— Vous pensez qu'il était saoul ? demanda-t-elle, interloquée.

— Il était incohérent, répéta Lucinda. Je ne sais pas quoi penser.

— S'il avait trouvé ces lettres, Lucinda, avez-vous la moindre idée de l'endroit où cela pouvait être, ou sauriez-vous où il les aurait mises ?

— Non. Mais elles seraient d'une valeur inestimable, pour nous et pour la famille. Il les aurait conservées en lieu sûr. Elles ne sont certainement pas à Uxbridge Hall. Peut-être les a-t-il gardées chez lui.

— Vous avez sans doute raison. Et si elles étaient dans son appartement de New York ?

— Si vous les trouvez, prévenez-moi. Elles appartiennent à Uxbridge Hall, décréta Lucinda. Nous voulons les originaux.

Jill l'assura qu'elle le ferait. Les deux femmes bavardèrent encore quelques minutes, Lucinda promettant de la rappeler dès qu'elle aurait parlé à Allen Henry Barrows, son voisin. Jill resta stupéfaite. Hal avait été fasciné par Anne et Kate ; Kate avait écrit à Anne. Et Hal avait l'air rond comme une barrique quand il avait appelé Lucinda pour l'en informer.

Non, Jill décréta définitivement que Lucinda se trompait. Hal avait résolu son problème avec la drogue. Elle ne l'avait jamais vu saoul ou drogué pendant les huit mois qu'ils avaient vécu ensemble.

Jill demeurait cependant troublée. D'abord Marisa, maintenant l'alcool. Peut-être Thomas avait-il raison. Peut-être ne connaissait-elle pas Hal aussi bien qu'elle l'avait cru.

Celui-ci avait un appartement sur la 5e Avenue. Jill en avait toujours les clés. Elle n'y était pas allée depuis l'accident. Elle ralentit en arrivant devant, au coin de la 76e Rue. Le portier la reconnut et lui sourit.

L'appartement était au douzième étage. Vaste et ensoleillé, il donnait sur Central Park. Elle s'arrêta dans le salon, oubliant la vue magnifique, supportant mal de se retrouver dans ce lieu.

Il fallait qu'elle trouve les lettres, mais elle était comme paralysée ; l'ombre de Hal était omniprésente.

Elle ferma les yeux. L'avait-il aimée ? Ou était-ce Marisa ? Et si, aussi étrange que cela puisse paraître, c'était Kate qu'il avait aimée ?

Elle n'oublierait jamais ses dernières paroles : « Je t'aime... Kate. » L'avait-il confondue avec une autre femme au moment de sa mort, une femme qui, si elle avait été vivante, aurait eu plus de cent ans aujourd'hui ?

Non, c'était impossible. Mais pourquoi une petite voix dans sa tête lui susurrait-elle inlassablement cette litanie qu'elle en était venue à haïr ? « Hal et Jill... Jill et Kate... Kate et Hal... »

Elle s'emporta soudain contre Hal. Il était mort, et

cela aurait dû marquer une fin. Au lieu de cela, cette mort soulevait trop de questions, de confusions et de doutes.

Jill refoula ces pensées importunes et entra rapidement dans la chambre que Hal utilisait comme bureau. Elle était là pour une raison précise et devait rester concentrée. Cependant elle n'arrivait pas à s'ôter de l'esprit que Hal allait passer la porte d'un moment à l'autre et qu'elle se réveillerait bientôt du pire cauchemar de toute sa vie.

Jill s'installa au bureau. Elle commença par regarder dans les tiroirs, méthodiquement, la mâchoire contractée. Son bureau était bien rangé, parce que sa vie c'était la photo. Il avait passé plus de temps dans son laboratoire que dans les paperasses. Elle fouilla et finit par tomber sur un carnet d'adresses.

Elle l'ouvrit tout de suite à la lettre G. Il y avait son nom et son numéro de téléphone. Elle hésita, se disant qu'elle devait le refermer et le remettre à sa place. Mais elle ne put résister. Elle le feuilleta avec attention, en essayant de ne pas se sentir coupable. Il y avait les coordonnées de Lucinda, celles de son domicile et d'Uxbridge Hall. Et celles de Marisa Sutcliffe.

Jill reposa le carnet. Cela avait été une erreur de le feuilleter. Cela n'avait fait que la contrarier. Il était bien naturel qu'il eût les coordonnées de Marisa puisqu'il la connaissait depuis toujours.

Néanmoins Jill était maintenant chagrinée, et Kate n'occupait plus ses pensées. Une petite voix dans sa tête lui disait que si elle espionnait sa vie privée, elle le regretterait. L'instant suivant, elle trouva sa facture de téléphone, avec le détail des appels internationaux. Elle eut tout d'un coup l'impression que son estomac se retournait. Ne regarde pas, s'intima-t-elle. Reste concentrée, cherche les lettres.

Mais ses mains lui désobéirent. Elle parcourut la liste.

Il y avait quelques appels à Londres, à des numéros différents. Il téléphonait souvent à sa famille, ce n'était pas une surprise. Mais il avait fréquemment appelé trois numéros en particulier. Jill ouvrit le carnet d'adresses d'une main tremblante. Il avait appelé Marisa dix fois le dernier mois.

Jill referma le carnet d'un coup sec, son cœur battant la chamade. Un appel téléphonique n'était pas une trahison. Cela ne voulait pas dire qu'il aimait toujours Marisa, ni qu'il l'avait trompée ou qu'elle n'était qu'une aventure. Cela ne voulait pas dire qu'il ne l'avait pas aimée elle, Jill, de tout son cœur.

Jill se reprit. Elle n'aurait pas dû venir. Elle reviendrait quand elle serait plus calme. Maintenant il fallait qu'elle s'en aille, elle avait besoin d'air.

Pourquoi avait-il appelé Marisa dix fois le mois précédent sa mort ?

La réponse était évidente. Thomas avait raison. Hal avait l'intention d'épouser Marisa. Dès qu'il avait eu connaissance du divorce de cette dernière, il avait décidé de rompre avec Jill pour retourner à Londres.

Mais que venait faire Kate dans tout ceci ?

Jill fut soudain oppressée. Elle sortit du bureau en courant, attrapa au vol sa veste et son sac et se retrouva dans le couloir, respirant avec avidité. Elle reviendrait plus tard.

La porte de l'ascenseur s'ouvrit à ce moment précis. Thomas Sheldon s'engagea dans le couloir. C'était bien la dernière personne qu'elle avait envie de rencontrer.

— Que faites-vous ici ? s'écria-t-elle.

— Le portier m'a dit que vous étiez montée, et j'ai eu du mal à le croire, rétorqua-t-il, apparemment aussi surpris qu'elle. Comment vous permettez-vous de me demander ce que je fais ici ? C'est plutôt à vous de me rendre des comptes.

Jill chercha une réponse plausible et avança :

— J'ai laissé quelques affaires, avant de s'arrêter net devant l'expression sceptique de Thomas.

— Vous avez donc une clé de l'appartement, constatat-il.

Puis sans lui laisser la parole, il lui demanda :

— Pouvez-vous me la donner ?

— Pardon ? fit-elle en le regardant en coin.

Si elle lui rendait ses clés, elle ne pourrait plus revenir chercher les lettres.

— Vous êtes malade ? Vous n'allez pas vous évanouir ? demanda-t-il d'un air qui devenait inquisiteur.

— Il faut que je m'allonge, chuchota Jill près de perdre connaissance, incapable de supporter cette tension un instant de plus.

Thomas alla ouvrir la porte de l'appartement et s'effaça pour la laisser entrer.

Jill avait l'intention d'aller droit sur le canapé, mais son estomac en décida autrement. C'est à peine si elle eut le temps de se précipiter aux toilettes.

Quand ses nausées se calmèrent, Jill réalisa qu'elle vivait un des moments les plus embarrassants de sa vie. Elle resta immobile, attendant de recouvrer son équilibre.

Elle entendit ses pas, mais n'eut pas envie de se retourner. Elle savait qu'il l'observait sur le seuil.

Thomas resta silencieux, puis lança « Je vais chercher un verre d'eau » avant de tourner les talons.

Jill se demanda pourquoi il était soudain devenu gentil. Elle doutait qu'il fût doté d'une once de sensibilité. Elle se releva, ferma la porte à clé et se rinça le visage et la bouche. Elle examina son pâle reflet et fut frappée par sa maigreur, ses cernes trop marqués et ses cheveux en bataille, qui accentuaient sa ressemblance avec Kate.

— Vous allez bien ? s'enquit Thomas en frappant à la porte, d'un ton absolument neutre.

— Ça va, répondit-elle en essayant de retrouver une voix normale alors qu'elle frissonnait.

Elle se sentait un peu mieux et pria pour reprendre contenance.

Quand elle ressortit, il était au milieu du couloir. Leurs regards se croisèrent une fraction de seconde.

— Je suis désolée, s'excusa-t-elle.

Il lui tendit le verre d'eau. Jill s'assit sur le siège le plus proche, un gros fauteuil en cuir, et but d'un trait. Il alla devant les grandes baies vitrées contempler Central Park et ses cerisiers en pleine floraison.

— Est-ce que vous avez la grippe ? demanda-t-il, les mains sur les hanches.

Il portait une chemise crème avec une cravate à fond turquoise, sur lequel ressortait un imprimé noir et doré. Sa Rolex scintillait à son poignet.

— Non, je suis très fatiguée, avoua Jill avec un signe de dénégation.

— Que faites-vous ici ? demanda-t-il en la fixant.

— Je pourrais vous demander la même chose, dit Jill, tendue.

— Je suis propriétaire de cet appartement, l'informa-t-il avec calme, j'ai tous les droits d'être ici.

— C'est l'appartement de Hal, rétorqua-t-elle.

— Qu'est-ce que vous racontez ? Il est à moi. Je l'ai acheté il y a cinq ans, parce que je viens très souvent à New York. Quand Hal s'est installé en ville, je lui ai dit qu'il pouvait habiter ici. Cela aurait été ridicule qu'il loue quelque chose.

— Hal m'avait dit que c'était chez lui, répliqua Jill, abasourdie.

— Vous avez pris ça trop au pied de la lettre.

Jill savait que ce n'était pas le cas, bien au contraire. Hal lui avait menti. Pourquoi ? Qu'avait-il à y gagner ? Elle ne comprenait pas.

— Seriez-vous enceinte, par hasard ? demanda alors Thomas.

— Enceinte ? suffoqua Jill.

— Oui, enceinte.

Jill le regarda en pensant à la prédiction de KC et à la carte de l'Impératrice.

— Non. Je ne le suis pas.

Il y avait une chance sur des milliards qu'elle le fût. Ils avaient toujours été très prudents. Mais elle savait qu'il y avait cette probabilité ; elle allait s'acheter un test de grossesse avant de rentrer chez elle.

— Vous n'avez pas l'air sûre de ce que vous dites, vous semblez nerveuse, insista-t-il, l'étudiant avec attention.

— Vous me faites peur, cria-t-elle. Mais c'est ce que vous voulez, non ?

— Et pourquoi voudrais-je vous faire peur, miss Gallagher ? demanda-t-il, ses yeux s'assombrissant.

— Je ne sais pas, répondit Jill avec franchise. Parce

que vous me haïssez. Parce que vous me tenez responsable de la mort de Hal.

Thomas s'assit en face d'elle sur le canapé. Il déboutonna sa veste. Puis il passa la main dans ses cheveux décolorés par le soleil. Sa chevalière brillait à son doigt. Il releva la tête.

— Je n'essaye pas de vous faire peur. J'avais pensé venir ranger ses affaires, dit-il avec lenteur, plus pour lui-même que pour son interlocutrice. Mais je ne sais pas. Je crois que je vais demander à quelqu'un d'autre de s'en charger, conclut-il avec un rictus.

Jill pouvait proposer de s'en occuper, cela lui donnerait un prétexte de revenir, mais elle ne s'en sentait pas capable non plus. Elle croisa ses bras. Malgré l'attitude de Thomas, elle compatissait pour ce qu'il endurait.

— Je dois aussi enlever ses affaires qui sont chez moi. C'est terrible.

Leurs regards se rencontrèrent pour la première fois, puis se détournèrent très vite.

— J'ai l'impression qu'il est encore là, continua Jill en contemplant l'appartement ensoleillé.

— Que voulez-vous dire ? Vous croyez que son fantôme est ici ? l'interrogea Thomas qui sursauta, le regard aux aguets.

Il était incrédule, cependant, il y avait autre chose dans sa voix. Jill ne put discerner si c'était de l'espoir ou de la crainte.

— Je ne sais pas, son énergie, peut-être, lança-t-elle sans arriver à sourire. J'ai oublié à quel point vous croyez aux fantômes, vous les Anglais. Ici, c'est différent.

Thomas regarda sa montre. Sa main plongea dans la poche de sa veste, mais ressortit vide.

— Je suis en retard et je dois reporter un rendez-vous. J'ai oublié mon téléphone. Je n'arrive pas à garder les idées claires, ces derniers temps. Je rate mes rendez-vous, j'oublie les choses ou je ne les remets pas à leur place habituelle.

Il se détourna, haussant les épaules, soulignant ses paroles d'un sourire amer.

Jill ne l'avait jamais vu sourire auparavant. À présent,

elle mesurait l'étendue de son sex-appeal. Ce n'était pas étonnant qu'il jouât les play-boys. Avec sa silhouette, son sang bleu et sa fortune, toute les femmes devaient être à ses pieds.

— Vous arrivez au moins à être actif, fit Jill, pensant à ses propres difficultés à fonctionner normalement.

— Bien, conclut Thomas après un lourd silence, nous y allons ?

Il était évident qu'il n'avait aucune envie de parler de son comportement ou de celui de Jill depuis la mort de Hal. Elle ne lui en voulait pas. Elle non plus n'en avait pas envie. Ils n'étaient pas amis, et ne le seraient jamais.

Une fois la porte refermée, Thomas se tourna vers elle.

— Puis-je avoir vos clés ?

Jill se figea, stupéfaite. Il attendait. Leurs regards se rencontrèrent de nouveau, longuement cette fois.

Il avait les yeux de la même couleur que ceux de Hal. Il lui ressemblait tant. Les mêmes pommettes hautes, le nez aristocratique, la bouche sensuelle, les cheveux... Cependant il y avait aussi une énorme différence. Personne n'aurait jamais pu les confondre, cela aurait été comme comparer un diamant brut avec un diamant poli à la perfection. Mais il y avait plus encore. Thomas avait une arrogance et une confiance en lui dont Hal avait été dépourvu.

Malgré cela, il lui était pénible de le regarder.

— Il n'y a aucune raison pour que vous conserviez les clés de cet appartement, insista Thomas.

Jill s'éloigna de lui, le cœur battant, désireuse de lui cacher sa réaction. Elle n'avait pas le choix. Elle ne reviendrait jamais dans cet appartement sans son autorisation, qui serait impossible à obtenir puisqu'ils s'entendaient comme chien et chat. Il fallait malgré tout qu'elle trouve les lettres de Kate.

Elle fouilla dans la poche de son jean et les lui tendit.

— Je voudrais m'excuser. Je n'aurais pas dû venir sans demander la permission. Je ne savais pas que c'était votre appartement. Si je l'avais su, je ne serais jamais entrée ainsi.

— J'accepte vos excuses, dit Thomas.

Jill le crut. Ils avaient enterré la hache de guerre, dans une certaine mesure. Elle le suivit vers l'ascenseur, où il s'effaça pour la laisser passer. Hal faisait de même.

Quand ils furent confinés dans la cabine toute en miroirs, le reflet de Thomas emplissait l'espace et était difficile à éviter.

— Avez-vous trouvé ce que vous cherchiez ? demanda-t-il.

— Je ne cherchais rien du tout, rétorqua Jill en s'immobilisant.

Il resta silencieux.

6.

La sonnerie de l'interphone tira Jill d'un sommeil profond. Il était 17 heures — elle avait dormi par intermittence presque toute la journée. Suivant le conseil de KC, Jill était retournée voir le médecin pour qu'il lui prescrive de quoi tenir durant les semaines à venir. C'était peut-être pour cela qu'elle avait enfin passé une nuit correcte.

Le médecin lui avait aussi fait une prise de sang pour détecter une éventuelle grossesse. Il l'avait appelée pour lui faire part des résultats. Dieu merci, ils étaient négatifs.

Jill tituba jusqu'à l'interphone. Elle se réveilla complètement en entendant un coursier lui annoncer qu'il avait un paquet express à lui remettre. La boîte de sa tante. Quand le jeune homme la lui remit, elle tremblait d'excitation.

« Bonne nuit, ma puce. »

Jill s'apprêtait à aller chercher un couteau. Mais la voix de son père, claire et distincte dans sa tête, l'arrêta net. C'était une voix qu'elle n'oublierait jamais.

« Fais de beaux rêves. »

Appuyée au comptoir de la cuisine, Jill ferma les yeux. L'image de sa mère lui apparut avec netteté. Elle était mince, avec des cheveux blonds ondulés, et ressemblait un peu à Grace Kelly. Elle avait un sourire doux et serein.

Ce souvenir était aussi merveilleux que douloureux. Jill ne savait pas pourquoi il avait ressurgi, après tant d'années. Elle trouva un couteau pour ouvrir la boîte. Elle commença à en explorer le contenu, les yeux humides, dans le flou.

Jill passa lentement les objets en revue, chérissant chacun d'entre eux au fur et à mesure qu'elle les découvrait. Sa tante avait surtout conservé des papiers, que Jill mit de côté pour les consulter plus tard. Le reste était un étrange mélange de ce qui leur avait appartenu, depuis les cravates et les boutons de manchette de son père jusqu'à quelques foulards de sa mère, dans de chatoyants imprimés des années 70, un sac élégant en perles de cristal et un collier de vraies perles. Madeline avait gardé les cours de droit de son père, les livres de cuisine de sa mère. Il y avait aussi un livre de jardinage et, bizarrement, un programme de télévision de la première semaine de mai 1976.

Jill s'assombrit. C'était la semaine de l'accident.

Elle le mit de côté. Madeline avait aussi conservé plusieurs robes de sa mère. Jill sourit en découvrant une mini-robe imprimée et un postiche blond. Pourquoi sa mère avait-elle eu besoin d'un tel accessoire ? Il y avait aussi une carte et un guide touristique de Grande-Bretagne. Jill s'assit par terre, le collier de sa mère dans une main, le guide et la carte jaunis dans l'autre. Elle contempla les trois objets.

Ses parents étaient-ils allés en Angleterre ? Ou en avaient-ils eu le projet ? Si c'était le cas, pour quelle raison ?

Ils avaient dû aller y faire du tourisme, rien de plus. Mais, tout au fond de son cœur, elle sentit que cette autre coïncidence la liait à Kate Gallagher.

Elle ne connaîtrait jamais la raison de ce voyage, ou de ce projet de voyage.

Jill se remit à la tâche. Elle s'intéressa enfin aux grandes enveloppes bourrées de papiers qu'elle avait mises de côté. Elle prit la première, qui était pleine à craquer, et en répandit le contenu sur le sol. La première chose qu'elle vit, ce furent leurs passeports. Son cœur s'affola. Elle ouvrit d'abord celui de Shirley, puis celui de Jack. Enfin des photos d'eux. Elle en eut les larmes aux yeux. « Oh, mon Dieu », chuchota-t-elle. Elle eut un choc en réalisant qu'elle ressemblait à son père. Et sa mère était aussi blonde et belle que dans son souvenir.

Jill reprit soudain le passeport de son père. Elle l'ouvrit aux dernières pages. Un tampon indiquait son entrée en Grande-Bretagne en 1970. Il y avait le même sur celui de sa mère. Ils s'y étaient rendus un an avant sa naissance.

Jill secoua la tête pour s'éclaircir les idées. C'était sans doute une coïncidence, mais elle avait tellement envie que ce fût plus que cela. Pourrait-elle en savoir plus sur ce voyage ?

Elle vit ensuite plusieurs diplômes de Jack, dont celui d'avocat. Elle trouva son acte de naissance, il était né le 24 novembre 1936. Puis elle fouilla et trouva celui de Shirley. Elle avait dix ans de moins que Jack.

Elle s'empara de leur acte de mariage et fut étonnée de découvrir qu'ils ne s'étaient mariés que civilement. Les deux témoins s'appelaient Timmy O'Leary et Hannah Ames.

Il y avait aussi le permis de conduire de son père. Il indiquait sa date de naissance et son adresse, 305, 53e Rue Est, à New York. Jill irait voir si l'immeuble existait toujours.

Elle ferma les yeux, serrant le document sur sa poitrine. Elle vit soudain l'image vague d'un trottoir, par une journée étouffante, d'un tricycle rouge brillant et de chaussures d'homme en cuir impeccablement cirées. Des mocassins. Son père portait des mocassins marron.

Jill vérifia qu'il n'y avait plus rien dans l'enveloppe, puis ouvrit la seconde, qui semblait vide comparée à la première. Une poignée de photos en tomba, suivie de quelques papiers.

Jill ne bougea plus. Il s'agissait de lettres. Ignorant les photos, elle saisit les pages couvertes d'une élégante écriture. Adressées à sa mère, elles étaient de Bonnie Lewis, la mère de sa mère, et de Madeline, sa sœur. Puis elle reporta son attention sur les photos.

Le pouls de Jill se mit à battre à toute vitesse. C'étaient des photos d'elle bébé et de ses parents. Ils avaient l'air si heureux sur ces clichés, ils étaient de toute évidence amoureux. Les larmes lui montèrent aux yeux.

Une image en particulier retint son attention. Shirley, vêtue d'un short et d'une chemise, était en compagnie d'un couple plus âgé. C'étaient sans aucun doute ses parents : la ressemblance sautait aux yeux. Elle en eut la confirmation par une inscription au dos : « 31 juillet 1965, papa, maman et moi après des vacances au bord de la mer. » Et elle avait griffonné au crayon, en dessous : « J'ai rencontré Jack deux jours après ! »

Jill renonça à se retenir de pleurer quand elle vit l'image suivante. C'était elle, toute petite. Elle portait une minuscule robe avec des dentelles, et ses parents se tenaient par la main, penchés au-dessus d'elle dans sa chaise haute, le visage plein d'amour pour leur enfant. Jill était rayonnante. C'était ce qui lui avait tant manqué, ce dont elle n'arrivait pas à se rappeler.

Bouleversée, Jill regarda encore quatre ou cinq photos. Même si elle n'avait rien trouvé qui la reliât à Kate, elle avait découvert les pièces manquantes du puzzle de son propre passé, qu'elle chérirait pour toujours. La toute dernière photo était celle du mariage de ses parents.

Il y avait quelques personnes endimanchées autour des mariés qui se donnaient la main. Ils semblaient être sur les marches d'un bâtiment officiel. Jill admira Shirley dans sa robe de mariée blanche qui volait au vent, et son père en costume blanc également. Elle reconnut tout de suite les Lewis, juste derrière Shirley, tout sourires, l'air heureux, mais le jeune homme auprès de Jack et la jeune femme aux côté de Shirley ne lui disaient rien. Elle en déduisit que c'étaient les témoins.

Elle examina l'homme plus âgé aux cheveux gris, qui se tenait seul à côté de son père. Il portait aussi un costume blanc, avec un œillet rouge à la boutonnière. Ses traits lui étaient familiers alors qu'elle ne l'avait jamais vu. Son cœur battit plus vite.

Qui était-ce ? Pourquoi avait-elle l'impression de bien le connaître ? Jill retourna la photo et lut l'inscription au dos : « Le 1er octobre 1969, jour de notre mariage, Jack et moi, Timmy et Hannah, maman, papa et Peter. » Peter...

Jill examina très attentivement Peter Gallagher, le père de Jack. Elle ne savait toujours pas pourquoi elle l'avait reconnu. Jack ne lui ressemblait pas du tout. Elle l'avait peut-être vu étant bébé et en avait gardé un souvenir inconscient.

Jill était dépassée par tout ce qu'elle avait découvert. Elle contemplait les photos, les lettres qu'elle lirait plus tard, les passeports et les actes de naissance. C'était un véritable trésor, même si elle n'en retirait aucun indice sur la lignée Gallagher.

Soudain Jill s'inquiéta. Il y avait quelque chose d'étrange. Elle fit place nette, essayant de déceler ce qui la troublait. Parmi le désordre ressortaient les photos de Jack et Shirley, les photos d'elle bébé, de Shirley et des Lewis. Jill se rendit compte alors que sa mère avait de nombreux souvenirs de sa famille, alors que Jack n'en avait aucun — à part la présence de son père sur l'unique photo de mariage. C'était plus que bizarre.

Que pouvait bien signifier cette omission flagrante ?

Jack méprisait-il son père ? Y avait-il eu une dispute entre eux ? Ou avait-il évacué quelque chose de son passé, de ses origines ? Voire caché quelque chose ?

Jill n'avait pas le moindre indice. Elle prit les lettres de sa mère et une autre pièce du puzzle sembla se mettre en place.

Quand Jill arriva à la porte de son studio, après avoir fait quelques courses, elle entendit de la musique provenant de l'intérieur. Elle n'osa pas ouvrir. L'avait-elle laissée en partant ? Elle n'en avait pas le moindre souvenir.

Puis elle fut certaine du contraire. KC avait un trousseau de clés et venait parfois en son absence, c'était donc elle. Jill avait eu un moment de panique, oubliant la prédilection de son amie à venir de temps en temps s'isoler chez elle.

Son esprit ne fonctionnait pas comme à l'habitude. Elle était distraite, oubliait tout. Elle n'avait pas dormi la nuit dernière malgré les calmants, à cause de l'une des lettres que Shirley avait écrites à sa mère.

Jill avait trouvé la raison pour laquelle ses parents

étaient allés en Angleterre. Peter était mort à la suite d'une attaque cardiaque, en 1970. Sa mort avait été brutale. Il n'avait que soixante-deux ans, et tout le monde croyait qu'il avait une santé de fer. Mais le père et le fils n'étaient pas proches. Selon Shirley, Jack se sentait responsable de cette distance et même de cette mort prématurée.

C'était Jack qui avait insisté pour qu'ils partent là-bas, il voulait voir le pays natal de son père. Ses parents avaient fait du tourisme trois semaines dans le Yorkshire, mais Jack était encore sous le choc du deuil. Peter était né dans le Yorkshire, certainement à York, pensait Jack. Shirley terminait la lettre en disant qu'elle était ravie de rentrer et qu'elle était enfin enceinte.

Jill s'était livrée à quelques petits calculs en lisant et relisant la lettre. Peter était né en 1908. L'année où Kate avait disparu.

Cela ne pouvait pas être une coïncidence, et Jill avait la chair de poule à chaque fois qu'elle y pensait.

KC arriva. Elle s'arrêta net quand elle vit son amie.

— Je suis tellement contente que tu sois là ! Il faut que nous parlions, Jill. Tu sais que tu es partie sans fermer ta porte à clé ?

— Tu plaisantes, fit celle-ci en restant sur le seuil.

— Pas du tout, lança KC avant de s'exclamer : Jill, tu as une tête épouvantable !

KC portait un débardeur rose moulant, une jupe longue à fleurs, et s'était tressé une longue natte blonde qui dansait dans son dos.

— Merci, rétorqua Jill.

Elles n'avaient pas eu l'occasion de se voir depuis le retour de Jill, n'ayant communiqué que par répondeurs interposés, sans pouvoir bavarder longuement.

— Je n'arrive pas à croire que je n'ai pas fermé ma porte, continua Jill.

— C'est peut-être à cause des calmants.

— Ça doit être ça, assura Jill, soudain soulagée.

— Oh, ma pauvre chérie ! fit KC en la serrant très fort dans ses bras, ça a dû être terrible, en Angleterre !

Jill, qui n'était pas d'une nature expansive, se dégagea, gênée.

— C'était comme de descendre dans l'arène, confessa Jill, qui minimisait encore ce qu'elle avait vécu.

— Ces gens ont vraiment l'air méchants, approuva KC. À propos de ton dernier message, Jill, j'espère que j'ai mal compris. Tu ne vas quand même pas retourner à Londres ?

— Si. Mais j'ai besoin de ton aide, KC. Il faut que je sous-loue mon appartement. Je suis plutôt fauchée.

KC eut l'air consternée. Mais elle exagérait toujours.

— Tu ne peux pas repartir. Je me fais vraiment du souci pour toi, Jill.

— Pourquoi ? demanda Jill, mal à l'aise. Qu'est-ce que tu as encore vu ? finit-elle par articuler avec peine.

KC secoua la tête.

— Ce n'était qu'un rêve, Jillian, mais il était horrible.

Jill se détendit un peu parce que les rêves ne l'intéressaient pas. Et KC n'avait jamais parlé de rêves auparavant. Celle-ci insista cependant :

— J'ai rêvé de cette femme, Kate Gallagher. Elle était enfermée, Jillian, dit KC qui se mit à pleurer.

— Pourquoi pleures-tu ? murmura Jill.

— C'était si sombre, et elle avait tellement peur, répondit KC en chuchotant. Mais ensuite...

— Ensuite quoi ? coupa Jill.

— Je ne sais pas, fit KC en hochant la tête. Ce n'était qu'un rêve. Je sais ce que tu penses, mais je ne suis pas extralucide et je ne prédis rien à partir des rêves. Du moins, je ne l'ai jamais fait auparavant.

Les deux femmes échangèrent un long regard.

Jill se mit à frissonner et hésita.

— À quoi ressemblait-elle ? Dans ton rêve ?

— Elle était jeune et belle, expliqua KC en s'essuyant les yeux.

— Et puis ?

— Je ne sais pas.

Jill fut presque soulagée. Puis KC ajouta :

— Elle avait de très beaux cheveux. Roux, longs et bouclés.

— C'est exact, fit Jill dont le cœur tressauta dans sa poitrine. Comment peux-tu le savoir ? Je te l'ai déjà dit ?

— Je ne sais pas, dit KC qui alla se servir un verre d'eau dans la cuisine.

Jill s'installa près d'elle devant son comptoir. Elle ne se souvenait pas avoir décrit Kate à KC.

— Kate a écrit des lettres à Anne, sa meilleure amie. Anne était la grand-mère de Hal. Je veux trouver ces lettres. Je suis convaincue que Hal les a conservées dans son appartement.

— Mais tu as toujours les clés ?

— Non. Quand j'y suis allée l'autre jour, je suis tombée sur Thomas, expliqua Jill en fronçant les sourcils. J'ai dû les lui rendre. Je me demande si je pourrais crocheter la serrure, murmura Jill en contemplant les carreaux jaune vif de son comptoir.

— Jillian ! C'est un délit !

— Je sais, fit celle-ci en levant les yeux. C'est une violation de domicile. Mais Thomas est descendu à l'hôtel Waldorf, pas à son appartement. Il ne me surprendra pas.

— Je ne sais pas si c'est une bonne idée, dit KC toute pâle. Jill, je t'en prie, abandonne ce projet d'aller à Londres.

— J'ai une idée géniale ! s'exclama Jill dans un élan enthousiaste. Je connais le portier. Je lui dirai que j'ai oublié mes clés, que j'ai perdu mon portefeuille, enfin, quelque chose de ce genre. Il me fera entrer.

Elle était soudain tout excitée. Elle connaissait tous les portiers. Ils la laisseraient passer, elle n'en doutait pas une seconde.

— C'est une bonne idée, acquiesça KC, qui n'était pas pour autant satisfaite. Je devrais peut-être venir avec toi, pour t'aider à chercher.

— Tu ferais ça ? s'enchanta Jill.

Soudain le visage expressif de KC s'assombrit et elle regarda l'heure.

— J'allais oublier ! Je suis censée jouer dans une heure !

— Jouer ?

— C'est un boulot que j'ai obtenu dans un bar, expliqua KC. Un bar assez minable. Je joue de la guitare en début de soirée. C'est sympa, je rencontre des gens intéressants.

— KC, il faut que j'y aille, dit Jill en attrapant son sac. (Pendant que Thomas était en plein travail, du moins elle l'espérait.) N'oublie pas que je cherche à sous-louer mon studio, fais passer le mot dans ton entourage, s'il te plaît.

— Attends ! cria KC en la saisissant par le coude, Jillian, je n'ai pas été tout à fait honnête avec toi.

— Que veux-tu dire ? demanda Jill en écarquillant les yeux.

KC était incapable de tromper quelqu'un.

— J'ai vu une chose terrible, continua-t-elle. Je t'en prie, n'y va pas !

L'enthousiasme de Jill s'évanouit. KC était si troublée qu'elle ne bougea pas et resta muette un instant.

— Quoi ? Qu'est-ce que tu as vu ?

— Dans le rêve, Jillian, tu devenais Kate, avoua KC en laissant retomber sa main.

« Tu devenais Kate. »

Jill, hantée par cette révélation, entra dans l'appartement de Hal grâce à la clé confiée par le portier obligeant. KC ne pouvait pas interpréter son rêve. Mais elle avait dit que l'obscurité et les ombres qui y figuraient étaient terrifiantes, et la terrifiaient encore. KC était persuadée que la peur de Kate était réelle, et qu'elle avait traversé les limbes du temps pour les envelopper, Jill et elle.

Jill était troublée quand elle pénétra dans l'appartement. Elle ne savait que penser, ce n'était qu'un rêve. Mais KC était si bouleversée, Jill ne l'avait jamais vue dans un état pareil.

C'était la fin de l'après-midi et les nuages s'amoncelaient, annonçant la pluie. Jill alluma la lumière dans le séjour. Un homme sortit de la chambre à coucher.

Jill poussa un cri. Il sursauta aussi.

— Jill ? articula Alex Preston, surpris, haussant les sourcils.

Jill posa une main sur son cœur battant, se remettant lentement du choc. Puis elle se rendit compte qu'il ne portait rien d'autre qu'un jean délavé. Sa poitrine, large et musclée, était nue, et ses cheveux mouillés. Il devait sortir de la douche.

— Bonjour Jill, fit-il en s'avançant.

La jeune femme réalisa qu'elle était entrée sans autorisation dans l'appartement des Sheldon — et qu'on l'y surprenait ainsi pour la deuxième fois. Elle le regarda dans les yeux. Il lui souriait.

— Je ne m'attendais pas à avoir de la compagnie, dit-il.

— Je suis désolée. (Alex était longiligne mais musclé, ce qui ne se percevait pas quand il était habillé.) Je ne savais pas que vous étiez ici. Je...

— Ça me semble évident. Je viens d'arriver, expliqua-t-il en appuyant avec nonchalance une épaule contre le mur. Comment êtes-vous entrée ? Oh, laissez-moi deviner. Hal vous avait donné les clés.

Jill ne savait plus très bien que faire.

— Je crois que je suis en train de m'attirer des ennuis, dit-elle finalement.

— Vraiment ?

Il n'avait pas l'air en colère. En fait, cette rencontre ne semblait pas du tout affecter son humeur sereine. Il n'avait pas été amical à Londres, mais maintenant tout en lui — l'attitude, l'expression — semblait plus détendu.

Jill se mordit la lèvre. Dans quelle mesure pouvait-elle se confier à lui ? Ce qu'elle lui dirait serait tout droit rapporté à Thomas. D'un autre côté, cela lui permettrait de temporiser dans l'immédiat.

— J'ai vu Thomas l'autre jour, commença-t-elle avec circonspection.

— Ah bon ?

Son sourire resta imperturbable, mais son regard se fit scrutateur.

— Je voulais lui demander la permission de venir récupérer une série de photos que Hal m'avait dédiée, continua Jill en tressaillant. Mais je n'ai pas voulu l'importuner, je suis venue directement. Je ne savais pas que vous étiez là. Je suis désolée de vous déranger.

Elle se détesta de mentir ainsi.

Le regard bleu d'Alex ne cilla pas. Jill était sûre qu'il savait qu'elle avait inventé cette histoire.

— Où avez-vous rencontré Thomas ?

— Ici, avoua-t-elle avec un sourire contrit.

— OK, fit-il avec un haussement d'épaules. Allez-y, cherchez les photos. Ce sera notre petit secret. Je ne le dirai à personne.

Ses yeux étaient toujours plongés dans les siens, toute trace de sourire avait disparu.

— Pourquoi ? demanda-t-elle, incrédule.

— Parce que je ne veux pas tout contrôler comme lui, l'assura Alex. Parce que j'essaye d'être gentil. Je crois que nous avons tous assez souffert comme ça.

Jill resta dubitative devant ce revirement. Et curieusement, elle regretta d'avoir menti à Alex. Elle était troublée, mais se reprit car elle avait peu de temps. Où Hal avait-il bien pu mettre ces lettres ? Elle alla vers la bibliothèque, prit quelques livres et commença à les feuilleter.

Juste derrière elle, Alex murmura alors, son haleine dans son cou :

— Pourquoi cherchez-vous des photos dans les livres, Jill ?

— Je... bredouilla-t-elle en faisant un bond.

— Que cherchez-vous ? insista-t-il en lui prenant le livre des mains.

Elle ne trouva pas de réponse. Il referma le livre d'un coup sec.

— Je peux peut-être vous aider. Apparemment c'est important pour vous, sinon vous ne seriez pas ici à risquer les foudres de mon cousin.

— J'ai peur de vous faire confiance. Vous êtes de leur côté, grimaça-t-elle.

Au moment où elle prononçait ces mots, elle se blâma de ne pas avoir été plus discrète. Elle décida de jeter ses calmants quand elle rentrerait chez elle. Ils brouillaient sa réflexion.

— Pourquoi y a-t-il des clans ? demanda-t-il.

— Parce que j'ai tué Hal. Parce que je suis l'intrigante qui court après l'argent, lança-t-elle.

Sans lui répondre, il replaça les livres sur l'étagère. Puis il se retourna.

— Je sais que vous l'aimiez. Thomas y verra un peu plus clair quand il aura surmonté le choc de la mort de Hal.

Jill s'effondra dans un fauteuil et se massa les tempes.

— C'était un horrible accident. Que je n'oublierai jamais.

L'espace d'un instant elle sentit sa main serrer doucement son épaule, puis ce fut tout. Qu'est-ce que ça voulait dire ?

— Personne ne peut changer le passé. S'y réfugier ne peut que faire souffrir. Nous avons tous besoin d'aller de l'avant, dit Alex avec calme.

— Ce n'est pas si facile.

— La vie n'est pas facile, Jill, et quiconque affirme le contraire est soit un crétin, soit un fieffé menteur.

— Vous avez le sens des formules, admit Jill avec un pâle sourire.

— Je ne me débrouille pas mal avec les mots. Mais je suis plus doué pour les chiffres.

Elle lui adressa un nouveau sourire, cette fois plus franc.

— Comment tenez-vous le coup ? demanda-t-il de but en blanc.

Jill en fut interloquée. Qu'est-ce que ça pouvait bien lui faire ?

— Je vais très bien.

— Vous n'avez pas du tout l'air d'aller bien. Vous avez plutôt l'air d'être à côté de la plaque.

— Je prends des calmants. Et je ne suis pas sûre d'aimer ça.

— C'est peut-être ce qu'il vous faut, pour le moment. Pourquoi ne vous reposez-vous pas un peu ?

— Je n'y arrive pas. La nuit je rêve...

Elle haussa les épaules malgré elle, avec l'impression d'être soudain très fragile. Elle ne voulait pas s'afficher ainsi. Elle aurait préféré qu'il fût moins compatissant. Elle se força à sourire et conclut :

— Ça n'a pas d'importance.

— Vous devriez peut-être voyager, changer d'endroit, insista-t-il en l'étudiant.

— Je retourne à Londres, l'informa-t-elle. J'ai un ami qui a deux chats dont il faut s'occuper. Puisque j'ai perdu mon boulot, cela me semble une bonne idée.

Elle évita son regard bleu perçant. Pourquoi avait-elle l'impression qu'elle aurait dû garder ses projets pour elle ? Elle ne put qu'ajouter :

— Je ne peux pas rester ici, pas pour le moment.

— Je comprends.

Jill croisa son regard, plein de sympathie. Elle détourna encore les yeux, comme pour marquer une distance entre eux. Elle commençait à démêler l'écheveau, découvrant de l'intérêt là où n'aurait dû exister que de l'hostilité.

— Alors, que cherchez-vous ? demanda de nouveau Alex.

Le changement de sujet fut bienvenu. Jill hésita. Elle ne voulait plus mentir. Et puis elle avait bien le droit de faire des recherches sur ses origines.

— Des lettres, avoua-t-elle en le regardant. Kate a écrit à Anne. Je veux les trouver.

— Vous êtes donc toujours sur les traces de Kate Gallagher. Pourquoi ? interrogea Alex.

Jill ne répondit pas immédiatement. Elle avait envie de tout lui raconter, et ce besoin la surprit par son intensité. Mais Alex n'était ni un ami, ni un confident, même s'il se comportait comme tel. Il avait beau s'appeler Preston, c'était un Sheldon.

— Vous espérez être de sa famille, c'est ça ?

— Où est le mal ? s'emporta-t-elle. Contrairement à vous, je n'ai pas de famille. Quand votre mère est morte, les Sheldon vous ont recueilli à bras ouverts. Moi, mes parents sont morts, et quand ma tante s'est chargée de moi, elle a exécré chaque once de responsabilité et de dévouement que cela impliquait. En quoi ai-je tort d'essayer de savoir si une femme fascinante qui a mystérieusement disparu serait une de mes parentes ?

— C'est effectivement très compréhensible, concéda-t-il avec un calme qu'elle était loin de partager. Vous n'avez plus de travail, Jill, en êtes-vous consciente ?

— Oui, je sais, dit-elle.

— Alors allons-y, proposa-t-il avec un sourire.

— Vous allez m'aider ? demanda-t-elle, complètement désorientée.

— Pourquoi pas ? J'ai une heure à tuer jusqu'à mon prochain rendez-vous.

— Merci, lança Jill, ne sachant sur quel pied danser.

C'était troublant, d'abord les excuses de Lauren, puis de Thomas, et enfin Alex se comportant avec gentillesse... C'était peut-être une manœuvre de leur part.

Elle essaya de s'éclaircir les idées. Le comportement étrange de ces gens tenait certainement au fait qu'ils ne surmontaient pas le choc de la mort de celui qu'ils aimaient. Jill avait détesté la famille de Hal, mais n'en était plus très sûre maintenant. De leur côté, ils devaient être aussi hésitants à son égard.

Elle renonça à essayer de comprendre Alex parce qu'il n'avait pas d'importance, seule Kate en avait. Elle retourna à la bibliothèque. Tandis qu'elle passait chaque livre au peigne fin, elle l'entendit qui retournait dans la chambre.

Il revint vêtu d'une chemise blanche.

— Jill, fit-il en l'empêchant de saisir un autre livre, soyons réalistes. Si Hal avait eu des lettres de valeur, il en aurait fait des photocopies. Les originaux sont à coup sûr dans un coffre. Quant aux copies, eh bien, il sourit en l'attirant dans le bureau, elles doivent être classées quelque part.

Jill jeta un œil sur l'ordinateur en marche tandis qu'Alex allumait la lumière dans la pièce.

— Vous travaillez tout le temps ? demanda-t-elle en se penchant sur le PC.

L'image à l'écran ressemblait à un rapport financier présentant des estimations entre brut et net, des frais généraux et autres calculs. C'était plus obscur pour elle que des idéogrammes chinois.

— J'aime mon travail, affirma-t-il en s'installant devant l'ordinateur. En fait, je suis ici à cause d'un petit problème, précisa-t-il avec un sourire gourmand, comme s'il appréciait ces situations. Je passe ma vie dans les réunions depuis mon arrivée, et j'en ai encore deux ce soir. J'espère pouvoir rentrer demain par le premier vol.

— Ça représente beaucoup de déplacements en vingt-quatre heures.

— J'ai l'habitude, lança-t-il en riant.

Puis son sourire s'effaça tandis qu'il fermait son fichier et démarrait un autre programme. L'écran se remplit sur-le-champ d'une liste de centaines de fichiers.

— Il est impossible que Hal ait eu besoin de tout ça, balbutia Jill, effarée.

— Je viens ici quand je suis de passage. Et c'est très fréquent, précisa Alex.

Jill se souvint soudain des soirées où Hal proposait qu'ils restent chez elle au lieu d'aller chez lui. Il ne lui avait jamais dit qu'il avait la visite d'Alex ou de Thomas. Il suggérait plutôt qu'ils dînent à Tribeca ou Soho, ou commandent des plats à emporter qu'ils mangeraient dans son studio. Il trouvait son appartement « chaleureux ».

— Qu'est-ce qui ne va pas ? demanda Alex en la scrutant.

Il était très astucieux. Jill se sentait mal à l'aise.

— Il ne m'avait jamais expliqué pourquoi il insistait pour passer toutes ces soirées chez moi, jamais parlé de votre présence ou de celle de Thomas.

— Vous connaissiez bien Hal ?

Jill respira profondément. Elle n'avait pas envie de lui répondre. Mais il était maintenant évident que Thomas avait raison, elle ne connaissait pas Hal si bien que ça.

— Écoutez, dit-il, Hal n'y mettait pas de mauvaise intention. Il avait un cœur en or. Mais parfois il me faisait penser à un bon gros chien. Il voulait faire plaisir et n'était pas très doué pour dire aux gens des choses déplaisantes, précisa-t-il avant de retourner vers son écran. Je fais des recherches : Gallagher, Kate, etc.

Jill acquiesça. Elle ajouta sans réfléchir :

— Il m'avait dit que cet appartement était à lui. Il m'a menti.

— Je suis désolé, compatit Alex qui arrêta un instant de pianoter.

Elle s'était attendue à une réflexion, mais pas à celle-ci. Elle se força à regarder l'écran et continua :

— Je ne comprends pas.

— Je vous l'ai déjà dit, reprit Alex. Il voulait plaire. Il vous a dit ce que vous aviez envie d'entendre.

Jill croisa son regard, regrettant d'être venue et d'être tombée sur lui. Insinuait-il que Hal l'avait assurée qu'il l'aimait uniquement pour lui faire plaisir ?

Elle eut tout d'un coup envie de pleurer. Il le lui avait dit, effectivement, mais il avait aussi été très proche de Marisa. C'était donc un autre mensonge, impardonnable celui-ci.

Et puis il y avait Kate.

— Vous vous sentez bien ?

Alex la regardait fixement. Jill acquiesça, même si ce n'était pas le cas, et elle se passa les mains sur les yeux.

— Je me moquais pas mal de savoir à qui appartenait cet appartement, avoua-t-elle.

— Vos parents sont morts quand vous étiez très jeune. Je suis prêt à parier qu'inconsciemment l'idée que Hal possède cet appartement et la stabilité financière qui va avec était pour vous très attirante.

Jill se raidit, se rendant compte qu'il avait raison.

Elle était toujours à découvert, au chômage la moitié du temps et se battait pour joindre les deux bouts. Et elle était seule. Alors que Hal avait une famille qu'il adorait, dont il parlait souvent, et il pouvait dépenser de l'argent à sa guise.

— Rien, conclut Alex, scrutant l'écran. (Jill fut soulagée de cette diversion.) Attendez, reprit-il. Peut-être avait-il caché ces fichiers ailleurs.

Il continua à pianoter avec vélocité.

— Vous êtes très bon, remarqua Jill qui regardait par-dessus son épaule.

— C'est vrai. Eureka. Gallagher 1.doc, Gallagher 2.doc, Gallagher 3.doc.

— Oh, mon Dieu ! s'exclama Jill, animée. Ce sont sûrement les lettres.

Alex se retourna soudain et lui lança :

— À moins que ces dossiers ne vous concernent.

— Ce n'est pas drôle, rétorqua Jill quand elle eut compris qu'il plaisantait.

— Pardon.

— Ouvrez-les. Commencez par le premier, l'enjoignit Jill, impatiente.

— Je ne peux pas, constata-t-il un instant plus tard.

— Mais pourquoi ?

— Il faut un mot de passe, expliqua-t-il tandis qu'il tapait « Gallagher », « Kate », « Jill », « Hal ». Il essaya même « Anne », « Collinsworth », « Bensonhurst ». Sans résultat.

Ils passèrent la demi-heure suivante à taper tous les mots qui pouvaient avoir un rapport avec la famille ou avec Hal.

— Essayez « photographie », proposa Jill, désespérant de jamais y arriver.

Alex s'exécuta, sans succès.

— Attendez une minute, s'écria Jill. Quand j'étais avec Lauren à Uxbridge Hall, elle m'a confié que Hal et Thomas utilisaient un code secret quand ils étaient enfants. Ils parlaient à l'envers ! Essayez « Etak », l'intima-t-elle en se cramponnant au dossier de la chaise d'Alex.

— Kate à l'envers, OK. Rien. Vous avez d'autres suggestions ?

Au moment où Jill allait suggérer Gallagher à l'envers, ses doigts voltigèrent sur les touches. « R-E-H-G-A-L-L-A-G ».

Un document s'afficha sur-le-champ. Jill saisit l'épaule d'Alex et se pencha sur lui.

— C'est une lettre, fit-il, laconique. Du 10 janvier 1908. Je vais l'imprimer.

Mais Jill resta immobile.

— Stop, dit-elle, sa main sur la sienne.

Elle fut parcourue de frissons quand elle se mit à lire « Chère Anne ». La ligne suivante était : « J'ai si peur. J'ai peur pour ma vie. »

II.
L'IMPÉRATRICE

1.

Chère Anne,

J'ai si peur. J'ai peur pour ma vie.

Oh, ma bien chère amie, je sais que tu ne me comprends que trop bien, et que tu es indulgente envers mon penchant pour le mélodrame. Je ne veux pas t'alarmer, Anne. Mais cette fois, je n'exagère pas. Je suis si seule, j'ai si peur, et je n'ai personne à qui me confier. Je te fais confiance en te disant la vérité.

Je ne suis pas rentrée chez moi. Je ne suis pas à New York. J'ai loué un charmant petit manoir à la campagne près de Robin Hood Bay. Vois-tu, ma chère amie, et je suis sûre que tu me pardonneras ce stratagème qui n'a pas été sans me faire souffrir, je n'avais pas d'autre choix que de quitter la ville. J'attends un enfant, Anne.

Je t'en prie, ne me blâme pas ! Je t'entends déjà suffoquer, je vois dans tes yeux l'horreur et la pitié, puis les larmes. Ne me plains pas. Je ne regrette rien. J'aime le père de cet enfant, Anne, et je ne doute pas que nous serons bientôt mariés. Sa famille — une très vieille et excellente famille — s'y oppose. Mais il est déterminé à faire plier son père. Je sais qu'il réussira. C'est un maître dans l'art de la persuasion. Je suis bien placée pour le savoir. Quand je reviendrai à Londres je serai une femme mariée, avec un beau bébé dans les bras, son bébé, et je l'espère, son fils.

Ne me demande pas l'identité de l'homme que j'aime. Je ne peux la révéler. Ce serait une grande erreur en cette période cruciale. Et puis il m'a formellement demandé de garder notre amour secret.

Ne pense pas du mal de moi, Anne. Il y a des moments où j'ai souhaité te ressembler — être une vraie lady —, toi qui n'aurais jamais imaginé entretenir pareille liaison. Mais je ne suis pas comme toi, et ce n'est pas seulement parce que je suis irlandaise et américaine. Je n'ai jamais compris pourquoi j'avais un tempérament aussi volcanique. Encore moins pourquoi j'ai toujours considéré la vie comme une vaste et passionnante chasse au trésor. Un trésor qui m'est personnellement destiné, afin que je découvre et explore les moindres recoins de son précieux contenu. Mais je sais que j'ai attendu cet homme toute ma vie. C'est mon prince charmant, Anne.

Te rappelles-tu comment je t'avais décrit l'excitation que j'avais ressentie de monter en montgolfière à Paris il y a un an ? Le pouls qui bat, le souffle coupé, le vertige absolu et le plaisir ? C'est ce que l'on ressent quand on tombe amoureux, Anne, quand c'est l'amour véritable. Je le sais. C'est ainsi que je me sens en ce moment, même en t'écrivant avec, pour seule compagnie, la pluie qui tambourine contre les vitres poussiéreuses.

Mais, mon Dieu, je suis si seule. Il n'est pas ici, bien sûr, il est à l'étranger sur les instances de son père. J'ai trois domestiques à mon service : deux servantes si frustres qu'elles arrivent tout juste à préparer mon bain, et une gouvernante si sinistre que je préférerais me parler à moi-même plutôt que de partager mes craintes avec elle. Je ne vais pas au village, bien entendu. Personne ne m'a vue à part mes domestiques, et je ne peux qu'imaginer les commérages alentour. Nous avons dit que j'étais une veuve de fraîche date. C'était son idée et je la trouve parfaite. Mais lui-même est plutôt parfait.

Mais oui, chère Anne, je souris maintenant.

Je commence à sentir mon ventre qui s'alourdit. Le médecin a dit que l'enfant naîtrait bientôt, en mai. Il ne prévoit aucune complication — j'ai un bassin large, parfait pour les accouchements ; ma santé est excellente, grâce à mes promenades à cheval quotidiennes, la bicyclette et ces longues marches à pied que tu détestais. J'ai bien sûr insisté pour accoucher dans le meilleur hôpital spécialisé ; je refuse d'être à la merci d'une quelconque sage-femme de village ! Cependant je reste assez inquiète, malgré les affirmations du médecin. Combien de femmes que nous connaissons sont-elles mortes en voulant donner la vie ?

Et si Dieu me punissait pour mes péchés ? Pas seulement pour le fait d'aimer un homme en dehors des liens du mariage, mais pour tout mon passé honteux et insouciant ?

Et le pire de tout cela, c'est que je ne regrette rien ! Il le sait, sans nul doute.

Peux-tu m'en vouloir, Anne, d'être terrifiée ? Comme j'aimerais que tu sois là.

J'essaye d'être forte. Et je le suis vraiment. Mais je n'ai que dix-huit ans. Je veux faire tant de choses, il y a des continents à explorer, des océans à traverser, des gens à rencontrer, des livres à lire, des idées à débattre, des bals auxquels assister, et, oui, d'autres cieux dans lesquels voler. Avoir ce bébé et devenir l'épouse de cet homme, ce n'est que le début de ma vie. Ou du moins, je prie pour cela. Si seulement je pouvais regretter mon passé, me repentir de mes péchés, mais mon Dieu, je n'y arrive pas !

Ne me fais pas de reproches la prochaine fois que nous nous verrons, je t'en prie. J'ai l'intention de revenir en ville après la naissance du bébé. Et parce que je dois garder mes projets secrets — je l'ai juré sur la Bible — je ne peux même pas te donner mon adresse. Prie pour moi, Anne. Tes prières m'atteindront, et je me sentirai mieux de savoir que tu as lu ceci, que tu es là, attentionnée, et que tu m'envoies ton affection.

Tu me manques.

Avec ma profonde affection, ta meilleure amie, loyale, et la plus sincère,

Kate

Jill acheva sa lecture le cœur battant. Elle s'était tellement perdue dans les mots de Kate qu'elle en avait oublié où et avec qui elle était. Elle imaginait Kate, le ventre rond, vêtue d'une robe blanche brodée à motif floral, installée en train d'écrire cette missive poignante à sa meilleure amie, à la faible lumière d'une sombre maison de campagne. Le salon était bien meublé. La pluie battait aux vitres. La journée était humide, pleine de bruine et de brouillard. Un feu ronronnait dans la cheminée. Et une gouvernante au visage austère, vêtue de noir avec un tablier blanc amidonné se tenait sur le seuil, observant Kate.

— Jill ? Ça va ?

La voix d'Alex interrompit avec rudesse l'envolée imaginaire de la jeune femme. Elle plissa les yeux et se rendit compte qu'elle était penchée sur lui, avec une concentration telle qu'elle se trouvait pressée contre son dos, la main cramponnée sur le bureau, à côté de la sienne. Leurs regards se rencontrèrent. Jill avait du mal à regagner le présent. Elle se redressa et respira profondément, désorientée.

— Vous vous sentez bien ? insista-t-il, faisant pivoter sa chaise pour mieux l'observer.

Elle tremblait.

— Pauvre Kate, murmura-t-elle.

— C'est une lettre très émouvante. Je me sens aussi désolé pour elle.

Il retourna à l'ordinateur et lança l'impression.

Toujours émue, Jill s'éloigna du bureau en se passant la main dans les cheveux. Kate était allée passer sa grossesse à la campagne. Elle avait loué un petit manoir près de Robin Hood Bay. Le médecin lui avait dit que le bébé devait naître en mai.

— Kate Gallagher a eu un enfant en dehors des liens du mariage, en mai 1908, scanda Jill avec lenteur.

Son grand-père Peter était né en 1908 dans le Yorkshire. Une coïncidence ?

— C'est ce qui est dit dans la lettre. Vous êtes pâle comme un linge, fit Alex en se levant.

Il la scrutait sans gêne, mais Jill en avait à peine conscience, trop bouleversée par ce qu'elle venait de lire et par la coïncidence des dates de naissance.

— À mon avis, vous avez besoin d'un verre d'eau, ou mieux, d'un verre de vin.

Jill ne répondit pas. Kate s'était-elle jamais mariée ? Et si son bébé avait été un garçon ? Et si Kate était plus qu'une vague parente ? Son arrière-grand-mère ?

Jill savait qu'elle allait trop vite en besogne, et qu'il y avait une chance sur un million. Sauf que... Hal tenait beaucoup à cette photo, il avait été son amant, elle ressemblait à Kate et Peter était né la même année que l'enfant de Kate, dans le même pays.

— Jill ? Où êtes-vous ?

Jill sursauta. Alex se tenait devant elle, si près que leurs genoux se frôlaient. Elle ne l'avait pas entendu approcher. Il avait posé les mains sur ses épaules.

Elle recula, refusant le contact physique.

— Ça va. Je me sens si triste pour elle. Je me demande s'il l'a jamais épousée ?

Alex la regarda, l'air incrédule.

— Pourquoi faites-vous cette tête-là ? demanda Jill en le suivant à contrecœur dans la cuisine.

L'image de Kate écrivant à son petit bureau dans la pièce faiblement éclairée la hantait. Bien sûr, si son amant l'avait épousé, elle ne pouvait pas être son arrière-grand-mère.

— Parce qu'un type qui fait les quatre volontés de ses parents et laisse une jeune fille de dix-huit ans à la campagne pour qu'elle accouche toute seule n'a pas l'intention de l'épouser. C'était un lâche. Et aussi un salaud, conclut-il en sortant une bouteille de vin blanc du réfrigérateur.

Jill l'observa tandis qu'il la débouchait. Elle ne pouvait s'ôter cette lettre de l'esprit, ni le style hypnotisant de Kate.

— Ce n'est pas juste. À cette époque, on avait des

devoirs envers ses parents. J'imagine qu'il fallait leur permission pour se marier.

— Je suis un homme, Miss, intervint Alex qui remplit deux verres de vin. L'époque peut changer, mais pas les règles. L'amour, l'honneur, l'honnêteté sont intemporels. Ou un homme est intègre, ou il ne l'est pas. C'est l'une des rares choses de la vie qui n'admet aucun compromis.

Jill prêta attention à Alex pour la première fois depuis qu'ils avaient découvert la lettre de Kate, ou peut-être même depuis leur première rencontre. C'était un homme qui sortait de l'ordinaire : ne devant sa réussite qu'à lui-même, d'une vive intelligence et cependant sensible et astucieux. De toute évidence il savait se battre, sinon il n'aurait pas obtenu le pouvoir qu'il détenait. Pourtant il avait des principes. Du moins, il avait l'air d'en avoir.

Puis elle repensa à Hal. Où se situait son intégrité à lui ?

— Vous êtes un homme intéressant, dit-elle malgré elle.

— Une de mes amies m'a dit que j'étais ennuyeux.

— De quoi se plaignait-elle ? demanda-t-elle en souriant enfin. Que vous travailliez trop ou que vous ne vouliez pas l'épouser ?

— Petite futée, approuva-t-il en lui rendant son sourire. Les deux.

Jill continua à sourire, jusqu'à ce qu'elle se rende compte qu'ils flirtaient gentiment. Elle lui tourna le dos, contrariée. Elle ne voulait pas prendre plaisir à sa compagnie, ni à la sienne ni à celle d'aucun autre. Elle cherchait la vérité sur Kate Gallagher, et pas l'amitié d'Alex — tout particulièrement parce que l'amitié pouvait l'entraîner là où elle n'avait pas l'intention d'aller.

— À quoi pensez-vous donc ? interrogea Alex en lui tendant son verre de vin.

— À la lettre, mentit-elle.

Heureusement, il ne pouvait pas lire dans ses pensées. Il lui jeta toutefois un regard sceptique. Il était appuyé contre le comptoir en granit de la cuisine et savourait le vin italien frappé. Elle se rendit compte qu'il avait aussi du charme. Elle venait de le remarquer, les événements récents l'ayant trop absorbée jusque-là. Contrairement à Thomas, il ne ressemblait pas à une star de cinéma. Quand il entrait dans une pièce, on ne se tournait pas vers lui instantanément. Mais Jill ne doutait pas qu'après quelques minutes les femmes commençaient à le regarder, se demandant qui il était et ce qu'il faisait.

— Vous me dévisagez, dit-il.

— Je réfléchissais, s'expliqua Jill.

— À propos de Kate ?

— Oui.

Quel mensonge ! Elle évita ses yeux. Ce qui était en train de se passer n'allait pas. Hal venait de mourir. Elle ne voulait trouver Alex ni intéressant ni séduisant.

— Je sais que vous avez vécu des moments difficiles, mais vous avez besoin de vous relaxer un peu, Jill.

Le ton qu'il venait d'employer lui fit comprendre qu'il savait qu'elle avait pensé à lui. Il savait aussi très certainement qu'elle le trouvait attirant. Il lui souriait. Elle n'arrivait pas à décrypter ce genre de sourire, qui se retrouvait jusque dans ses yeux bleus. C'était un vrai sourire simple et franc.

— Pourquoi devrais-je me relaxer ? répliqua Jill sur-le-champ. (Ses pensées s'égaraient dangereusement, et elle avait la ferme intention de partir très vite.) Pour que vous en profitiez ?

— C'est ce que vous voulez ? demanda-t-il, surpris.

— Non, bien sûr, rétorqua-t-elle avec sincérité.

Il la dévisageait, indéchiffrable. Un silence de plomb s'installa.

— Je m'excuse, dit soudainement Jill en se détournant.

Il était gentil, et elle se comportait comme une garce. Qu'est-ce qui ne tournait pas rond chez elle ?

— Ça va, je comprends, concéda-t-il sur un ton neutre qui donnait à penser qu'elle l'avait mis en colère. Vous avez vraiment besoin de vous reposer, intima-t-il. Buvez votre vin, je vous raccompagne chez vous.

Jill n'avait qu'une envie, s'en aller. Ce serait un soulagement.

— Et les fichiers ?

— Je vais vous imprimer le reste et je ferai aussi une disquette.

Il regarda sa montre. Il ne portait pas une Rolex tape-à-l'œil comme son cousin, mais une Audemars Piguet en acier avec un cadran bleu nuit. Elle était massive mais sobre, à la fois distinguée et simple ; cela lui correspondait à la perfection, jusqu'aux petits diamants indiquant chaque heure.

— Je le ferai plus tard, quand je reviendrai de mes réunions.

— Vous aurez le temps ? Vous avez l'air terriblement occupé.

— Je le prendrai.

Elle savait qu'il tiendrait parole. Mais elle pensait aux lettres sur le disque dur de l'ordinateur.

— Je pourrais le faire pendant que vous vous préparez, Alex, et si c'est plus long que prévu, je pourrais rester, si cela ne vous ennuie pas de me laisser ici toute seule ?

— Rentrez chez vous, répéta-t-il en souriant, avant que vous ne vous vous écrouliez ou tombiez dans les pommes. Je suis prêt dans deux minutes, et après m'avoir déposé au Four Seasons, mon chauffeur vous conduira à l'adresse que vous lui indiquerez.

Jill se sentit soulagée, sans trop cerner pourquoi. Peut-être avait-elle ingurgité son maximum d'informations pour ce soir. Elle avait largement matière à réfléchir. Néanmoins, elle était quand même anxieuse à l'idée de laisser les lettres. Mais que pouvait-il bien leur arriver, au juste ? Elles étaient sur le disque dur, et Alex avait promis de faire une disquette.

— La conservatrice d'Uxbridge Hall, Lucinda Becke, aimerait obtenir des exemplaires des lettres. Elles sont très importantes, Alex.

— C'est la deuxième fois que vous le dites. Faites-moi confiance, Jill, déclara-t-il en reposant son verre.

Il entra dans la chambre, puis sifflota en s'habillant. Ce serait une erreur de faire confiance à Alex. Elle avait fait confiance à Hal, et quel résultat ! Il avait une relation avec Marisa, et lui avait caché des épisodes entiers de sa vie. Non, elle ne devait faire confiance à aucun homme, et encore moins à Alex Preston. Elle retourna dans le bureau et s'empara de l'unique feuille sortie de l'imprimante. Elle relut lentement la lettre, mot à mot.

— Vous êtes prête ? demanda Alex, faisant irruption.

Envoûtée à nouveau par la puissance du ton de Kate, Jill sursauta en entendant la voix d'Alex.

— Vous êtes très pâle, Jill, constata Alex, resté immobile sur le seuil de la pièce.

— Avez-vous déjà entendu parler de Robin Hood Bay ? demanda-t-elle.

— En fait, oui, admit-il après un long silence. C'est tout près de Stainesmore. Notre maison de campagne du Yorkshire.

Jill fut réveillée par la sonnerie du téléphone.

Elle grommela en cherchant son réveil. Le soleil était à peine levé, le ciel encore gris mauve. L'écran luminescent indiquait 6 h 30. Qui pouvait bien l'appeler à une heure pareille ? Elle alluma sa lampe de chevet. C'était peut-être KC qui avait des ennuis.

— Allô ?

— Jill, je m'excuse de vous réveiller si tôt. C'est moi, Alex.

— Alex ? Il y a un problème ? Il est très tôt, dit la jeune femme, surprise, en s'adossant à ses oreillers.

— Je sais. Je suis sur le point de rentrer à Londres et je voulais vous parler avant d'embarquer.

Elle sut tout de suite qu'il appelait à propos des lettres.

— Vous avez trouvé quelque chose dans la correspondance de Kate ? demanda-t-elle.

— Jill, je ne sais pas comment vous dire ça. Elles ont disparu.

— Quoi ? s'exclama-t-elle.

— Quand je suis rentré hier soir, il n'y avait pas d'électricité dans l'appartement. J'ai d'abord pensé qu'il fallait changer un fusible. J'avais laissé l'ordinateur en veille. La moitié du contenu du disque dur a été effacée. Il a dû y avoir une panne de courant. Je suis vraiment désolé.

— Les fichiers ont disparu ? répéta-t-elle, incrédule, fixant son mur couleur pêche dans un état second.

— Il fallait que je vous appelle avant de partir. Je ne voulais pas que vous vous réveilliez en pensant que je vous avais oubliée. C'est tout le contraire. Je suis aussi furieux que vous.

Jill se sentait trahie. Elle tenta de se calmer. Ce n'était pas la faute d'Alex. Ce genre de choses arrivait. Malheureusement, Jill n'était pas férue d'informatique.

— Vous êtes certain qu'ils ont été effacés ? Peut-être pourrais-je demander à un expert...

— Je suis un expert, Jill. Je suis resté debout toute la nuit pour essayer de trouver des copies, ou de les localiser dans d'autres dossiers si par mégarde elles avaient été mal rangées. Les lettres ont bel et bien disparu.

Jill en resta sans voix.

— L'embarquement va commencer. Si vous avez besoin de me joindre, je serai au bureau cet après-midi.

La jeune femme sentit les larmes lui monter aux yeux. Kate avait envahi ses pensées. Et s'ils ne retrouvaient jamais les lettres originales ? Non, c'était impossible. Hal ne les aurait pas détruites.

— Quand pensez-vous revenir à Londres ? continua Alex.

— Le plus tôt possible. KC m'a dit qu'elle connaissait quelqu'un qui cherchait de toute urgence une sous-location.

— C'est formidable. Prévenez-moi quand vous le saurez.

Elle ne l'entendit pas. Elle lui souhaita bon voyage tel un automate, et raccrocha. Le chat sauta sur son lit, Jill caressa sa fourrure douce.

Elle avait cru Alex quand il lui avait assuré qu'il ferait une disquette. Pourquoi aurait-elle eu une raison d'en douter ? Il avait dit : « Faites-moi confiance. »

Jill attira Ezekial contre elle. Elle redoutait que toutes ses récentes découvertes concernant Hal ne la rendent paranoïaque. Il y avait eu une panne, les fichiers avaient été effacés : c'était aussi simple que ça.

Alex n'avait aucune raison de détruire de vieilles lettres n'ayant de valeur que pour la famille, et pour elle.

Dieu merci elle avait jeté ses calmants la veille, ses idées allaient s'éclaircir.

Elle se leva pour aller se servir un café serré. Elle n'était pas rassurée. Et si Alex avait menti ? Si c'était lui qui avait détruit les lettres ?

Brighton, le 23 juin 1906

— Mère, ne trouvez-vous pas que ces gens sont ennuyeux à mourir ? demanda Kate.

Mary Gallagher sursauta et pâlit. Elles déambulaient, sa fille et elle, sur la promenade qui longeait la plage, tenant ombrelles et réticules, leurs longues jupes volant au vent, leur teint de porcelaine protégé par des chapeaux ouvragés. Il y avait foule. Des couples, des jeunes filles escortées de leurs chaperons, des mères avec leurs filles, des enfants avec leurs gouvernantes. Il y avait aussi de jeunes gentlemen à l'élégance étudiée. Bon nombre d'entre eux se retournaient sur le passage de Mary et de sa fille d'une grande beauté.

— Kate ! Comment peux-tu dire une chose pareille ?

Kate se tordait le cou pour observer plusieurs hommes en costume de bain qui mettaient un esquif à l'eau. Toute la plage était parsemée de transats bleu et blanc, mais beaucoup étaient vides car c'était la fin de l'après-midi. De petits groupes s'activaient à ranger leurs affaires et à plier leurs serviettes pour remonter sur la promenade.

— Parce que c'est vrai. Chez nous, au moins, nous ne sommes pas toutes seules. Il y a des gens comme nous. Ces buveurs de thé sont si... si... coincés, décréta Kate, ignorant le hoquet indigné de sa mère, habituée qu'elle était à choquer celle-ci, et ce depuis toujours. Les nouveaux riches savent s'amuser, conclut la jeune fille.

Mary gémit et sortit un mouchoir de son réticule.

— Ne parle pas des Anglais de cette façon, ils ne nous accepteront jamais s'ils t'entendent. Et ne nous qualifie pas de « nouveaux... » tu sais ce que je veux dire !

— Mais c'est pourtant vrai, fit Kate en riant.

Son sourire s'effaça aussitôt. Elle avait repéré un gentleman très séduisant, plus âgé qu'elle d'une dizaine d'années. Il regardait dans un télescope braqué sur la mer. Il avait l'air fringant dans son costume assorti d'un chapeau melon, accoudé maintenant à la rambarde en fer de la promenade. Il ne regardait plus dans le télescope, il la regardait elle. Kate se demanda s'il venait d'arriver à Brighton, elle ne l'avait pas encore remarqué.

Son cœur bondit dans sa poitrine et elle inclina la tête, surprise par sa propre timidité. Mais il était sans aucun doute l'homme le plus remarquable qu'elle eût jamais vu.

Kate lui rendit son regard, par-dessus son épaule.

Il toucha le bord de son chapeau. Comme sa complexion était très mate, ce qui était fort inhabituel, son sourire découvrit des dents d'une blancheur éclatante.

Kate ne put dissimuler son plaisir et lui rendit son sourire. Elle savait qu'il continuait à les observer alors qu'elles s'éloignaient sur la promenade en direction du Palace Pier. Elle se demanda qui cela pouvait bien être.

— Serais-tu en train de flirter ? s'écria Mary, consternée, en se retournant.

— Bien sûr. Je ne fais pas de mal, mère, répondit Kate avec exaspération.

Mary fut affolée. C'était une femme bien en chair, au teint très clair, aux yeux bleus et aux cheveux blonds bouclés.

— J'aimerais que tu te tiennes un peu mieux, lança-t-elle en donnant une petite tape sur la joue de sa fille. Comment allons-nous te trouver un mari si tu te comportes d'une manière aussi commune ?

— Et moi, j'aimerais que papa soit encore là, marmonna Kate, que Mary n'entendit pas.

Peter Gallagher avait toujours chanté les louanges de son effronterie — étant lui-même un homme impulsif, qui ne se souciait pas du qu'en-dira-t-on. Il ne prisait pas les ronds de jambe, et le disait haut et fort. Mais il avait fait fortune dans le caoutchouc et la toute nouvelle industrie automobile, de sorte qu'il pouvait se le permettre. Il était mort un an plus tôt, en laissant à Kate la majeure partie de sa fortune, sous forme de parts de sa société et de biens immobiliers. Sa mère avait été dotée d'une très confortable rente. Mary vivrait dans l'aisance jusqu'à la fin de sa vie. Kate était une héritière.

À New York, son père avait éconduit une douzaine de prétendants — Kate n'avait alors que quinze ans. Il avait décrété qu'aucun n'était assez bien pour elle, non sans lui demander son avis, et elle l'avait approuvé. Kate savait que si son père avait été encore de ce monde, il ne l'aurait jamais obligée à se marier contre sa volonté.

Il avait souhaité, en revanche, qu'elle se rende en Grande-Bretagne.

« C'est l'Irlandais qui parle en moi, lui avait-il confié une fois. Quand j'étais enfant, les Anglais me crachaient dessus et jetaient leur crottin de cheval à mes pieds, en me regardant nettoyer les rues pour eux. Aujourd'hui, ma petite fille va épouser l'un d'eux, c'est ainsi que je vois les choses. »

Elle fut emplie de tristesse en pensant à lui.

— Allons au bord de l'eau, proposa soudain Kate. Nous pourrons enlever nos chaussures et marcher dans la mer.

— Nous ne sommes pas en costume de bain. Il est trop tard pour se baigner, de toute façon, rétorqua sa mère. Et puis ce sont des galets. Regarde, tout le monde est en train de quitter la plage.

— Oh, zut ! fit Kate, contrariée. Je vois déjà ce que tu vas dire. Qu'il faut que nous rentrions au Metropole afin de nous habiller pour le dîner.

— Exactement, ma chérie.

— Le dîner était atroce, hier soir. Toutes ces grosses vieilles ladies qui nous dévisageaient comme si nous étions tombées du ciel.

— Kate, arrête.

Mais celle-ci souriait maintenant.

— En fait, elles nous regardaient plutôt comme si nous étions des créatures de l'âge des cavernes. Ça ne vous fait rien, mère ? Elles nous haïssent. Nous ne sommes pas assez bien pour elles, nous les sauvages.

Kate avait appuyé ses propos d'un grand frisson théâtral.

— Si tu étais moins directe, elles ne nous regarderaient pas comme ça ! Tout le monde a vu hier soir la manière dont tu as abordé ce gentleman et engagé la conversation avec lui, s'écria Mary.

— Il avait perdu son partenaire de croquet. Pourquoi ne me serais-je pas proposée pour prendre la place vacante ?

— C'était bien trop suggestif. Une lady ne se jette pas ainsi à l'assaut d'un gentleman.

— Je ne me suis pas jetée à sa tête, rétorqua Kate en riant, je voulais seulement faire une partie. Même si j'étais tirée à quatre épingles et convenable, mère, elles me regarderaient quand même. Je ne suis pas une buveuse de thé. Notre fortune est récente. Et tout le monde le sait.

— N'emploie pas ces termes ! C'est si... si... grossier.

— Quels termes ? Buveur de thé... ou récent ? Je vais à la plage. Venez si vous voulez, cria Kate à sa mère tandis qu'elle courait déjà sur la rampe d'accès, la jupe remontée bien au-dessus de ses mollets, montrant ses bas.

— Kate ! Reviens ! Tu vas te mettre du sable partout et le dîner est à 20 heures !

La jeune fille se précipita sur la plage en riant. Elle fit exprès d'ignorer sa mère — elle avait trop peur de lui ressembler plus tard. Il soufflait une petite brise salée délicieuse qui malmena son chapeau de paille blanc. Elle ne s'arrêta pas, ignorant les regards des derniers baigneurs de la journée qui rangeaient leurs affaires. Les ladies et les gentlemen la suivaient des yeux, stupéfaits.

Ils étaient tous si ennuyeux...

Qui pouvait vivre de cette façon ? Entravé par toutes ces règles ? Terrifié à l'idée de ce que pourraient penser les autres ?

Son chapeau avait fini par s'envoler. Kate s'arrêta pour fermer son ombrelle et ramasser son couvre-chef, qu'elle se coinça sous le bras. Ses longs cheveux roux et bouclés s'échappaient de son chignon. Kate s'en moquait bien. Elle secoua la tête pour les libérer, puis s'approcha de l'eau. À chaque vague qui s'approchait, elle attendait jusqu'au dernier moment avant de reculer en toute hâte. Ses chaussures blanches enfantines restaient sèches par on ne sait quel miracle.

Kate riait, elle se sentait heureuse et libre. Si elle s'y prenait bien, elle réussirait à passer de bons moments cet été. Et à éviter de se retrouver fiancée à un buveur de thé ennuyeux à mourir. Elle sautilla encore vers les vagues. Elle attendit le tout dernier moment pour reculer, et se retourna d'instinct vers la promenade. Non pas vers sa mère qui l'attendait sur un ponton. Vers le ténébreux gentleman, dont la silhouette élancée se profilait contre la rambarde en fer ouvragé. Et qui regardait dans sa direction.

Le cœur de Kate s'arrêta un instant. Elle trébucha. Elle lui tourna le dos, essoufflée. Trop tard : une vague vint éclabousser d'écume ses chaussures et l'ourlet de sa robe. Elle avait les joues en feu.

Il la regardait, il n'y avait pas à s'y méprendre.

L'eau était glacée. Tandis que la vague se retirait, Kate ôta ses chaussures en souriant. Ce fut une sensation agréable, pas uniquement parce qu'elle se débarrassait ainsi des petits cailloux gênants. Elle serra ses bras sur sa poitrine et se mit à tourbillonner en une danse de joie sauvage. Peut-être Brighton et la Grande-Bretagne ne seraient-ils pas si ennuyeux, après tout. Elle osa regarder de nouveau vers la promenade. L'étranger n'avait pas bougé.

Elle joua encore un peu au chat et à la souris avec les vagues jusqu'à en perdre le souffle, avoir les joues cramoisies et tout le corps en sueur. Ses bas étaient non seulement trempés mais aussi en lambeaux. L'ourlet de sa robe était mouillé et couvert de sable. Le soleil commençait à décliner. Kate se résolut enfin à regarder sa mère. Celle-ci lui faisait de grands signes excédés. La jeune fille savait ce qu'elle voulait, mais ne faisait pas mine de s'exécuter. L'étranger s'éloignait lentement le long de la promenade. Il allait traverser King's Road. L'avait-il observée pendant tout ce temps ? Kate sourit intérieurement.

Elle se doutait que maintenant sa mère devait crier. Elle rassembla ses affaires en soupirant pour la rejoindre. Le dernier groupe d'oisifs rentrait aussi, mais une jeune lady qui portait un énorme chapeau blanc et une très jolie robe était à la traîne, cramponnée à son parasol. Elle contemplait Kate. Les environs étaient désormais déserts, à l'exception de quelques couples et de jeunes garçons qui s'attardaient sur le ponton. Il était plus tard que Kate ne l'aurait cru.

Elles seraient en retard pour le dîner, c'était certain, et cela occasionnerait encore de nouveaux commérages.

Elle avançait sur le sable rugueux. L'autre jeune fille s'était arrêtée, distancée par le groupe auquel elle appartenait. Kate remarqua qu'elle avait à peu près son âge. C'était une brune aux yeux bleus, avec le même teint pâle que Kate. Elles se regardèrent.

Kate sourit.

— Vous n'avez donc pas de costume de bain ? hasarda l'autre jeune fille avec précaution.

— Bien sûr que si, répondit Kate du tac au tac, sur un ton amical, mais pourquoi s'embêter à se changer à une heure pareille ?

— Votre robe est certainement bonne à jeter, continua la jeune fille.

— Je ne l'ai jamais aimée, de toute façon, rétorqua Kate en vérifiant d'un coup d'œil l'état de son vêtement, avant de sourire avec tristesse.

— Vous êtes américaine, conclut la jeune fille en riant.

— Et vous, vous êtes une buv... vous êtes anglaise, se reprit Kate avec vivacité.

— Ce n'est pas surprenant. Nous sommes à Brighton, lança-t-elle avec l'accent cultivé des classes supérieures.

— Je suis ici avec ma mère. Nous sommes en vacances, expliqua Kate.

La jeune fille hésita avant de lui emboîter le pas.

— Très bien. C'est la première fois que vous venez à Brighton ?

— Oui. En fait, confia Kate en lui souriant, ma mère voudrait que je trouve un fiancé ; c'est pour cela que nous sommes venues ici.

La jeune fille écarquilla les yeux, puis se reprit, la surprise passée.

— Eh bien... il faut bien se marier, un jour ou l'autre.

— Et pourquoi donc ? s'exclama Kate en riant, parce que nos parents nous y obligent ?

La jeune fille s'arrêta et la regarda comme si elle eût été une créature de foire.

— Bien sûr que nous devons nous marier et avoir des enfants.

— Voilà une façon de penser bien rétrograde, trancha Kate, sans rancœur. Ne seriez-vous pas une de ces Anglaises titrées, par hasard ? Parce que dans ce cas, vous êtes soumise à de grandes pressions, autant que je sache ?

— En fait, je suis lady Anne Bensonhurst, et, oui, il y a une certaine pression, si l'on peut le dire ainsi, affirma-t-elle sur un ton désormais très retenu.

— Moi, je suis Miss Kate Gallagher, dit Kate en lui tendant la main, consciente de l'incongruité de ce geste trop masculin. Et vous devriez lire Miss Susan B. Anthony.

Anne hésita, puis lui prit la main. Elle esquissa un sourire.

— Enchantée. Et qui est Miss Susan B. Anthony ?

— Une femme extraordinaire, j'espère bien suivre son exemple dans ma vie.

Anne Bensonhurst la regarda avec attention.

— C'était une suffragette et une penseuse éclairée, ma chère. Elle pensait que les femmes étaient les égales des hommes dans tous les domaines.

Anne fit des yeux ronds. Elles cheminèrent un moment ensemble, et Kate lui demanda :

— Combien de temps séjournez-vous à Brighton ?

Elles s'approchaient de Mary, et cet interlude plaisant prendrait bientôt fin. Kate appréhendait la soirée à venir.

— Encore quelques jours seulement. J'ai tant de choses à faire en ville. Je fais mon entrée dans le monde cette saison, vous savez, conclut Anne visiblement satisfaite de cette perspective.

— Quelle chance ! fit Kate, désolée pour elle, songeant qu'elle se retrouverait fiancée sur-le-champ, sans avoir eu son mot à dire.

— Quand je me marierai, assura Kate avec fermeté,

ce sera un mariage d'amour, même si je dois attendre dix ans pour cela.

— Vous êtes très courageuse, dit Anne stupéfaite, parce que personne ne se marie par amour, ou du moins presque jamais.

— Je refuse de faire comme les autres, décréta Kate en riant. Vous ne vous rendez pas compte que la vie est bien trop courte pour que l'on se laisse enchaîner par des conventions stupides ? Est-ce que vous avez une voiture ?

— Non, répondit Anne. Mais mon voisin en a une. Je ne le connais pas vraiment. Enfin, je le connais par ouï-dire, c'est l'héritier des Collinsworth et il a loué le cottage à côté du nôtre. Son véhicule est superbe.

— Vous devriez lui demander de vous emmener faire un tour. Non, encore mieux : demandez-lui de vous apprendre à conduire, suggéra Kate, amusée en imaginant le tollé que cela occasionnerait dans cette famille anglaise si convenable.

— Je ne pourrais jamais demander à un gentleman, encore moins à un parti comme lui, de me conduire... Et vous, vous savez conduire ?

— Oui, se vanta Kate, très fière. Mon père m'a appris quand j'avais quatorze ans. Je conduis très bien. Mon seul problème, c'est que ma mère ne me laisse pas conduire, elle dit que ce n'est pas respectable pour une femme, encore moins pour quelqu'un de mon âge, et elle n'en démord pas. Mais j'ai la ferme intention d'acheter bientôt ma première voiture. Ce sera sûrement une Packard.

Anne en resta muette. Elles avaient presque atteint la promenade.

— Je n'ai jamais entendu parler d'une femme qui conduise un roadster, miss Gallagher.

— Appelez-moi Kate, je préfère.

Les deux jeunes filles s'arrêtèrent à quelques pas de Mary.

— C'est votre chaperon ? demanda Anne.

— Ça, vous pouvez le dire, fit Kate en soupirant. En fait, nuança-t-elle, c'est ma mère. Je crois qu'elle est au bord de la crise cardiaque.

— Ça se comprendrait, vous avez du sable jusque sur

le visage, et dans les cheveux, dit Anne en souriant avant de redevenir sérieuse quand elle aperçut une femme qui se dirigeait vers elles. Voilà lady Feldston, ma sœur aînée. Je crois qu'elle vient de se rendre compte que je ne la suivais plus.

— Je suis sûre que vous pourriez retrouver sans difficulté le chemin de votre cottage ! s'exclama Kate dans un rire.

— Bien sûr, rétorqua Anne en rosissant. Kate, aimeriez-vous venir dîner chez nous avec votre mère ? Nous avons du monde. Je crois que nous serons une vingtaine. Ce serait charmant.

— J'adorerais venir, accepta Kate sur-le-champ. Car je crains comme la peste de dîner à l'hôtel. Vous n'imaginez pas à quel point les clients sont grossiers.

— Grossiers ? fit Anne, interloquée. Pourquoi, que s'est-il passé ?

— Depuis notre arrivée, on murmure derrière mon dos que je cours après un titre de noblesse — mais assez fort, je dois dire, pour que je l'aie entendu.

— C'est horrible ! Tout simplement horrible et intolérable, je vous assure, appuya Anne, choquée.

— Mais le problème, c'est que c'est vrai, continua Kate. Ma mère a décrété que j'épouserais un noble.

Anne fut si abasourdie qu'elle en perdit la parole un long moment, avant de se reprendre.

— Ma chère Kate. Vous ne devez jamais dire tout haut une chose pareille. Il faut être discrète.

— Vous ressemblez à ma mère, Anne, se moqua Kate. À ce soir.

Après le départ d'Anne, Kate rejoignit sa mère et lui fit part de l'invitation au dîner. Mary en fut très enthousiaste.

— Kate, les Bensonhurst sont une très vieille famille ! Si nous devenions de leurs amis, tu finirais peut-être par pouvoir faire ton entrée dans le monde !

Kate regarda sa mère et plaignit ses ambitions étriquées. Elle lui tapota la main.

— Pour l'instant, réjouissons-nous de la perspective

de passer une charmante soirée, c'est largement suffisant. Mon entrée dans le monde peut attendre, elle !

— Je me demande si elle a un frère ou un cousin, en âge de se marier, bien sûr, ne put se retenir de murmurer Mary.

Kate l'ignora, une habitude qui devenait systématique. Elle se dit que Brighton ne serait pas si mal, après tout. Peut-être (ce n'était encore qu'un peut-être) venait-elle de trouver une nouvelle amie pour passer l'été.

Puis elle se rappela en frémissant du séduisant étranger. Elle se sentait très bizarre, comme si elle attendait quelque chose, et l'appréhendait en même temps. Kate ne savait comment faire la part de toutes ces impressions, c'était la première fois qu'elle les ressentait.

Mais elle savait une chose. Elle le reverrait, et pressentait que ce serait très bientôt.

2.

Jill descendit du taxi devant Lexham Villas, où vivait Allen Henry Barrows. C'étaient de petites demeures victoriennes mitoyennes et identiques, en stuc blanc, séparées de la rue par des grilles en fer forgé. La maison de Barrows était à l'angle. Une petite allée bordée de pensées violettes menait à la porte d'entrée à travers une pelouse ombragée par deux vieux arbres. L'endroit était charmant.

— Voulez-vous que je vous aide à porter vos bagages, madame ? demanda le chauffeur qui avait sorti ses trois sacs du coffre.

— Oh, merci, fit-elle, distraite, perdue dans ses pensées.

C'est tellement anglais, se dit-elle. Au lieu de suivre le chauffeur vers la porte peinte en bleu ardoise, elle fit le tour de la maison pour explorer le côté nord.

Son enchantement s'accrut encore à la vue du jardin commun aux différentes maisons. Il était rempli d'une profusion de tulipes, de jonquilles, d'azalées et d'hortensias. Il y avait même une vieille balancelle au bois blanchi par les intempéries. Des pétunias rose et blanc débordaient des jardinières aux fenêtres de l'appartement de Barrows.

Jill retourna vite à l'avant de la maison, paya le taxi en lui octroyant un large pourboire, à l'américaine, ce qui lui valut en retour de chaleureux remerciements. Puis elle pénétra dans les lieux.

L'entrée était sombre. En face d'elle, un escalier étroit avec une rampe en bois ciré conduisait à l'étage. Les murs étaient tapissés d'un papier épais couleur crème. Les parquets étaient anciens, tout rayés, mais soigneusement cirés. Elle eut un aperçu du salon depuis l'endroit où elle était. Des tapis anciens avaient été disposés dans un savant désordre autour d'une cheminée en brique. Le luxueux canapé était massif, de même que les deux fauteuils. La table basse était une pièce d'antiquaire, ainsi que le miroir accroché au mur. Elle sourit intérieurement.

Cette maison était d'une autre époque, d'une autre culture. Bien que Jill fût avant tout attirée par le contemporain, elle l'aima tout de suite. Elle était chaleureuse, confortable et reflétait vraiment une personnalité. Elle se précipita dans le salon. La cheminée étant apparemment utilisée, elle ferait du feu le soir même. Elle alla ouvrir les fenêtres aux voilages d'épaisse mousseline blanche. Le ciel se dégageait et le soleil essayait de percer. L'air qui entrait était frais et pur, ce qui semblait impossible en ville. Elle sentit le parfum des fleurs dans le jardin, et l'odeur de la pluie récente. L'herbe était mouillée.

Un oiseau chantait dans un arbre juste devant la fenêtre. Jill se tordit le cou pour tenter de le repérer, et distingua un rouge-gorge. Il se mit à chanter plus fort, comme s'il avait remarqué la présence d'un auditeur.

Elle se sentait le cœur léger pour la première fois depuis la mort de Hal. Il lui avait fallu quatre semaines pour préparer son départ de New York. Elle en avait profité pour se rendre plusieurs fois à la bibliothèque, à la recherche d'informations sur son grand-père ou Kate. Elle n'avait rien découvert, sauf une notice nécrologique sur Peter Gallagher, un nabab du caoutchouc mort en 1905, laissant derrière lui une veuve, Mary, et une fille, Katherine Adeline. Jill se demanda si c'était le père de Kate. Elle n'avait aucun indice. Mais ils vivaient à une adresse très à la mode à l'époque, 12 Washington Square.

Elle s'était aussi posé la question de la coïncidence des noms, le nabab Peter Gallagher mort en 1905 et son grand-père, né en 1908.

Jill entra dans une petite cuisine à l'ancienne, avec du

papier peint à rayures sur les murs et de vieux appareils ménagers. Il y avait un vase de marguerites sur la table, et un petit mot coincé dessous.

« Bienvenue, miss Gallagher, j'espère que vous vous plairez chez moi. » Suivaient les instructions sur la façon de nourrir les deux chats, lady Eleanor et sir John. Il était signé « Avec mes meilleurs sentiments, Allen Henry Barrows ». Jill sourit en reposant la feuille.

Elle entendit des pas dans le salon et pensa que c'était Lucinda, sa nouvelle voisine, à qui elle avait communiqué son heure d'arrivée. Elle s'y précipita et s'arrêta net à la vue d'Alex Preston, en costume croisé gris à rayures tennis.

— Vous aviez laissé la porte grande ouverte. Il n'y a pas de sonnette, juste un marteau. Vous ne l'avez pas entendu, expliqua-t-il, souriant un peu timidement.

Jill croisa ses bras pour se protéger. Son cœur s'accéléra quand ils se regardèrent.

— Comment avez-vous su que j'étais ici ? demanda-t-elle.

Il avait fait plus que la surprendre. Elle était stupéfaite qu'il vienne la voir, et ce, juste à son arrivée. Elle ne l'avait pas prévenu qu'elle revenait à Londres. En fait, ils ne s'étaient pas parlé depuis qu'il l'avait appelée de l'aéroport pour l'informer que les lettres avaient disparu. Elle n'arrivait pas à l'admettre, même si elle s'était informée auprès de techniciens qui lui avaient confirmé que ce genre de panne pouvait se produire.

— C'est Lucinda qui m'a averti, répondit-il, son sourire s'effaçant comme s'il sentait qu'il n'était pas le bienvenu.

Jill le scruta. C'était effectivement le cas. Mais soudain elle le trouva attirant à mourir dans son costume si élégant. Elle combattit cette pensée, et la mit sur le compte des nouveaux calmants qu'elle prenait.

— Je ne savais pas que vous la connaissiez, réussit-elle à articuler.

Que faisait-il donc ici ? Pourquoi se sentait-elle tellement en porte à faux ?

— Elle m'a fait visiter Uxbridge Hall il y a quelques semaines, rétorqua-t-il.

Son sourire était revenu, mais il semblait un peu embarrassé. Jill se rendit compte qu'il tenait une bouteille enveloppée de papier cadeau sous son bras. C'était de toute évidence du vin, et il était tout aussi clair qu'il lui était destiné.

Il vit qu'elle regardait le paquet et tendit la bouteille.

— Du champagne. Un petit cadeau de bienvenue. J'espère que cela ne vous ennuie pas.

— Merci, dit-elle en acceptant le présent.

Elle ne comprenait toujours ni la raison de sa visite, ni pourquoi il avait apporté cette bouteille. Elle la posa sur la table basse sans l'ouvrir. Était-ce une offre de paix ? Mais n'avaient-ils pas déjà fait la paix ? Ou lui faisait-il des avances ?

Jill lui tourna le dos, essayant de respirer calmement. Ce n'étaient pas des avances, quelle idée idiote. Alex n'était pas seulement le cousin de Hal, mais aussi un homme riche et puissant. Des hommes comme lui pouvaient fréquenter de jeunes mannequins splendides de vingt ans autant qu'ils en voulaient. Jill le savait bien. Elle voyait tout le temps de gros financiers de Wall Street, qui n'étaient plus dans leur première jeunesse, avec leurs petites amies si fraîches et si parfaites.

— Je ne savais pas que vous étiez aussi un mordu d'histoire, dit-elle, se reprenant pour lui faire face.

— Je ne le suis pas vraiment.

— Alors je ne comprends pas, avoua Jill. Pourquoi êtes-vous allé à Uxbridge Hall ?

— Peut-être Kate a-t-elle aussi mis le grappin sur moi, lui dit-il, les yeux dans les yeux.

Jill n'arrivait pas à détourner son regard.

— Vous voulez toujours la retrouver, si je ne m'abuse ? demanda-t-il.

— Oui, souffla-t-elle en hésitant. Plus que jamais, continua-t-elle pour elle-même.

— Vous m'en voulez toujours à cause de ces lettres perdues ?

— Je ne vous en veux pas, déclara-t-elle interloquée, soudain prise de soupçons.

— Je l'ai entendu dans votre voix. Et même maintenant, je lis le doute dans vos yeux verts.

Pourquoi insistait-il ainsi ? Jill redoubla de prudence.

— Je ne sais pas ce que vous faites ici. Nous ne sommes pas vraiment des amis, et il y a la mort de Hal entre nous. Et puis, mes yeux sont noisette, pas verts.

— Aujourd'hui ils me semblent très verts. Ça doit être à cause de la lumière, ou de votre chemisier.

Elle portait un chemisier cintré dans le style des années 70, avec un imprimé de nuances bleues et vertes, et un pantalon moulant noir à pattes d'éléphant.

— J'aime votre franchise, Jill. Mais j'avais pensé que nous étions un peu amis.

— La vie est trop courte pour jouer à ces faux-semblants, trancha-t-elle, rougissante.

Il ne lui avait pas vraiment répondu.

— Elle est courte, c'est sûr, appuya Alex, glissant ses mains dans ses poches. Je suis venu vous souhaiter la bienvenue ici, étant donné que vous ne connaissez personne. Et si vous voulez, je vous aiderai à trouver Kate.

Jill, toujours sur ses gardes, hocha la tête. Après tout, elle s'était promis de désormais ne plus faire confiance qu'à elle-même. Cependant, une petite voix intérieure la titillait, susurrant « pourquoi pas ? » Pourquoi ne pas être amis ? Et si c'était un type correct ? Une aide pour naviguer dans Londres n'était pas négligeable. Il était intelligent, plein de ressources. Et il avait l'air honnête. Si elle le testait un peu, pour voir ?

— Vous me regardez encore comme si j'étais une créature étrange, ou un monstre à deux têtes ? plaisanta-t-il.

— J'aimerais pouvoir vous cerner, fit-elle, sursautant.

— Il n'y a pas grand-chose à cerner, l'assura-t-il en souriant. Je suis un garçon de Brooklyn transplanté à Londres, qui travaille énormément. Point.

— Bon, acquiesça Jill en souriant aussi, consciente qu'il se sous-estimait à dessein.

— Vous avez l'air de vous sentir mieux, dit-il, direct.

— C'est exact, affirma Jill en balayant quelques mèches de son front. Je suis toujours sous calmants, mais à petites doses. Hal m'a mis la tête à l'envers. Mais j'essaye de faire avec et de ne pas trop y penser.

Il la regarda avec intensité. Un regard où pouvaient se lire de la chaleur, de la compréhension et même de la compassion.

— Vous êtes forte. Je crois que nous avons quelques points communs, vous et moi.

Jill sentit qu'elle rougissait sous le compliment. Puis elle pensa à ce qu'il avait dit. Il avait raison dans un certain sens. Ils venaient tous deux de milieux modestes, et avaient perdu leurs parents quand ils étaient enfants. Mais cela s'arrêtait là.

— Vous êtes très riche, vous réussissez, vous êtes lié à l'aristocratie. Je suis fauchée comme les blés à cause de ma profession, je ne peux porter que de vieilles chaussures parce que j'ai les pieds abîmés, et j'achète mes vêtements dans les dépôts-ventes.

Il lui adressa un grand sourire.

— D'accord, concéda Jill, s'autorisant un petit sourire, nous avons quelque chose en commun.

Puis elle retrouva sa lucidité. Ils avaient aussi Hal en commun.

— N'allez pas dans cette direction, la reprit-il avec douceur, interceptant ses pensées.

Elle se rappela combien il était intuitif.

— Vous êtes télépathe ?

— Pas du tout. Je sais bien observer les gens. Cela va avec mon domaine de compétence.

Jill s'admonesta d'avancer avec précaution si elle se décidait à le laisser entrer dans sa vie, même comme ami ou simple relation. Et rien de plus.

— Comment vont votre oncle et votre tante ? demanda-t-elle, la culpabilité refaisant surface.

— Margaret suit un traitement pour son cœur, fit-il, à nouveau sérieux. Je me fais du souci pour elle. William va aussi bien qu'on peut l'espérer. Il est fatigué en permanence, et s'en plaint, mais pour s'occuper l'esprit il s'est jeté à corps perdu dans quelques projets prestigieux de la compagnie.

— Et Thomas, et Lauren ?

— Thomas travaille comme un fou, il en fait plus qu'il ne devrait. Lauren ne cache pas son chagrin.

— Et vous ? lança Jill sans même réfléchir.

— J'aurais souhaité que Hal fût plus honnête avec vous et Marisa. J'aurais aussi souhaité qu'il puisse vivre sa vie.

Jill serra les poings dans ses poches. Cela voulait-il dire qu'inconsciemment il la tenait toujours pour responsable de la mort de son cousin ? La culpabilité de Jill refusait de se dissiper, et lui laissait un goût amer dans la bouche.

— Je crois que nous aimerions tous qu'il soit encore là, conclut-elle.

Il la contemplait d'un regard interrogateur.

— J'aurais bien fini par comprendre un jour ou l'autre, ajouta Jill, d'un air sinistre. J'étais naïve. Mais je ne suis pas stupide.

— Ça, effectivement, vous ne l'êtes pas, lui accorda-t-il. J'ai quelque chose pour vous.

Jill n'avait pas remarqué son attaché-case en cuir noir posé à côté de ses sacs. Il en sortit une enveloppe en kraft et lui tendit.

— Ouvrez-la.

Jill obéit, intriguée. Ses yeux s'agrandirent quand elle vit le gros titre du *Times* du 21 janvier 1909 : « L'héritière américaine disparue ». Le chapeau précisait : « Aucun indice sur ce qu'est devenue l'héritière des Gallagher ». C'était une photocopie de l'article.

Elle jeta un coup d'œil rapide sur la feuille suivante, un autre photocopie, du *London Tribune* cette fois. Mon Dieu, murmura-t-elle, lisant tout haut : « Fausses pistes dans la disparition de l'héritière des Gallagher ». Le troisième article provenait du *New York World* du 28 septembre 1909 et déclarait : « La disparition de Kate Gallagher reste un mystère ».

— L'affaire n'a jamais été officiellement classée, précisa Alex avec décontraction. Mais elle a été abandonnée à l'automne 1909 quand toutes les pistes se sont avérées infructueuses. Lucinda Becke avait raison. Kate Gallagher a disparu sans laisser de traces.

Jill le regarda, étonnée par ce qu'il venait de lui donner.

— Comment avez-vous trouvé ça ? Ces articles étaient dans les archives d'Uxbridge Hall ?

— Non, j'adore surfer sur Internet, expliqua-t-il avec une petite mine de gamin. Avec un bon moteur de recherche, c'est un jeu d'enfant d'aller dans les archives de journaux comme le *Times* et le *Tribune*.

— Mais pourquoi vous donnez-vous tout ce mal ?

Jill ne comprenait pas. Et elle mourait d'envie de lire les trois articles.

— Peut-être parce que je voulais vous aider après vous avoir laissée tomber comme ça avec cette histoire de lettres.

Il avait l'air très sincère. Pourquoi tant de franchise ?

— Allez vous asseoir pour les lire, reprit Alex, brisant ainsi la tension. Je vais nous faire du thé.

Jill acquiesça en se laissant tomber sur le canapé, les mains tremblantes. C'était Mary Gallagher qui avait déclaré la disparition de sa fille, le 2 janvier 1909. Jill était de plus en plus intriguée. L'article présentait Kate comme la fille de feu Peter Gallagher, de New York. C'était à coup sûr ce même Peter Gallagher qui vivait au 12 Washington Square, Jill en était persuadée.

La dernière fois que Kate avait été vue, apparemment, c'était à la soirée organisée pour l'anniversaire d'Anne Bensonhurst, le samedi 17 octobre, à Bensonhurst.

Les lettres se mirent à danser devant les yeux de Jill. Au lieu de voir l'article, ce fut Kate qu'elle contempla, en robe de bal de dentelle noire, d'une beauté éclatante mais pâle d'angoisse. La foule qui l'entourait formait un kaléidoscope de couleurs vives, les femmes couvertes de bijoux, les hommes en noir avec des plastrons blancs amidonnés. On entendait le son d'un orchestre. Kate, seule, observait l'assemblée d'un air triste.

— Sa mère a insisté sur le fait que Kate n'aurait jamais pu disparaître volontairement, l'informa Alex.

Jill fut si effrayée quand elle entendit sa voix grave qu'elle en bondit presque sur le canapé. Il était sur le seuil de la cuisine et la scrutait.

— Où étiez-vous donc à l'instant, Jill ?

— Je la voyais. À l'anniversaire d'Anne. Là où une dizaine de témoins ont déclaré l'avoir vue pour la dernière fois. Je la voyais très nettement, entourée par la foule. Et la précision de cette vision me terrifie, répondit-elle.

Il s'avança vers elle, d'une démarche à la fois sportive et nonchalante.

— Elle avait donc eu son enfant, c'est évident, ou l'avait perdu, et elle était revenue à Londres pour y disparaître.

— Vous avez raison, approuva Jill qui n'avait pas pensé à cette version des faits.

— Si vous aviez lu tous les articles, vous sauriez que bon nombre des amis de Kate n'étaient pas d'accord avec sa mère. Il semble que votre aïeule, si elle l'est, avait la réputation d'être plutôt téméraire, impulsive et sans complexes.

— Je crois que c'était mon arrière-grand-mère. Je le crois un peu plus chaque jour.

— Pourquoi ? demanda-t-il en s'asseyant à côté d'elle.

— C'est juste une impression. Mais une impression très forte, insista Jill en le regardant, s'attendant à ce qu'il se moque d'elle, ce qu'il ne fit pas.

— Parfois ces impressions sont les bonnes. Quand mes tripes me disent quelque chose, j'écoute.

Jill fut amusée par les termes qu'il avait choisis.

— J'ai appris que Peter Gallagher, mon grand-père, est mort en 1970, à soixante-deux ans. Il était donc né en 1908, Alex, l'année où Kate a eu son enfant.

— Intéressant, apprécia Alex, comment avez-vous trouvé ça ?

— C'était dans une lettre de ma mère à sa mère. Mon grand-père était né dans le Yorkshire, peut-être à York.

— Il n'y a toujours pas de preuve. Et nous ne savons pas si l'enfant de Kate était en bonne santé. Beaucoup de femmes mouraient en couches à cette époque, Jill, même si nous savons que ce ne fut pas le cas de Kate, du moins pas en mai 1908, puisqu'on l'a vue à l'anniversaire d'Anne cinq mois plus tard. Mais énormément d'enfants mouraient en bas âge.

— Je sais, dit Jill qui refusait de sombrer dans le pessimisme. Que pensez-vous qu'il s'est passé ?

— Je n'en ai pas la moindre idée.

Il avait l'air gai en se précipitant à la cuisine pour éteindre le feu sous la bouilloire. Jill lisait le second article quand il revint avec deux tasses de thé noir sucré. Il avait ôté sa veste et desserré sa cravate chamarrée rouge et or.

— J'espère qu'il n'est pas trop fort.

— Je ne suis pas très amateur de thé.

— Moi non plus. Vous devriez acheter du café.

— Je crois qu'elle est partie avec son amant, conclut Jill.

— Pour être heureuse et avoir beaucoup d'enfants ? fit-il, l'enveloppant de son regard bleu.

— Oui, insista Jill, sans rougir.

— Il y a peu d'histoires qui se terminent en contes de fées dans la vraie vie, Jill, dit-il après un temps d'hésitation.

— Non, lança-t-elle en pensant à Hal avec un pincement au cœur.

Elle se demanda si elle serait un jour capable d'oublier ses mensonges, et si elle en avait vraiment envie.

— Je ne voulais pas aborder un sujet pénible.

— Vous êtes très intuitif, dit-elle en l'observant.

— Ça me donne un bon point ?

— Pourquoi auriez-vous un bon point ? demanda Jill en se levant.

Il était trop grand et occupait trop de place dans le canapé.

— Les femmes aiment les hommes sensibles, affirma-t-il sans la quitter des yeux.

— J'aimais Hal, trancha Jill avec brusquerie.

Elle n'en croyait pas ses oreilles. Il lui faisait du charme !

— Je sais.

Alex la fixait. Il ne lui dit pas ce qu'elle était certaine qu'il pensait : Mais vous aimiez quelqu'un qui aimait quelqu'un d'autre et maintenant vous ne savez plus si vous devez chérir sa mémoire ou le haïr.

— Jill, tout le monde doit continuer sa vie, vous aussi. Si cela ne vous ennuie pas que je vous donne ce conseil.

La jeune femme fut soudain prise de fureur.

— Et que croyez-vous que je fais, en ce moment ? Hal est mort par ma faute, il m'a caché la majeure partie de sa vie. Je ne le connaissais pas vraiment, mais j'essaye de surmonter tout ça, de mon mieux. Et vous savez quoi ? Je crois que je me débrouille très bien. Et je n'ai pas besoin que vous veniez me faire les yeux doux ou que vous me disiez ce que je dois faire !

Jill s'assit brusquement, baissant la tête. Il fallait bien qu'elle regarde la vérité en face. Hal connaissait Marisa depuis toujours, et elle depuis huit mois seulement. Quelle qu'ait été la nature du lien entre Hal et Marisa, il avait résisté à l'épreuve du temps. Cela avait dû être une relation très particulière.

Jill savait qu'elle ne pouvait pas rivaliser avec cela, ni dans le présent, ni dans le passé. Elle avait été une passade. Un intérim, à cause du divorce de Marisa.

Elle n'avait pas envie d'approfondir, parce qu'elle risquait de penser qu'elle n'avait été la maîtresse de Hal qu'à cause de Kate.

— Écoutez-moi bien, fit Alex d'un ton sec qui obligea Jill à lever les yeux. Je n'essayais pas de vous critiquer, encore moins de vous faire les yeux doux, siffla-t-il excédé, mais se contenant.

Leurs yeux se croisèrent. Jill ne le croyait pas, mais elle le garda pour elle.

— Quand je vous ferai des avances, vous le saurez, dit-il avec calme.

Jill se raidit. Il y avait quelque chose dans le ton de sa voix qui l'effraya.

— Je suis désolé. Je n'étais pas venu ici pour vous perturber. Seulement pour vous offrir de l'aide, dit-il, esquissant un bref sourire forcé. Nous avons peut-être besoin de beaucoup de repos, c'est tout.

Jill hésita, puis osa être honnête.

— C'est ce qu'il me faut. Je suis fatiguée de tout ça.

D'être triste, d'être en colère, d'être bien et de me rendre compte que ce n'est qu'une illusion. Mais c'est si difficile. Je me réveille la nuit et ma première pensée est : il me manque. Puis je me souviens de tout, et il ne me manque plus. C'est horrible.

— Je comprends, dit-il, radouci. Mais vous n'avez pas le choix, Jill. Vous devez l'oublier, vous devez le laisser partir.

Elle le regarda. Il ne savait pas. Il pouvait à peine imaginer son tourment. Personne ne pouvait savoir — à moins d'avoir été trompé par quelqu'un que l'on aimait et qui était mort.

— Qu'y a-t-il ? demanda-t-il soudain.

Il avait encore surpris ses pensées. Elle était tendue.

— Il y a quelque chose que je ne vous ai pas dit, que je n'ai dit à personne.

Des signaux d'alarme résonnaient partout dans sa tête. Mais elle ne pouvait plus tenir sa langue. Alex attendait, patient, sans un geste.

— Quand Hal était sur le point de mourir, il m'a dit qu'il m'aimait, mais il m'a appelée Kate.

— Vous avez peut-être mal entendu, avança Alex, dont les yeux s'agrandirent légèrement.

— Non. Il a dit : « Je t'aime, Kate. » Et je sais de tout mon être qu'il pensait à Kate Gallagher ! s'exclama Jill.

Alex se contenta de la fixer.

3.

10 septembre 1906

Cher journal,

J'ai rencontré la plus extraordinaire des femmes. Elle s'appelle Kate Gallagher. Je l'ai rencontrée à Brighton. Elle séjourne en Angleterre avec sa mère, dans l'espoir de trouver un mari dans l'aristocratie. En réalité, elle m'en a fait la confidence à peine nous sommes-nous rencontrées — avant même que nous n'ayons été présentées selon les règles. Mais c'est tout Kate. Elle est effrontée et directe, téméraire aussi. Je n'ai jamais rencontré quelqu'un de la sorte auparavant.

Être en sa compagnie, c'est comme se retrouver au cœur d'un ouragan. Je n'ai bien sûr jamais vécu pareil phénomène, je l'ai seulement lu dans des livres, mais je pense qu'un ouragan doit beaucoup ressembler à Kate. Elle ne peut pas rester assise plus de quelques minutes, et passe son temps à exposer ses idées qui sont, je dois le dire, pour le moins éloignées des conventions. Elle espère faire un mariage d'amour ! Et espère que je ferai la même chose ! Je veux bien admettre qu'elle n'entende rien à nos manières, ni ne comprenne que je doive faire un bon mariage, qui satisfasse les deux familles. J'ai essayé de le lui expliquer, mais elle refuse même de m'écouter sur ce sujet.

Hélas, je crois que c'est ce qui m'attire chez elle. L'autre jour nous sommes allées pique-niquer près d'un étang. Kate s'est entièrement déshabillée et est allée nager complètement nue. Je dois avouer que cela avait l'air très amusant, même si ma première réaction fut d'être très choquée. Mais que serait-il arrivé si d'autres promeneurs nous avaient rencontrées ? Je tremble d'imaginer de quelle manière la réputation de Kate aurait volé en éclats. En vérité, elle ne réfléchit pas quand elle a envie de faire quelque chose, et je pense que c'est la raison pour laquelle elle me plaît tant. J'aimerais pouvoir être un jour aussi courageuse qu'elle.

Pour la première fois de ma vie, j'ai manifesté une violente colère. Je voulais absolument que mère invite Kate et sa mère à Bensonhurst pour la saison. Je voulais que Kate soit présentée en même temps que moi, et quand je l'ai dit à mère, elle a été horrifiée. Mère n'aime pas Kate. C'est stupide mais compréhensible, elle a peur que sa nature indomptable ne déteigne sur moi ! J'ai sangloté pendant des heures, jusqu'à ce que père intervienne, ce qu'il ne fait jamais, et dise à maman de céder à ma requête. Je suis heureuse à en perdre la tête. Ce sera la plus belle saison dont puisse rêver une lady. On ne s'ennuie pas un instant quand Kate est là.

Cependant je ressens une certaine inquiétude. Vois-tu, cher journal, les amies de mère n'aiment pas Kate non plus. Je les ai entendues plus d'une fois, elles la considèrent comme une moins que rien. Je crains aussi que ses prétendants n'aient pas les intentions les plus honorables à son égard. Ai-je mentionné que les jeunes gens sont attirés par elle comme les abeilles vers les fleurs ? Il suffit qu'elle sourie, et un admirateur se précipite. La plupart des jeunes gens qui la fréquentent ont une réputation de débauchés et de vauriens. Kate est elle-même une héritière, mais cela ne peut excuser son comportement. (Pendant une soirée on l'a surprise à minuit, seule dans les jardins, avec un gentleman bien plus vieux qu'elle, en dépit des recommandations que je lui avais faites de ne pas le laisser s'approcher d'elle.) J'ai bien peur qu'elle ne finisse par récupérer un mari épouvantable, ou au mieux, un coureur de dot endurci. Et cela, je le sais, briserait le cœur de ma chère Kate.

Je dois m'arrêter ici. Kate et sa mère arrivent aujourd'hui à Bensonhurst.

Jill serrait un sac de courses dans une main, et de l'autre se battait avec ses clés. Il n'était pas encore 7 heures du matin, mais le décalage horaire, combiné à l'excitation, l'avait fait tomber du lit aux aurores. Poussant la porte de sa hanche, elle entendit un bruit à l'intérieur, quelque chose qui se cassait en tombant par terre.

Jill resta aux aguets. Elle eut un instant peur qu'il n'y eût un intrus, avant d'apercevoir une boule de poils marron grisé qui se précipitait à l'étage. Elle sourit. Personne ne lui avait dit que les chats d'Allen Barrows étaient des siamois caractériels : il lui faudrait désormais apprivoiser lady Eleanor et sir John.

— Jill ?

Elle se retourna en entendant la voix de Lucinda. « Bonjour », lança-t-elle tandis que celle-ci remontait l'allée, vêtue d'un pantalon et d'un pull décontractés en laine noire. C'était un jour gris et nuageux, annonçant la pluie. Le soleil était à peine levé.

Lucinda souriait, comme toujours. Elle portait ses énormes lunettes en écaille.

— Je suis rentrée très tard hier soir, et j'avais peur d'appeler à cause du décalage horaire. Mais je vous ai vue sortir ce matin, aussi j'ai voulu passer vous souhaiter la bienvenue.

— Vous avez bien fait. Je suis levée depuis des heures. Entrez, offrit Jill.

Lucinda la suivit dans la cuisine, souriant en détaillant les lieux.

— Alors, ça vous plaît ?

— J'adore, répondit Jill. Kate aurait-elle pu vivre dans un endroit comme celui-ci en 1906 ?

— À mon avis, Kate aurait résidé dans une demeure plus luxueuse, dans un quartier plus prisé, comme Mayfair, par exemple, dit Lucinda. N'oubliez pas qu'elle avait été invitée à Bensonhurst.

— Je sais. Mais c'était avant qu'elle n'aille passer sa grossesse à la campagne. Elle est revenue à Londres ensuite : elle était à l'anniversaire d'Anne. Je n'ai que du café instantané, ça vous ira ?

Jill posa la bouilloire sur le feu et alla prendre du lait dans le réfrigérateur. Quand elle ouvrit la porte, elle se retrouva nez à nez avec la bouteille de champagne qu'Alex lui avait apportée la veille. Elle l'avait ouverte après son départ, incapable de résister. C'était un Taittinger blanc de blanc de 1986. Il avait dû dépenser plus de cent dollars pour ce cru. Bien sûr, il était riche. Le geste était probablement dénué de sens, elle se dit qu'il n'avait sûrement pas tergiversé devant le prix.

— C'est parfait. J'ai été tellement ravie de recevoir cette lettre que vous m'avez faxée, Jill.

Elles s'assirent à la table de la cuisine, recouverte d'une épaisse nappe de lin. Les marguerites d'Allen Barrows étaient toujours au centre de la table dans leur vase bleu et blanc.

— Y a-t-il des archives que je pourrais consulter à Uxbridge Hall ? Sans grand risque de me tromper, je suppose que Kate a de nouveau séjourné à Bensonhurst quand elle est revenue à Londres après son accouchement ?

— Ces archives me sont très familières, ma chère. Kate n'a pas été réinvitée après son séjour en 1906, affirma Lucinda sans détour. S'il n'y avait eu ne serait-ce qu'un infime commérage concernant son enfant, elle n'aurait plus été reçue dans le monde.

— Hal aurait rangé ces lettres dans un endroit sûr, reprit Jill après avoir assimilé l'information. Quand je serai à New York, je chercherai encore une fois dans l'appartement. Mais j'ai vraiment réfléchi. Elles doivent être chez les Sheldon à Kensington Palace Gardens — parce que c'est là leur place.

— Au moins nous sommes maintenant sûres que ces lettres existent, affirma Lucinda, les yeux brillants.

— Alex vient me prendre ce soir. Il va m'aider à les chercher dans la maison.

Jill se leva pour arrêter le feu sous la bouilloire. Alex

n'était pas très chaud à cette idée. Il pensait que c'était voué à l'échec. Mais il lui avait néanmoins appris que tous les comptes de Hal étaient retournés au patrimoine familial, et qu'on avait vérifié qu'il n'existait pas de coffre en banque à son nom.

— Il a l'air charmant, et très serviable, en tout cas, approuva Lucinda en observant Jill.

— Je ne sais que penser de lui, hésita celle-ci. Lucinda, pensez-vous qu'il aurait pu effacer ces fichiers ?

— Pourquoi donc aurait-il fait ça ?

— Plus j'y pense, plus j'ai des doutes. Kate était l'invitée d'Anne et elle est tombée enceinte. Vous venez de dire vous-même que si quelqu'un s'en était rendu compte, elle aurait été mise au ban de la société. Corrigez-moi si je me trompe. Une jeune mère célibataire aurait causé plus qu'un énorme scandale à cette époque, cela aurait été une véritable tragédie.

— En effet. Kate fut perdue dès qu'elle fut enceinte. Je la plains vraiment, je ne le savais pas jusqu'à ce que je lise cette lettre.

— Voilà un beau cadavre dans le placard des Collinsworth, on dirait. Le nom de famille d'Alex a beau être Preston, il n'en est pas moins un Sheldon de la tête aux pieds.

— J'espère sincèrement que vous vous trompez, Jill, dit Lucinda, songeuse. Et puis ici, en Angleterre, les vieilles familles ont plus que des cadavres dans leurs placards, elles ont des fantômes dans les moindres recoins — et nous avons tous l'habitude de ce côté sombre de notre histoire. En fait, cela donne plutôt du piment à notre vie. Je ne vois pas pourquoi Alex aurait détruit des lettres d'une valeur historique pour sa famille.

— Alex est aussi américain. Il pourrait essayer de protéger la seule famille qu'il ait.

— Oh, mon Dieu ! s'exclama Lucinda.

— J'espère me tromper, assura Jill. Il y a aussi une autre éventualité.

— Vraiment ?

— C'est peut-être Thomas qui les a effacés. Je serais prête à parier qu'il n'a aucune envie de voir les cadavres sortir de son placard.

Jill regardait par la fenêtre donnant sur la rue. Il y avait quelques piétons, et une seule voiture passa. Alex avait promis de venir la prendre à 19 h 30. Il était en retard. Il était 19 h 45 et il faisait déjà nuit.

Puis elle entendit le bruit d'un puissant moteur. Plissant les yeux, elle vit Alex sortir d'une élégante voiture de sport couleur argent. Il portait un costume gris anthracite très sobre, avec une cravate rose et bleue très voyante. Il sourit en la voyant.

Jill rougit et s'éloigna de la fenêtre, laissant retomber le rideau. Elle aurait souhaité qu'il ne la surprenne pas ainsi, telle une adolescente dans l'attente de sa première sortie, et pria pour qu'il ne se fît pas des idées.

Elle enfila sa veste en cuir noir et prit son sac. Elle portait un tee-shirt blanc et une longue jupe noire près du corps. Elle ouvrit la porte avant qu'il ne frappât, et se retrouva nez à nez avec lui.

— Désolé, je suis en retard, j'ai eu un petit problème au bureau, expliqua-t-il en souriant.

— Ça ne fait rien, répondit-elle, esquissant à peine un sourire en retour. Merci de me conduire chez les Sheldon.

Elle ferma la porte à clé et vérifia qu'elle était bien close.

— Quel verrou ! Je pourrais crocheter ça les yeux fermés ! s'exclama Alex.

— C'est un de vos talents ?

— Quand j'étais jeune, je n'étais pas très bien élevé.

— Qu'est-ce que ça veut dire ? demanda Jill en le regardant avec attention.

— J'étais un gamin des rues, un petit délinquant. J'ai crocheté quelques serrures, fit-il avec une petite grimace.

— Vous avez volé ?

— Juste des packs de bière.

— Vous aviez quel âge ?

— Huit, dix ans. Ma mère travaillait tout le temps. J'étais un vrai petit voyou, conclut Alex en lui effleurant le coude tandis qu'ils se dirigeaient vers la voiture.

Jill le regarda de biais. Il aurait très bien pu travailler en usine aujourd'hui, boire des bières après son travail en jouant au billard et vivre dans un HLM. Au lieu de cela, c'était un financier plein de pouvoir, qui portait un costume à mille dollars et conduisait une voiture hors de prix. Il faisait partie d'une famille d'aristocrates qui vivait dans une somptueuse demeure.

— C'est étrange, murmura Jill, à quel point le cours d'une vie peut être changé. (Et elle pensa aussitôt à Hal.)

— Si ma mère n'était pas morte, je ne serais pas ici. Je serais allé beaucoup plus loin que quelques packs de bière, conclut-il en lui ouvrant la portière.

Jill le dévisagea longuement. Il souriait. Elle essayait de l'imaginer en petit voleur minable, en vain.

— À mon avis, vous seriez plutôt dans le haut du panier de la pègre, subtilisant un million par-ci par-là au genre de personnes avec lesquelles vous travaillez aujourd'hui.

— Je prends ça comme un compliment, dit-il en riant franchement.

Elle s'installa dans la voiture et quand Alex mit le contact, le lecteur de CD se mit en route.

— Brahms me détend, fit-il en baissant le volume.

— Quelle voiture ! commenta Jill.

— Je ne suis pas très dépensier, mais j'ai décidé que je méritais bien ça il y a quelques années, confia-t-il.

Jill préféra ne pas s'étendre sur le sujet. Par curiosité, avant de quitter New York, elle était passée chez un joaillier vérifier le prix de la montre d'Alex. Elle valait quatorze mille dollars.

— Quelle est la marque de cette voiture ?

— C'est une Lamborghini.

— Ah, les garçons et leurs petites voitures ! dit Jill sans pouvoir se retenir.

— Oui, il faut s'amuser dans la vie, grimaça-t-il.

Jill fut bien obligée de sourire.

— Accrochez-vous, intima-t-il en démarrant.

Le cœur de Jill s'arrêta. Elle saisit la ceinture de sécurité et la boucla en hâte. Mais c'était une plaisanterie ; il le lui signifia d'un clin d'œil.

Elle se détourna vite, regarda par la vitre. Elle était troublée par sa présence, par ses mains viriles sur le volant couvert de cuir. Il conduisait ce monstre argenté avec autant d'aisance qu'elle enfilait ses chaussons de danse. C'était un homme intéressant. Était-il en train de lui faire du charme ? Et pourquoi avait-il accepté de l'aider à faire des recherches dans la maison familiale ? Pouvait-elle lui faire confiance ?

— Comment s'est passée votre journée ? Vous vous êtes bien installée ?

— J'ai mis un bon moment à déballer mes affaires, j'ai fait des courses et j'ai essayé d'apprivoiser deux chats siamois soupçonneux sinon hostiles. Et vous, combien d'affaires avez-vous conclues aujourd'hui ? demanda-t-elle, cédant à sa curiosité après un temps d'hésitation.

— Une seule. Mais très importante. J'y ai travaillé pendant huit mois environ, expliqua-t-il en souriant. J'ai un intéressement. Je pourrais abreuver une femme de Taittinger à volonté pendant les douze années à venir.

Jill se détourna. Qu'est-ce que cela voulait dire ?

— Quelque chose ne va pas ?

— Non, rien, mentit Jill.

— J'ai l'impression que vous êtes nerveuse.

— Et pourquoi ça ? demanda-t-elle en se figeant.

— Je vous rends nerveuse, pour une raison quelconque.

Il ne souriait plus, il était concentré sur la route. Son profil classique était très attirant. Mais il avait beau avoir un physique de star de cinéma, il était bien réel. Jill se rendit compte qu'elle l'admirait d'avoir réussi tout seul, même s'il avait été aidé par les Sheldon.

— Vous ne me rendez pas nerveuse, s'enferra-t-elle.

Mais si, il la rendait nerveuse parce qu'elle n'était pas prête à trouver quiconque séduisant, c'était trop tôt.

Jill regarda par la vitre, maussade. Il faudrait beaucoup de temps avant qu'elle ne partage l'intimité d'un homme, mais elle se vit soudain dans les bras d'un étranger sans visage, où elle se sentirait réconfortée, choyée, où elle pourrait se perdre, oublier la réalité — même si c'était une illusion qui s'évanouirait le lendemain. C'étaient des idées dangereuses qu'elle chassa vite.

— J'ai appelé Janet Witcombe aujourd'hui, dit-elle.

— Et alors ? demanda-t-il sans quitter la route des yeux.

— Elle battait un peu la campagne. Elle m'a prise pour l'une de ses dix petites-filles. Nous avons eu une grande conversation, qui n'avait aucun sens pour moi, sur mes supposés mari et enfants. Elle a abreuvé Carol de conseils, soupira-t-elle.

— Est-elle toujours comme ça ? s'enquit Alex.

— Son infirmière m'a dit qu'elle avait des moments de totale lucidité. On m'a dit que je pouvais revenir quand je le souhaitais. J'ai demandé que l'on me prévienne par téléphone un jour où elle aurait toute sa tête.

— Qu'espérez-vous trouver ?

— Je veux savoir ce qu'Anne lui avait confié.

— J'espère qu'elle s'en souviendra, se contenta de dire Alex.

— Moi aussi.

Alex arriva devant la demeure des Sheldon. Jill contempla l'imposante façade et frémit.

— Mon Dieu, que c'est grand ! Il faudrait au moins un mois pour tout explorer.

— Il faut qu'on soit malins, lança Alex en descendant de voiture et en se dirigeant vers sa portière, nous devons penser comme Hal.

— Vous croyez qu'il y a quelqu'un ? demanda Jill qui était descendue sans attendre qu'il lui ouvrît.

— Je ne sais pas, répondit Alex tandis qu'ils gravissaient les marches.

Il ouvrit la porte, qui était fermée à clé, et fit entrer Jill dans le hall.

— D'habitude William et Margaret dînent en ville, ou bien ils ont des invités. Ils se retirent dans leurs chambres depuis la mort de Hal.

— Et Thomas ? insista Jill, sa culpabilité resurgissant.

— Je ne sais pas, fit-il en lui lançant un coup d'œil.

— Je ne le vois pas chez lui à cette heure-ci, décréta Jill, rougissante d'être si péremptoire.

— Ce serait étonnant. On commence par la chambre de Hal ?

Jill acquiesça et ils montèrent à l'étage. Alex alluma la lumière dans la pièce. Tout semblait avoir été laissé en place depuis la dernière fois.

— Allons-y, proposa Alex en se dirigeant vers le lit.

Elle l'observa se mettre à genoux pour regarder en dessous.

Jill sourit. Elle avait dû faire un bruit parce qu'il releva brusquement la tête et se cogna contre le sommier.

— Aïe ! fit-il en se relevant. Qu'y a-t-il de si drôle ?

— Vous n'êtes pas le genre de personne à chercher des lettres vieilles d'un siècle sous les lits.

— Qu'est-ce qu'un homme ne ferait pas ! dit-il avec humour.

Le sourire de Jill s'évanouit. Elle commençait à penser qu'il s'intéressait à elle. Il y avait eu trop d'allusions. Ça n'allait pas.

— Qu'espérez-vous trouver sous le lit, à part de la poussière et de l'antimites ?

— Écoutez, Jill, coupa-t-il, ignorant la question. Je sais que c'est un moment difficile pour vous, mais un peu d'humour, ça n'a jamais fait de mal à personne.

— Bon, vous avez raison. Je vais essayer de prendre les choses moins à cœur.

— Bravo, Miss. J'ai pensé qu'il avait pu mettre les lettres dans une boîte ou dans un sac et les glisser là-dessous.

Il s'assit sur le lit et commença à fouiller le bureau qui le jouxtait. Le regard de Jill glissa vers la table de nuit, et elle se figea : la photographie d'Anne et Kate n'y était plus.

— Qu'y a-t-il ? demanda Alex quand il la vit se précipiter vers la table de nuit.

— Incroyable, dit-elle en ouvrant le tiroir, cette photographie superbe a disparu.

— Ça m'étonnerait, commenta Alex. Quelqu'un a dû la ranger. Toutes les affaires de Hal finiront par être débarrassées.

— Non. Elle a disparu. Quelqu'un l'a prise, assura Jill, perturbée.

— Je demanderai à Lauren et Thomas, promit-il.

— Pourquoi quelqu'un cacherait-il cette photo ? demanda-t-elle.

— Vous vous laissez emporter par votre imagination, dit-il avec patience, personne ne l'a cachée.

Jill entreprit d'enlever un par un les livres des étagères, essayant d'ignorer les photos de Hal enfant et adolescent. Mais il lui fut impossible de ne pas voir celle où il était avec Marisa aux sports d'hiver. Elle la prit, et la tristesse l'envahit. Comment avait-elle pu se méprendre à ce point ?

Elle n'entendit pas Alex qui arrivait derrière elle.

— Ne vous torturez pas comme ça. Cette photo a été prise il y a dix ans.

— Je ne me torture pas. C'est fini. Et c'est comme ça, fit-elle en claquant des doigts, se retournant brusquement.

Elle se heurta contre Alex. Elle fit un pas en arrière. Il se contentait de l'observer, les yeux interrogateurs. Jill se sentit mal à l'aise.

— Vous avez trouvé quelque chose ? demanda-t-elle pour changer de sujet.

— C'est une course contre la montre ? objecta-t-il d'un air ironique avant de retourner vers le bureau.

— Bien sûr que non, articula Jill, le cœur battant.

— Jill, je voudrais vous dire quelque chose, revint-il à la charge.

— Trouvons ces lettres, continua Jill qui ne savait plus comment se comporter.

— Parce que je vous aime bien, ajouta Alex.

Jill évita de le regarder.

— Hal n'était pas quelqu'un de fort, commença Alex, les yeux assombris. Je déteste dire du mal des morts, et Dieu sait que nous étions amis et complices quand nous étions jeunes. Et puis il avait bon cœur. Mais, et c'est un grand mais, il était perturbé, immature, enclin à éluder les difficultés.

Jill le fixait, la gorge serrée. Elle savait déjà ce qu'il était en train de lui dire. Simplement, elle n'avait pas envie de l'entendre énoncé tout haut, pas de cette façon, et pas par lui.

— Vous êtes toujours aussi futé ?

— Je n'essaye pas d'être plus malin que les autres. Mais vous ne le connaissiez que depuis huit mois. Moi, cela faisait presque trente-trois ans. Et personne n'a de boule de cristal. L'avenir ne se déroule presque jamais de la manière dont on l'a prévu. On dit que c'est un voyage, et pour moi, c'est un sacré périple.

— Comme si je ne le savais pas, maintenant, dit Jill. Je vais bien. Vraiment.

Et si ce n'était pas le cas, ce le serait bientôt. Elle s'en fit la promesse.

— Vous êtes une dure à cuire. Bon, trouvons ces lettres et voyons si nous pouvons vous trouver une famille, reprit-il en la scrutant avant de lui sourire.

Jill regarda son dos après qu'il se fut retourné. Le choix de ces mots la fit presque suffoquer. Se rendait-il compte de ce qu'il venait de dire ?

Elle retourna vers les étagères, mais elle prenait les livres machinalement, plus concentrée désormais sur l'homme qui était dans la pièce que sur les ouvrages devant elle, obsédée par ses paroles.

Ils progressèrent en silence pendant l'heure suivante, fouillant le moindre recoin de la chambre. Elle faisait très attention de rester le plus loin possible d'Alex. Elle se mit à souhaiter de ne pas avoir accepté son aide. Il rendait la tâche plus difficile au lieu de la faciliter.

Jill en avait terminé avec les livres et commença à fouiller les tiroirs. Elle balaya la pièce du regard. Alex était enfoui dans le placard à vêtements. Mais il tourna la tête et la surprit en train de le regarder. Jill se détourna, troublée.

Elle s'assit par terre, et glissa sa main dans un tiroir pour en vérifier le contenu. Et si elle le laissait lui faire des avances ? Et si elle le laissait être cet étranger réconfortant ?

Jill s'en voulait de nourrir ces pensées. Mais ce serait si bon d'être serrée par des bras virils, juste une nuit. Qui essayait-elle de tromper ? Elle n'avait jamais eu d'aventure d'une nuit. En fait, Hal avait été le deuxième homme de sa vie. Le premier était un danseur, ils s'étaient connus très jeunes et avaient vécu ensemble quatre ans. Elle était plus que découragée.

— Alex, appela-t-elle, peut-être devrions-nous nous arrêter là.

— Bien. Un dernier verre ? Vous avez l'air d'en avoir besoin, proposa-t-il, la détaillant avec attention.

— Je ne crois pas, refusa Jill, les mâchoires serrées, fière de sa détermination.

Elle se promit de ne rien faire d'inconsidéré. Ni ce soir, ni demain ou jamais.

— Que se passe-t-il, ici ? cria une voix féminine.

Jill sursauta au son de cette voix inconnue à l'accent anglais. Margaret Sheldon, comtesse de Collinsworth et mère de Hal se tenait sur le seuil, hagarde. Jill en eut le cœur retourné. La soirée se terminait avec ce qui pouvait arriver de pire.

4.

Jill demeura immobile.

— Tante Margaret, nous ne voulions pas vous effrayer, s'excusa Alex en allant vers elle.

Celle-ci était déjà en tenue de nuit. Elle regardait alternativement Jill et Alex.

— Je ne comprends pas, réussit-elle à articuler. Pardonnez-moi, je manque à tous mes devoirs. Vous êtes Jillian Gallagher.

Jill s'avança. Elle se sentait terriblement mal à l'aise, certaine d'être la dernière personne que Margaret avait envie de voir.

— Oui. Nous ne voulions pas être importuns, lady Sheldon. Je suis désolée si nous vous avons contrariée.

— En fait, ma tante est lady Collinsworth, précisa Alex tout bas. Sheldon est le nom de la famille, mais le titre est Collinsworth.

— Vous n'êtes pas importuns... Je suis simplement surprise... j'ai entendu du bruit dans sa chambre, s'étouffa Margaret, incapable de poursuivre, scrutant chaque recoin de la chambre comme si Hal allait surgir à tout moment.

Jill aurait souhaité être n'importe où sauf dans cette pièce.

— Nous espérions trouver des lettres très importantes, expliqua la jeune femme sans conviction. Hal les avait mises de côté avant sa mort. Je suis tellement désolée.

Elle voulait en dire plus, expliquer qu'elle avait aimé Hal, et supplier cette femme de lui accorder son pardon.

— Des lettres ? demanda Margaret, troublée, ses yeux bleus s'embuant. J'apprécierais quelques explications, plus tard, Alex. Je suis vraiment très fatiguée, dit-elle en s'adressant à son neveu.

— Oui ma tante, répondit-il avec respect.

— Je ne crois pas que miss Gallagher et toi devriez fouiller dans les affaires de Hal, quand il n'est pas là lui-même pour... (elle s'arrêta, en larmes) ... quand il n'est pas là, chuchota-t-elle.

Jill fut tentée d'aller réconforter cette femme. Elle ne bougea pas, sentant elle aussi monter les larmes.

Alex prit Margaret par les épaules.

— Je vais vous raccompagner à votre chambre. Je vous expliquerai tout demain. Où est oncle William ? demanda-t-il avec douceur.

— Dans la bibliothèque. Il essaye de lire, répondit-elle sans protester quand Alex la reconduisit vers la porte.

— Je vous retrouve en bas, lança Alex à Jill.

Les recherches étaient de toute évidence interrompues pour la soirée.

— Je vais d'abord ranger, offrit la jeune femme, regrettant d'avoir troublé le deuil de Margaret. Veuillez encore accepter mes excuses, lady Collinsworth.

Margaret fit un petit signe de tête à Jill, accompagné d'un frêle sourire. Jill commença à ranger très vite, une boule dans la gorge. Il fallait qu'elle trouve les lettres, mais une chose était claire : elle devait rester à l'écart de cette maison — et de la famille de Hal. Alex excepté... qui sait.

Elle descendit en hâte quelques instants plus tard. Elle voulait trouver un taxi et regagner son appartement accueillant. Elle se servirait un verre bien tassé et resterait en compagnie des chats, essayant d'oublier cette soirée.

Elle trébucha dans l'entrée. Thomas était dans le salon, en train de se servir un verre. Il lui tournait le dos.

C'était le coup de grâce. Sa première idée fut de se faufiler dehors avant qu'il ne la voie. Cependant il devait avoir senti sa présence car il se retourna. Ses yeux d'ambre s'élargirent quand il la reconnut.

Jill s'humecta les lèvres dans l'intention de le saluer poliment, mais elle ne put émettre le moindre son.

Il s'avança vers elle, un scotch à la main. Il devait arriver de son bureau ou d'un restaurant. Il portait un costume sombre, avec une chemise rose et une cravate. Peu d'hommes pouvaient se permettre de porter une chemise rose et avoir néanmoins l'air viril. Thomas en faisait partie.

— Bonsoir, Jill.

Elle ne l'avait pas revu depuis le jour où il l'avait surprise dans l'appartement de Hal à New York. Elle ne savait pas ce que ce bonsoir pouvait impliquer.

— Bonsoir, Thomas, répondit-elle, à la recherche de banalités polies, comment allez-vous ?

— Bien, trancha-t-il avec un sourire superficiel, haussant un peu les sourcils, que faites-vous ici ?

Jill n'était pas certaine que ce fût une accusation. Elle réfléchissait à toute vitesse. Elle ne lui avait pas parlé des lettres, mais Alex savait — et elle n'avait pas su tenir sa langue avec Margaret. Selon toute probabilité, il saurait bientôt la raison de sa visite.

— Je suis venue avec Alex. Nous cherchions des lettres écrites par Kate à votre grand-mère Anne, avant sa disparition.

— Je vois, fit-il après un long silence, souriant légèrement. Vous courez toujours après les fantômes.

— Oui, répondit Jill avec spontanéité.

— Entrez, invita-t-il, voudriez-vous un verre ?

Jill fut surprise et hésita. Il n'était pas particulièrement chaleureux, mais pas hostile non plus. Et il n'avait aucune raison de lui proposer un verre.

— Je vais peut-être attendre Alex dans l'entrée, commença-t-elle.

— Je ne mords pas, fit-il soudain, lui souriant à nouveau.

— D'accord, capitula-t-elle.

Le besoin d'oublier et de se détendre fut le plus fort.

— Que préférez-vous ? Scotch ? Gin ? Vodka ?

— Un verre de vin ? demanda Jill, à présent moins gênée.

— Rouge ou blanc ?

— Ce que vous avez.

— J'ai les deux.

— Alors du blanc.

Il alla ouvrir une armoire qui cachait un réfrigérateur intégré. Il en sortit une bouteille de vin blanc qu'il déboucha, puis il lui servit un verre. C'était du pouilly-fuissé, glacé et délicieux.

— J'ai été surpris de vous voir ici, avoua Thomas.

— Moi aussi, répliqua Jill.

— Mais je suis chez moi.

— Vous semblez plutôt du genre à dîner dans un club chic en compagnie d'un mannequin ou deux.

— Ça m'arrive, oui, acquiesça-t-il en riant. Alors, où est mon brillant cousin ?

— Il raccompagne votre mère à sa chambre, expliqua Jill qui sentit le ton de sa voix devenir plus prudent.

— Pourquoi ?

— Nous cherchions les lettres dans la chambre de Hal, dit Jill en évitant son regard. Votre mère est arrivée à l'improviste.

L'expression de Thomas changea du tout au tout. Jill poursuivit à toute vitesse.

— Je me suis excusée. Je suis vraiment désolée. Causer plus de chagrin à votre famille est bien la dernière chose que je souhaite.

— Mère n'est pas bien, expliqua Thomas avec flegme, sans la regarder, en serrant si fort son verre que ses phalanges devinrent toutes blanches. L'autre jour elle s'est à nouveau plainte de palpitations. Elle est sous traitement, et demain elle va passer des examens.

— Je ne le savais pas, dit Jill, pétrifiée.

Et si quelque chose arrivait à la mère de Hal ? D'abord Hal, puis Margaret ? Ce serait la faute de Jill.

— J'essaye de l'envoyer faire une cure, confia-t-il.

— C'est une excellente idée, approuva Jill.

Où donc était Alex ? Elle avait envie de partir, au diable le verre de vin...

— Qu'est-ce qui vous amène de nouveau à Londres ? demanda Thomas.

Malgré la politesse qu'il montrait ce soir, elle n'oublierait jamais sa rage quand elle était arrivée à Londres avec le cercueil de Hal. Elle restait méfiante.

— C'était trop douloureux de rester à New York.

Thomas était allé se servir un autre verre. Jill fut soudain emplie de compassion. Il était évident qu'il était encore plongé dans un immense chagrin, comme Margaret. Il se retourna brusquement et vit qu'elle l'observait.

— Je comprends, souligna-t-il, impassible.

Vraiment ? Il y avait un mois, il n'avait pas compris.

— Mais pourquoi venir ici ?

— Je m'occupe des chats de quelqu'un, expliqua Jill, qui ajouta après avoir hésité : Et je cherche les lettres de Kate à Anne.

— J'ai peur de ne pas très bien comprendre. Pourquoi ma mère a-t-elle été bouleversée de vous voir ?

— Nous n'aurions pas dû venir le soir, quand vos parents sont chez eux, avoua Jill en rougissant, le nez dans son verre.

— Je suis très protecteur envers ma famille. C'est mon devoir, martela-t-il.

Jill but à nouveau pour se donner une contenance.

— Le devoir est un sentiment très noble. C'est une chose peu répandue chez nous.

— Je suis l'héritier de père, dit-il avec simplicité, comme si cela expliquait tout, avant d'ajouter : En tant qu'Américaine, vous me trouvez certainement vieux jeu. Mais le nom des Collinsworth remonte à plusieurs siècles, cinq cent soixante-douze ans, pour être exact. Mon père est le dixième comte, vous voyez. Nous sommes démodés. Je crois en des valeurs démodées : devoir, honneur, loyauté. C'est mon devoir d'assurer la pérennité de cette famille. Certains Anglais nous qualifient d'aristocrates vieillots, et parfois pire, conclut-il avec un léger haussement d'épaules.

Jill but une gorgée de vin. Il protégeait sa famille, et

c'était admirable. Mais pourquoi ce discours sur les valeurs ? Que voulait-il insinuer ? L'avertissait-il ainsi qu'il la tenait toujours pour responsable de la mort de Hal ? Qu'elle désorganisait le bon fonctionnement de la famille à laquelle il se consacrait ? Jill était dubitative. Elle se rendit compte qu'il avait l'air déprimé, et une vague de sympathie l'envahit.

Il considérait les Sheldon comme une dynastie. Alex pensait-il de la même manière ?

— Je dois vraiment m'en aller, dit-elle en reposant son verre vide. Puis-je appeler un taxi ?

— Je vous ai mise mal à l'aise ? demanda-t-il en ne la quittant pas du regard.

Jill se demanda s'il la mettait à l'épreuve. Elle rétorqua :

— En fait, oui. J'admire vos sentiments. Mais ils me sont étrangers. Vous avez un très lourd fardeau sur vos épaules, conclut-elle posément.

— Ce n'est pas un fardeau, continua-t-il, imperturbable. Il s'agit de mon identité et de ma condition.

Pour la première fois depuis leur rencontre, elle le regarda dans les yeux. C'était comme de regarder dans ceux de Hal. La même couleur d'ambre cerclée de cils presque noirs. Mais il ne lui ressemblait pas le moins du monde.

— Vous n'êtes pas Superman. Lui seul pourrait trouver la tâche facile.

Thomas haussa les épaules avec mépris. Il la détailla pour la première fois comme seul un homme peut le faire. Il détourna vite les yeux.

Jill ne savait plus sur quel pied danser. Elle avait l'habitude que les hommes la regardent, car elle était jolie et avait une gracieuse silhouette de danseuse, mais jamais elle n'aurait imaginé que Thomas le fît aussi. Elle regarda la porte, et se fit toute petite quand elle vit Lauren qui entrait. Ce n'était décidément pas son jour de chance.

Si Lauren fut surprise de la voir, elle ne le montra pas. Elle sourit et lui serra la main.

— Alex m'a dit que vous étiez de retour. Êtes-vous installée ?

— À peu près, merci, répondit Jill.

Elle remarqua malgré elle que, même en jean, Lauren avait l'air aisée et élégante. Elle portait bien sûr un blazer bleu marine coûteux, des mocassins Gucci et un sac Hermès. Comme toujours, son maquillage sobre était classique et irréprochable — un peu de brillant à lèvres, du mascara et ce teint anglais parfait. Mais elle avait bien moins bonne mine que Thomas : de grands cernes sous les yeux et cinq kilos de moins qu'à leur dernière rencontre.

— Où habitez-vous ? demanda Lauren, comme si elles étaient amies.

Elles discutèrent un moment à propos de Kensington, et de la chance qu'avait eue Jill de trouver un appartement si charmant en si peu de temps. Soudain Thomas soupira.

— J'imagine que vous n'avez pas trouvé ce que vous cherchiez ? demanda-t-il à Jill.

— Non, répondit-elle laconiquement.

— Avez-vous rencontré Lucinda Becke à Uxbridge Hall ? continua-t-il. Elle pourrait vous aider, c'est la directrice du musée. Vous savez, quand j'étais marié, je passais souvent les week-ends et les vacances là-bas. Parfois j'ai l'impression que Lucinda aime ma famille — et Uxbridge — plus que je ne les aime moi-même.

— Je l'ai rencontrée, quand Lauren et moi y sommes allées, dit Jill en souriant.

— Je suis sûr qu'elle vous aiderait si vous souhaitez vraiment trouver ces lettres, ajouta-t-il.

— De quelles lettres parlez-vous ? intervint Lauren.

— Jill s'intéresse toujours à cette Kate Gallagher, répondit Thomas. Il semble que Kate aurait écrit à notre grand-mère.

— Pourquoi ? demanda Lauren en regardant Jill.

Jill hésita. Elle était sur la sellette. Thomas la scrutait. Jill eut l'impression très nette qu'ils attendaient tous deux sa réponse avec impatience.

— Je crois que Kate pourrait être une de mes aïeules.

— En fait, maintenant que j'y pense, il me semble bien me rappeler que vous l'avez déjà dit. Vous avez de la suite dans les idées, Jill, fit Thomas en reprenant une gorgée de scotch.

— Je sais, acquiesça-t-elle en fixant le seuil de la pièce. Où donc était passé Alex ?

— C'est pour cela que vous étiez dans l'appartement de la 5ᵉ Avenue le mois dernier ? Vous cherchiez ces lettres ? insista Thomas.

— Oui.

— Vous ne mentez pas très bien, dit-il, je savais qu'il se tramait quelque chose.

— Kate est peut-être ma seule famille, fit Jill, essayant de se justifier. C'est important pour moi.

— Encore un peu de vin ? offrit Lauren.

— Non, merci. Dès qu'Alex sera redescendu, il me raccompagnera.

— Vous êtes venue avec Alex ? s'enquit Lauren, l'air très surprise.

— Oui. Quelle voiture ! s'enthousiasma Jill pour changer de sujet.

— C'est effectivement une belle voiture, concéda Lauren. J'ai essayé de le dissuader de l'acheter en lui expliquant que c'était comme de coller sur son front le montant de ses comptes en banque, mais il n'a rien voulu entendre. Bien sûr, toutes les femmes libres en ville lui courent après. Et désormais, même celles qui ne le sont pas, dès l'instant où elles le voient dans son bolide.

Jill ne put se méprendre sur ce que sous-entendait Lauren.

— Je ne cours pas après Alex Preston, lança-t-elle. Il y a un mois à peine j'étais pratiquement fiancée à votre frère.

Lauren ne répliqua pas. Jill essaya de se calmer. Mais Thomas lui tapota le bras.

— Ma petite sœur est également très protectrice envers notre famille, expliqua-t-il en regardant Lauren. Un jour Alex nous ramènera quelqu'un à la maison, et le connaissant comme je le connais, je suis persuadé que nous n'aurons rien à dire.

— Je ne tiens pas à avoir mon mot à dire, constata froidement Lauren. Je me suis trouvée avec lui de nombreuses fois où des femmes pouvaient penser que j'étais sa petite amie sans que cela les empêche de se jeter à ses pieds. Rends-toi compte, Thomas, on lui a fait passer des petits mots avec des numéros de téléphone, juste sous mon nez !

Jill était heureuse d'entendre ça. Cela mettrait un terme, elle l'espérait, à l'attraction naissante qu'elle éprouvait pour un homme qui était hors de sa portée. Elle se demanda s'il était un don juan. Hal avait dit que c'était un drogué du travail au dernier degré, ce qui signifiait qu'il avait certainement peu de temps pour la bagatelle. Mais Thomas avait l'air amusé.

— Il est célibataire, conclut-il, comme si cela expliquait tout.

Jill se demanda combien de femmes se comportaient ainsi avec l'héritier des Collinsworth. Puis elle se dit après coup que la plupart d'entre elles devaient être intimidées par son arrogance et son titre.

— J'ai les oreilles qui sifflent, fit Alex en entrant dans la pièce.

Jill fut soulagée de le voir. Bien que Lauren et Thomas fussent cordiaux, elle se sentait tendue en leur présence.

— Il semblerait que presque toute la gent féminine de Londres vous court après, dit Jill.

Il se mit à rire en allant vers le chariot à alcools, et se servit une vodka au nom exotique.

— L'un de vous a-t-il enlevé la photo de Anne et Kate qui était sur la table de nuit de Hal ? demanda-t-il.

— Quelle photo ? s'enquit Thomas.

Alex sirotait sa vodka avec une délectation visible et étudiait ses cousins. Il réitéra sa question.

— Pourquoi aurais-je pris cette photo ? s'indigna Thomas. Je m'en voudrais d'être grossier, mais j'ai autre chose à faire que de chasser les fantômes, fit-il en souriant à Jill en guise d'excuse. Je m'intéresse au présent et au futur, pas au passé.

Jill n'en était pas convaincue. Ne venait-il pas de faire un vibrant plaidoyer sur la nécessité d'assurer la pérennité de son héritage séculaire ? Mais elle était sûre d'une chose. Il protégerait la famille Collinsworth. C'était son devoir.

L'était-ce aussi de la protéger des fantômes ressuscitant avec leurs scandales enterrés depuis des lustres ?

— Je n'ai même jamais vu cette photo, dit Lauren. Et quelle importance ? Mère l'a probablement mise de côté.

— Cette photo serait pour moi une sorte de bien de famille, intervint Jill.

— Seulement si Kate est votre parente, trancha Thomas.

— En fait, Kate est tombée enceinte au moment où elle était l'invitée d'Anne, précisa Alex.

Jill le regarda bouche bée. Que faisait-il donc ?

— Mais de quoi veux-tu parler, bon Dieu ? s'exclama Thomas qui en fit presque tomber son verre.

Jill regarda les deux hommes s'affronter du regard et eut un mauvais pressentiment.

— Alex, il est tard. Nous devrions peut-être rentrer ?

— Prenez donc un autre verre de vin, Jill, dit celui-ci. Je croyais que vous vouliez des réponses.

Elle se contenta de le fixer, interloquée.

— Même si cette Kate Gallagher est tombée enceinte pendant qu'elle était invitée chez ma grand-mère, je ne vois pas le rapport ? demanda Thomas, maintenant hérissé.

Alex, imperturbable, sourit à Jill.

— Voudriez-vous nous faire partager votre théorie ? demanda-t-il à celle-ci.

Pourquoi se mettait-il à dos ses propres cousins ? L'idée qu'il essayait de la tourner en ridicule l'effleura, puis elle se demanda s'il ne cherchait pas tout simplement le chemin le plus direct vers la vérité.

— Peut-être Anne a-t-elle été une sorte de complice dans l'affaire, ou une entremetteuse. Qui sait ? Puis Kate disparaît. Qu'elle se soit enfuie, ou qu'il lui soit arrivé quelque chose de terrible, Anne a dû être impliquée, étant son amie intime. Je suis surprise que personne dans cette famille ne sache rien, affirma Jill en scrutant les trois visages tournés vers elle. Cela aurait été un terrible scandale pour tous les protagonistes. Le genre d'histoire qui se transmet de génération en génération.

Un silence de plomb accueillit ses paroles.

— Désolé de vous décevoir, mais ce n'est pas le genre d'histoire, comme vous dites, qui se transmet dans notre famille, rétorqua Thomas, maintenant furieux.

— Ma grand-mère était une femme d'honneur, très estimée par ses pairs, affirma Lauren péremptoirement. Et quand bien même elle eût été une sorte d'entremetteuse dans sa jeunesse, qu'est-ce que cela pourrait bien faire ? Quand elle a épousé mon grand-père, elle est devenue la vicomtesse Braxton. Anne était la sœur de ton arrière-grand-mère, Alex, dit la jeune femme d'un ton désapprobateur.

— Je sais, répondit celui-ci, sans trace de culpabilité dans la voix. Elle est devenue l'une des femmes les plus honorables de ce pays. Honorable et extrêmement puissante.

Jill croisa son regard. Il était insondable, à part le fait qu'il avait presque l'air de s'amuser. Si Lauren et Thomas savaient quelque chose, c'étaient d'excellents acteurs, dignes de la scène londonienne, conclut-elle.

— Quelle raison auriez-vous de déterrer un scandale concernant ma famille ? demanda Thomas sans ambages.

— Je ne veux pas nuire à votre famille. J'en ai déjà assez fait comme ça. J'espère qu'il n'y a pas de scandale. Je suis persuadée que Kate s'est enfuie avec son amant et son enfant pour mener une vie heureuse.

Lauren la regarda comme si elle parlait chinois. Thomas plongea dans son verre de scotch.

— Le beau conte de fées, dit Alex.

Jill sentit la pique et eut envie de lui donner une bonne claque. Au lieu de cela, elle demanda :

— Comment va lady Collinsworth ?

— Elle est partie se coucher, elle va bien, répondit Alex.

— Je l'ai dit à Jill, et je vais te le dire à toi aussi. Mère n'est pas bien en ce moment et je ne veux pas qu'on la perturbe, intima Thomas en reposant son verre.

— Je ne veux pas non plus que ma tante soit perturbée, répliqua Alex avec fermeté.

— Tu ne quittes jamais ton bureau avant 22 heures,

d'habitude. Comment se fait-il que tu sois venu ici si tôt ? lança Thomas.

— Je ne savais pas qu'on pointait, figure-toi.

— Si vous commencez à vous disputer, tous les deux, je vais me coucher, intervint Lauren. À moins que vous n'ayez envie de rendre cette journée encore plus pénible ?

— Bien sûr que tu n'as pas de comptes à me rendre. À moins que tu n'agisses d'une manière qui soit néfaste pour la famille. À quel point ma mère était-elle bouleversée ? poursuivit Thomas, sans tenir compte le moins du monde de la réflexion de Lauren.

— Elle va bien. Je suis désolé. Je lui ferai des excuses en bonne et due forme et lui fournirai des explications demain matin à la première heure, promit Alex.

— Ce n'est pas la peine, je m'en charge, trancha Thomas.

Jill les regardait. Existait-il entre eux une rivalité qu'elle n'avait pas soupçonnée auparavant ?

— Je t'en remercie.

— J'ai quelques coups de fils à passer, continua Thomas en regardant sa montre. Passez me voir au bureau un de ces jours, je vous emmènerai déjeuner. Je m'excuse pour cette querelle familiale, fit-il en souriant soudain.

— D'accord, accepta la jeune femme, stupéfaite. Que voulait-il d'elle ? Sûrement pas de l'amitié. Elle avait causé l'accident qui avait coûté la vie à son frère. Jill savait qu'il ne l'oublierait pas, jusqu'à sa mort.

Elle en conclut qu'il s'agissait de la célèbre politesse britannique. L'invitation, de toute évidence, n'était pas sérieuse.

— Thomas, interpella Alex d'une voix dure qui fit s'arrêter celui-ci immédiatement.

— Oui ?

— As-tu effacé ces fichiers ? demanda Alex avec fermeté, après avoir traversé la pièce pour se placer juste devant lui.

Jill faillit s'évanouir. Elle remarqua l'expression rigide d'Alex et le regard soudain glacial de Thomas.

— Non, éructa-t-il. Et toi ?

— Non, dit Alex, la mâchoire crispée.

Puis Thomas quitta la pièce avec hâte.

L'appartement de Jill était à dix minutes de chez les Sheldon, mais un accident avait causé un embouteillage sur la route. Jill était tendue. Alex était-il innocent ? Ou avait-il parlé des fichiers à Thomas pour l'induire en erreur ?

L'un des deux hommes avait effacé ces fichiers, mais elle ne savait pas lequel. Ce n'était pas une panne, elle en était sûre maintenant. Si cela avait été le cas, Alex n'aurait pas attaqué Thomas ainsi.

Jill commençait à penser que c'était Thomas le coupable. Il semblait ne pas connaître l'existence des lettres jusqu'à ce qu'elle lui en parle ce soir. Auquel cas, il n'aurait pas dû comprendre ce qu'Alex voulait dire quand il lui avait demandé s'il avait effacé les fichiers.

Mais il avait compris. Ses cheveux se dressèrent sur sa nuque et elle frissonna.

— Vous avez froid ?

Jill regarda Alex, assis tout près d'elle, détendu dans sa voiture exotique. Sa question était simple et directe. Tout comme son regard bleu. Il brillait.

Jill hocha la tête. Elle regretta qu'il ne l'ait pas laissée appeler un taxi. La voiture était trop exiguë pour eux deux en ce moment.

Jill oublia les lettres. Elle pensa à lui, qui allait la déposer à son nouvel appartement. Et c'était tout ce qu'il allait faire, la déposer devant chez elle, lui faire un signe d'adieu et s'en aller.

Elle se rappela qu'il avait des centaines de femmes à ses pieds. Que Hal était mort depuis moins de cinq semaines. Et qu'elle prenait toujours des calmants. Puis elle laissa divaguer son imagination.

Il la serrerait dans ses bras et pendant quelques heures elle se sentirait en sécurité. Elle souffrait toujours au plus profond d'elle-même. À cause de la duplicité de Hal, à cause de sa propre culpabilité. Pendant quelques heures elle pourrait toucher et goûter, être touchée et goûtée, et tout oublier.

C'était incroyablement tentant.

Elle se rendit soudain compte qu'il la fixait.

— Pourquoi me regardez-vous ?

— Vous savez pourquoi, répondit-il avec douceur.

Quelque chose remua en Jill, sensation loin d'être déplaisante.

— Je ne veux même pas savoir de quoi vous parlez.

— Vous n'avez aucune raison d'avoir peur, continua-t-il sur le même ton très bas.

Elle refusa de le regarder. Elle n'allait pas le contredire, mais elle était bien consciente d'être assise à côté de lui tel un iceberg, ayant plus peur d'elle-même que de lui.

— Pourquoi cela vous rend-il nerveuse à ce point d'être seule avec moi ?

Jill sentit une pointe de colère monter en elle. Elle pensa qu'il lui faisait peut-être plus que des avances, et à ce jeu de séduction elle se sentait piégée, acculée et effrayée.

— Sans doute parce que je vous connais à peine, et que je n'arrive pas à décider si je dois vous faire confiance ou non.

— Mais vous faites confiance à Thomas ? demanda-t-il en souriant.

— À peine, sursauta Jill.

— Thomas est bien loin de ressembler à ce que l'on perçoit à première vue, confia-t-il sans rancœur.

— Et alors ?

Il sourit de nouveau. Son visage était éclairé par les phares des voitures.

— J'ai vu comment vous le regardiez. Je vois comment toutes les femmes le regardent. La plupart s'arrêtent à son allure de star de cinéma. Si vous rajoutez le titre, cela fait un bel ensemble, difficile d'y résister. La plupart des femmes ne savent pas qui il est vraiment. Thomas est un homme compliqué. Avec des priorités.

— Comme presque tout le monde, répliqua Jill.

Elle n'avait pas envie d'entamer un débat sur ses sentiments envers Thomas. Pas seulement parce que cela ne regardait qu'elle, mais aussi parce qu'ils restaient très ambigus.

— Mais les siennes sont dissimulées, continua Alex.

Ses mains se promenèrent sur le volant avant de le serrer. Jill ne put décider si c'était délibéré ou non.

— Je crois qu'il y a une autre raison pour laquelle je vous rends si nerveuse, dit-il en se tournant vers elle.

Elle haussa les sourcils, et ce fut un miracle si son expression resta impassible.

— Et qu'est-ce que c'est, selon vous ?

— Je suis un homme... vous êtes une femme, dit-il en souriant. Yin et yang. C'est classique.

— Même si vous étiez Paul Newman à quarante ans, je m'en soucierais comme d'une guigne, lança-t-elle d'une traite. (Mais pourquoi était-il toujours si direct ?) Essayez-vous de me dire que vous pensez qu'il y a une attirance entre nous ?

Elle avait l'intention de mentir comme une arracheuse de dents, de nier. Elle ne ferait rien d'impulsif. Ni maintenant ni jamais.

Il la regarda de son air le plus incrédule.

— À mon avis, oui. Je dirais qu'il y a une sacrée dose de yin et yang qui circule en ce moment, fit-il, amusé.

Comme s'il était confiant dans le dénouement de la situation.

— J'aimais Hal, dit Jill, s'obligeant à se reprendre.

— Hal est mort. Les fantômes ne font pas de bons amants.

— Des amants ? Comment en sommes-nous arrivés à parler d'amants ?

— Je ne sais pas, répondit-il sans sourire, je suis peut-être télépathe, après tout.

Lui aurait-elle envoyé des signes toute la soirée, sans même s'en rendre compte ?

— Je vais marcher, décréta-t-elle, cherchant à ouvrir la portière.

— Nerveuse à un point incroyable, comme je l'ai dit.

Il l'empêcha d'ouvrir en tendant le bras. Sa main était large, ferme, inflexible.

— Je voudrais vous donner un conseil, dit-il très doucement.

— Je suis sûre de ne pas vouloir l'entendre, s'obstina Jill.

— Je vous le donne quand même, insista-t-il, la regardant de ses yeux pénétrants. Le moment opportun, c'est une drôle de chose. Parfois il ne se présente qu'une fois. Les braves savent saisir leur chance.

— Je ne suis pas brave.

— Non ? Balivernes, Jill, fit-il avec un sourire sincère.

Elle se détourna. Son bras restait tendu devant sa poitrine, sa main sur la portière. Elle n'était pas brave. Il se trompait. Elle était lâche, parce qu'il était différent de Hal en tout point, et elle avait peur. Peur d'une aventure d'une nuit, peur de plus, peur de s'engager, de faire confiance et de souffrir.

— Bon Dieu, siffla-t-elle au bord des larmes, puis-je descendre, s'il vous plaît ?

— Non. Je vous raccompagne. Et vous pourrez aller vous coucher toute seule, si c'est ce que vous voulez.

— C'est ce que je veux, répliqua-t-elle instantanément.

— Ah oui ? ironisa-t-il, d'un ton sceptique accompagné de ce même sourire léger.

Elle repoussa son bras, il céda.

— Bien sûr, dit-il avec douceur. Le moment opportun peut se présenter plusieurs fois. Si vous voyez ce que je veux dire.

— Je ne suis pas votre genre, dit Jill en le regardant.

— Ça, vous pouvez le dire ! s'exclama-t-il en riant.

Il accorda à nouveau son attention à sa conduite. Jill se rendit compte avec anxiété qu'ils étaient proches de Lexham Villas. Oh, zut ! Si seulement il n'avait pas dit ça avec autant de conviction.

— Vous savez, dit Jill, rencognée à l'extrémité de son siège, vous avez parlé des priorités de tout le monde, mais pas des vôtres.

Il gara en douceur la Lamborghini devant son appartement, puis coupa le moteur.

— Bien sûr que j'en ai, répondit-il en plongeant dans ses yeux. Et je ne les cache pas, qu'en pensez-vous ?

Ils restèrent tous deux parfaitement immobiles.

5.

Tout était noir dehors. Jill retenait sa respiration. Alex aussi.

Et maintenant, que va-t-il se passer ? pensa Jill. Devait-elle... ou non ? Et pourquoi se posait-elle la question ?

— Jill.

Elle fut obligée de le regarder. Son ton trahissait à la fois une interrogation et un ordre.

— Il faut que j'y aille, balbutia-t-elle, puis sans réfléchir elle se pencha vers lui et l'embrassa sur la joue.

Pas un baiser formel. Mais une caresse de ses lèvres sur sa peau à la barbe naissante. Il sentait bon.

Jill recula, se battit avec sa portière et bondit hors de la voiture. Elle se hâta vers la maison, comme si ses vêtements étaient en feu.

Ses mains tremblaient tandis qu'elle essayait d'introduire la clé dans la serrure. Elle entendit le moteur de la Lamborghini qui démarrait, mais le monstre luisant ne bougea pas.

Elle réussit enfin à ouvrir, et claqua à toute vitesse la porte derrière elle. D'un coup d'œil par la fenêtre, elle eut le temps d'apercevoir sa silhouette dans le véhicule. Il ne partit qu'à ce moment-là.

Elle appuya son front contre le bois poli. Pourquoi diable avait-elle fait ça ? Elle lui envoyait les mauvais signaux, c'était clair. Elle le provoquait, et allait au devant des ennuis.

Le pire, c'était que son appartement lui sembla plus que vide. Il respirait la solitude.

Le matin suivant fut clair et lumineux. Jill se prépara une généreuse assiette d'œufs brouillés. Elle se refusait à penser à ce qui s'était passé la veille, préférant se concentrer sur son enquête. Peut-être devrait-elle retourner à Uxbridge Hall, Lucinda aurait sûrement des suggestions à lui faire sur la manière de procéder.

Mais une question la hantait. Qui avait subtilisé les lettres ? Thomas et Alex avaient tous deux de bonnes raisons de ne pas vouloir voir surgir un cadavre du placard des Collinsworth.

— C'est trop dommage, dit-elle à lady Eleanor qui avait fait son apparition dans la cuisine et attendait son repas patiemment, assise sur le comptoir de la cuisine. Kate a une histoire à raconter, et c'est moi qui vais m'en charger.

Lady E. commença de se lécher les pattes avec raffinement.

Jill espérait avec ferveur que l'issue de son histoire était heureuse.

Le téléphone sonna. Elle ne voyait pas bien qui pouvait l'appeler, à part Lucinda. Elle fut impressionnée quand elle reconnut la voix de William Sheldon.

Il alla directement au fait après un bonjour de pure forme.

— Je me demandais si vous pourriez venir chez moi, miss Gallagher. J'aimerais vous dire quelques mots ; je serai là jusqu'à midi.

— J'en serais ravie, avança-t-elle, sur ses gardes, sans oser lui demander le motif pour lequel il souhaitait la voir. Était-il au courant qu'elle avait importuné son épouse la veille ?

— Pouvez-vous venir dans la matinée ? insista lord Collinsworth. Vous êtes à Kensington, il me semble ? 11 heures, cela vous conviendrait ?

Jill accepta. Elle se dépêcha de monter dans sa

chambre pour se changer, son petit déjeuner oublié, quand le téléphone sonna de nouveau. Avant de décrocher, elle pensa à Alex.

— Allô ?

— Jillian ! Tu vas bien ? s'exclama KC.

— Parfaitement bien, répondit Jill en serrant le combiné. Quelque chose ne va pas ? C'est Ezekial ?

C'était la nuit à New York, mais KC était plutôt insomniaque. Jill entendait la télévision en fond sonore.

— Ezekial passe de merveilleuses vacances à martyriser mon pauvre chien. Il le provoque en lui crachant dessus, et puis il le nargue depuis un endroit où il se sait hors d'atteinte.

Jill sourit, soulagée, à l'image de son chat déchaîné sur le petit chien. Mais ce ne fut que fugitif.

— Ce n'est pas pour ça que tu m'appelles.

— Il te faudrait un répondeur. J'ai essayé de te joindre à plusieurs reprises hier et la nuit dernière, dit-elle d'un ton affolé.

Jill s'inquiéta, même si elle savait que KC avait tendance à tout exagérer ; c'était son côté théâtral.

— Que s'est-il passé ?

— Jillian, quelqu'un s'est introduit dans ton appartement hier matin.

— Quoi ? cria-t-elle.

— Je venais de sortir le chien, et au retour j'ai vu un type qui sortait de chez toi. Ce n'était pas le sous-locataire, Jill. J'ai fait celle qui ne remarquait rien, bien sûr, et je suis rentrée tout de suite chez moi. Dès qu'il est parti, j'ai couru dans l'escalier, et je l'ai vu au volant d'une BMW. J'ai relevé la moitié du numéro minéralogique. Puis je suis allée chez toi. Apparemment, on n'avait touché à rien, termina KC à bout de souffle.

— C'est sans doute un ami du sous-locataire, KC, fit Jill, incrédule.

— Je lui ai parlé. Il m'a assuré que personne à part lui n'avait la clé. Ce type avait un comportement bizarre, il se faufilait comme un serpent.

— Mais c'est absurde, continua Jill. Quelqu'un est entré chez moi par effraction ? Pourquoi ? C'est un bâtiment décrépit. Je n'ai rien de valeur, et le sous-locataire est plutôt fauché lui aussi.

C'était un acteur stagiaire, c'est-à-dire qu'il était serveur dans un restaurant.

— Il a dû crocheter la serrure. J'ai regardé. C'était un pro, Jill. Il n'y a pas même une éraflure.

Jill déduisit du ton de KC qu'elle souhaitait dire autre chose. Puis elle se contracta. Alex avait avoué qu'il savait crocheter les serrures. Mais elle fut soulagée instantanément : il était à Londres, pas à New York. C'était sûr, au moins ?

— Ça s'est passé à quelle heure ?

— Hier matin, à 7 h 30.

Soit 12 h 30 ici, hier. Alex n'était pas l'intrus. À moins qu'il n'ait fait un aller et retour express en Concorde, en calculant de rentrer à temps pour l'aider à fouiller chez les Sheldon. Pourquoi soupçonnait-elle Alex ? Il n'avait aucune raison d'aller rôder dans son appartement.

— Ça doit être une erreur, conclut Jill. Je n'ai aucun objet de valeur, l'immeuble est minable. Le type avait-il une tête de drogué ? Tu as appelé la police ?

— Oui. Ils ont dit que tu devras venir porter plainte en personne. Je ne l'ai pas bien vu, il gardait la tête baissée et portait un chapeau. Il était de taille moyenne, costaud, les cheveux bruns, il me semble. Mais il était propre et sobre, j'en suis sûre.

— C'est bizarre, fit Jill, dubitative.

— Cet homme n'était pas un voleur. Cela a un rapport avec ta quête.

— Ma quête ? demanda Jill, interloquée.

— Ta recherche de la vérité sur Kate Gallagher, affirma KC avec véhémence.

— C'est un choix de mots étrange, commenta Jill, aux aguets.

— Mais tu cherches la vérité. C'est cela, Jillian, une quête.

— Tu dois avoir raison, dit Jill avec lenteur. Comment sais-tu que ce type a un rapport avec ma quête ?

— Je le sens. C'était si bizarre. À l'instant où je l'ai vu, j'ai pensé à elle. Pas à toi. À elle.

Jill resta silencieuse. Son anxiété crût, elle essaya de se persuader de ne pas tenir compte des sornettes de KC. En vain.

— Tu n'as pas fait d'autres rêves, ces derniers temps ? demanda-t-elle tout bas, prudemment.

— Non. Mais j'ai dû les consulter pour toi.

Jill se raidit. « Les consulter », cela voulait dire qu'elle avait tiré les cartes.

— Tu m'avais dit que les cartes pouvaient se tromper de temps en temps.

— Les cartes ne se trompent jamais. C'est celui qui les interprète qui fait des erreurs, rétorqua KC avec impatience.

— Qu'est-ce que tu essayes de me dire ? demanda Jill avec appréhension.

— Il y a un homme, Jill. Je le vois tout le temps. Le Roi d'Épée à l'envers. Et il est sur ton chemin, en plein milieu.

— En plein milieu, répéta Jill.

— Il est sorti avec la carte du karma, et avec les Amants, ajouta KC.

— KC, je ne suis pas sur le point d'avoir une liaison, trancha Jill, songeant qu'elle avait failli coucher avec Alex.

— Les Amants font aussi partie du karma. Cela ne veut pas dire que tu auras une aventure avec ce type, mais tu en as eu une, autrefois, dans une autre vie. Bien sûr, cela pourrait se reproduire dans ta vie actuelle...

— KC, dit Jill d'un ton coupant, ne voulant pas en entendre davantage.

— Il est brillant, Jill. Brillant et fort, puissant, le meilleur dans son domaine. Il a probablement un signe d'air, ou beaucoup d'air dans son thème.

— KC, je dois y aller, coupa Jill qui craignait d'être en retard.

— Je crois que tu l'as déjà rencontré, continua KC à toute vitesse. Et si tu ne l'as pas déjà fait, c'est pour bientôt. Tu n'as aucun moyen de l'éviter, et je suis très inquiète !

— Qu'as-tu vu ? demanda Jill, sur le point de raccrocher.

— Il y a quelque chose qui ne va pas chez lui, avoua KC, très troublée. Sa communication. C'est bizarre.

Jill fixait le téléphone, hébétée.

— Il n'est pas honnête avec toi, la prévint KC avec insistance. Il ne peut pas l'être. Et tu ne peux pas lui faire confiance. Jill, ne lui fais pas confiance ! Si tu le fais, il se passera quelque chose de terrible. Je l'ai vu dans les cartes, je l'ai senti aussi, c'est si fort — Jill, tu ferais mieux de rentrer !

Jill ne broncha pas. Les paroles de son amie résonnaient dans sa tête. Son affolement n'était pas feint.

— Je ne peux pas rentrer. Pas encore, dit-elle en guise d'adieu.

— Bonjour, miss Gallagher.

William Sheldon l'accueillit en se levant derrière son bureau massif recouvert de cuir.

Jill avait été introduite dans une vaste bibliothèque au plafond en dôme vert pastel. Un des murs était couvert de livres, du sol au plafond. Une large cheminée en marbre vert, surmontée d'un somptueux miroir doré, était adossée au mur central. Des tableaux de paysages du XVIIIe et du XIXe siècle ornaient les autres murs. Le bureau de William occupait un bout de la pièce, où l'on avait aussi aménagé plusieurs coins salon. Les meubles étaient tapissés de tissus anciens un peu passés : brocarts, soies vert foncé, velours bleu profond et damas beige. Derrière le bureau, de grandes fenêtres donnaient sur une roseraie entretenue avec art, offrant une variété de couleurs époustouflante.

— Bonjour, répondit Jill, en tirant avec nervosité sur sa jupe noire qui lui arrivait au genou.

Elle avait du mal à se concentrer sur l'entretien à venir. Le Roi d'Épée à l'envers. Un homme puissant et brillant, à qui elle ne pouvait pas faire confiance. Était-ce Alex ou Thomas ?

— Miss Gallagher ?

Jill sursauta. William lui faisait signe de s'asseoir sur une des chaises en face du bureau. Elle s'exécuta très vite.

Son sourire était cordial. Jill croisa les jambes. Elle

ne portait jamais de talons hauts, mais aujourd'hui elle avait choisi sa seule et unique paire d'escarpins, flambant neufs. Elle voulait avoir l'air féminine ; si elle avait possédé un bijou de valeur, elle l'aurait porté.

Et dire que si ses rêves s'étaient réalisés, cet homme serait devenu son beau-père. C'était impensable.

— J'ai cru comprendre que vous étiez ici hier soir avec mon neveu, commença-t-il.

Ses boutons de manchette en or dépassaient de sa veste. La tension de Jill s'accrut.

— Nous pensions ne déranger personne. Lord Collinsworth, je vous présente mes excuses, balbutia-t-elle, je vous présente mes excuses pour tout ce qui est arrivé, surtout à Hal.

Ce n'était pas ce qu'elle avait l'intention de dire, elle voulait rester digne et posée.

— Nous sommes tous désolés, miss Gallagher, merci, dit-il en joignant ses mains.

— Si je pouvais changer ce qui s'est passé, je le ferais, continua Jill sincèrement.

— Personne ne peut réécrire le passé, il me semble. J'ai eu une vie longue et riche. Mais je suis aussi plein de regrets, pour des choix que je n'ai pas faits, des chemins que je n'ai pas empruntés. C'est la vie, miss Gallagher, constata-t-il avec un sourire triste. Elle ne ressemble jamais à ce que l'on voudrait.

— Oui. Pourquoi m'avez vous demandé de venir ? demanda Jill après avoir un peu hésité.

— Ma femme a été très bouleversée hier soir, dit-il avec un soupir.

— Je sais. Je suis confuse.

Il allait l'enfoncer, c'était évident.

— Il serait préférable qu'elle et vous ne vous croisiez plus. Je dois vous implorer d'éviter ma femme, mis Gallagher. Elle est rongée par le chagrin, et le fait de vous voir ne fait qu'empirer son état. Elle n'a pas dormi la nuit dernière et se plaignait de son cœur. C'était sa pire nuit depuis l'enterrement.

Bien sûr, Margaret Sheldon ne pouvait que la haïr.

— Je ne veux pas qu'il arrive quoi que ce soit à votre femme, murmura-t-elle.

Cela voulait-il dire qu'elle était pour toujours *persona non grata* dans la demeure familiale ? Jill savait que c'était ridicule de n'avoir en tête que cette obsession de retrouver la correspondance de Kate, mais elle ne pouvait s'en empêcher.

— Nous cherchions des lettres de très grande valeur, lord Collinsworth.

— Je vois. Pour qui ont-elles de la valeur ?

— Elles seraient une sorte d'héritage pour vous et votre famille, commença Jill.

— Mais en quoi cela vous concerne-t-il ? demanda-t-il sans ambages.

— Kate était mon aïeule. J'en ai les preuves, avança Jill, sachant pertinemment qu'elle allait trop loin.

— Bien, c'est certainement très intéressant, mais je me vois obligé de vous demander de vous dispenser de vous livrer à des activités qui perturbent lady Collinsworth.

Jill eut envie de lui demander à brûle-pourpoint si elle pouvait revenir un jour où sa femme serait absente. Elle s'abstint, retenue par le peu de bon sens qui lui restait. En revanche cela ne lui nuirait pas de plaider un peu sa cause, pour l'avenir.

— Je n'ai pour ainsi dire aucune famille, milord. Mes parents ont été tués dans un accident quand j'avais cinq ans. J'ai été élevée par une tante dure d'oreille, bien trop âgée pour s'occuper d'un jeune enfant. Je suis partie de chez elle à dix-sept ans pour étudier la danse, et je n'y suis jamais retournée. J'ai besoin de savoir si Kate Gallagher est mon ancêtre. Vous pouvez remonter votre arbre généalogique sur des siècles. Je ne peux même pas aller au-delà d'une génération.

— Je suis touché par votre malchance, et si ma femme se portait bien soyez sûre que je vous autoriserais à poursuivre la recherche de vos racines, miss Gallagher. Mais aujourd'hui, vous ne feriez qu'aggraver son état. Je dois me rendre à mon bureau, maintenant, termina-t-il en consultant sa montre.

— Kate Gallagher a été l'invitée de votre mère avant que celle-ci n'épouse Edward, votre père. Kate a eu un enfant, illégitime selon toute probabilité. Cette même année, en 1908, Kate a disparu, et on ne l'a jamais revue, lança Jill d'une traite en se levant.

— Pardon ? fit-il, l'air hagard.

Jill répéta ce qu'elle venait de dire mot pour mot.

— Qu'essayez-vous d'insinuer, miss Gallagher ? Pourquoi cela pourrait-il m'intéresser ?

— Votre mère a-t-elle jamais parlé de Kate ? Savez-vous qui était le père de l'enfant ? Vous avez sûrement dû entendre quelque chose à ce sujet, dans votre enfance.

— Je ne sais rien de cette Kate Gallagher. C'est la première fois que j'entends parler d'elle. Ma mère était une femme très occupée, quand j'étais enfant. En fait, j'étais en pension la plupart du temps, tout comme mon frère. Ma mère était une matriarche — mon père est mort très jeune, juste avant la fin de la guerre. Mère gérait nos propriétés, occupait avec discrétion sa place à la Chambre des Lords, participait aux conseils d'administration du groupe Collinsworth, sans oublier toutes les œuvres caritatives où elle s'impliquait activement. Ce n'était pas le genre de femme à s'appesantir sur le passé. Elle était de plain-pied dans le présent. Voilà ce dont je me souviens.

Il ne souriait pas quand il fit le tour de son bureau pour aller lui tendre la main.

— Ce devait être une femme très forte et admirable, dit Jill.

Pourtant elle ne semblait pas du tout forte et déterminée sur le portrait que Jill avait vu, ni sur la photographie.

— Oui, c'est ce qu'elle était. Bien. Est-ce tout ?

— Saviez-vous que Hal possédait une photographie de Kate et Anne à l'âge de seize ans ? lança Jill, après une petite hésitation.

Il la regarda comme si elle eût perdu la tête. Indigné qu'elle ne lui ait pas encore serré la main pour prendre congé, comme il venait de le lui signifier.

— Non seulement il possédait cette photo ancienne, très curieuse, mais il avait mentionné dessus la date à laquelle elle avait été prise. Il l'avait fait encadrer, et l'avait placée sur sa table de nuit. Elle était importante pour lui, de toute évidence, ajouta-t-elle à toute vitesse.

— Mais quel est le rapport avec moi ?

— C'était très important pour lui, et j'essaye de trouver pourquoi.

— Nous venons tous de vivre des moments terribles, dit William. Je sais que vous étiez proche de mon fils, et je sais que vous avez souffert comme nous. Votre fascination vous sert peut-être de dérivatif, mais je vous conseillerais de vous reposer et d'oublier cette femme. Je doute qu'elle soit votre parente.

— Et si je vous disais que Hal a prononcé le nom de Kate quand il se mourait dans mes bras ?

William pâlit.

— Pardonnez-moi, dit Jill précipitamment. Je m'excuse de m'imposer ainsi, termina-t-elle, regrettant d'avoir évoqué une image aussi crue pour ce père en deuil.

William la regarda d'un air absent, et lui lança d'une voix enrouée :

— Je dois vraiment vous demander de vous retirer.

Il traversa la bibliothèque jusqu'à la porte et elle n'eut d'autre choix que de le suivre. Cependant, arrivé sur le seuil, il sembla se ressaisir ; il avait retrouvé des couleurs.

— Merci de m'avoir accordé un peu de votre temps, dit-il poliment. Je vous souhaite une bonne journée.

— Merci, souffla Jill, interloquée.

En suivant le domestique qui la reconduisait, elle se remémora son entrevue. William Sheldon ne savait rien. Ou alors elle ne savait plus juger quelqu'un. Elle aurait préféré ne pas l'ulcérer, mais il fallait qu'elle parle de Kate.

Comment allait-elle trouver les lettres maintenant ? Cette maison était probablement le lieu où elles se trouvaient. Elle se demanda si Alex défierait ouvertement son oncle pour l'aider. Sûrement pas.

Près de l'entrée, elle entendit des voix féminines et reconnut celle de Lauren. Bien que la sœur de Hal eût été très courtoise la veille, Jill se contracta, oubliant William.

Lauren se retourna à l'arrivée de Jill et ses yeux trahirent son étonnement. Marisa Sutcliffe était avec elle.

Jill ne put sourire. Elle considéra d'abord Lauren, vêtue d'un tailleur pantalon anthracite de haute couture, assorti de bijoux très simples mais élégants. Puis Marisa, qui portait une courte jupe en tweed avec un twin-set en cachemire vert pâle et des escarpins beiges à talons hauts. Jill la trouva incroyablement belle, même si visiblement son visage était bouffi par les larmes. La jeune femme sentit son cœur se serrer. Marisa et Hal se connaissaient depuis toujours. Elle, depuis huit mois, autant dire que c'était insignifiant.

Les deux femmes restèrent silencieuses, fixant Jill, qui eut sur-le-champ le sentiment d'être une intruse et une moins que rien.

Tout à coup, Marisa s'avança, la main tendue, avec un franc sourire.

— Vous êtes Jill Gallagher, dit-elle.

— Oui, répondit-elle, stupéfaite.

— Marisa Sutcliffe, continua-t-elle, la main toujours tendue.

Jill la serra à contrecœur. La poignée de main fut brève. Marisa devait la mépriser, le contraire était impossible. Que signifiait donc ce geste ? Encore l'expression des bonnes manières ?

— C'est une surprise, intervint Lauren, coupant court aux pensées de Jill tandis que Marisa la scrutait avec autant d'attention qu'elle-même l'examinait. Bonjour, Jill.

— Bonjour, Lauren. Je m'en allais, dit-elle avec l'intention de lui en dire le moins possible et de s'éclipser.

Elle se força à sourire aux deux femmes en passant devant elles.

— Attendez.

Jill s'arrêta net en entendant Marisa, qui la suppliait.

— S'il vous plaît, continua Marisa, je ne sais pas quoi dire. C'est plus qu'incongru. Mais... avant que Hal ne meure, vous a-t-il dit quelque chose ? A-t-il parlé ?

Le cœur de Jill s'emballa. Que lui demandait Marisa ? Elle ne savait pas ce qu'il avait dit avant de mourir !

— Je ne vois pas ce que vous voulez dire.

— Mari, je t'en prie, intervint Lauren d'une voix

douce, que Jill ne lui avait jamais entendue auparavant. Ne fais pas ça, lui enjoignit-elle en lui prenant la main.

— A-t-il dit quoi que ce soit... me concernant ? continua-t-elle d'une voix suraiguë qui trahissait l'angoisse et l'espoir mêlés.

Alors Jill comprit. Elle compatit sincèrement à ce moment précis. Marisa voulait savoir si Hal lui avait dit qu'il l'aimait, ou voulait l'épouser. Marisa n'était pas la pièce rapportée dans la vie de Hal. La pièce rapportée c'était elle, Jill.

— Il ne m'a jamais parlé de vous, répondit-elle avec honnêteté.

Le visage de Marisa se décomposa. Lauren lui passa le bras autour des épaules. Alors qu'elle fouillait dans son sac à la recherche d'un mouchoir, Lauren regarda Jill avec dureté, un bref instant.

Jill fut paralysée par cet éclair d'agressivité.

— Je ferais mieux d'y aller, dit-elle, mal à l'aise, car elle brûlait d'envie de révéler à Marisa que Hal songeait à rompre avec elle. Mais elle ne s'était pas attendue à cela. Elle s'imaginait une confrontation pénible, pleine de haine. Le pire, c'est qu'elle trouvait Marisa sympathique, attirante même. Sa souffrance était atroce. Elle aurait pu se comporter comme une garce, et elle était d'une politesse irréprochable.

— Comme il me manque, bégaya Marisa dans son mouchoir, si seulement il était vivant !

Lauren conduisit Marisa à une chaise. Jill les observait, incapable d'esquisser le moindre geste.

— Il allait rentrer, cria Marisa, il me l'avait dit. Il ne m'aurait pas menti — nous n'avions pas de secrets l'un pour l'autre, il m'avait même parlé de vous. C'était mon meilleur ami ! Que vais-je devenir sans lui ?

Cela faisait mal. Pas beaucoup, juste un peu. Comme la fin d'une gueule de bois. Jill était maintenant convaincue que si quelqu'un connaissait bien Hal, c'était cette autre femme, pas elle-même.

— Comment Dieu a-t-il permis une chose pareille ? continua-t-elle. Hal n'était pas parfait, mais qui peut se vanter de l'être ? Il était si gentil ! Je connais tellement de gens qui se soucient de leur prochain comme d'une guigne, et qui sont toujours vivants ! Hal, lui, était attentif aux autres. Vous savez qu'il donnait toujours une pièce quand on le lui demandait ?

— Marisa, dit Jill.

Celle-ci leva les yeux, le nez rouge, la peau marbrée, sans en perdre pour autant sa beauté.

— Il avait des doutes sur notre relation, dit Jill. Il m'avait confié qu'il avait envie de rentrer chez lui.

Les yeux de Marisa s'agrandirent. Jill ne pouvait pas faire mieux.

— Merci, fit Marisa avant de se remettre à pleurer.

Jill sourit tristement à Lauren et se dirigea vers la porte. À sa grande consternation, Lauren lui emboîta le pas.

— Alex est là ? demanda-t-elle. Il vous a accompagnée ?

— Non, répondit Jill, c'est votre père qui m'a priée de venir.

— Pour quelle raison avait-il besoin de vous voir ? lança Lauren, visiblement perturbée.

— Vous le lui demanderez, rétorqua Jill. Dites-lui que je suis désolée, ajouta-t-elle en jetant un coup d'œil à Marisa qui essayait de reprendre contenance.

Puis elle sortit d'un pas décidé.

Jill se dépêcha de franchir les portes en fer forgé. Une fois dans la rue ombragée, elle s'arrêta pour reprendre ses esprits. Le sang lui battait dans les tempes. Elle commençait à se représenter le couple que formaient Hal et Marisa, et les paroles de celle-ci, « Nous n'avions pas de secrets l'un pour l'autre », tourbillonnaient dans sa tête. Hal lui avait-il tout dit ?

Lui avait-il parlé de Kate ?

Jill ouvrit sa porte, les bras chargés de deux sacs. Dans l'un, des provisions, et dans l'autre un répondeur téléphonique, qu'elle avait décidé d'acheter suite à sa conversation avec KC. Elle sourit à lady Eleanor, installée sur le canapé. L'autre boule de fourrure argentée disparut dans la cuisine et on entendit le claquement de la chatière.

— Bonjour, lady E.

Jill alla déposer ses sacs et brancher le répondeur, se remémorant sa matinée déprimante. Elle enregistra son message d'accueil, puis composa le numéro de Lucinda.

— Comment vous débrouillez-vous, Jill ? demanda la conservatrice.

— J'ai l'impression d'être dans une impasse.

Puis elle expliqua à Lucinda que William lui avait interdit de revenir dans la demeure des Sheldon, alors que selon elle c'était là que les lettres avaient le plus de probabilité de se trouver.

— C'est aussi mon avis, assura Lucinda. Mais vous n'allez pas abandonner maintenant ?

— Non. Je ne les trouverai peut-être jamais. Alex ou Thomas les ont effacées, et je parie que celui qui a fait le coup en a une copie. Je pars dans le Yorkshire. Et à York. Mon grand-père est né dans la région et Kate a séjourné près de Robin Hood Bay quand elle était enceinte. Étrangement, c'est à peine à quelques kilomètres de Stainesmore. Une autre coïncidence ? C'est impossible ! J'y vais. Je vais appeler tous les hôpitaux, pour savoir lesquels existaient en 1908. Je trouverai peut-être celui où Kate a accouché. Je pourrai éventuellement aussi récupérer l'acte de naissance de Peter. Je trouverai sa trace et celle de Peter, j'en fais le serment.

— J'aimerais pouvoir venir avec vous, dit Lucinda. Il se peut que vous trouviez le manoir où elle a séjourné pendant sa grossesse. C'est tellement palpitant.

— En effet, convint Jill. Et puisque Kate est liée aux Sheldon par l'intermédiaire d'Anne, je vais aussi aller fureter près de leur domaine. Mon Dieu, si seulement j'avais carte blanche pour explorer toutes les propriétés des Collinsworth !

La jeune femme se demandait comment elle pourrait entrer à Stainesmore. Elle aurait intérêt à mettre au point une histoire convaincante.

— Je doute que lord Collinsworth vous laisse aller là-bas, ma chère. À la différence d'Uxbridge Hall, c'est une demeure privée.

— Je sais, dit Jill. Et c'est pourquoi je ne lui demanderai pas la permission. J'irai directement. Lucinda, il y a une chose que je ne vous ai pas dite, continua-t-elle après un instant d'hésitation. En fait, je ne l'ai dite qu'à une seule personne.

Elle regrettait presque d'avoir confié à William Sheldon les dernières paroles de Hal.

— Qu'est-ce que c'est ?

— Hal a prononcé le nom de Kate quand il agonisait. Je ne me suis pas trompée, il l'a dit très distinctement. Maintenant que j'ai vu la photo, je suis obligée d'imaginer qu'il essayait de me dire quelque chose sur Kate Gallagher.

Lucinda restait coite.

— Lucinda ?

— Vous me donnez la chair de poule. Je ne sais pas trop quoi penser. Vous savez qu'il a passé beaucoup de temps dans le Yorkshire.

— Je croyais que c'était une résidence d'été.

— Non, je ne pense pas. Hal y passait des week-ends, même en hiver, je m'en souviens très bien.

Jill se demanda si c'était seul, ou en compagnie de Marisa. Soudain elle fut envahie par une bouffée d'optimisme, certaine de trouver dans le Yorkshire les réponses à ses questions.

— Lucinda, pourrez-vous vous occuper des chats pendant mon absence ?

— Bien sûr, ma chère, offrit Lucinda.

Après avoir raccroché, Jill se mit à méditer. Même si elle ne pouvait pas encore faire confiance à Alex, même s'il était le Roi d'Épée de KC, il était intelligent et plein de ressources. Elle avait presque envie de l'appeler pour lui demander conseil. Elle se demanda ce qu'il ferait à sa place.

— Cette saleté de Roi, c'est sûrement Thomas, grommela-t-elle.

Elle ne savait pas si elle essayait de s'en convaincre, ou si elle le croyait vraiment. Et puis KC pouvait se tromper, elle dramatisait tout. Peut-être avait-elle mal lu ses cartes adorées.

Mais son amie l'avait énervée. Chaque fois qu'elle pensait à cet homme dont elle devait se méfier, elle avait l'estomac noué.

Elle décida d'oublier momentanément l'avertissement de KC. La crainte qu'elle éprouvait était probablement plus liée à sa résolution d'éviter Alex, même en pensée — ce qui indiquait de toute évidence qu'elle ne se faisait pas confiance.

Elle se remémora malgré elle sa relation avec Hal. Faire l'amour avec lui avait été délicieux. Elle avait été folle amoureuse de lui. Elle n'aimait pas Alex, pas le moins du monde. Il était séduisant et très intelligent, à faire craquer toutes les femmes. Jill sentait qu'il devait être formidable au lit. « Ne va pas par là », s'enjoignit-elle.

La sonnerie du téléphone la tira de ses pensées. Alex. Jill se cramponna au combiné, incrédule.

— Hello, lança-t-il, comment vont les chats ?

— Comment vont les chats ? ne put-elle que répéter.

Ils étaient peut-être tous les deux télépathes. C'était étrange.

— Lady Eleanor et sir John.

— Lady E. s'apprivoise, répondit-elle en réprimant un sourire. Sir John s'est retiré dans le jardin.

Elle l'imaginait souriant à l'autre bout du fil. Il reprit :

— Je suis désolé pour hier soir. J'y suis vraiment allé avec des gros sabots. Je n'en avais pas l'intention. Que puis-je faire pour me faire pardonner ?

— Laissez-moi réfléchir, demanda Jill dont le cœur battit plus vite.

— La vie est sacrément courte, Jill. Je crois que nous l'avons appris tous les deux il n'y a pas longtemps.

— Oui, acquiesça Jill, retrouvant son calme. Mais vous n'aviez pas vraiment de gros sabots. C'étaient plutôt des bottes !

— Merci, fit-il en riant.

— J'ai l'impression que vous lisez dans les pensées, ajouta-t-elle.

— Pas du tout, dit-il, riant toujours. Je ne sais pas ce que vous avez dans la tête en ce moment, à part votre ancêtre.

— C'est à elle que vous pensez ? C'est pour ça que vous m'appelez ?

— Je voulais m'excuser, mais c'est vrai que j'ai pensé à elle. Quelque chose ne tourne pas rond, quelque chose que je ne cerne pas encore. J'ai la très nette impression que vous avez un rapport avec elle.

Jill en frissonna d'excitation de la tête aux pieds.

— Jill ?

— C'est agréable d'avoir quelqu'un d'objectif qui pense la même chose que moi.

— Alors, qu'est-ce que vous allez faire ?

Elle hésita à communiquer ses projets à Alex. Elle ferma les yeux. C'était Thomas le méchant, celui à qui elle ne devait pas faire confiance, c'était évident.

— Votre oncle m'a appelée pour me demander de passer chez lui ce matin, commença-t-elle à toute vitesse avant de lui raconter l'entretien.

— Aïe, c'est de ma faute. Nous nous sommes comportés comme deux éléphants dans un magasin de porcelaine. Écoutez, j'ai réfléchi. Nous ne trouverons peut-être jamais ces lettres. Il y a d'autres moyens.

Il avait dit « nous ». Jill serra le combiné. Il avait l'air sincère, elle pensait qu'il ne mentait pas. Il était droit, intègre. Il fallait qu'elle décide, et vite, si elle lui faisait confiance ou pas. Alex interrompit ses tergiversations.

— Je pourrais vous emmener dans le Yorkshire. Nous savons où Kate a séjourné quand elle était enceinte. Combien y a-t-il de manoirs dans cette région qui auraient pu lui convenir ? Et les gens ont de la mémoire, dans ces campagnes. Chaque village a son folklore et ses fantômes. Dieu seul sait ce que nous découvrirons.

Jill s'entendit prononcer d'une voix rauque :

— Je vous avais devancé. J'ai déjà demandé à Lucinda de s'occuper des chats.

— Les grands esprits se rencontrent, murmura-t-il.

Il y avait un tel sous-entendu dans le ton de sa voix que Jill en oublia de respirer, obnubilée par l'idée de cet homme dans son lit.

— Quand voulez-vous y aller ? Jeudi midi ? Il faut bien six heures pour monter à York. Et quatre de plus pour

Stainesmore. La seule chose, c'est qu'il nous faudra être de retour dimanche soir, ou lundi à la première heure.

— Vous n'êtes pas obligé. Je peux louer une voiture, commença-t-elle, bouleversée.

— Pour qu'il y ait encore mort d'Américain ? Vous n'y pensez pas. Je conduirai. Nous pourrons séjourner sans problème à la propriété. Je vais appeler l'intendante pour la prévenir de notre arrivée.

— Merci, Alex, dit Jill.

— Pas de problème. En fait, c'est un plaisir. (Il s'arrêta un instant.) Jill, un conseil.

— Oui, lequel ?

— Ne dites à personne où nous allons, ou pourquoi.

Jill resta muette.

— À jeudi, conclut-il.

Après qu'il eut raccroché, Jill se demanda pourquoi il avait insisté sur le fait de garder l'expédition secrète. Savait-il quelque chose qu'elle ignorait ?

6.

Jill passa les deux jours suivants à Uxbridge Hall. Lucinda avait accepté de la laisser errer à sa guise presque partout, ce qui lui donnait accès au grenier et aux archives. Les appartements privés des Sheldon restaient interdits. Jill ne pensait pas trouver les lettres là-bas, mais elle espérait faire une trouvaille, quelle qu'elle fût, en rapport avec Anne et Kate.

Elle commença par le grenier. C'était l'endroit le plus intéressant, les gens n'y rangeaient-ils pas leurs vieilleries ? À son grand désespoir, il était désert, vidé depuis très longtemps. Ni malles ventrues ni boîtes, pas de liasses de papiers, rien qu'un sol poussiéreux et quelques trottinements de souris.

La chambre d'Anne ne recélait pas plus d'indice. Chaque tiroir avait été vidé de son contenu. Elle avait escompté des notes, des carnets, ou même un journal. Elle était très déçue.

Idem dans toutes les autres pièces ouvertes au public : rien.

Les archives, situées au sous-sol, ne ressemblaient en rien à ce qu'elle avait imaginé. Elle s'était préparée à s'attaquer à des meubles bourrés de documents, et elle consulta le tout en une après-midi. Les paperasses consignaient les allées et venues de générations de Sheldon, leurs naissances, leurs mariages et leurs décès.

Sa découverte la plus intéressante fut qu'Edward

Sheldon, neuvième comte du nom, envoyait ses instructions par écrit à son personnel et sa famille. Il y avait des notes pour le contremaître de sa mine de fer, demandant que soient installés de nouveaux éclairages dans tous les puits. Des notes pour le chef jardinier de Stainesmore. Les roses ne proliféraient pas, il fallait s'en occuper et le vicomte recommandait de faire venir un horticulteur. Des notes pour son valet, son intendante, son maître d'hôtel. Et pour ses fils Harold et William ainsi que pour sa fille Sarah.

Jill n'avait pas imaginé qu'Edward et Anne avaient eu un autre fils, encore moins une fille. Mais en 1932 Edward avait écrit un petit mot laconique à Sarah, l'informant qu'elle était fiancée et lui ordonnant de revenir à Londres pour les préparatifs du mariage. Il ajoutait une liste d'instructions.

Le 15 octobre 1930, Edward avait écrit à William. C'était une des quelques lettres envoyées à son fils pendant les cinq années qu'il avait passées à Eton :

> *Je comprends qu'il y a des moments où les jeunes gens se conduisent encore parfois comme des enfants, et qu'une certaine indulgence peut exister. Cependant, ce n'est pas une excuse pour votre comportement. Je suis d'accord avec M. Dalton pour ce renvoi temporaire. Préparez-vous à rentrer à Londres dans une semaine.*
>
> *Je suis certain, William, que lorsque vous retournerez à Eton, vous aurez réfléchi sur les choses essentielles, et en aurez tiré les conclusions qui s'imposent.*
>
> *Votre père, Collinsworth*

Jill cilla devant cette lettre glaciale. Toutes ses missives à son fils étaient de la même teneur, pleines de réprimandes. Elle comprit que William avait été un petit fauteur de troubles dans sa jeunesse.

Il y avait beaucoup de lettres à Harold, pendant ses années à Eton et Cambridge, qui n'étaient qu'exhortations à se tenir correctement et à se conformer aux règles. Elle en lut une de 1941. Harold avait dû être pilote dans la RAF.

Je suis fier que vous fassiez votre devoir, fier de votre loyauté envers votre pays et vos compatriotes. Je sais que vous vous conduirez avec courage et honneur sur le champ de bataille et dans le ciel. Votre mère et moi vous envoyons notre bénédiction...

Jill se demanda quand Harold était mort.

Il y avait aussi de brèves notes pour Anne, des directives impersonnelles. Edward lui demandait de surveiller des travaux de maçonnerie à Stainesmore, l'aménagement du nouveau jardin en ville, l'arrivée d'un pur-sang, le renvoi de son maître-chien. Il lui demandait d'aller à sa place chez son banquier, car il ne pouvait pas rentrer en ville, pour « parler de la question du chemin de fer ».

Ces lettres la stupéfièrent. Elles ne contenaient rien de personnel, excepté peut-être celle écrite à Harold pendant la guerre. Mais celle-ci respirait aussi la froideur et l'austérité. Jill se demanda si Edward avait été aussi glacial, distant et autoritaire qu'il semblait l'être.

Le jeudi, elle fut prête pour partir avec Alex bien avant midi. Elle n'avait rien appris de plus sur Kate Gallagher, seulement quelques éléments intéressants sur la famille Sheldon. Harold était mort pendant la guerre, laissant le titre à William. Sarah était morte en 1985. Elle avait eu deux filles, dont l'une vivait à Londres, toutes deux ayant des enfants.

Jill entendit le moteur de la Lamborghini au moment où son téléphone sonna. Comme elle avait déjà son sac de voyage à la main, elle décida d'ignorer la sonnerie. Elle sortit en hâte. Alex venait à sa rencontre, en pantalon beige et chemisette jaune. Il avait dû porter une veste décontractée au bureau dans la matinée. Il lui sourit, l'air d'excellente humeur.

Au moment où elle allait fermer la porte, elle entendit s'enregistrer sur son répondeur : Miss Gallagher, ici Beth Haroway de la maison de retraite de Felding Park. J'espérais vous joindre parce que...

— Beth ! C'est moi, Jill ! cria-t-elle hors d'haleine après s'être précipitée sur le combiné.

— J'ai pensé que vous seriez contente de savoir que

Janet Witcombe est en grande forme aujourd'hui. Elle a vraiment toute sa tête, dit l'infirmière. Si j'étais vous, je passerais tout de suite.

— Nous arrivons immédiatement, assura-t-elle, merci.

Alex était en train de prendre son sac, et la regardait d'un air nonchalant.

— Nous allons faire une petite halte sur notre route. Janet Witcombe est lucide aujourd'hui. Je dois absolument lui parler.

Quand ils furent installés dans le bolide argenté, Alex prit la parole.

— Essayez de ne pas trop vous faire d'idées, Jill. Trente ans, c'est un sacré bout de temps pour se souvenir d'une conversation.

— Je sais. Mais je n'ai pas avancé d'un pouce, je n'ai rien de concret. Il me faut une nouvelle piste, Alex.

Il démarra. Une petite fossette resta imprimée sur sa joue.

— Qu'avez-vous fait depuis la dernière fois que nous nous sommes parlé ?

— Je suis allée fureter à Uxbridge Hall, répondit-elle, à l'affût de ses réactions.

— Ça a l'air amusant, dit-il sans la regarder. Moi, je suis resté plongé dans les chiffres, ajouta-t-il avec un soupir. Je n'ai pas beaucoup dormi ces jours derniers.

Jill se l'imagina seul dans son bureau tard le soir, et rougit légèrement. Ce n'était pas le moment de penser à lui comme à un homme intéressant, d'autant qu'ils partaient tous les deux en week-end. Heureusement, la sonnerie du téléphone portable d'Alex fit diversion.

— Oui, fit-il après avoir vérifié le numéro de son correspondant sur l'écran de l'appareil. J'ai décidé de m'arrêter un peu. Je suis crevé. Je reviendrai tard dimanche soir ou très tôt lundi matin. (Il écouta un moment son interlocuteur.) Je ne sais pas. Je vais vers le nord, un peu au hasard. La voiture a besoin d'un bon décrassage. S'il y a un problème, tu as mes numéros de voiture et de portable.

Jill affecta de ne pas écouter. À qui parlait-il ? Avait-il une petite amie, à laquelle il tentait de cacher sa destination ? Elle ne lui avait jamais demandé, et ne le ferait pas maintenant non plus ; ça ne la regardait pas.

— Je n'ai pas décidé de l'endroit où je vais faire étape. D'accord. Au revoir, fit-il avant de raccrocher.

— Qui était-ce ? s'enquit-elle, incapable de se refréner.

— C'était Thomas, dit-il avec un petit sourire, comme s'il se doutait de ses soupçons. J'ai annulé une réunion cet après-midi et il voulait savoir pourquoi.

— Vous ne lui avez pas dit grand-chose.

— Non.

— En fait, vous ne lui avez rien dit.

— C'est exact.

Jill regarda la route. Ils étaient dans Oxford Street et se dirigeaient vers l'ouest. Pourquoi était-il si discret ? Il lui avait demandé de ne révéler à personne où ils allaient ; il ne le disait même pas à Thomas. Était-ce parce qu'il savait que c'était lui qui avait effacé les fichiers ?

Qui plus que lui voulait protéger la famille des cadavres dans les placards ? Jill observa Alex qui, en quelque sorte, était extérieur à la famille, comme elle. Sauf qu'il s'était battu bec et ongles pour y gagner sa place. N'en était-il pas devenu un gardien encore plus farouche de celle-ci ?

Jill n'arrivait pas à trancher. Thomas, c'était évident. Alex, beaucoup moins. Celui-ci avait accusé Thomas d'avoir des priorités qu'il dissimulait. Mais Alex pouvait-il la mener en bateau ?

— Où êtes-vous, Jill ? demanda-t-il tout bas.

— Alex, commença-t-elle prudemment, que croyez-vous qu'il se passerait si nous découvrions qu'il est arrivé quelque chose de terrible à Kate durant son séjour à Bensonhurst ? Et qu'Anne était impliquée ?

Il la fixa, puis son regard se détourna vers son rétroviseur. Jill scrutait ses mains, pour déceler une éventuelle crispation.

— Vous pourriez vendre l'histoire aux journaux à sensation pour une somme rondelette, expliqua-t-il.

— Vous plaisantez, fit-elle en se redressant sur son siège.

— Non. Cela ferait la une quelque temps. Les gens en parleraient pendant une semaine dans les soirées et les clubs.

— Un événement qui a eu lieu il y a quatre-vingt-dix ans ?

— Si c'est quelque chose de terrible, oui. Imaginez que l'on découvre que John Kennedy avait caché une maîtresse pour qu'elle mette au monde son enfant illégitime, et que la femme et l'enfant aient mystérieusement disparu. Imaginez qu'il leur ait procuré une nouvelle identité, et que les descendants soient retrouvés et identifiés. Vous ne pensez pas que ça ferait la une ?

— Ça pourrait faire la couverture de *Time Magazine*, assura Jill, tendue, si l'affaire était assez horrible.

— Bien vu, lança Alex.

— Pourquoi m'aidez-vous ? demanda Jill sans ambages.

Il resta silencieux, regardant la route, avant de rétorquer :

— Vous avez vraiment besoin de le demander ?

Elle hésita. Non, elle n'en avait pas besoin, il lui suffisait de se rappeler l'autre soir. Elle changea de sujet avec vivacité.

— Il y a un hôpital où nous devrions passer à York. Il s'appelait le Yorke Infant's Hospital en 1908, les femmes allaient y accoucher.

— C'est un effet d'annonce, fit-il en éclatant de rire.

— Qu'est-ce que ça veut dire ?

— Quand vous jouez au poker, c'est ce que dit votre adversaire pour faire diversion.

Jill se renfonça dans son siège, croisa les bras et regarda ostensiblement par la vitre. OK. Elle avait montré son jeu. Mais elle suivait toujours sa résolution.

— Concentrons-nous sur Kate.

Il sourit à nouveau, pour lui-même cette fois.

— Mrs. Witcombe, vous avez des visiteurs.

Beth Haroway, la trentaine, était une blonde accorte. Elle venait de conduire Alex et Jill vers la vieille dame toute menue assise sur un banc dans le parc de la maison de retraite, un vaste bâtiment de pierre du siècle dernier. Beth était souriante et chaleureuse. Le ciel était bleu, parsemé de gros nuages blancs et le soleil brillait. L'endroit semblait très agréable, mais Jill n'avait d'yeux que pour la femme aux cheveux blancs sur le banc vert, enroulée dans un châle de laine couleur camel.

— Voici Jill Gallagher, d'Amérique, et son ami Alex Preston, continua Beth en touchant l'épaule de Janet. Je vais vous laisser un moment, ma chère. Vous avez besoin de quelque chose ?

Janet Witcombe secoua la tête et scruta Jill et Alex de ses yeux bleus encore vifs. Elle était manifestement curieuse et intéressée.

— Bonjour, dit-elle doucement, souriante. Je n'ai pas souvent de visiteurs que je ne connais pas, encore moins des Américains.

— Je sais que cela peut sembler étrange, dit Jill, et j'espère que cela ne vous dérange pas ?

Elle avait un bouquet de fleurs à la main.

— Pas du tout ! s'exclama la vieille dame. Quelle journée superbe ! Qui pourrait être importun par un temps pareil ?

— C'est pour vous, dit Jill en lui tendant son bouquet de lys.

Janet respira les fleurs avec délice, et quand elle releva la tête, elle avait les yeux pleins de larmes.

— Ce sont mes préférées. Oh, mon Dieu ! Mon mari m'en offrait souvent, vous savez. C'était il y a des années. Il est mort si jeune, à cinquante-deux ans.

— Je suis désolée, compatit Jill. Puis-je m'asseoir ?

— Oh, je vous en prie, dit Janet en tapotant le banc à côté d'elle. Ce charmant jeune homme, c'est votre fiancé ?

Jill bondit du banc comme une pile électrique, consciente d'être cramoisie.

— Alex est un ami, assura-t-elle avec fermeté.

— Seulement parce que je n'ai pas eu mon mot à dire, intervint Alex pour la première fois avec un clin d'œil à Janet.

Jill ne releva pas.

Alex tendit à la vieille dame un panier repas qu'ils avaient acheté dans un café voisin.

— J'espère que vous avez faim, Mrs. Witcombe, parce que nous vous avons apporté à déjeuner. Un sandwich à la dinde fumée, avec des poivrons, et des beignets pour le dessert.

— Vous êtes vraiment trop gentils, tous les deux ! s'exclama Janet tandis qu'Alex posait le panier à côté d'elle, sur le banc. Il est vraiment adorable, dit-elle en s'adressant à Jill, vous faites un beau couple.

Jill fit un petit sourire crispé. Elle évita les yeux moqueurs d'Alex.

— Mrs. Witcombe, je suis amateur d'histoire et je souhaitais vous poser des questions sur Anne Sheldon, comtesse de Collinsworth.

— C'était une grande dame, répondit Janet en se redressant, j'adorais travailler pour elle à Uxbridge Hall.

— Vous la connaissiez ? fit Jill, enthousiaste.

— Nous nous sommes rencontrées en plusieurs occasions, ma chère. C'était une vraie lady, comme on n'en voit plus aujourd'hui. Savez-vous qu'elle ne quittait jamais sa maison sans son chapeau et ses gants ?

— Je l'ignorais, avoua Jill, amusée. Vous avait-elle parlé du passé ? C'était la meilleure amie d'une de mes aïeules. Quand elles avaient seize et dix-sept ans, avant qu'elle n'épouse Edward Sheldon.

Janet se tourna sur le banc pour faire face à Jill. Elle ne souriait plus, et ses yeux étaient inquisiteurs.

— Vous parlez de Kate Gallagher, cette jeune fille au destin tragique ?

— Oui, c'est ça, lâcha Jill dans un souffle.

Tragique ? Janet savait-elle ce qui était arrivé à Kate ? La vieille dame la fixait, imperturbable.

— Relax, chuchota Alex dans l'oreille de Jill.

— Mrs. Witcombe, je vous en prie, j'essaye de découvrir ce qu'est devenue Kate. Vous savez qu'elle a disparu en 1908 sans laisser de trace, et qu'on ne l'a jamais revue.

— Oui, tout le monde le savait, dit Janet.

— Tout le monde ?

— Tout le monde à Uxbridge Hall. Vous devez avoir

vu le médaillon. (Jill hocha la tête.) Et le portrait ? Celui où ils sont tous les trois ?

— Quel portrait ? s'enquit la jeune femme, qui maintenant se cramponnait au banc.

— À Uxbridge. Il y avait un portrait d'Anne, Kate et Edward. Les deux jeunes filles sont assises sur un banc devant un piano, Edward est debout derrière. Il était ravissant, les filles sont vêtues de mousseline à fleurs, Edward porte une veste d'équitation. Je crois qu'il a été peint à la campagne.

— À Stainesmore ?

— Mais bien sûr, ma chère. Cela n'aurait pas pu être ailleurs !

— Je ne me souviens pas d'avoir vu ce tableau à Uxbridge Hall, intervint Alex tout doucement.

— Janet, j'ai exploré le moindre recoin de cette demeure. Lucinda Becke est une de mes amies. Ce portrait n'y est pas.

— Il y est certainement, à moins que quelqu'un ne l'ait décroché.

— C'est ce qui s'est passé ?

— Pas à l'époque où j'étais directrice, en tout cas, assura Janet.

Jill prit bonne note d'appeler immédiatement Lucinda à ce sujet. Peut-être était-il en cours de restauration.

— Que pouvez-vous me dire sur Anne et Kate ?

— Très peu de choses, j'en ai peur, répondit Janet qui avait l'air d'hésiter. Je sais ce que tout le monde sait. Les deux jeunes filles étaient amies, et lors de son premier séjour à Londres Kate et sa mère furent les invitées d'Anne. Puis Kate a disparu.

— Mrs. Witcombe, continua Jill, serrant doucement l'épaule de Janet, juste avant la réouverture d'Uxbridge Hall au public, Anne l'a visité pour donner son accord. Vous en souvenez-vous ?

— Je ne l'oublierai jamais, dit Janet avec tristesse.

— Pourquoi ? s'exclama Jill.

— Que voulez-vous que je vous raconte à ce propos ? s'enquit Janet.

— Lucinda m'a confié qu'Anne a été bouleversée

quand elle est entrée dans sa chambre de jeune fille. Qu'elle a pleuré.

— Elle a été très troublée, avoua Janet dans un murmure. Pas au début. Elle a tout d'abord été enchantée des rénovations. Puis, quand nous sommes entrées dans sa chambre, il s'est passé quelque chose. Je l'ai vu tout de suite. Son visage s'est transfiguré. Elle est devenue sombre, préoccupée. Elle s'est assise sur le lit. J'ai pensé qu'elle avait un malaise, mais elle m'a fait signe de m'éloigner. Puis elle m'a montré la fenêtre et m'a dit que Kate, sa meilleure amie, passait tous les soirs par cette fenêtre pour rejoindre son amant.

Jill se rendit vaguement compte qu'Alex était venu se placer tout près d'elle, comme pour la protéger de ce qui allait advenir.

— Vous a-t-elle dit qui était l'amant de Kate ? Et ce qui lui est arrivé ?

Janet soupira profondément, et serra son châle autour de ses frêles épaules.

— À aucun moment elle n'a évoqué le sort de Kate. Elle a commencé à pleurer, en silence. J'avais très peur, je ne savais pas quoi faire. Elle était si malheureuse. Alors j'ai quitté la pièce et j'ai couru lui chercher une tasse de thé.

— C'est tout ? s'exclama Jill.

Soudain le regard de Janet se noya dans le lointain. L'éclat de ses yeux s'atténua. Jill redoutait qu'elle n'eût perdu sa lucidité. Elle pensa que l'entretien était terminé. Mais Janet reprit la parole, d'une voix douce, distante.

— Quand je suis revenue, Anne était à la fenêtre. Elle ne m'a pas entendue, bien que j'aie toussé. Je suis restée un moment terrifiée, je croyais qu'elle allait se jeter dans le vide, car la fenêtre était grande ouverte. C'était elle qui l'avait ouverte.

Janet s'arrêta. Alex lui tendit un verre d'eau qu'il prit sur une table placée à côté du banc. Elle poursuivit d'une voix rauque :

— Comprenez-moi bien. Ces fenêtres n'avaient pas été ouvertes depuis des années. J'avais essayé de le faire un jour de canicule, au début de mes fonctions là-bas.

Mais je n'y étais pas arrivée, pourtant j'étais en pleine force de l'âge à cette époque. Anne était très vieille, elle avait près de quatre-vingt-cinq ans.

Jill resta coite, buvant les paroles de Janet.

— Anne a dit d'une voix très étrange, je n'oublierai jamais ses mots : « Je ne le savais pas à cette époque, mais son amant était Edward, mon Edward. »

Jill encaissa le coup sans broncher.

— Ensuite elle accepta le thé et le but comme si de rien n'était. Elle me remercia pour tout le travail que j'avais effectué. Puis elle s'en alla. Je l'ai revue plusieurs fois, mais ce sujet ne fut plus jamais abordé. C'est tout ce que je sais, conclut Janet, le regard à nouveau brillant.

— Bien, intervint Alex, brisant le silence qui s'était installé, si Edward était l'amant de Kate, cela explique beaucoup de choses.

Jill le regarda d'un air hagard, sans la moindre idée de ce qu'il voulait dire.

1er octobre 1906

Kate et Anne étaient assises sur le siège arrière de la voiture tirée par six juments couleur ébène. Le véhicule dévalait une rue pavée et elles se serraient les mains très fort. C'était une belle soirée. Les étoiles scintillaient sur le bleu d'encre du ciel et des nappes de lumière issue des lampadaires électriques nimbaient le boulevard. Il avait plu toute la journée et les pavés brillaient comme du verre noir. La voiture emprunta l'allée circulaire menant à une vaste demeure tout illuminée. L'allée était déjà encombrée d'une douzaine de voitures et d'automobiles. Ils firent la queue, chaque véhicule attendant son tour pour déposer ses passagers devant l'escalier.

— Nous allons faire notre entrée dans le monde, dit Kate à Anne, en lui serrant la main encore plus fort.

— Comme je suis heureuse, murmura Anne. C'est le commencement, ma chère Kate. Le début de nos vies.

— Que tu es romantique, chuchota Kate en souriant. Je me sens exactement dans le même état d'esprit.

Elle regarda par la petite fenêtre masquée d'un rideau et scruta, le cœur battant, les groupes de ladies en robe du soir et de gentlemen en costumes sombres qui gravissaient les marches de la demeure des Fairchild.

— Mesdemoiselles ! Ne vous a-t-on pas inlassablement répété que les messes basses sont d'une grossièreté inqualifiable ? s'indigna lady Bensonhurst, installée sur le siège en face des jeunes filles. Je ne tolérerai pas une telle conduite pendant le bal. J'attends de vous que vous vous comportiez en toutes circonstances comme de parfaites ladies, lança-t-elle en regardant Kate avec insistance.

Celle-ci portait une robe en satin bleu argenté à petites manches gansées. Elle ouvrit son éventail d'un petit geste sec et minauda.

— Je vous demande pardon, milady, dit-elle avec un air de fausse modestie. Nous ferons tous nos efforts pour produire le meilleur effet sur les invités du bal de ce soir.

La mâchoire de lady Bensonhurst se contracta. Elle se détourna avec brusquerie vers la fenêtre. Son mari resta étranger à la conversation, occupé à siroter le contenu d'une petite flasque en argent. Mary, la mère de Kate, lui adressa un regard soucieux.

— Kate, je t'en prie ! articula-t-elle en silence.

Kate referma son éventail, l'air ennuyée, puis réalisa que c'était leur tour de descendre. Elle regarda Anne. Elle avait été habitée toute la journée par la certitude absolue que cette soirée serait magique, que quelque chose d'extraordinaire allait arriver. Elle ne savait pas quoi, mais elle était sur des charbons ardents depuis son réveil.

Leur groupe quitta la voiture et gravit lentement les marches du perron. Les quatre femmes tendirent leurs châles aux domestiques, puis lord Bensonhurst se débarrassa de son chapeau et de sa canne. Ils se dirigèrent vers l'entrée de la salle de bal. Anne s'avança pour se placer entre ses parents. Kate attendit avec sa mère derrière elle. Quand ce fut le tour des Bensonhurst de descendre dans la salle, Anne regarda Kate par-dessus son épaule, effrayée et excitée à la fois. Elle n'avait jamais été aussi jolie, pensa Kate, qui lui envoya un signe de victoire en levant le pouce.

— Kate, arrête tout de suite, chuchota Mary en lui saisissant le poignet.

On annonça les Bensonhurst. Kate regarda sa mère, si frêle et blonde, l'air perpétuellement inquiet, et regretta de toutes ses forces que son père ne fût pas avec elle en ce moment même.

Comme il serait fier d'elle, se dit-elle en souriant. Elle n'en doutait pas, il aurait ri du geste d'encouragement de sa fille.

— Mrs. Peter Gallagher de New York, veuve de feu Peter Gallagher, et sa fille, Miss Katherine Adeline Gallagher.

Kate et sa mère descendirent l'escalier menant à la salle de bal. La vaste pièce était remplie d'invités rassemblés en groupes divers. Ils buvaient du champagne, bavardaient entre amis et connaissances. Kate avançait la tête haute, mais considérant la scène qui l'attendait, elle remarqua les têtes qui se tournaient, les yeux qui se levaient vers elle. Elle en sourit jusqu'aux oreilles. La nuit était vraiment magique, et elle était là où elle désirait être plus que tout.

Sa mère et elle étaient presque au pied des marches. Le groupe suivant était déjà annoncé. Le regard de Kate s'arrêta sur un très grand gentleman ténébreux et son sourire disparut. Il la contemplait avec une telle intensité que ses yeux semblaient lancer des éclairs argentés.

Kate le reconnut immédiatement. C'était le gentleman de Brighton, celui qui l'avait observée depuis le ponton pendant qu'elle jouait au chat et à la souris avec les vagues. Son cœur battait maintenant si fort qu'elle se dit que sa mère devait certainement l'entendre. Kate ne pouvait détacher ses yeux du jeune homme, ne fût-ce pour vérifier si sa mère avait remarqué son manège avec l'étranger.

Qui était-il ?

Kate avait du mal à respirer, ses oreilles bourdonnaient, son cœur battait la chamade. Était-ce le coup de foudre ?

Il lui sourit alors discrètement et s'inclina vers elle, avec ostentation cette fois.

Kate prit sa respiration et réussit à lui sourire. Elle voulut se gifler, certaine qu'il avait remarqué son trouble digne d'une collégienne découvrant l'intérêt que lui portaient les hommes. Or, c'était loin d'être le cas !

Elles rejoignirent les Bensonhurst, qui bavardaient avec quelques couples que Kate avait déjà rencontrés en d'autres occasions. Kate remarqua que lady Bensonhurst s'était arrangée pour la cacher derrière son dos, mais cela lui était égal. Elle savait que la mère d'Anne la considérait comme une petite traînée. Kate la méprisait en retour ; elle était pire qu'une sorcière, c'était une mégère absolue.

Elle jeta un œil par-dessus son épaule. Il la regardait avec autant d'intensité qu'auparavant. Kate lui adressa un sourire furtif. Bon sang ! Elle flirtait, mais sans sa finesse habituelle. Il fallait qu'elle retrouve une contenance avant qu'il ne la prenne pour une bécasse.

— Ma chérie, je vais au vestiaire, annonça Kate à Anne.

— Mais nous venons d'arriver, dit Anne, inquiète. Kate, tu n'es pas malade ?

— Non, non, répondit-elle. (Elle fut près de lui parler du gentleman, mais quelque chose la retint.) Je reviens dans un instant.

Elle lui pressa la main et se hâta de sortir, trop vite pour une jeune fille délicate ou une lady. Mais elle n'avait pas la moindre intention d'obéir à lady Bensonhurst.

Sortie de la salle de bal, elle s'arrêta dans le couloir et se força à respirer avec calme. Il fallait absolument qu'elle connaisse l'identité de cet homme.

— Puis-je vous être utile ?

Kate se figea en entendant cette voix grave et cultivée juste derrière elle. Elle savait de qui il s'agissait, bien qu'ils ne se fussent jamais adressé la parole. Elle se retourna avec lenteur et plongea dans les yeux les plus étranges qu'elle ait jamais vus. D'ambre et bordés de longs cils. Il ne souriait pas, elle non plus. Un long silence s'installa, qu'il brisa le premier.

— Je m'excuse, dit-il avec un sourire fugitif, en s'inclinant. Nous n'avons pas été présentés, je me conduis comme un vrai goujat.

— Ça me paraît difficile, monsieur, dit Kate, qui se mit à rire.

— Ah oui ? continua-t-il en souriant aussi, ses yeux d'ambre brillants ne cillant cependant pas. Je vous assure que si. Je ne suis pas d'habitude aussi avare de mots ou de manières. Mais votre beauté m'a privé de mes facultés d'expression.

— C'est trop aimable, commença Kate, qui se rendit compte qu'elle aussi manquait de repartie.

— Je suis lord Braxton, continua-t-il en s'inclinant une nouvelle fois.

— Kate Gallagher, milord, dit Kate en lui tendant la main.

— Kate.

Son regard balaya sa chevelure rousse coiffée en chignon quand il lui fit le baisemain. La pression de ses lèvres était sans équivoque, même à travers l'écran de soie délicat de son gant blanc.

— Comme ce nom vous va bien.

— C'est un nom très banal, dit Kate en souriant.

— Mais sa propriétaire n'a rien de banal, répliqua-t-il.

Elle était sur le point de lui redire qu'il était trop aimable. Que lui arrivait-il donc ?

— Merci. Je le prends comme un grand compliment, venant d'une personnalité comme la vôtre.

— Ainsi cette personnalité vous semble-t-elle loin d'être banale, c'est cela ?

— Oui, souffla-t-elle, n'en croyant pas ses oreilles. Très loin d'être banale.

— Je suis extrêmement flatté. Il me semble, miss Gallagher, que nos regards se sont déjà croisés il y a quelque temps.

— Oui, avoua Kate, incapable de continuer ce badinage. À Brighton.

— Savez-vous combien de ladies nieraient se souvenir de cette journée ? demanda-t-il après un moment tandis qu'il la regardait fixement.

— Mais je ne suis pas comme les autres ladies — vous venez de le dire vous-même.

— Vous n'avez rien de commun avec elles, cela m'a paru évident dès l'instant où mes yeux se sont posés sur vous, quand vous voltigiez dans les vagues comme une déesse grecque.

Kate sentit qu'elle rougissait. Elle était à cours de mots, elle qui avait toujours au bord des lèvres une boutade cinglante.

— Vous me comparez aux immortels maintenant, milord ?

— Mais oui, sans hésiter, affirma-t-il.

Kate cessa de sourire. S'il y avait bien quelqu'un que l'on pouvait comparer à une divinité de la mythologie, c'était lui, pas elle.

— Vous êtes belle quand vous rougissez, dit-il tout bas.

Il saisit soudain sa main gantée et pressa à nouveau sa bouche contre le tissu. Le cœur de Kate chavira, encore et encore. Ses jambes ne la portaient plus. Quand il croisa de nouveau son regard, ses yeux brillaient.

— Je suis très effronté, j'en suis bien conscient. Quand pourrais-je vous conduire au parc ?

— Demain, souffla Kate dont le cœur chavirait à nouveau.

— Demain, cela serait parfait, approuva-t-il. Et ce soir ? Voudrez-vous danser avec moi ?

— Oui, dit Kate. Rien ne me plairait davantage.

Ils souriaient tous deux béatement. Kate ne sut combien de temps ils restèrent ainsi, sa main enserrée dans les siennes. Tout à coup, ils réalisèrent qu'ils n'étaient pas seuls. Des ladies et des gentlemen déambulaient dans le hall, et les têtes se tournaient pour mieux les observer. Elle avait été si absorbée par sa présence qu'elle n'avait pas prêté attention au manège des invités autour d'eux. Il sembla aussi se libérer du charme, et lança un coup d'œil à la ronde.

— Nous avons été remarqués, conclut-il assez ironiquement.

— On me remarque toujours, murmura Kate sur le même ton.

— Qui ne le pourrait, chère demoiselle ?

Cette repartie affola son cœur, qui lui parut ensuite dégringoler indéfiniment en chute libre, lui procurant effroi et ravissement à la fois.

— Vous vous sentez bien ? demanda-t-il avec brusquerie.

Elle venait de tomber amoureuse. Elle le regarda un instant, incapable de prononcer le moindre mot.

— Oui, chuchota-t-elle, je vais bien.

Elle était étourdie, stupéfaite, joyeuse. Elle avait l'impression qu'ils étaient recouverts d'une brume magique.

Il sourit et lui reprit la main la serrant très fort.

— Nous devrions retourner dans la salle de bal, avant que tout le monde n'en fasse des gorges chaudes.

— Oui, acquiesça Kate, qui aurait voulu rester avec lui dans le hall toute la soirée. Tandis qu'il la raccompagnait dans la salle bondée il lui tenait à peine le coude, mais Kate trouva ce geste conquérant.

— À bientôt, pour notre danse, dit-il.

— À bientôt, répéta Kate, qui savait que l'attente serait interminable. Elle le vit s'incliner une dernière fois avant de s'éloigner, puis se mêler à un groupe de fringants gentlemen de son âge. Kate avait repéré Anne bavardant avec de jeunes ladies, mais elle ne fit aucun mouvement vers elle, elle ne pouvait que regarder lord Braxton. Oh, mon Dieu ! Elle n'aurait jamais pensé que c'était ça, l'amour. L'impression de flotter dans les nuages. Elle était si heureuse que c'en était presque insupportable.

— Eh bien, on voit maintenant sur qui elle a jeté son dévolu.

Kate avait l'habitude que les gens jasent derrière son dos, assez haut pour qu'elle puisse les entendre. Elle se raidit, prête à s'éloigner.

— Elle n'a pas la moindre chance de harponner l'héritier Collinsworth. Edward Sheldon ne se marierait jamais à ce point en dessous de sa condition, et en eût-il la velléité, son père ne le permettrait jamais.

Kate se retourna et vit deux femmes corpulentes portant des tiares de diamants.

— Qui est Collinsworth ? interrogea-t-elle, soudain prise de panique.

— Collinsworth ? fit la femme aux cheveux blancs avec un sourire. Mais c'est l'un des comtes les plus riches de ce pays, ma chère. Et Edward Sheldon, son fils, le vicomte Braxton, est son héritier. Vous n'avez pas été présentés ?

Kate regarda la femme sans la voir. Le vicomte Braxton... l'héritier Collinsworth... le comte le plus riche du pays. Non. Tout se passerait bien, parce qu'elle croyait au grand amour, et qu'elle venait de rencontrer celui qu'elle attendait depuis toujours.

Kate fit volte-face.

Edward la regardait. Il s'était rendu compte que quelque chose n'allait pas : ses yeux étaient interrogateurs.

Malgré tous ses efforts, Kate ne put réussir à sourire. De même qu'elle ne pouvait plus s'éloigner du précipice au bord duquel elle se trouvait. C'était ce que lui dictait son cœur.

7.

Ils arrivèrent à York en fin d'après-midi. Alex se gara devant le Ole Whistler Pub, une bâtisse à colombages, qui semblait déplacée parmi les grands bâtiments en brique alentour.

Jill pensait sans cesse à l'allégation de Janet, selon laquelle Edward avait été l'amant de Kate.

Ils prirent place à une vieille table en bois toute éraflée. La salle était à moitié pleine. Au bar, dans le fond, quelques hommes et femmes sirotaient des pintes de bière.

— Est-ce trop tard pour aller faire un saut à l'hôpital ? interrogea Jill.

Elle croyait ce qu'avait dit la vieille dame, et se demandait si Edward avait été impliqué dans la disparition de Kate.

— Non. Allez, Jill, dites-moi ce que vous avez en tête, fit Alex en plongeant les yeux dans les siens.

— Vous êtes de très bonne humeur. Et vous semblez l'être de plus en plus à chaque minute qui passe, observa Jill, d'un ton acide.

— C'est l'air. C'est peut-être aussi la compagnie.

Jill, détendue jusque-là, se redressa sur sa chaise. Elle regarda Alex, qui ne détourna pas les yeux.

Bon, pensa Jill, consciente de son cœur qui s'emballait et de ce regard bleu trop insistant. Nous y sommes. Le test. Ce soir ils seraient tous les deux seuls sous le même toit. Que décider ? Ses pensées la devancèrent, elle se vit dans les bras solides d'Alex. Puis enlacée, Alex sur elle, fin et musclé, en sueur... Jill chassa ses pensées.

Il allait lui faire d'autres avances. Pas de doute. Alex était un homme, et il s'était bien fait comprendre.

Vas-y, pensait-elle, se rendant compte qu'elle se cramponnait au bord de la table. Reste concentrée sur ta recherche à propos de Kate. Ne pense pas à lui, à son corps, à ce que ressemblerait une folle nuit avec lui.

— Que vouliez-vous dire, à la maison de retraite ? demanda-t-elle. Que si Edward était l'amant de Kate, cela expliquait beaucoup de choses ?

— Y avez-vous déjà réfléchi, Jill ?

— Réfléchi à quoi ?

— Si Kate a eu un enfant, qu'il a vécu, et que cet enfant est votre grand-père et le fils d'Edward, alors vous êtes l'arrière-petite-fille d'Edward Sheldon.

Jill le regarda sans mot dire.

— Bien sûr, nous ne savons pas si l'enfant de Kate était aussi celui d'Edward, ni si cet enfant était votre grand-père. Je crois que nous devrions prendre les allégations de Janet avec beaucoup de circonspection.

La serveuse arriva à ce moment précis. Elle posa devant eux les tasses et les assiettes, tout en adressant un sourire à Alex. Ils restèrent silencieux tandis qu'elle ajoutait une assiette de scones et de la confiture, accompagnés d'un plat de sandwiches. Une théière compléta le tout.

Jill grignota sans appétit un sandwich au concombre, évitant le regard d'Alex. Edward était-il son arrière-grand-père ? C'était inconcevable. Peut-être Janet avait-elle mélangé ses souvenirs. Peut-être fallait-il tout laisser tomber. Jill fut soudain terrifiée, sans raison palpable.

Elle ne pouvait pas abandonner ses recherches. Plus maintenant. Parce qu'il était arrivé quelque chose de terrible à Kate.

Jill se souvint du rêve de KC sur la terreur de Kate. Elle souhaita que son amie ne l'eût jamais fait. Et qu'Edward ne fût pas l'amant de Kate. Sinon, tout semblait l'impliquer dans sa disparition.

— Alors nous serions cousins ? demanda Jill à brûle-pourpoint à Alex qui buvait son thé.

— Non. Je ne suis pas du tout apparenté à Edward. J'appartiens à la famille d'Anne, qui était ma grande-tante. Mais vous seriez une cousine très éloignée de Thomas et Lauren. De Hal, aussi, conclut-il.

Jill eut des difficultés à réaliser que Hal aurait été un très lointain cousin.

— Je ne sais pas quoi penser.

— Jill, dit Alex en lui serrant très fort la main, nous n'avons aucune preuve qu'Edward était le père de votre grand-père. Si Kate était sans principes, Edward pouvait être un homme parmi d'autres, ou peut-être n'y avait-il aucun homme. Ce ne seraient que commérages et spéculations.

— Mais elle a disparu, insista Jill en retirant sa main.

— C'est vrai, acquiesça Alex avec gravité.

Jill considéra l'assiette de sandwiches. Elle se sentait sonnée comme un boxeur qui aurait pris le coup de trop, mais il lui fallait faire face. Elle avait pressenti la vérité, sachant depuis un certain temps déjà que Kate était son arrière-grand-mère. Peu de temps s'était écoulé entre l'arrivée de Kate en Angleterre et sa disparition. Si Edward avait été son amant, alors il était le père de l'enfant. Qu'était-il arrivé à la mère et à l'enfant ?

Elle ne voulait pas conclure hâtivement, mais si Edward était sur le point d'épouser Anne, nul doute qu'il avait tout fait pour cacher cette aventure. Peut-être Kate s'était-elle enfuie, blessée et furieuse.

Jill remarqua soudain qu'Alex la regardait avec attention, avec une expression aussi étrange qu'insondable. Et qui s'effaça vite. Que venait-elle de lire dans ses yeux ? Jill se sentit mal à l'aise, ce regard ne ressemblait en rien à ceux qu'elle lui connaissait.

— Vous vous sentez bien ?

— Non, pas vraiment, avoua-t-elle.

Elle frissonnait. Elle était peut-être bouleversée, au point d'en devenir paranoïaque. Elle se remémora le regard hostile de Lauren qui n'avait duré qu'une fraction de seconde.

— Alex, je veux savoir quand Anne et Edward se sont fiancés.

— Eh bien, nous savons qu'ils ne l'étaient pas en octobre 1908. Cela aurait été mentionné dans cette coupure sur l'anniversaire d'Anne.

— Et ce fut la dernière fois que l'on vit Kate, dit Jill à la fois triste et troublée. Je crois que cela signifie qu'Edward et Kate se fréquentaient avant qu'il ne soit fiancé, ce qui est une bonne nouvelle. S'il est bien exact qu'ils se fréquentaient, ajouta-t-elle en hâte quand elle vit l'air d'Alex.

— J'ai pris mon ordinateur portable. Je serai heureux de vous montrer comment se connecter à Internet et consulter ces archives. Vous y passerez sûrement la nuit, Jill.

— Ça va, dit-elle en repoussant son assiette. Edward ne l'aimait pas. Il se servait d'elle. Sinon il aurait épousé Kate, pas Anne.

Alex lui prit de nouveau la main. Elle ne broncha pas. Sa main était chaude et ferme. Le contact n'était pas seulement agréable. Il y avait quelque chose d'électrique quand il la touchait. Quand était-ce, la dernière fois qu'on lui avait pris la main ? Et de cette façon ?

Personne ne l'avait consolée quand Hal était mort.

— Vous prenez ça trop à cœur. Essayez de rester objective. Même s'il s'avère qu'elle est l'aïeule que vous cherchez, elle a vécu et aimé il y a très longtemps.

« Vécu et aimé. » Jill le regarda fixement. Les mots que choisissait Alex suscitaient souvent chez elle des réactions qu'elle n'arrivait pas à identifier.

— J'ai l'impression de la connaître, se justifia-t-elle, je ne peux pas m'en empêcher.

— Je sens viscéralement que cela pourrait être une grosse erreur. Et d'habitude, quand je ressens quelque chose ainsi, j'ai raison, lança-t-il avec un bref regard d'avertissement. Vous avez terminé ? continua-t-il sur un ton plus léger.

— Oui. Je n'avais pas aussi faim que je le croyais.

Il demanda l'addition.

— Nous ferions bien d'aller à l'hôpital sans tarder,

parce que les routes deviennent plus étroites entre ici et la côte. Et si nous conduisons la nuit, nous mettrons encore plus de temps.

Jill hocha la tête et l'observa finir son gâteau. Le sang lui battait dans les tempes. Elle se sentait déconcertée. Mais elle était venue dans le Yorkshire pour trouver une nouvelle piste, des indices, des informations — et les pistes semblaient maintenant se bousculer. Mais pas celles qu'elle pensait découvrir.

Elle dévisageait toujours Alex. C'était finalement une bonne chose qu'elle l'eût laissé venir avec elle, parce qu'il avait l'ordinateur portable et qu'elle pourrait veiller toute la nuit pour trouver ce qu'elle cherchait, si besoin était.

L'ordinateur.

— Qu'y a-t-il ? demanda Alex d'un ton tranchant.

Elle regarda sans le voir son visage séduisant. Celui qui avait effacé les fichiers Gallagher aurait été un imbécile de ne pas d'abord en faire une copie. Et ni Alex ni Thomas n'appartenaient à cette catégorie de gens.

Jill se demanda si des copies de ces lettres étaient classées dans l'un des dossiers de son portable. Elle avait bien l'intention de le découvrir.

Apparemment le nom de Preston était loin d'être inconnu. Il leur fallut vingt-cinq minutes pour être reçus par l'un des administrateurs. Et à peine entraient-ils que celui-ci se précipita vers eux, la main tendue, accueillant Alex avec chaleur.

— Monsieur Preston, c'est un plaisir de vous voir. Je crois que nous nous sommes déjà brièvement rencontrés à Londres. À une soirée organisée par votre oncle afin de recueillir des fonds pour le programme de recherche de l'hôpital.

Alex lui serra la main et présenta Jill.

— Je me rends à beaucoup de galas de charité, dit-il, mais je me souviens très bien de celui-ci, au Connaught.

— Votre famille a toujours activement soutenu cet hôpital. Demandez-moi ce que vous voudrez, je ferai tout mon possible pour vous satisfaire, promit l'administrateur en souriant.

Jill trouva intéressant que le seul hôpital qui eût existé à York il y avait un siècle ait été soutenu financièrement par la famille Collinsworth.

Alex expliqua qu'ils espéraient trouver des registres de 1908.

— Vous avez de la chance. Nous avons d'énormes archives au sous-sol. Je vais faire appeler quelqu'un pour vous y conduire, et vous pourrez y passer le temps que vous voudrez. Étant donné que la patiente dont vous recherchez le dossier est morte depuis longtemps, ajouta-t-il avec un petit rire nerveux, je ne lèse les droits de personne. En fait, je vais vous y conduire moi-même.

Dans l'ascenseur qui les menait au sous-sol, Jill demanda :

— Docteur, est-ce que la famille Sheldon a toujours participé au financement de cet hôpital avec autant de constance ?

— C'est une tradition familiale, et le comte serait le premier à vous le dire, répondit l'administrateur en les conduisant à une porte métallique qui n'était pas fermée à clé.

Il l'ouvrit, et ils se trouvèrent devant un sous-sol caverneux, rempli de colonnes de dossiers du sol au plafond.

— Son père fut le premier à s'intéresser sérieusement à nous. Il a contribué à notre cause avec générosité, et nous a sauvés de la banqueroute qui nous guettait. À cette époque, ce n'était qu'une immense maternité, fit-il à Jill en souriant.

Jill réussit à lui rendre son sourire, Alex le remercia une fois de plus, et l'administrateur les laissa seuls.

— C'est étrange, laissa échapper Jill, Edward a été l'initiateur de cette tradition familiale qui consiste à soutenir l'hôpital.

— Jill, ma famille s'occupe de douzaines d'œuvres de charité. Allons-y, mettons-nous au travail.

Jill se dirigea vers la première pile d'archives.

— Elles sont classées par ordre alphabétique, et les années sont aussi indiquées, dit-elle en examinant une boîte étiquetée Williams-Woolverton, 1980-1995.

Une heure plus tard, Alex exhuma une très vieille chemise.

— En plein dans le mille. Voici une patiente nommée Katherine Gallagher, Jill. Elle a été admise le 9 mai 1908.

Il feuilleta le reste des papiers et lui tendit un acte de naissance.

— Peter Gallagher, né le 10 mai, de père inconnu, mère Katherine Adeline Gallagher.

— Nous ne sommes pas certains que ce soit notre Kate Gallagher, dit Jill en s'emparant du papier, les mains tremblantes. Mais si c'est elle, elle a eu un fils prénommé Peter ! Cela pourrait être l'acte de naissance de mon grand-père. Oh, mon Dieu, si seulement j'étais sûre qu'il était né à York !

— Ne vous emballez pas, dit-il avec un calme qui contrastait avec son agitation. Elle est restée trois jours. Médecin traitant, date d'admission, sortie, tout est là, ajouta Alex.

— Cela ne nous en dit pas beaucoup plus, se lamenta Jill avant de s'exclamer : Alex, c'est notre Kate ! Elle a donné à son fils le nom de son père décédé !

— Du calme. Peut-être. Voici la note. Il doit y avoir un double du reçu.

— Qui a payé ? demanda-t-elle en lui agrippant le bras.

— C'est ça qui me plaît chez vous, dit-il en lui souriant, vous êtes futée. Voilà, c'est là. Vous pouvez déchiffrer ce gribouillage ?

Jill prit la facture jaunie. Elle indiquait que le montant du séjour de Kate était de cinquante-cinq livres. Le tampon « payé » avait été apposé, et on avait signé en bas à droite. Mais la signature n'était pas seulement gribouillée, elle était passée et presque illisible.

— Ce n'est pas Edward Sheldon, ou même vicomte Braxton, dit-elle, à la fois déçue et soulagée.

Il regardait par-dessus son épaule, si près d'elle qu'elle sentait sa poitrine contre son dos.

— On dirait que le prénom, c'est Jonathan. Nous aurions peut-être besoin d'une loupe.

— Vous avez raison, c'est Jonathan. Et le nom, c'est

Barclay, dit Jill qui eut l'impression de se dégonfler comme une baudruche. Oh, zut !

— Du calme. Vous croyez qu'Edward serait arrivé en fanfaronnant, aurait payé la note et signé le reçu de son vrai nom ?

— Alors, un graphologue ? souffla-t-elle.

— C'est exactement ce que je pense. De toute façon, nous avons vraiment trouvé quelque chose. Si cette écriture est celle d'Edward, s'il a signé le reçu sous le nom de Jonathan Barclay, nous pouvons en conclure sans risques qu'il s'agit bien de Kate.

— Merci, Alex, fit Jill, dont le moral remonta à toute vitesse.

Mais quelque chose la turlupinait, et elle ne voyait pas très bien ce que c'était. Avait-elle déjà entendu le nom de Jonathan Barclay ? Il lui semblait familier.

— De rien. Faisons des photocopies avant d'aller à la maison, dit Alex en lui passant le bras autour des épaules pour la guider vers la porte.

Jill se dégagea. Le corps d'Alex était ferme et chaud. Et ce n'était pas le moment d'y penser.

Pourtant il la regardait, les yeux interrogateurs, et elle savait très bien ce qu'il voulait.

Il fallait se construire une cuirasse, et vite. Mais elle en était incapable.

Le bain était brûlant, Jill aurait voulu ne jamais en sortir.

Ils étaient arrivés à Stainesmore depuis une heure, après avoir emprunté des routes à lacets si étroites que deux voitures ne pouvaient s'y croiser. Elles étaient bordées de hauts murs de pierre sur lesquels poussaient du lierre et des fleurs sauvages. Au-delà de ces murs qui s'écroulaient par endroits, on apercevait la lande qui s'étendait à l'infini pour rejoindre le ciel et la mer. Quelques troupeaux de moutons la ponctuaient çà et là de leurs taches blanches. Jill aperçut même un cavalier qui galopait sur une crête lointaine. La route était de plus en plus raide. Alex avait dit que le village de Robin Hood Bay était « par là », pointant du doigt la côte vers le sud.

Stainesmore semblait sortir tout droit d'un roman gothique. La demeure était bâtie sur une colline dénuée d'arbres, et l'arrière donnait sur la falaise et la mer. Construite en pierre rouge-brun, c'était un vrai château, avec tours et porche voûté ouvrant sur une cour gazonnée. Le corps du bâtiment principal, flanqué de deux tours rondes, était crénelé. Jill, qui s'était imaginé une villa d'été toute blanche, avait été interloquée à leur arrivée. Une intendante et une douzaine de domestiques étaient apparus pour les saluer avec force courbettes et révérences, accompagnés de bonjours cérémonieux.

Jill soupira. La baignoire aux pattes de lion et aux robinets de cuivre était une antiquité. La salle de bains était vaste mais austère : des toilettes avec une chasse d'eau à chaîne, un petit lavabo, un porte-serviettes et un radiateur électrique. Mais le sol était en marbre beige, et de grandes fenêtres s'ouvraient sur un terrain où s'étendaient une piscine et la roseraie évoquée par Edward dans la lettre à son jardinier. Allongée dans la baignoire, Jill savourait la vue sur la mer grisée et le ciel aux teintes de crépuscule. Elle regrettait seulement de ne pas avoir un verre de vin à la main.

Elle réalisa que si Hal avait vécu, même sans tous ses mensonges, elle aurait peut-être fini par mettre la première un terme à leur relation, à cause du fossé que creusait entre eux leur différence de classe et de culture.

Elle sortit de la baignoire, et frissonna instantanément à cause de l'atmosphère fraîche, car elle n'avait pas pensé à allumer le radiateur. Elle s'enveloppa dans un énorme peignoir, et essaya de se représenter Alex jeune garçon, passant l'été ici avec ses cousins. Se sentait-il étranger, comme elle ? Elle eut envie de l'interroger sur ses impressions de l'époque.

On frappa à la porte de sa chambre, ce qui la tira de sa rêverie.

Comme elle était pieds nus et toujours en peignoir, Jill hésita. Elle était sûre que c'était Alex. Elle prit conscience d'être encore mouillée et nue sous le peignoir d'éponge. Elle ouvrit avec précipitation. C'était bien lui. Il avait mis son jean délavé, son pull en cachemire jaune et de vieux mocassins. Il avait les cheveux mouillés.

Son jean moulait ses longues jambes et ses hanches, et son pull épousait la musculature de son torse. Jill détourna les yeux, mais elle avait eu le temps de voir qu'il l'avait détaillée de la tête aux pieds.

— Désolé. Je pensais que vous seriez prête.

— Ce n'est pas grave, bredouilla Jill, troublée d'être en tête à tête avec lui sur le seuil de sa chambre, dans une maison presque vide.

— Je serai en bas, dans la bibliothèque. C'est plus confortable que le salon. Un verre de vin rouge, ça vous irait ? Nous avons une superbe cave à vins.

— Ça m'irait parfaitement, dit-elle avec un sourire rapide, tout en se demandant si elle avait raison d'accepter une telle invitation. Elle se concentrerait sur Kate. Et se contenterait d'un seul verre de vin.

— Alex ? Prenez votre ordinateur portable.

— Vous voulez aller sur Internet ce soir ? fit-il, consterné.

— Et pourquoi pas ?

Le regard d'Alex s'attarda sur sa bouche ; Jill ne souriait plus.

— Je vous retrouve en bas, conclut-il avant de tourner les talons dans le long couloir désert.

Jill l'observa. Il se passait quelque chose qui ne lui plaisait pas. Si elle était vraiment honnête avec elle-même, elle devait admettre qu'elle était déçue qu'il n'ait pas essayé de l'embrasser, de la toucher. À la tombée de la nuit, elle avait du mal à empêcher ses pensées de se diriger vers des fantasmes qu'elle redoutait. Elle tenta de se persuader qu'elle était simplement à bout de nerfs, que c'était le mystère entourant Kate qui la perturbait, mais elle aurait été idiote de croire à ses propres mensonges.

Alex congédia les domestiques et prit un plateau sur lequel étaient disposés deux verres de porto hors d'âge, deux cafés et deux grosses parts de tarte aux pommes. Jill le suivit dans la bibliothèque. La pièce était à peine confortable, très haute de plafond et au bas mot deux fois plus vaste que le studio de Jill. Elle était plus petite cependant que le grand salon avec ses innombrables fauteuils et sa multitude de tapis anciens. Couverte de livres du sol au plafond sur trois côtés, elle était effectivement plus intime.

Un énorme tableau de style impressionniste représentant un port sous la tempête avait été accroché au-dessus d'une cheminée monumentale. Jill avait reconnu un Vlaminck. Le mobilier ancien était délicatement sculpté, les tissus, un peu passés, très élégants. Jill s'assit par terre, le dos contre le damas doré mais fané d'un des trois canapés. Elle ôta ses chaussures en soupirant, le vin millésimé et le porto ayant produit leur effet.

— Quel repas ! Je n'en peux plus. Croyez-vous que ce serait très grossier de ma part d'emporter ce dessert en guise de petit en-cas nocturne ?

— Ça me semble être une excellente idée, répondit Alex qui plaça le plateau avec précaution sur une table basse en face de Jill. Il alla chercher son portable et le posa à côté. La sensation de bien-être de Jill s'évanouit sur-le-champ.

Elle observa Alex qui branchait l'ordinateur. Elle voulait toujours savoir quand Anne s'était fiancée, mais souhaitait-elle vraiment fouiller sans vergogne dans les fichiers d'Alex ? Que se passerait-il si elle y trouvait les lettres de Kate ?

— Toujours prête ? fit-il en souriant.

Mais cela n'amusa pas Jill.

— Je viens de gâcher la soirée ? demanda-t-il posément.

Il ne pouvait pas être un traître. Après tout, ce serait peut-être mieux si elle ne cherchait pas ces fichiers.

— Bien sûr que non. J'aime beaucoup cet endroit, Alex.

Il eut l'air surpris qu'elle change ainsi de sujet.

— Moi aussi, dit-il après un moment. Il nous faudra une seconde ou deux pour aller où nous voulons, ajouta-t-il en s'installant à côté d'elle, ses doigts voltigeant sur le clavier.

Il disait toujours « nous ». Jill prit son café. Il ne fallait plus qu'elle boive, ce soir. Elle était un peu partie, et ils étaient seuls. La maison était immense, mais la chambre d'Alex était tout à côté de la sienne.

« Il y a un homme... Tu ne dois pas lui faire confiance... sinon, il se passera quelque chose de terrible... »

Les paroles de KC lui bourdonnaient dans les oreilles. Mais elle pouvait se tromper. Elle avait admis que si les cartes ne se trompaient pas, celui qui les interprétait le pouvait.

— Vous êtes dans le *Tribune*, dit-il, coupant court à ses pensées. Vous pouvez consulter chaque page de cette manière, lui expliqua-t-il en lui montrant quelles touches utiliser.

Jill posa son café. Alex se déplaça pour qu'elle s'installe en face de l'ordinateur. Les gros titres d'octobre 1908 apparurent. Le mois où Kate avait disparu.

— Je me demande à quelle date Anne et Edward se sont mariés, dit-elle, maintenant si absorbée dans sa recherche qu'il lui était plus facile de faire abstraction de son dilemme concernant Alex.

Pour l'instant. Et puis, il lui était impossible de fouiller dans ses fichiers tant qu'il était assis à côté d'elle. Elle fit défiler les pages à toute vitesse. Elle sentait qu'il l'observait en sirotant son porto. Elle trouva ce qu'elle cherchait.

— Écoutez ça, Alex, lança-t-elle avec excitation. « Le mariage d'Anne Bensonhurst, fille unique de lord Randolph Bensonhurst, et d'Edward Sheldon, vicomte Braxton, aura lieu le samedi 18 août 1909. » Je me demande s'ils l'avaient remis à plus tard, du fait que Kate ait disparu.

— Quelle est la date de l'article ? demanda Alex qui attaquait sa part de tarte.

— Le 7 février, quatre mois après l'anniversaire d'Anne et la disparition de Kate, dit Jill. Mon Dieu, comment arrivez-vous à travailler sur ce portable ? Il est minuscule, remarqua-t-elle tandis qu'elle essayait de faire défiler les pages le plus vite possible.

— Avec une intense concentration, rétorqua sèchement Alex.

Elle savait qu'il l'observait toujours, mais elle ne leva pas les yeux, trop absorbée par sa tâche. Elle arriva à l'article relatant le mariage.

— Ils se sont mariés le 18 août. « Lady Anne Bensonhurst, fille de lord Randolph Bensonhurst, a épousé Edward Sheldon, vicomte Braxton, fils aîné du comte de Collinsworth, à la cathédrale Saint-Paul, hier à 13 heures. Trois cent cinquante invités ont assisté à la cérémonie et à la réception qui s'est tenue au Ritz. Lord et lady Braxton ont choisi Marseille pour leur lune de miel. » Oh, mon Dieu ! Écoutez ça, ajouta Jill, pétrifiée : « La seule ombre planant sur ce brillant événement, qui dit-on a coûté à sa seigneurie deux cent mille livres, est le fait que l'amie intime de la mariée, l'héritière américaine Katherine Gallagher, est toujours portée disparue. Sa disparition a été officiellement signalée au mois de janvier par sa mère, Mrs. Peter Gallagher, de New York. »

— Ils n'ont pas retardé le mariage, conclut Alex en effleurant Jill, qui restait silencieuse.

— C'est exact. Ça me rend malade, fit Jill en le regardant, complètement dégrisée.

— Vous prenez ça trop à cœur, dit Alex. Elle était peut-être aussi enceinte.

— C'est une plaisanterie ? De mauvais goût ? s'indigna Jill.

— Pas vraiment.

— Vous croyez qu'il badinait avec les deux en même temps ?

— Il ne badinait pas avec Anne. Elle venait d'une grande famille. C'était une héritière. L'épouse parfaite.

— Alors que Kate n'était pas d'un bon milieu, même si elle était riche, c'est ça que vous voulez dire ? s'emporta Jill.

— Je n'ai aucune envie de me disputer avec vous. J'ai vécu ici la majeure partie de ma vie. Les barrières de classe existent toujours, et quiconque vous dit le contraire est un fieffé menteur.

— Kate était à Edward ce que j'ai été pour Hal, constata-t-elle en s'écartant d'Alex. À ceci près que je n'ai pas d'argent, et qu'elle en avait.

— C'est une très vieille famille, très fermée, dit Alex avec douceur.

— Mais allez-y, dites-le ! s'exclama Jill, surprise de son ton amer. Hal ne m'aurait jamais épousée. Même s'il l'avait voulu, Thomas et William ne l'auraient jamais permis.

— Il aurait eu droit à une déclaration de guerre dans les règles.

— Pourquoi faut-il toujours que vous appeliez un chat un chat ? demanda Jill en se levant.

— Vous préféreriez que je vous mente ? À quoi cela servirait-il ? N'est-ce pas préférable de savoir la vérité, pour ne pas refaire la même erreur ?

— Ne vous inquiétez pas. Je ne refais jamais deux fois la même erreur, assura Jill, qui se l'était juré.

— Jill... dit-il sur un ton plein de sympathie.

— Ça va, coupa-t-elle, mais je crois que je vais arrêter pour aujourd'hui.

— D'accord, fit-il, s'apprêtant à enregistrer le fichier. À demain, Jill.

— Qu'est-ce que vous faites ?

— Je sauvegarde l'article. J'ai créé un dossier Gallagher. Celui-ci s'appelle « Mariage d'Anne », ça vous va ?

Il ferma l'ordinateur et se leva.

Elle pensa au dossier et aux lettres qui avaient disparu. Elle n'aurait jamais une meilleure occasion de fouiller dans ses fichiers. Elle se pencha pour prendre la plateau.

— Laissez tout ça, dit-il. Une domestique débarrassera demain matin. Mais n'oubliez pas votre tarte, ajouta-t-il avec un sourire.

Jill prit l'assiette, et ils montèrent en silence. Elle décida qu'elle attendrait une heure, pour être sûre qu'il était bien endormi. Puis elle redescendrait et inspecterait son portable. Elle avait l'impression qu'elle allait commettre un délit épouvantable.

Ils s'arrêtèrent devant sa porte. La sienne était juste en face. Jill avait les épaules complètement contractées. Elle se disait qu'elle était sur le point de le trahir, ce qui était ridicule.

Il la regarda avec insistance. Elle se détourna et murmura un inaudible « bonsoir ». Il ne bougea pas d'un pouce. « Oh, non », se dit-elle, réalisant qu'elle venait de chuchoter.

Parce qu'il la regardait toujours, et que l'écart entre leurs corps s'était imperceptiblement rétréci.

— Jill.

Elle avait envie de lui ; et elle avait peur.

Soudain Alex lui releva le menton, et sa bouche toucha la sienne. Leurs lèvres s'effleurèrent une fois, puis deux. Et Jill sentit ses doigts qui se serraient, ses lèvres fermes, et cette tension palpable.

Alex recula. Il ne souriait plus.

— Bonne nuit. Dormez bien.

Il rentra rapidement dans sa chambre. Jill resta un moment devant la porte close en bois ciré. Attristée — et déçue ? — elle entra aussi dans sa chambre, et s'appuya contre sa porte une fois qu'elle l'eut refermée. Elle ne sut pas combien de temps elle resta ainsi, son assiette à la main, à écouter le silence de la maison et de la nuit.

Elle retrouva ses esprits. Il ne ressortait pas, ce qui était aussi bien. Elle posa son assiette, et réfléchit à un plan pour fouiller dans le portable, très mal à l'aise. Il venait de l'embrasser. Avec douceur. Alors qu'il aurait pu être pressant, et la mettre dans son lit, il n'y avait aucun doute.

Jill fit les cent pas, regardant sans cesse la pendule.

Elle finit par s'asseoir. Si elle ne vérifiait pas le portable le soir même, elle ne pourrait peut-être plus jamais le faire. Et Kate comptait sur elle. Mais non, Kate était morte, Jill divaguait, elle était la seule à compter sur elle.

Il était 23 h 45. Depuis combien de temps l'avait-il embrassée dans le couloir ? Peut-être un quart d'heure, ou un peu plus.

Jill ôta ses chaussures et alla coller son oreille contre la porte. Pas un bruit. Elle l'entrouvrit. Tout était absolument silencieux.

Elle se précipita dans le couloir. Les lumières étaient allumées. À chaque craquement du plancher, son cœur bondissait. Elle regardait sans cesse derrière elle, mais Alex ne se montra pas.

Quand elle pénétra dans la bibliothèque, son cœur battit encore plus vite, et elle se dit que c'était absurde. Bien sûr, sauf s'il y avait des fantômes.

Elle alluma une lampe à côté du canapé où elle s'était installée auparavant. Elle s'assit devant le portable et l'alluma. Un message sybillin clignota en DOS, bien différent des icônes qu'elle s'attendait à trouver. Elle tapa « windows », sans illusion. L'écran afficha tout de suite « accès refusé ».

Qu'est-ce que cela voulait dire ? Se rappelant les quelques rudiments d'informatique qu'elle possédait, elle tapa « entrée ».

Le même message apparut : « accès refusé ».

— Vous avez besoin du mot de passe, dit Alex dans son dos.

Jill se releva en sursaut, le souffle coupé. Elle le regarda comme s'il eût été le fantôme des lieux. Il était sur le seuil de la bibliothèque, vêtu de son seul jean.

— Je n'arrivais pas à dormir, expliqua Jill avec précipitation.

— Ça me semble évident.

Il s'avança lentement dans la pièce. Il ne regardait qu'elle, pas le portable. Elle seulement.

— Qu'est-ce que vous faites, Jill ?

— Qu'est-ce que je fais ? répéta-t-elle, glacée par son ton agressif.

— C'est Kate que vous chassez, ou moi ? demanda-t-il froidement.

8.

— Je ne comprends pas, balbutia Jill, laconique.

Elle savait que la culpabilité se lisait sur son visage. Son cœur cognait toujours dans sa poitrine.

— Je ne dormais pas. Je me suis dit que j'allais aller sur le Net, pour trouver le *Tribune*...

— Je doute que vous puissiez aller sur le Net, encore moins dans le *Tribune*, scanda-t-il, la mâchoire contractée.

Jill se rendit compte qu'il était furieux.

— Ce n'est pas ce que vous pensez, commença-t-elle avec nervosité.

— Non ? rétorqua-t-il avec froideur.

Elle découvrait un trait d'Alex qu'elle n'avait perçu qu'une fois, le jour où elle était arrivée à Londres avec le cercueil de Hal. Il alla refermer le couvercle du portable d'un coup sec. Puis il la regarda droit dans les yeux, excédé.

— Je vais vous dire quelque chose. Je crois que nous ne devrions pas poursuivre cette discussion ce soir, lança-t-il.

— Je suis désolée, avança-t-elle.

Il débrancha le modem, enroula le cordon autour de sa main et le glissa dans la poche de son pantalon. Puis il prit le portable et lui dit bonsoir d'un ton sinistre.

Il quitta la pièce sans prendre la peine de fermer la porte derrière lui.

Jill réalisa trop tard qu'elle tenait à Alex.

Elle sombra sur le canapé damassé, la tête dans les mains. Les battements de son cœur se calmèrent ; elle se sentit complètement déprimée. Elle ne pourrait jamais dormir. Et en plus, elle se trouvait idiote.

Elle se demanda alors si Alex n'avait pas laissé son ordinateur en bas pour la mettre à l'épreuve.

Soudain l'avertissement de KC résonna dans sa tête. Il y avait un homme, sur son chemin, qu'elle ne pouvait pas éviter, et à qui elle ne pouvait pas faire confiance.

Elle fut saisie par l'évidence. Alex avait été inévitable jusqu'à maintenant. Pas Thomas. C'était Alex qui l'avait accueillie quand elle était revenue à Londres, Alex qui l'avait aidée à commencer sa recherche des lettres, Alex qui était en ce moment avec elle à Stainesmore.

Le plateau était resté sur la table basse, avec les deux cafés refroidis et les deux verres de porto, dont l'un était encore presque plein. Jill le but d'un trait. La brûlure de l'alcool lui fut agréable. Les larmes étaient toute proches.

Elle s'allongea sur le canapé. Elle avait très peu d'amis. Et à Londres, sa seule amie était Lucinda. Mais elle réalisa qu'Alex aussi était devenu un ami, malgré ses doutes et ses soupçons, malgré la mise en garde de KC. Elle ne voulait pas perdre son amitié.

Demain, elle réfléchirait sérieusement, se promit-elle. Elle saurait quoi faire.

Et quand elle plongea dans le sommeil, ce fut avec l'image d'Alex devant les yeux. Celle de Kate vint ensuite.

Le visage de Kate était d'une netteté presque insupportable.

Ses yeux sombres étaient agrandis, son beau visage si pâle que son grain de beauté semblait noir. Ses cheveux tombaient en cascade sur ses épaules, mais ses boucles étaient tout emmêlées. Kate la regardait fixement de ses grands yeux.

Elle était bouleversée. Ce regard était plein de... quoi ? D'angoisse ? De supplication ? De peur ?

Jill gémit. Kate la regarda et commença à parler, très vite, sa bouche formant à toute vitesse des mots que Jill n'entendait pas. Elle était plus que bouleversée, elle était terrifiée, suppliait quelqu'un. Mais Jill ne comprenait rien. Elle voulait se réveiller et ne pas assister à cette chose terrible.

Puis le visage de Kate disparut. Jill se retrouva devant des murs de pierre, de gros blocs gris-noirs qui s'élevaient devant elle, si près qu'en tendant la main elle pouvait les atteindre et sentir leur surface grossière...

Jill toucha une substance sale et humide.

Ses doigts plongèrent dans de la terre et non de la pierre. Elle recula, écœurée, voulant baisser les bras, mais au lieu de cela la substance lui remplit les paumes, formant de petits amas entre ses doigts, s'insinuant sous ses ongles. Non, pensa Jill, affolée. Mais elle continuait à creuser, toujours plus profond, la panique croissant sans cesse.

Non, je ne veux pas faire ça ! se disait Jill avec désespoir.

Il y avait tant de saleté ! Ses mains étaient maculées de terre brun foncé, puis le sang apparut, du sang partout...

C'est alors que Jill vit la tour. C'était un bâtiment en pierre, carré, en ruine, s'élançant depuis des bouquets d'arbres tordus, qu'encadraient un ciel gris plombé et une mer écumante.

Il faut que je sorte de là, pensa Jill. Mais quand elle essaya de quitter son lit, ses doigts plongèrent dans la terre, et quand elle les regarda, elle vit encore le sang. Lorsque elle leva les yeux, elle se heurta aux murs impénétrables...

Le cri résonna dans la chambre de pierre. Aigu, perçant, inhumain. Un cri d'agonie ?

Jill se leva en sursaut.

Une fraction de seconde, tandis que son esprit quittait le rêve pour la réalité de la bibliothèque de Stainesmore, elle continua d'entendre ce cri surnaturel qui résonnait autour d'elle. Un cri de terreur et de désespoir. Plein de fureur, aussi.

Jill se rendit alors compte que ses doigts ne creusaient plus la terre, mais le tissu du canapé. Elle était dans la bibliothèque, et tremblait comme une feuille.

C'était le pire rêve qu'elle avait jamais fait, mais ce n'était qu'un rêve, rien de plus.

Cependant elle avait vu si distinctement le visage de Kate, plein de détresse et de terreur. Une expression qu'elle n'oublierait jamais.

Elle se leva péniblement, scrutant les ombres de la pièce, Mais Kate Gallagher n'était pas là, pas plus que son fantôme, Dieu merci. Jill se rendit compte qu'elle était trempée de sueur et en larmes. Puis elle se souvint du rêve de KC.

« Tu devenais Kate. »

Jill était glacée. Ce n'était qu'un rêve, ce n'était pas la peine d'essayer de l'interpréter. Mais qu'avait voulu dire KC ?

Il était 5 heures du matin. Jill savait qu'elle n'arriverait jamais à se rendormir. Elle allait prendre une douche et chercherait la cuisine pour se faire un café. Elle avait peur de dormir, peur de ce qu'elle pourrait rêver.

Jill lisait le journal en buvant un café quand Alex fit son apparition dans la bibliothèque où elle s'était installée. Il n'était que 7 h 45.

— Bonjour, dit-il, l'air circonspect.

Il portait son jean et un gros pull irlandais en laine noire.

— Je vous dois les plus plates excuses, fit Jill précipitamment en se levant avec nervosité.

— C'est le moins qu'on puisse dire.

Elle le scrutait, essayant de décider s'il était digne de confiance ou non. Son regard était inexpressif.

— Je me suis rendu compte que j'en suis arrivée à compter sur vous... je n'ai pas beaucoup d'amis.

Elle s'arrêta. Elle avait envie d'ajouter : « Mais j'ai peur de vous faire confiance. Pouvez-vous m'en vouloir » ?

Il attendait qu'elle termine. Jill se força à sourire, puis renonça.

— J'aurais dû vous demander la permission de consulter vos fichiers...

— Vous ne me faites pas confiance, coupa-t-il. Vous

pensez que j'ai effacé ces fichiers contenant les lettres de Kate, c'est ça ?

Jill cilla sous son regard accusateur.

— Je ne sais que penser, finit-elle par murmurer. J'espérais que nous étions amis. Mais pouvez-vous m'en vouloir de me méfier ? Je ne m'attendais pas à trouver ces fichiers dans votre portable, vous savez.

Il se passa la main dans ses cheveux courts et épais, l'air sinistre, et triste aussi.

— Je crois que je peux comprendre, étant donné la situation, à quel point cela vous est difficile de faire confiance à un homme.

— Merci, souffla Jill. Je ne recommencerai pas.

Quelque chose en elle fut soulagé, et bêtement satisfait, d'avoir surmonté cette impasse.

— Vous êtes une femme très tenace, dit-il, et c'est l'une des choses que j'aime chez vous. Je ne m'attends pas à ce que vous changiez, conclut-il avec un sourire qui illumina son visage séduisant et ses extraordinaires yeux bleus.

Il ne la croyait pas tout à fait — elle ne se croyait d'ailleurs pas vraiment elle-même.

— Jill.

L'injonction contenue dans sa voix l'interrompit dans ses pensées.

— Vous pouvez me faire confiance, assura-t-il. Je veux vous aider. Nous sommes amis.

Jill hocha la tête. Elle voulait le croire. Mais, la nuit dernière, sa colère contenue avait été bien plus terrifiante que les explosions de rage de Thomas. Jill en conclut que Thomas était bien plus ouvert, et qu'Alex était un maître du contrôle de soi. S'il était innocent, aurait-il été si agressif envers elle ?

— Il y a du café ? demanda Alex sur un ton léger, comme si tout était pardonné et oublié.

Il désignait la grosse verseuse en argent sur la table basse devant Jill. Obligeamment remplie par les sympathiques employés de la cuisine, elle était posée sur un plateau en argent, avec du lait, du sucre et une carafe de jus d'orange fraîchement pressé. Alex prit son silence pour un oui, et se servit une tasse. Ses longs doigts serraient fermement l'anse. Jill se demanda pourquoi, s'il était innocent, il ne lui avait pas permis de consulter ses fichiers à sa guise ? Pour mettre un terme à ses soupçons une fois pour toutes ?

Jill s'en voulut de nourrir de telles pensées, mais c'était plus fort qu'elle.

— Alex, je peux vous demander quelque chose ?

— Allez-y.

— Croyez-vous que c'est Thomas qui a effacé les fichiers Gallagher ?

Il baissa sa tasse, le regard assuré, mais mit un moment avant de répondre.

— Non, je ne crois pas. Je pense qu'il y a eu une panne, un incident malheureux. L'électricité ne fonctionnait pas quand je suis entré dans l'appartement, Jill, je ne l'ai pas inventé.

Le cœur de Jill s'accéléra. Avait-il hésité ? Avait-elle décelé quelque chose dans ses yeux ? Oh, mon Dieu ! Le problème était qu'elle l'aimait bien en tant que personne, et qu'en tant qu'homme, il l'attirait. Si seulement elle pouvait rester objective. Pourquoi ne pouvait-elle pas lui faire une confiance aveugle ?

Parce que l'enjeu était trop important.

Jill se contracta, choquée : sa voix intérieure ressemblait exactement à celle de Kate.

— Qu'y a-t-il, Jill ? Qu'est-ce qui ne va pas ?

Qu'était-elle en train de s'imaginer ? Elle n'avait jamais entendu parler Kate, ne l'entendrait jamais, et n'avait aucun moyen de savoir quel avait été le son de sa voix.

— Je suis très fatiguée, expliqua Jill, le souffle court. Je me suis endormie ici la nuit dernière et je me suis réveillée à 5 heures du matin.

Elle décida de ne pas lui parler du rêve qui l'habitait toujours, et la terrifiait.

— Vous avez l'air épuisée. Vous devriez peut-être faire la sieste aujourd'hui, suggéra-t-il, examinant le ciel gris et lourd. Nous sommes partis pour avoir beaucoup de pluie.

— En fait, j'espérais visiter la maison et peut-être le

domaine, s'il ne pleuvait pas. J'aimerais bien voir aussi le village.

Il souriait maintenant franchement. C'était le bon vieil Alex auquel elle avait commencé à s'attacher.

— Je pensais la même chose, dit-il. Nous pouvons visiter la maison quand il pleut. Nous allons nous habiller chaudement, et je vais vous emmener faire un tour de la propriété une heure ou deux. Ensuite nous pourrons déjeuner au village. À moins qu'il ne pleuve. La route de Robin Hood Bay est trop raide pour qu'on puisse l'emprunter en voiture, il faut y aller à pied.

— Ça m'a l'air amusant, lança Jill avec enthousiasme.

Tout serait bon pour oublier la nuit qu'elle venait de passer.

Alex avait proposé qu'ils prennent la voiture, car une petite bruine avait commencé à tomber. Il avait troqué son bolide contre la robuste Land Rover de la maison. La lande rocheuse et désertique s'étendait sans fin au nord et à l'ouest de la maison, tandis qu'ils suivaient la côte en direction du sud.

À la sortie de Stainesmore la route étroite serpentait, enserrée de hauts murs de pierre et de haies, ce qui réduisait la visibilité à néant. Jill fut surprise de la variété du paysage qui était devenu verdoyant, avec de grands arbres et des prairies parsemées de fleurs sauvages. Il pleuvait maintenant à grosses gouttes.

Alex lui montra le chemin de plusieurs cottages et fermes, invisibles de la route, indiqués par de petits panneaux en bois délavés par les intempéries. C'étaient les maisons de métayers qui pour la plupart vivaient sur ces terres depuis des générations.

— Quelle est la taille du domaine ? demanda Jill tandis que la Land Rover se frayait un chemin sur la route parfois non goudronnée et pleine d'ornières.

— Cinq cents hectares environ. C'était plus grand autrefois, mais les deux tiers des terres ont été vendues il y a des années, expliqua Alex.

Jill lui sourit, puis regarda par la vitre. Ce qu'elle entr'aperçut alors la stupéfia. « Oh, mon Dieu ! » s'écria-t-elle en lui prenant le bras si violemment que la voiture fit une embardée.

— Jill !

Elle était perdue dans la contemplation d'une tour en pierre gris-noir qui perçait le ciel pluvieux.

— Arrêtez-vous. Il faut qu'on descende.

C'était incroyable.

— Mais qu'est-ce qui se passe ? On dirait que vous venez de voir un fantôme, dit Alex en essayant de se garer pour ne pas gêner la circulation.

Il avait à peine la place, mais il n'y avait pas d'autres voitures heureusement.

— J'ai peut-être vu un fantôme, avança Jill, mal à l'aise. Cette tour. Je veux aller la voir de plus près. J'ai rêvé de cette tour la nuit dernière, finit-elle par avouer d'une voix rauque.

Elle la contempla de nouveau. C'était exactement la même que dans son rêve.

— OK, fit-il en la regardant attentivement. Ça vous ennuierait de me donner quelques détails ?

Il augmenta la vitesse des essuie-glaces, car la pluie tombait maintenant à verse.

— J'ai fait un cauchemar, commença-t-elle en croisant les bras, pour calmer les battements de son cœur. Au sujet de Kate. Et j'ai vu cette tour dans mon rêve.

— Je serai très heureux de vous y conduire, Jill, dit Alex. Mais dois-je vous rappeler combien il y a de tours en Grande-Bretagne ? Des centaines, peut-être des milliers, pareilles à celle-ci.

— Sortons, dit Jill, la main sur la poignée.

Je ne peux pas laisser la voiture en plein milieu de la route, ma chère, ironisa-t-il en redémarrant.

Un petit panneau sur leur gauche indiquait « Coke's Way ». Alex abandonna la route et s'engagea dans un sentier. Ils progressèrent cahin-caha sous une voûte de verdure formée par les branches des arbres et arrivèrent en vue d'un petit cottage en pierre à deux étages, au toit pointu, avec deux cheminées. Toutes les fenêtres étaient condamnées par des planches.

La tour se trouvait à moins de cent mètres derrière.

Elle se détachait d'un bouquet d'arbres tordus, à travers lequel on apercevait la mer grise et écumante. Elle était en ruine, mais c'était bien l'exacte réplique de celle que Jill avait vue en rêve.

— Je croyais que nous étions à l'intérieur des terres, bredouilla-t-elle, incapable d'analyser ses impressions, où se mêlaient énervement, malaise et épouvante.

— Nous y étions il y a quelques instants, mais ici il y a une petite baie, la côte est très découpée. Vous avez froid ? demanda Alex avec sollicitude alors qu'ils s'arrêtaient devant le cottage.

— Ce n'est rien, murmura Jill qui ouvrait déjà la portière.

Elle l'entendit couper le moteur tandis qu'elle se dirigeait vers la tour. Elle portait un anorak et une casquette. La pluie continuait à tomber. Le chemin était inégal, des pierres cachées meurtrières. Mais à la place de la porte d'autrefois il y avait une ouverture béante.

Jill entra. L'odeur trop suave du sol en terre la saisit immédiatement. L'atmosphère changea. C'était étrangement étouffant à l'intérieur, très humide et très froid. Suffoquant, Jill toucha une dalle de pierre. Elle était rugueuse sous sa paume. Elle la regarda attentivement. La sensation de déjà vu était intense. Elle avait rêvé de cela, mais il y avait eu aussi dans son rêve la terreur et le désespoir.

— Qu'est-ce que vous faites ?

La voix d'Alex était lointaine. Jill voyait de nouveau Kate, le visage blême, ses grands yeux noirs, et elle l'entendit...

Jill respira, les yeux fermés. Elle avait des vertiges, et la nausée.

Soudain Alex arriva derrière elle et lui saisit le bras avec fermeté pour la soutenir. Elle s'appuya contre lui avec reconnaissance.

— Vous êtes malade ?

Elle fut incapable de répondre. Le malaise passa, mais le visage de Kate restait présent dans sa tête. Ses yeux suppliaient Jill de l'aider. « Aidez-moi, aidez-moi, je vous en prie... » Mais Jill pensa que c'était son imagination qui lui jouait des tours.

Soudain les murs du donjon semblèrent s'incliner vers l'intérieur, comme s'ils allaient se refermer sur elle. Elle hallucinait, bouleversée par son rêve et trop fatiguée pour que son esprit fonctionne normalement.

Jill se libéra de l'emprise d'Alex, et se mit à quatre pattes. La terre du sol lui emplit les paumes. Elle était humide et rugueuse, car pleine de petits cailloux. Jill avait déjà éprouvé le contact de cette matière humide et granuleuse — la nuit dernière. Elle se releva brusquement. Elle avait peur de baisser les yeux et d'ouvrir les mains, ce qu'elle fit, mais il n'y avait pas de sang.

Elle resta cependant à contempler ses mains maculées, dans l'attente que le sang les recouvre.

Au lieu de cela, elle vit Kate saisie de panique, couverte de sang et de boue, ses longs cheveux emmêlés sur ses épaules. Et puis elle cria...

— Je ne peux plus respirer ! hurla Jill.

Avant qu'Alex puisse réagir, elle le bouscula, se précipitant vers l'air libre et la pluie battante.

Elle resta là, prise de tremblements irrépressibles, le visage vers le ciel, les mains tendues pour que l'eau efface les traces de boue.

Ce n'avait été qu'un rêve, mais son cœur lui disait le contraire. Il était arrivé quelque chose de terrible à Kate. Peut-être ici-même.

Jill se rendit compte qu'elle avait les joues baignées de larmes, mêlées à la pluie.

Soudain les mots de KC revinrent la hanter. « Tu devenais Kate... »

C'était comme une prémonition. Kate n'avait pas que disparu, il lui était arrivé une chose tragique, et cette même tragédie attendait Jill.

— Jill ?

La main d'Alex se referma avec force sur le haut de son bras. Jill vacilla sous le contact. Devant elle il y avait Kate, hagarde. En danger de mort...

— Jill ! répéta cette fois Alex avec véhémence.

Elle se rendit compte qu'il la secouait. Dieu merci, il ne pouvait pas voir qu'elle avait commencé à pleurer. Elle finit par le regarder et recula, surprise, parce qu'il la scrutait d'un air très préoccupé. Elle n'avait pas envie de partager cela avec lui, pas maintenant. Peut-être jamais.

Elle se libéra. Ses frissons s'atténuaient, elle respirait mieux. Quand elle regarda les murs, ils étaient totalement immobiles.

— Hé, que s'est-il passé dans la tour ?

Sa voix était incroyablement douce et gentille. Le cœur de Jill chavira ; elle réalisa qu'elle était épuisée et très faible. Elle lui fit face avec lenteur. Elle se demanda ce qu'il ferait si elle s'appuyait contre lui pour poser la tête contre son épaule.

— Je ne peux pas en parler maintenant.

— OK. Ne restons pas sous la pluie, fit-il après une courte hésitation.

Jill le suivit vers la voiture.

— Vous savez, j'ai lu que certaines personnes ont des réactions bizarres et très violentes en arrivant dans des endroits où elles ne sont jamais allées, comme vous.

— Que voulez-vous dire ? demanda Jill, qui trébucha.

— Vous êtes devenue si pâle à l'intérieur que j'ai cru que vous alliez vous évanouir. Vous aviez l'air en transe. Où étiez-vous, Jill ?

Ils arrivaient au cottage, côte à côte. Elle fit un signe de dénégation, mais c'était exact, elle avait été dans un état particulier.

— Je vous parlais, et vous ne m'entendiez même pas. Vous étiez très loin, Dieu sait où.

— Je n'ai pas supporté d'être dans la tour, avoua-t-elle. Et ça m'a aussi fait peur. Je vous l'ai dit, j'en ai rêvé la nuit dernière. (Elle hésita.) Je vous ai entendu, mais votre voix semblait très lointaine.

— Nous devrions peut-être laisser un peu de côté notre recherche de Kate. Vous avez traversé beaucoup d'épreuves récemment. Vous allez vous rendre malade.

— Non ! s'emporta-t-elle.

Même si elle avait peur de ce qu'elle allait découvrir, elle ne pouvait pas abandonner maintenant.

Elle comprit qu'elle désirait que justice soit faite, Kate ne méritait pas moins.

— D'accord. Si vous poursuivez, je vous aiderai

encore. Vous voulez que nous partions ? C'est un peu tôt pour déjeuner, mais nous pouvons faire encore un peu de voiture.

Jill ne broncha pas. Ils étaient maintenant à l'abri de la pluie, dans la véranda derrière le cottage. Elle regarda la maison. Il avait dit que Coke's Way était un manoir.

— Qui habitait là, Alex ? demanda-t-elle en pesant ses mots.

— Personne n'habite ici depuis que je viens dans le Yorkshire. J'avais dans les sept ou huit ans la première fois. Je ne sais pas s'il y a eu des habitants depuis la dernière guerre.

— Vous avez bien dit que c'était un manoir, il y a quelques instants ?

— C'était un manoir, mais il faudrait que vous demandiez des précisions à Thomas ou Lauren. Ou peut-être en savent-ils plus au village. À quoi pensez-vous ?

Jill observait les fenêtres condamnées à l'arrière de la maison. Elle leva les yeux. Les fenêtres n'étaient pas toutes occultées au premier étage.

— Alors, qu'est-ce qui mijote encore dans votre esprit créatif ? insista-t-il.

Elle se retourna et vit qu'il souriait.

— Kate a séjourné dans un manoir près de Robin Hood Bay. N'avons-nous pas croisé tout à l'heure un panneau avec cette indication ?

— Si, c'est à moins de cinq kilomètres d'ici, vers l'est. Il y a deux autres vieux manoirs dans les environs, ajouta-t-il. Vous voulez voir l'intérieur, fit-il en soupirant.

Ce n'était pas une question.

Jill hocha la tête. Kate et Edward avaient été amants. Elle n'avait aucune preuve, seulement le récit d'une vieille dame fondé sur des commérages, mais elle y croyait de tout son cœur. Où Edward pouvait-il mieux cacher sa maîtresse enceinte que dans un cottage retiré sur son propre domaine ?

Ils firent le tour pour rejoindre la façade. Tandis qu'Alex partait chercher des outils dans la Land Rover pour arracher les planches clouées en croix sur la porte, Jill essaya de regarder par une fenêtre. Elle ne discerna rien d'autre que des meubles couverts de housses et des ombres. Elle fit le tour de la maison.

Elle découvrit une porte, certainement celle de la cuisine. Elle n'était pas condamnée, seulement cadenassée avec une grosse chaîne rouillée. Jill saisit la chaîne et tira, mais elle n'allait pas céder aussi facilement.

Elle s'arrêta soudain, prise de frissons. Elle n'entendait pas Alex, car il était en train d'ouvrir la porte de la façade. Ses cheveux se dressèrent sur sa nuque ; elle eut l'impression qu'on l'observait.

Elle lâcha le cadenas et recula. Elle parcourut du regard l'herbe haute du jardin, les arbres, le mur de pierre qui longeait la route. Elle ne vit personne, mais l'impression persista, et s'amplifia. Comme si quelqu'un l'espionnait.

Jill décida de retourner vers l'avant de la maison, où se trouvait Alex. Elle se dépêcha, regardant par-dessus son épaule, et soudain elle trébucha. Elle regarda par terre. Ce n'était que la trappe d'une cave, si envahie par les mauvaises herbes qu'elle était à peine visible.

Elle arriva devant Alex presque en courant. Il venait d'enlever le dernier morceau de bois de la porte.

— Vous arrivez pile, fit-il d'un ton enjoué, avant d'ajouter après l'avoir regardée : Qu'est-ce qui ne va pas encore ?

— Rien.

Elle se força à sourire, bien que suffoquant. Elle n'allait pas lui dire qu'elle avait senti une présence qui rôdait. Il doutait déjà de son bon sens, il la prendrait irrémédiablement pour une folle.

Alex tourna la lourde poignée de cuivre. Elle joua aisément et la porte s'ouvrit d'un coup. Jill se précipita avec lui.

Ils se trouvèrent face à un petit salon aux meubles recouverts de housses. Il y avait une cheminée en pierre. Ils entrèrent avec précaution. Le parquet était en chêne foncé. Un escalier conduisait à l'étage.

— Étrange, observa Alex en humant l'air ambiant.

Jill était plus tendue que jamais. Cela avait peut-être été une erreur de venir à Coke's Way et d'explorer la tour.

— Qu'y a-t-il d'étrange ? demanda-t-elle.

— Rien, répondit-il.

Jill entra avec lui dans le salon. Seuls le canapé et les chaises avaient été recouverts. Une longue table se trouvait le long d'un mur, sur laquelle ne restaient qu'une vieille lampe à gaz et quelques livres reliés, dont les titres étaient maintenant illisibles.

Alex se dirigea vers la table. Il prit un livre et l'ouvrit.

— Henry James, dit-il. *Washington Square.* Le copyright est de 1880.

— Je me demande si Kate a lu ce livre, dit Jill tout excitée. Y a-t-il une inscription ? Quelque chose ?

— Non, dit-il en le lui tendant. N'allez pas si vite.

Elle décida de ne pas relever. Kate avait séjourné ici. Ici, ou dans la tour.

Alex entra dans la petite cuisine. Jill regarda un autre livre, de Melville. Puis elle entendit Alex s'écrier depuis la cuisine : « Bon sang ! »

Elle se précipita dans la pièce mal éclairée, et comprit pourquoi il avait crié.

Il y avait un paquet de céréales sur le plan de travail en bois. À côté, un pot de café instantané. Des assiettes et de l'argenterie étaient posés sur un égouttoir en plastique à côté de l'évier.

— Cet endroit n'a pas l'air d'être resté confiné pendant des années, dit Alex. Regardez ça ! Quelqu'un est venu ici, récemment.

Il prit le paquet de céréales et en versa un peu dans sa main.

— Pas si récemment. Ces céréales ont été ouvertes depuis longtemps.

— C'était peut-être un sans-abri, suggéra Jill, persuadée du contraire.

— Et comment serait-il entré ? rétorqua Alex, qui regardait sous l'évier.

Jill comprit qu'il inspectait la poubelle. Mais elle avait été vidée.

— Il y a une porte sur le côté, fermée avec un cadenas, lui dit Jill. Quelqu'un a peut-être la clé.

— Un sans-abri aurait pu passer par une fenêtre. Nous vérifierons avant de repartir.

Jill pensa aux fenêtres de l'étage qui n'étaient pas condamnées.

— Allons voir en haut.

Ils retraversèrent le salon. Alex s'arrêta devant la cheminée.

— Des allume-feu. Et des cendres. Notre inconnu s'était installé confortablement. Je vais vérifier si ces derniers temps nous avions loué cet endroit à un original.

Ils montèrent en silence, Jill précédant Alex. Elle alla directement au bout du couloir.

— Sauriez-vous quelque chose que j'ignore ? demanda-t-il derrière elle.

— Vous n'avez pas remarqué les fenêtres de ce côté de la maison ? interrogea Jill.

Seule la dernière porte était ouverte, tandis que les deux qu'ils venaient de dépasser étaient fermées.

Se demandant ce qu'elle allait trouver, Jill s'arrêta sur le seuil de la pièce. Un lit à colonnes en occupait le centre. Un couvre-lit bleu avait été tiré sur des draps blancs. Une lampe électrique était posée sur la table de chevet, à côté d'un cendrier en verre, et on avait installé un radiateur électrique.

Jill balaya la pièce du regard. Il y avait un bureau contre le mur, surmonté d'un miroir. Alors que le bureau et le miroir, comme le lit, dataient au bas mot d'un siècle, les objets sur le bureau, tout comme les draps et le radiateur, étaient bel et bien contemporains.

Elle avisa une pile de magazines et son cœur s'arrêta. Celui du dessus était *Photography Today*.

— Hal est venu ici, dit Alex derrière elle. Je viens de regarder dans la salle de bains. Il y a des serviettes, du savon, de la mousse à raser et un rasoir.

Jill resta pétrifiée. Hal était venu dans cette maison, peut-être juste avant que Jill ne le rencontre. Et cet endroit était lié à Kate. Pourquoi Hal était-il venu ici ? La question n'était-elle pas désormais absurde ?

Il était venu ici à cause de Kate.

Elle s'assit sur le lit, prise de nausées. Pouvait-elle affronter la vérité ?

Et si Hal était sorti avec elle parce qu'elle était l'arrière-petite-fille de Kate ?

Alex ouvrit les tiroirs du bureau. Ils étaient vides. Puis il fouilla dans la pile de magazines, ses mains restèrent en suspens. Jill vit alors une enveloppe en kraft sous la pile.

Submergée par l'appréhension, elle serra les mains sur ses genoux de toutes ses forces, dans l'attente du prochain choc.

Alex ouvrit l'enveloppe et en sortit une série de photos grand format. C'était du noir et blanc, Jill n'eut pas besoin de s'approcher pour être sûre que c'étaient des photos de Hal.

Alex regarda la première sans dire un mot. L'inquiétude de Jill augmenta. Les mains d'Alex semblèrent trembler, et ses joues avaient légèrement rosi.

Il la glissa sous les autres, examina la seconde, puis feuilleta rapidement la douzaine de photos qui restaient.

— Qu'y a-t-il ? demanda Jill d'une voix chevrotante.

— Tenez, fit-il en lui tendant le paquet.

Jill reconnut au premier coup d'œil le travail de Hal. L'instant suivant, elle manqua s'évanouir : elle vit Kate, nue, superbe, lovée dans un fauteuil. Sa pose était si raffinée que la photo aurait pu paraître dans *Vogue*. On ne voyait ni son sexe, ni la pointe de ses seins, mais elle n'était que féminité et sensualité triomphantes, poitrine rebondie dans ses bras croisés, taille fine et hanches généreuses, cuisses galbées. Sa tête était inclinée, et il flottait dans ses yeux une expression si suggestivement rêveuse qu'il était évident qu'elle était amoureuse du photographe.

Mais Hal n'aurait pas pu photographier Kate.

Alors Jill comprit qu'elle se regardait elle-même.

Le feu aux joues, elle se souvint de la séance.

Elle se regarda. Elle ne ressemblait pas vraiment à cela. Hal avait adouci le côté anguleux de son corps et de son visage, grâce à sa maîtrise experte de l'ombre et de la lumière.

Les autres photos étaient plus suggestives encore. Sur l'une d'elles elle était debout, presque de face, retenant ses cheveux en arrière d'une main, le corps illuminé par le soleil venant d'une fenêtre. Sur ce cliché elle ne ressemblait pas du tout à Kate — elle était toute en muscles, une danseuse avec un corps de danseuse. Jill fit une grimace et serra le paquet contre sa poitrine. Elle réussit à regarder Alex.

— Eh bien, Hal avait beaucoup de talent, dit-il sans sourire, mais nous le savions déjà.

Que pouvait-elle répondre ? « Oui. » Puis elle ajouta sur un ton peu naturel :

— Vous rougissez. Vous avez pourtant déjà vu des femmes nues.

— Oui, mais pas vous, fit-il en la regardant droit dans les yeux.

Jill remit les photos dans l'enveloppe, qu'elle reposa sur le bureau.

— Vous avez souvent posé pour lui ?

Lui aussi essayait de paraître naturel, mais sans plus de succès. L'atmosphère était à couper au couteau.

— De temps en temps. En fait, oui, souvent. Mais pas toujours nue.

— Vous êtes superbe, dit Alex, sans ciller.

Jill ne put détourner les yeux. C'était un commentaire stupidement masculin, mais elle ne pouvait l'en blâmer. Et encore moins y répondre. Son cerveau était comme anesthésié.

— Bon, conclut Alex, je crois que vous feriez mieux de garder ça. (Il prit l'enveloppe et la lui tendit.) Si nous allions déjeuner ? Je ne sais pas au juste ce que nous cherchions, mais nous avons en tout cas trouvé quelque chose.

Il partit sans l'attendre. Jill mit longtemps avant de sortir de sa léthargie. Hal avait été amoureux de Kate. Elle en était sûre.

Jill pataugeait dans les flaques du parc derrière Stainesmore. Elle ne cessait de réfléchir.

Hal l'avait photographiée de telle manière qu'elle ressemblait trait pour trait à Kate — le visage plus rond, le corps plus voluptueux, et ses cheveux relevés sans être coiffés donnaient l'illusion d'être longs et bouclés.

Les pièces du puzzle se mettaient en place — et Jill n'aimait aucun de ses morceaux.

Hal, Kate et elle. Tous trois formaient un étrange triangle amoureux se jouant du temps. Peut-être Hal l'avait-il recherchée à cause de Kate.

Jill n'arrivait pas à comprendre la place de Marisa dans tout cela. Mais elle se sentait plus que jamais désolée pour elle. Aimer Hal avait été difficile pour toutes deux, à ce qu'il semblait.

Au moins, Alex n'avait pas remarqué la ressemblance. Ce détail la soulageait, bien qu'elle ne sût pourquoi.

Elle avait marché longtemps. La pluie avait cessé, il restait cependant une brume épaisse qui rendait la visibilité difficile. Jill s'arrêta pour regarder d'où elle venait. Elle fut surprise de découvrir qu'elle ne voyait plus la moindre tourelle ou cheminée de la maison.

Elle allait faire demi-tour, quand quelque chose l'incita à regarder autour d'elle. La brume tournoya, et se leva un peu. Jill discerna les contours d'une chapelle à cent mètres environ sur sa droite.

Elle plissa les yeux. Ce devait être celle qu'elle avait remarquée quelques heures auparavant quand Alex l'avait ramenée de Coke's Way.

Ce n'était pas important : mieux valait qu'elle rentre avant de se perdre.

La brume continuait à tourbillonner, et avant que Jill ne puisse faire demi-tour, elle vit plusieurs pierres tombales miroiter dans le brouillard humide, juste devant elle. Elle se trouvait dans un cimetière sans s'en être rendu compte.

Mais cela ne l'intéressait pas, d'autant plus que l'obscurité commençait à tomber. Elle se demanda toutefois s'il appartenait à la famille ou aux villages alentour. Jill s'avança vers la pierre la plus proche et lut « Martha Watts Benson, 11 février 1901-1er mai 1954 » gravé dans le granit. Voilà qui répondait à sa question.

Jill fit demi-tour, dans l'intention de retourner à Stainesmore.

Elle regarda la vieille chapelle en pierre, à peine distincte, et essaya d'en repérer l'orientation par rapport à la maison. Jill prit résolument la direction du nord. Un instant plus tard son pied heurta quelque chose de dur et elle tomba.

Une pierre s'enfonça dans sa hanche. Elle roula sur le côté et s'assit dans l'herbe détrempée, commençant à sentir le froid et pressentant l'énorme bleu qu'elle aurait à coup sûr. Puis elle regarda la pierre sur laquelle elle avait trébuché.

Elle était recouverte d'herbe : sauf erreur, il s'agissait d'une petite tombe discrète. Mon Dieu ! Elle avait chuté sur une tombe ! Est-ce que ça ne portait pas malheur ?

Jill était sur le point de se relever. Elle claquait des dents. Au lieu de le faire — et jamais ensuite elle ne put trouver la raison de son comportement — elle rampa en avant et écarta les herbes qui cachaient la tombe.

La pierre était gris-noir. Comme les dalles de la tour.

Jill fut secouée de frissons, mais elle était trempée, frigorifiée, et il avait recommencé à pleuvoir.

En enlevant les herbes, elle sentit des aspérités sur la pierre. Elle était gravée. Jill s'approcha, le souffle court.

Et elle resta immobile. Regardant les lettres qui dansaient devant ses yeux.

« Katherine Adeline Gallagher. 10 juin 1890-12 janvier 1909 ».

III.
La tour

1.

Jill resta hébétée devant la tombe. Puis elle s'y cramponna, à s'écorcher les doigts, les yeux rivés sur la date du décès, le 12 janvier 1909. Elle suffoquait. Non seulement Kate avait disparu en 1908, mais elle était morte peu de temps après. La preuve était là.

Elle s'agenouilla devant la stèle et ferma les yeux, retenant ses larmes. Kate, si jeune, si belle, si pleine de vie, morte à l'âge de dix-huit ans. Jill n'aurait pas dû être surprise, elle le pressentait depuis quelque temps déjà, surtout depuis la nuit dernière.

Mais que s'était-il passé ? Et pourquoi ?

« Et tu devenais Kate... »

Jill refusa de s'étendre sur ces étranges paroles de KC. Mais, bon sang, Kate et elle se ressemblaient, et elle n'oublierait jamais son malaise dans la tour.

Hal n'était pas mort en lui disant qu'il l'aimait, il était mort en lui disant qu'il aimait Kate. La vérité était criante et incontournable.

Ils s'étaient rencontrés dans le métro. Du moins, c'était ce que Jill avait pensé. Mais Lauren avait insisté en disant qu'il l'avait rencontrée à son studio de danse. L'avait-il d'abord espionnée là-bas, et choisie parce qu'elle ressemblait à Kate ? Ou parce qu'il savait qu'elle était l'arrière-petite-fille de Kate ?

C'était ça, bien sûr.

Les larmes de Jill se mirent à couler. Elle pleurait en

silence sur elle-même, sur la Jill qui n'existait plus, la jeune femme naïve qui avait aimé de tout son cœur, et fait confiance à un homme compliqué et perturbé.

— Jill ? Qu'est-ce qu'il y a ?

Elle reconnut tout de suite Alex qui se hâtait vers elle. Elle ne voulait pas qu'il la voie comme ça. Il ne comprendrait pas, il croirait qu'elle pleurait à cause de Hal. Elle s'essuya vite les yeux.

Il la releva et la prit dans ses bras.

Jill ne broncha pas. Elle ne pouvait pas bouger. Pas seulement parce qu'elle était stupéfaite, mais parce qu'elle se sentait bien, en sécurité.

Elle ne sut combien de temps elle resta ainsi, mais elle en oublia la tombe. Il avait posé sa main derrière sa tête. C'était très réconfortant, comme une mère qui protégeait la tête fragile et chaude de son enfant.

Mais ils savaient tous les deux qu'elle n'était pas un enfant. La main d'Alex glissa lentement vers sa nuque. Le contact fut électrique. Elle se rendit compte à ce moment-là qu'elle était tout contre lui, serrée contre son corps mince et athlétique. Elle resta immobile, rassemblant ses pensées. C'est ça que je veux, se dit-elle. Je le veux, lui.

Elle se dégagea à contrecœur. Il la scrutait, inquisiteur. Elle lui montra la stèle du doigt.

Sa lampe de poche à la main, il s'accroupit et balaya la tombe du faisceau lumineux, sans un mot.

Le crépuscule tombait. La bruine s'était arrêtée, faisant place à un brouillard épais et à la lueur mauve foncé du début de la nuit. Jill se rendit compte qu'elle était trempée jusqu'aux os. Elle se mit à claquer des dents. Alex se releva.

— C'est dingue, dit-il calmement.

La réflexion était si absurde qu'elle éclata malgré elle d'un rire hystérique.

— Voilà que s'envole votre belle théorie selon laquelle Kate est partie vivre heureuse pour toujours avec son amant.

Jill hocha la tête et frissonna. Soudain Alex ôta sa lourde veste en cuir doublée de laine, et la lui posa sur son anorak.

— Vous allez attraper une pneumonie.

Il la soutint en lui passant le bras autour de la taille, comme s'il pensait qu'elle était incapable de marcher sans son aide.

— Elle est morte, bredouilla Jill. Quelqu'un connaissait la date exacte de sa mort. Et l'a enterrée, Alex. Ici, à côté de Stainesmore. Nous devons trouver ce qui s'est passé, et qui a fait ça !

Il ne répondit pas, mais la serra plus fort contre lui tandis qu'elle tremblait comme une feuille.

— Je ne vous ai pas raconté mon rêve, continua Jill d'une voix rauque. Kate était terrifiée, emprisonnée quelque part, peut-être dans cette tour, et elle était pleine de boue, elle en avait sous les ongles. Il y avait tellement de sang. Je l'ai vue, Alex.

— Ce n'était qu'un rêve, trancha-t-il. Je suis inquiet à votre sujet. Il faut arrêter ces recherches pendant quelques jours. Vous devez vous reposer, Jill, sinon vous allez tomber gravement malade.

— Nous rentrons à Londres demain soir. Il faut encore chercher à Stainesmore, et peut-être encore aussi au manoir. Croyez-vous qu'il y a des registres à la chapelle ? Les gens qui sont enterrés là sont bien répertoriés quelque part !

— Qu'espérez-vous gagner dans tout ça ? finit-il par lui demander avec douceur.

Jill s'écarta soudain de lui et le regarda, incrédule.

— Quelle question ! C'était mon arrière-grand-mère et on l'a assassinée !

— Nous ne sommes pas sûrs que ce soit votre arrière-grand-mère, et nous ne savons pas si elle a été assassinée, trancha-t-il, les yeux brillants.

— Vous êtes contre moi, maintenant ? s'inquiéta Jill qui se remit à trembler de plus belle.

— Jamais je ne serai contre vous, dit-il avant de maugréer en se passant la main dans les cheveux. Qu'est-ce que vous voulez, Jill ? Comment voulez-vous que ça se termine ?

— Je veux savoir la vérité : ce qui est arrivé à Kate, et pourquoi. Et son enfant, Peter, qui pourrait être mon grand-père ? Il n'est pas mort. Que lui est-il arrivé ? Si votre famille est impliquée, alors tant pis. Il y aura beaucoup de ragots dans les journaux à sensation pendant une semaine ou deux. Elle peut bien l'assumer, décréta-t-elle avec amertume.

— Mon oncle et ma tante viennent de perdre leur fils, lança Alex, brutal. Ils n'ont pas besoin d'un autre drame dans leur vie. Pas maintenant.

— Alors vous redoutez qu'il ne s'agisse de quelque chose qui touche votre famille, de quelque chose de déplaisant ? insista Jill.

— Et comment voulez-vous que je ne le redoute pas ? Ils sont très âgés, ils viennent de perdre Hal. Tante Margaret a des problèmes cardiaques. Mon oncle a pris vingt ans en quelques semaines, asséna-t-il en élevant la voix. Je ne veux pas qu'on leur fasse du mal.

Jill n'avait jamais vu Alex aussi ému. Et aussi intraitable. Elle reçut de front la confirmation que sa loyauté envers les Sheldon était indéfectible.

— Jill, reprit-il avec plus de douceur, de nouveau maître de lui-même. Quoi qu'il ait pu arriver à Kate, elle est morte il y a longtemps, et personne ne payera pour le crime — si tant est qu'il y en ait eu un. Je ne veux pas que mon oncle et ma tante soient perturbés. Ils ont assez souffert comme ça, et je sais que vous êtes d'accord avec moi au moins là-dessus. Laissons tomber tout ça une semaine ou deux. Surtout avant que vous ne soyez si obnubilée qu'on ne puisse plus discuter avec vous.

— C'est faux, rétorqua Jill, troublée.

Jusqu'où irait Alex pour protéger la famille Collinsworth ?

— Je crois que vous êtes complètement obsédée, et ça vous arrange bien aussi. Au lieu de pleurer sur la mort de Hal et sur ce qu'il vous a fait tous les soirs sur votre oreiller, vous pouvez vous raccrocher à ça, s'énerva Alex.

Jill ne répliqua pas tout de suite. Bien sûr qu'Alex se devait de défendre l'honneur de sa famille. Ne serait-elle pas aussi têtue et loyale envers sa famille, si elle découvrait qu'elle en avait une ?

Or elle en avait une. Kate Gallagher était sa famille,

et Kate avait besoin d'elle maintenant. Mais elle essaya de s'en tenir au fait qu'elle était morte, et en dépit de ses impressions il n'y avait pas de preuve tangible qu'elle fût son arrière-grand-mère.

— Je ne laisse pas tomber, Alex, finit-elle par dire. Je ne peux pas. Et c'est injuste de me demander ça, surtout maintenant : avec les progrès que je fais, l'enjeu est devenu si important !

Elle lui tourna le dos et se remit à marcher. Il faisait nuit, mais on voyait maintenant danser les lumières jaunes de la maison à travers le brouillard mouvant. Elles lui faisaient signe, tel un fanal mystérieux la guidant vers la demeure de Hal.

— Mais quel est donc cet enjeu, Jill ? appela Alex derrière elle.

— La vérité, lança-t-elle par-dessus son épaule.

Elle ne s'arrêta pas, et lui ne fit aucun effort pour la rattraper.

Quelques heures plus tard, Jill était assise sur son lit, à contempler le radiateur électrique qu'on avait allumé, vêtue d'un pantalon en molleton gris et d'un tee-shirt blanc. Elle n'avait pas envie de se coucher, bien qu'elle ne se souvînt pas avoir jamais été aussi fatiguée. Elle redoutait de rêver à nouveau de Kate.

Alex et elle avaient dîné tranquillement, chacun absorbé dans ses pensées. Ils avaient vidé une bouteille d'un fabuleux vin rouge — un château-margaux 1982 — avant même que ne leur soit servie l'entrée. La tension qui s'était installée entre eux un peu plus tôt, loin d'avoir été dissipée par les effets de l'alcool, s'était au contraire accentuée. Leur silence gêné était devenu pesant. Alex avait ensuite servi un château-lafite 1961. Jill n'avait jamais rien goûté de pareil, il était à la fois corsé et velouté. Ils avaient de même terminé cette bouteille, échangeant à peine quelques mots.

Jill avait commencé à se poser des questions sur la vie privée d'Alex. Ils avaient tous deux refusé le dessert, et siroté leur expresso dans un silence plus lourd encore avant de se souhaiter bonne nuit et de monter se coucher chacun de leur côté.

Jill s'était attendue à ce qu'il lui fasse des avances devant sa porte. Il ne l'avait pas fait. Elle n'en avait été que partiellement soulagée. Elle trouvait son comportement plus qu'étrange : illogique. Elle n'arrivait pas à le cerner. Le pire était que sa déception était bien réelle.

Jill renonça. Elle se concentra plutôt sur le fait que Hal l'avait en quelque sorte conduite à cet endroit — sa maison de famille dans le nord du Yorkshire, avec Alex, au printemps 1999, à la recherche de la vérité sur Kate. Celle-ci n'avait que dix-huit ans. Il était donc logique de penser qu'elle avait été assassinée. Se rappelant les supplications qu'elle adressait dans son rêve, Jill fut de nouveau bouleversée. Était-ce pour qu'on lui laisse la vie sauve ? Edward l'avait-il tuée ?

Elle n'imaginait pas Kate acceptant avec résignation le statut de maîtresse. Elle avait le sentiment de la connaître. C'était une femme passionnée et courageuse. Elle se serait battue pour son amour. Elle n'aurait jamais supporté qu'Edward se tourne vers une autre femme, encore moins vers sa meilleure amie.

Jill en était malade. La trahison d'Edward et d'Anne avait dû être flagrante — si Kate l'avait jamais su. Jill espérait qu'elle l'avait ignoré.

Elle ne pouvait s'empêcher de s'identifier à Kate. Elle était étrangère à ce milieu, bien qu'elle fût une héritière, alors qu'Anne représentait l'épouse idéale. Jill enrageait à cette idée.

Sa détermination n'avait jamais été aussi forte. Elle se rappela qu'elle n'avait pas encore la preuve tangible qu'Edward avait été son amant, même si elle en était intimement persuadée. Elle avait besoin d'autre chose que des souvenirs de Janet Witcombe. Dès qu'elle rentrerait à Londres, elle se procurerait un échantillon de l'écriture d'Edward, et le comparerait à la signature de Jonathan Barclay. Ce serait une belle avancée si les deux écritures concordaient.

Barclay. Ce nom la titilla de nouveau. Ne l'avait-elle pas entendu récemment ?

Jill regretta de ne pas avoir de somnifère. Ou un autre verre. Bien qu'elle ait bu autant qu'Alex, ce qui voulait dire une bouteille entière, ses pensées continuaient à la tourmenter et elle craignait un autre cauchemar.

Elle se leva et entrebâilla sa porte. Celle d'Alex était fermée. Est-ce qu'il dormait ?

Elle resta immobile, se remémorant la façon dont il l'avait serrée dans ses bras sur la tombe de Kate. Elle repensa à son expression devant les photos de Hal où elle avait posé nue. Que signifiaient ce regard intense et ce rouge sur ses joues ?

Jill se glissa dans le couloir. Elle ne put s'empêcher de jeter un œil à la porte d'Alex quand elle passa devant. Elle n'entendit rien, il dormait certainement. Elle descendit. Le couloir était allumé, mais le rez-de-chaussée était dans l'obscurité, parcouru d'ombres mouvantes. Elle se dit que tout le monde devait dormir dans la maison.

Elle s'approcha de la bibliothèque et sa démarche se fit hésitante. La porte était ouverte, les lumières allumées.

Alex était étendu dans un des canapés, un verre de cognac à la main. Il regardait la cheminée, lui tournant le dos. Mais il n'avait pas fait de feu. Il tourna la tête.

— Vous aussi ? fit-il, ironique.

Le pouls de Jill s'accéléra. Elle croisa les bras.

— J'ai peur de dormir.

Il accepta l'explication. Il se leva, alla lui servir un cognac.

— Pourquoi avez-vous peur ?

— Je ne veux pas rêver de Kate suppliant qu'on lui laisse la vie sauve.

— C'est ce dont vous avez rêvé la nuit dernière ? demanda-t-il, la mâchoire contractée.

Elle hocha la tête.

— Alors cela voudrait dire que vous avez des dons de voyance ?

— Oui, murmura Jill. Il faut que j'appelle KC pour lui demander ce que ça signifie. Mon Dieu, je suis épuisée, mais mon cerveau ne veut pas s'arrêter.

— Vous êtes trop bouleversée, constata Alex.

Jill remarqua que les jointures de ses doigts étaient

devenues blanches sur le verre qu'il tenait. Elle songea combien il serait facile d'avancer de quelques pas, et de poser sa tête au creux de son épaule, tout près de son cou. Ce serait si agréable d'être à nouveau dans ses bras.

Puis elle sut qu'elle se mentait. Sans grande conviction. Elle voulait plus qu'une étreinte, même si elle ne lui faisait pas entièrement confiance.

Jill le regarda. Quelque chose s'assombrit dans ses yeux. Il retourna s'asseoir dans le canapé, lui tournant de nouveau le dos.

Il sait, pensa Jill en tremblant. Il sait, mais maintenant c'est lui qui s'éloigne de moi. Elle ne comprenait pas pourquoi.

Elle se força à respirer calmement, puis fit le tour du canapé et alla s'asseoir. Il ne parlait pas. Elle sirota son cognac et finit par lui demander :

— Vous préférez être seul ?

— Non, ça va, fit-il avec un sourire forcé qui s'effaça très vite. Et vous, ça va ?

— Pas vraiment, répondit-elle en plongeant dans ses yeux bleus.

— La journée a été rude.

— Oui, acquiesça Jill en contemplant son verre. (Quel euphémisme !) Les photographies, souffla-t-elle.

— Oui, et alors ? demanda-t-il, lui aussi plongé dans son verre.

— Sur la première, je ressemble à Kate, trait pour trait, dit-elle en cherchant son regard.

— Je l'ai vu.

— Ah bon ? s'exclama-t-elle, sursautant. Mais vous n'avez rien dit.

— Je ne m'étais pas rendu compte que vous aussi vous l'aviez remarqué.

Le regard d'Alex glissa de son visage vers ses bras nus et ses mains, puis se détourna. Elle ne comprit pas ce que cela signifiait. Même si son tee-shirt était sans manches, c'était bien anodin.

— Qu'est-ce que ça signifie pour vous ? s'enquit-il prudemment.

— Ce n'est donc pas évident ? fit-elle en reposant son verre.

— Non, ce n'est pas évident, rétorqua-t-il très lentement.

— Vous ne vous souvenez pas que les dernières paroles de Hal furent (elle dut s'arrêter un instant) : « Je t'aime, Kate. »

— Vous avez mal entendu, asséna-t-il.

— Je n'ai pas mal entendu, chuchota-t-elle, soutenant son regard.

— Qu'est-ce que vous racontez ? Que Hal vous a prise pour une femme morte en 1909 ? fit-il, les yeux ardents, en lui agrippant l'épaule.

Soudain, l'espace entre eux se trouva réduit à quelques centimètres. Elle ne savait qui des deux s'était rapproché. Et il était furieux. Pourquoi ? Furieux contre elle, ou contre Hal ? Jill n'osa pas le lui demander.

Il laissa retomber sa main, et se détourna en maugréant.

— Je vous l'ai déjà dit, Hal était un maître de l'esquive, dit-il avec rudesse. Il savait qui vous étiez.

Jill en resta pétrifiée. Son désir pour Alex contrecarrait sa tension et son besoin de savoir.

— Il savait que j'étais l'arrière-petite-fille de Kate Gallagher ?

— Je ne sais pas. Comment le saurais-je ? Nous ne sommes même pas sûrs que vous êtes son arrière-petite-fille. Un de nous deux devrait retourner se coucher, lança-t-il abruptement.

— Il n'y a pas si longtemps, vous m'avez fait des avances avec de gros sabots.

— Avec des bottes, rétorqua-t-il.

— Exact, se reprit Jill en souriant. (Mais cet amusement ne dura qu'un instant.) Alex... continua-t-elle lentement, ignorant la petite voix intérieure qui la mettait en garde.

Il la regardait toujours, la mâchoire crispée.

Pourquoi ne faisait-il pas un geste ? Ils étaient tous les deux ivres, du moins elle l'était. Il était très tard, la nuit était noire, sans étoiles, pleine de brouillard, et personne ne saurait jamais rien. Elle le désirait. Alex, avec son jean délavé et ses pulls très doux. Mais il ne bougeait pas, ne parlait pas.

Elle avala une bonne rasade de cognac, et lui fit face de nouveau.

— Vous rendez ça très difficile, commença-t-elle en s'éclaircissant la voix. Vous voulez monter ?

— Monter ?

Jill n'en croyait pas ses oreilles. Il savait ce qu'elle voulait dire. Il était loin d'être idiot, même si en ce moment il se comportait comme tel.

— Est-ce que vous me repoussez ? demanda-t-elle en essayant d'être nonchalante, sans réussir.

Alex la dévisagea et mit les mains dans les poches de son jean.

— Est-ce que vous savez ce que vous faites, au moins ? demanda-t-il avec brusquerie.

— Bien sûr que je le sais, fit-elle en reculant d'un pas. Je suis une grande fille...

— Vous êtes une boule de nerfs, coupa-t-il, et à moins que je ne me trompe, vous êtes en ce moment très, très vulnérable.

Jill réalisa qu'il la repoussait. Elle recula, blessée et stupéfaite.

— Vous ne me désirez pas ?

— Si. Bien plus qu'il y a quelques jours. Mais vous, vous ne me désirez pas.

— Vous vous trompez, murmura-t-elle, redoutant qu'il n'ait raison.

— Je vous aime bien, Jill, confessa-t-il avec tristesse. Je sais aussi très bien jauger les gens. Vous n'êtes pas une rapide. Vous ne voulez pas d'une aventure sans lendemain. Vous êtes romantique. N'essayez pas de fanfaronner et de prétendre le contraire. Demain, Dieu seul sait dans quel état vous serez. Vous n'êtes pas prête pour ça. Vous n'êtes pas prête pour moi.

Elle savait qu'il avait raison. Elle ne voulait pas d'une aventure d'une nuit, mais il n'y avait pas d'autre alternative.

— Jill, dit-il, radouci, je n'essaye pas de vous faire souffrir. Mais je ne peux pas profiter de vous.

— Oh, mon Dieu ! s'exclama Jill, qui se sentait malade. Je me suis rendue complètement ridicule ! (Elle réussit à faire un pauvre sourire.) Bonne nuit.

— Non, Jill, attendez, vous n'avez pas...

Mais elle ne s'arrêta pas, elle n'écouta pas. Elle se précipita hors de la pièce.

2.

Jill trébucha dans l'escalier. Elle était sur le palier quand elle sentit sa présence derrière elle. Il la prit par la main, la coupant dans son élan.

— Jill, arrêtez.

Elle stoppa net, lui tournant le dos car elle redoutait de le regarder. Elle ne contrôlait plus les événements. Elle courait après une morte et un homme hors de sa portée. Qu'est-ce qu'il lui arrivait ?

— Ne finissons pas la soirée comme ça, dit-il avec brusquerie, en la retournant.

— Je vous dois d'énormes excuses, commença Jill avec maladresse. Je reconnais que je suis dans un drôle d'état. Je ne me suis jamais jetée à la tête de quelqu'un de cette façon.

— Vous êtes dans un drôle d'état, c'est vrai, dit-il avec douceur, les mains sur ses épaules.

Jill se rendit compte qu'il ne les retirait pas et la tension l'envahit de nouveau. Leurs regards se rencontrèrent. Il ne souriait pas.

— Je ne veux pas d'excuses. Nous sommes adultes. Nous sommes attirés l'un par l'autre. C'est la vie. C'est juste plus compliqué que ça ne devrait l'être.

Compliqué, pensa Jill, consciente du peu de centimètres qui les séparaient, de ses mains, de la chaleur émanant de son corps. Elle savait pourquoi c'était compliqué pour elle, mais pourquoi l'était-ce pour lui ?

Ils restèrent silencieux, immobiles. Puis il baissa les bras, avec une grimace.

— Je ne suis pas très doué pour ça, avoua-t-il.

— Ce qui veut dire ? interrogea-t-elle.

Les battements de son cœur qui avaient ralenti résonnaient sourdement dans sa poitrine.

— Ça veut dire que lorsque je suis seul, avec une femme qui me plaît, je laisse la nature suivre son cours. Mais je n'aime pas ce qui se passe ici. Vous avez vécu un enfer, et maintenant vous êtes obsédée par Kate. C'est comme une maladie, et je suis inquiet.

Cette inquiétude transparaissait dans ses yeux bleus. Jill en fut chavirée, et la tension en elle s'accrut.

— Je ne suis pas obsédée, murmura-t-elle. Je ne peux pas expliquer ce que je ressens, ce qui s'est passé dans la tour, ou pourquoi Hal m'a menée jusqu'ici, avec vous, mais j'ai envie d'avoir des racines, Alex. Et s'il y a bien quelqu'un qui peut le comprendre, c'est vous.

Il la fixait. Jill sentit qu'il était partagé entre s'éloigner ou se rapprocher. Sans réfléchir, elle s'appuya contre lui, les yeux fermés, et posa sa joue contre sa poitrine.

Le cachemire était d'une grande douceur. Mais son corps était dur, éminemment masculin. Elle écouta le rythme régulier de son cœur, se rendant compte qu'il commençait à palpiter, et que quelque chose de fou, de dangereux, montait en elle. Elle en avait le souffle coupé. Cette chose insistait, et c'était brûlant, sexuel.

Il ne fallut même pas une seconde à Alex pour réagir. Il la serra très fort et enfouit son visage dans ses cheveux.

— Tu sens si bon, Jill, chuchota-t-il, tu sens comme la pluie. Bon Dieu, Jill, c'est trop bon.

Celle-ci avait à peine assimilé ces mots qu'il l'enlaça d'un bras, et de l'autre main lui releva la tête, sa bouche descendant vers la sienne.

Leurs lèvres s'effleurèrent plusieurs fois, tandis que Jill essayait de calmer les battements désordonnés de son cœur.

Il mit un terme au baiser et ses yeux plongèrent dans les siens.

— Il y aura d'énormes regrets, demain matin, dit-il.

Avant que Jill ne puisse répondre, il l'embrassa à pleine bouche et la porta dans ses bras. Il ouvrit la porte de sa chambre d'un coup d'épaule. Un instant plus tard elle se retrouva dans son lit, sur le dos. Il était sur elle, pressant, pesant de tout son poids. Leurs bouches se rencontrèrent.

Le baiser fut incroyable. Jamais Jill n'avait été embrassée ainsi, et il lui traversa l'esprit qu'il la désirait vraiment, comme personne ne l'avait jamais désirée. Pas même Hal.

Leurs langues se mêlèrent. La main d'Alex s'insinua entre ses cuisses.

Jill suffoqua de plaisir quand il la caressa, avant de poser sa main écartée, possessive, sur son sexe.

Jill lui prit la tête dans les mains, mettant fin à ce violent baiser, stupéfaite, et pensa « je ne peux pas attendre ».

— Si, tu peux, dit-il avec brusquerie.

Elle comprit qu'elle avait parlé tout haut, et elle rencontra ses yeux, maintenant bleu pâle qui lançaient des éclats sauvages. Son index caressait son clitoris. Jill ne pouvait pas bouger, seulement haleter, prise dans l'exultation de ses sens. Alex lui sourit, observant ses moindres réactions.

— Oh, mon Dieu ! chuchota Jill tandis que sa main experte la caressait sans relâche. Soudain il s'arrêta, et Jill sentit qu'il lui prenait la sienne, pour la presser contre son sexe en érection.

— Non, maintenant ! s'entendit-elle crier.

Alex lui déchira ses vêtements. Jill lui baissa son jean sur les hanches et se redressa pour prendre son sexe dans sa bouche, goûtant le sel, la sueur et la semence mêlés. Elle commença à pleurer, mais pas de douleur, de plaisir.

Jill se mit à jouir brusquement.

— Bon sang ! fit Alex, qui la pénétra aussitôt.

La jouissance de Jill s'intensifia. Elle n'avait jamais éprouvé cela si vite, d'une manière aussi éhontée. Elle jouissait toujours quand elle le sentit qui se retirait, pour la soulever afin d'approcher son visage. Sa langue remplaça son sexe, et le plaisir la submergea encore.

Elle resta ensuite immobile. Alex s'allongea de nouveau sur elle avec l'intention de la pénétrer encore.

— C'est moi qui ne peux plus attendre, dit-il, s'arrêtant pour la regarder.

Mais encore perdue dans son plaisir, elle ne fit que l'apercevoir. Il fut de nouveau en elle, dur, puissant. Jill, stupéfaite, se rendit compte que son désir montait encore. Il bougea.

Elle se cramponna à ses épaules comme si elle se raccrochait à la vie — et c'était peut-être le cas. Il avait gardé son pull, complètement trempé maintenant. Chaque muscle était souligné par la laine humide. Soudain il l'attira, allant de plus en plus profond, et Jill sentit le plaisir revenir.

— Tourne-toi, demanda-t-il en se retirant et en la mettant à genoux.

Elle eut envie de le tuer, pour l'avoir laissée ainsi, mais il la reprit immédiatement, insatiable, encore et encore, avant de s'abattre sur elle.

Il resta parfaitement calme, incapable de bouger. Jill écoutait son cœur désordonné. Elle reprit peu à peu ses sens. Le corps qui l'enveloppait, l'étreignait, les mains sur ses seins étaient si chauds. Elle sourit alors qu'il roulait sur le côté.

— Je n'ai pas été trop violent ? murmura-t-il.

— Non.

Elle vit qu'il souriait, le sourire d'un homme sexuellement satisfait. Puis il tendit le bras pour la serrer contre lui, et elle s'endormit la première.

Jill s'arrêta sur le seuil de la salle à manger. Elle vit Alex avant qu'il ne s'aperçoive de sa présence. Il était plongé dans la lecture du journal. Complètement désorientée, elle ne pouvait que le regarder.

Comment avait-elle pu coucher avec lui ? Elle qui n'était pas prête à s'engager, c'était fait. Elle était sûre qu'elle n'oublierait jamais cette nuit, et elle ne comprenait toujours pas. Il ne l'aimait pas, elle ne l'aimait pas. Comment avaient-ils pu vivre un tel déchaînement de passion, alors qu'ils étaient pratiquement des étrangers l'un pour l'autre ?

Elle avait fait une énorme erreur. Parce que ça avait été mieux qu'elle ne l'avait imaginé — et déjà dans un coin de sa tête elle pensait à une autre nuit dans les bras d'Alex. Elle aurait dû savoir qu'elle ne pouvait pas se retrouver au lit avec lui sans se retrouver engagée.

Oui, c'était une terrible erreur. Faire l'amour avec lui n'avait rien changé du tout. Il était toujours un Sheldon, la vérité sur Kate rôdait autour d'elle, et quoi qu'il arrive elle rentrerait chez elle à New York pour tenter de se reconstruire.

Soudain il la vit sur le seuil. Il bondit de sa chaise, manquant la renverser. Sa tasse de café déborda sur la nappe blanche immaculée.

Jill espérait qu'il était aussi stressé qu'elle. Avait-il aussi des regrets ? Éprouvait-il quelque chose pour elle ?

— Salut, la héla-t-il avec nervosité.

Elle ne souriait toujours pas quand elle entra dans la pièce. Les choses étaient encore pires à la lumière du jour. Jill se remémorait la mise en garde de KC et les lettres disparues. Si Alex était bel et bien le Roi d'Épée, elle courait à la catastrophe.

— Bonjour.

— Bonjour, dit-il, toujours debout.

Il la regardait avec une telle intensité qu'elle se sentit rougir.

Il lui servit une tasse de café. Ce geste prit soudain une signification particulière. Combien d'hommes aujourd'hui faisaient ce genre de choses ? Ses mains étaient légèrement bronzées, solides. Oh, mon Dieu, si seulement la nuit dernière n'avait pas eu lieu ! Si seulement ils pouvaient n'être que des amis. Alex avait eu raison quand il avait dit qu'une relation entre eux serait trop compliquée.

— Merci, dit-elle.

Tous les événements de ce voyage semblaient maintenant relever de la même erreur, sauf le sexe. Il était un Sheldon, elle était une rien du tout. C'était un obstacle suffisant.

— Regardez ça, c'est incroyable ! Le soleil brille ! s'exclama Jill, bien trop enjouée, les joues en feu.

Il la regarda avec une expression indéchiffrable. Comme si elle lui eût parlé en chinois.

— Oui, finit-il par acquiescer.

Jill but son café les yeux baissés. Elle se demanda s'ils devaient parler de cette nuit, ou prétendre qu'il ne s'était rien passé. Il décida pour elle.

— Quel est le programme, aujourd'hui ? demanda-t-il en plongeant sa fourchette dans une assiette d'œufs brouillés.

Jill prit un muffin aux raisins, plus déçue que soulagée. Il allait faire comme s'il ne s'était rien passé. Tant mieux, après tout.

— La chapelle.

— D'accord, je vous y emmène dès que nous avons terminé le petit déjeuner.

— Merci, fit Jill après un temps d'hésitation. (Elle mourait d'envie de savoir ce qu'il ressentait, mais il n'y avait aucun moyen de le savoir. La seule chose tangible était l'incroyable tension qui s'était installée entre eux.) Je peux y aller toute seule, si vous préférez.

— Je vous y emmène, insista-t-il avec fermeté.

— Pourquoi ? demanda-t-elle avec un pauvre sourire. C'est moi qui fais des recherches. Je ne vous sens pas très enthousiaste aujourd'hui. Ça ne me gêne pas si vous ne venez pas.

— Je ne suis pas enthousiaste, je suis fatigué, fit-il avec un air sarcastique.

Jill rougit. Mais au moins, il faisait allusion à la nuit dernière.

— Je souhaite toujours que vous calmiez le jeu, Jill. Pendant un moment. Ce qui vous est arrivé dans la tour ne me plaît pas du tout.

Jill espérait que c'était une façon de lui dire qu'il tenait à elle.

— Je ne peux pas. En tout cas pas maintenant. Nous sommes dans le Yorkshire... qui sait quand j'aurai l'occasion d'y revenir ?

— J'ai une montagne de travail qui m'attend cette

semaine, et je ne pourrai pas vous aider quand nous rentrerons en ville, expliqua-t-il avec un soupir, avant de marquer une hésitation.

— Qu'est-ce qu'il y a ?

— Je dois aussi admettre que je suis curieux de savoir ce qui est arrivé à votre arrière-grand-mère.

Leurs regards se rencontrèrent. Alex fut le premier à détourner les yeux. Elle ne comprit pas pourquoi. Ce n'était pas le genre d'homme à être gêné après une aventure.

Tout à coup, surgie du néant, une idée qu'elle refoulait lui traversa l'esprit. Il n'était pas honnête avec elle. Quelque chose n'allait pas. Il lui mentait. Elle le sentait.

Alex et Jill sortirent de la Land Rover devant la vieille chapelle d'Hinton Vale. Elle était juste au bord de la route, derrière un mur de pierre, entourée d'une coquette pelouse verdoyante, de haies de rosiers et de chênes séculaires. Quelques pas plus loin se trouvait le cottage du vicaire, séparé de la chapelle par un chemin dallé et des haies vives. Celle-ci ressemblait à des milliers d'autres que Jill avait vues dans les films ou les guides touristiques.

Y pénétrer fut comme remonter le temps. Vide, silencieuse, elle dégageait ce puissant sentiment de paix particulier aux églises. La lumière du soleil entrait à flots par les fenêtres. Les bancs polis par le temps sentaient le bois ciré.

Il y avait aussi des relents d'encens, pensa Jill, ou bien les fleurs de glycine à l'extérieur étaient très odorantes. Elle imagina soudain ce que le lieu avait pu être du vivant de Kate. Les bancs occupés par les villageois, les hommes en costume sombre, avec chemise à haut col et chapeau mou, les femmes en longue robe foncée et lourdes chaussures noires, les garçons en culottes à bretelles, les filles montrant la dentelle de leurs jupons sous des robes à hauteur du genou. Elle croyait presque entendre les hennissements des chevaux à l'extérieur, des bruits de sabots. Puis elle vit Kate sur le seuil, le visage d'une pâleur impressionnante sous un lourd voile noir, un nourrisson dans les bras.

Bien sûr que Kate était venue prier ici, et espérer.

Frémissant, Jill regarda autour d'elle avec circonspection. La chapelle était vide, mais la vision avait été si nette qu'elle eut l'impression d'avoir réellement voyagé dans le temps.

— Puis-je vous aider ? demanda le vicaire en s'approchant d'eux, en costume sombre et col blanc.

— Monsieur le vicaire Hewitt ? demanda Alex en s'avançant la main tendue. Je suis Alex Preston, le neveu de lord Collinsworth. Je vous ai téléphoné il y a quelques instants.

Les deux hommes se serrèrent la main. Jill fut présentée. Elle fut surprise, car le vicaire était à peine plus âgé qu'elle. Alex exposa le motif de leur venue et Hewitt les conduisit derrière la chapelle dans une petite pièce tapissée de livres, où l'on conservait les registres. Il trouva celui qu'ils cherchaient et le posa sur la vieille table, au milieu de la pièce. Il avait la dimension d'un atlas, sa reliure marron avait passé avec le temps, ses pages étaient jaunies et déchirées.

— Quiconque est décédé en 1909 et a été enterré dans notre cimetière est répertorié dans ce volume, leur dit-il. Tout est classé par ordre chronologique.

Alex le remercia et le vicaire quitta la pièce. Les deux fenêtres étaient ouvertes, laissant entrer un chant d'oiseau. Alex tourna les pages, et s'arrêta au 17 mai 1908.

— Une semaine après la naissance de mon grand-père, murmura Jill.

Un dénommé George Thompson était mort ce jour-là et avait été enterré au cimetière de la chapelle. La date suivante était le 30 septembre 1908, puis le 3 décembre de la même année. Ensuite on passait à 1909.

Le cœur de Jill s'accéléra. L'année commençait au 21 mai. Son cœur fit un bond. Rien pour le 12 janvier 1909. Katherine Adeline Gallagher ne figurait pas dans le registre.

— Il doit y avoir erreur, s'interrogea Jill en vérifiant tous les noms. Remontez plus loin, Alex, pressa-t-elle.

Il lui jeta un coup d'œil désabusé, tourna la page, mais on revenait tout de suite à 1907. Ils feuilletèrent la suite de 1909, et tombèrent directement sur l'été. Pas de Katherine Adeline Gallagher. Il n'y avait eu ni service funèbre, ni cérémonie à la chapelle d'Hinton Vale.

— C'est étrange, commença Jill en regardant Alex qui referma bruyamment le volume.

Il resta muet.

— On l'a enterrée secrètement, Alex.

— On dirait, dit-il.

— Comment ont-ils fait ? En pleine nuit, avec des pelles et des bêches ?

— Je doute qu'on l'ait enterrée au grand jour. Je ne m'attendais pas à trouver quelque chose, Jill. La police n'a jamais résolu l'affaire. Bien sûr qu'on l'a ensevelie en secret. La question est : pourquoi ? Quelqu'un a pris un grand risque en l'enterrant ici.

— Oui, approuva Jill, les poings serrés. C'est certainement son meurtrier qui l'a enterrée, ce qui indiquerait qu'il éprouvait toujours un sentiment pour elle.

— Alors, qui accusez-vous ?

— Écoutez, Edward prenait du bon temps avec Kate, mais il a épousé Anne, dit-elle en se mordant la lèvre. J'imagine que Kate ne l'a pas bien pris. Je ne crois pas qu'elle lui ait souhaité beaucoup de bonheur et se soit poliment effacée pour qu'il puisse épouser sa meilleure amie.

— Ne vous emballez pas, Jill. Et si elle était morte en couches ? Elle a pu être de nouveau enceinte. Ce genre de scandale aurait aussi été dissimulé.

— Elle est venue prier ici. Pour espérer un dénouement heureux, dit Jill en regardant vers la chapelle.

— Comment pouvez-vous affirmer ça ? fit-il.

— Vous ne croyez pas qu'elle a séjourné à Coke's Way ? C'est de l'autre côté de la route, bon sang ! Pourquoi ne serait-elle pas venue ici ?

— Pourquoi criez-vous comme ça ?

— Je ne crie pas, rétorqua-t-elle, reprenant sa respiration. Je suis juste énervée.

Et ce n'était pas seulement à cause de Kate.

— Si vous voulez continuer vos recherches, allez-y, dit-il avec calme. Mais c'est stupide de vous rendre malade. Elle est morte il y a quatre-vingt-dix ans, Jill. Rien de ce que vous pourrez trouver ne changera son destin.

Il avait raison. Pourquoi était-elle si émotive ?

— Je ne sais pas pourquoi je suis aussi touchée par tout ça. J'ai presque l'impression que Kate m'observe et qu'elle attend que je résolve le mystère. Je crois que votre famille en sait bien plus qu'elle n'en a dit, conclut Jill.

Alex écarquilla les yeux. Puis reprit le contrôle de lui-même. Jusqu'à devenir impassible.

— Vraiment ?

— Toutes les familles ont des secrets qu'elles se transmettent de génération en génération. Chacun semble ignorer jusqu'à l'existence même de Kate. Je n'y crois pas un instant. Vous savez, si Edward était le père de Peter, le fils de Kate, l'enfant n'avait que douze ans de plus que William.

— Qu'est-ce que vous essayez de démontrer ?

— Comment William n'aurait-il pas connu l'existence d'un frère aîné et bâtard ?

— Peut-être qu'il n'existait pas, avança Alex après un silence.

— Peut-être, répéta Jill, incrédule.

— Vous avez l'intention de lui poser la question ?

Jill le regarda. Soudain il ne semblait plus être l'homme dans les bras duquel elle avait passé la nuit. Elle avait l'impression qu'ils étaient de part et d'autre d'une barrière. Bien qu'elle s'efforçât de ne pas le prendre à cœur, c'était douloureux.

— J'ai déjà abordé le sujet, mais à peine, quand je l'ai vu à Londres. Il m'a dit qu'il ne savait rien, et je l'ai cru, à ce moment-là du moins.

— Mais maintenant ce n'est plus le cas.

— C'est exact.

— Mon oncle est un homme honnête. Ce n'est pas un menteur.

— Mais moi je suis une intruse, et je suis responsable de la mort de Hal. Je suis sûre qu'il n'a aucune envie que je sois au courant des affaires de la famille. (Soudain une idée qu'elle s'en voulut de ne pas avoir eue plus tôt lui traversa l'esprit.) Retournons à la maison. Les vieux domaines n'ont-ils pas aussi des registres qui remontent à plusieurs siècles ? Nous y trouverons la signature d'Edward. La première chose que je ferai lundi sera de la comparer avec celle de Barclay. Si ce sont les mêmes, Alex, ce sera la preuve qu'Edward était l'amant de Kate et qu'elle a porté son enfant.

— D'accord, accepta Alex.

— Vous êtes rabat-joie, fit Jill en haussant les épaules.

— Il faut que quelqu'un vous surveille de près, ma petite, sinon Dieu seul sait où vous allez vous retrouver. On vous a déjà dit que vous étiez une vraie torpille ? plaisanta-t-il.

Il y avait de l'affection dans sa voix, de la moquerie aussi. Mais elle n'aimait pas qu'il l'appelle « ma petite » après la nuit dernière.

— Je dois être flattée ?

— Seulement si ça vous plaît d'avoir quelqu'un pour veiller sur vous, répondit-il. Retournons à la maison, nous allons chercher ces registres.

Jill acquiesça. L'excitation l'envahit de nouveau. Près de trouver les réponses qu'elle cherchait, elle se sentait aussi au bord d'un gouffre, où le premier faux pas l'enverrait plonger dans l'abîme.

Alex déchira avec soin une page d'un énorme registre, la plia et lui tendit.

— J'espère que personne ne s'en apercevra, dit Jill en regardant la porte.

Ils étaient dans la pièce qu'Alex appelait le bureau. Elle était beaucoup plus petite que la bibliothèque, et toute en boiseries foncées. Une fenêtre unique donnait sur les falaises rocailleuses et la mer. Tout portait à croire que c'était une pièce réservée à l'étude, mais dont on se servait vingt ou trente ans plus tôt, sinon plus. Elle était très sombre et sentait le renfermé.

— Je doute que quiconque vienne ici, sauf la domestique qui fait le ménage, dit Alex en replaçant le registre sur une étagère parmi une douzaine d'autres identiques. Le plus ancien remontait à 1495, ce qui étonna Jill.

— Prêt pour un tour du grenier ? demanda-t-elle avec entrain.

— Vous voulez monter au grenier ? Aujourd'hui ?

demanda-t-il en sursautant. Vous n'êtes pas encore allée à Robin Hood Bay. Nous pourrons déjeuner au pub.

— Et si nous déjeunions tard ? proposa-t-elle en souriant. Alex, tout le monde met ses vieilleries dans les greniers. Je n'ose pas imaginer ce qu'il y a ici, et je ne veux pas partir sans y avoir jeté un coup d'œil.

— Suivez-moi, obtempéra-t-il avec un soupir.

Il lui raconta en chemin comment, dans leur enfance, ses cousins et lui l'avaient exploré d'innombrables fois, se faisant immanquablement gronder quand ils étaient pris sur le fait. Ils arrivèrent devant une petite porte. Alex l'ouvrit et Jill entrevit par-dessus son épaule une volée de marches étroites qui montait dans l'ombre.

— Il y a de la lumière ? demanda-t-elle pleine d'espoir.

— Vous plaisantez ! s'exclama-t-il en sortant sa lampe de poche. Mais il y a trois fenêtres, si j'ai bonne mémoire, et le soleil brille aujourd'hui, appuya-t-il pour lui faire comprendre qu'il n'avait pas la moindre envie de s'enfermer dans un grenier poussiéreux.

Jill s'engagea avec précaution dans l'escalier. En haut des marches, elle découvrit une vaste pièce basse et mansardée, pleine de boîtes et de malles de toutes tailles.

— Il faudrait bien un mois pour tout fouiller, soupira-t-elle.

— Robin Hood Bay ? risqua Alex, plein d'espoir.

Jill l'ignora. Elle se dirigea vers une pile de vieilles malles de voyage en cuir ferrées de cuivre et s'empara de celle du dessus.

— Attendez, avant de vous casser quelque chose, dit Alex en se précipitant.

Il prit la malle à bras le corps et la posa. Il y avait un petit cadenas sur la serrure. Elle s'agenouilla et le secoua.

— Vous croyez qu'on pourrait le crocheter ? demanda-t-elle.

— Ça fait longtemps, mais je peux essayer, dit-il en s'agenouillant près d'elle.

Il sortit un couteau suisse de sa poche et introduisit une lame dans la serrure du cadenas. Jill repensa soudain à l'intrus que KC avait vu sortir de son studio à New York.

Son insouciance disparut. Quand elle vit qu'il n'y arrivait pas, elle fut soulagée.

— On dirait que vous n'avez plus le coup de main.

— Voilà, fit-il en la regardant.

Le cadenas s'ouvrit avec un cliquetis.

Elle se persuada d'oublier cet incident. KC avait dû rêver, et de toute façon Alex était à Londres. Il souleva le couvercle, découvrant des vêtements féminins soigneusement emballés. Elle se souvint alors que tout cela appartenait à William et Margaret.

— Vous allez dire que je suis venue ici ?

— Non. Nous sommes embarqués tous les deux dans cette histoire.

Jill plongea dans la malle. Au lieu des vieilleries qu'elle avait espéré trouver, c'étaient des vêtements des années 50.

— Cela pourrait même dater des années 40, dit Alex. Regardez les épaulettes.

— Alors, vous connaissez la mode ? demanda Jill, amusée.

— Je suis insomniaque. J'adore regarder les classiques la nuit, rétorqua-t-il, l'air équivoque.

— Continuons, intima Jill, refusant de penser à leur relation maintenant.

— Je vois que rien ne vous distrait de votre tâche, remarqua Alex tout en déposant une autre malle sur le sol.

— J'ai une mission. Vous, vous ouvrez les malles. Moi, je vais aller inspecter les boîtes.

Alors qu'elle se dirigeait vers les piles de boîtes, elle remarqua un objet de grande dimension, recouvert d'une toile blanche, appuyé contre le mur.

— Qu'est-ce que c'est que ça ? demanda-t-elle, plus pour elle-même que pour Alex. Elle se faufila entre les boîtes et souleva un coin de tissu. C'était une peinture.

Elle la dévoila entièrement et fut parcourue d'un grand frémissement.

Le tableau grandeur nature avait été rangé sur le côté. Il n'y avait cependant aucun doute sur l'identité du personnage qui y était représenté. Kate était assise sur l'herbe dans un jardin fleuri de tulipes à profusion, par une journée de grand soleil. Elle était d'une beauté à couper le souffle.

— Alex !

— Je vois, dit-il en arrivant derrière elle.

— Aidez-moi à la dégager ! cria-t-elle, surexcitée.

Un instant plus tard, la peinture était installée dans le bon sens dans un espace qu'ils avaient ménagé entre les boîtes.

— C'est incroyable, dit Jill, oh, mon Dieu ! Regardez ce que nous avons trouvé !

Alex était silencieux.

Jill contempla Kate. Combien l'expression de son visage était sensuelle ! Ses yeux sombres, presque noirs, étaient passionnés et suggestifs. Sa bouche pleine était légèrement entrouverte, comme si elle allait parler. Kate était certes habillée, mais son expression faisait du tableau une scène qui était loin d'être innocente. Il n'y avait pas d'ambiguïté sur ce qu'elle avait en tête.

Soudain, Jill se rappela des photos que Hal avait prises d'elle. Elle recula, troublée. Elle y arborait la même expression que Kate.

— Qu'est-ce qu'il y a ?

Le plaisir qu'elle pensait tirer de cette journée s'était envolé. Son estomac s'était contracté, et elle ne pouvait ni bouger, ni répondre à Alex. Elle ressemblait tant à son arrière-grand-mère...

— Jill ? Où êtes-vous ?

La voix d'Alex semblait distante. Jill l'ignora. Kate regardait Edward, situé derrière le portraitiste, qui observait la progression du tableau de sa maîtresse. Jill les voyait très distinctement. Edward en gilet et chemise, tête nue. Il souriait, satisfait. L'artiste, plus jeune, travaillait fiévreusement, concentré sur la jeune femme. Et Kate, à demi souriante, l'air rêveur et passionné, n'avait d'yeux que pour son amant. L'alchimie entre eux était tangible.

— Jill.

Elle sursauta. Il était à côté d'elle, et elle ne s'était pas rendu compte de sa présence.

— Quelle œuvre d'art ! apprécia Jill.

— C'est vrai, approuva Alex.

— Elle est si belle... Sûr qu'Edward — comme l'aurait fait n'importe quel autre homme — était tombé fou amoureux d'elle.

— Est-ce que la beauté n'est pas superficielle ? trancha Alex.

Elle le regarda, cette fois bien droit dans les yeux.

— Si, bien sûr. Mais nous savons aussi que Kate était courageuse et téméraire, qu'elle défiait les conventions, ce qui était admirable. Dans une société régie par un code moral aussi strict, elle a dû être une vraie bouffée de liberté. Les hommes étaient sûrement attirés par elle comme les abeilles par le miel.

— Je suis d'accord avec vous.

— Vous seriez tombé amoureux d'elle ? demanda Jill spontanément, si vous aviez vécu à cette époque ?

Elle espéra désespérément qu'il dirait non.

— Je ne sais pas. Peut-être. Si elle était vraiment tout ce que vous dites.

Elle était tout ce que je dis, affirma Jill.

— Vous êtes une romantique, Jill, avec un R majuscule. On ne vous l'a jamais dit ? interrogea-t-il en la scrutant avec insistance.

— Je ne suis pas romantique ! se défendit-elle.

— Vous avez fait de Kate un personnage romanesque, vous l'avez glorifiée. C'était peut-être une jeune fille immature de dix-huit ans, en pleine rébellion comme beaucoup l'étaient à son âge. Elle a sans doute pris une décision stupide et infantile, sans réfléchir, quand elle s'est engagée avec son amant, à une époque où ce genre d'aventure ne pouvait qu'aboutir à la souffrance et à l'autodestruction.

— Ne dites pas ça, l'arrêta Jill.

Elle étudia de nouveau le tableau. Les paroles d'Alex résonnaient dans sa tête. Jill ne doutait pas que c'était son histoire d'amour qui avait détruit Kate.

— Quel mal y a-t-il à en faire un personnage romantique ? demanda-t-elle.

— Je commence à me le demander, dit Alex après un long silence.

Elle ne voulut pas savoir ce qu'il insinuait. Elle détaillait maintenant le tableau, remarquant le soin apporté à chaque pli de la robe de satin de Kate, l'élégance de ses mains, le médaillon sur sa gorge.

— Je n'arrive pas à croire que personne ne savait qu'il était ici.

Alex ne dit rien. Une autre idée effleura soudain la jeune femme.

— Ou alors quelqu'un le savait et il a été caché ici à dessein !

Jill était en face d'Alex. Son accusation sembla résonner dans les moindres recoins du grenier.

— Je l'ai déjà vu, dit-il calmement.

— Quoi ?

— Quand nous étions enfants, nous venions ici de temps en temps, je vous l'ai dit. Le jour où nous l'avons trouvé, nous étions tous les quatre ensemble, Thomas, Lauren, Hal et moi.

— Vous l'avez trouvé tous les quatre, répéta Jill lentement. Hal l'a vu.

Il acquiesça.

— Et alors ? insista-t-elle.

Pourquoi n'était-elle pas surprise ? Elle se sentait mal. Hal avait vu ce portrait enfant, Alex aussi. Mais il n'en avait jamais parlé.

— C'est tout, fit Alex en haussant les épaules. Fin de l'histoire. L'intendante nous a grondés parce que nous étions montés au grenier.

Jill l'observa, se demandant si elle l'avait bien vu ciller. Il lui cachait quelque chose, mais quoi ?

— Est-ce que c'était la première fois que Hal voyait Kate ?

— Je ne sais pas, répondit-il en hésitant.

Il mentait. Jill se passa la langue sur les lèvres.

— Vous vous rappelez sa réaction devant cette peinture ?

— Pas vraiment, dit Alex. Je n'ai pas pris mon petit déjeuner. Je suis mort de faim. Vous avez terminé ?

Il avait changé de sujet. Elle aurait mis sa main à couper qu'il lui dissimulait quelque chose.

— Est-ce que l'obsession de Hal a commencé le jour où vous avez trouvé ce portrait ?

— Je n'en ai pas la moindre idée. L'interrogatoire est terminé ?

— Je ne vous fais pas subir un interrogatoire. Je suis simplement surprise que vous n'ayez jamais mentionné l'existence de ce portrait.

— J'avais oublié, se contenta-t-il de répondre.

Jill hocha la tête. Elle se trompait peut-être. Il se pouvait qu'Alex dise la vérité et qu'elle ait été influencée par les élucubrations de KC.

— Laissez-moi regarder encore dans quelques boîtes avant que nous partions, demanda-t-elle.

— Vous n'en avez pas assez ?

— Non.

Jill se hâta vers une pile de cartons et prit celui du dessus. Tandis qu'elle explorait un fouillis de bibelots, elle se demanda qui avait caché ce tableau. Il aurait dû être exposé à Uxbridge Hall dans les salles ouvertes au public. Elle était impatiente de s'en ouvrir à Lucinda.

Puis elle comprit. Kate était morte, et cette mort avait été tenue secrète. Quelqu'un de la famille avait caché le tableau, pour éviter qu'à chaque visite on pose des questions sur Kate.

Jill en était au sixième carton, et son humeur s'était assombrie. Il contenait de la verrerie. Elle était sur le point d'abandonner, quand elle jeta un œil sur les verres, rangés un par un dans une alvéole en carton. Sans réfléchir, elle les sortit. Il y avait un service de huit verres ballon en dessous, qu'elle enleva aussi. Du papier journal tapissait le fond.

— Qu'est-ce que vous faites ? s'enquit Alex avec curiosité en s'approchant. Il y a des vêtements d'enfant dans les malles.

— Je ne sais pas, répondit Jill sur le point de replacer les verres. Allons déjeuner, je suis prête.

Elle gardait cependant les yeux fixés sur le fond du carton. Elle fouilla impulsivement dans les journaux, mais n'y trouva rien de caché. Je suis folle, se dit-elle, une liasse de papier dans la main. Puis elle se figea, réalisant que le papier n'était pas déchiré, et que les feuilles avaient presque toutes la même dimension. Il s'agissait d'articles de longueur différente, soigneusement découpés. Elle remarqua la date sur le haut d'une page — 1909.

Jill ne croyait plus aux coïncidences.

Elle lissa une feuille, qui avait été découpée avec des ciseaux. C'était un article de quatre paragraphes, daté du 15 septembre 1909, intitulé « Les recherches pour tenter de retrouver l'héritière Gallagher sont abandonnées ».

Haletante, Jill se saisit d'une autre feuille. L'article était plus court, et le titre en gras disait « La mère de l'héritière disparue convaincue qu'il s'agit d'un acte criminel ».

— Alex ! Le fond de ce carton est plein de coupures de journaux, et elles concernent toutes la disparition de Kate ! cria Jill d'une voix rauque.

Elle comprit alors que toutes ces coupures avaient elles aussi été cachées.

Il y avait encore quelques gros titres, dont l'un du 15 janvier 1909, « Le témoignage à huis clos de sa meilleure amie ne donne aucun indice sur la disparition de Kate Gallagher ».

— On dirait que quelqu'un conservait des souvenirs, fit Alex en s'accroupissant à côté d'elle.

— La question, c'est de savoir qui, conclut Jill.

1er juin 1907

Des rires partaient en cascade dans la prairie, mêlés à des cris d'enfants et des jappements de chiens.

— Comme c'est idyllique ! s'extasia Kate en s'adressant à Anne.

Les deux jeunes filles se tenaient près d'une mare sombre et luisante, que traversaient des canards suivis par deux cygnes majestueux. Swinton Hall, la résidence de chasse de lord Willow, était située de l'autre côté de l'étendue d'eau. C'était un vieux château écossais, carré et massif, avec des parapets sur lesquels des bannières bleu et sable aux armes des Willow flottaient et se découpaient avec netteté dans le ciel trop bleu. Une dizaine de ladies et de gentlemen et quelques enfants entouraient les deux amies, à l'occasion d'un pique-nique.

Les ladies étaient installées sur des couvertures à carreaux, grignotant du poulet et des tourtes, du pain frais croustillant et des tartes aux fruits. Les gentlemen se promenaient entre eux, ou avec une amie, à l'exception d'un groupe de quatre qui jouait au badminton en gilet et manches de chemise. Les enfants jouaient à chat, les garçons en culottes courtes pourchassaient les filles avec des chapeaux de paille. Deux petits teckels s'étaient mêlés au jeu et aboyaient énergiquement, sur les talons des enfants.

— J'ai toujours eu un faible pour l'Écosse, confia Anne, souriante.

Kate et elle portaient des robes longues de soie blanche légère, celle de Kate brodée de jaune, celle d'Anne de vert, le bas orné de dentelle. Elles se tenaient la main tandis qu'elles faisaient le tour de la mare. Aucune n'avait déployé son ombrelle.

— J'ai toujours voulu que père loue quelque chose dans le nord du pays, mais il refuse. Je crois qu'il est le seul anglais au monde à mépriser la chasse.

— Comme c'est étrange ! commenta Kate avec un éclat de rire.

— Anne !

Kate soupira en entendant la voix stridente de lady Bensonhurst. Les deux jeunes filles se retournèrent, Anne avec autant de réticence que Kate.

Lady Bensonhurst s'approcha d'un pas martial, accompagnée d'une autre lady, une belle femme dans la quarantaine que Kate détestait autant qu'elle détestait la mère d'Anne. Lady Cecilia Wyndham sourit à Anne, mais son regard traversa Kate comme si elle eût été transparente. Celle-ci lui retourna un sourire glacial. Elle savait que la belle baronne ne l'aimait pas parce qu'elle détournait d'elle l'attention des hommes, à laquelle elle était habituée.

— Anne, Cecilia et moi allons au village acheter quelques-uns de ces merveilleux petits carillons à vent que nous avons vu l'autre jour. Voulez-vous nous accompagner ? Ce sera charmant de les suspendre dans notre jardin, n'est-ce pas ? fit lady Bensonhurst en souriant à sa fille, tout en ignorant Kate.

Anne et Kate échangèrent des regards lourds de sens.

— Oh, je vous demande pardon, Kate, vous pouvez venir aussi, ajouta lady Bensonhurst. Je m'en voudrais de vous laisser toute seule, d'autant plus que Mary était trop souffrante pour se joindre à nous ce week-end.

— Je crois plutôt que je vais passer, dit Kate, consciente d'utiliser une expression que les gentlemen employaient en jouant au poker.

Lady Bensonhurst reconnut l'argot et la tança.

— Veuillez vous exprimer dans un anglais correct, ma chère Kate.

— Mais je ne suis pas une Anglaise correcte, rétorqua Kate avec de grands yeux innocents, tout en sachant qu'elle aurait dû résister à la tentation de se lancer dans une joute verbale. Après tout, lady Bensonhurst avait beau être son chaperon, elle était aussi derrière son dos son plus grand détracteur, et Kate n'était pas dupe un seul instant. Elle l'avait entendue l'autre jour qui la critiquait d'avoir eu l'audace de se promener sur les quais de l'East End et de faire des croquis des marins torse nu.

D'ailleurs, ces croquis étaient les meilleurs que Kate avait jamais faits.

— Une fille mal élevée comme ça va bientôt courir à sa perte, vous ne croyez pas ? clama lady Bensonhurst. Si seulement Anne ne l'aimait pas autant, et si seulement lord Bensonhurst n'était pas aveuglé par ces cheveux roux et ces yeux noirs !

— Ma chère, je crois que nous ne pouvons pas oublier vos origines irlando-américaines, lança Cecilia avec un sourire glacial.

— Comment se porte lord Howard ? demanda Kate avec un petit air perfide.

— Pardon ? hoqueta Cecilia, son sourire envolé.

Kate savait que lord Howard Dunross s'était rendu dans le lit de lady Cecilia la nuit dernière, et la nuit d'avant également. Bien sûr lord Wyndham était dans le lit de lady Georgina Cottle, et ainsi tout le monde avait-il pu prendre du bon temps.

— Lord Howard m'a proposé une promenade avec lui après le thé, mentit Kate, souriante. J'avais pensé refuser, par respect pour vous.

Cecilia fixa Kate, haussant les sourcils. Elle lui tourna brusquement le dos et s'éloigna en soufflant bruyamment. Kate réussit à garder son sérieux.

— C'était extraordinairement grossier, tança lady Bensonhurst en la fixant avec froideur.

— Je ne vois pas pourquoi, rétorqua Kate, pensant qu'il était encore plus grossier de faire l'amour avec tant de bruit que l'on empêchait les occupants des chambres voisines de trouver le sommeil.

— Venez si vous voulez, continua lady Bensonhurst en se tournant vers sa fille. Kate peut faire ce qui lui plaît.

Lady Bensonhurst suivit son amie. Ses hanches généreuses rythmaient son pas, donnant à sa démarche l'allure des canards qui s'ébrouaient sur la rive boueuse de la mare.

— Je n'ai pas envie d'aller au village, gémit Anne.

Mais Kate resta pétrifiée, le cœur bondissant soudain dans sa poitrine, sourde aux plaintes de son amie. Lord Braxton venait d'apparaître dans l'assemblée sur un magnifique cheval bai. À coup sûr, il arrivait tout droit de Londres. Kate mit sa main tremblante sur sa poitrine. Elle ne savait pas qu'il devait venir. Oh, mon Dieu ! Elle n'arrivait plus à respirer. Elle ne devait pas montrer ses sentiments, et ne savait que faire.

Elle ne l'avait pas vu depuis des mois. Son père l'avait envoyé à Charleston juste après les congés de Noël, où sa famille avait, semble-t-il, plusieurs propriétés.

— Kate, tu ne te sens pas bien ? Quelque chose ne va pas ? fit Anne, alarmée.

Edward était toujours en selle. Il souriait, en grande discussion avec un groupe de jeunes gens, dont certains avaient en ville, Kate le savait, des réputations de noceurs invétérés. Elle ne pouvait détacher ses yeux de lui. Puis il la vit. Leurs regards ne se quittèrent plus pendant un interminable moment. Kate ne sut qui des deux sourit le premier.

Puis elle détourna les yeux.

Edward l'avait fréquentée deux fois à Londres après leur rencontre au bal des Fairchild, mais c'était il y a des lustres, avant son voyage en Amérique. Il l'avait emmenée faire une promenade dans le parc, et à une foire près de Londres, dans un petit village appelé Hampstead. Les deux après-midi avaient été splendides et avaient passé trop vite. À la différence de ces derniers mois pendant lesquels il avait été absent. Jamais le temps ne s'était écoulé aussi lentement.

À chaque fête ou soirée à laquelle Kate avait assisté depuis son départ à l'étranger, elle avait ouvert grand les oreilles, apprenant qu'il était le meilleur parti du pays, que presque toutes les jeunes filles ayant fait leurs débuts la saison dernière avaient espéré retenir son attention. À vingt-six ans, il ne semblait pas pressé de se marier. Il n'avait jamais courtisé sérieusement quelqu'un depuis sa majorité. Et n'avait fréquenté personne d'autre qu'elle avant de quitter le pays.

— Kate ! Est-ce que c'est lord Braxton ? demanda Anne tout bas, en écarquillant les yeux.

Kate suivit son regard et vit Edward, descendu de sa monture s'approcher d'elles.

— Mais oui, c'est lui, affirma Kate en souriant d'un air faussement serein, comme si elle n'était pas bouleversée par son apparition à Swinton Hall.

Elle ne savait que faire, et tordait nerveusement ses mains gantées. Il s'arrêta devant les deux jeunes filles et s'inclina, regardant Anne.

— Ladies. Lady Bensonhurst, je pense ?

Anne n'avait pas été présente quand il avait sollicité la compagnie de Kate. Elle baissa les yeux en tendant la main.

— Nous n'avons pas été présentés dans les règles, murmura-t-elle avec modestie.

— Je serai heureuse de le faire, intervint Kate qui croisa le regard d'Edward tandis qu'Anne avait toujours les yeux baissés.

— Vicomte Braxton, ma bien chère amie, lady Anne.

Il s'inclina sur la main d'Anne, puis prit celle de Kate

et fit de même. Sa bouche se pressa contre le gant, un peu trop longtemps.

— Comme vous êtes charmantes toutes les deux, dit-il en souriant à Kate, sans même accorder un regard à Anne. Quand êtes-vous arrivées chez lord Willow ?

— Nous sommes là depuis deux jours seulement, répliqua Kate, essayant de garder un ton neutre. (Comme c'était difficile !) Et nous restons encore une semaine.

— Quelle chance j'ai, se réjouit-il, découvrant ses dents éclatantes, parce que moi aussi je reste une semaine.

— C'est merveilleux, chuchota Kate, je ne savais pas que vous étiez rentré, milord.

— Je suis revenu il y a quelques jours, expliqua-t-il, les yeux toujours plongés dans les siens.

Kate en oublia Anne à côté d'eux. Quand allait-il l'embrasser ? se demanda-t-elle. Il avait failli le faire le jour où il l'avait conduite en voiture à cette foire de village. Il serait à Swinton pendant une semaine, elle aussi. C'était le paradis. Il y aurait cette semaine un moment où il la serrerait dans ses bras avec passion, de la façon dont elle l'avait rêvé.

Ce serait le début cette fois-ci, le début de quelque chose d'immense et de magnifique, qui lui ravirait l'âme et durerait éternellement.

— Anne ! Nous y allons ! lança lady Bensonhurst.

— Je dois vous quitter, dit Anne en souriant à Edward avec une révérence. C'était un plaisir de faire votre connaissance, lord Braxton.

— Le plaisir a été réciproque, répondit-il en s'inclinant.

Tous deux regardèrent Anne s'éloigner en hâte puis monter dans une voiture en compagnie de sa mère et de Cecilia. Quand elles les dépassèrent, Kate vit les deux femmes les dévisager. Puis leurs têtes se rapprochèrent et Kate sut qu'elles parlaient d'elle, évaluant ses chances de prendre dans ses filets le célibataire le plus convoité d'Angleterre, et décrétant l'éventualité comme risible.

— Quelles sorcières ! lança-t-elle.

— Pardon ?

Elle fut brièvement horrifiée d'avoir eu la langue trop

bien pendue, mais elle vit le rire dans les yeux d'Edward, et éclata aussi de rire.

— Elles parlent de moi derrière mon dos. Je suis irlandaise et américaine, je ne suis donc pas d'un milieu convenable pour mériter votre compagnie, expliqua Kate sans amertume. Je les respecterais plus si elles me le disaient en face. Qu'elles sont étroites d'esprit !

— L'hypocrisie est une chose très laide, convint Edward, comme la condescendance. J'ai malheureusement découvert que les gens les plus riches ont tendance à se poser en juges. C'est une honte, n'est-ce pas ?

— Oui, vraiment, appuya Kate, ravie. Mais j'essaye d'éprouver de la compassion pour lady Bensonhurst. Malgré son aisance et sa position, il est évident qu'elle est très malheureuse dans sa vie.

— Comme vous êtes perspicace. Vous savez que lord Bensonhurst est l'homme dont tout le monde parle en ville ?

— Je m'en étais doutée. Il a vraiment pour maîtresse une actrice française ?

— Je ne le dénoncerai jamais, jura Edward avec une grimace.

— Ah, je lis la vérité dans vos yeux. Alors nous devons plaindre lady B. Et plus encore, nous devons espérer qu'elle continue à faire les magasins du matin au soir. Après tout, on dirait bien que c'est la seule satisfaction qu'elle retire de la vie, non ?

— C'est exact. Beaucoup de femmes se satisferaient d'un tel arrangement : un mari titré qui vit sa vie sans les harceler avec des besoins pressants, mais leur donne carte blanche pour les boutiques, expliqua-t-il, le regard interrogateur.

— Pas moi ! Faire les magasins, ça m'est bien égal, et un jour, j'espère que mon mari sera aussi épris de moi que je le serai de lui, affirma Kate avec audace.

— Un jour, belle Kate, votre souhait sera sans nul doute exaucé, dit Edward.

— J'attends peut-être trop du mariage, ajouta Kate, rougissante. Je renonce à comprendre pourquoi tant d'hommes ne prennent pas leur femme plus au sérieux.

Pourquoi fonder un couple si l'on a l'intention de suivre seul son chemin dans la vie ?

— Mais nous avons notre devoir à remplir, rétorqua Edward. Des titres à transmettre, des héritiers à concevoir, des alliances à former. Marchez un peu avec moi, Kate. Se retrouver avec vous, c'est comme être libéré d'un placard poussiéreux et se retrouver au bord de la mer.

— Vous êtes poète, milord, apprécia Kate en riant tandis qu'ils traversaient le pré du pique-nique.

— Si peu, fit Edward, riant en retour alors qu'ils quittaient la prairie.

Un petit sentier les conduisit à travers un bosquet vers un autre champ.

— Mais laissez-moi vous dire encore, chère Kate, que vous êtes le repos des yeux fatigués. Votre beauté me laisse sans voix.

Kate savait qu'elle était toute rouge.

— Vous me faites trop d'honneur, milord. N'oubliez pas que j'ai la langue trop bien pendue, des taches de rousseur trop visibles, le nez trop long : je ne suis pas en vogue.

Edward explosa de rire. Il s'arrêta, elle fit de même. L'assemblée du pique-nique n'était plus visible. Devant eux s'étendait une vallée d'un vert chatoyant, parcourue de murets de pierre. Au-delà se profilait une série de collines austères couvertes d'ajoncs mauves. Le ciel était d'un bleu parfait, le soleil brillait.

— J'aime que vous soyez assez femme pour vous connaître, que vous vous acceptiez avec grâce.

— Ah, alors vous admettez que je suis imparfaite.

— Je n'admets pas une chose pareille ! Je trouve vos taches de rousseur adorables, votre nez charmant, et si vous employiez un langage châtié, vous me plongeriez dans l'ennui comme toutes ces débutantes que j'ai connues.

— Il n'y a personne, durant toutes ces années, qui ait retenu vos yeux et votre cœur ?

— Vous n'avez pas entendu dire, chère Kate, commença-t-il après avoir hésité, que mon cœur est de pierre, que je suis un célibataire endurci, et que je ne me marierai que lorsque mon père me menacera des pires foudres, ou qu'il sera sur son lit de mort, rendant son dernier souffle ?

— C'est ce qu'on dit de vous ? haleta Kate, réellement scandalisée.

— C'est ce que les mères qui ont jeté leur dévolu sur moi pour leur fille répètent inlassablement. Aucune mère n'accepte avec dignité et grâce, semble-t-il, que sa fille soit repoussée. Ma réputation est si terrible qu'aucune femme seule n'est en sécurité avec moi. Je vous fais peur, Kate ? demanda-t-il.

— Non, dit Kate, dont le pouls s'accéléra. Vous ne pouvez en aucun cas me faire peur. Vous ne pouvez qu'exciter ma curiosité.

— Vous aussi, vous m'intriguez. Depuis le moment où j'ai posé les yeux sur vous. Vous êtes différente de toutes les autres. Mais vous le savez, et vous en êtes fière. C'est peut-être ça le plus extraordinaire chez vous.

— Vous allez bientôt m'embarrasser, milord, chuchota-t-elle, sentant son cœur gonfler jusqu'à exploser.

— Je ne crois pas. Vous m'avez manqué, Kate. Je n'ai pas pensé à grand-chose d'autre qu'à vous depuis que nous nous sommes rencontrés.

Ses yeux dorés, plongés dans les siens, s'assombrissaient à une vitesse fulgurante.

— Vous m'avez aussi manqué, milord, murmura-t-elle, et moi aussi, je le dis sans honte, je n'ai pas pensé à grand-chose d'autre.

Il la regarda intensément. Une fraction de seconde plus tard il l'attira dans ses bras, et sa bouche fut sur la sienne. Kate lui rendit son baiser. Elle le sentit se contracter et sut qu'elle avait dépassé la limite, que son effronterie prenait le dessus. C'est alors qu'il l'enlaça encore plus fort, toute hésitation évanouie. Les lèvres de Kate s'entrouvrirent, ses doigts s'enfoncèrent dans ses épaules musclées. Le baiser dura éternellement, mais quand il se termina, ce fut comme s'il n'avait duré que quelques secondes.

Edward baissa les bras, et s'éloigna d'elle.

Kate le regarda, sens dessus dessous, le cœur si

emballé qu'elle avait l'impression qu'il l'entendait. Pour la première fois de sa vie, elle savait ce qu'était le désir.

— Oh, mon Dieu ! laissa-t-elle échapper, comprenant trop tard qu'elle avait parlé tout haut, et pressant alors sa main sur sa bouche.

Il la contempla longtemps avant de déclarer :

— Aucune femme ne m'a jamais ému comme vous.

— Ce qui veut dire ?

— Vous me hantez, Kate, jour et nuit. Mon voyage à l'étranger m'a semblé interminable tant je me languissais de vous. Il vaudrait mieux ne pas nous retrouver une autre fois tous les deux seuls.

— Non ! s'exclama-t-elle d'un ton tranchant.

— Savez-vous combien c'est dangereux pour nous d'être tous les deux ? Je suis déjà la cible des commérages, et vous aussi. Si on nous surprenait dans une position aussi compromettante, votre réputation serait ruinée à jamais, ma chère.

Alors épousez-moi, pensa Kate, mais elle se retint de le dire.

— Je ne me soucie pas des commérages. Je me soucie de vous.

— Vous êtes une femme dénuée de duplicité, une femme très courageuse. Je me soucie de vous aussi, Kate. Mais nos sentiments nous dépassent, et pourraient nous emporter. Nous devons être prudents.

— Pourquoi ? À quoi bon la prudence ? Est-ce que cela apporte la joie, l'amour, le bonheur ?

Il la regardait sans ciller, les yeux lumineux.

— Devons-nous vivre brimés par lady Bensonhurst et ses semblables ? s'exclama Kate. Si nous devons nous demander en permanence ce que les autres pensent de nous, dites-moi je vous prie comment trouver le bonheur ? implora-t-elle. J'ai trouvé le bonheur avec vous, milord. Ne me demandez pas de le jeter aux orties à cause de quelques vieilles ladies aigries et jalouses dont les langues acérées se délectent de faire le mal.

Il la saisit et la serra contre lui, l'enlaçant sans l'embrasser. Il la tint longtemps ainsi.

— Je ne veux pas vous faire de mal, dit-il.

— Et comment cela serait-il possible, milord ? demanda Kate en se reculant pour voir son visage.

— Mon père a prévu que j'épouserai une jeune fille anglaise bien sous tous rapports. Il a une liste de jeunes ladies de lignées parfaites, avec d'énormes fortunes et des titres par-dessus la tête. Je suis à un cheveu de tomber amoureux de vous, Kate. Je le suis peut-être déjà. Ce serait une terrible erreur, conclut-il en se passant la main dans les cheveux. Pour nous deux.

— L'amour n'est jamais une erreur s'il est véritable, s'il est brave, s'il est fort.

— Vous êtes trop romantique.

— Oui, c'est vrai. Alors vous obéirez toujours à votre père ? rétorqua Kate, incertaine.

— Je suis son héritier. J'ai un devoir envers lui, envers son titre, constata froidement Edward.

Kate resta sans bouger. Le désespoir se mêlait à la joie. Il la désirait, peut-être même l'aimait-il, comme elle l'aimait, mais il était tenu par l'honneur d'obéir à son père, d'épouser une Anglaise titrée et fortunée. Comment pouvait-il ne serait-ce que songer à ces perspectives s'il était en train de tomber amoureux d'elle ?

Puis Kate se remémora le pouvoir de l'amour, de la destinée de deux âmes faites l'une pour l'autre. Elle l'avait aimé au premier regard, à Brighton, et elle savait qu'il l'aimait aussi passionnément. C'était inscrit dans ses yeux. Un très vieil homme, même avec le pouvoir dont il disposait, ne s'interposerait pas entre eux. Le grand amour prévaudrait toujours.

— Je ne vais pas vous dire au revoir alors que nous venons de nous rencontrer.

— Ai-je parlé d'au revoir ? fit-il avec un léger sourire. J'en suis incapable, Kate. C'est peut-être ce qui me fait si peur.

— Ça ne me fait pas peur, affirma Kate doucement, à nouveau exaltée.

Il la reprit dans ses bras. Leur baiser fut si fougueux qu'ils en tombèrent à genoux dans l'herbe, où ils restèrent enlacés jusqu'à ce qu'un nuage, qui cacha le soleil, leur fit reprendre leurs esprits.

Plus tard, cette nuit-là, dans son lit, les yeux au plafond, écoutant les bruits licencieux provenant de la chambre de lady Cecilia qui autorisait lord Howard à prendre certaines libertés, Kate pensait à Edward, à son sens du devoir et à leur amour naissant. Le père d'Edward désapprouverait, mais cela ne l'arrêterait pas dans la conquête de son rêve. Kate en avait l'intime certitude. Un amour véritable comme le leur était bien plus puissant qu'un homme de soixante-dix ans, qui aurait dû trépasser dix ans plus tôt.

Kate s'endormit un sourire aux lèvres, rêvant d'Edward et de l'avenir qui leur appartenait.

3.

Elle les voyait tous les trois, Anne, Edward et Kate.

Jill s'agita tandis que les images et les sons d'un dîner devenaient de plus en plus nets. Elle savait qu'elle rêvait — et elle ne voulait pas rêver. Elle était crispée, même dans son sommeil.

Mais ce n'était qu'un dîner, se persuada-t-elle. Une longue table était recouverte d'une nappe d'un blanc aveuglant, de verres en cristal et de vaisselle à filet doré. D'énormes lustres en cristal illuminaient la pièce, et leur éclat se réfléchissait dans les verres. Plusieurs douzaines de ladies et gentlemen étaient présents, tous somptueusement vêtus, les hommes en tenue de soirée noire, les femmes en robe décolletée de soie, de taffetas, dans une débauche de couleurs. Les bijoux resplendissaient sur les gorges d'une blancheur de cygne, brillaient aux lobes des oreilles délicates, scintillaient sur les doigts graciles. Des rires mêlés aux tonalités plus posées de plaisantes conversations faisaient écho au cliquetis des verres et des flûtes à champagne.

Kate était d'une beauté saisissante. Sa robe en dentelle vert bronze dénudait avec audace ses épaules et sa poitrine. Ses cheveux bouclés étaient disciplinés en un chignon haut, fixé par des épingles de diamant en forme de papillon. Elle portait un médaillon en or autour du cou. Jill le reconnut immédiatement, et sa sensation d'angoisse s'accentua. Elle savait qu'il contenait deux ravissants portraits, de Kate et Anne. Edward était assis en face de Kate, à côté d'Anne. Il était irrésistible en costume et chemise blanche empesée — joyeux, élégant, séduisant au plus haut point. Il souriait à Kate.

Jill ne voyait pas Anne très nettement. Sa robe était peut-être bleu pâle, ses cheveux sombres bouclés lui tombaient sur les épaules. Mais son visage refusait d'apparaître. À côté d'Edward, Anne se fondait en quelque sorte parmi les autres invités, comme si elle n'était que l'ombre d'elle-même.

Edward attira l'attention de Kate, leva sa flûte vers elle d'un geste imperceptible, pour elle, pour eux. Kate dissimula son sourire et baissa les yeux. Anne les observait tous les deux.

Jill avait envie de se réveiller, ne voulant pas connaître la suite. Kate était heureuse, Edward aussi, c'était trop beau pour être vrai...

Une nuit étoilée. Les jardins embaumés des senteurs de jacinthes, de freesias, de lys et de tubéreuses. Les invités qui s'y promènent. Un petit orchestre de cordes dans le salon de musique. Jill n'avait jamais entendu de harpe auparavant, mais elle en reconnut les notes mélodieuses. Anne, Edward, Kate. Le trio se tenait devant une balustrade en pierre, tout près d'un bassin avec un jet d'eau. Edward dit quelque chose d'amusant. Le rire de Kate était bas, rauque, celui d'Anne stupéfiant par sa stridence.

Il faut que je me réveille maintenant, avant qu'il ne se passe quelque chose de terrible, pensa Jill, ses doigts plongeant dans son lit. C'était froid et humide.

Pourquoi ? Et pourquoi était-ce si froid, voire glacé ? La peur de Jill s'accentua.

Anne s'excusa. Elle quitta la terrasse, avec une grâce apprise depuis la petite enfance. Mais Jill ne discernait pas son expression, elle lui tournait le dos. Était-elle consternée ? Blessée ? Furieuse ? Ou à ce moment-là ne se souciait-elle même pas de l'histoire d'amour qui se déroulait sous ses yeux ? Était-elle heureuse pour Kate ?

Kate et Edward la regardèrent s'éloigner. Puis Edward toucha l'épaule nue de Kate. Elle leva vers lui des yeux pleins d'amour.

Un mur de pierre se dressa devant Jill.

Non ! Elle essaya de hurler, le mur était si proche qu'elle pouvait le toucher. Elle le poussa avec désespoir mais il ne bougea pas d'un pouce. Il était froid et rugueux sous ses mains, et commença à pencher vers elle. Elle tenta de le repousser de toutes ses forces, mais plus elle poussait, plus il se refermait sur elle...

Le visage de Kate apparut devant ses yeux. Pétillant d'amour et de rire. Le médaillon avec son ruban de velours était autour de son cou. Et l'instant suivant l'image changea. Kate était défigurée par la peur, son teint de porcelaine maculé de boue et de larmes. Ses grands yeux imploraient et elle tendait les bras, avec quelque chose dans sa main...

Jill s'assit en poussant un grand cri et, pendant un moment, elle ne se rendit pas compte de l'endroit où elle était. Elle étreignit le sol, plongea les doigts dans de la terre froide et humide. C'est alors seulement que le rêve se dissipa.

Elle comprit qu'elle était dehors, dans l'herbe, aux premières lueurs d'une aube grise. Une légère brume voletait sur le sol, mais elle discernait les murs de la maison, à une cinquantaine de mètres environ de l'endroit où elle était assise. Elle était sortie pendant son sommeil !

Jill se regarda, stupéfaite. Elle portait un tee-shirt et un pantalon de jogging, pleins de boue. Elle était trempée, frigorifiée. Elle se leva péniblement et chassa les cheveux qui lui tombaient sur les yeux.

Elle se mit à claquer des dents. Elle n'avait jamais eu de crise de somnambulisme auparavant.

Elle courut vers la maison. Le jour se levait, une teinte rosée colorait la brume et le ciel. Elle vit à l'horizon le globe rouge du soleil monter de la mer. Elle traversa la terrasse en direction du salon de musique. On y passait autrefois une heure ou deux après le dîner, les jeunes filles montraient leur talent à la harpe ou au chant. Les portes-fenêtres étaient grandes ouvertes. Était-elle passée par là cette nuit ?

Et combien de temps était-elle restée dehors ? Elle ne se souvenait de rien.

Elle demeura un peu dans le salon de musique. Il y avait, témoins du passé, un piano au centre et une harpe dans un coin. Elle songea à son rêve, si net, dans lequel Kate et Edward étaient amoureux.

Elle se demanda pourquoi elle n'avait pas rêvé d'Edward comme d'un playboy cynique prêt à profiter de Kate. Il était plutôt charmant, mais il est vrai que ce n'était qu'un rêve.

Elle fut prise d'angoisse en repensant aux murs de pierre, et attendit de se calmer avant de refermer les fenêtres. Elle surprit son reflet dans un miroir doré au-dessus d'un guéridon.

Elle y vit Kate pendant une fraction de seconde. Pas la Kate du dîner, mais celle de la tour, le teint blême, les cheveux en bataille lui mangeant le visage. Elle s'approcha tout près du miroir et dut vaincre son appréhension pour se regarder à nouveau.

Son visage était d'une pâleur extrême, avec des traces de boue. Ses cheveux étaient emmêlés, ses yeux agrandis semblaient noirs, et son grain de beauté ressortait sur sa peau avec un contraste inhabituel.

Elle ressemblait à Kate trait pour trait. Belle, les cheveux bouclés, sensuelle et terrifiée. Soudain, Alex la saisit par les épaules.

— Mon Dieu ! Mais qu'est-ce qui vous est arrivé ?

Jill était dans la salle de bains, enveloppée dans un peignoir épais, perdue dans la contemplation de son image dans le miroir. Elle venait de sortir de la douche, la vapeur embuait son reflet. Elle avait peur, elle n'avait jamais été somnambule. Que lui arrivait-il ?

Elle redoutait de quitter ce sanctuaire vaporeux. Alex était dans sa chambre. Elle l'entendait parler à quelqu'un — au téléphone ou à une domestique. Cependant elle ne pouvait pas rester là éternellement. Si seulement son esprit voulait bien s'arrêter de repasser sans cesse les images de ce rêve.

Elle sortit. Alex, qui faisait les cent pas, s'arrêta sur-le-champ.

— Venez vous asseoir devant le feu. Vous allez attraper une pneumonie.

Il avança un gros fauteuil. Elle s'y enfonça sans résister. Était-elle vraiment en train de perdre la tête ?

Alex approcha un tabouret et s'assit à côté d'elle.

— Jill, dit-il en lui prenant les mains, vous allez tomber gravement malade si vous persistez. Il faut arrêter.

— Je ne sais pas ce qui s'est passé. J'ai marché en dormant. Vous vous rendez compte ?

— Ça vous arrive souvent ?

— Non, répondit-elle, sur le point de fondre en larmes. Ça ne m'est jamais arrivé. Ça me fait peur.

— N'ayez pas peur, la rassura-t-il. Dès que vous serez prête, nous allons rentrer à Londres. Je veux que vous alliez voir mon médecin, il est formidable, dans le genre classique. Il vous donnera quelque chose pour vous calmer et vous aider à dormir. Vous avez besoin de quelques jours de repos, Jill. On arrête de chasser Kate, conclut-il sur un sourire, l'air chaleureux.

Jill le regarda. Il lui donnait des ordres, lui disait de s'arrêter. Pourquoi ?

— Alex, je suis si proche du but, je le sens. Il y a un indice qui m'a échappé, j'en suis sûre, et il va apparaître...

— Vous n'avez pas entendu ce que je viens de dire ? s'indigna-t-il.

Ils furent interrompus par quelqu'un qui frappait à la porte. Alex alla ouvrir à deux jeunes femmes de chambre. Elles apportaient des plateaux chargés de café, de thé, de muffins, de fruits et de plusieurs assiettes recouvertes. Jill repéra des œufs au bacon et du porridge à la cannelle. Elle n'avait pas faim.

— Monsieur ? J'ai prévu pour deux. Puis-je mettre la table ?

— Oui, s'il vous plaît, Rose, ce serait très gentil.

Rose et sa collègue préparèrent tout en un tour de main. Jill regarda d'un air absent la table croulant sous les mets.

— Qu'est-ce que vous me cachez ? demanda Alex.

— J'ai encore rêvé d'elle, mais cette fois elle était avec Edward et Anne.

— Et c'est tout ?

— Non, ce n'est pas tout ! cria Jill, qui commença à trembler.

Elle avait si froid. La douche brûlante et interminable n'avait pu chasser les frissons qu'elle ressentait dans tout son corps, et elle savait pourquoi : c'était son cœur qui était glacé, par son corps.

— C'était si net, Alex, comme si j'y étais ! Edward et Kate étaient amoureux. Il ne l'a pas tuée. Il était fou d'amour pour elle.

Alex resta silencieux.

— Je ne voyais pas Anne, poursuivit-elle. Elle était là, mais complètement floue. Je ne pourrais dire quels étaient son expression et ses sentiments. Kate et Edward étaient heureux, mais Anne restait une énigme.

— Jill, ce n'était qu'un rêve, affirma-t-il en lui passant le bras autour de la taille.

— C'était trop réel pour n'être qu'un rêve, rétorqua-t-elle. Je deviens dingue, c'est ça ? C'est Kate. Elle rôde, et elle me hante. Parce qu'elle veut que je fasse justice.

— Vous ne devenez pas folle, la rassura Alex en lui prenant les épaules. Vous avez vécu un enfer ces cinq dernières semaines. Ce n'était qu'un rêve. Vous avez vécu la vie de Kate, en allant sur ses pas. C'est tout à fait naturel que vous rêviez d'eux. Comme vous êtes romantique, vous les rêvez amoureux et heureux, je suis sûr qu'ils l'ont été, pendant un temps. Et c'est tout à fait logique que vous ne rêviez pas d'Anne avec autant d'intensité, parce qu'elle ne vous intéresse pas, et que lors de votre quête vous n'avez encore rien appris sur elle. Kate est morte, Jill, elle n'est pas ici en train de vous hanter, termina-t-il avec un sourire fugace.

— Je voudrais vous croire, vraiment. Mais je ne peux pas.

Jill l'observa. Il ne comprenait pas. Comment l'aurait-il pu ? Ce n'était pas lui qui devait trouver la vérité sur Kate, ce n'était pas lui qui était seul au monde.

Alex la conduisit vers la table.

— J'ai une idée formidable. Prenez donc un grand

week-end sur la côte. Je pourrai peut-être récupérer un peu de temps, et venir avec vous.

Jill essaya de sonder ce qu'il y avait au fond de ses yeux, mais c'était indéchiffrable.

— Ce qui est clair, c'est que vous voulez que je rentre chez moi. Me reposer.

— C'est exact. Qu'est-ce que ça a de suspect ? Si vous comptez pour moi, il est normal que je ne veuille pas qu'il vous arrive du mal.

— Votre famille a dissimulé la mort de Kate, insista Jill. Votre famille, Alex.

— Il n'y a pas de preuve, se contenta-t-il de répondre. Vous vous raccrochez à des rêves, Jill, parce que vous êtes blessée, seule, à la recherche désespérée d'une famille.

— Et si je trouve une preuve ?

— Si vous trouvez une preuve, dit Alex, imperturbable, alors je demande à la voir.

— Vous seriez le premier, rétorqua-t-elle.

Elle alla fouiller dans son sac à main et en sortit la photo de mariage de ses parents, où Jack et Shirley étaient entourés de leurs témoins, des parents de Shirley et de Peter.

— Qu'est-ce que c'est ? demanda Alex en s'approchant.

— Mes parents, leurs témoins, mes grands-parents maternels et Peter, dit-elle en lui tendant la photo.

Alex écarquilla les yeux.

— Qu'y a-t-il ? fit-elle avec brusquerie.

— Rien, répondit-il en la lui rendant.

Jill étudia la photo, Peter en particulier.

— Oh, mon Dieu ! Je sais maintenant pourquoi il a l'air si familier. Mon grand-père a presque soixante ans sur cette photo, et il ressemble trait pour trait à une version vieillie d'Edward sur ce portrait d'Uxbridge Hall ! s'exclama-t-elle sur un ton de défi.

— Oui, finit par convenir Alex avec réticence.

1er décembre 1907

Cher journal,

Je sais que je n'ai pas écrit depuis plusieurs mois, mais il s'est passé tant de choses que je ne vois pas très bien par où commencer ! Kate me manque tellement que je ne sais que faire pour m'occuper — cependant, d'une certaine manière, je suis soulagée qu'elle soit rentrée chez elle. Elle est repartie à New York en toute hâte, à tel point que je sais à peine ce qui s'est passé. Bien sûr, mère est ravie qu'elle soit partie. Je crois qu'elle est au courant de l'aventure de Kate — mais je m'avance un peu.

Comme c'est étrange. Je me souviens qu'avant le départ de Kate, quand nous allions ensemble aux fêtes et aux soirées, personne ne me remarquait, tout le monde s'intéressait à elle, aussi bien les femmes que les hommes. Pourtant je suis aussi une grande héritière, et moi, je suis d'une très vieille famille, d'une lignée parfaite. Tout est différent depuis son départ. Désormais, quand je vais à un dîner, à un bal, ou même faire des emplettes à Bond Street, on me remarque immédiatement. Les gentlemen traversent la rue pour venir me présenter leurs hommages. Les ladies m'envoient plus d'invitations que jamais. Je suis dans l'impossibilité de toutes les accepter ! Mère dit que Kate avait une très mauvaise influence sur moi, qui m'a fait rater de nombreuses occasions. Je commence à penser qu'elle a raison.

Il faut que je me calme. C'est plus facile à dire qu'à faire ! On ne sait pas toujours quel comportement adopter quand on devient « en vogue » ! Ah, me voilà qui utilise l'expression préférée de ma chère Kate ! Ah, Kate ! Il faut que je lui écrive pour lui dire combien je suis convoitée — sans jamais lui avouer la vérité, bien sûr.

Je commence même à penser que je pourrais ne pas me marier seulement pour ma position, mais par amour.

Il me semble entendre Kate m'applaudir pour cette idée audacieuse. Mais penser à elle m'attriste. Ces derniers mois furent les plus merveilleux de ma vie. Kate était — est — la meilleure amie que j'aurai jamais. Parfois elle me manque tant que j'en pleurerais. Puis je pense à ma nouvelle popularité, et la tristesse s'atténue. Mère me rappelle sans cesse que si Kate était toujours là, cela éloignerait mes prétendants les plus honorables.

C'est pourquoi il vaut mieux que Kate soit rentrée chez elle. Si j'étais au courant de son aventure (qu'elle a niée), nul doute que d'autres la suspectaient. Je suis sûre que mère l'avait deviné. Kate est si têtue. Elle a refusé d'écouter mes exhortations à la prudence, et à chaque fois qu'elle s'échappait par ma fenêtre pour rejoindre son amant, j'imaginais le pire. Kate m'a juré que leurs rendez-vous restaient chastes. Je n'y crois pas vraiment. Je connais trop bien Kate. Combien de fois m'a-t-elle dit qu'il faut vivre dans le présent, au lieu d'attendre un avenir qui ne viendra peut-être jamais ?

Je suis hantée par son aventure. J'y pense tout le temps. Kate dans les bras d'un étranger sans visage. (Car elle a refusé de me révéler son identité.) Je dois admettre que j'admire son audace. Je ne pourrais jamais sortir la nuit subrepticement pour rejoindre mon amant — si j'en avais un — et encore moins descendre par la fenêtre ! Je dois aussi admettre que je suis un peu jalouse. Ah, ces nuits brûlantes dans les bras puissants d'un amant ! On ne m'a jamais embrassée et je m'interroge sans cesse sur ce que l'on ressent.

Je me demande quel est cet homme extraordinaire qui a aussi bien ravi le cœur de ma chère amie. J'en ai conclu qu'il est marié, et qu'il est le pire des coureurs. Car s'il ne l'était pas, il courtiserait Kate ouvertement. Ou alors il est d'une si bonne famille qu'il ne pourrait jamais envisager d'épouser Kate.

En parlant d'hommes extraordinaires, j'en arrive à la partie la plus excitante de mon récit. J'ai rencontré un homme. Cher journal, c'est le plus charmant, le plus séduisant et le plus intelligent des gentlemen. Il surclasse tous ses pairs. Quand il entre dans une pièce, je ne vois rien d'autre, c'est comme si lui seul existait. Je l'ai rencontré l'été dernier dans la demeure de chasse de lord Willow. Il s'appelle Edward Sheldon, c'est l'héritier du comte de Collinsworth. Je suis en train de tomber amoureuse !

Je suis sûre d'avoir entendu lors de réceptions récentes plusieurs douairières évoquer mon avenir — et le nom de lord Braxton a été mentionné en compagnie du mien ! J'ai déjà fait part de mon intérêt à Papa. Oh, quand je revois sa tête ! Et j'ai entendu mère et lady Cecilia évoquer cette union.

Il ne me fait pas la cour. Mais il ne l'a faite à personne. Les commérages disent que c'est un coureur qui n'a aucune intention de s'établir, du moins pas avant la mort du comte. Cependant il y a aussi d'autres rumeurs selon lesquelles son cœur est pris, par une personne d'une classe inférieure, peut-être une actrice française, qui ne pourra jamais aspirer à autre chose qu'être sa maîtresse, et que c'est la raison pour laquelle il est si réticent, et semble si ennuyé par toutes les jeunes filles en âge de se marier.

Je sais qu'un tel homme ne pourrait jamais aimer une traînée française. J'ai pensé un moment à Swinton Hall qu'il s'intéressait à Kate. Je dois admettre que j'étais déjà séduite par lui à cette époque, mais l'été dernier, avec Kate à mes côtés qui m'éclipsait, je faisais vraiment partie du décor — et je n'avais même pas assez confiance en moi pour lui adresser la parole. Comme tout cela a changé ! Enfin, j'avoue que j'ai été jalouse quand je l'ai vu flirter avec Kate. Mais c'était dans mon imagination. Ou bien ils ont trouvé d'autres buts à atteindre. Par la suite, je les ai vus à de nombreuses reprises dans la même pièce. Ils ne se regardaient même pas — si flirt il y a eu, il s'est terminé avec la villégiature à Swinton Hall.

Je suis heureuse. J'aime vraiment Kate et je veux qu'elle fasse un bon mariage (elle devrait trouver un mari parmi les nouveaux riches américains), mais moi je vais épouser lord Braxton. Je l'aime, comme je te l'écris, cher journal. Je serai sa femme, je donnerai naissance à ses enfants, je m'occuperai de ses demeures et de ses domaines. Et un jour je serai la comtesse de Collinsworth. Je me le suis juré. Je n'ai aucun doute à ce sujet.

Demain, mère m'a autorisée à donner une petite fête pour Noël. Edward en sera. Comme je suis impatiente !

4.

Jill entra dans l'appartement. Elle se retourna pour regarder partir Alex dans son bolide. Elle aurait voulu lui faire un signe, malgré les sacs qui l'encombraient. Elle lui sourit, mais elle était sûre qu'il ne l'avait pas vue.

La jeune femme se sentit comme chez elle. Le lieu était confortable et accueillant. Elle était contente d'y être de retour. Son séjour dans le Yorkshire avait été bien différent de ce qu'elle attendait. Elle frissonna en repensant à tout ce qu'elle avait appris.

Lady Eleanor était assise en face d'elle sur l'escalier, léchant une de ses pattes de velours.

— Salut, lady E., dit Jill tout doucement.

La chatte lui adressa un petit miaulement de bienvenue. Jill alla s'asseoir à côté d'elle. Elle se sentait très seule, ce qu'elle n'avait pas ressenti durant ce week-end, où elle avait eu Alex pour compagnon, et pour amant d'une nuit.

Jill chassa cette image et plongea les doigts dans la fourrure douce de l'animal, qui commença à ronronner.

Elle était épuisée, et bien qu'il ne fût que 13 heures, elle avait envie d'aller se coucher. Mais elle redoutait de s'endormir, de rêver et d'avoir un nouvel accès de somnambulisme. Ce qui la terrifiait plus que tout.

— Qu'est-ce qui m'arrive, lady E. ? murmura-t-elle.

Elle pensait sans cesse à Kate, et en plus elle était à présent hantée par une personne bien vivante. Si seulement elle n'avait pas couché avec Alex, si seulement elle pouvait lui faire complètement confiance...

Jill appela sa voisine, bien décidée à se concentrer sur Kate.

— Alors, c'était comment le Yorkshire ? demanda Lucinda.

— J'ai trouvé plein de choses, répondit Jill. Lucinda, connaîtriez-vous un graphologue qui pourrait comparer des signatures pour moi ? Rapidement ?

— Oui. J'ai travaillé dans beaucoup de musées, et nous utilisions souvent des graphologues pour authentifier des œuvres d'art, de vieilles lettres et autres. Pourquoi avez-vous besoin d'un expert, Jill ? insista-t-elle après lui avoir donné les coordonnées d'un spécialiste.

La jeune femme lui parla des archives de l'hôpital, de l'acte de naissance, et du reçu signé par Jonathan Barclay.

— Eh bien, finit par dire Lucinda, vous voilà maintenant en possession d'indices intéressants. Qu'avez-vous pensé de Stainesmore ?

— C'est ravissant. Lucinda, nous avons trouvé la tombe de Kate.

— Comment ? s'exclama Lucinda après un silence où Jill décela de la surprise.

Jill lui décrivit la pierre tombale à demi dissimulée, et la date gravée dessus.

— Je suis sidérée, dit Lucinda. Je ne sais que penser. Dire que les autorités n'en ont jamais rien su !

— Hal était-il amoureux de Kate, Lucinda ?

— Je ne sais pas, ma chère, répondit celle-ci, étonnée. Cela n'aurait-il pas été plutôt bizarre ?

— Plus que bizarre, cela aurait été une obsession.

Jill parla du portrait dans le grenier, que Hal avait découvert à l'âge de treize ans. L'étrange intérêt qu'il portait à Kate avait commencé cet été-là, elle en était sûre. Et Alex devait aussi le savoir. Ne lui avait-il pas dit plusieurs fois que Hal et lui étaient très proches quand ils étaient enfants ?

— Quelle découverte fabuleuse ! s'enthousiasma Lucinda.

— Je crois, fit Jill en soupirant. Il me manque toujours un élément pour prouver que Kate était mon arrière-grand-mère. Mais si ces signatures concordent, c'est qu'Edward Collinsworth était le père de son enfant.

Lucinda resta muette.

— Lucinda, vous êtes toujours là ?

— Vous en êtes certaine, Jill ?

— Oui. (Elle entendit un déclic sur sa ligne.) Lucinda, pourrons-nous en reparler ? J'ai un autre appel.

— Bien sûr, ma chère.

— Lucinda, êtes-vous amie avec les Sheldon ? demanda Jill avant de raccrocher.

— Pardon ?

— J'ai vu, ou cru voir, une de leurs voitures devant chez nous il y a quelques minutes. Personne n'a sonné chez moi, aussi je me demandais si la visite était pour vous.

— Ma chère, j'adore cette famille, mais je ne suis que leur employée. Le comte passerait par son secrétaire s'il avait quelque chose à me signifier.

Jill la remercia. Au moment où elle raccrocha, son autre correspondant n'ayant pas attendu, son esprit de déduction se rappela à elle. Elle n'avait pas demandé à Lucinda si William était passé chez elle. Elle avait demandé ce qu'il en était de ses relations avec la famille dans son ensemble.

Jill aurait parié sa dernière chemise que Lucinda venait de recevoir une visite du comte. Mais elle ne comprenait pas pourquoi.

Jill fut tirée d'un profond sommeil par un bruit qu'elle ne put identifier. Elle resta un moment désorientée, ajustant ses yeux à la pénombre, et se rendit compte qu'elle s'était endormie sur le canapé du salon.

Un chat miaula. Jill s'assit, cherchant la lampe à côté du canapé. Elle la rata et l'entendit s'écraser par terre. Elle lâcha un juron, c'était une pièce d'antiquaire en porcelaine. Elle se demanda quelle heure il était, et si c'était un de ses chats qui avait miaulé dans le jardin. Un des voisins avait un chiot berger allemand, et Lucinda lui avait raconté qu'il s'était sauvé deux fois pendant le week-end, terrorisant les félins. Sir John avait été obligé de grimper dans un arbre et avait refusé de descendre pendant des heures.

Jill alla à tâtons allumer l'interrupteur près de la porte d'entrée. Elle vit tout de suite que la lampe n'était pas cassée et fut soulagée ; il aurait été impossible de la remplacer.

Elle regarda sa montre. Il était 20 h 30. Elle ne se souvenait pas s'être étendue, encore moins s'être endormie. Affamée, elle commanda une pizza par téléphone.

Quelque chose se brisa dans le jardin.

Jill traversa le salon à toute vitesse, sans se soucier de replacer la lampe. Elle alluma dans la cuisine et sortit sur le porche. Le jardin n'était éclairé que par cette lumière. D'habitude il était illuminé par l'éclairage des voisins, mais ce soir ils devaient être sortis car tout était plongé dans les ténèbres.

— Lady E. ! Sir John ! Psst ! Psst ! appela-t-elle, tout en essayant d'éclaircir ses idées.

Elle regarda dans tout le jardin, mais ne vit rien, ni chiens ni chats. De toute façon ils pouvaient bien rester tout seuls, mais elle n'avait pas la moindre idée de ce qui avait pu tomber. Elle s'en occuperait le lendemain à la lumière du jour.

Un cri étrange sembla résonner dans la maison.

Jill crut entendre une femme pleurer, et la première à laquelle elle pensa fut Kate.

Mais le son était si ténu. Elle tendit l'oreille, et l'entendit encore. Des pleurs étouffés.

Kate était morte. Et même si Jill croyait un peu aux fantômes, elle n'avait pas la moindre envie d'en voir un. Elle eut soudain la chair de poule. Anxieuse, elle regarda dans la cuisine et scruta la nuit par les fenêtres.

Elle se persuada que son imagination lui jouait des tours.

Mais les sanglots persistaient.

Jill s'intima l'ordre de ne pas se conduire comme une idiote. Il y avait probablement une télévision en marche chez les voisins. Elle sortit de la cuisine. Quand elle s'arrêta au milieu du salon, elle entendit le bruit de nouveau. Elle regarda l'escalier. Est-ce que ça provenait de là haut ?

Zut, pensa Jill. L'étage était dans l'obscurité, et elle n'avait aucune envie de monter. L'interrupteur était sur le palier. Les sanglots, ou plutôt les étranges miaulements, avaient l'air tout à fait réels.

Je suis une trouillarde, se dit Jill. Elle chercha autour d'elle un objet pour se défendre, puis se ravisa : cela ne lui serait d'aucune utilité face à un fantôme. Elle gravit lentement les marches. S'arrêta dans l'ombre sur le palier. Les plaintes étaient maintenant très nettes.

Cela semblait venir de sa chambre.

Jill alluma, le couloir s'illumina. Était-ce un des chats ?

Elle se précipita dans la chambre et tourna l'interrupteur. Les plaintes venaient de sous le lit. Jill se mit à quatre pattes, le cœur battant.

— John ? John ? fit-elle en s'avançant. Elle ne comprenait pas. Sir John ne venait jamais dans les pièces quand elle était là, encore moins dans sa chambre. Mais elle le vit, tapi sous le lit, miaulant, les yeux fixes et écarquillés.

— Viens ici, mon mignon, appela Jill. Qu'est-ce qui ne va pas, mon joli ?

Elle n'essaya pas de le prendre, mais tendit le bras. Il arrêta de miauler. Il la regardait avec une expression vraiment humaine, totalement affolé.

Les cheveux de Jill se dressèrent sur sa tête quand elle entendit le marteau de la porte. Elle bondit, terrorisée. Puis se rappela que ce devait être la pizza. Elle regarda sous le lit. Qu'arrivait-il à sir John ?

On tambourina de nouveau, cette fois avec insistance. Jill se précipita en bas, mais eut la présence d'esprit de s'arrêter avant d'ouvrir.

— Qui est-ce ?

— Pizza.

Soulagée mais stressée néanmoins par le comportement du chat, elle ouvrit. Un garçon grassouillet avec des tâches de rousseur lui tendit le carton d'une main, montrant de l'autre un endroit à sa gauche.

— Miss, dit-il, vous avez un chat mort devant chez vous.

Tandis qu'il parlait, Jill vit le chat décapité gisant dans une mare de sang rouge brillant.

Elle reconnut lady E. et se mit à hurler.

5.

Jill rentra précipitamment dans la maison et alla vomir dans les toilettes.

— Miss ! Il faut payer la pizza !

Jill était prise de vertiges, l'image du chat baignant dans la mare de sang s'imposait à elle. Elle n'entendait rien. Le livreur tambourinait à la porte. Elle sortit des toilettes en vacillant. Que faire ? Elle était incapable de réfléchir.

Elle traversa le salon, s'élança dans la cuisine. Oh, mon Dieu ! Où était son sac avec son agenda ? Elle retourna dans le salon et le vit près de la porte.

Quelqu'un avait décapité ce pauvre chat. Brutalement, sauvagement.

Où était ce foutu agenda ? Les mains tremblantes, elle vida le contenu de son sac et s'empara du carnet. Elle se jeta sur le téléphone le plus proche tout en le feuilletant. P... Preston. Elle composa le numéro et se mit à prier.

Alex décrocha tout de suite. Elle l'avait appelé sur son numéro privé au bureau.

— Preston.

— Alex, elle est morte, on lui a coupé la tête ! balbutia Jill.

— Mon Dieu, Jill ! Qui est mort ?

— Lady E. ! (Bien qu'elle eût du mal à réfléchir, Jill comprit ce qu'Alex avait dû penser.) L'un des deux chats siamois. On lui a coupé la tête et on l'a laissé devant la maison. Oh, mon Dieu, je me sens mal !

Jill lâcha le téléphone et se précipita dans les toilettes. Un peu soulagée, elle se mit à pleurer malgré tous ses efforts pour se retenir. Puis elle pensa à sir John en haut, caché sous le lit, gémissant. Il avait été terrorisé et pleurait la mort de sa compagne.

Terrifiée, Jill réalisa que quelqu'un avait attrapé lady E. et l'avait tuée pendant qu'elle dormait, ou juste quand elle s'était réveillée, sur le seuil de la maison.

Et si ce quelqu'un rôdait encore ?

Jill courut verrouiller la porte d'entrée. Haletant, elle se força à écouter. Elle réalisa avec consternation qu'elle avait laissé pendre le combiné du téléphone dans le vide, et elle l'entendit qui bourdonnait bruyamment. Elle resta immobile ; elle ne percevait plus les gémissements de sir John. Elle en avait le cœur retourné à chaque fois qu'elle pensait à lui.

Elle fut à nouveau accablée de douleur. Pauvre lady E. Comment avait-on pu assassiner si brutalement ce chat élégant et adorable ? Elle se remit à pleurer.

Et soudain elle sut pourquoi. Ce n'était pas un acte de malveillance. Oh, non.

Jill ferma les lumières de l'entrée. Le rez-de-chaussée fut tout de suite plongé dans l'obscurité, mais l'étage restait éclairé. Jill n'osait pas remonter. Il lui traversa l'esprit que l'assassin de lady E. pouvait très bien s'être introduit dans la maison, pendant qu'elle était en haut avec sir John, ou quand elle était occupée avec le livreur.

N'aie pas peur, Jill. Il n'y a aucune raison pour que le tueur de chat soit entré dans la maison, se dit-elle pour s'encourager.

Son cœur battait la chamade, elle était paralysée par l'angoisse. Elle traversa le salon très lentement, aux aguets, s'arrêtant à chaque pas. Elle n'entendit que le son de sa respiration haletante et du téléphone.

Elle jeta un coup d'œil dans la cuisine avant de s'y aventurer, dos au mur : elle semblait vide. Jill éteignit la lumière et courut fermer la porte du jardin, qui était restée grande ouverte. En la verrouillant, elle se rendit compte que les deux verrous ridicules auraient été bien en peine de décourager même le voleur le moins expérimenté.

Qu'avait dit Alex ? Qu'il pouvait crocheter des serrures les yeux fermés.

Jill entendit le crissement des pneus de son bolide et le rugissement du moteur depuis la cuisine. Elle retint sa respiration et ne bougea pas.

Lady E. était un avertissement. Jill en était certaine. Adressé par qui ?

Par quelqu'un qui ne voulait pas qu'elle trouve l'assassin de Kate. Un Sheldon — ou même Alex Preston.

— Jill ! Jill !

Alex tambourinait à la porte d'entrée. Jill recommença à trembler. Il était d'une grande loyauté envers les Sheldon, mais il ne serait jamais allé aussi loin. Ce n'était pas un malade mental, il n'avait pas assassiné lady E. Il était à son bureau.

Mais s'il avait fait suivre ses appels ?

— Jill ? Vous allez bien ? Bon sang ! s'emporta-t-il depuis le porche.

Jill ne fit pas un geste. Après tout, il avait très bien pu être là, dehors, et lui répondre depuis son téléphone mobile. Ou demander à quelqu'un d'autre de faire ce sale travail à sa place.

On entendit du verre voler en éclats. Jill hurla.

Alex fit irruption dans la maison, et inonda les lieux de lumière, actionnant tous les interrupteurs l'un après l'autre. Il s'arrêta net quand il vit Jill prostrée dans la cuisine, adossée à la porte.

— Dieu merci, vous n'avez rien ! s'exclama-t-il en se précipitant vers elle.

Il avait l'air bouleversé. Mais elle s'écarta de lui, se mettant hors d'atteinte.

— Jill ? fit-il, les yeux écarquillés.

Elle essayait de réfléchir du mieux qu'elle pouvait, de se calmer, mais ses émotions la dépassaient.

— Quelqu'un a tué le chat !

— Je sais, Jill. Ça va aller, dit-il d'un ton apaisant.

Elle ne pouvait plus reculer, un verrou lui rentrait dans l'omoplate.

— Non, ça ne va pas aller. Lady E. est morte. Qui l'a tuée ?

— Mais je n'en ai pas la moindre idée ! Vous tremblez comme une feuille, dit-il en avançant vers elle.

— Ce n'est pas de la malveillance, affirma-t-elle en se dégageant. C'était un avertissement.

— Un avertissement, répéta Alex, comme s'il ne comprenait pas le mot.

Jill hocha la tête et commença à pleurer.

Soudain il la prit dans ses bras et la serra contre lui.

— Vous tremblez et vous êtes raide comme un bout de bois. Chérie, c'est de la malveillance.

Elle avait envie de lui dire « Vous êtes l'un d'eux », mais elle pleurait trop.

— Ne pleurez pas. Vous ne savez donc pas que nous, les gros machos, nous ne savons pas quoi faire dans ces cas-là ? murmura-t-il en lui caressant la tête.

Elle sourit contre sa poitrine.

— Oh, merde ! chuchota-t-il en la serrant encore plus fort. Ça va trop loin.

C'est du moins ce que Jill crut entendre. Elle espérait avoir mal compris. Peut-être avait-il voulu dire qu'il ne savait pas comment s'y prendre pour qu'elle cesse de pleurer. De toute façon, elle était paranoïaque de croire qu'il avait quelque chose à voir avec la mort du chat, ou qu'il connaissait l'auteur du crime. Alex était peut-être protecteur envers sa famille, mais ce n'était pas un malade. Seul un fou pouvait décapiter un animal de compagnie.

Il la rassurait, alors que la nuit s'annonçait terrifiante. Ses mains s'arrêtèrent sur ses épaules. Jill finit par lever lentement les yeux vers lui.

— Vous savez qui a tué le chat ? s'entendit-elle demander avec un calme superficiel.

— On va parler un peu, dit-il avec crispation en la relâchant.

Jill hocha la tête et alla s'asseoir à la table de la cuisine. Alex se mit à ouvrir les placards.

— Je n'ai pas d'alcool, précisa-t-elle.

— Super. (Il ouvrit le réfrigérateur, en vérifia le contenu et le referma.) Vous avez besoin d'aide ici, ma petite. Maintenant je comprends pourquoi vous êtes si mince.

— Il a remporté ma pizza, constata Jill sur un ton qu'elle trouva faux.

— Avez-vous appelé la police ? demanda-t-il en s'asseyant tout près d'elle.

— Non.

— Alors je vais le faire.

— Pourquoi ? interrogea-t-elle en lui prenant le poignet.

— Pour que le gamin qui a fait ça en assume les conséquences, martela Alex, les yeux brillants de rage.

— Quelqu'un veut que je rentre chez moi, constata Jill. À cause de Kate. Et vous le savez très bien aussi.

— Je ne sais pas si je vous suis jusque-là, fit-il en la scrutant.

Il se détourna, mais Jill avait eu le temps de lire la colère dans ses yeux. Était-ce parce qu'on lui avait fait ça ? Ou parce que quelqu'un de sa famille était impliqué, et qu'elle l'avait deviné ? Jill n'arrivait pas à se décider.

Alex n'avait pas besoin de faire la sale besogne lui-même. Il était trop riche pour ça.

— Laissez-moi passer quelques coups de fil, dit Alex. Je vais faire venir quelqu'un pour nettoyer, faire livrer du scotch et de quoi manger. Vous voulez un valium ? J'ai un ami médecin. Je peux l'appeler tout de suite et...

— Non.

— Bon, acquiesça-t-il. Vous êtes une dure à cuire, la complimenta-t-il en lui effleurant la joue du bout des doigts.

C'était réconfortant.

— Je ne veux pas rester toute seule cette nuit, bredouilla Jill, hésitante.

— Bien sûr. Je vais rester là. Sur le canapé, ajouta-t-il.

— Lady E... Nous étions devenues des amies.

— Je sais, dit-il avec douceur, je sais.

Après avoir pris une douche, Jill avait enfilé un sweat-shirt et de grosses chaussettes blanches. Elle se peignait devant la glace tout en s'observant. Elle était pâle comme un linge, à part ses cheveux qui semblaient roux foncé, et son grain de beauté. Elle avait l'impression de regarder Kate Gallagher, ou sa jumelle.

Elle avait entendu Alex il y avait quelques instants qui parlait à quelqu'un en bas — peut-être un livreur, ou la personne qu'il avait appelée pour nettoyer.

Ses jambes se dérobèrent et elle se cramponna au lavabo. Il lui faudrait tout dire à Allen Barrows, et lui demander ce qu'il voulait que l'on fasse de son chat. La perspective était pénible.

Sir John restait sous son lit, montant la garde. Elle avait envie de le prendre dans ses bras, mais craignait qu'il ne se sauve.

Elle quitta la salle de bains, à pas feutrés. Le rez-de-chaussée était plongé dans le silence. Jill se demanda si Alex s'était endormi sur le canapé avant même de lui offrir un scotch. Elle s'apprêtait à descendre, quand soudain elle entendit sa voix. Il parlait très bas, elle n'entendait pas ce qu'il disait, mais il était très en colère. Jill descendit en catimini et se figea soudain en arrivant au rez-de-chaussée. Il était sûrement dans la cuisine, avec son téléphone mobile.

— Je vous préviens, s'emporta-t-il, vous avez fait une énorme connerie. — Il y eut une pause, puis il lança, sarcastique : Exact.

Jill dut s'adosser au mur pour rester debout. Elle attendit qu'il parle de nouveau. Quelques interminables minutes s'écoulèrent. Elle en conclut qu'il avait raccroché.

« Vous avez fait une énorme connerie » ne voulait sûrement pas dire ce qu'elle s'imaginait. Il avait très bien pu être au téléphone avec un partenaire en affaires, discutant d'un contrat. Alex n'était pas un tueur.

— Jill ? lança-t-il en arrivant dans le salon.

Elle reprit contenance et entra à son tour dans la pièce, un sourire plaqué sur le visage.

— Quoi encore ? Vous me regardez comme si j'étais un serial-killer, s'indigna-t-il, son sourire envolé. Vous ne croyez quand même pas que je suis responsable de la mort de ce chat ?

— Non, assura Jill en hochant la tête avec véhémence. Je suis juste descendue vous dire bonsoir. Je suis vraiment fatiguée. Merci d'être venu. Je vais bien maintenant, ajouta-t-elle avec une hésitation. Vous n'êtes pas obligé de rester.

— Je reste. Je ne veux pas vous laisser toute seule ici. Vous avez envie d'un verre ? demanda-t-il, lui aussi hésitant.

Elle osa finalement croiser son regard bleu. Elle ne souhaitait plus qu'il reste, mais était vraiment terrifiée à l'idée d'être seule.

— Non, ça va, dit-elle les larmes aux yeux.

Il s'élança vers elle et la prit dans ses bras.

— Tout va s'arranger, Jill. Faites-moi confiance. S'il vous plaît.

— Je le voudrais bien, chuchota-t-elle, résistant à son étreinte.

Sa main avait glissé sur sa nuque, sous ses cheveux.

— Alors faites-le. Je ne vous ferais jamais de mal. Vous savez ce que je ressens pour vous.

— Non, je ne sais pas, avoua-t-elle après avoir voulu se détacher de lui sans y arriver.

La mâchoire d'Alex se crispa. Sa main sembla se refermer sur sa nuque. Soudain il se pencha sur elle, sa bouche lui effleurant le visage. Ses lèvres étaient douces, indécises. Jill en oublia de respirer.

Puis sa bouche descendit sans hésitation fermement sur la sienne, ses mains se refermèrent sur ses épaules. La bouche de Jill s'entrouvrit et ils restèrent longtemps ainsi, s'embrassant avec un abandon et un désir croissant.

Jill ne sut qui mit un terme au baiser, mais soudain ils se séparèrent, le souffle court, aussi surpris l'un que l'autre. Puis Alex regarda avec ostentation l'escalier derrière elle. Jill comprit. Elle avait besoin de réconfort, mais elle n'osait pas sauter le pas.

— Je ne peux pas. Pas ce soir.

— Je comprends, fit-il avec un sourire contraint.

— Bonne nuit, réussit-elle à articuler, de nouveau au bord des larmes.

Elle le regarda repartir vers la cuisine, où il allait sans aucun doute se servir un verre.

Elle monta l'escalier.

Jill trouva Alex penché sur son ordinateur portable le lendemain matin. Il était à peine 7 heures et la cuisine illuminée par le soleil matinal embaumait le café.

Jill le regarda ; il était si absorbé qu'il ne l'avait pas entendue.

— Bonjour, lança-t-elle.

— Vous m'avez fait peur ! s'exclama-t-il, bondissant sur sa chaise. Comment avez-vous dormi ?

— J'ai fait des cauchemars.

Elle alla se servir une tasse de café. Ses rêves avaient été terrifiants. Un homme sans visage la poursuivait, ainsi que lady E., avec une hache sanguinolente. Elle n'avait aucune envie d'en parler.

— C'est pratique de vous avoir sous la main. Un chevalier servant qui fait aussi du café le matin.

— Je fais aussi partie des quelques célibataires qui savent faire cuire des œufs, se moqua-t-il en la saluant de sa tasse. (Il souriait à peine et la scrutait, si bien qu'elle se détourna.) J'ai une réunion à 9 heures, il faut que je m'en aille bientôt. Comment ça va ?

— Bien.

Pur mensonge. Elle sentait la mort rôder. Quelqu'un était allé trop loin dans l'horreur pour qu'elle s'en aille. Elle hésita un peu avant de se lancer :

— Alors, qui a tué le chat ? Thomas ? Lauren ? Votre oncle ?

— Vous ne mâchez pas vos mots, dit-il, tendu, et en refermant son ordinateur.

Jill se demanda ce qu'il y avait sur l'écran, ce qu'il ne voulait pas qu'elle voie. Il mit sa veste.

— C'est agréable de vous voir un peu de couleur aux joues, Jill.

Son ton assez froid démentait ses paroles. Elle le regarda fixement. Cela aurait été tellement plus facile s'ils n'avaient pas couché ensemble, s'ils ne s'étaient pas embrassés tendrement la veille. Ou s'il n'avait pas passé la nuit sur le canapé, lui offrant ainsi réconfort et protection.

— J'ai quelque chose à vous dire, osa-t-elle en appuyant sa hanche contre le comptoir de la cuisine. Alex, vous êtes un homme intelligent. Arrêtons les enfantillages. Ce qui s'est passé hier n'est pas un acte de malveillance. Il n'y a pas de délinquance dans ce quartier.

Il demeura silencieux.

— J'agace le petit monde des Sheldon, vous ne croyez pas ?

— Personne dans ma famille ne se livrerait à de pareilles brutalités, affirma-t-il, contracté. Et je ne suis pas d'accord avec vous. Je pense que c'était de la malveillance. Il y a de la délinquance partout, dans n'importe quel quartier, vous savez.

Elle se détestait de le harceler ainsi, mais n'avait pas le choix.

— Alors pourquoi n'avez-vous pas appelé la police ?

— Je l'ai fait. Quelqu'un est passé hier soir prendre ma déposition, un autre policier viendra aujourd'hui prendre la vôtre.

Elle avait perdu un round.

— J'espère que vous avez raison, soupira-t-elle.

— Je sais que j'ai raison, assura-t-il, le poing sur la hanche. Jill, vous êtes dans un sale état. Tenez. (Il lui tendit une carte de visite qu'il sortit de la poche de sa veste.) Allez voir le Dr McFee. C'est le genre de médecin qui vous parle comme un père. Vous avez besoin de vous calmer, vous ne voyez plus les choses avec lucidité.

— Vous voulez que j'arrête maintenant ? Alors que je suis si près de trouver la vérité sur Kate, et sur votre famille ? Ce n'est pas la première fois que vous me le demandez, et nous savons tous les deux pourquoi.

— Bon sang ! explosa-t-il. Il n'y a pas de conspiration, et ce qui est arrivé à Kate il y a quatre-vingt-dix ans est une affaire classée. Vous ne pourrez pas la ramener à la vie. Si elle a été tuée, vous ne pourrez pas poursuivre le meurtrier. Laissez tomber avant de devenir dingue, et de rendre dingue votre entourage !

— Je ne peux pas, bredouilla-t-elle, heurtée par cet accès de violence. J'ai besoin de savoir ce qui lui est arrivé. Je crois que je le sais déjà. Edward l'a tuée parce qu'elle s'interposait entre Anne et lui.

Dans ses rêves, Edward semblait amoureux et ne ressemblait pas du tout à un assassin. Mais ce n'étaient que des rêves. Il fallait maintenant qu'elle s'attache à la logique, pas à l'imaginaire. Jill avait vu trop de portraits d'Edward, elle avait lu ses lettres et ses instructions à son personnel et à sa famille. Le fait qu'il ait été dur et froid était indiscutable.

— Personne n'est plus doué que vous pour tirer trop vite des conclusions, dit Alex d'une voix rauque.

— Kate a besoin de moi, s'obstina Jill, sur la défensive.

— Kate est morte, Jill.

— Elle attend que je l'aide, elle attend que je résolve le mystère, insista-t-elle.

— Vous devriez rentrer chez vous. C'était une erreur de revenir à Londres, trancha-t-il.

Ces mots la prirent par surprise. Comme un coup de couteau dans le dos.

— Et vous interprétez tout de travers, ajouta-t-il, furieux.

— Je ne peux pas rentrer maintenant.

— OK, conclut Alex, l'air sinistre. Il faut que j'y aille, Jill. Je vous appellerai un peu plus tard pour prendre de vos nouvelles. Pensez à ce que je vous ai dit à propos du médecin. Non seulement il vous remettra d'aplomb en un clin d'œil, mais vous pouvez aussi tout lui raconter. Au minimum, il vous donnera de quoi vous aider à dormir.

Jill acquiesça à seule fin de le calmer. Elle n'avait pas envie de penser à un médecin en ce moment. Il avait pris sa mallette, s'avança brusquement vers elle pour l'embrasser sur la joue, et sortit de la cuisine.

Elle resta avec la sensation de ses lèvres sur sa joue, et l'odeur boisée de son eau de toilette. Elle traversa discrètement le salon et l'observa qui quittait la maison. Soudain une vague de dépression l'accabla. À moins que ce ne fût de la crainte ?

Elle s'assit et jeta un coup d'œil à la carte qu'il lui avait donnée. Elle entendit le moteur de la voiture qui démarrait.

Quelque chose de terrible était arrivé à Kate, et aujourd'hui on l'avertissait sans ambages de ne pas aller plus loin. Elle avait l'impression que des choses horribles l'attendaient.

Parce que l'enjeu était considérable.

Jill fut effrayée en entendant la voix de Kate, si nette qu'elle eut l'impression qu'elle était là dans la pièce. Quelque chose attira son regard. Elle leva les yeux, prise d'un grand frisson. Kate était à la porte, qui la regardait.

Le cœur de Jill bondit, elle plissa les yeux pour mieux la voir. Et quand elle les rouvrit, Kate avait disparu.

27 avril 1908

— Il est là ? Il est là ? cria Kate en levant ses jupes pour traverser sa chambre en courant.

Elle se pencha à la fenêtre, gênée par son gros ventre pour regarder comme elle l'aurait voulu l'allée du jardin.

— Madame, dit la gouvernante derrière elle. Je vous en prie, ne vous agitez pas ainsi avec le bébé qui doit arriver dans deux semaines.

Kate l'ignora. Il n'y avait pas de doute sur la voiture qui venait de tourner dans l'allée pavée de Coke's Way.

— C'est Edward ! s'exclama-t-elle, fébrile.

Elle se précipita hors de la chambre en bousculant la sévère Miss Bennett.

Edward avait promis que rien ne l'empêcherait d'être là pour la naissance de leur enfant. Mais son père était tombé malade dans le sud de la France et avait exigé sa présence à ses côtés, il y avait bien deux mois de cela. Kate n'avait pas montré qu'elle en était déprimée et l'avait poussé à y aller. Elle comprenait les devoirs d'Edward envers son père. Jusqu'à ce qu'elle ait fait irruption dans sa vie, il avait fermement cru au devoir et à l'honneur. Maintenant il était déchiré.

Le comte allait sur ses soixante-dix ans. Edward n'avait pas voulu obéir à cette convocation, se refusant à quitter Kate ne fût-ce qu'une minute étant donné son état, et ce encore moins pour plusieurs mois. Mais Kate avait craint que le comte ne meure. Alors que cela aurait résolu tous leurs problèmes — puisqu'ils auraient pu se marier dans l'instant — elle se représentait la culpabilité qui aurait rongé Edward s'il avait refusé de se rendre au chevet de son père avant sa mort. Elle savait qu'il ne se le serait jamais pardonné.

Elle se hâta de descendre. Elle était hors d'haleine à cause de sa grossesse. Elle entendit claquer la porte de la voiture au moment où elle ouvrait la porte du petit cottage où elle se languissait depuis six mois interminables et solitaires.

Kate n'avait jamais connu la solitude auparavant. Puis la peur avait commencé, celle qu'affronte toute femme au moment de donner la vie. Une nuit, bien après minuit, elle avait rédigé ses dernières volontés au cas où son enfant et elle ne survivraient pas à l'épreuve à venir.

Edward s'avançait dans l'allée. Il trébucha en la voyant. Dans ses yeux dansait une lumière argentée.

— Edward, murmura-t-elle, cramponnée à la porte, les jambes flageolantes.

— Oh, mon Dieu, Kate !

Edward se mit à courir. Elle se retrouva dans ses bras, sa bouche sur la sienne. Enfin il se détacha d'elle.

— Comme tu m'as manqué ! Tu es superbe !

Il lui embrassa la joue, le front, le bout du nez, et réclama de nouveau sa bouche. Cette fois, ce fut elle qui le repoussa.

— Je ne pensais pas que tu reviendrais à temps !

— Rien n'aurait pu m'en empêcher, pas même le subterfuge d'un vieillard sénile ! s'emporta-t-il, les yeux assombris, en pressant les mains de Kate contre sa poitrine.

Celle-ci fut stupéfaite. Avant qu'elle ne soit entrée dans

sa vie, il respectait son père, et même l'aimait beaucoup. Plus maintenant.

— Chéri ?

— Je suis désolé, dit-il en se forçant à sourire. Viens, rentrons, nous avons tant de choses à nous dire.

Ils entrèrent. Miss Bennett, qui les attendait, sourit à Edward.

— Avez-vous fait bon voyage, milord ? s'enquit-elle en s'avançant pour prendre son chapeau et ses gants.

— Très bon, merci, miss Bennett répondit-il en lui adressant un bref sourire, sans cesser de dévorer Kate des yeux, s'arrêtant sur son ventre. Veuillez nous laisser seuls quelques instants.

Kate, réconfortée par ce regard insistant, se mit à rougir. Miss Bennett disparut. Il l'attira alors dans le salon, et dans ses bras. Ils s'embrassèrent interminablement.

— Je suis dépravée, chuchota Kate, je me demande ce que cela ferait si nous montions.

— Mais tu es sur le point d'accoucher ! protesta Edward, incrédule et horrifié.

— Je sais, dit Kate en baissant les yeux.

Edward s'installa dans un vaste fauteuil. Kate lui apporta un verre de cognac.

— Quel est ce subterfuge dont tu parlais ? voulut-elle savoir, inquiète.

— Mon père a menti. Il n'était pas malade. Il ne m'a fait venir que pour nous séparer. Je lui ai parlé de l'enfant, Kate, et même cela ne l'a pas fait fléchir. Il refuse toujours que nous nous marions.

Assise sur le canapé, Kate hocha la tête, les mains serrées sur ses genoux. Elle n'était pas surprise. Elle avait été bouleversée, six mois auparavant, quand le comte avait refusé à Edward la permission de l'épouser. Elle était allée jusqu'à demander une audience particulière au comte, et s'était retrouvée confrontée à tant de condescendance et de manque de respect que ce fut l'une des expériences les plus pénibles de sa vie.

— Ça ne fait rien. J'ai rencontré Collinsworth une fois, tu t'en souviens ? Je connais ce genre d'homme. Il ne changera jamais d'avis sur moi. Je crois qu'il s'agit autant d'un conflit entre lui et toi que du fait qu'il me trouve d'une condition bien trop inférieure pour être digne de t'épouser.

Edward se précipita vers elle et se mit à genoux, lui prenant les deux mains. Il se pencha et posa sa joue contre son ventre, fermant les yeux. Puis il la regarda.

— Je ne me soucie plus qu'il me désavoue. Que mon frère hérite donc de ce satané titre ! Je t'ai, toi. C'est ce que j'ai décidé. Nous allons nous marier immédiatement, parce que je le veux.

— Oh, Edward... commença-t-elle en le fixant avec incrédulité.

Son amour pour lui était incommensurable ; elle savait combien cette décision lui coûtait.

— Nous ne manquerons de rien, Kate. Dieu merci, tu as ta fortune, fit-il en souriant tristement. Nous pourrions peut-être même nous installer en Amérique.

— Edward, poursuivit-elle, les larmes aux yeux, tu te souviens de la première fois que tu m'as fait visiter Uxbridge Hall ?

— Pourquoi pleures-tu ? s'inquiéta-t-il, je vais t'épouser, Kate.

— Mon chéri, tu m'as parlé de cette maison et de son histoire. Tu m'as parlé du titre qui serait un jour le tien. Tu étais comme un paon faisant la roue. Tu m'as parlé de tes frères, des bêtises que vous faisiez tous les trois quand vous étiez petits. Tu as même parlé avec affection de ton père, quand tu as évoqué son vote à la Chambre des lords pour réglementer le travail des enfants. Et tu m'as parlé de quelques possessions de la famille, les mines en Cornouailles, par exemple, et les nouveaux conduits d'aération que tu installais. Une meilleure ventilation pourrait sauver des douzaines de vies chaque année, m'avais-tu assuré. Avec tant d'enthousiasme ! Et puis tu as parlé de la responsabilité que tu avais envers tes gens. Tu les as appelés « mes gens », Edward, comme si tu étais un prince dans ton royaume. Tes yeux brillaient quand tu imaginais les possibilités qu'allait offrir ce siècle nouveau, et combien le temps était venu de prendre les choses en main pour le moderniser. J'étais déjà amoureuse de toi, mais ce jour-là, quand j'ai réalisé ce que tu ressentais vis-à-vis de ton héritage, de tes responsabilités, de tes devoirs, ce jour-là, mon amour est devenu inconditionnel. J'étais si fière de toi.

— Je n'aime pas ce que tu dis, dit-il toujours à ses genoux, les yeux presque noirs.

— Ton frère Henry est un débauché ! s'exclama Kate.

— Alors nos domaines et nos biens resteront dans l'état où ils sont aujourd'hui, et Henry pourra faire ce qu'il voudra avec.

— Il les jouera jusqu'au dernier sou !

Edward haussa les épaules, comme s'il n'en avait cure. Kate savait que ce n'était pas le cas.

— Je ne peux pas t'épouser, Edward, dit-elle les joues baignées de larmes. Comprends-moi, je t'en prie, chuchota-t-elle, je ne peux pas être celle qui t'empêchera de vivre ta vie.

— Tu es ma vie. Je ne renoncerai pas à toi, martela Edward avec violence.

— Je n'ai jamais dit que tu devais renoncer à moi. Moi, je ne le peux pas. (Elle lui passa la main dans ses cheveux sombres.) Si nous nous marions, un jour tu me haïrais pour ce que je t'aurais volé. Pour ce que ton titre représente.

— Non.

— Et si je te dis que moi, je ne me supporterais pas, sachant de quoi je t'aurais privé ?

— Oh, mon Dieu ! gémit Edward en s'asseyant à côté d'elle pour la prendre dans ses bras. Il n'y aurait que toi, Kate, pour me renier, tu serais la seule à avoir assez de courage et d'amour pour le faire.

— Oui. C'est parce que je t'aime, confessa-t-elle.

— Ne pleure pas. Tu sais que je n'épouserai personne d'autre. Tu vas me donner mon héritier, ma chérie.

Kate le regarda. C'était vrai, mais elle n'était pas dupe. Ce vieillard acariâtre pouvait déshériter Edward s'il ne se mariait pas, et Kate le savait. Et si le temps qu'ils devaient passer ensemble était compté ? Non ! Elle se battrait pour leur amour, pour leur avenir. Même si cette pensée était terrible, peut-être Dieu leur sourirait-il, et le comte trépasserait-il en laissant le titre à Edward, et la liberté de se marier selon son choix.

— Oui, dit-elle en prenant son visage dans ses mains. Je vais te donner ton héritier, peut-être plus tôt que nous ne le pensons. Le médecin dit que je pourrais accoucher à tout moment.

— Oh, je suis si heureux, et angoissé ! s'exclama Edward en l'étreignant.

Blottie dans ses bras, elle pria pour que leur enfant soit un garçon. C'était peut-être leur seul espoir.

6.

Jill venait de sortir de la maison et verrouillait la porte lorsqu'une Mercedes s'arrêta devant chez elle. Elle reconnut tout de suite le véhicule. Elle était pressée, car elle se rendait chez le graphologue, mais ralentit son allure en s'approchant de la rue. Un chauffeur en casquette attendait dans la voiture dont sortit Thomas, tout sourires.

Jill le regarda, imperturbable. Que faisait-il ici, et que voulait-il ?

— Bonjour, Jill. Comment allez-vous ? Alex m'a appelé hier et m'a raconté ce qui est arrivé au chat de M. Barrow, dit-il, l'air réellement soucieux.

— Bonjour, dit Jill sans sourire.

Était-ce sur lui qu'Alex s'était énervé au téléphone ? Était-ce lui le responsable ? Pour déplaisant que cela fût, Jill en eût au moins tiré le soulagement de voir Alex innocenté. À moins que celui-ci n'ait été au courant.

— Je vous aurais bien appelée, mais Alex m'a dit que vous dormiez déjà.

— Merci. Je vais un peu mieux aujourd'hui. Quelle cruauté...

Elle commença à descendre l'allée, Thomas lui emboîta le pas.

— Avez-vous vu la police ? demanda-t-il. C'est un quartier tranquille ici. Celui qui a fait ça mérite d'être puni.

— Un policier est passé tout à l'heure, lâcha Jill, qui

n'avait aucune envie de lui confier quoi que ce soit. Que me vaut l'honneur de cette visite ? poursuivit-elle alors qu'ils s'arrêtaient devant la Mercedes.

— J'ai appelé ce matin, mais je n'ai pas pu vous joindre. Votre répondeur ne marche pas. J'ai pensé que nous pourrions déjeuner ensemble.

— Je ne peux pas, répondit-elle après un moment, j'ai un rendez-vous, ajouta-t-elle avec un sourire forcé. Ce sera pour une autre fois, mentit-elle.

— Où allez-vous ? fit-il sans se démonter. Je vous dépose.

— Ne vous donnez pas cette peine. Je peux prendre le métro.

— Ne me dites pas que vous adorez déjà le métro de Londres ! Venez, Jill, ça me fait plaisir. C'est le moins que je puisse faire, étant donné ce qui vous est arrivé cette nuit.

— J'aime le métro, rétorqua Jill, j'en suis une fervente utilisatrice, vous ne vous en souvenez pas ?

Il la dévisagea. Jill se mit à sourire. Elle ne voulait pas qu'il sache où elle allait, et encore moins pour quelle raison. Ces précautions étaient peut-être vaines, puisqu'Alex avait dû lui relater leur voyage à Stainesmore dans les moindres détails, ce qui la rendait folle de rage. Thomas eut l'air franchement ennuyé.

— En fait, je voudrais vous parler, et ce serait mieux si nous n'étions pas dans la rue.

— Ça ne me gêne pas, fit Jill, tendue.

— J'ai parlé avec Alex récemment, commença-t-il sans ambages. Il m'a parlé de votre voyage à Stainesmore.

— Qu'a-t-il dit ? interrogea Jill, qui ne s'était pas trompée.

— Que vous étiez plus que jamais convaincue d'être l'arrière-petite-fille de Kate Gallagher. Bien sûr, vous n'avez aucune preuve, conclut Thomas, amusé.

— Je suis certaine que nous sommes parentes. Tout comme je suis certaine qu'elle a été assassinée.

— C'est une accusation terrible et infondée, dit Thomas avec calme.

— Je suis désolée, Thomas, si mon enquête sur la disparition de Kate et mes accusations infondées vous dérangent, vous et votre famille, poursuivit Jill en croisant les bras.

— Pourquoi voulez-vous salir notre nom ?

— Vous reconnaissez donc que votre famille est impliquée dans cette tragédie ?

— Je reconnais que ma grand-mère et Kate étaient amies intimes.

Ou il ne savait rien, ou il était excellent acteur.

— Kate était la maîtresse d'Edward, Thomas. Elle a mis au monde son fils illégitime.

— C'est absurde !

Le rouge monta aux joues de Thomas. Jill s'était demandé à quel moment il perdrait contenance.

— Mon grand-père avait peut-être une maîtresse ou deux, comme la plupart des hommes à cette époque, mais je doute qu'il ait eu une aventure avec la meilleure amie de sa femme. Je ne l'ai pas connu, bien sûr, mais on m'a parlé de lui. C'était un homme remarquable, un visionnaire, et il a admirablement dirigé ses affaires. C'est grotesque d'imaginer qu'il aurait pu nouer une relation avec cette Kate Gallagher.

Jill ne répondit rien. Elle n'allait pas lui révéler qu'Edward avait connu Kate bien avant son mariage avec Anne, et qu'elle en était certaine. Ni qu'Edward était son suspect numéro un.

— C'est pour ça que vous êtes venu me voir ? Pour parler de Kate Gallagher ?

— En fait, Alex m'a suggéré de vous faire une offre. Quoi que vous puissiez trouver sur Kate Gallagher, il existe une infime probabilité que cela puisse ternir notre nom. J'aimerais éviter cela. Je vous offre donc deux millions de dollars, Jill, asséna-t-il avec un sourire.

Elle resta interdite.

— Comment ?

— Oubliez Kate Gallagher et rentrez chez vous. Elle est morte il y a très longtemps. Je virerai l'argent sur le compte de votre choix, continua-t-il, toujours souriant.

Il voulait l'acheter pour qu'elle se taise et rentre chez elle.

— Est-ce que c'est vous qui avez tué le chat ? murmura-t-elle.

— Plaît-il ? demanda-t-il, les yeux écarquillés.

— Avez-vous tué lady E. ? hurla Jill, frappée par une nouvelle évidence.

Thomas venait de dire « Alex m'a suggéré de vous faire une offre ».

— Lady E. ? C'est le chat ?

— Vous savez très bien que c'est le chat, accusa Jill, les poings serrés.

Alex voulait la payer ? Ça ne pouvait pas être vrai !

— Laissez-moi rectifier plusieurs points, Jill, martela Thomas, d'une voix dure. Ma famille ne s'amuse pas à trancher les têtes des animaux domestiques. Nous n'avons pas besoin de nous abaisser ainsi. Et mon grand-père était un homme remarquable. Il n'a jamais couché avec la meilleure amie de sa femme. Je vous suggère de garder ces idées pour vous.

— Je ne veux pas de votre argent, s'insurgea Jill. (Il fallait qu'elle soit sûre d'avoir bien compris, elle avait sûrement mal entendu !) Alex vous a suggéré de me payer ?

— Alex est loyal envers moi et les miens, n'en doutez jamais, lança Thomas avec froideur avant de se rapprocher. Ne le jugez pas mal. Il veut autant que moi que tout cela se termine. Combien cela me coûterait-il pour que vous arrêtiez votre enquête et rentriez chez vous ?

Jill ne put répondre. Bien sûr que c'était ce qu'Alex, le brillant Alex, l'intelligent Alex, avait conseillé.

Comment avait-elle pu imaginer lui faire confiance ? C'était un menteur, qui la poignardait dans le dos. Mais c'était la dernière fois. KC avait raison.

— Je ne veux pas de votre argent, trancha-t-elle. Je veux la vérité, et je veux la justice.

— La justice, répéta Thomas comme s'il n'avait jamais entendu ce mot auparavant.

Jill partit à toute vitesse. Elle ne savait pas où elle allait, mais il fallait qu'elle s'éloigne de lui au plus vite. C'est seulement en arrivant au premier carrefour qu'elle se rendit compte qu'elle pleurait.

Jill était installée à une table dans un petit pub enfumé de Soho. Elle en était à sa troisième pinte de bière, elle qui détestait ça.

Alex était un traître, il voulait la payer pour qu'elle rentre chez elle. Pourquoi souffrait-elle autant ? Alex ne représentait rien pour elle. Dire qu'elle pensait qu'ils étaient amis... et qu'elle avait été sur le point de tomber amoureuse de lui.

Jill fit signe à la serveuse de lui apporter une autre bière. Elle avait erré sans but dans Londres après son rendez-vous chez le graphologue. Les écritures ne correspondaient pas. Edward Sheldon et Jonathan Barclay n'étaient pas la même personne.

Profondément déçue, elle se souvint qu'Alex lui disait que personne n'était plus doué qu'elle pour les conclusions hâtives. Après tout, Kate n'était peut-être pas son arrière-grand-mère. Edward n'avait peut-être pas été son amant. Elle avait peut-être disparu de son plein gré pour des raisons que Jill ne découvrirait jamais.

Mais elle n'arrêterait pas. On lui avait lancé un défi, deux fois. D'abord lady E., puis cette offre de deux millions de dollars. N'était-ce pas une raison suffisante pour rester ? Elle mettait les Sheldon très mal à l'aise, c'était évident.

Il lui fallait une nouvelle piste.

Marisa devait être au courant de l'obsession de Hal pour Kate. Elle aurait les réponses que cherchait Jill.

Jill vit quatre voitures et une limousine garées dans l'allée des Sheldon et elle hésita. Elle avait appelé Marisa à son domicile et une domestique lui avait appris qu'elle passait la soirée chez les Sheldon. Jill estima à huit le nombre des invités, alors qu'elle pensait que Marisa y serait seule.

C'était trop tard pour faire demi-tour. Son taxi était déjà reparti. Jill regrettait presque que le gardien à la grille l'ait reconnue et l'ait laissée passer. C'était odieux de faire ainsi irruption dans une soirée. Elle allait se faire éconduire, c'était couru d'avance.

Jill frissonna ; il faisait frais et elle ne portait qu'un

tee-shirt, un cardigan et une jupe. Elle était sur le point de repartir, mais changea d'avis. Hal savait certainement qui était l'assassin. Et Marisa aussi. Jill se hâta vers la porte d'entrée.

Quand le maître d'hôtel l'introduisit dans l'entrée, son courage l'abandonna de nouveau. Dans le salon où elle avait rencontré les Sheldon étaient réunies environ une quarantaine de personnes, toutes plus élégantes les unes que les autres. Presque toutes les femmes portaient des bijoux de valeur, diamants, émeraudes ou saphirs. De nombreux invités tenaient des flûtes de champagne à la main, et les serveurs faisaient passer des plateaux d'argent regorgeant de canapés au caviar.

Elle n'était pas à sa place. Elle ne l'avait jamais été, mais ce soir c'était encore plus flagrant.

Puis elle vit Alex. Il lui tournait le dos. Il parlait avec plusieurs personnes, une grande blonde filiforme en robe de soie Ungaro se tenait à ses côtés.

Jill fut ébahie. La blonde lui touchait le bras. Ce n'était quand même pas son amie ?

— Miss Gallagher ?

Jill sursauta au son de la voix bienveillante du domestique.

— J'espérais m'entretenir avec Marisa Sutcliffe, expliqua-t-elle.

Le domestique sembla s'être rendu compte qu'elle n'était pas invitée, et eut l'air très surpris.

Oh, mon Dieu... pensa Jill. Margaret Sheldon arrivait dans l'entrée, la distinction même dans un tailleur pantalon orné d'une broche en perles et diamants sur son revers de satin.

— Je ferais mieux de m'en aller, bredouilla Jill en tournant les talons.

— Miss Gallagher !

L'exclamation de surprise de Margaret l'arrêta net. Elle se retourna lentement, les joues en feu.

— Comtesse.

Les deux femmes se regardèrent un moment, aussi étonnée l'une que l'autre. Puis Margaret se reprit et sourit.

— Comme c'est gentil à vous d'être venue. Je ne savais pas que vous souteniez M. Blair. Je vous en prie, prenez un peu de champagne. Ou quelque chose de plus corsé, si vous préférez.

Margaret pensait qu'elle était invitée, à ce qui semblait être une réunion politique. Jill aperçut le Premier ministre, entouré d'invités empressés.

Jill accorda de nouveau son attention à la comtesse. Elle l'admirait ; elle était trop comtesse pour lui signifier qu'elle était indésirable.

— Lady Collinsworth, je n'étais pas invitée. J'espérais parler à Marisa, confessa Jill dans un accès de franchise, mourant d'envie de se trouver ailleurs que chez les Sheldon.

Elle regarda par-dessus l'épaule de Margaret. Alex la remarqua à ce moment précis. Il eut l'air stupéfait.

La blonde à l'allure de mannequin se cramponnait toujours à son bras.

— Je vois, souffla Margaret. Mais entrez donc, puisque vous êtes là, je suis certaine que Marisa va vous parler, assura-t-elle, l'air troublée.

Alex quitta son groupe et pénétra dans l'entrée.

— Ma tante, vous êtes superbe, fit-il en l'embrassant sur la joue.

Jill les regarda avec attention. Le sourire immédiat de Margaret fut celui qu'une mère réserverait à son fils.

— Merci, mon chéri, dit-elle avec douceur. Attends. (Elle arrangea sa cravate.) Miss Gallagher souhaite parler à Marisa, Alex. Je l'ai priée de se joindre à nous et de prendre une flûte de champagne.

Alex regarda Jill, et elle perçut sa réprimande muette. Les paroles de Thomas résonnaient dans sa tête... « Il m'a suggéré de vous faire une offre... combien cela me coûterait-il » ? Et une image du corps ensanglanté de lady E. dansa devant ses yeux.

Margaret leur sourit à tous les deux, puis partit rejoindre ses invités.

— Pourquoi êtes-vous ici ? Vous vous sentez bien ?

— Je ne savais pas qu'il y avait une soirée, articula Jill avec peine.

Ne laisse pas Alex deviner tes soupçons, s'intima-t-elle. Elle regarda derrière lui. La blonde était sur le seuil du salon et les observait avec une curiosité dénuée d'hostilité. Jill repéra enfin Marisa dans la foule. Superbe dans une robe en dentelle noire et blanche Valentino.

Alex suivit son regard et ne fit aucun commentaire sur l'identité de la jeune femme blonde.

— Ma tante dit que vous voulez voir Marisa. Pourquoi ?

Alex était intelligent. Trop. Elle lui avouerait la vérité dès que possible.

— Elle connaît probablement l'obsession de Hal pour Kate.

Elle essayait de garder un ton léger. Mais cela lui était difficile à cause de cette douleur étrange dans sa poitrine — liée autant aux récentes paroles de Thomas qu'à la compagne d'Alex. Jill s'exhortait à ne pas être contrariée de le voir avec cette belle blonde qui ressemblait à une jeune Jerry Hall.

— Jill, ce n'est ni le moment ni l'endroit.

— Ce n'est jamais le bon moment ni le bon endroit, quand on parle de la vie, c'est ça ? Au fait, ce n'est pas vous qui avez dit que la vie n'est pas juste ?

— Hé, fit-il, stupéfait, en lui touchant l'épaule, qu'est-ce qui ne va pas ?

— Rien, fit-elle en se dégageant avant de perdre le contrôle d'elle-même. Je crois que je vais boire ce verre de champagne, ajouta-t-elle, car elle venait d'apercevoir Marisa en compagnie de Lauren, qui l'avait aussi repérée.

Alex la prit par le coude. Jill crut qu'il allait la reconduire à la porte, mais il la fit au contraire pénétrer dans le salon.

— N'outrepassez pas les règles de bienséance, Jill, dit-il doucement. Vous avez bu ?

Avant qu'elle n'ait pu répondre, Thomas apparut, l'air imperturbable.

— Bonsoir, Jill, fit-il avec froideur.

— Bonsoir, répondit-elle sur le même ton.

— Je ne savais pas qu'Alex vous avait invitée à notre petite soirée de bienfaisance. Vous n'en avez rien dit.

— Venez, fit Alex avec un léger sourire.

Il la fit passer devant Thomas. Jill sentit son hostilité. Elle ne comprenait pas le comportement d'Alex, qui agissait comme un allié.

Mais ce n'était pas le cas, elle ne ferait plus jamais l'erreur de le croire.

La blonde leur sourit quand ils s'approchèrent.

— Lindsay, voici Jill Gallagher. Jill, Lindsay Bartlett.

Jill hocha la tête avec politesse.

Alex fit signe à un domestique, et tous trois se retrouvèrent avec des flûtes de Krug à la main.

Le meilleur champagne que Jill ait jamais bu.

— Vous vous connaissez depuis longtemps ? demanda-t-elle à Lindsay.

Au moment où cette question franchissait spontanément ses lèvres, elle souhaita n'avoir rien dit.

— Depuis un ou deux mois seulement. Vous sortiez avec le cousin d'Alex, si je ne me trompe ? demanda Lindsay, sans rancœur ni mesquinerie.

— Oui.

Jill décida de se concentrer sur le champagne. Mais il avait un goût de plomb en fusion. Elle ne pouvait s'empêcher de se demander s'ils couchaient ensemble.

Puis elle se rendit compte de son incohérence. Cela ne la regardait pas, ça lui était bien égal puisque c'était un traître. Elle vida son verre d'un trait.

— C'est si triste, ce qui s'est passé, j'en suis désolée, dit doucement Lindsay.

Jill comprit qu'elle était sincère, intelligente, et qu'elle aurait pu l'apprécier dans des circonstances différentes.

— Merci, lança-t-elle en attrapant au vol une flûte sur un plateau. Excusez-moi.

Elle ne réussit pas à sourire et s'éloigna d'eux très vite.

Marisa l'attendait, intriguée. Elle était avec d'autres gens, dont Lauren. Elle s'écarta du groupe, les yeux sur Jill.

— Vous vouliez me parler ? demanda Marisa.

— Oui. C'est important. Pourrions-nous sortir ?

Marisa, surprise, hésita puis fit signe à Jill de lui montrer le chemin.

Celle-ci ouvrit la porte de la terrasse et remarqua que les têtes se tournaient dans leur direction.

— Nous attirons l'attention, fit Marisa, ennuyée. La soirée est déjà assez difficile comme ça, mais nous ne pouvions pas l'annuler.

— Je serai brève.

— Je ne pensais pas venir, expliqua Marisa les narines pincées, mais je soutiens l'action de M. Blair, comme le faisait Hal.

Les larmes montèrent aux yeux de Marisa et le cœur de Jill chavira.

— Je suis si désolée, Marisa.

— Que vouliez-vous me demander ?

Jill aurait voulu une autre flûte de champagne, puis se rendit compte qu'elle en tenait une pleine dans sa main. Elle en prit une gorgée.

— Il aimait Kate, c'est ça ?

Marisa, déjà très pâle, devint livide.

— Je vous en prie, Marisa.

— Comment peut-on aimer une morte ? chuchota Marisa.

— Hal était fasciné, c'est bien ça ?

Soudain Marisa devint furieuse. Elle croisa les bras et se mit à faire les cent pas sur la terrasse, avant de se mettre à parler en tournant le dos à Jill.

— Il ne l'aimait pas. C'était comme un adolescent amoureux d'une star.

— C'était vraiment ça ? insista Jill, compatissante.

— Oui ! s'exclama Marisa. Il l'admirait comme un homme peut admirer Marilyn Monroe.

— Et elles ont été tuées toutes les deux à cause des hommes qu'elles aimaient, c'est ça ?

— Je ne vois pas ce que vous voulez dire, répliqua Marisa, renfrognée.

— Hal connaissait-il la vérité sur Kate ? Et sur moi ?

Marisa frissonnait, mais il faisait frais et elle portait une robe sans manches.

— Vous lui ressemblez, avoua-t-elle finalement, je l'ai vu à l'église. (Une larme glissa le long de sa joue.) Il savait qui vous étiez. Il était si excité qu'il m'a appelée immédiatement après vous avoir rencontrée, continua-t-elle, la voix brisée. Il était allé à New York autant pour vous chercher que pour s'éloigner de moi.

— Je vois, fit Jill soudain prise de vertiges, il m'a pourchassée.

Elle se cramponna à la balustrade de la terrasse. Le fer était humide sous ses mains.

— Je la haïssais ! cria soudain Marisa.

— Kate ?

— Elle était toujours entre nous. Comment peut-on se mesurer à un fantôme ? Hal pensait qu'elle incarnait la perfection. Il était obsédé. Il me jurait le contraire, mais il se mentait à lui-même.

— Je comprends, murmura Jill, qui aurait voulu la réconforter. Hal vous a-t-il dit qui a tué Kate ?

— Non, assura-t-elle les yeux écarquillés. (Elle regarda de nouveau par-dessus son épaule.) Je suis frigorifiée, je rentre.

Elle quitta la terrasse sans attendre la réponse de Jill.

Jill resta à contempler la nuit. Une chose était évidente. Marisa était au courant pour Kate. Et Jill était prête à parier son dernier sou que Hal et Marisa savaient qui l'avait tuée.

Elle n'aurait su dire combien de temps elle était restée ainsi, quand elle aperçut une ombre se glisser à ses côtés. Alex s'approchait.

— Vous allez bien, Jill ? demanda-t-il.

— Ça va, répondit-elle avec un vague sourire.

— Lindsay... commença Alex.

— Je me fiche de Lindsay, coupa Jill en le dépassant.

— Vous êtes jalouse, lança-t-il en la rattrapant.

Elle refusa de répondre.

— Ce n'est pas ma petite amie, c'est une amie de Lauren.

Jill haussa les épaules en pénétrant dans le salon. Alex lui saisit le bras, l'arrêtant net.

— Qu'a dit Marisa ?

Comme si j'allais tout lui raconter, pensa-t-elle, furieuse.

— Elle m'a dit que Hal connaissait la vérité sur Kate.

Alex la regarda sans broncher. Elle prit une autre flûte de champagne.

— Vous ne croyez pas que vous devriez y aller moins fort sur le champagne ?

— Vous voulez donc que Thomas me paye, siffla-t-elle, glaciale.

Il releva la tête.

— Vous ne niez pas ?

Elle était bien consciente de le provoquer.

— Attendez. Vous allez trop vite en besogne, Jill, c'est injuste.

— La vie n'est pas juste. Pour la énième fois.

— Je ne veux pas que cette famille soit déchirée par un vieux scandale n'ayant aucune incidence sur le présent, articula Alex avec lenteur en lui retirant la flûte des mains.

Jill se retourna et attrapa une nouvelle flûte au vol sur le plateau d'un serveur.

— Si mon arrière-grand-mère a été assassinée, cela a une influence sur le présent, affirma Jill.

Elle remarqua du coin de l'œil que plusieurs invités tendaient l'oreille pour surprendre leur conversation. Lauren était du nombre.

— Celui qui a fait cela ne pourrait plus être exécuté ou condamné à une peine de prison, lâcha Alex sans retenue maintenant. Pourriez-vous baisser la voix, je vous prie ?

— Vous êtes très intelligent, Alex. Mais vous devez me prendre pour une idiote, continua Jill sans se rendre à ses objurgations.

— Je crois au contraire que vous êtes une personne très maligne, rétorqua Alex. Et je crois aussi que vous cherchez l'affrontement avec moi. Mais je ne le permettrai pas.

Il lui prit la main, la guidant et la forçant à la fois à sortir du salon. Jill se dégagea, refusant de faire un pas.

— Kate est morte, et son fils n'a rien eu. Son fils... mon grand-père. Qu'est-il arrivé à Peter ? Et qu'est devenue sa fortune ? Quelqu'un l'a volée, c'est bien ça ?

— Personne n'a rien volé ! C'est ça que vous voulez, votre part ? demanda Alex avec brusquerie.

— Vous savez ce que je veux, railla-t-elle. La vérité !

Edward a tué mon arrière-grand-mère, ce qui veut dire qu'un Sheldon au sang bleu a été un meurtrier de sang-froid, et cette famille l'a dissimulé pendant quatre-vingt-dix ans ! explosa Jill.

— Baissez le ton ! aboya Alex. C'est une accusation sans fondement et vous le savez.

— Avez-vous ou n'avez-vous pas demandé à Thomas de me payer pour que je me taise et que je m'en aille ? continua Jill, sans se soucier du fait qu'ils étaient les seuls à parler et que tout le monde les observait.

Le visage d'Alex se contracta. Jill pensa qu'il allait nier. Ce ne fut pas le cas.

— Oui, je le lui ai demandé.

— Je vois, lança Jill, prise d'une envie de vomir.

Il la prit de nouveau par la main, mais cette fois il lui fit mal.

— Vous avez outrepassé les règles de la bienséance, Jill, commença-t-il brutalement.

Jill vit arriver Lauren. Elle essaya de se libérer mais sans succès. Alex la reconduisit dans l'entrée, où Lauren les rejoignit et leur bloqua le passage.

— Qu'est-ce qu'elle raconte ? cria-t-elle, livide.

— Je m'en occupe, assura Alex avec fermeté. Je raccompagne Jill chez elle.

— Sûrement pas, s'indigna Jill en se libérant. Vous êtes occupé avec miss Jerry Hall. Je vais prendre un taxi.

— Jill, continua Lauren, bouleversée. Qu'est-ce que vous racontez ? Que mon grand-père a assassiné quelqu'un ? Vous êtes folle ?

— Votre grand-père Edward était l'amant de mon arrière-grand-mère, lâcha Jill brutalement. Et elle a mis son enfant au monde. Mais il l'a tuée, de sang-froid !

— Je ne vous crois pas. Vous êtes folle ! Qu'est-ce que vous nous voulez ? Pourquoi faites-vous ça ?

Jill vacilla, voyant Thomas arriver, le visage empourpré et les yeux étincelant de rage.

— Ces accusations sont hautement irresponsables, dit-il. Nous ne céderons pas au chantage, miss Gallagher. Je n'autoriserai pas que l'on traîne ainsi ma famille dans la boue. Vous calomniez le nom des Sheldon.

Jill resta paralysée devant la furie de Thomas. Il sembla retrouver un peu contenance, et sa bouche se fendit d'un sourire ou plutôt d'un rictus.

— Fais-la sortir d'ici, Alex. Mes avocats la contacteront dès demain matin.

Alex saisit le bras de Jill.

Des avocats, pensa Jill. Cela voulait-il dire qu'il allait la poursuivre pour diffamation ?

— Vous mentez ! s'exclama Lauren.

— Non, s'obstina Jill en hochant la tête. Kate n'a pas disparu. Elle est morte. J'ai trouvé la tombe. Elle est morte sept mois après avoir donné naissance au fils d'Edward. Et peu après sa mort, huit mois après en fait, Edward a épousé votre grand-mère. Ce que votre famille a fait me dégoûte.

— Jill, reprit Alex, cinglant, je vous raccompagne. Vous êtes furieuse, bouleversée, et vous n'arrivez pas à penser clairement. Allons-y. Vous avez causé assez de scandale comme ça, et demain vous pourrez présenter des excuses formelles à la famille avant que Thomas n'engage des poursuites.

— Laissez-moi partir, fit-elle.

Du coin de l'œil, elle vit une silhouette vêtue de noir portant une énorme broche en perles et diamants s'effondrer avec une lenteur interminable.

Jill trébucha et bouscula Alex. Elle aperçut William et Thomas retenant Margaret juste avant qu'elle ne touche le sol.

Le bolide d'Alex fit halte devant l'appartement de Jill. Elle resta tout contre la portière, regardant droit devant elle. Elle se détestait d'avoir causé du tort et d'avoir peut-être aggravé l'état d'une femme aussi gracieuse, charmante et innocente que Margaret Sheldon.

Alex ne lui avait pas adressé la parole durant les vingt minutes qu'avait duré le trajet. En fait, il ne l'avait même pas regardée.

Elle ne l'avait jamais vu aussi furieux. Elle aussi était remontée contre lui, mais elle s'en voulait plus encore de s'être aussi mal conduite envers sa famille. Ils avaient maintenant toutes les raisons de la mépriser et de la considérer comme une menace. Pourquoi n'avait-elle pas su tenir sa langue ? C'était complètement stupide. Maintenant, elle ne découvrirait peut-être jamais la vérité, parce que quiconque voudrait l'arrêter connaîtrait ses projets. Et, ce qui était pire, si Thomas engageait vraiment des poursuites ? Elle n'avait pas un sou pour assurer sa défense.

— Nous sommes arrivés, dit Alex en coupant le contact.

Jill osa quand même le regarder. Pourquoi avait-il coupé le moteur ? Il pensait rentrer avec elle ? Tous ses soupçons refirent surface.

— Je suis désolée, dit-elle très vite. J'irai m'excuser. Merci de m'avoir raccompagnée.

Elle sortit en hâte de la voiture.

— Nous reparlerons de tout ça demain matin, fit Alex toujours sans la regarder.

— Oui, c'est ça, conclut Jill qui avait du mal à croire qu'il ne lui faisait pas même l'aumône d'un regard.

Il fallait qu'elle s'en fiche. Elle s'en fichait. Elle claqua la portière et s'éloigna. La Lamborghini démarra. Alex ne regarda pas une seule fois dans son rétroviseur. Je m'en fiche, se répéta-t-elle. Bon débarras.

Elle dut faire face à son appartement plongé dans l'obscurité. Il prenait ainsi un aspect menaçant et inhospitalier. Elle avait peur d'y entrer.

Elle se persuada qu'elle avait trop bu et que son imagination lui jouait des tours. Elle regarda l'appartement voisin où vivait Lucinda. Toutes les lumières étaient allumées. Il lui sembla si accueillant qu'elle s'engagea dans l'allée.

Lucinda ouvrit la porte promptement, avec un grand sourire qui s'effaça aussitôt.

— Quelque chose ne va pas ? demanda Jill, pleine d'appréhension.

— Janet Witcombe est morte.

— Que s'est il passé ? s'enquit Jill, incrédule.

— Elle est morte ce matin. D'un coup sur la tête. Il semble qu'elle ait fait une chute, expliqua Lucinda. Entrez,

Jill, je vous en prie. Qu'est-ce qui me prend de vous laisser sur le pas de la porte par une nuit aussi froide, et vous n'avez même pas de manteau !

— Alors c'était un accident, dit Jill. Janet était très âgée. Elle avait quatre-vingts ans passés.

— Je crois qu'elle avait tout juste quatre-vingts ans, l'informa Lucinda. Voulez-vous du thé ?

Jill ne répondit pas. Tous les jours, des gens âgés tombaient et mouraient. Ce n'était pas surprenant. Mais pourquoi était-elle si énervée, si mal à l'aise ? Était-ce vraiment un accident ?

— Jill ? Qu'est-ce qui ne va pas ? Vous êtes si pâle !

— J'ai un peu trop bu, confessa-t-elle en secouant la tête, dans l'espoir de s'éclaircir les idées. Son instinct lui envoyait un signal qu'elle n'arrivait pas à identifier.

— Janet avait l'air en très bonne santé et vive, pour une personne de son âge.

— Vous n'imaginez quand même pas... ? souffla Lucinda. Jill, Janet est tombée. C'est aussi simple que ça.

— Lucinda, je suis épuisée, je crois que je ferais mieux de rentrer chez moi.

— Vous êtes sûre que vous ne voulez pas rester prendre un thé ? Vous avez l'air affolée.

Jill déclina l'invitation, elle avait envie d'être seule pour réfléchir. Elle s'arrêta sur le seuil de l'appartement de Lucinda.

Oh, ne sois pas stupide, dit-elle tout haut.

Personne n'aurait assassiné Janet Witcombe sous prétexte qu'elle se souvenait d'une conversation qui remontait à trente ans, à propos d'une femme disparue il y avait quatre-vingt-dix ans.

Jill s'avança résolument vers l'appartement. Mais elle eut du mal à ouvrir la serrure, tant ses mains tremblaient.

Alex lui avait indiqué le nom d'un médecin. Elle devrait peut-être y aller, car elle ne savait pas combien de temps encore elle pourrait supporter autant d'émotions. Elle ouvrit la porte et alluma la lumière.

Elle se figea immédiatement de stupeur.

Son appartement avait été cambriolé. Des tiroirs étaient renversés par terre, leur contenu éparpillé, les coussins du canapé avaient été éventrés et les portes de l'armoire étaient battantes.

Jill fut affolée en réalisant l'étendue des dégâts.

Puis elle reporta son attention sur l'armoire et ses portes battantes.

Celui qui avait fait ça venait de le faire, à l'instant.

Jill fit demi-tour et se mit à courir.

7.

15 septembre 1908

Kate se pencha, tout excitée, arrivant à peine à se contenir. La propriété des Bensonhurst était apparue devant elle. Sa voiture tirée par deux juments baies arriva rapidement devant la demeure aux colonnes néo-classiques. Kate se renfonça contre le velours capitonné de son siège, rayonnante, serrant fébrilement ses mains. Cela faisait si longtemps qu'elle n'avait pas vu Anne !

La voiture s'arrêta sur le rond-point pavé devant l'entrée. Elle n'eut pas la patience d'attendre que son cocher lui ouvre la portière, et celui-ci n'eut que le temps de l'aider à mettre pied à terre. Kate était plus ronde, son fils étant né il y avait quatre mois à peine. Elle pensa avec tristesse qu'elle était devenue une matrone grassouillette. Edward lui avait dit la nuit précédente que ses rondeurs étaient délicieuses.

Elle ne rougit pas en pensant à la passion qu'ils avaient retrouvée après tant de mois d'abstinence. Elle brûlait d'être de nouveau dans ses bras. Il l'avait quittée il y avait quelques heures à peine, mais il lui manquait déjà.

Elle l'aimait tant qu'elle était parfois terrorisée à l'idée qu'il lui arrive quelque chose de grave. Qu'en sortant de chez elle il soit écrasé par une voiture, ce qui mettrait fin à ses jours et à leur amour. Kate s'était persuadée depuis des mois que ces craintes étaient dues à l'attitude inflexible de son père. Le comte n'avait pas changé d'avis sur eux. Kate savait qu'il n'avait de cesse de trouver le moyen de les séparer.

Elle passa devant une voiture à cheval et une Packard flambant neuve. Elle chassa ces idées morbides pour penser de nouveau à Anne, et à la joie de la retrouver. Elle fut accueillie par le maître d'hôtel, dont elle se souvenait très bien. Elle lui adressa un grand sourire.

— Bonjour, Jenson.

— Miss Gallagher ! s'épanouit le petit homme chauve, permettez-moi de vous dire que c'est une joie de vous revoir !

— C'est merveilleux d'être de retour, dit Kate soudain émue.

À cet instant elle fut submergée par un flot de souvenirs — sa première rencontre avec Anne sur la promenade de Brighton, qui était aussi la première fois qu'Edward et elle s'étaient vus. Leur bal de présentation, les courses de chevaux à Newmarket, et la semaine à Swinton Hall. Sous le charme, réalisant soudain combien sa romance avec Edward avait été mêlée à sa vie avec Anne, elle inspecta l'entrée pour constater que rien n'avait changé.

— Ah, un de mes tableaux préférés, dit-elle en admirant un Rembrandt représentant une mère et son enfant. Est-ce que ma meilleure amie est chez elle ?

— Je vais prévenir lady Anne de votre arrivée, fit Jenson. Voulez-vous attendre dans le salon ?

— Je connais le chemin, répondit Kate en lui souriant, avant de se diriger vers le salon.

— Eh bien, c'est une surprise.

Au son de la voix peu amène de lady Bensonhurst, Kate se crispa.

— Bonjour milady. Quel plaisir de vous revoir, dit Kate sans sourire.

Lady Bensonhurst ne pénétra pas dans le salon. Son regard plein d'aversion glissa sur la silhouette de Kate, s'attardant sur sa poitrine épanouie et ses rondeurs. Kate soupçonna que lady Bensonhurst savait qu'elle avait eu un enfant. Mais ce n'était pas possible. Personne ne le savait à part les deux servantes simplettes, Miss Bennett, Edward et bien sûr son père. Et Anne. Elle lui avait écrit durant l'hiver, dans un accès de solitude et d'angoisse.

— Je croyais que vous étiez rentrée à New York, commença avec froideur lady Bensonhurst.

— C'est exact. Mais je suis revenue à Londres. Je suis devenue une vraie anglophile.

— Je vois, continua la mère d'Anne, imperturbable. Vous êtes en train de perdre votre superbe silhouette, ma chère.

— Une nourriture trop riche, je le crains, rétorqua Kate.

— Hmm. Ma fille n'est pas là...

Anne apparut, se hâtant dans le couloir.

— Kate ! s'exclama-t-elle, son visage s'illuminant.

— Anne !

Kate s'attendait à ce qu'elles s'étreignent. À sa surprise, Anne ouvrit les bras, mais pour lui prendre les mains, et lui embrasser la joue.

— Comme c'est merveilleux que tu sois là, dit-elle.

Kate la regarda, stupéfaite. Anne avait changé, d'une manière indicible. Elle était plus assurée, moins modeste, plus gracieuse — et plus distante. Anne lui avait lâché les mains.

— Tu m'as tellement manqué, ma chère, commença-t-elle. Tu es resplendissante, Anne.

Et c'était vrai. Elle était plus jolie que jamais, et son teint éclatant.

— Nous avons tant de choses à nous dire, dit Anne en souriant, le rose aux joues, tandis qu'elle examinait la silhouette de Kate avec insistance. Si cela ne vous dérange pas, mère ? continua Anne à l'intention de lady Bensonhurst.

Celle-ci finit par se résoudre à un petit sourire contraint.

— N'oublie pas, Anne, que nous dînons ce soir à Uxbridge Hall, et que tu dois bientôt te préparer.

Elle fit un signe de tête à Kate et partit avec un mouvement de jupes ostentatoire.

Kate s'était raidie. Force lui était d'être irritée, même envieuse, de ne pas avoir été invitée chez les Collinsworth. Et elle ne le serait jamais. Elle se demanda si Edward serait présent.

— Raconte-moi comment tu vas, demanda Anne tout bas tandis qu'elles s'asseyaient tout près l'une de l'autre.

Se trouvant ridicule, Kate chassa sa jalousie, elle prit la main de son amie.

— Je suis si heureuse, ma chère, à un point que tu ne peux imaginer.

— J'ai reçu ta dernière lettre. Je suis si contente que ton accouchement se soit bien passé, Kate. Comment te sens-tu ? Et comment va le bébé ? Je le verrai un jour ? chuchota Anne.

Kate s'illumina.

— C'est une petite boule de joie. Oh, Anne, je suis amoureuse deux fois : de notre fils et de son père. Je crois que je suis la femme la plus chanceuse de la terre, conclut-elle, au bord des larmes.

— Mais il ne t'épouse pas Kate, rétorqua Anne. Je me suis fait du souci pour toi, ma chère. Il aurait dû le faire il y a un bon moment déjà.

— Anne, nous n'avons partagé ni nos pensées ni nos sentiments depuis presque un an. Il m'a demandé de l'épouser. En fait, il avait décidé d'aller à l'encontre de la volonté de son père, au risque d'être renié. Mais je ne l'ai pas laissé faire une chose pareille.

— J'aimerais tant que tu me révèles l'identité de cet homme exceptionnel ! s'enthousiasma Anne, stupéfaite. Je dois t'avouer que je me suis souvent creusé la tête pour deviner qui c'était.

Kate hésita. Elle brûlait d'envie de lui avouer la vérité. Mais cette impulsion passa et elle lui tapota la main.

— Un jour, tu sauras la vérité. Mais en ce moment, notre situation étant très délicate, il vaut mieux garder son identité secrète. Je redoute ce qu'entreprendrait son père si notre liaison venait au grand jour. Je n'ose pas te dire qui il est.

— Alors que vas-tu faire ? Il veut t'épouser, tu disposes de ta fortune, mais tu ne l'épouses pas malgré cela ?

— Un jour il me mépriserait de l'avoir éloigné de sa famille et privé de son héritage, soupira Kate. Je sais combien cela semble terrible à dire, mais son père est très âgé.

Kate se détestait de prononcer ces mots, étant la dernière personne au monde à souhaiter la mort de quelqu'un. Si seulement Collinsworth n'était pas aussi buté, rigide et manipulateur !

— Tu attends donc qu'il meure, constata Anne posément. Mais ce serait splendide ! Ton preux chevalier pourrait avoir le titre et la femme.

— Ça semble si froid et calculateur. Si seulement son père n'était pas autant monté contre nous ! continua Kate au désespoir.

Elle se reprit vite néanmoins, parce qu'elle voulait savourer ses retrouvailles avec Anne et qu'elle croyait à l'amour véritable. Il finirait par l'emporter. Elle s'était raccrochée à cette idée durant toute l'année qui venait de s'écouler.

Jenson fit son entrée à ce moment précis. Une femme de chambre l'accompagnait, qui poussait un chariot chargé de scones, de gâteaux et de thé.

— Oh, merci, Jenson ! s'écria Kate. Comment avez-vous deviné que j'étais affamée aujourd'hui ?

— Vous avez toujours eu un solide appétit, miss Gallagher, répondit-il en souriant jusqu'aux oreilles. Regardez, je vous ai préparé ce que vous préférez : des tartelettes aux framboises et du thé vert, termina-t-il avant de s'éclipser avec discrétion.

— Et toi, Anne, comment vas-tu ? Quelles nouvelles délicieuses voulais-tu m'annoncer ? demanda Kate avec impatience.

— Kate, tu n'as pas idée combien cette année a été merveilleuse. Je suis très en vue maintenant, j'ai du mal à y croire. Enfin, je sais que ma fortune est très alléchante, mais quand même, c'est bien agréable d'être au centre de l'attention. J'ai peine à me représenter qu'il y a deux ans, quand nous nous sommes rencontrées, j'étais si timide et réservée, sans la moindre confiance en moi.

Kate sourit. Anne avait les yeux brillants, les joues roses : elle n'avait jamais été si animée et si jolie.

— Tu as mûri, ma chère. J'en suis si heureuse pour toi.

— Père croule sous les demandes en mariage, ajouta Anne tout excitée. J'ai eu une douzaine de soupirants sérieux ces six derniers mois. C'est incroyable !

— Mais pas du tout, tu es l'une des personnes les plus charmantes que je connaisse. Anne, je voudrais que tu trouves l'amour, pas seulement un mari, fit-elle en l'étreignant impulsivement.

Anne ne se dégagea pas, mais ne fit rien pour l'étreindre à son tour. Kate en fut étonnée.

— Mais je l'ai trouvé, avoua Anne en souriant, les yeux baissés.

— Pardon ? fit Kate, qui n'était pas sûre d'avoir bien entendu.

Anne la regarda, les yeux incandescents, serrant ses mains avec force.

— Je suis amoureuse, Kate, de l'homme le plus merveilleux. Un homme élégant, et d'un charme fou ! C'est un célibataire de toute première position, et nos familles se sont déjà mises d'accord pour nous marier !

— Oh, Anne ! Pourquoi ne me l'as-tu pas dit tout de suite ! s'écria Kate, ravie.

— Il faut savoir parfois garder le meilleur pour la fin, expliqua Anne, énigmatique.

— Arrête, tu me mets au supplice ! Quel est ce chevalier à la blanche armure que tu vas épouser ?

— Oh oui, Kate, c'est un vrai chevalier, je suis sûre que tu en seras convaincue, car tu l'as rencontré l'année dernière. C'est lord Braxton, l'héritier de Collinsworth.

Kate en eut le souffle coupé. Son cœur cessa de battre un instant. Et elle sut que c'était le début de la fin.

La première impulsion de Jill fut de s'enfuir. Au lieu de cela, elle éteignit la lumière et se retrouva dans l'obscurité.

L'intrus était-il toujours dans la maison ? Fallait-il qu'elle appelle la police ? Et sir John, où était-il ?

Jill n'osait pas respirer, elle était à l'affût du moindre bruit. La maison était désespérément silencieuse.

Elle devait trouver sir John, redoutant qu'il n'ait subi le même sort que lady E. Mais le courage lui manqua et elle resta adossée au mur, près de la porte.

Elle glissa lentement sa main vers la poignée, la tourna et sortit en courant, pour retourner chez Lucinda. Elle tambourina à sa porte, et celle-ci apparut immédiatement.

— Jill ? Mais que se passe-t-il ?

— On a cambriolé l'appartement, balbutia Jill, qui claquait des dents.

L'image d'Alex la traversa comme un éclair. Était-il rentré chez lui, ou avait-il garé son engin quelques rues plus loin, pour revenir commettre son forfait ? Allons, elle devenait folle. Cela s'était produit pendant qu'elle était avec Alex, personne n'aurait pu créer un pareil désordre en quelques minutes.

Elle ne fut soulagée que l'espace de quelques secondes. Alex avait très bien pu employer un homme de main, tout comme Thomas ou William.

— Entrez, Jill, offrit Lucinda, soucieuse, en la prenant par le bras pour l'attirer dans la maison. Êtes-vous sûre d'avoir été cambriolée ?

— Lucinda, tout était sens dessus dessous dans le salon, les coussins ont été éventrés ! cria Jill.

— Oh, mon Dieu, dans ce quartier, c'est incroyable !

Jill alla s'asseoir dans le canapé et se prit la tête dans les mains.

— C'est l'un d'eux. Quelqu'un de la famille Collinsworth. Quelqu'un qui croit que je veux une part de leur fortune. Ou quelqu'un qui ne veut pas que je révèle au grand jour ce que je sais sur Kate et Edward.

— Jill, je ne pense pas que quiconque dans cette famille puisse agir ainsi. Vous devriez peut-être appeler la police.

Celle-ci fit mine d'aller vers le téléphone, mais ne décrocha pas.

— Que ferait la police ? Elle prendrait ma déposition, et qualifierait tout ça de sornettes. Les Sheldon sont respectés, et je sais bien que ma parole ne vaudra rien à côté de la leur.

— Jill, je suis sûre que la famille n'a rien à voir dans tout ça. Les Collinsworth sont un pilier de la société. Saviez-vous que tous les comtes ont été des hommes importants ? Des dirigeants, des législateurs ? C'est une tradition en quelque sorte, la société attend responsabilité et altruisme de la part des comtes de Collinsworth.

— Non, je ne le savais pas. Edward Sheldon était-il aussi un dirigeant et un juriste ?

— En fait, ma chère, expliqua Lucinda les yeux brillants, il a passé sa vie à moderniser ses possessions. C'est lui qui a fait entrer les affaires des Collinsworth dans le XXe siècle. C'était aussi un grand partisan de la réforme du travail.

— Ce n'est pas le genre d'homme à assassiner sa maîtresse, conclut Jill. Mais les apparences sont trompeuses.

— Jill, Edward n'aurait jamais assassiné personne, affirma Lucinda. Je crois que vous devriez prévenir la police. Et que nous pourrions aussi appeler Mr. Preston.

— C'est bien la dernière personne que je voudrais appeler ! s'exclama Jill. Et il n'y a aucune raison d'appeler la police, croyez-moi.

— Mais Jill ! D'abord le chat, ensuite tout ça ! C'est affreux ! Et Mr. Preston est un gentleman. Vous ne pensez quand même pas qu'il a quelque chose à voir dans ce qui vous arrive ?

— Je ne sais pas quoi penser, bredouilla Jill, refoulant ses larmes, je lui faisais confiance... je l'aimais bien. Mais je ne peux plus faire confiance à personne !

— Ma pauvre petite, dit Lucinda qui vint s'asseoir à côté d'elle et lui passa le bras autour des épaules. Je vais vous préparer des sandwiches et du thé. Vous avez besoin de manger, ça vous fera du bien. Je vais même corser le thé avec du cognac, c'est exactement ce qu'il vous faut.

Mais Jill n'entendit pas. Et si elle était entrée alors que le cambrioleur était encore dans les lieux ? Elle se leva d'un bond.

— Jill ? demanda Lucinda, affolée.

— Je dois trouver sir John. Lucinda, avez-vous des armes chez vous ?

— J'ai une bombe paralysante.

— Bon, fit Jill avec un rire nerveux, et une lampe de poche ?

Lucinda hocha la tête et disparut dans la cuisine.

Jill passa devant le miroir ovale accroché dans l'entrée et surprit son reflet. Elle était livide, les traits tirés, toute décoiffée. Et dans ses yeux se lisait la panique. C'était le même regard que celui de Kate dans son rêve.

Lucinda revint avec les objets demandés et annonça :

— Si vous retournez là-bas, je viens avec vous.

— Merci, chuchota Jill pleine de gratitude.

Elles traversèrent en silence l'espace séparant les deux maisons. Lucinda tenait la lampe de poche dirigée vers le sol. Jill s'exhortait au calme, l'intrus était parti et elle ne retrouverait pas sir John décapité.

Les trois marches menant au porche d'entrée grincèrent, le bruit résonna dans un silence inhabituel. Où étaient les grillons ? Les voitures ? Pourquoi tout était-il désert ?

Elles s'arrêtèrent devant la porte. Jill gesticula vers Lucinda, et celle-ci comprit. Elle balaya l'entrée du faisceau de la lampe. Pas de chat décapité, Dieu merci.

Jill ouvrit lentement la porte, s'attendant à ce qu'on lui saute dessus. Puis elle alluma la lumière.

— Ma pauvre petite, se contenta d'émettre Lucinda en apercevant le désordre du salon.

Un peu plus assurée, car elle n'était pas seule, Jill traversa le salon et entra dans la cuisine. Elle alluma toutes les lumières. La pièce était vide, mais elle aussi avait été dévastée. Les placards étaient ouverts, leur contenu répandu sur le sol, la vaisselle brisée. Même le réfrigérateur avait été visité. Lucinda la rejoignit.

— Je peux vous emprunter la lampe ?

Lucinda la lui tendit, et Jill sortit par la porte de la cuisine. Elle appela le chat, plus fort que de raison, espérant ainsi faire fuir son visiteur nocturne s'il était encore dans les parages. Elle rentra quelques instants plus tard, bredouille.

— Il est peut-être en haut, suggéra Lucinda.

— J'espère. Enfin, nous pouvons au moins être sûres que le cambrioleur est parti.

Jill avait un peu moins peur, mais elle restait mal à l'aise. Celui qui était venu était agressif. Sinon, pourquoi s'acharner sur la vaisselle ?

La jeune femme monta l'escalier la première, appelant sir John, en vain.

— Il est parti, constata Jill, il a disparu.

— Mais il va bien, j'en suis sûre, la rassura Lucinda. Il a probablement été effrayé par l'intrus. Vous savez comment il est. Il doit se cacher quelque part.

— J'espère, dit Jill qui crut déceler un doute dans les yeux de Lucinda.

— Je crois que vous devriez dormir dans mon canapé, ma chère, offrit Lucinda qui jetait des petits coups d'œil nerveux à la ronde.

— Merci, accepta Jill sans hésitation.

Jill referma la porte à clé, laissant deux lampes allumées. En chemin, Lucinda lui demanda ce qu'elle avait l'intention de faire.

— Je ne sais pas, répondit Jill sèchement, regardant sans cesse par-dessus son épaule. (Personne ne les épiait, ni ne les suivait.) Mais l'idée de rester ici ne m'enchante pas. Je vais peut-être retourner dans le Yorkshire quelques jours.

Jill pensa aux photos qu'ils avaient trouvées à Coke's Way. Hal avait été attiré vers ce manoir pour une raison précise. Les réponses se trouvaient-elles là-bas ?

Jill était maintenant sûre d'une chose. KC avait raison. Un siècle les séparait, mais Kate essayait de toutes ses forces de la contacter, elle voulait qu'elle trouve la vérité.

— Vous pensez aller vous reposer à la campagne, ou continuer à chercher des indices sur la mort de Kate ? demanda Lucinda.

— Je vais continuer mes recherches. J'ai besoin de preuves tangibles, Lucinda. Des preuves que Kate est mon arrière-grand-mère, qu'Edward est le père de mon grand-père, qu'il a tué Kate. Et s'il ne l'a pas tuée, je veux trouver qui l'a fait, conclut-elle après une hésitation.

— Et vous pensez trouver ces réponses dans le Yorkshire ?

— Je le sens au plus profond de mon être. Je n'ai pas pu me livrer là-bas à mon activité de détective comme je l'aurais voulu. J'ai à peine pu explorer Stainesmore et Coke's Way. Mais les domestiques me connaissent maintenant. Si j'ai assez de culot, je pourrai même prétendre être invitée.

— Allez, je vais vous faire ces sandwiches. (Elle hésita un instant.) Jill ? J'aimerais bien faire le voyage avec vous. Je peux m'arranger pour prendre quelques jours. J'adorerais voir ce portrait de Kate.

— Ce serait formidable ! s'exclama Jill. Je serais ravie d'avoir de la compagnie. Nous irions en voiture ?

— Malheureusement non, ma Honda ne supporterait pas le voyage.

— Je vais louer une voiture, décida la jeune femme sur-le-champ. Je m'en occupe demain.

Jusqu'où ira-t-on pour m'empêcher de poursuivre mon enquête, se demandait Jill en passant l'aspirateur. Cette question l'avait tenue éveillée toute la nuit. Et elle avait peur, les choses étaient allées trop loin. Elle était sûre que son visiteur ne cherchait rien ; il voulait purement et simplement la terroriser. Et il avait réussi.

Elle soupira, épuisée par les rangements auxquels elle s'affairait depuis l'aurore, alors qu'il était presque midi. Et elle était pressée d'aller louer sa voiture. Elle allait s'arrêter quand elle sentit une présence derrière elle.

Elle se retourna avec circonspection, prête à utiliser l'aspirateur comme une arme. Elle vit alors Margaret Sheldon sur le seuil du salon, la dernière personne qu'elle s'attendait à voir.

Jill éteignit l'aspirateur et s'approcha d'elle lentement. Margaret était l'aristocratie même, avec son tailleur bleu pâle de chez Saint Laurent, assorti d'un chapeau crème.

— Lady Collinsworth, vous m'avez fait peur.

Se souvenant de son attitude détestable lors de la soirée de la veille, Jill se troubla. Elle craignait ce qu'allait dire Margaret.

— Je vous prie de m'excuser. Vous n'avez pas entendu votre marteau sur la porte, expliqua Margaret, impassible.

Jill se contracta, comprenant qu'il ne s'agissait pas d'une visite de courtoisie.

— Je vous dois mes plus plates excuses, commença Jill.

— Non, coupa Margaret en levant une main ornée d'une énorme émeraude, avec un sourire craintif. Je ne sais pas ce que vous voulez, miss Gallagher, ou pourquoi vous vous comportez ainsi, mais je vous demande de vous tenir à distance de ma famille. Hal est mort. Et vous n'avez pas la moindre idée de ce qu'il m'en a coûté, continua-t-elle, le visage figé dans une expression de colère et de chagrin réprimés.

— Je suis désolée.

— Non ! cria Margaret. Je sais qu'Alex et vous êtes allés à Stainesmore ce week-end. Je ne veux pas que vous le fréquentiez. S'il vous plaît. Vous en avez fait assez comme ça. Tenez vous à bonne distance de nous tous, insista-t-elle.

Elle était d'une pâleur inquiétante. Jill ne savait pas quoi dire. Elle ne s'était jamais sentie aussi en porte à faux.

— Ce n'est pas ce que vous croyez. Il n'y a rien entre Alex et moi.

— Hal vient à peine d'être enterré, poursuivit-elle en sortant un mouchoir en soie de son sac en crocodile bleu pâle. Je vais être franche. Je crois que vous profitez de lui. Je ne sais pas très bien ce que vous voulez de lui — et de nous tous.

— Je n'ai jamais profité de personne, se récria Jill d'une voix étouffée.

— J'ai entendu ce que vous avez dit chez moi hier soir. Comment avez-vous pu ? J'ai été assez gentille pour vous inviter, et vous accusez mon beau-père de... de... je ne peux même pas le répéter !

Jill aurait voulu être un escargot pour rentrer dans sa coquille. Margaret commençait à pleurer et Jill, pleine de compassion, savait qu'elle devait s'effacer. Au lieu de cela, elle s'obstina.

— Quelqu'un a tué Kate Gallagher. Justice n'a jamais été faite. Cela vous est donc égal ?

Margaret s'assit soudain, la main sur le cœur. Alarmée, Jill s'agenouilla devant elle.

— Vous vous sentez bien ?

— Non, fit-elle. Franchement, je ne vois pas de quoi vous parlez. Je ne sais rien sur cette Kate Gallagher et sur ce qui se serait passé il y a près d'un siècle ! Vous avez peut-être une raison de vouloir nous faire du mal à tous. C'est ça que vous souhaitez, nous nuire ?

— Non, je n'essaye pas de vous faire du mal. Je vais vous chercher de l'eau.

Elle se précipita dans la cuisine, se demandant que faire si Margaret avait un malaise. Elle revint avec un verre d'eau glacée, dont Margaret but une gorgée.

— Je suis désolée, murmura Jill. Restez calme. Je ne voulais pas vous contrarier.

— Mon beau-père était un homme honorable. Un homme bien, droit, avec des principes. Il n'avait pas de maîtresse, miss Gallagher. Je le connaissais.

— Mais il est mort en 1945. Vous étiez une enfant.

— C'est exact, j'avais une dizaine d'années quand il est mort, mais nos familles étaient liées. C'était un grand homme.

— Il a eu une liaison avec Kate, avant même d'être fiancé à Anne.

— Vous mettez la barre très haut, c'est ça ? Cette situation m'est intolérable. Je vais vous faire un chèque. Indiquez-m'en le montant, miss Gallagher, et laissez-nous en paix.

Jill resta interloquée. Alex, Thomas, et maintenant la comtesse... Mais elle chassa aussitôt ses soupçons envers cette femme, qui ne pouvait être impliquée dans les menaces qu'on lui avait faites récemment.

— Ce n'est pas une question d'argent, finit-elle par répondre. Il s'agit d'un meurtre, et de la vérité.

— Je ne comprends pas, dit Margaret en se levant. Qu'allez-vous faire si vous découvrez la vérité ? Écrire un livre ?

— Je n'y avais pas pensé.

— Ne faites pas ça, insista Margaret. Hal ne l'aurait pas voulu.

C'était pire qu'un coup bas. Jill en eut le souffle coupé.

Jill s'arrêta un instant avant de descendre de sa voiture de location. Alex était devant la porte de Lucinda et s'entretenait avec elle. Il lui tournait le dos et ne l'avait pas encore vue.

Elle claqua la portière. Elle n'avait pas envie de le voir. Mais de quoi parlaient-ils ?

Elle faisait confiance à Lucinda et savait qu'elle ne soufflerait mot de leur départ pour le Yorkshire le lendemain matin. Peut-être lui racontait-elle ce qui s'était passé la veille dans son appartement, pensant ainsi l'aider ?

Soudain Alex se retourna. Tandis qu'ils se regardaient, elle se souvint de tout ce qu'elle aurait souhaité qu'il n'arrivât jamais. La façon dont il l'avait prise dans ses bras devant la tombe de Kate, sa manière de conduire sa voiture de sport et d'agir en toute situation — avec détermination et efficacité. Elle se rappela leur nuit passionnée, et celle où il avait dormi sur le canapé lorsque lady E. avait été tuée.

Mais elle s'intima l'ordre de ne pas oublier un instant qu'il avait voulu l'acheter. Et qu'il l'avait lui-même admis.

Alex dit quelque chose à Lucinda et s'avança résolument vers Jill, le regard inquisiteur.

— Salut.

Jill lui fit un signe de tête en essayant de se contenir. Elle était sûre qu'il entendait les battements désordonnés de son cœur. La veille, il avait été fou de rage contre elle. Aujourd'hui il semblait redevenu lui-même.

— Lucinda m'a dit ce qui s'était passé hier, commença-t-il d'un ton coupant. Pourquoi ne m'avez-vous pas appelé ? Pourquoi n'avez-vous pas prévenu la police ?

— L'idée m'a traversé l'esprit, mais je me suis également dit que c'était un nouvel avertissement, envoyé par un membre de votre famille.

Il se raidit et resta silencieux un instant.

— Rentrons dans la maison. Je voudrais vous parler de tout ça.

— Je suis persuadée que c'était un autre avertissement. Comme la pauvre lady E., insista Jill en relevant la tête, sur la défensive.

— J'espère que ce n'est pas le cas, dit Alex dont les yeux semblèrent tout à coup très sombres.

— Vraiment ? insinua Jill.

Était-il en train de se remettre en colère ? Il avait l'air de se contrôler et elle avait du mal à déchiffrer son expression.

— Oui, vraiment, bon Dieu ! explosa-t-il.

Jill haussa les épaules. Soudain elle surprit un mouvement sous le porche. Sir John était posté devant la porte et la regardait.

— Sir John ! s'exclama-t-elle, presque incrédule.

Elle courut dans l'allée, mais ralentit en s'approchant des marches pour ne pas l'effrayer. Le chat ne bougea pas. Jill avait rarement été aussi heureuse de retrouver quelqu'un. Elle s'assit sur une marche. À son grand étonnement il se leva et vint vers elle, se frottant contre son bras. Jill lui passa la main sur le dos et il s'offrit de plus belle aux caresses.

— Tu vas bien, chuchota-t-elle, les yeux brouillés par les larmes.

Elle prit l'animal dans ses bras et le serra contre elle, s'attendant à de vives protestations. Il se dégagea avec un petit cri discret, mais alla s'installer à quelques pas d'elle et entreprit de se lécher l'épaule.

Tandis que Jill s'essuyait les yeux, elle sentit l'ombre d'Alex se projeter derrière elle.

Il lui tendit la main. Jill la regarda un moment. C'était une grande main, volontaire. Une main puissante. Elle hésita.

— Jill.

Elle mit sa main dans la sienne et il l'aida à se relever. Elle essaya de se libérer, mais il la retint fermement. Puis elle se retrouva dans ses bras, elle ne sut comment. Il la serrait très fort contre lui, à lui faire mal.

— Je ne permettrai jamais qu'on vous nuise, dit-il d'une voix rauque tout contre son oreille. Je n'aime pas ça, Jill. Je n'aime pas ce qui vous arrive, ce qui nous arrive.

Jill était raide comme une statue. Avec la sensation d'être là où elle devait être, dans ses bras, contre sa poitrine, corps contre corps, cœur contre cœur. Avait-elle déjà ressenti cela avec Hal ? Elle en doutait, elle ne s'en souvenait pas. Son corps commença à se détendre, malgré ses soupçons.

— Il n'y a pas de « nous », murmura-t-elle.

— Non ? demanda-t-il en plongeant dans ses yeux avec insistance.

— Non, répliqua-t-elle, avec toute la fermeté dont elle était capable.

— Alors l'autre nuit, c'était quoi ?

Il n'avait pas besoin d'ajouter de détails. Jill se recula.

— C'était du sexe.

— D'accord, je vois, lança-t-il, incrédule et sarcastique.

— Qu'est-ce que vous faites ici ? demanda Jill.

— Je vous ai dit hier soir que nous discuterions aujourd'hui, dit-il en la prenant par les épaules pour l'obliger à le regarder. Dieu merci, je suis venu. Vous n'alliez pas m'appeler, je me trompe ?

— Non.

— Vous avez peut-être eu raison de ne pas prévenir la police, continua-t-il d'un ton où elle décela de nouveau de la colère. Mais vous auriez dû m'appeler.

Jill était complètement écartelée. Il lui fallait affronter ce qu'elle redoutait. Une partie d'elle-même était heureuse qu'il soit là, de la même manière qu'il était resté la nuit où lady E. avait été tuée.

— J'ai très peur, ne put-elle retenir.

Il était trop tard pour retirer ces mots.

— Je sais, dit-il en lui touchant le visage. Faites-moi confiance. Je ne permettrai pas qu'on vous fasse du mal.

Les yeux limpides d'Alex reflétaient la sincérité. Elle avait besoin en cet instant de sa force, et elle le savait — cependant elle ne voulait pas le désirer. Parce qu'il pouvait être une illusion. Mais il était si rassurant...

— Alex, je suis si troublée, murmura-t-elle.

— Je sais, fit-il en l'attirant de nouveau contre sa poitrine. (Il parlait doucement dans ses cheveux.) Promettez-moi, Jill, que si une chose de ce genre se reproduisait, je serais le premier à en être averti.

— D'accord, concéda-t-elle, la joue contre sa chemise, le cœur battant contre le sien.

Pourquoi ne pas chercher encore un peu de réconfort auprès de lui ? Même si c'était éphémère ?

— Vous m'avez mis hors de moi hier soir, continua-t-il en lui caressant les cheveux. Je le regrette. Mais je ne veux pas que mon oncle et ma tante souffrent encore. Comment pourrais-je vous convaincre d'abandonner vos soupçons envers Edward ?

Elle se rétracta, car elle avait peur qu'il la manipule, mais ses bras se resserrèrent sur elle et elle s'abandonna à son étreinte.

— Je dois savoir qui a tué Kate.

— Je sais. (Il lui embrassa l'oreille et de petites ondes de plaisir traversèrent Jill.) Moi aussi, je voudrais savoir. Mais eux n'ont pas besoin de le savoir. Les journaux à sensation non plus. Et vous vous rendez malade. Jill, vous devriez vraiment voir le Dr McFee.

— J'y penserai.

— Bien, fit-il en plongeant ses yeux dans les siens. Tu es si belle, chuchota-t-il.

Le cœur de Jill s'arrêta. Elle l'observa à son tour et reconnut l'expression de ses yeux.

Elle reconnaissait aussi cette sensation physique en elle : la vibration impérieuse du désir. Cela pouvait être une énorme erreur. Mais, en dépit de ses craintes et de ses soupçons, il l'attirait irrésistiblement, assez pour qu'elle en fasse fi. Et puis comment pouvait-elle encore raisonner alors que son torse lui pressait les seins, et que ses cuisses se collaient contre les siennes ? Ils avaient vécu quelque chose à Stainesmore qu'il lui fallait poursuivre. Et si c'était un commencement ? Elle ne le saurait jamais si elle ne prenait pas le risque.

Elle laissa glisser ses mains vers sa taille.

Il l'embrassa, tenant son visage de ses deux mains. Jill avait presque oublié combien il était délicieux de l'embrasser. Presque, mais pas tout à fait. Le baiser devint plus pressant, il n'y eut plus que sa bouche et la sienne, son corps et le sien. Cela lui sembla durer une éternité.

Les mains de Jill glissèrent dans les cheveux courts, sur sa nuque. Elle avait envie d'être dans son lit, de ne faire plus qu'un avec lui.

Elle ne se souvenait pas avoir autant désiré quelqu'un. Alex, grand, mince, sombre, avec ses pulls en cachemire et ses jeans délavés.

Maintenant, il se penchait sur elle, la bouche exigeante.

Jill posa ses mains sur ses épaules. Mais pas pour le repousser. Pour l'attirer plus fort contre elle.

Il interrompit leur baiser.

— Montons, dit Jill d'une voix rauque, nous avons bien le temps de nous soucier du lendemain.

Jill le sentait derrière elle dans l'escalier, le regard posé sur son dos. Elle commençait à défaillir, et ne pouvait s'empêcher de s'avouer qu'il lui avait terriblement manqué.

Elle eut un instant d'hésitation sur le seuil de la chambre. Sans la prévenir il la saisit par la taille, la retourna brutalement et l'embrassa avec avidité.

Jill ne pouvait plus attendre non plus. Elle répondit à son baiser et enroula ses jambes autour de ses hanches. Il la pressa contre le mur, son sexe appuyant sur son entrejambe. Jill se cramponna à ses épaules, l'embrassant et imprimant à ses hanches un mouvement de va-et-vient.

Il détacha sa bouche de la sienne pour embrasser et mordre sa mâchoire, sa gorge. Jill poussa un cri.

Il la reposa soudain sur le sol et lui souleva son pull, puis son soutien-gorge. Sa langue courut sur ses seins. Il mit sa main sur son sexe, entre ses jambes, là où elle sentait monter l'humidité du désir.

Jill se mit à gémir avec abandon, le souffle court. Elle sentit qu'elle allait jouir et referma sa main sur le sexe durci d'Alex.

Mais il lui retirait déjà son pantalon, pour remettre sa main sur son sexe et y aventurer un doigt.

Ils furent sur le sol l'instant d'après. Alex retira son

jean et la pénétra. Jill enroula ses jambes autour de sa taille et l'encouragea à s'enfoncer toujours plus loin, plus vite. Il s'arc-bouta sur elle et commença à murmurer à son oreille. Saisie, elle jouit sans retenue.

Il se retira, toujours en érection et frotta son sexe sur son pubis. Jill se contracta. Leurs regards se rencontrèrent, et il lui fit un bref sourire.

— Encore une fois, dit-il d'un ton brusque.

Jill se releva sur ses coudes, et, le cœur affolé dans sa poitrine, le prit dans sa bouche, le plus loin possible.

Il balbutia son nom, lui saisissant la tête. Soudain il se retira et lui écarta les cuisses, plongeant sa langue, caressant son sexe avec expertise. Au moment où Jill sentait la tension devenir insupportable, il s'enfonça de nouveau en elle et la chevaucha, emporté par une fougue qui ressemblait à de la rage.

Ils jouirent ensemble.

Ensuite, ils restèrent allongés sur le sol, à l'écoute de leurs cœurs emballés. Tandis que la tension s'évanouissait peu à peu, Jill, les mains plaquées sur le blouson en cuir d'Alex, sentit sa respiration retrouver un rythme normal. Elle avait toujours son pull et son soutien-gorge, roulés au dessus de son buste.

Oh, mon Dieu ! furent ses seules pensées cohérentes.

Il l'embrassa sur les lèvres, la regarda et s'assit. Y avait-il une question dans ses yeux ? Un regret ? La réalité la rattrapa.

— Pas maintenant, chuchota Jill, pensant tout haut. Elle se mordit les lèvres, puis d'un geste vif envoya voler dans la pièce son pull et son soutien-gorge.

Son regard impassible glissa sur elle avec lenteur, jusqu'à ce que Jill se sente rougir.

— Je veux rester cette nuit.

Jill ne put parler. Elle hocha la tête.

Alors il sourit et retira son blouson, son pull et ses chaussettes.

Jill était seule quand elle se réveilla.

Son réveille-matin sonnait avec insistance. Elle avait envie de se rendormir, elle était épuisée — mais elle se remémora sa nuit avec Alex, ce qui finit de la réveiller. Ses caresses, le goût de sa bouche, sa langue, ce qu'elle avait ressenti quand il était en elle, l'ardeur avec laquelle il avait goûté son sexe, et le goût du sien dans sa bouche ; ils n'avaient pas beaucoup dormi.

Jill éteignit le réveil. Elle se souvint qu'elle l'avait programmé parce qu'Alex avait un petit déjeuner de travail à 8 heures au Dorchester. Il était 7 heures.

Et elle devait partir pour le Yorkshire à 9 heures avec Lucinda.

Elle s'assit. Le côté du lit où il avait dormi était tout froissé, l'oreiller écrasé. La porte de la chambre était ouverte, celle de la salle de bains aussi. Alex était-il parti sans lui dire au revoir, se demanda-t-elle, peinée. Mais n'était-ce pas mieux ainsi ?

Attristée, elle se rallongea. Elle avait cru que faire l'amour avec Hal était ce que l'on pouvait connaître de meilleur. Elle s'était trompée.

Elle se leva, passa un jean et un tee-shirt blanc. Elle avait aimé Hal, même si ce n'était pas réciproque, même si ça avait été une erreur. Elle n'aimait pas Alex. Elle ne comprenait pas pourquoi leur nuit avait été aussi passionnée.

C'était peut-être dû aux circonstances bizarres, au climat de peur et de traîtrise qui avaient pimenté leurs rapports.

Elle s'arrêta devant le miroir de la chambre, la main sur ses lèvres gonflées. Elle regrettait ce qui s'était passé. Ses soupçons n'étaient pas vraiment apaisés. Chaque membre de la famille restait suspect. Mais le pire, c'était qu'elle désirait encore Alex. Elle pria pour qu'il n'ait rien fait d'autre que de proposer qu'on lui donne de l'argent pour se débarrasser d'elle.

Jill entendit du bruit en bas. S'il était parti sans lui dire au revoir, elle serait à la fois déçue et soulagée. S'il était en bas, une partie d'elle-même serait heureuse et l'autre consternée. Elle se rendit compte qu'elle était face à une alternative insoluble. Pieds nus, elle descendit lentement l'escalier.

Il était dans la cuisine, son téléphone mobile à

l'oreille. Et la cafetière était pleine de café fumant dont l'arôme emplissait la pièce.

Lorsqu'il la vit, il s'arrêta au milieu d'une phrase. Jill était coite, comme une gamine de quinze ans après sa première fois.

Sauf qu'elle n'avait pas quinze ans, qu'on avait tué lady E., vandalisé l'appartement, et que celui qui avait fait ça devait être un Sheldon.

— OK. Merci. Au revoir, dit Alex tout en lui souriant.

Il ferma le téléphone et la regarda d'un air chaleureux.

— Bonjour, fit Jill avec précaution.

— Bonjour, répondit-il, souriant toujours.

Il l'observait. Elle alla vers le comptoir et versa du café dans deux tasses, lui tournant le dos.

— Je n'ai pas oublié que tu fais un excellent café.

Elle avait envie de lui rendre son sourire, mais elle avait retrouvé ses esprits, et son bon sens lui commanda de ne pas le faire.

— J'espère que ce n'est pas la seule chose dont tu te souviens, dit-il avec douceur.

Elle sentit le rouge lui monter aux joues quand elle se tourna pour lui faire face.

— C'était formidable, la nuit dernière.

Sa voix était calme. Elle ne sut pas comment elle avait réussi à se contenir à ce point. Et ses mots étaient bien en dessous de ce qu'elle aurait vraiment voulu dire.

Il ne la quittait pas des yeux, mais son sourire s'évanouit.

— Oui. Tu te sens bien ?

— Oui, répondit-elle en se détournant.

L'un des silences les plus pénibles de la vie de Jill s'installa entre eux. Elle entendit un chien aboyer, une voiture qui passait, et le robinet de la cuisine qui coulait goutte à goutte. Il finit par reprendre la parole.

— Je suis pressé. J'ai oublié un dossier important au bureau, sinon j'aurais eu le temps de prendre un café avec toi.

— Ce n'est pas grave, répliqua Jill qui serrait sa tasse dans ses mains.

C'était stupide, mais elle était déçue. Cependant, elle

avait envie qu'il s'en aille, pour réfléchir à ce qu'elle allait faire en ce qui le concernait — en ce qui les concernait.

Il s'approcha d'elle et resta un moment sans rien dire, la dévisageant seulement.

— Je t'appellerai plus tard, dit-il en passant son pouce sur le contour de son visage.

Jill en eut des frissons. Il l'excitait si facilement. Pour toute réponse elle recula.

— Jill ?

— D'accord, conclut-elle sans lui dire qu'elle ne serait pas chez elle, mais dans le Yorkshire.

Il l'embrassa sur la joue, attristé et peut-être même blessé, puis sortit en hâte de la cuisine.

Quand il fut parti, elle s'assit à la table de la cuisine. Il n'y avait pas lieu de s'étendre sur la situation. Elle ne pouvait pas effacer la nuit précédente, et il lui faudrait en affronter les conséquences. De toute façon, elle n'avait pas envie d'oublier l'expérience sexuelle la plus incroyable qu'elle ait jamais vécue.

Jill monta se préparer et à 8 h 45 elle fut prête. Elle alla déposer son sac dans la voiture.

Elle venait d'ouvrir le coffre quand Lucinda apparut avec le sien. Elles se saluèrent, et Jill déposa le bagage de Lucinda à côté du sien.

— Voulez-vous que je conduise pour sortir de la ville ? demanda Lucinda, ou préférez-vous prendre le volant ? Je suis un très bon copilote.

Jill jeta un coup d'œil à son amie. Elle se sentait obligée de conduire, Lucinda étant beaucoup plus âgée qu'elle.

— Si vous voulez, je vais conduire quelques heures, et puis vous prendrez la suite.

— Merci, ma chère, lança Lucinda avec chaleur. J'avoue que je ne suis pas une excellente conductrice dans les embouteillages.

Un moment plus tard elles étaient sur l'autoroute, à une allure de quatre-vingt-dix kilomètres heure. La circulation était fluide. Jill y vit un heureux présage ; de plus, le temps s'était mis au beau.

— On arrive à un feu, fit remarquer Lucinda.

Jill avait déjà vu le rond-point, où plusieurs véhicules

étaient arrêtés devant elles. Elle appuya sur la pédale de frein. À sa surprise, la voiture ne ralentit pas.

Elle freina de nouveau, plus fort, mais la voiture continuait sur sa lancée.

Jill appuya encore sur la pédale et réalisa dans un éclair horrifié que les freins ne répondaient plus.

Ça recommençait. Comme avec Hal. Ils roulaient — l'arbre qui se penchait vers eux — une fraction de seconde avant le moment de l'impact terrifiant, quand le cœur s'arrêtait.

— Jill ! Ralentissez ! hurla Lucinda tandis qu'elles poursuivaient leur inexorable trajectoire.

— Je ne peux pas ! cria Jill en sueur, qui appuyait sur la pédale de frein de toutes ses forces. Les freins ne fonctionnent pas !

Leur véhicule arrivait à toute vitesse sur la voiture rouge devant elles...

Lucinda hurla.

IV.

LE JUGEMENT

1.

15 septembre 1908

Kate se retenait de céder à la nausée tandis que sa voiture s'éloignait dans la rue.

Mais ils n'allaient pas assez vite. Kate cogna sur le dos du siège du cocher avec son poing ganté.

— Plus vite, Howard, plus vite !

Les deux bais étaient déjà au petit galop.

Cela devait être une erreur, se persuadait-elle, malmenée par les cahots.

Elle ferma ses yeux pleins de larmes. N'avait-elle pas toujours su qu'un jour Edward serait obligé d'épouser quelqu'un d'autre ? Son vieux père l'ayant menacé de le déshériter s'il l'épousait, elle, il pouvait avec autant de facilité brandir la même menace s'il n'épousait pas le parti qu'il lui avait choisi.

Mais mon Dieu, mon Dieu, pas Anne ! Edward allait épouser Anne ? Sa meilleure amie ? C'était impossible !

Les larmes coulèrent sur ses joues. C'était une énorme erreur, sans aucun doute. Elle s'essuya les yeux avec ses gants. Deux images se dessinèrent. Celle du visage d'Edward, plein d'amour quand il la regardait. L'autre, le visage d'Anne, le regard vif, l'air animé — et plus jolie que jamais. Anne était amoureuse d'Edward.

Kate pressa ses mains sur sa bouche pour étouffer un cri. C'était terrible ! Pourquoi Edward ne lui en avait-il pas parlé ? Avait-il finalement décidé de céder à son père ? Non ! c'était impossible. Kate se remémora les instants qu'ils venaient de partager quelques heures plus tôt, la passion qu'ils éprouvaient l'un pour l'autre. Il voulait certainement la ménager, se dit Kate.

Elle avait été si contrariée quand Anne lui avait parlé des fiançailles, qu'elle n'avait même pas réussi à lui poser les questions qui maintenant la tourmentaient. Edward lui faisait-il la cour ? Kate ne le croyait pas, mais Collinsworth était très puissant, et Dieu seul savait ce qu'il pouvait brandir au-dessus de la tête d'Edward. Elle essaya de se souvenir si elle avait vu une bague de fiançailles au doigt d'Anne. Il lui semblait bien que non.

La voiture ralentissait. Kate, dans un accès de rage, fut prête à incendier le cocher qui osait changer d'allure quand elle se rendit compte qu'ils tournaient dans l'allée d'Uxbridge Hall. Son cœur battit à tout rompre. Et elle eut peur.

Elle ne s'était rendue qu'une fois dans la demeure familiale d'Edward, le jour où il lui avait fait visiter les lieux à la suite d'une promenade dans le parc. Peu après, le comte avait refusé à Edward la permission de la courtiser, et à plus forte raison de l'épouser, et leur romance était devenue secrète. Kate souffrait de se retrouver maintenant devant l'imposante bâtisse. Elle ne pouvait pas s'empêcher de penser qu'elle n'y serait jamais la bienvenue, à moins que Collinsworth ne trépasse un jour prochain et qu'Edward et elle ne se marient.

Qu'est-ce qui m'arrive, chuchota Kate, ébahie, j'espère la mort d'un vieil homme ? Oh, mon Dieu !

— Miss ? interrogea un domestique en ouvrant la portière.

Kate reprit ses esprits et donna sa main à l'homme qui l'aida à descendre.

— Que puis-je pour vous ? demanda un valet à la porte d'entrée.

Kate prit d'une main tremblante une de ses cartes de

visite dans son sac. Elle restait hébétée, sachant cependant qu'elle avait désormais besoin de toutes ses facultés.

— Lord Braxton est-il chez lui ?

— Je m'assurerai que votre carte lui soit transmise, répondit le valet en prenant le petit rectangle de bristol.

— Est-il chez lui ? insista Kate avec fermeté.

— Je ne crois pas, répondit le valet, désarçonné. Je lui remettrai votre carte, miss Gallagher. Je suis certain qu'il vous répondra.

Kate transgressa alors les règles de la bienséance. Elle passa devant le valet et pénétra dans l'entrée dallée de marbre.

— Veuillez dire à lord Braxton que je dois m'entretenir avec lui immédiatement. C'est de la plus haute importance.

Le valet en livrée en resta bouche bée. Kate savait que c'était un manquement sévère à l'étiquette, mais elle n'avait pas le luxe de pouvoir s'en soucier.

— Très bien, commença-t-il, quand une voix aristocratique l'interpella.

— Fordham, que se passe-t-il ici ?

Kate trembla, voyant la comtesse faire son entrée, sa jupe d'organza froufroutant autour d'elle.

— Miss Gallagher a demandé une entrevue avec le vicomte, expliqua le valet.

La comtesse était une belle femme élégante, très riche et très hautaine. Kate lui avait été présentée une fois, et avait immédiatement été cataloguée comme quantité négligeable. La comtesse la jaugeait de ses yeux sombres et pénétrants. Ses cheveux blonds contrastaient étrangement avec ses yeux marron.

— Nous nous sommes déjà rencontrées, milady, commença Kate, après lui avoir fait la révérence. Je vous prie de pardonner mon insolence, mais je dois voir votre fils.

La comtesse la scrutait toujours, la tête haute. Finalement elle fit un signe au valet.

— Allez chercher monsieur. Mais laissez-nous cinq minutes, Fordham, dit-elle tandis qu'il montait l'escalier. Venez avec moi, commanda-t-elle en se tournant vers Kate.

Celle-ci la suivit dans le couloir jusqu'à une pièce occupée en son centre par un grand piano et une harpe. Des chaises avaient été disposées en demi-cercle autour des instruments. Le reste de la pièce était meublé de sofas confortables et de petites tables de jeu. La comtesse se dirigea vers un canapé en velours doré et deux chaises en brocart. Elle fit signe à Kate de prendre place sur une des chaises.

Kate, qui ne voulait pas s'asseoir, obtempéra cependant. Elle se blinda, dans l'attente, au mieux, d'une leçon de morale sur ses manières déplorables. Car elle se doutait que si Collinsworth était au courant pour Edward et elle, son épouse l'était certainement aussi.

— Vous avez un immense courage de venir ainsi, commença la comtesse.

— Je n'ai pas le choix, rétorqua Kate.

— Tout le monde a le choix, miss Gallagher, continua la comtesse en arrangeant avec grâce sa jupe couleur bronze. (Une énorme émeraude brillait à sa main droite et un collier assorti scintillait sur sa poitrine.) Et vous avez choisi de courir après mon fils.

— En fait, milady, et je ne voudrais pas vous manquer de respect en disant cela, c'est lui qui m'a couru après.

— J'ai cru comprendre que vous disposiez d'une fortune importante.

— C'est exact, dit Kate. Assez considérable.

— Je crois que mon mari a fait procéder à des enquêtes. À votre avantage, vous savez.

Kate cilla. Elle s'attendait à une agression, mais cette dernière déclaration la surprenait.

— Apparemment, ce n'est pas après la fortune d'Edward que je cours.

— Je ne souhaite pas savoir ce que vous recherchez. Je veux seulement vous avertir que mon mari ne consentira jamais à cette union. Il a d'autres projets pour notre fils, et cela vaudrait mieux pour vous deux de le comprendre maintenant et de vous séparer avant que cela ne devienne trop difficile.

Kate se retint de lui avouer que c'était déjà trop tard — pas seulement parce qu'ils s'aimaient, mais à cause de l'enfant. Kate ne pensait pas que la comtesse fût au courant pour Peter.

— Je suis bien consciente de ce que vous et le comte désirez, finit-elle par répondre.

Le regard de la comtesse était implacable. C'était une femme intimidante, et une adversaire qu'il lui faudrait redouter. Elle se leva.

— Je désire qu'Edward occupe le rang qui lui est dû dans la société, et qu'il soit heureux, insista la comtesse. C'est le souhait de toute mère, il me semble ?

— Bien sûr, acquiesça Kate en se relevant avec lenteur.

Y avait-il un sous-entendu dans ces paroles ? La comtesse connaissait-elle l'existence de Peter ?

— Je vous en prie, ne rendez pas tout cela plus difficile que cela n'est nécessaire, conclut simplement la comtesse. Pour le salut de tout le monde.

La porte s'ouvrit. Kate fit volte-face. Edward apparut sur le seuil, interloqué, il la regarda droit dans les yeux.

— Edward, murmura-t-elle.

Elle savait qu'il y avait une explication à ce terrible malentendu. Il devait y en avoir une. Il n'aurait pas pu la trahir en se fiançant à Anne derrière son dos.

— Madame ! Que se passe-t-il ici, puis-je me permettre de vous le demander ? s'exclama Edward.

La comtesse, demeurant impassible, s'approcha de son fils.

— Tu as une visite. N'oublie pas je te prie que nos invités arrivent à 7 heures.

Elle l'embrassa sur la joue et les laissa en refermant doucement la porte derrière elle.

Kate dévorait Edward des yeux, folle d'appréhension. Elle ne pouvait articuler un mot.

Il s'approcha vivement d'elle, l'air de plus en plus inquiet.

— Kate ? Que se passe-t-il ? Qu'est-ce qui ne va pas ? Oh, mon Dieu ! Il est arrivé quelque chose à Peter ?

Il la prit par les épaules tandis qu'elle se forçait à parler.

— Il va bien. Notre fils va très bien.

— Dieu merci. Mais comment as-tu fait pour venir ici ? Et que t'a dit ma mère ?

— Elle veut que je te quitte, chuchota Kate. Comme ce serait pratique !

— Je ne savais pas qu'elle était au courant, grommela Edward. Elle n'en a jamais rien laissé paraître. Je ne veux pas l'importuner avec notre problème.

— Je viens de voir Anne.

Il se figea.

— Ta fiancée ! lança-t-elle. (Elle n'avait pas eu l'intention d'être cinglante, mais les mots étaient sortis tout seuls.) Tu te souviens d'elle, je pense ?

— Elle n'est pas ma fiancée ! rétorqua-t-il, les yeux assombris.

Kate oscillait entre espoir et pessimisme. Il était clair qu'Edward était exaspéré.

— Elle a dit que vous alliez vous marier, continua-t-elle. Elle a dit que vous étiez fiancés, Edward.

— Et tu l'as crue, Kate ? s'exclama-t-il en lui prenant les mains. Je ne vais pas l'épouser. (Il la prit soudain dans ses bras.) C'est toi que j'aime, toi que je veux épouser. Je t'ai offert de t'épouser il y a deux mois, l'aurais-tu oublié ? Mon offre tient toujours, insista-t-il en plongeant ses yeux intenses dans les siens.

Il n'avait pas l'intention d'épouser Anne.

— Je ne peux pas t'épouser si tu perds tout à cause de cela, murmura Kate. Anne pense que vous allez vous marier, Edward. Es-tu fiancé ?

— Je sais que les Bensonhurst et les Collinsworth se sont mis d'accord sur cette union, mais pas moi. Mon Dieu ! Je ne peux pas supporter l'idée d'épouser quelqu'un d'autre que toi, et sûrement pas ta meilleure amie.

Il se détacha d'elle pour arpenter la pièce d'un pas nerveux.

— Nous ne sommes pas fiancés. Même si j'imagine que mon père et sa famille à elle considèrent cette union comme un fait accompli.

— Oh, mon Dieu ! gémit Kate. Je pourrais me résoudre à être ta maîtresse, et je pourrais accepter que tu aies une épouse, une autre vie. Je suis prête à tout parce que je t'aime. Mais pas Anne. Jamais. Je t'avoue que ça me fait très peur.

Il vint l'embrasser avec force.

— Ne t'inquiète pas pour nous, ma chérie. Laisse-moi m'occuper de tout. Tu es une mère maintenant, et ton seul souci c'est notre fils, la rassura-t-il en lui embrassant la joue avec tendresse.

Kate le regarda d'un air interrogateur, et ce qu'elle vit dans ses yeux ne fit que renforcer son amour.

— Je suis si inquiète au sujet d'Anne. Elle est amoureuse de toi, Edward — bien sûr, comment pourrais-je lui en vouloir ? Je crois que je dois lui dire la vérité. Avant qu'elle n'espère trop, avant qu'elle ne t'aime autant que moi je t'aime. Je ne veux pas qu'elle en ait le cœur brisé, Edward.

— Non, je ne veux pas, intervint Edward avec véhémence. Je t'interdis de lui parler de nous, Kate. Tu entends ?

Il ne lui avait jamais parlé sur ce ton auparavant. Kate était stupéfaite.

— Oui, je t'entends, Edward. Tu as parlé très fort, et très clairement.

— Je m'excuse de m'être emporté ainsi. C'est déjà si compliqué. Ce n'est pas facile de se battre presque quotidiennement avec Collinsworth. Mais il ne peut pas me forcer à aller devant l'autel, fit-il avec un triste sourire.

— Oh, mais si, il le peut. Tu n'as pas compris cela ?

— Non. Il ne le peut pas, il ne le fera pas. Je préfère tout perdre, ainsi, si Collinsworth envisage à nouveau le chantage, ce sera sans succès. Je m'en irai, souviens-t'en, Kate, pour de bon.

— Regarde donc ce que j'ai fait ! s'exclama Kate. Le père qui fait du chantage à son fils. Menaces, colère et même haine entre vous deux... Tu le hais ! Je le lis dans tes yeux !

— Je ne changerai pas d'avis, parce que je t'ai, dit-il en la serrant contre lui.

Kate n'était pas rassurée. La complexité de leur problème s'imposait désormais à elle dans toute sa violence. Elle eut soudain l'impression de voir le monde pour la première fois tel qu'il était réellement, plein de ruse, de manipulations et de fourberie, soumis au règne du gant de fer. Depuis qu'elle était petite elle avait toujours cru à la bonté et aux fins heureuses. Elle avait cru à l'amour véritable. Aujourd'hui il s'avérait que la tragédie, le pouvoir, et non l'amour, pourraient décider de leur avenir, et de leurs vies. Elle en était terrifiée.

Jill passa au point mort et braqua le plus possible à droite, du côté des voitures arrêtées. Les pneus crissèrent et son pare-chocs avant érafla l'arrière d'un des deux véhicules. La voiture de Jill fit un bond dans une gerbe d'étincelles et continua sa course en diagonale vers la file des voitures qui venaient en face. Jill eut le temps de voir le visage livide d'une conductrice dans son rétroviseur.

À l'intersection, la circulation s'écoulait devant elle à un rythme régulier. Jill continua à appuyer frénétiquement sur la pédale de frein, mais rien ne se passait, la voiture continuait sur sa lancée, dépassant le feu rouge. Un coup d'œil sur son compteur de vitesse lui apprit que le véhicule avait à peine ralenti. Jill avait les mains moites sur le volant. Une berline bleue arriva sur la droite. Jill donna un grand coup de volant pour l'éviter. Sa voiture fit un tête-à-queue et Lucinda hurla de nouveau.

Tout devint flou : la berline bleue, les arbres et les glissières de sécurité, les feux rouges. Un poteau téléphonique en bois noir sembla se pencher vers elle, plus près, toujours plus près. Oh, non, ça ne va pas recommencer ! se dit Jill.

Le pare-chocs avant de sa voiture heurta le poteau sur sa gauche, et le véhicule alla ricocher dans une glissière de l'autre côté de la route.

La tête de Jill fut projetée en arrière par l'airbag qui se gonfla instantanément. Et soudain tout fut très tranquille.

Jill regarda la glissière à travers le pare-brise, qui était intact. Au-delà, il y avait un tertre herbeux, un mur de brique et une jolie petite maison couverte de bardeaux. Elle se mit à avoir des palpitations. La voiture avait été très enfoncée à l'avant, le pare-chocs formait un V et le capot s'était ouvert. Jill s'arc-boutait toujours sur son volant, si fort qu'elle commençait à avoir une crampe. Tout ce qu'elle pouvait se dire, c'était que ça avait recommencé.

L'image ensanglantée de Hal lui disant qu'il l'aimait et l'appelant Kate en expirant dans ses bras revint la hanter.

On entendit un bruit de sirène.

— Lucinda, chuchota Jill. (S'il lui était arrivé quelque chose, Jill ne se le pardonnerait jamais.) Lucinda !

— Jill, souffla celle-ci dans un murmure.

Son teint était devenu grisâtre, mais elle regarda Jill. Les sirènes approchaient.

— Vous allez bien ? hurla Jill.

Elle n'avait pas l'air d'être blessée, à part une contusion sous l'œil. Lucinda ne répondit pas. Elle était livide ; sa tête roula sur le côté, elle perdit conscience.

Jill se battit avec sa ceinture de sécurité et l'airbag pour sortir de la voiture. Elle aperçut deux policiers qui descendaient de leur véhicule.

— Hé ! hurla-t-elle en faisant de grands signes, il y a une femme âgée sur le siège avant. Elle vient de s'évanouir !

Jill resta coite tandis que l'un des policiers prenait sa radio, et que l'autre courait vers Lucinda. Malgré le beau temps, Jill vit dans le brouillard l'homme se pencher vers la portière. Elle se sentait étrangère à la scène. C'était comme si elle regardait une mauvaise série à la télévision. Elle trébucha sur un monticule et se retrouva par terre.

Les freins avaient lâché, elles avaient failli mourir.

Quelqu'un avait essayé de les tuer.

Une ambulance arrivait.

— Miss ?

Jill entendit à peine le policier derrière elle. Elle plia ses jambes contre sa poitrine. Elle ne croyait plus aux coïncidences.

Lady E. était morte, son appartement avait été dévasté. Et maintenant l'accident...

Quelqu'un était responsable. Et celui — ou celle — qui avait fait ça ne se souciait pas qu'elle meure.

Ou peut-être que si. On voulait qu'elle meure.

— Miss ? Vous êtes blessée ?

Jill finit par lever les yeux vers le policier. L'ambulance s'était arrêtée au niveau de la voiture de police et les infirmiers se précipitaient vers son véhicule avec un brancard.

— Elle va bien ? s'adressa-t-elle au policier.

— Je ne sais pas. Ils sont en train de la sortir de la voiture.

Jill se releva non sans mal, s'agrippant d'instinct au bras du policier. Lucinda était étendue sur le brancard, le cou dans une minerve. Jill se précipita vers l'ambulance.

— Comment est-elle ?

— Pas de fractures, apparemment. La tension est basse, le pouls régulier. On dirait qu'elle s'est évanouie, mais elle est en train de revenir à elle.

— Et la minerve ?

— C'est une simple précaution.

Jill se mit à pleurer, le visage dans ses mains.

— Miss, continua le policier, il faut que nous vous emmenions aussi aux urgences.

Jill hocha la tête. Lucinda allait bien, Dieu merci.

Soudain, elle fut envahie d'une rage incontrôlable. Il fallait arrêter celui qui avait fait ça. Mais Jill se reprit, il ne fallait rien dire de compromettant devant le policier.

— Les freins ont lâché.

— Je sais, intervint l'autre policier d'un air sombre. J'ai jeté un coup d'œil pendant qu'on secourait votre amie. Le câble a été sectionné et vous avez eu une fuite de liquide de freins.

Comme elle en avait eu l'intuition, il s'agissait bien d'un acte délibéré. Mais qui avait fait ça ?

Soudain elle revit Alex devant l'appartement de Lucinda, la veille. Alex, qui avait passé la nuit avec elle.

Et qui aurait pu se faufiler hors de son lit à n'importe quel moment, pendant qu'elle dormait.

Jill s'éveilla au cri d'une mouette. La lumière du soleil s'infiltrait dans la grande chambre jaune et blanche où elle avait dormi. Examinant le décor, puis le ciel matinal, elle revint brusquement à la réalité. Elle était arrivée tard dans la soirée à Stainesmore, terrorisée, épuisée après un trajet en train et en taxi depuis Londres. Après l'accident, elle avait été incapable de reprendre le volant. Le constat au commissariat avait pris deux heures. Elle était ensuite allée directement à la gare de Paddington, ignorant les véhémentes protestations de Lucinda. Celle-ci allait bien, à part quelques contusions, et n'était restée que quelques heures à l'hôpital. Jill avait refusé de remettre son départ, ne fût-ce que d'une journée, en partie parce qu'elle craignait de rester en ville.

Quand son taxi l'avait arrêtée devant la demeure, l'intendante l'avait accueillie avec chaleur, comme une vieille amie de la famille, ou une invitée que l'on attendait. Elle l'avait conduite immédiatement à sa chambre.

Jill resta encore un moment dans son lit. Cela la faisait souffrir de penser à Alex. C'était trop douloureux. Et dire qu'elle avait couché avec lui !

Ses pensées étaient beaucoup plus claires maintenant, vingt-quatre heures après l'accident. Qui n'en était pas un.

En fait, Lucinda avait raconté à Jill avoir dit à Alex où elles comptaient se rendre. Mais la conservatrice refusait d'envisager la possibilité qu'Alex fût derrière la mort de lady E. ou le sabotage des freins. Elle croyait plutôt qu'Alex avait immédiatement informé Thomas de leur projet. Et Thomas, lui, aurait pu sectionner le câble des freins. Jill espérait que c'était le cas, sans en être convaincue.

Jill s'assit. Elle avait la chair de poule. Elle avait laissé une fenêtre ouverte et l'air matinal était froid. Elle alla la refermer en la claquant.

Pourquoi tout cela lui arrivait-il ?

D'abord Hal. Maintenant Alex. Elle avait aimé Hal. Il lui avait semblé si parfait. Maintenant, elle savait à quoi s'en tenir. Elle ne comprenait même plus pourquoi ils étaient restés ensemble. Il l'avait trompée, constamment, et elle n'avait été qu'une doublure dans son étrange obsession pour Kate.

Jill regarda la lande couverte de brume. On avait essayé de la tuer, et tout désignait Alex.

Elle enfila rapidement un jean et des boots. En quittant sa chambre elle ne put s'empêcher de jeter un œil à la porte d'en face. Alex avait dormi dans cette chambre il y avait à peine quelques jours, qui lui semblaient une éternité. Le pire, c'était qu'elle s'attendait à ce qu'elle s'ouvre et qu'il sorte, un sourire aux lèvres. Se maudissant, elle chassa cette pensée.

Elle se força à ne pas regarder sans cesse par-dessus son épaule, mais s'assura qu'il n'y avait aucun domestique en vue. Elle se servit une tasse de café dans la salle à manger, puis se rendit en hâte dans le petit bureau où Alex et elle avaient consulté les registres du domaine.

Elle posa sa tasse sur le bureau et retourna jeter un œil dans le couloir. Personne. Elle referma la porte, se demandant si elle allait la verrouiller, puis décida de ne pas le faire. Elle alluma une petite lampe et écarta un peu les rideaux, pour découvrir une vue plongeante sur les falaises, une petite étendue de plage et la mer. Une minuscule silhouette marchait sur la plage ; les mouettes volaient bas sur le rivage. Jill se détourna de cette vue austère et pourtant magnifique, et referma les rideaux. Le cœur battant, une douzaine d'excuses toutes prêtes si on la surprenait, elle prit sur l'étagère le gros volume correspondant aux années où avait vécu Kate. Elle commença à le lire page par page, détaillant chaque ligne. Elle s'arrêtait sans cesse, tendant l'oreille au moindre bruit.

La tâche était monumentale, et elle éprouvait quelque difficulté à se passionner pour la collecte des loyers, les salaires versés et les impôts à payer. Mais elle se fit soudain une remarque. La moindre dépense était notée, ce qu'elle observa en examinant les achats de nourriture — tout était détaillé, à la livre de beurre après. Et s'il y avait une dépense se rapportant au séjour de Kate à l'hôpital de York ?

Dans un sursaut d'enthousiasme, Jill passa le mois de mai au peigne fin. Une heure plus tard, elle était prête à abandonner. Il n'y avait aucune dépense consignée vers la mi-mai 1908 se rapportant à un hôpital. Toutes ces recherches étaient peut-être peine perdue, après tout.

Puis Jill arriva à une page reportant les salaires mensuels des employés pour décembre. Elle allait refermer le registre, pensant aller fouiner vers Coke's Way, quand le nom de Barclay lui sauta aux yeux.

Elle se pencha pour regarder de plus près. C'était une liste de primes de Noël, et un certain Jonathan Barclay avait reçu dix livres. Barclay, qui avait signé le reçu pour le séjour de Kate à l'hôpital, était un employé de la famille.

Soudain passionnée, Jill s'aperçut qu'à côté du nom de chaque employé était précisée sa fonction — femme de chambre, maître d'hôtel, etc. La position de Barclay dans la maison n'était pas indiquée, ce qu'elle trouva bizarre. Mais il avait bel et bien existé, et il n'y avait aucun doute sur ses liens avec la famille !

Elle feuilleta toute une année, scrutant chaque ligne, cherchant son nom. Rien.

C'est en consultant le mois de mai 1908, qu'elle trouva ce qu'elle cherchait. Un achat avait été effectué pour lord Braxton au milieu du mois, pour un montant de sept livres et cinq shillings — mais à la différence des autres dépenses, celle-ci n'était pas justifiée. Était-ce important ? Kate venait de donner naissance à Peter — et il y avait la preuve qu'Edward était venu ici, à Stainesmore, à quelques kilomètres seulement de l'hôpital.

Elle s'approchait du but, la vérité résidait dans le Yorkshire. Elle feuilleta les pages précédentes, et fit les yeux ronds quand elle trouva une note à la date du 22 avril. « Lord Braxton est arrivé à 18 heures avec Mr. Barclay pour un séjour d'une durée indéterminée. »

Jill se mit à sourire. Voilà la preuve qu'elle cherchait. Barclay était peut-être le maître d'hôtel, le valet, ou le secrétaire d'Edward. Elle ne le saurait jamais exactement. Mais ce qui était sûr, c'était qu'il travaillait pour lui — il avait reçu une prime — et qu'il était venu ici au moment où Kate avait accouché, puisqu'il avait signé le reçu de l'hôpital.

Elle aurait bien voulu disposer d'une photocopieuse. Elle hésita, jetant un œil sur le rideau fermé derrière elle. Elle ne put s'empêcher d'aller regarder dehors. Personne ne l'espionnait. Elle déchira la page du 22 avril, avec un sentiment de culpabilité, ainsi que celle où était consignée la prime de Barclay, puis les fourra dans sa poche de jean et referma le registre.

Dès qu'elle serait en ville, elle ferait des photocopies et enverrait ces pièces du puzzle à Lucinda, avec pour instruction de tout révéler à la presse et à la police s'il lui arrivait quoi que ce soit.

Elle quitta le bureau et retourna vers sa chambre. Mais en chemin, elle vit la porte de la bibliothèque grande ouverte. Elle s'approcha lentement, oppressée, mais il n'y avait pas de raison, la maison était silencieuse. Non, c'était impossible. Elle s'arrêta dans son élan.

Il y avait un pull en cachemire jaune sur le bras d'un fauteuil. Et le petit ordinateur portable gris sur la table basse à côté du canapé.

Alex était là.

5 octobre 1908

— Je suis si heureuse que tu aies pu venir, dit Anne en souriant.

Comme il faisait très chaud pour la saison, les deux jeunes femmes déambulaient sur la pelouse devant la demeure des Fairchild, qui donnaient une fête pour l'anniversaire de leur plus jeune fille. Bien que l'on fût en fin d'après-midi, les femmes étaient en robe du soir, et les gentlemen en habit. On jouait au croquet. D'autres groupes bavardaient en buvant du champagne et en dégustant des amuse-gueules que proposaient des serveurs en veste blanche. Des enfants couraient entre les jambes des adultes, en particulier un petit garçon dodu qui poursuivait trois petites filles. Les invités rentreraient bientôt dans la maison et on leur servirait rapidement le souper, pour laisser place à des heures de danse.

— Merci de m'avoir invitée, dit Kate posément.

Elle restait soucieuse et déprimée. Bien qu'elle vît Edward chaque jour, aussi ardent et tendre que d'habitude, elle ne pouvait ignorer les commérages. À chaque fois qu'elle sortait se promener ou faire les boutiques, elle rencontrait une personne de sa connaissance. Tout le monde parlait de l'imminence des fiançailles, et du fait que le refus d'Edward de se marier avec l'épouse parfaite — car Anne était une héritière de tout premier ordre — indiquait qu'il était très épris de sa maîtresse.

Kate avait cessé de sortir. C'était devenu trop douloureux. Elle n'arrivait plus à trouver le sommeil et avait perdu son solide appétit. Elle craignait le pire, et ne savait que faire.

Elle avait commencé à haïr le comte de Collinsworth.

— Kate ! Pourquoi es-tu si triste ? Je ne t'ai jamais vue comme ça. Chaque fois que je t'ai envoyé un mot pour te demander de venir en promenade, ou prendre le thé, tu as refusé. Est-ce que tu m'évites ? J'en arrive même à me le demander.

— Ma chère, jamais je ne t'éviterais, répondit Kate avec un sourire forcé.

Et pourtant, c'était le cas. Elle fuyait sa meilleure amie plus que quiconque.

Kate avait peur d'un avenir où Anne serait l'épouse d'Edward. Pour qui se prenait-elle, pour croire que le comte de Collinsworth pouvait être défié et renié ? C'était l'un des hommes les plus riches et les plus puissants d'Angleterre. Seule une inconsciente pouvait s'imaginer aller contre sa volonté et triompher.

— Miss Gallagher ! J'ai appris que vous étiez de retour, quel plaisir de vous revoir ! lança une jeune voix masculine pleine d'enthousiasme.

Kate se retourna et vit un impétueux jeune homme roux qui s'inclinait devant elle.

— Lord Weston, c'est également un plaisir de vous voir, réussit-elle à répondre avec un sourire.

Il la couvait des yeux, rayonnant. Puis il vit Anne. Il s'inclina devant elle, mais accorda vite de nouveau toute son attention à Kate.

— Qu'avez-vous donc fait pendant toute cette dernière année ? demanda-t-il avec curiosité.

Kate allait répondre quand elle remarqua l'air condescendant d'Anne envers Weston. Elle en fut choquée. Ce n'était pas seulement une expression, mais toute une attitude — comme si elle se sentait au-dessus des autres. Ce n'était pas la Anne qu'elle connaissait si bien et chérissait tendrement. Weston se tourna vers elle.

— M'accorderez-vous une danse ce soir ? Vous savez, lorsque vous êtes repartie à New York l'année dernière, j'en ai eu le cœur brisé, vraiment.

— Je suis sûre que vous exagérez, fit Kate avec un franc sourire cette fois.

— Je n'exagère pas. Puis-je éventuellement vous faire signe, un de ces jours ? demanda-t-il.

Kate se figea. Elle se rendit compte qu'Anne la regardait avec un petit sourire étrange et crispé, mais ce n'était pas là la raison de sa surprise. Edward était dans la foule et ne la quittait pas des yeux.

— Je crains de ne pas avoir été très bien ces derniers temps, dit Kate doucement, son pouls s'accélérant, comme à chaque fois qu'elle se trouvait en sa présence. Mais une autre fois, peut-être ?

— Je n'abandonnerai pas, vous savez, déclara-t-il, déconfit.

Il s'inclina devant les deux jeunes filles et s'éloigna.

Kate rechercha tout de suite Edward des yeux, et cette fois leurs regards se rencontrèrent. Il lui adressa un sourire imperceptible.

Le cœur de Kate fit un bond. Il y avait dans cet échange, elle le savait, un message pour elle seule, même si à cette distance elle ne pouvait pas le déchiffrer. Elle lui rendit son sourire.

En cet instant ses craintes s'évanouirent. Elle l'aimait tant et ne pouvait que s'émerveiller de sa chance d'avoir trouvé un amour comme le leur. Qu'importe si elle restait pour toujours une simple maîtresse.

Puis elle se rappela la présence d'Anne à ses côtés. Quand Edward s'éloigna, elle fit volte-face vers son amie. Anne contemplait Edward, l'air choqué. Elle le suivit des yeux tandis qu'il disparaissait dans la foule. Ce ne fut que lorsqu'il fut hors de vue qu'elle se retourna pour regarder Kate.

L'expression de son visage mêlait incrédulité et accusation.

C'était loin d'être gracieux. Ses yeux étaient durs et froids, terrifiants.

Puis cette expression s'évanouit pour faire place à un sourire.

— Oh, regarde ! C'est lady Winfrey. Nous devons aller la saluer. Viens, Kate, allons bavarder un moment avec elle, elle est toujours si spirituelle.

Le cœur de Kate s'emballait dans sa poitrine. Venait-elle d'imaginer ce qu'elle avait cru voir ? Edward lui avait interdit de révéler la vérité à Anne. Mais Anne était sur le point de la deviner, si ce n'était déjà fait ? Une petite voix en elle lui conseillait de tenir sa langue.

— Anne, attends.

Anne s'arrêta. Son visage, étrange, était pareil à un masque. Elle aurait aussi bien pu être une poupée de porcelaine.

— Il faut que nous parlions, insista Kate en lui prenant le bras.

Si elle ne disait pas la vérité à Anne, elle ne pourrait plus se supporter. Elle la prit par la main pour la conduire dans un endroit plus tranquille du jardin, à l'ombre de deux ormes, à l'abri des oreilles indiscrètes.

— Qu'y a-t-il ? demanda Anne en se reculant quand Kate la relâcha.

— Je ne sais pas par où commencer, hésita Kate.

— Tu souhaites me dire quelque chose. Qu'est-ce que cela peut bien être ? demanda Anne, imperturbable, le regard fixe.

— Edward est mon amant. Edward est le père de mon fils.

Anne la scruta et un lourd silence s'installa, le pire que Kate ait jamais connu. Puis Anne sourit, d'une légère inflexion de sa bouche pincée.

— Je ne te crois pas. Tu plaisantes.

— Je l'aime. Je l'ai aimé dès que je l'ai vu, il y a plus d'un an et demi, avoua Kate d'une voix rauque. Il m'aime. Il aime notre fils. Oh, Anne ! Je n'aurais jamais imaginé que tu tomberais aussi amoureuse de lui ! Je t'ai évitée, parce que j'avais trop de peine !

Anne ne la quittait toujours pas des yeux. Mais son

sourire de poupée de cire avait disparu pour laisser place à un air impénétrable.

— Non, finit-elle par articuler. Non.

C'était comme si elle refusait d'acheter un chapeau, ou déclinait une danse.

— Anne, tu es mon amie la plus chère. Je ne souhaiterais cela à personne, surtout pas à toi. Mais nous sommes déjà liés l'un à l'autre. Nous avons le projet de nous marier. Je suis la mère de son enfant ! cria Kate. Je suis sûre que tu comprends que tu dois chercher un autre époux !

— Arrête ! s'écria Anne d'une voix perçante, les yeux embrasés. Arrête tout de suite. Ne va pas plus loin. Tu en as fait assez comme ça. Je crois, poursuivit-elle avec véhémence, les narines palpitantes, que tu ne me souhaites pas de trouver le bonheur.

— Ce n'est pas ça !

— Je pense que tu complotes contre moi !

Kate fut si choquée qu'elle ne put répondre.

— C'est décidé ! hurla Anne. Les contrats sont en train d'être établis. La date du mariage sera bientôt fixée. Il va être — il sera — mon mari, et tu ne peux pas me priver de ça, Kate !

— Anne ! Je suis la mère de son fils ! plaida Kate, désespérée.

Mais Anne, les yeux brillants de larmes, lui adressa un regard plein de colère et s'enfuit.

Kate s'effondra au pied de l'arbre.

2.

Puisque sa porte était grande ouverte, Alex n'était pas dans sa chambre, Jill en était sûre. Mais elle n'avait pas la moindre idée de l'endroit où il se trouvait. Quand elle avait compris qu'il était dans la maison, elle était allée se cloîtrer dans sa chambre pour essayer de réfléchir. Pourquoi Alex l'avait-il suivie à Stainesmore ? Car il l'avait suivie, cela ne faisait aucun doute. Était-ce parce qu'il avait échoué dans sa tentative de la blesser, ou de la tuer en sectionnant le câble des freins de sa voiture ?

Était-ce pour l'empêcher de découvrir la vérité ? Et si c'était le cas, jusqu'où irait-il ?

Non, cela ne pouvait pas être ça. Peut-être était-il venu pour la protéger de celui qui la menaçait et la traquait.

Jill continua à regarder par la porte, tremblante comme une feuille. Il fallait qu'elle sache enfin de quel côté se situait Alex. Qu'il ait voulu la payer pour qu'elle se taise ne voulait pas dire pour autant qu'il était un tueur. Elle devait coûte que coûte fouiller ses affaires. Peut-être écouter les messages de sa boîte vocale. Si elle en avait l'occasion, elle essayerait même de consulter son portable, pour vérifier s'il avait fait une copie des lettres disparues. Mais l'ordinateur était en bas dans la bibliothèque. D'une certaine manière, Jill en fut soulagée.

Elle était très nerveuse à l'idée de s'introduire dans sa chambre pour la fouiller. Ce n'était pas du tout son genre. Elle imaginait sa réaction s'il la surprenait.

Jill s'insuffla du courage et courut à la porte, qu'elle poussa doucement. Son regard embrassa la pièce et tomba sur le portable posé sur la table de nuit. Elle n'en crut pas ses yeux, il l'avait remonté de la bibliothèque. Elle remarqua ensuite que le modem était branché.

Elle se faufila dans la pièce et referma derrière elle. Si le modem était branché et qu'il avait remonté le portable dans sa chambre, c'était pour envoyer ou recevoir discrètement du courrier électronique. C'était le moment ou jamais de saisir sa chance. Mais il lui fallait le mot de passe.

Elle ouvrit l'ordinateur et le mit en marche. Pendant que le système s'installait, elle eut le temps d'examiner un petit objet noir posé par terre à côté de l'ordinateur. C'était une imprimante miniature.

Jill chercha la mallette d'Alex, et y trouva le câble qu'elle cherchait. Elle retourna vers l'ordinateur, jetant au passage un coup d'œil par la fenêtre. Alex venait d'entrer dans la piscine, et commençait à nager énergiquement.

Elle pria pour qu'il nage longtemps. C'était parfait, elle n'aurait pu mieux le surveiller.

L'écran clignotait, demandant le mot de passe. Jill réfléchit. Les gens choisissaient des mots simples, qui avaient pour eux un sens particulier. Alex était intelligent, plein d'esprit. Jill essaya tous les noms de sa famille, à l'endroit comme à l'envers. Puis elle entra son nom, espérant voir l'écran s'animer.

Rien. Elle était démoralisée, perdue.

Réfléchis ! s'exhorta-t-elle avec véhémence. Alex : le groupe Collinsworth, Brooklyn, Princeton, cachemire, jeans, Lamborghini...

Une seconde plus tard, elle tapait « Lamb ».

L'ordinateur se lança.

— Oui ! cria-t-elle avec sauvagerie, tandis qu'elle regardait par la fenêtre.

Alex fendait l'eau avec la précision d'un nageur chevronné. Jill ouvrit « rechercher ». Elle tapa « Gallagher » et confirma la commande.

Elle resta paralysée lorsque l'écran se remplit de caractères. À son étonnement, il y avait toute une série de documents « Gallagher » dans un dossier. Elle se souvint qu'il lui avait sauvegardé quelques articles, intitulés « mariage d'Anne », mais ce n'était pas ce qu'elle cherchait. Les quatre premiers s'appelaient « JGallagher.doc » suivis de dates, et la première d'entre elles était le 13 avril 1999 — le lendemain de la mort de Hal.

C'était évident, « JGallagher », c'était elle. Et le dernier document était daté de la veille.

Il y avait aussi trois documents « KGallagher.doc ».

Jill perdit tous ses moyens. Elle ne pouvait que se répéter « non ». Elle n'allait pas trouver ici confirmation de ses doutes, c'était impossible. Et pourtant...

La voix de Kate retentit, haute et claire, à tel point que Jill bondit, s'attendant à la voir dans la pièce. « Un cauchemar qui devient réalité... »

Mais Kate était morte. Trahie. Comme elle, à cause de ce qu'elle voyait apparaître sur l'écran.

Alex avait des dossiers. Sur elle. Sur Kate.

Elle n'arrivait plus à penser, les images défilaient en désordre dans sa tête : Alex qui lui faisait l'amour, Alex dans la cuisine après la nuit qu'ils avaient passée ensemble, lui disant qu'il devait aller à une réunion mais lui recommandant de voir un médecin. Bien sûr. Ce n'était pas elle la malade. C'était lui. Jill ouvrit le document Gallagher le plus ancien, son cœur sautait dans sa poitrine. C'était un rapport.

Elle reçut un nouveau choc. L'en-tête était celui d'une agence de détectives privés de New York, la Periopolis Investigative Agency. Elle survola le premier paragraphe et comprit qu'elle avait fait l'objet d'une enquête très approfondie avant même qu'Alex ne l'ait rencontrée — dès le lendemain de la mort de Hal.

— Espèce de salaud, murmura-t-elle, accablée de douleur.

Il nageait toujours. Jill prit le câble. Ses mains tremblaient si fort qu'elle mit une bonne minute pour relier l'ordinateur à l'imprimante. Du papier. Il lui fallait du papier.

Il y en avait une rame sur la table près de la fenêtre. Jill se précipita et s'écarta vivement de la fenêtre, craignant qu'il ne l'aperçoive. Elle plaça vite des feuilles dans l'imprimante. Elle savait qu'elle n'avait pas besoin de ce rapport la concernant, mais elle appuya sur le bouton d'impression. Elle retourna à la fenêtre. Alex était debout dans la piscine. Il ajustait ses lunettes. Allait-il sortir ?

— Bon Dieu !

Elle s'empara des deux pages dans l'imprimante, ouvrit le second fichier portant son nom, la vue brouillée. Elle lança de nouveau l'impression, et regarda dehors.

Alex s'étirait. Il était dans l'eau jusqu'à la taille.

— Oh, je t'en prie, chuchota-t-elle à la machine, vite, vite !

Puis elle se raidit en voyant le nom de McFee. Qu'est-ce que ça voulait dire ?

Elle lut le texte sur l'écran. C'était un rapport médical, dont le sujet était l'ADN. ADN ?

Jill se concentra sur le sens des mots « ... impossible que Jill Gallagher ne soit pas de la famille. Les échantillons d'ADN provenant de son cheveu et ceux du sang de William sont concluants... »

Elle s'assit, abasourdie. Puis comprit. Edward était son arrière-grand-père. Kate était son arrière-grand-mère.

Elle n'en éprouva aucune euphorie, seulement un grand désarroi.

Alex pouvait revenir à tout moment.

Jill imprima le dossier JGallagher suivant et courut à la fenêtre. Il était en train de sortir de la piscine ! Elle crut même qu'il avait regardé vers la fenêtre, et l'avait vue.

— Non, grinça-t-elle des dents, extirpant les pages suivantes de l'imprimante.

Elle ouvrit le premier document « KGallagher ». Et le reconnut immédiatement.

C'était la lettre de Kate à Anne, qu'Alex et elle avaient découverte sur l'ordinateur de l'appartement de la 5e Avenue. Jill ne pouvait pas être surprise. Mais l'étendue de sa déception l'interloqua. C'était plus qu'un salaud. Elle ne trouvait pas de mot assez fort pour le qualifier.

Elle ferma le document, ouvrit la lettre suivante et lança l'impression.

Elle claquait des dents. La pièce lui semblait maintenant glaciale. Elle se sentait frigorifiée, malade, trahie. Quand l'imprimante commença à ronronner elle alla entrouvrir la porte. Personne. Combien de temps mettrait-il à gravir l'escalier ?

Jill calcula qu'il ne lui restait plus que quelques minutes avant qu'il ne la surprenne. Que se passerait-il alors ?

La Land Rover était dehors. Elle se souvenait que les clefs étaient sous le tapis de sol. Elle allait s'échapper avec.

Elle voulait les deux documents « Gallagher » qui restaient mais elle savait qu'elle n'avait pas assez de temps.

L'imprimante s'arrêta. Jill prit la page et la fourra avec les autres dans la poche de son jean. Elle courut arracher le câble, croyant entendre des pas dans le couloir.

Elle remit à toute vitesse le câble dans la mallette, certaine cette fois d'entendre marcher. Puis elle vit l'ordinateur ouvert, l'imprimante chargée de feuilles. Elle claqua le couvercle de l'ordinateur, s'empara des feuilles, et le paquet contre sa poitrine, courut à la porte pour écouter. Elle l'entendit dans l'escalier.

Elle se précipita dans sa chambre et ferma la porte à clé.

Alex alla directement dans la salle de bains et ouvrit la douche. Il laissa l'eau brûlante emplir la pièce de vapeur et s'apergea d'eau chaude. Mais cela ne put atténuer sa tension, qui avait atteint un degré insupportable.

Dix minutes plus tard il ferma l'eau et s'essuya, refusant de regarder son reflet dans la glace. Il alla chercher ses sous-vêtements dans la chambre. Et là, il perçut quelque chose d'anormal.

Avec l'instinct aiguisé du chasseur, il resta parfaitement immobile. Il écouta avec attention le silence autour de lui.

La pièce n'était pas absolument silencieuse. Le robinet de la douche gouttait. Il avait laissé une fenêtre entrouverte et le cordon du store vénitien derrière les rideaux battait contre le mur.

Il regarda la pièce. Aucun de ces sons ne l'intéressait.

Puis il l'entendit. Un ronronnement à peine distinct.

Il se pencha sur l'ordinateur, qui était fermé. Il vérifia, mais l'appareil était bien éteint. Et de toute façon, il ne ronronnait pas.

Il examina ensuite l'imprimante. Le voyant de fonctionnement était allumé.

— Merde ! lâcha-t-il, la mâchoire crispée.

Vêtue de son anorak rouge, Jill traversa la pelouse en courant vers la Land Rover. Une fois dans l'habitacle elle chercha sous le tapis de caoutchouc, là où elle avait vu Alex replacer les clés. Sa main se referma sur le trousseau.

Elle était hors d'haleine, terrifiée. C'était lui. Ça ne pouvait être que lui. Les lettres, les dossiers, les mensonges. Depuis combien de temps savait-il qu'elle était l'arrière-petite-fille d'Edward et de Kate ? Il fallait qu'elle s'en aille tout de suite.

Jill mit le contact, tout en regardant derrière elle. Elle s'attendait à voir Alex à tout moment. Personne. La lourde porte d'entrée restait close. Le moteur démarra, à trop grand bruit. Jill pria pour qu'Alex fût encore sous la douche — elle l'avait entendu pendant qu'elle s'enfuyait. Elle passa la première, la seconde, et s'engagea dans l'allée, projetant derrière elle une gerbe de graviers.

Elle vit alors une grosse Mercedes qui arrivait en face d'elle.

Jill braqua vivement à gauche pour éviter la collision. Elle eut le temps d'apercevoir le conducteur et la passagère. Même si William portait une sorte de casquette, il n'y avait aucun doute sur son identité. La femme à côté de lui avait un foulard sur la tête. C'était Margaret.

Jill tourna sur l'étroite route côtière, dans un crissement de pneus. Elle avait le cœur serré. William et Margaret, ici à Stainesmore — c'était insensé. Jill accéléra, le regard rivé à son rétroviseur. Elle se cramponnait au volant de ses mains devenues moites. La Land Rover cahotait dans les ornières. Il ne faudrait qu'un instant à Alex pour découvrir qu'elle avait fouillé dans son ordinateur et qu'elle était partie.

Jill ne savait que faire. Elle voulait faxer tous ces documents à Lucinda, mais craignait qu'un arrêt au village lui fît perdre de précieuses minutes, qui permettraient à Alex de la rattraper. La Land Rover descendait, cahin-caha, la route en lacets. Il tombait une petite bruine et Jill ne trouvait pas la commande des essuie-glaces.

À travers les arbres bordant la route elle voyait, par intermittence, les eaux grises agitées de la mer du Nord. Elle se rendit compte que Coke's Way n'était pas très loin.

Des stèles grisâtres perçèrent la brume devant elle, sur un fond de hautes herbes humides et d'arbustes épineux.

La chapelle ! Elle pourrait tout faxer depuis le bureau du vicaire.

Jill accéléra. Elle arriva sur les chapeaux de roues dans l'allée qui menait à la chapelle. En courant vers le vieil édifice, elle se demanda si Alex était sur ses talons, et si elle perdait sa précieuse avance.

Il y avait de la lumière. C'était bon signe. Elle poussa la vieille porte en bois et se retrouva dans la nef. La chapelle était plongée dans l'ombre de la fin d'après-midi.

— Monsieur le vicaire ? Vicaire Hewitt ? demanda-t-elle d'une voix effrayée.

Il sortit de l'ombre, tout au bout de la nef, et approcha lentement. Elle ne pouvait déchiffrer son expression dans la pénombre. Soudain elle eut une bouffée d'angoisse, pensant qu'il l'avait guettée. Non, c'était impossible, elle perdait la tête.

— Miss Gallagher ?

— J'ai besoin de votre aide ! s'écria Jill en se tordant les mains. Il faut que j'utilise votre fax, et que vous montiez la garde pour moi ! continua-t-elle en pleurant.

— Monter la garde ? demanda le vicaire qui se planta devant elle.

— Je suis suivie, chuchota Jill. J'ai des ennuis. Puis-je utiliser votre fax maintenant ?

Elle se dirigea vers le petit bureau derrière la nef.

— Miss Gallagher. Vous êtes troublée. Venez chez moi, je vais vous faire un thé bien chaud, et vous me raconterez toute votre histoire.

— Vous pourriez peut-être envoyer ces fax pour moi, continua-t-elle en courant dans la nef.

— J'ai peur que vous ne compreniez pas. Je n'ai pas de fax.

Jill trébucha. Il lui fallut un bon moment pour comprendre ce qu'il venait de dire. Soudain, elle entendit un bruit atroce — et familier. La Lamborghini d'Alex s'arrêtait devant la chapelle. Elle croisa le regard sombre du vicaire.

— Ne lui dites pas que je suis ici !

Puis elle courut vers son bureau et sortit par la petite porte de derrière.

Le vicaire n'esquissa pas un geste. Alex pénétra dans la chapelle un instant plus tard. Il avait commencé à pleuvoir, et son vieux blouson en cuir était mouillé.

— Bonjour, Mr. Preston, dit le vicaire. Elle est partie par là.

Alex hocha la tête.

3.

17 octobre 1908

Comme elle aurait voulu ce soir-là se trouver loin de Bensonhurst !

Sur le palier surplombant la salle de bal, Kate observait la foule. Elle n'avait pas parlé à Anne, et ne l'avait revue depuis leur horrible discussion chez les Fairchild, dix jours auparavant. Depuis, elle ne dormait plus, ne mangeait plus. Elle avait passé tout son temps avec Peter, serré contre elle, essayant de ne pas s'abandonner au chagrin et au désespoir, et au pressentiment d'un funeste destin.

Kate se cramponna à la rampe. Elle n'avait grignoté qu'un toast en tout et pour tout depuis le matin, et se sentait faible. Mais il y avait un bon côté à cela — elle avait pu remettre sa robe de bal la plus spectaculaire, en dentelle noire, très décolletée, qu'elle portait avant sa grossesse. On la remarquait. Elle savait qu'elle était belle et désirable, et ce soir personne ne penserait le contraire.

Elle s'était habillée à l'intention d'Anne, maintenant qu'elles étaient rivales.

La salle était pleine d'invités. Kate était en retard. Elle vit Anne et ses parents postés au centre de l'énorme pièce. La jeune fille était ravissante dans sa robe de taffetas rose pâle. Kate se rendit compte qu'elle portait les plus beaux bijoux des Bensonhurst : pendentifs et rivière de diamants à couper le souffle. Kate, elle, ne portait rien d'autre qu'un médaillon sur un ruban de velours noir. C'était un médaillon très particulier, qu'Anne lui avait offert à Noël deux ans plus tôt. Il renfermait leurs deux portraits. À cette époque elles s'étaient juré d'être pour l'éternité les meilleurs amies du monde.

Les yeux de Kate s'emplirent de larmes. Elle était devenue extrêmement sensible ces derniers jours. La moindre chose suffisait à la faire pleurer. Cette situation la déchirait. Elle ne voulait pas être en compétition avec Anne pour la main d'Edward. Elle souhaitait que tout s'arrange et redevienne comme avant son retour à Londres.

Puis Kate réalisa que le comte de Collinsworth et son épouse se tenaient aux côtés d'Anne et de sa famille. Elle se crispa, car tous l'avaient vue.

Elle descendit l'escalier avec lenteur, s'interdisant de trembler. Anne avait-elle révélé son secret aux autres ? Tous les regards semblaient braqués sur elle, comme si elle n'était pas invitée, ou était une femme de mauvaise vie. Kate ne cilla pas.

Tête haute, joues en feu, elle continua sa progression vers Anne, ses parents et les Sheldon, espérant de tout son cœur qu'Anne n'avait pas impitoyablement ruiné sa réputation. Elles se trouvaient dans une impasse, certes, mais une amitié telle que la leur devait toujours représenter quelque chose.

Où était Edward ? Il n'était pas encore arrivé, semblait-il.

Elle ne lui avait soufflé mot de ce qui s'était passé. Elle n'avait pas osé.

Kate se sentait au bord d'un gouffre, sans moyen de reculer, sans refuge. Elle vivait dans la peur, sentant qu'à la moindre chiquenaude elle serait précipitée vers la mort. Ces derniers jours, elle avait été hantée par la prémonition qu'une catastrophe se préparait. Que son pire cauchemar allait devenir réalité. Qu'elle était sur le point de perdre Edward, Peter, et tout le reste.

Elle avait pris l'habitude d'épier par-dessus son épaule,

s'attendant à voir Anne ou quelqu'un en train de l'observer ou de l'attendre. Kate avait peur de perdre la tête.

Elle s'arrêta devant Anne et sa famille.

— Joyeux anniversaire, commença-t-elle avec son plus gracieux sourire, le cœur battant.

Anne ne lui rendit pas son sourire. Elle la regarda comme si elle était une hydre à deux têtes.

Oh, mon Dieu, se dit Kate, prise de nausées. Elle continua cependant de sourire et embrassa Anne sur la joue. Celle-ci ne dit mot, le visage figé dans une expression glaciale, les yeux pleins de dédain.

Kate se retourna si vite qu'elle en perdit presque l'équilibre. Elle vit lady Bensonhurst qui la regardait avec tant de réprobation qu'elle comprit que la mère d'Anne savait tout. Elle ne put articuler la salutation polie qu'elle avait au bout de langue. Anne lui avait parlé d'Edward et Peter.

Paniquée, elle se tourna vers les Collinsworth. Le regard froid du comte était aussi peu amène que celui de lady Bensonhurst. La seule personne qui semblait éprouver un peu de compassion était la comtesse, qui souriait imperceptiblement.

Cela n'avait pas d'importance, Kate avait renoncé à toute fierté. Elle était venue pour marquer son territoire, même si Anne était la seule à comprendre. Peut-être aussi dans l'espoir de s'assurer que leur vieille amitié existait toujours. Elle réussit à faire une petite révérence, bredouilla un salut et s'enfuit. Elle avait besoin d'air, de toute urgence.

En se hâtant dans la foule, Kate aperçut Edward qui la regardait. Mais elle ne pouvait s'arrêter. Elle allait être malade. Elle se précipita sur la terrasse et vomit dans des spasmes violents. La soirée n'aurait pu être pire.

— Kate !

Pas maintenant, pensa-t-elle, cramponnée à la balustrade de pierre.

Elle sentit les mains d'Edward sur ses épaules.

— Tu es malade ! Depuis quand ?

Kate ne le regardait pas, il était toujours derrière elle. La lune était pleine, dans un ciel étoilé, une configuration très inhabituelle.

— Très récemment, dit-elle sur un ton amer et ironique.

Il resta silencieux. Puis il raffermit ses mains sur ses épaules et la retourna vers lui.

— Tu t'es comportée de façon étrange toute la semaine. En m'évitant, autant que cela puisse être possible pour une femme d'éviter l'homme dont elle partage le lit. Que me caches-tu ?

Kate regarda son visage adoré, chercha ses yeux et fut sur le point de tout lui avouer.

— Edward, intervint Anne, Kate est malade, ne la mettez pas dans l'embarras, je vous en prie. Laissez-moi m'en occuper, c'est le genre de choses que l'on règle entre femmes.

Kate aperçut Anne derrière Edward, les yeux trop brillants, mais s'appliquant à une expression toute de retenue. Elle avait très peur de se retrouver seule avec elle.

Edward finit par s'effaçer.

— Bien sûr. Loin de moi le désir d'embarrasser une jeune femme.

Il s'inclina et adressa un sourire contraint à Anne avant de s'en aller. Kate faillit lui demander de revenir. Et le visage d'Anne changea du tout au tout.

— Comment as-tu pu oser venir ici ? siffla-t-elle. Comment as-tu osé pénétrer dans ma demeure ?

— Anne... commença Kate, choquée par sa véhémence.

Elle s'était attendue à de l'amertume, à de la colère peut-être, mais pas à cette rage.

— Non ! Va-t'en, immédiatement, avant de m'humilier le jour de mon anniversaire !

Les yeux d'Anne scintillaient étrangement. Deux taches roses étaient apparues sur ses joues, comme deux petits cercles parfaits qu'on lui aurait peints. L'effet était comique.

— Anne, je ne suis pas venue pour t'humilier. Malgré tout cela, nous sommes toujours amies, je t'aime beaucoup...

— Alors pourquoi es-tu venue ? Pour me féliciter de mes fiançailles avec ton amant ?

Kate recula, effrayée.

— Sors ! intima Anne en grinçant des dents, les poings serrés. Sors et ne remets jamais les pieds ici !

Kate eut l'impression de recevoir un coup de poignard. Comment était-il possible qu'Anne la méprise autant ? Kate hésita un instant, cherchant désespérément les mots qui pourraient ranimer leur amitié, mais rien ne lui vint. Le regard hostile d'Anne ne fléchissait pas. Kate renonça. Elle releva ses jupes et s'en fut le plus vite qu'elle put.

Quand Jill sortit de la chapelle, elle constata qu'il pleuvait vraiment. Elle aperçut la Land Rover dans l'allée. Bon sang ! Même si le vicaire Hewitt avait menti pour la protéger, Alex aurait su de toute façon qu'elle était là. Elle traversa aussi vite qu'elle le pouvait la pelouse derrière la chapelle.

Elle avait l'impression de l'entendre derrière elle.

Jill était arrivée au mur de pierre qui longeait la route. Elle l'escalada en s'égratignant et retomba à quatre pattes de l'autre côté, se blessant les mains sur des pierres et des racines, puis elle se releva, haletante, couverte de sueur.

Elle osa un coup d'œil derrière elle. La pluie lui brouillait la vue, et elle ne distingua aucun signe de la présence d'Alex.

Est-ce que cela avait été pareil pour Kate ? Fuyait-elle Edward ainsi ?

Soudain, Jill crut entendre un bruit de voiture.

Elle courut sur le bas-côté de la route, tendant l'oreille. Il n'y avait pas d'erreur. Une voiture arrivait du nord, de la direction qu'elle venait tout juste d'emprunter.

Jill se retourna, mais ne vit pas Alex. Elle attendit jusqu'au moment où des phares percèrent le rideau de pluie. N'osant pas appeler, elle se mit à agiter frénétiquement les bras. Une petite camionnette à plateau approchait. Jill envisagea de bondir devant la voiture, mais celle-ci roulait à bonne allure et elle eut peur de se faire renverser. Elle gesticulait, en larmes, priant pour qu'elle s'arrête et que le conducteur l'emmène loin d'ici. Elle serait enfin en sécurité. Mais la camionnette la dépassa à toute vitesse.

Alors Jill agit d'instinct. Elle traversa la route en courant, grimpa sur le mur opposé et se retrouva dans le cimetière.

Coke's Way. Elle pouvait se cacher là-bas.

Elle s'élança à travers le labyrinthe de tombes dissimulées par la brume qui frôlait le sol, trébuchant dans la terre détrempée, apeurée par les ombres trompeuses des arbres et des buissons, se retournant sans cesse. C'est alors qu'elle l'entendit.

Elle s'arrêta net, et ne perçut que la pluie et le vent. Elle repartit comme une flèche, mais le sol se déroba sous ses pieds. Elle tomba dans un trou.

Elle atterrit sur les fesses, et resta sonnée un moment. Elle avait chuté dans une sorte de cavité. Peu après, les mains pleines de terre, elle frémit de tout son être en comprenant qu'elle était dans une tombe.

Elle se releva instantanément, craignant qu'Alex ne la rattrape. Que ferait-il alors ? Heureusement elle avait les yeux à hauteur du sol, ce n'était pas aussi profond qu'elle l'avait craint. Galvanisée par la peur, elle réussit à se hisser hors du trou.

Une fois remontée, elle resta allongée sur le ventre, haletante. Mais il n'y avait pas de temps à perdre. Elle se releva et remarqua que la terre était fraîchement remuée. Son regard s'arrêta sur la stèle gravée à peine visible de la tombe.

Elle resta ébahie, puis l'instant d'après, elle s'agenouilla devant la tombe de Kate qu'elle avait reconnue.

Sa tombe avait été fouillée. Quelqu'un l'avait profanée.

— Jill ! Jill ! Où es-tu ?

Il était assez loin. Plus loin qu'elle ne l'avait pensé, peut-être de l'autre côté de la route. Mais il était sportif, il pouvait arriver en un rien de temps.

— Jill !

Elle se mit à courir hors du cimetière. Le manoir projetait son ombre devant elle. On entendait le tonnerre. Trempée, Jill trébucha et s'effondra contre un arbre noueux. Elle entendait Alex qui continuait à l'appeler.

Elle commença à pleurer. Était-ce lui qui avait profané la tombe ? Et pourquoi ? Pour trouver encore de l'ADN ? Ou pour trouver la vérité sur la mort de Kate ?

Des éclairs déchiraient le ciel au-dessus de la mer.

Elle remarqua comment la foudre avait illuminé le ciel. À présent tout le paysage était éclairé, et elle se tenait debout à découvert. Alex l'avait-il vue ? Elle aurait voulu qu'il l'appelle encore, pour pouvoir le localiser. Mais on n'entendait que le tonnerre au loin, le martèlement de la pluie, le souffle du vent. Un éclair zébra le ciel juste au-dessus de sa tête.

Soudain il fut là, silhouette solide plantée entre les arbres agités qui séparaient le manoir du cimetière. Elle se remit à courir et arriva dans les buissons touffus autour du manoir de Coke's Way, puis tout près de l'entrée.

La demeure avait l'air en ruine, abandonnée. Son premier instinct fut de se cacher à l'intérieur, mais elle craignit de s'y faire piéger. Ce serait sûrement le premier endroit où il la chercherait.

— Jill ! c'est moi, Alex ! Jill ! Attends !

Elle fut interloquée, parce qu'il semblait à peine à quelques mètres d'elle. Elle l'avait cru derrière elle, sur sa gauche, et voilà qu'il était devant elle, sur sa droite. C'était impossible, personne n'aurait pu faire aussi vite... Sans réfléchir, elle dépassa la maison et se dirigea vers la forme déchiquetée de la tour.

— Jill ! Arrête !

Elle pourrait s'y cacher, ou tenter de descendre sur la plage par la falaise.

Il n'y avait pas d'endroit sûr. Alex allait la rattraper, ce n'était plus qu'une question de secondes.

Elle courut directement à la tour. Elle s'accroupit et saisit une grosse pierre pointue.

— Jill, fit Alex, qui pénétra à sa suite dans les ruines.

18 octobre 1908

Il était presque 15 heures. Kate faisait les cent pas, se tordant les mains, essayant de se persuader que tout allait bien et d'apaiser ses craintes. Mais elle avait un terrible mal de tête, et tout allait de travers.

Edward n'était pas venu la veille au soir, ce qui voulait dire qu'il était resté très tard à l'anniversaire. Et Kate avait reçu une lettre d'Anne. Elle la sortit de son manteau et la relut pour la quatrième fois.

Chère Kate,

Je te dois mes excuses. Je ne me suis jamais comportée comme je l'ai fait hier soir, et je le regrette terriblement. Je peux seulement dire pour ma défense que j'ai été emportée par mes sentiments, étant donné les circonstances inhabituelles dans lesquelles nous nous trouvons.

Kate, j'ai passé toute la soirée à penser à ce terrible tour que nous joue le destin. Je crois que nous devons nous voir pour envisager ensemble ce qu'il faut faire. Puisque nous sommes toutes deux des femmes raisonnables, et de bonnes amies, nous trouverons une solution acceptable à notre problème, pour toutes les parties concernées. J'aimerais venir te chercher à 15 heures. Je t'en prie, accepte, afin que nous réglions cette question une fois pour toutes.

Sincèrement, ton amie fidèle, Anne

Kate contempla la lettre à l'écriture soignée. Il y avait là quelque chose de très étrange. Mais elle ne cernait pas ce que c'était.

Elle entendit un bruit derrière elle et sursauta. Elle se retourna avec vivacité, mais il n'y avait personne. Kate passa sa langue sur ses lèvres sèches. Elle ne comprenait pas ses craintes. Elle ne se sentait plus en sécurité, pas même dans sa propre maison. Elle essayait de se persuader qu'elle était perturbée, surmenée, et que son imagination lui jouait des tours. Que tout n'était pas si catastrophique et qu'on ne pouvait lui faire aucun mal chez elle. Mais rien n'y faisait.

Elle refit les cent pas et remit la lettre dans sa poche, regardant sans cesse la pendule sur la console de marbre. Il était presque 14 h 50. Ce qui était peut-être le plus singulier, c'était qu'Anne ne voulait pas seulement la voir, mais venir la chercher. Cela n'avait pas de sens. Où Anne voulait-elle aller ? Pourquoi ne pas parler à cœur ouvert chez Kate, dans l'intimité ?

De plus, le ton de la lettre était tellement à l'opposé de ses paroles haineuses de la veille. Et si c'était un piège ?

Kate réprima un cri de sa main gantée. Elle devenait folle de suspecter cela. Quel genre de piège lui aurait-elle tendu ? Anne était peut-être restée éveillée toute la nuit, comme elle d'ailleurs, et regrettait tout. Peut-être voulait-elle vraiment trouver une solution. Kate avait besoin de se raccrocher à ça.

— Madame, fit la nurse de Peter en s'approchant avec le bébé dans les bras, nous sommes prêts.

Elle ne souriait pas, contrairement à d'habitude. Les yeux de la jeune Française reflétaient l'inquiétude.

— Laissez-moi le prendre, chuchota Kate, envahie de chagrin, comme si elle n'allait plus jamais revoir son fils. Mais c'était absurde, elle serait de retour pour le dîner.

Les yeux pleins de larmes, Kate serra Peter contre sa poitrine. Il dormait. Elle le berça, tout en contemplant son visage angélique. Il ressemblait déjà à son père, et cela la rendait très heureuse.

Kate se résolut à rendre le bébé à Madeline.

— Madame, combien de temps resterons-nous chez la comtesse ?

Kate la regarda. Avait-elle raison d'envoyer Peter chez la comtesse ? Elle l'avait ressenti comme une violente nécessité, après avoir reçu la lettre d'Anne. Il serait en sécurité chez les Collinsworth, aux soins de la comtesse. Kate n'en doutait pas.

— Jusqu'à mon retour, dit Kate. Je pense revenir pour le dîner.

Kate ne savait pas vraiment pourquoi elle se sentait obligée d'envoyer Peter à sa grand-mère. Elle se disait que la comtesse se prendrait d'affection pour lui, et changerait d'avis en ce qui concernait le mariage d'Edward et de Kate. Peut-être incarnait-elle leur dernier espoir.

— Alors, à tout à l'heure, dit Madeline.

Kate l'embrassa spontanément sur la joue, puis

embrassa Peter. Le bébé se réveilla et la regarda de ses yeux bleu vif, tout ensommeillés.

Kate se sentit paniquer. Elle leur fit cependant signe de sortir, puis regarda la petite voiture s'en aller, les larmes aux yeux.

Elle guetta Anne dans la rue. Elle entendit d'abord le bruit de l'attelage. La voiture des Bensonhurst apparut, et s'arrêta devant la maison. Elle eut envie de s'échapper dans la direction opposée, maintenant qu'Anne était arrivée. Mais elle rassembla son courage et sortit.

Un domestique ouvrit la portière de la voiture. Kate sursauta, voyant lady Bensonhurst assise à côté d'Anne.

— Monte, Kate, lui enjoignit Anne d'un ton haut perché, très sec.

Kate faillit refuser et tourner les talons. Mais elle ne pouvait continuer à vivre ainsi. Elle monta et la portière se referma.

Kate regarda la mère d'Anne tandis qu'elles démarraient, s'attendant à un terrible sermon. À sa surprise, celle-ci était pâle, rigide sur la banquette, les mains crispées sur les genoux. Elle avait l'air anxieuse et terrifiée, et évitait de croiser le regard de Kate.

— Très bien, commença Anne.

Elle sortit un petit pistolet de son sac, et le pointa vers Kate.

— Anne !

— Ne t'inquiète pas. Je ne vais pas te tirer dessus, fit Anne imperturbable. Mère, attachez-lui les mains.

Kate resta incrédule jusqu'à ce que lady Bensonhurst prenne une corde derrière elle.

— Anne ! Tu es folle ! Qu'est-ce que tu t'imagines pouvoir faire ? s'écria Kate.

— Reste tranquille, répondit Anne. Je t'enlève, Kate. Tu vois, tu vas disparaître de ma vie, et de celle d'Edward, pour toujours.

4.

20 octobre 1908

Bien qu'elle fût attachée, les poignets et les chevilles si serrés qu'ils étaient engourdis, Kate avait fini par s'endormir d'épuisement. Elle fut réveillée par le bruit de la portière qui s'ouvrait. Un crépuscule lugubre l'accueillit, accompagné des visages contractés d'Anne et de lady Bensonhurst.

— Où sommes-nous ? demanda Kate, apeuré.

Elles avaient voyagé depuis l'après-midi de la veille sans un seul arrêt, hormis pour laisser le cocher dans une auberge au bord de la route. Anne avait pris les rennes. Kate avait juste compris qu'elles se dirigeaient vers le nord, avant que les rideaux ne soient tirés.

— Sors ! ordonna Anne avec un léger sourire.

La tension de Kate augmenta. Elle n'aimait pas le sourire suffisant d'Anne. Et l'éclat de ses yeux était trop brillant. Son amie était devenue folle — il n'y avait pas d'autre explication à son comportement.

— Anne, laisse-moi te parler, commença-t-elle.

— Mère, détachez-lui les chevilles, que nous puissions marcher, demanda Anne, braquant le pistolet.

Lady Bensonhurst réussit ce que Kate avait essayé de faire toute la nuit sans succès. Elle sectionna la corde avec un petit couteau. Sa circulation revint d'un coup, et la douleur lui arracha un cri.

— J'ai dit : Sors, Kate ! répéta Anne en armant le pistolet.

— Notre amitié doit sûrement signifier quelque chose pour toi, implora Kate.

Le visage d'Anne prit une expression effrayante. Il n'y avait pas de doute sur sa détermination, ni sur l'étendue de sa fureur.

Kate ne tergiversa pas. Elle se leva, chancelante. Anne la saisit par le bras et la tira brutalement hors de la voiture. Puis elle la poussa devant elle.

Et Kate sursauta. Elles étaient à Coke's Way. Mais le manoir, qui appartenait à la famille Collinsworth, était fermé, inhabité. Edward, dans un élan d'affection, l'avait assurée qu'il ne louerait plus la maison.

— Que faisons-nous ici ? s'écria Kate.

Anne continua à la pousser. Elle était animée d'une force surhumaine.

— Tu me prends vraiment pour une idiote, Kate ? Tu crois que tu pouvais me parler de l'enfant sans que je m'applique dès lors à connaître le moindre détail de ta vie ? fit-elle en éclatant d'un petit rire bref. J'ai découvert récemment qu'Edward t'avait envoyée ici, quand tu attendais Peter. Quelle ironie, n'est-ce pas ? Tu vas disparaître ici, sous son nez, dans un endroit où il ne pensera jamais à venir te chercher. J'ai passé des jours et des jours à chercher où je te cacherais !

Kate refusa d'avancer et fit face à Anne.

— Je ne t'obéirai pas, Anne. Ne vois-tu pas que ce n'est pas ainsi que tu construiras ton avenir avec Edward ? Tu ne peux pas bâtir une vie sur des mensonges, et encore moins sur un meurtre !

Kate se mit à trembler. Elle ne pensait pas qu'Anne avait réellement l'intention de la tuer. Elle se refusait à cette idée. Anne la ferait disparaître, et, oh, mon Dieu ! Edward pourrait penser qu'elle s'était enfuie. Mais après son mariage, Anne la laisserait partir. C'était sûrement ça.

Sinon c'était bien trop abominable.

— Lady Bensonhurst ! supplia Kate.

La mère d'Anne se tenait à côté de la voiture, sans les regarder, comme pour se protéger de ce qui se passait sous ses yeux.

— Je vous en prie, continua Kate, empêchez votre fille de commettre ce que nous savons tous être un crime terrible et lâche !

Lady Bensonhurst fixa Kate. Elle était blanche comme un linge, les traits tirés, les yeux écarquillés soulignés de grands cernes noirs. Kate aurait voulu y voir une once de force morale. Ce qu'elle y lut ne fut que de la résignation.

— Allez ! grinça Anne qui poussa Kate, mais pas dans la direction du manoir.

Devant elles, il y avait la tour. Kate fut pétrifiée.

Elle avait toujours haï cette tour. Elle n'y était jamais entrée. Edward s'était moqué d'elle à ce sujet. C'était pittoresque et charmant, c'était ce que pensaient tous les invités qui séjournaient à Coke's Way. Kate se mit à trembler convulsivement.

— Ne fais pas ça, je t'en prie, murmura-t-elle en claquant des dents.

Anne la poussa de nouveau brutalement. Elle ouvrit la lourde porte de bois. Kate s'arrêta. Elle n'allait pas entrer — elle ne le pouvait pas. Elle savait que la tour signifierait sa mort.

— Entre, fit Anne, en la bousculant à l'intérieur.

C'était froid, humide et confiné. D'abord Kate ne vit rien, il fallut que ses yeux s'accoutument à la pénombre. Il y avait des trous dans le toit, des fragments de mur manquaient aussi, très haut, hors d'atteinte. Si ces brèches avaient été plus basses, Kate aurait pu se faufiler vers la liberté.

La liberté. La retrouverait-elle un jour ?

— Où est Peter ? résonna la voix d'Anne dans l'obscurité et le calme inquiétant de la tour.

— Chez moi, répondit Kate très vite.

— Tu mens. Je le vois dans tes yeux. Je ne veux pas que ce bâtard se trouve un jour sur le chemin de mon fils.

Anne avait les pupilles dilatées, pleine d'une détermination farouche.

— Je n'aime pas cet endroit. Ne me laisse pas ici, je n'arrive pas à respirer ! fit Kate, haletant.

— Alors tu mourras d'asphyxie, constata Anne, glaciale. Nous pourrions peut-être faire un échange. Toi contre Peter.

— Comment peux-tu avoir tant de haine ? Je t'aimais comme une sœur. Et je te jure que si tu touches à Peter, tu le payeras ! Edward y veillera. Anne, arrête, réfléchis, je t'en prie, rends-toi compte de ce que tu fais ! Libère-moi, et je te jure que personne ne saura jamais rien de ce qui s'est passé ces deux derniers jours.

— C'est toi qui es folle, Kate, répondit Anne. Penser détruire ma vie, mes rêves, mon amour... Ça ne fait rien. Je trouverai Peter, tout comme j'ai trouvé que tu étais ici, et pas à New York pendant ta grossesse, conclut-elle, prête à s'en aller.

— Détache-moi, s'il te plaît, implora Kate, tremblant de plus en plus.

Elle courut après Anne, trébucha, puis tomba et se mit à sangloter. L'atrocité de la situation s'abattit sur elle. Kate leva les yeux. Anne était sur le seuil. Derrière elle on ne voyait qu'un ciel sombre et les formes grotesques des arbres tordus par d'innombrables tempêtes.

— Tu ne te souviens pas du Noël d'il y a deux ans ? fit-elle en pleurant. Nous devions être les meilleures amies du monde pour toujours. Tu m'as offert le médaillon.

— Bien sûr que je m'en souviens, répondit Anne sans ciller. C'était avant que tu ne me trahisses.

Kate resta à terre. Leurs regards se croisèrent. Puis elle fut prise d'un malaise. Elle ferma les yeux et essaya en vain de se contrôler. Elle vomit.

Ce ne fut pas un simple spasme, cela semblait ne jamais plus devoir s'arrêter. Et quand ce fut fini, Kate pleura, de se retrouver face à la réalité de ce cauchemar.

— Tu portes un autre bâtard, Kate ? trancha la voix froide et distante d'Anne.

Elle était épuisée, et regretta du fond du cœur de ne pas avoir révélé à Edward la teneur de sa discussion avec Anne.

— Oui, murmura-t-elle sans lever les yeux, aie pitié !

La porte claqua. Kate entendit le son d'une serrure qu'on actionnait. Elle s'effondra dans la terre humide.

— Je t'en prie, Edward, trouve-moi, je t'en supplie, retrouve-moi ! gémit-elle.

Mais elle savait qu'Anne avait raison. Il ne penserait jamais à la chercher juste sous son nez.

Jill, le cœur battant la chamade, s'éloigna d'Alex, serrant de toutes ses forces la pierre qu'elle avait cachée derrière son dos.

Alex la fixait, sa lampe torche braquée sur son visage.

Jill ne voyait pas son expression, à cause du faisceau aveuglant. C'était la fin, elle le savait.

Des images se mirent à défiler à toute vitesse devant ses yeux, un kaléidoscope de scènes où elle figurait avec Alex en tant qu'ami, amant, et ennemi.

Elle recula encore. Le cauchemar devenait réalité.

— Jill.

Il abaissa sa lampe. Elle vit alors ses yeux qui brillaient trop dans la pénombre de la tour.

— Ton courage te perdra.

Jill agrippa la pierre. Que pouvait-elle répondre ? Elle se demanda s'il allait l'interroger pour savoir si elle avait fouillé dans son ordinateur.

— Et tu es bien trop futée, constata-t-il d'un ton sinistre avant de soupirer et de s'avancer vers elle.

— Alex, n'approche pas, avertit-elle en se collant contre le mur.

Elle regarda derrière lui d'un air affolé. Jamais elle ne réussirait à passer à côté de lui pour se faufiler hors de la tour. Mais il s'arrêta dans son élan.

— Jill, tu n'avais pas besoin de te sauver comme ça, même si tu m'as volé des fichiers. Je voudrais t'expliquer. Mais pas ici, sous cette saleté de pluie.

Elle essaya de reprendre sa respiration. Elle était en sueur. Les éclairs déchiraient toujours le ciel.

— Où veux-tu faire ça, Alex ? En haut de la falaise ?

Pour que je fasse une chute mortelle ? Ce serait bien pratique, non ? termina-t-elle en hoquetant.

— Tu es folle ? C'est Kate Gallagher qui t'a rendue dingue ? Jill, j'essaye de t'empêcher de te faire du mal ! s'exclama-t-il avec véhémence.

Instinctivement, elle pensa que c'était un piège. Mais elle se rendit compte qu'il n'avait pas d'armes, seulement la lampe torche.

— Je ne comprends pas comment j'ai pu te faire confiance un seul instant, lâcha-t-elle avec amertume.

Il ne répondit rien et le silence s'installa, il avait relevé de nouveau le faisceau de la lampe, ne laissant plus deviner ainsi que sa silhouette. C'était déconcertant et inquiétant. La pluie battait au-dehors.

— Jill, continua-t-il.

Un bruit de voiture l'interrompit. Alex tourna la tête. On coupa le moteur. Jill se figea. Elle pouvait le frapper maintenant. Il lui tournait le dos, c'était le moment de tenter sa chance. Le frapper, peut-être même le tuer, et courir à toute allure. Mais elle ne réussit pas à brandir la pierre.

— Qu'est-ce que c'est que ça ? demanda Alex avec brusquerie, en entendant claquer une portière.

— Ton complice ? suggéra Jill avec sarcasme, mais elle était inquiète, parce que lui-même avait l'air soucieux.

— Recule, ordonna-t-il.

Jill n'obéit pas. Une lumière vacillante progressait vers le manoir. Et l'image de la Mercedes conduite par William traversa l'esprit de Jill. Puis elle pensa au vicaire Hewitt, tout près d'ici. Peut-être avait-il appelé la police locale. Jill osa l'espérer.

Alex se jeta sur elle.

Jill était paralysée et son cœur s'arrêta tandis qu'il l'enserrait de ses bras, à l'étouffer. Jill croisa son regard, pensant qu'il allait l'étrangler, mais il la repoussa contre le mur et éteignit sa lampe.

— Pas un bruit, lui chuchota-t-il à l'oreille.

Il la maintenait comme dans un étau. Elle fut soulagée de cette étreinte. Il la cachait, il ne lui faisait pas de mal, mais pourquoi ? De qui se cachaient-ils ? Alex était-il le bon ou le méchant ? La personne dehors savait-elle qu'ils étaient dans la tour, et non dans la maison ? Et si c'était la police ? Devait-elle crier à l'aide ?

Comme s'il avait lu dans ses pensées, il lui répéta de se taire au creux de l'oreille, d'un ton impérieux. Elle hocha la tête.

Si elle commettait une erreur, elle le saurait bien assez vite.

D'interminables minutes s'écoulèrent. Soudain une torche puissante éclaira l'intérieur de la tour en les aveuglant.

— Comme c'est curieux, fit une voix féminine très familière.

Jill sursauta en reconnaissant Lucinda. Elle resta un moment stupéfaite, puis s'écria :

— Lucinda, allez chercher de l'aide !

— Preston, écartez-vous de Jill, je vous prie, répondit celle-ci avec flegme.

Jill ne comprenait pas. Alex la maintenait toujours contre le mur, et ne bougeait pas. Puis il dirigea le faisceau de sa lampe sur Lucinda.

Le visage de celle-ci était impénétrable. Ensuite Jill vit le gros revolver dans sa main. Il était pointé sur eux deux.

23 octobre 1908

Elle allait mourir.

Kate était roulée en boule sur le sol humide et froid, tremblante, trop faible pour bouger. Trois, quatre, ou cinq jours s'étaient écoulés depuis qu'Anne l'avait enfermée dans la tour. Au début, Kate avait compté les jours en suivant le lever et le coucher du soleil. Elle avait tout d'abord espéré. Elle avait appelé à l'aide jusqu'à devenir aphone. Personne n'avait entendu ses cris, personne n'était venu. Et il n'y avait aucun moyen de sortir de la tour. La porte restait solidement verrouillée. L'espoir s'était évanoui.

Elle allait mourir ainsi.

Car Anne l'avait laissée ici pour qu'elle meure, sans nourriture, sans eau.

Kate fut prise d'une contraction. Ce n'était pas la première. Elle gémit et se berça un peu, essayant d'atténuer cette douleur intolérable. Elle dura plus longtemps cette fois, et Kate finit par crier.

Quand ce fut terminé, Kate sentit le flot de sang chaud couler entre ses jambes. Elle se mit à pleurer. Elle enfonça ses doigts dans la terre humide.

Elle était en train de perdre l'enfant d'Edward, tout comme elle était en train de perdre la vie. Comme Edward lui manquait ! Est-ce qu'il remuait ciel et terre pour la retrouver ? Ou pensait-il que, comme elle avait laissé Peter chez sa mère, elle l'avait abandonné ?

Elle ne le reverrait jamais. Elle ne reverrait jamais non plus son fils. C'était la pire des tortures.

Elle entendit un déclic qui brisa le silence insupportable.

Kate leva les paupières.

Incrédule, elle vit la porte de la tour s'ouvrir lentement. Elle se crispa, s'attendant à voir Anne.

Mais un inconnu, corpulent, grossièrement vêtu, fit son apparition à l'entrée. Il tenait un seau et un paquet. Il la regarda longuement.

De l'eau ! Il devait lui apporter de l'eau — peut-être qu'elle n'allait pas mourir, après tout ! Kate voulut s'asseoir. Mais elle n'eut que la force de rester où elle était et de le regarder.

Il posa le seau près de la porte, et à côté un paquet enveloppé de papier marron.

Attendez... Kate se rendit compte qu'elle avait parlé à voix basse. Elle fit une nouvelle tentative en s'humectant les lèvres. « Attendez... » Mais ce ne fut qu'un appel rauque et inaudible.

L'homme se retourna et partit. La serrure cliqueta de nouveau.

L'espoir de Kate retomba. Il l'avait abandonnée à son sort. Elle voulut crier, donner des coups de pied, sangloter. Mais elle ne pouvait pas bouger. Elle resta à terre, haletante, à combattre des vagues de nausée et de douleur.

Puis elle pensa qu'il avait apporté de l'eau, et qu'elle ne mourrait pas.

Elle rassembla tout son courage et se mit à ramper centimètre par centimètre vers le seau. Il lui fallut s'arrêter souvent pour soulager son cœur. Elle était faible comme elle ne l'avait jamais été. C'était effrayant.

Elle atteignit le seau. Une tasse flottait sur l'eau. Elle avait si soif qu'elle eut la force de s'asseoir. Elle prit la tasse, et répandit la moitié de son contenu.

Puis elle s'arrêta soudain.

Son esprit, qui fonctionnait maintenant au ralenti, effectua une terrible déduction. Elle était enfermée depuis des jours, peut-être même depuis une semaine. Et si l'homme ne revenait pas avant une autre semaine ? Il fallait qu'elle se rationne. Elle laissa retomber la tasse dans l'eau, accablée.

Elle sentit une odeur de nourriture. Elle déchira le paquet en salivant. C'était du pain rassis et du fromage moisi. Kate ne fut pas déçue, c'était merveilleux. Elle rompit le pain et l'enfonça dans sa bouche. Elle fit de même avec le fromage, mais ne put avaler que quelques bouchées. Puis elle s'effondra, totalement épuisée.

La nuit tomba, elle s'endormit.

Quand elle ouvrit les yeux, elle eut l'impression de se sentir un peu mieux. Regardant par les trous du toit, elle vit le ciel brillant d'étoiles et un croissant de lune. La tristesse l'étouffa tandis qu'elle pensait à ceux qu'elle aimait, qui lui manquaient et qu'elle ne reverrait jamais. Elle était trop jeune pour mourir, mon Dieu !

Peut-être vivrait-elle. Si Dieu faisait un miracle. Mais si elle ne vivait pas, il y avait une chose qu'elle devait faire.

Anne ne pouvait pas s'en sortir ainsi.

Kate retira lentement le médaillon de son cou. La tâche sembla insurmontable à ses doigts engourdis. Quand elle eut terminé, elle dut se reposer un moment. Puis elle commença un autre long périple, centimètre par centimètre, vers le mur le plus proche. Elle s'arrêta à de nombreuses reprises. Il lui fallut plus que du courage. Une détermination farouche. Quand elle y parvint, elle ne fut pas au bout de ses peines. Elle réussit à s'asseoir en se hissant avec les aspérités des pierres, les mains en sang.

Elle entreprit de graver un message, à l'aide du fermoir.

Un message pour celui qui le trouverait, pour quiconque le trouverait.

5.

— C'est une plaisanterie ? demanda Jill, malade d'angoisse, car à l'évidence ce n'en était pas une.

L'expression de Lucinda ne laissait planer aucune ambiguïté. Son revolver non plus.

Alex resserra sa prise sur son poignet, lui indiquant ainsi de ne pas parler.

— Je n'aime pas les plaisanteries, c'est une perte de temps, et c'est tellement américain, rétorqua Lucinda avec dédain. Quelle honte ! M. Preston, ajouta-t-elle. Lui permettre de détruire le prestigieux nom des Collinsworth.

— Lucinda, qu'est-ce que vous faites ? demanda Jill.

En fait elle le savait, trop bien. Qu'avait dit Thomas ? Que Lucinda était peut-être aussi loyale que n'importe lequel des Collinsworth ? Lucinda, directrice d'Uxbridge Hall depuis plus de vingt ans, qui en savait plus que quiconque sur Kate, Anne et Edward.

Lucinda qui était son amie, ou du moins qu'elle avait crue comme telle.

Jill comprit qu'il y avait aussi un complice. À moins que Lucinda ne se fût pas souciée de perdre la vie dans l'accident, c'était quelqu'un d'autre qui avait sectionné le câble des freins. Était-ce Alex ? Jill se souvint que William était à Stainesmore. Avec Margaret — à moins qu'il ne fût venu avec Lucinda, que Jill avait pris pour sa femme.

— Je vais faire ce que Mr. Preston n'a pas réussi, ma chère. Je vais vous empêcher de nuire à la famille Collinsworth. J'ai consacré ces vingt-cinq dernières années au comte. Ce que vous faites est inadmissible ! Détruire un grand homme et sa famille, corrompre leur pérennité... Mr Preston, j'aurais préféré que vous ne fussiez pas là. Mais j'agis pour une noble cause. Éloignez-vous de Jill, je vous prie.

— Lucinda, Jill ne va porter ombrage à personne, fit Alex sans bouger d'un centimètre. Donnez-moi plutôt ce revolver avant que quelqu'un ne soit blessé, et que vous ne vous rendiez coupable d'un crime, intima-t-il d'une voix ferme. Nous savons tous deux que ce n'est pas vous qui avez sectionné le câble des freins. Tout ceci pourrait en rester là. Je crois qu'avec un peu de sagesse et de bonne volonté, nous pourrions tous repartir satisfaits.

— Elle est allée trop loin, Mr. Preston, continua Lucinda avec flegme, rigide comme une statue. (Le revolver dans sa main ne tremblait pas, ce qui terrifiait Jill.) J'avais espéré que vous, ou Thomas, la dissuaderiez de poursuivre son enquête, mais vous ne l'avez pas fait. Si j'avais imaginé, quand je l'ai rencontrée, que nous en arriverions là, je ne me serais jamais liée d'amitié avec elle. (Elle jeta un coup d'œil à Jill.) C'est étrange, la première fois que je vous ai vue, j'ai eu l'impression de voir un fantôme. J'ai immédiatement fait le rapprochement entre vous et Kate. Comme tout le monde, je pense. Et je me suis dit, Dieu merci, Anne n'est pas ici pour le voir. Elle se retournait probablement dans sa tombe, ma chère, sachant que vous sortiez avec son petit-fils, et que vous étiez à Londres, à fureter partout.

« J'ai fait une terrible erreur. J'ai cru que vous apprendriez que Kate était votre arrière-grand-mère — ce qu'elle était, ma chère — et que vous vous en tiendriez là. Son fils Peter méprisait la famille. Anne le haïssait, et Edward n'était jamais là. Quand il a eu dix-huit ans il s'est enfui à New York, abandonnant une petite fortune ainsi que son héritage. Je n'ai pas soupçonné une seconde que vous seriez aussi obstinée.

— Lucinda, donnez-moi le revolver, dit Alex. Jill ne veut détruire personne.

— Alors, Peter a été élevé par la famille ? demanda Jill en saisissant le poignet d'Alex.

— Pas exactement, expliqua Lucinda. Il a passé sa petite enfance à Stainesmore, entouré des meilleurs soins, selon le souhait d'Edward. Dès qu'il en a eu l'âge, il a été envoyé à Eton. Il a à peine souffert, à part bien sûr le fait qu'Anne ne lui a jamais permis de mettre les pieds dans ses demeures — dont Uxbridge Hall et la maison de Kensington Palace Gardens. Mais pourrait-on le lui reprocher ?

C'était presque trop d'informations à la fois pour Jill.

— Comment savez-vous que Kate était mon arrière-grand-mère ?

Lucinda ne disposait pas d'échantillons d'ADN, elle...

— Anne a tenu un journal, répondit Lucinda en souriant. Pendant toute sa vie. Ce qu'elle y a consigné est très clair. Quand Peter s'est enfui, Edward en a eu le cœur brisé, une fois de plus. Anne était furieuse. Pas que Peter soit parti, cela, elle en était ravie, mais qu'Edward en soit si affecté. Il a engagé des détectives pour retrouver son fils, contre la volonté de sa femme. Je suis sûre qu'Edward savait où était Peter, et je pense qu'il a même essayé de le contacter plusieurs fois. Mais Peter voulait couper les ponts pour toujours avec sa famille, conclut Lucinda en haussant les épaules. Mr. Preston ? Mettez-vous sur le côté. Je ne veux pas vous faire de mal.

— Donnez-moi le revolver, répéta Alex, impassible.

Il s'avança vers elle, la main tendue.

Elle braqua le revolver sur lui. Jill poussa un cri de frayeur. Pas pour elle, mais pour Alex.

— J'imagine qu'elle vous plaît bien, Mr. Preston. Hélas, c'est sans espoir. Je suis sûre que vous en arriverez à la même conclusion que moi.

— Lucinda, dit Jill très vite, donnez le revolver à Alex. Je sais que vous ne voulez faire de mal à personne. Il y a eu assez de scandales et de mensonges ces cent dernières années, vous ne croyez pas ?

— Le seul scandale qui pourra éclater désormais sera de mon fait, se contenta d'affirmer Lucinda.

— Vous ne voulez quand même pas vous sacrifier, pas pour ça ! s'exclama Jill.

— J'espère que William arrivera à ramener Mr. Preston à la raison.

— Mon oncle ne justifierait jamais un meurtre. Lucinda, avant d'enfreindre la loi, donnez-moi ce revolver, continua Alex en s'avançant d'un pas.

Lucinda pointa le revolver sur lui. Il était à peine à quelques mètres d'elle.

— Arrêtez-vous immédiatement.

— Alex ! hurla Jill, terrifiée à l'idée qu'il choisisse ce moment pour jouer au héros.

Mais il s'immobilisa, avec un sourire forcé.

— Mon oncle ne sera pas d'accord, répéta-t-il. Vous ne vous en sortirez pas ainsi, dit-il calmement. Nous sommes en 1999, pas en 1909.

— L'injustice fait partie de la vie. La mort de Kate n'en est-elle pas la preuve ? répliqua Lucinda.

— A-t-elle été assassinée ? Quelqu'un a fouillé sa tombe récemment. C'était vous ? Vous vouliez cacher la preuve ? demanda Jill.

— Je pense que c'était Mr. Preston, répondit Lucinda en haussant les sourcils de surprise.

— Jill, dit Alex tandis que celle-ci faisait volte-face vers lui. J'avais décidé d'exhumer le corps. Mais il n'y avait pas de corps, pas de cercueil, rien. La tombe était un leurre. Elle n'a jamais été enterrée ici.

— Je ne comprends pas, souffla Jill, abasourdie.

— Cette tombe est factice, mais j'ai beau tourner ça dans tous les sens, je ne vois pas pourquoi, avoua Alex.

— Où est Kate ? cria Jill à Lucinda.

— Je ne sais pas, répondit celle-ci, imperturbable.

— Edward a-t-il tué Kate ?

— Non, objecta Lucinda avec fermeté. Il ne l'a pas tuée. Il l'aimait. Il ne fut plus jamais le même après sa disparition. Il l'a pleurée jusqu'à sa mort. Le fantôme de Kate est resté entre Anne et lui, toute leur vie.

— Alors... qui ? demanda Jill lentement. (Les meilleures amies... les pires ennemies. Soudain, elle sut.)

C'est Anne. Anne l'a tuée, et sans vergogne, ou par perversité, elle a fait mettre cette pierre tombale ici !

— Qui a tué Kate, et pourquoi, ma chère, ça c'est un secret, que Kate a emporté dans sa tombe. Et il restera enterré ici, pour notre salut à tous. Écartez-vous, Mr. Preston, je vous prie. Bien que je sois très bonne tireuse, je n'ai encore jamais tué d'être humain, et je risquerais de vous blesser, ce que je souhaiterais éviter.

— Je ne bougerai pas, affirma Alex.

— Vous me sous-estimez, dit Lucinda. Vous voyez, je ne peux pas accepter que William souffre plus qu'il ne l'a déjà fait.

Elle n'avait même pas terminé sa phrase qu'Alex s'était jeté sur elle. Le coup de feu retentit, assourdissant, amplifié par les murs en pierre de la tour.

— Alex ! cria Jill tandis qu'il s'effondrait.

Elle se pencha vers lui, à genoux, et prit son visage dans ses mains. Il avait les yeux fermés et son visage avait viré au gris dans la pénombre. Puis une grande fleur rouge apparut sur sa chemise. Oh, mon Dieu, non, songea Jill, je ne veux pas que ça recommence ! » Elle le prit dans ses bras.

— Ne meurs pas !

— Jill, levez-vous, s'il vous plaît, ordonna Lucinda d'un ton glacial, le revolver braqué sur elle. Je suis désolée, ajouta-t-elle. J'aimais bien Mr. Preston.

Jill ne réfléchit pas. Elle saisit une poignée de terre et la lança de toutes ses forces. Lucinda poussa un cri de surprise et recula par réflexe. Jill bondit sur elle, mais Lucinda était trapue et sportive. Elle repoussa Jill comme un fétu de paille. La jeune femme alla violemment choir par terre, sur le dos, à moitié assommée.

Quand elle retrouva ses esprits, Lucinda était penchée sur elle, folle de rage, et pressait le revolver contre sa tête.

Jill sut alors qu'elle avait été folle de douter d'Alex. Tant d'images vinrent se bousculer dans sa tête qu'elle se sentit envahie d'amertume, à la pensée que tout allait s'arrêter en cet instant.

Elle était trop jeune pour mourir.

Une ombre se referma sur Lucinda, venant de derrière elle. Alex.

Jill dut émettre un cri de surprise, parce que Lucinda fit volte-face quand Alex se jeta sur elle. Il la heurta de plein fouet. Lucinda fut violemment projetée contre le mur. Ils se battirent pour récupérer le revolver, et une seconde explosion déchira le silence.

Ils tombèrent ensemble sur le sol.

— Non ! hurla Jill.

Un instant plus tard, elle dégageait Alex. Il était comme un poids mort dans ses bras.

— Alex, chuchota-t-elle en le berçant.

Ses cils bougèrent, et il ouvrit les yeux.

— Dieu merci, sanglota Jill.

— Lucinda, murmura-t-il.

Jill se retourna et la regarda. Elle était couchée sur le dos, les yeux grands ouverts. Elle avait un énorme trou rouge au milieu de la poitrine.

— Je crois qu'elle est morte, dit Jill, stupéfaite.

Elle regarda Alex. Ses yeux étaient fermés.

— Ne meurs pas ! cria-t-elle et elle l'embrassa sur le front, de toutes ses forces.

— Je n'en ai pas la moindre envie, fit-il dans un souffle.

1er décembre 1908

De l'eau. Kate était désespérée. Personne ne lui avait apporté ni eau ni nourriture depuis des jours.

Elle était mourante, et elle le savait. C'était ce qu'Anne avait voulu, depuis le début. Pour avoir Edward à elle seule... Les pensées de Kate s'égaraient. Qu'avait pensé Edward ? L'avait-il cherchée ? La comtesse s'occupait-elle de Peter ? Peter ! La douleur était insupportable, quand elle pensait à son petit garçon qu'elle ne reverrait jamais... la rage bouillonnait en elle, mais elle fut vite remplacée par la peur de la mort.

Kate ne voulait pas mourir, elle n'avait que dix-huit ans et elle voulait vivre.

Anne. Son image était toujours là, qui hantait Kate, mais pas telle qu'elle l'avait connue, timide et réservée, craignant d'être insouciante. Non, telle qu'elle était devenue : un monstre froid au cœur de pierre. Anne, qui avait juré de toujours l'aimer, et qui l'avait trahie d'une manière si atroce. Anne et Edward étaient-ils mariés ? Kate avait perdu la notion du temps.

L'autre jour, il avait neigé. Ce n'était qu'une bourrasque, mais les gros flocons avaient traversé les trous du toit, fascinant Kate quand ils s'étaient posés sur la terre noire comme d'immaculés trèfles à quatre feuilles.

Kate avait sommeil. Elle avait si froid, elle était si épuisée... Plus encore que la faim, le sommeil l'appelait impérieusement. Elle avait peur de s'endormir, peur de ne jamais se réveiller. Il était plus sûr de se laisser aller au cours de ses pensées désordonnées.

Parfois Kate voyait Edward comme s'ils étaient ensemble. Eût-elle la force de tendre les bras, elle aurait pu le toucher. Il était dans son salon, vêtu de sa veste d'intérieur, en pantoufles, faisant sauter Peter sur ses genoux. Il souriait à leur fils, puis levait les yeux vers elle. Son sourire changeait. C'était celui qu'il lui adressait exclusivement, celui d'un homme à la femme qu'il aime...

C'était si vivant, si réel. Bien que Kate sût que ce n'étaient que des hallucinations, elle ne souhaitait pas qu'elles cessent.

Anne apparut. Froide, haineuse, diabolique.

Kate voulait qu'elle s'en aille. Pour rester seule avec Edward et son fils.

De la lumière. Vive, blanche à travers le toit de la tour.

Kate cligna des yeux, surprise. Elle avait eu si froid, elle était tellement épuisée... Soudain, elle n'eut plus froid, la fatigue s'était envolée. La lumière n'était pas seulement éclatante, elle était chaude et baignait l'intérieur de la tour. D'où venait-elle, par ce jour d'hiver gris et morne ? C'était si apaisant. Kate se mit à sourire, redevenue sereine.

Clic.

Kate fut troublée. Le bruit la dérangeait, la lumière commença à s'atténuer.

Clic.

Elle se débattit pour reprendre pied. Une clé tournait dans la serrure. La tour était de nouveau humide et froide. Elle voyait à peine. Kate enfonça les doigts dans la terre, prise de frissons irrépressibles en voyant la porte s'ouvrir et Anne entrer dans la tour.

Elle n'avait jamais pensé revoir Anne, et crut qu'elle rêvait. « Aide-moi », chuchota-t-elle, mais elle se rendit compte qu'elle ne pouvait pas parler, ni même murmurer.

— Bonjour, Kate, lança Anne en s'approchant au-dessus d'elle. Tu es toujours vivante ?

« Anne, je t'en prie. » Elle ne voulait pas mourir, elle ne le pouvait pas. Edward et Peter avaient besoin d'elle...

— Tu es toujours vivante, constata Anne qui s'accroupit à côté d'elle. Tu n'es plus belle, Kate. Tu es absolument hideuse.

Comment Anne avait-elle pu devenir aussi haineuse, aussi abominable ?

— Au secours, chuchota Kate.

— Edward pense que tu l'as quitté. Il croit que tu t'es enfuie avec un autre homme. N'est-ce pas amusant ? fit Anne dans un grand rire.

Kate ferma les yeux en serrant ses paupières pour retenir ses larmes. Elle se rendit compte qu'elle tenait le médaillon. C'était son dernier espoir. Peut-être que si elle le donnait à Anne, cela arrêterait sa folie. Elle se souviendrait de leur amitié, elle aurait pitié.

Mais Kate ne réussit pas à lever le bras pour lui donner le médaillon. L'effort était trop grand.

— Où est Peter ? Où est-il ? Bon sang, il a disparu, Kate. Je veux savoir où il est ! cria Anne en se relevant pour toiser Kate.

Celle-ci ferma les yeux, abandonnant sa lutte pour lui donner le médaillon. Peter. Il était en sécurité. Et Anne allait la tuer. Soudain déterminée, elle rouvrit les yeux et les plongea dans ceux d'Anne.

— La comtesse, articula-t-elle avec lenteur, mais très distinctement.

— Espèce de garce ! s'écria Anne sous le choc. Petite garce calculatrice ! Tu crois que tu vas contrecarrer mes plans depuis ta tombe ?

Kate s'effondra. Cet effort lui avait trop coûté.

— Edward et moi avons fixé la date de notre mariage. En août. Et je n'élèverai pas ton bâtard, cracha Anne.

Kate la regarda, quelque chose d'étrange se passa. Les ombres grises de la tour commencèrent à s'estomper et la lumière éblouissante revint. Anne disparut peu à peu dans ce tunnel aveuglant.

Kate sourit. Elle flottait, en paix. La mort n'était pas si terrifiante. C'était paisible et calme. Pourquoi avait-elle eu si peur de mourir ?

— Pourquoi souris-tu ? Qu'est-ce qui t'amuse tant ? Que sais-tu que j'ignore ? demanda Anne.

Kate ne répondit pas, mais continua à sourire les yeux fermés. Alors Anne lui donna des coups de pied, avec le bout de sa chaussure. Il n'y eut pas de réaction.

— Tu n'auras pas le dernier mot, et je n'élèverai pas ton bâtard ! hurla Anne.

Elle se baissa et prit Kate par les mains. Elle s'apprêtait à la traîner quand elle s'arrêta. Elle ouvrit la main de Kate, glacée comme si elle était déjà morte. Elle y trouva le médaillon.

Anne le reconnut tout de suite. Elle voulut d'abord le jeter. Au lieu de cela, elle l'ouvrit et vit les portraits de deux très jeunes filles, naïves et souriantes — les meilleures amies du monde.

Elle le referma d'un coup sec, ébranlée, et le glissa dans son corsage, sous son manteau. Puis elle abandonna tout remords et regret. Kate était-elle morte ?

Anne s'agenouilla et plaça sa main sous son nez. Elle respirait encore, mais à peine.

Elle la traîna sur le sol, puis à l'extérieur. Il neigeait toujours.

Hors d'haleine, Anne continua à la tirer vers le manoir, dont les fenêtres étaient maintenant condamnées par des planches. Quand elle arriva à l'angle de la maison, elle s'arrêta et lâcha Kate. Si elle n'était pas encore morte, elle le serait bientôt de toute façon, pensa-t-elle. Elle profita de la lumière du jour pour bien la regarder. Émaciée, hideuse, elle ressemblait déjà à un cadavre. Edward ne la trouverait plus belle ni ensorcelante.

Les portes de la cave étaient ouvertes. Anne n'hésita pas un instant. Elle poussa le corps de Kate sur le bord des marches, puis l'entendit heurter le sol avec un bruit sourd.

Elle referma les portes avec un cadenas. Ensuite elle quitta Coke's Way et se dirigea vers la chapelle, devant laquelle elle avait laissé sa voiture.

Au fond de la cave, l'obscurité était totale.

15 janvier 1909

Cher Journal,

Cela fait un moment que je n'ai pas écrit. Je viens de rentrer d'un autre voyage à Stainesmore. Mon dernier, je pense. Parce que je ne permettrai pas à Edward d'y aller quand nous serons mariés. Les souvenirs, pour nous deux, seraient bien trop présents.

C'est fait. Kate est morte. J'y ai veillé personnellement.

Mère et moi n'avons jamais parlé de notre secret. Cela vaut mieux, car il n'y a pas grand-chose à dire. Je suis persuadée que mère me craint. Mais je ne peux pas y remédier. Je pense qu'elle n'a jamais vraiment cru que je deviendrais la prochaine comtesse de Collinsworth. Moi, je n'en ai jamais douté.

Le mariage est prévu pour août. Tout Londres en parle comme de l'union la plus grandiose de notre époque. Je suis si impatiente.

6.

Il était presque minuit. Jill coupa le moteur de la Lamborghini mais laissa les phares allumés. Ils éclairaient la porte d'entrée de Stainesmore et les immenses fenêtres du rez-de-chaussée. Toute la demeure semblait plongée dans l'obscurité, ce qui était très étrange, et très impressionnant. Habituellement, il y avait toujours de la lumière la nuit. Où étaient les domestiques ? Et William ?

Alex était sur le siège à côté d'elle, la tête en arrière, les yeux fermés. Sa blessure avait été soignée à l'hôpital de Scarborough. Ils avaient tous deux fait leur déposition au commissariat local. Lucinda était morte et avait été transportée à la morgue de la ville.

Jill le regarda, elle avait peur d'entrer. À sa grande surprise, il ouvrit les yeux et lui adressa un sourire. Elle avait cru qu'il dormait profondément.

Il avait une mine épouvantable. Son visage restait gris, il avait de grands cernes noirs sous les yeux et sa barbe commençait à pousser. Le haut de son torse était bandé, et son bras droit était maintenu en écharpe. Il y avait du sang séché partout sur sa chemise et son pantalon.

— Tu ressembles à un dealer, plaisanta Jill, espérant lui changer les idées.

Alors que ce qu'elle avait vraiment envie de faire, c'était de le prendre dans ses bras et de pleurer.

Il se mit à rire, d'un rire bref, mais franc, puis redevint sérieux.

— Je me sens horriblement mal. Ces antalgiques ne servent à rien.

— Tu étais censé en prendre deux, fit remarquer Jill.

— Il faut encore que je puisse réfléchir, dit-il, en contemplant l'entrée de la maison.

Jill se demandait ce qui les attendait à l'intérieur.

Alex ouvrit alors la portière de la main gauche, et grogna de douleur.

— Allons-y.

Jill coupa les phares et sortit de la voiture. Elle pensait à William, qui était probablement seul dans la maison. Elle était certaine que c'était Lucinda la passagère, pas Margaret. Mais cela faisait-il de lui son complice ? Elle n'avait pas les idées claires.

— Attends, je vais t'aider, dit Jill en soutenant Alex par son bras valide.

— Tu n'as pas parlé aux policiers du chat, du cambriolage, et des freins.

— Non, c'est exact.

— Tu as dit que Lucinda te poursuivait à cause de tes recherches sur Kate, c'est tout.

— Je sais ce que j'ai déclaré, répliqua Jill, tendue. D'abord, elle m'a aidée. Mais quand l'horrible vérité a commencé à émerger, elle est sortie de ses gonds et est devenue folle.

— Merde ! s'écria Alex.

— Oh, Alex, je suis désolée ! Tout ça, c'est de ma faute ! se lamenta Jill.

Il lui lança un regard chargé de souffrance, où se mêlaient colère et résignation, puis pénétra dans la maison de son oncle.

L'entrée était plongée dans l'obscurité. Il avait cessé de pleuvoir depuis longtemps, et quelques étoiles avaient réussi à percer les épais nuages. Tout était silencieux, la tension de Jill s'accrut.

Elle se mit à prier de toutes ses forces pour que William et Margaret ne fussent pas impliqués dans les menaces proférées contre elle et dans l'attentat contre sa vie.

Alex maugréa et alluma l'entrée.

William était assis dans une chaise en velours à l'allure de trône, immobile, l'air ravagé de douleur.

— Oncle William.

William le regarda un instant, puis se leva avec peine, les mains tremblantes, accusant son âge.

— Lucinda. Où est-elle ? Mon Dieu ! Elle est partie depuis si longtemps !

Il se tournait tantôt vers Alex, tantôt vers Jill, complètement affolé.

Il était amoureux d'elle, c'était l'explication. Jill dévisagea William, sidérée.

Soudain, elle commença à comprendre.

Quand Alex le rejoignit, passant son bras valide autour de ses épaules et l'enjoignant de se rasseoir, William perdit toute retenue et se mit à pleurer ouvertement. Jill réfléchissait à toute vitesse. Comment était-ce possible ? Margaret était si élégante, si belle. Mais l'amour était une chose étrange.

Puis elle pensa à Edward et Kate. Était-ce le destin des hommes de la famille Collinsworth de tomber amoureux de femmes qu'ils ne pouvaient épouser ?

— Oncle William, il est arrivé quelque chose de terrible, commença Alex d'une voix rauque.

— Elle est morte, c'est ça ? fit-il en levant les yeux.

Jill se rendit compte que William n'avait pas une seule fois demandé à Alex comment il se sentait, et elle en souffrit pour lui.

— Oui, avoua Alex lentement. C'est un accident. Elle avait un revolver. Le coup est parti tout seul.

William se prit le visage dans les mains et se mit à pleurer avec l'abandon d'un enfant.

Jill essaya de réfléchir. Puisque William aimait Lucinda, il n'avait certainement pas sectionné les freins de la voiture de location. Elle fut soulagée et s'avança, pour faire discrètement part à Alex de sa déduction, quand celui-ci poursuivit :

— Je ne comprends pas comment tout ça a pu se passer. Oh, mon Dieu, je n'y comprends rien !

— William, articula Alex, avec peine, je vous en prie. Ne dites rien. Pas un mot. Vous aurez besoin d'un avocat.

— Alex, s'interposa Jill.

— J'ai perdu la femme que j'aimais, continua William en hochant la tête. La femme que j'ai aimée pendant plus de trente ans. Nous n'avons jamais voulu faire de mal à personne. Nous voulions seulement qu'elle rentre chez elle avant qu'elle ne découvre la vérité sur ma mère, avoua-t-il d'une voix plaintive, regardant Jill. Ma mère nous a révélé ce qu'elle avait fait à Kate. Elle était mourante et ne supportait plus le fardeau de sa culpabilité. Alors Lucinda m'a dit de ne pas me faire de souci. Elle le répétait tout le temps. Elle disait qu'elle s'occuperait de tout !

— Oh, mon Dieu ! s'écria Alex en serrant les mains de William très fort dans les siennes. (Son visage perdit en même temps le peu de couleurs qu'il avait retrouvées. On lui avait dit de ne pas se servir du tout de sa main droite.) Je vous en prie. Ne dites pas un mot. Ne vous confessez pas. Je vous en supplie. Je veillerai à ce que les meilleurs avocats du pays assurent votre défense.

— Je sais, continua péniblement William en s'adressant à Jill, que le jour où Hal vous a dénichée, nous plongions tous dans les ennuis. Qu'allez-vous faire ? Je suis brisé. Hal est mort. Lucinda...

Il s'arrêta, en larmes, incapable de poursuivre.

— Je suis désolée, murmura Jill. Je voulais seulement savoir si Kate était mon arrière-grand-mère, et si elle avait pris la fuite avec son amant pour vivre heureuse avec lui. Je ne me suis pas doutée un instant que c'était Edward, ou qu'elle avait été assassinée. Je suis désolée, dit-elle, pleurant elle aussi.

— Je ne voulais faire de mal à personne, chuchota William. Je pensais que vos freins lâcheraient juste devant chez vous. Je ne me doutais pas que Lucinda viendrait avec vous. Je regrette tant.

— William ! s'exclama Alex sur le ton d'un ordre.

Mais celui-ci n'écoutait pas Alex, il n'écoutait personne. Il se leva en vacillant.

— Il y a un fonds. Mon père a gardé un fonds pour Peter. Il l'aimait, énormément. Je crois que la succession de Kate a été réglée en privé, entre mon père et la mère de Kate. Le fonds était destiné à Peter et à ses héritiers, à perpétuité. Il est à vous, vous savez. Edward aurait voulu que vous l'ayez. J'aurais dû être honnête depuis le début. Mais Thomas m'avait assuré que vous alliez repartir. Lucinda disait la même chose. Le fonds est à vous. Alors, vous allez rentrer, maintenant ? murmura-t-il.

Il avait posé cette dernière question sur le ton d'un petit garçon étonné. Jill hocha la tête, en larmes. Elle se rendit compte qu'Alex la regardait. À quel point la haïssait-il maintenant pour tout cela ? se demanda-t-elle. Quand elle retrouva l'usage de la parole, elle lança :

— Alex, il y a un tube de tranquillisants sur ma table de nuit. Emmène donc ton oncle dans sa chambre, donne-lui deux comprimés et mets-le au lit.

Alex ne répondit pas. Il se rendit dans la pièce la plus proche. Il décrocha le téléphone, mais ne composa pas de numéro. Il ferma les yeux, et ses épaules s'affaissèrent.

Jill courut vers lui, lui arracha le combiné et raccrocha violemment.

— À qui téléphonais-tu ?

— À la police.

— Fais monter William, ordonna-t-elle de nouveau, hors d'elle. Donne-lui ces calmants, et couche-le. OK ?

Devant l'air interrogateur d'Alex, elle déclara :

— C'est notre secret. Et je promets de ne rien dire.

Malgré son épuisement, Jill n'arrivait pas à trouver le sommeil.

Elle ne pensait qu'à William et Lucinda, et à leur liaison de trente ans. Et à Alex, qui souffrait seul dans sa chambre.

Et elle ne pouvait s'empêcher d'être attirée vers lui, c'était aussi naturel que le soleil après la pluie. Elle se faufila hors de sa chambre, en chaussettes, tee-shirt et pantalon de jogging. Elle frappa doucement à la porte et l'ouvrit.

Il était réveillé. Assis dans son lit, la couverture remontée jusqu'à sa taille. Le visage toujours très pâle, il regardait la cheminée en face de lui, où ne brûlait aucun feu.

— Je peux entrer ? demanda-t-elle, le cœur serré.

Elle réalisa à ce moment précis combien elle tenait à lui. Pourrait-elle supporter une vie dont il serait absent ? Elle se sentit à la fois euphorique et effrayée.

— Bien sûr, répondit-il, un sourire au bord des lèvres.

Jill vit qu'il avait pleuré. C'était évident. Il avait les yeux et le nez rouges, et n'osait pas la regarder. L'émotion de Jill était à son apogée.

Cédant à son impulsion, elle alla s'asseoir près de lui et le prit dans ses bras, sa tête contre sa poitrine, comme un enfant.

— Je suis si désolée, murmura-t-elle en le berçant avec tendresse.

— Oui, lâcha-t-il, un sanglot dans la voix, moi aussi.

Jill le tenait toujours. Il ne bougeait pas. Elle se pencha et l'embrassa sur le dessus de la tête. Il sentait bon, un mélange de talc et de musc. Une bouffée de désir l'envahit par surprise, mais elle l'ignora. Il était si tranquille qu'elle se demanda s'il s'était endormi dans ses bras.

Mais il leva la tête en essayant de sourire. Il ne réussit pas, il avait les larmes aux yeux.

— Oh, Alex... chuchota-t-elle.

La main gauche d'Alex se glissa sur sa nuque, il attira sa tête vers lui. Leurs lèvres s'effleurèrent avec douceur.

Jill sentit les larmes toutes proches. Elle glissa dans le lit, pour se retrouver tout contre lui. Ils continuèrent à s'embrasser. La tristesse et la joie se mêlaient en elle. Alex roula sur le dos et Jill n'hésita pas, s'allongea sur lui. Malgré les draps, elle se rendit compte que le désir d'Alex répondait à son geste.

— Passe la nuit avec moi, demanda-t-il d'une voix rauque. S'il te plaît.

Il effleura de la main son visage, le bout de son nez, ses lèvres.

— Oui, acquiesça Jill sur le même ton. J'ai besoin de toi, moi aussi.

Elle se pencha de nouveau sur lui, vers sa bouche. Cette fois ils s'embrassèrent avec avidité. La main d'Alex glissa sous son pantalon, caressa ses fesses et continua plus loin.

Jill rejeta les draps et la couverture qui les séparaient. Il lui enleva son pantalon d'une main. Leurs lèvres se joignirent de nouveau.

Elle se glissa sur lui. Elle prit son sexe et il s'enfonça en elle. Ils suivirent le même rythme, toujours plus fort, jusqu'à ce qu'elle crie son nom, sans retenue.

Après, il s'endormit.

Et Jill retourna dans sa chambre.

Le matin était frais et humide, le ciel couvert, sans espoir d'éclaircie. Jill contemplait le manoir et la tour derrière, apercevant la mer gris acier entre les arbres bordant la falaise.

Kate était dans la tour. Jill en était sûre. Elle y avait été emprisonnée, et y était enterrée. Mais cela n'avait pas d'importance. Plus maintenant.

Parce que Jill s'en allait. Elle rentrait chez elle.

Elle passa à côté du manoir, tête baissée, les larmes aux yeux, essayant en vain de ne pas penser à Alex. Elle s'essuya les yeux avec la manche de son anorak. C'était un peu tard pour se rendre compte qu'elle était tombée amoureuse de lui, trop tard pour changer le passé. Elle ne pouvait pas effacer le mal qu'elle avait infligé à sa famille. Rien ne ramènerait Lucinda à la vie. Et justice ne serait jamais faite pour Kate.

Jill n'arrivait toujours pas à concevoir que Lucinda l'aurait tuée sans le moindre remords.

Elle s'arrêta devant la tour qui la faisait frissonner. Elle n'était pas sûre d'avoir le courage d'y entrer. C'était un lieu de mort. D'abord Kate, ensuite Lucinda. Et sans Alex, c'était elle qui se serait retrouvée à la morgue de Scarborough.

— Hé !

Jill se figea au son de la voix d'Alex, juste derrière elle.

Elle ne l'avait pas entendu approcher. Elle rencontra son regard bleu posé sur elle. Il avait toujours une mine épouvantable.

— Tu es partie hier soir, fit-il, sans sourire.

— J'avais peur de te faire mal dans la nuit. Ton épaule.

C'était un mensonge. Et elle savait qu'il le savait. Elle avait eu peur de se réveiller à ses côtés, peur de ce qui se passerait ensuite — ou de ce qui ne se passerait pas.

Il ne répliqua pas.

— Tu ne devais pas te reposer ? demanda-t-elle avec nervosité.

Il était toujours pâle. Il ne s'était pas rasé, et en avait presque l'air inquiétant. Mais ses yeux, pleins de douceur, démentaient cette éventualité.

— Je me sens bien, dit-il. Enfin, si on veut...

— Je suis désolée, s'écria Jill dans un élan, pensant à William qui pleurait la mort de sa maîtresse, et à Margaret, qui savait et devait souffrir. Je n'ai jamais voulu te nuire, ni à ta famille. Je n'ai rien voulu de ce qui s'est passé.

— Je sais. Je n'ai jamais voulu te faire de mal non plus, Jill. Je t'en prie, essaye de comprendre, essaye de le croire, plaida-t-il avec autant de véhémence qu'elle.

Elle le regardait, les mains enfoncées dans les poches, sentant son cœur s'affoler. Ils étaient arrivés à un point de non-retour. La route bifurquait ici. Leurs chemins allaient diverger, ou pas.

— Tu m'as menti, Alex. Tu as volé ces lettres.

— Je sais, avoua-t-il, la mâchoire crispée. Et je n'en suis pas fier.

De toutes ses forces, elle espérait qu'il était sincère.

— J'étais coincé. Entre Charybde et Scylla. Essayant de te neutraliser, de protéger ma famille tout en tombant fou amoureux de toi. La vie est pleine de surprises, non ?

Jill hocha la tête, redoutant maintenant l'avenir — un avenir de solitude, dans la vie rude de New York. Un avenir sans Alex.

— Kate a-t-elle jamais écrit avoir eu peur pour sa vie ? Suspectait-elle quelqu'un ?

— Non. Je te donnerai les lettres. Oh, j'avais oublié... Tu les as déjà, précisa-t-il avec un soupir résigné.

— Tu m'aurais parlé des tests d'ADN ?

— Oui. Tu sais, ma belle, il fallait que je sois certain à cent pour cent que tu étais l'arrière-petite-fille de Kate et Edward. Les événements s'emballaient. Après lady E., j'ai eu peur. J'étais terrifié pour toi, et j'avais peur de ce qui se tramait derrière tout ça.

— Alors tu as songé à me payer pour que je rentre chez moi.

— Avec le fonds de Peter, qui t'appartient.

— Je n'ai pas entrepris tout ça pour reconquérir la fortune de Kate. William est mon oncle, même si c'est un demi-oncle. Thomas et Lauren sont mes cousins.

Elle avait peine à le réaliser.

— Je sais, dit-il, son regard errant sur la tour. J'ai apprécié ce que tu as fait la nuit dernière.

Jill hocha la tête. Elle revit Lucinda étendue sur le dos, les yeux vitreux.

— Je ne crois pas que William voulait faire du mal à quiconque. Je pense que c'est Lucinda qui l'a entraîné.

— Tu as raison, j'en suis convaincu ! affirma-t-il avec fermeté. Il m'a dit que c'est elle qui a tué lady E, et qu'il n'aurait pas imaginé qu'elle ferait une chose pareille. Il pleurait, Jill. Je crois qu'elle avait perdu la tête, et qu'il se sent autant trahi que nous.

— Il surmontera tout ça ?

— Je ne sais pas. Il est âgé, il a encore vieilli depuis hier, sans parler du coup que lui a porté la mort de Hal.

— Tout le monde était au courant de l'obsession de Hal pour Kate, n'est-ce pas ? Vous m'avez tous reconnue au moment même où je suis entrée dans votre salon, c'est bien ça ?

— C'est vrai. Moi aussi. Je suis désolé. Tout le monde avait peur, Jill. Peur de toi, de ce que tu représentais et de ce que tu allais faire.

— Eh bien, je ne fais rien. Anne a assassiné Kate, elle l'a avoué elle-même à William. Mais nous ne saurons jamais où est Kate, ou comment elle est morte. Ça vaut peut-être mieux.

— Tu ne le penses pas vraiment, avança Alex.

— Je ne sais pas ce que je pense, dit-elle, tête basse.

— Tu sais ce que tu ressens en ce qui nous concerne ?

Elle releva brusquement la tête, son cœur marquant un temps d'arrêt avant de repartir.

— Comment ?

Il se contenta de sourire, plutôt tristement.

Elle s'approcha de lui et attrapa la manche gauche de sa veste.

— Tu m'as sauvé la vie, hier soir.

— Et je le referais, dit-il posément, je le referais un millier de fois s'il le fallait. C'est te dire à quel point tu comptes pour moi désormais.

Jill, bouleversée, ne trouva pas les mots. Mais pouvait-il vraiment la pardonner d'avoir détruit sa famille ? Deux personnes pouvaient-elles s'engager en laissant derrière elles tant de mensonges et de faux-semblants ?

— Jill ? reprit Alex. Merci pour la nuit dernière. Et je ne parle pas de m'avoir empêché d'appeler la police.

Jill se mordit la lèvre inférieure pour ne pas éclater en sanglots. Elle fit simplement un signe de la tête.

— Hé, continua-t-il, passant son bras valide autour de son épaule, pour la serrer contre lui. Tout va s'arranger.

Son ton était si convaincant qu'elle le regarda dans les yeux. Elle y vit une promesse.

— J'espère que tu as raison.

— On fait un dernier tour avant de rentrer ? proposa-t-il, penchant la tête vers elle.

— Qu'est-ce que tu veux dire ?

— Kate m'obsède aussi. Je veux savoir ce qui s'est passé. Même si j'osais le lui demander, et je ne le ferai pas, je ne crois pas que William me révélerait ce qui s'est vraiment passé.

— Elle est dans la tour, dit Jill. J'en suis sûre.

Alex hocha la tête.

Alex était à ses côtés tandis que les deux jardiniers creusaient le sol de la tour en ruine.

— Il n'est pas impossible que tu aies raison, dit-il.

C'est peut-être pour ça que les gens du coin disaient que cet endroit était hanté, quand j'étais enfant.

— C'est la rumeur qui court dans le village ? demanda Jill.

— Oui.

Jill s'adossa au mur de pierre et observa les hommes à la tâche. Ils avaient déjà creusé profondément, mais sans rien trouver. Jill commençait à se décourager.

Peut-être Kate resterait-elle disparue pour l'éternité.

— Milord, dit l'un des jardiniers, il y a rien ici, que de la boue et des cailloux.

— On dirait que vous avez raison, fit Alex en s'avançant. Jill, ils ont creusé sur plus de deux mètres. Il est impossible qu'elle soit enterrée ici.

Découragée, Jill pénétra dans la tour.

— Elle doit être là, Alex. Où, ailleurs qu'ici, pourrait-elle se trouver ?

Mais il avait raison. Kate n'était pas là.

— Peut-être a-t-elle été précipitée de la falaise.

Alex congédia les deux jardiniers en leur glissant quelques billets dans les mains. Il vint à côté d'elle.

— Je crois que c'était peine perdue, dès le début, constata Jill.

— Vraiment ? C'était une femme extraordinaire, et c'était ton arrière-grand-mère. Il est peut-être dit que c'est tout ce que nous devions trouver, avança Alex, la main sur son épaule.

— Tu deviens philosophe, fit Jill avec un petit sourire.

Frustrée, elle donna un coup de pied dans la terre devant elle et regarda rouler une pierre qui alla heurter le mur d'en face. Elle cligna des yeux.

Elle sentit comme une pression sur son épaule. Pendant un moment, elle crut que c'était Alex. Mais elle réalisa qu'elle s'était éloignée de lui, et que ce n'était que le fruit de son imagination.

Jill scruta le mur de pierres grises.

Soudain, quelque chose attira son attention. Elle tomba à genoux, ayant cru apercevoir un fragment de lettre.

— Jill ?

Elle n'entendit Alex que de très loin. Elle épousseta la pierre brute et vit les contours grossiers de la lettre A, qui émergeaient de leur gangue séculaire. Jill se mit à frotter tout le pan de mur, exaltée, incrédule à mesure que les lettres apparaissaient.

— Mon Dieu ! s'exclama-t-elle, Alex, viens voir ! C'est un message ! Un message de Kate !

7.

6 octobre 1909

Ce jour d'automne était ensoleillé. Il aurait mieux valu qu'il soit gris et déprimant. Car c'était terriblement douloureux de retrouver Coke's Way. Edward savait qu'il n'aurait pas dû venir.

— Papa !

Edward se rendit compte que Peter, alors âgé de seize mois, se débattait dans ses bras. Il le posa gentiment à terre. Le petit garçon aux cheveux roux se mit à marcher, d'un pas encore un peu hésitant. Il adressa un sourire radieux à Edward, qui ne put le lui rendre. Le père s'éloigna vers le manoir fermé. Les larmes lui montèrent soudain aux yeux.

Son chagrin ne s'atténuait pas. Ni la colère, l'incompréhension, le désespoir.

Il y avait des moments où il oubliait, d'autres où tout lui revenait en mémoire avec violence. Comme maintenant.

Il reprit contenance et suivit son fils. Il n'était pas venu à Stainesmore depuis un an, mais il devait régler des affaires sur le domaine, et le comte avait insisté pour qu'il s'en charge. Il s'était attendu à cela, de toute façon : la tristesse, l'angoisse, les souvenirs de Kate. Ce à quoi il ne s'était pas attendu, c'était qu'Anne insiste pour l'accompagner, et que le chagrin soit plus intense que jamais, les souvenirs plus vifs.

Anne était à la maison et l'attendait pour le thé, prétendant ne pas être irritée qu'il soit avec son fils. Son fils, l'enfant de Kate.

Peter avait dépassé la maison et avançait en chaloupant vers la tour.

— Peter ! Non ! appela Edward en pressant le pas.

Mais Peter, qui était d'une bonne nature, se mit à rire et à courir en agitant les bras. Il en perdit sa casquette. Edward aurait voulu s'amuser des facéties de son enfant. Mais il n'y arrivait plus. Il regarda son fils qui allait chuter d'un instant à l'autre. Au moment où Edward pensait cela, le petit garçon tomba dans l'herbe et la boue.

Edward le rejoignit en un éclair, et le prit dans ses bras. Mais Peter souriait jusqu'aux oreilles, l'air enchanté.

— Cours, cours ! cria-t-il en s'agitant avec enthousiasme. Peter, cours !

Il était exactement comme Kate. Kate, qui n'écoutait que son cœur, qui avait chéri le moindre instant que la vie lui avait offert. Kate qui avait disparu sans laisser de traces, qui l'avait peut-être quitté pour un autre homme.

Edward caressa gauchement la tête de Peter, le regardant à peine.

Mais bon sang, qui pourrait vivre ainsi, sans savoir ce qui s'était vraiment passé ?

Force lui fut de libérer son enfant. Il le regarda reprendre son exploration désordonnée. Son ennuyeuse épouse, dont il se désintéressait, insistait sur le fait qu'elle était partie avec un amant. Au début, cela avait été facile de la croire. Sa rage lui avait donné l'énergie pour surmonter l'épreuve de son mariage. Et maintenant, il le regrettait.

Kate était-elle partie avec un autre ? Son cœur lui criait que non. Mais il ne savait que penser.

Et il ne le saurait jamais. Il devait s'y résigner.

Il ruminait ces pensées depuis qu'elle avait disparu. Lui était-il arrivé quelque chose de tragique ? Ou, comme la Kate qu'il connaissait si bien, s'était-elle effacée dans un sacrifice ultime, refusant de s'interposer entre son titre et sa fortune, qu'il avait été prêt à abandonner pour elle, pour eux ?

Il en était arrivé à la conclusion qu'elle avait été la victime de circonstances tragiques. Parce qu'elle avait laissé Peter chez sa mère avant de disparaître. Ainsi, son acte ne pouvait qu'être délibéré, prémédité.

— Oh, Kate ! gémit-il.

Comment avait-elle pu lui faire cela ? Le pire, c'était qu'il ne saurait jamais si elle l'avait quitté pour un autre, ou parce qu'elle l'aimait plus qu'elle-même.

Edward se rendit compte subitement que Peter était sur le point d'entrer dans la tour. La tour, qui avait toujours terrifié Kate. Saisi d'une crainte irraisonnée, Edward courut après son fils.

— Peter ! Non ! N'entre pas là-bas !

Mais l'enfant disparut dans les ruines.

Edward paniqua. Il avait perdu Kate, il ne pouvait pas perdre aussi Peter. Il se précipita dans la tour et y trouva le petit qui jouait dans la boue. Il s'obligea à se calmer, car il tremblait comme une feuille.

Sa réaction avait été absurde. Il ne comprenait pas.

Peter se leva et alla vers le mur en babillant. Edward le regarda pendant un instant. Il était rayonnant et ressemblait trait pour trait à Kate. Il frissonna et regarda autour de lui, ayant le sentiment de ne pas être seul. Comme s'il était observé.

Mais il n'y avait personne.

Mal à l'aise, comprenant enfin pourquoi Kate avait toujours détesté cet endroit, Edward alla prendre Peter dans ses bras et sortit vite. Il respira mieux à l'extérieur, et posa Peter par terre. Si quelque chose était arrivé à son fils, il n'aurait pu le supporter.

Soudain, il fit un terrible constat. Il avait été si absorbé par son chagrin qu'il n'avait pas seulement négligé ses affaires, mais aussi son fils. Il en resta stupéfait. Il le contempla et eut l'impression de le voir pour la première fois. Peter s'éloigna pour examiner une branche d'arbre tombée à terre. Puis s'intéressa à une fourmilière.

Edward vit sa vie défiler devant ses yeux. Il avait

l'impression d'avoir cent ans, alors qu'il n'en avait pas même trente, il était toujours jeune. Un homme jeune, avec un jeune enfant, une épouse, et des affaires à diriger. Il avait des responsabilités, qu'il avait éludées toute cette année passée.

— Papa, papa, regarde ! criait Peter tout heureux, montrant les fourmis.

— Oui, je les vois, dit Edward avec calme.

Il ne pourrait peut-être plus exprimer son affection comme il l'avait fait autrefois, mais il y avait d'autres moyens de s'occuper de sa famille.

— Peter, il est temps de rentrer, j'ai beaucoup de choses à faire.

Le devoir. C'était une pensée terriblement réconfortante, et Edward s'y raccrocha pour le reste de sa vie.

ANNE M'A TUÉE
DIEU SAUVE SON ÂME

— Oh, mon Dieu, chuchota Jill, la main sur la pierre.

Alex s'agenouilla à côté d'elle, éclairant l'inscription avec sa torche. Elle en eut la chair de poule, et rencontra le regard d'Alex, qui s'exclama de même.

— Elle se trouvait ici, reprit-elle. Elle est morte ici. Elle a écrit ce message avant de mourir.

Jill vit Kate, sale et ensanglantée, terrifiée dans cette tour, suppliant qu'on lui laisse la vie. Les larmes lui montèrent aux yeux.

— Je me demande si à l'époque une chose pareille aurait eu valeur de preuve dans un tribunal. Je ne crois pas, conclut Alex en passant son bras autour d'elle, qui s'appuya contre lui sans réfléchir.

— Anne était folle, dit Jill.

— C'est encore trop gentil, tu ne crois pas ? renchérit Alex.

— Et elle n'est pas enterrée ici. Ni dans sa tombe. C'est Anne qui a dû poser cette pierre tombale, qu'en penses-tu ?

— À moins qu'elle n'ait eu un complice.

— Tu crois qu'elle avait un complice ? s'écria Jill.

— Ma chère Jill, je ne voudrais pas que tu recommences à t'exalter. Mais comment Anne est-elle venue jusqu'ici ? C'était peut-être le cocher, en tout cas, elle a eu besoin d'aide. Allons-nous en.

— Kate mériterait d'avoir une sépulture décente, fit Jill.

— Nous ne trouverons jamais le corps, Jill.

Cette pensée la répugnait. Jill sortit de la tour. La brume s'était levée. Le soleil essayait de briller entre les nuages. Une mouette passa au-dessus d'eux.

Alex avait probablement raison, conclut-elle. Kate avait été assassinée par sa meilleure amie, elle était morte dans la tour, mais Dieu seul savait où elle était maintenant.

Jill était absorbée par la tristesse. Le vent soulevait les petites mèches de sa nuque. Soudain, elle sentit une tension l'envahir. Comme si quelqu'un l'observait.

La sensation s'accrut. Elle regarda d'abord le manoir, puis l'allée et la route. L'écorce grise des arbres ainsi que leurs feuilles pâles scintillaient dans la clairière près du cimetière. Il n'y avait personne.

Son imagination lui jouait de nouveau des tours. Cependant elle avait la chair de poule, et du mal à respirer. Elle se retourna brusquement, pour voir si on l'observait. Ce n'était qu'Alex, qui venait à ses côtés.

— On dirait que tu viens de voir un fantôme, plaisanta-t-il.

— J'ai eu l'impression qu'on m'observait.

— Kate ?

— Peut-être.

Elle réalisa combien elle désirait que ce soit elle, de manière nette et précise.

— Je crois que je l'ai vue, une fois, dans mon appartement, reprit-elle.

— Je pense qu'il est temps que tu la laisses partir, Jill, suggéra Alex.

— Oui, acquiesça-t-elle.

— Tu es prête pour rentrer à Londres ? demanda-t-il.

Jill regarda autour d'elle — la tour, le manoir, Alex

enfin. Il avait raison. Ils ne trouveraient jamais Kate, mais ils avaient trouvé la vérité. Et c'était bien suffisant, il était temps de s'arrêter.

— Je pourrais prendre le train, comme ça tu raccompagneras William en voiture.

— Ça ne te gênerait pas ? demanda-t-il. Il faut vraiment que je m'occupe de lui.

Soudain Jill se sentit de nouveau comme une intruse, même avec lui. Mais c'était bien ce qu'elle était, après tout ? Elle se força à sourire.

— Pas de problème. De toute façon, j'ai besoin de réfléchir, le voyage m'en donnera l'occasion.

Elle partit brusquement vers la Land Rover, le laissant derrière elle.

Mais elle ne put faire qu'un pas. Il l'attrapa par le bras, l'arrêtant net dans son élan.

— À quoi as-tu besoin de réfléchir, Jill ? demanda-t-il, très calme, ses yeux plongeant dans les siens.

Oserait-elle être honnête ? Comment ne le pourrait-elle pas ? L'enjeu était si important ! Elle s'humecta les lèvres, choisissant ses mots avec soin — sans être aussi courageuse et ouverte qu'elle l'aurait voulu.

— Je crois que j'ai besoin de réfléchir à mon retour chez moi, et à la façon dont je vais retravailler, finit-elle par dire.

Alors qu'elle allait réfléchir à son avenir, et à lui.

— Et nous ? demanda-t-il, son visage se crispant.

— Je ne savais pas qu'il y avait un « nous », finit-elle par répondre.

— S'il n'y a pas de « nous », alors je me demande bien comment on peut appeler tout ça, rétorqua-t-il avec véhémence.

Le cœur de Jill s'affola. Il avait dit « nous ». Ce qui voulait dire qu'il avait aussi une idée derrière la tête. Mais Jill avait si peur.

— Nous avons peut-être besoin de réfléchir tous les deux, Alex, et sérieusement.

— Pourquoi es-tu si prudente ? D'habitude, tu ne mâches pas tes mots.

— D'accord. Tu me plais. Je l'admets. Peut-être même

beaucoup. Mais regarde ce qui s'est passé. Ce sera toujours un obstacle entre nous.

— Pourquoi ? demanda-t-il en la scrutant.

— Tu sais être direct, Alex, dit Jill qui fut obligée de sourire. Tu ne penses pas que tous ces mensonges sont de piètres fondations pour une histoire commune ?

— Je pense qu'ils peuvent nous rapprocher, si tu le décides.

Jill resta figée. Un long moment de silence s'écoula.

— J'ai peur, finit-elle par avouer.

— Il se peut que j'aie peur aussi. Je n'ai jamais ressenti cela auparavant, et je ne sais pas très bien quoi faire, ni quand, ou même comment.

— Aucune boule de cristal ne nous le dira, murmura-t-elle.

— Nous pouvons peut-être en trouver une quand même. (Ils se sourirent.) Tu sais, romantique comme tu es, tu peux toujours considérer que c'est Kate qui nous a rapprochés. Moi, c'est l'impression que j'ai, confessa-t-il, en rougissant.

Jill n'allait pas se moquer maintenant de ce côté fleur bleue. Il était vrai que cette quête de son arrière-grand-mère l'avait conduite à Alex.

— Peut-être pourrons-nous mettre un terme à ce cycle destructeur, celui des hommes de la famille Collinsworth tombant amoureux de femmes avec lesquelles ils ne peuvent vivre.

— Je ne veux pas que tu rentres à New York, Jill.

— Je ne veux pas rentrer, avoua-t-elle.

Ils restèrent à se regarder. Il bougea le premier, ébaucha un sourire et lui effleura doucement la joue.

— Il me semble que tu peux encore disposer de l'appartement de Barrow pendant deux mois.

Elle voyait où il voulait en venir. En deux mois, elle avait tout le temps de trouver un autre appartement.

— Oui. Mais je suis fauchée, tu te rappelles ?

Alex éclata de rire.

— Qu'est-ce que ça a de drôle ?

— Le fonds, expliqua-t-il, riant aux larmes. Je suis

désolé de te l'annoncer, Jill, mais tu es maintenant une héritière.

Jill le regarda et soudain, se mit à sourire.

— Et dire que je m'imaginais que ne viendrait jamais le jour où je pourrais payer mon loyer d'avance ! Oh, mon Dieu, je pourrais même acheter un appartement, dit-elle en commençant à réaliser ce qu'impliquait l'aisance financière.

Riant toujours, il passa son bras autour de son épaule.

— Bien sûr que tu le pourrais. Mais je crois que tu devrais attendre, ajouta-t-il, plongeant les yeux dans les siens. De voir ce qui se passe entre nous.

Nous. Elle aimait la manière dont il le disait.

— D'accord. Je ne ferai rien sur un coup de tête.

Il haussa les sourcils, sceptique, puis lui proposa :

— Pourquoi ne reprendrions-nous pas tout depuis le début ? Disons, avec une bonne vieille invitation à dîner ? Ce soir, par exemple ?

— Ça m'a l'air formidable, Alex, accepta-t-elle avec chaleur.

Jill et Alex firent le tour de la maison, enlacés, sans éprouver le besoin de dire un mot. Ils ne remarquèrent pas sur leur passage la porte de la cave, à peine visible.

Derrière eux, au milieu des arbres dépouillés illuminés par le reflet du soleil sur la mer, Kate les regardait. Les nuages se déchirèrent et le soleil brilla plus intensément, baignant de lumière les falaises abruptes. Kate devint de plus en plus floue alors qu'elle s'éloignait lentement, au-delà des falaises et de la mer, pour ne laisser derrière elle qu'une vieille tour en ruine qui fut jadis hantée.

TABLE

Composition Jouve

Impression réalisée sur CAMERON
par BRODARD ET TAUPIN
La Flèche
en mai 2002

Imprimé en France
Dépôt légal : mai 2002
N° d'édition : 26041 – N° d'impression : 12979